David Grossman
Sei du mir das Messer

Ja'ir hat Mirjam nur ein einziges Mal gesehen. Aber er beginnt, ihr zu schreiben. Er schlägt eine unkonventionelle Beziehung vor, rein brief-lich und ohne weitere Verpflichtung. Mirjam erliegt der Faszination seiner Worte, antwortet ihm. Und so beginnen zwei Menschen, die sich überhaupt nicht kennen, einander zu erzählen. »Wer kann der Verlockung widerstehen, einen Blick in die Hölle eines anderen zu werfen?«, heißt es an einer Stelle. Sie offenbaren einander ihre Sehn-süchte, ihre Ängste und Wünsche – bis ein Treffen unvermeidlich wird. Eine faszinierende Erkundung des Verhältnisses zwischen Mann und Frau, der Möglichkeit von Liebe.

*David Grossman* wurde 1954 in Jerusalem/Israel geboren und gilt als einer der bedeutendsten Schriftsteller der Gegenwart. Er wurde viel-fach ausgezeichnet, u. a. mit dem International Booker Preis, dem Geschwister-Scholl-Preis und dem Friedenspreis des Deutschen Buch-handels.

*Vera Loos*, 1955 in Saarlouis geboren, ist bildende Künstlerin. Sie stu-dierte u. a. Angewandte Sprachwissenschaft an der Universität von Nantes und des Saarlandes.
Gemeinsam mit *Naomi Nir-Bleimling* übertrug sie Werke von David Grossman, Amos Oz, Savyon Liebrecht und Meir Shalev ins Deutsche.

# DAVID GROSSMAN

# Sei du mir das Messer

Roman

Aus dem Hebräischen von
Vera Loos und Naomi Nir-Bleimling

dtv

Auf S. 194 und 198 wird zitiert aus Virginia Woolf, Zum Leuchtturm,
übers. von Karin Kersten, S. Fischer 1991.

Von David Grossman ist bei dtv außerdem lieferbar:
Was Nina wusste
Eine Frau flieht vor einer Nachricht
Aus der Zeit fallen
Das Gedächtnis der Haut
Kommt ein Pferd in die Bar

2024 dtv Verlagsgesellschaft mbH & Co. KG, München
Lizenzausgabe mit Genehmigung der
Carl Hanser Verlag GmbH & Co. KG, München
© 1999 Carl Hanser Verlag GmbH & Co. KG, München
Die Originalausgabe erschien 1998 unter dem Titel ›Sheti'i li HaSakin‹
bei HaKibbutz HaMe'uchad in Tel Aviv.
© 1998 David Grossman und
HaKibbutz HaMe'uchad Publishing House
Umschlaggestaltung: zero-media.net, München
nach einem Konzept von Lübbeke Naumann Thoben, Köln
Umschlagmotiv: plainpicture / Anke Doerschlen –
aus der Kollektion Rauschen
Satz: Uhl + Massopust, Aalen
Druck und Bindung: Druckerei C.H.Beck, Nördlingen
Printed in Germany · ISBN 978-3-423-14899-3

*Wenn das Wort Fleisch wird*
*und das Fleisch den Mund öffnet*
*und das Wort ausspricht, aus dem es*
*gemacht ist –*
*werde ich es umarmen*
*und an meiner Seite nächtigen lassen.*

Hezy Leskly, »Hebräischstunde V«, aus:
*HaAchbarim ve Leah Goldberg*

*Jaïr*

Mirjam,

Sie kennen mich nicht, und beim Verfassen dieses Briefes kenne ich mich nur schwerlich selbst. Ich habe mich wahrhaftig bemüht, mich von diesem Schreiben abzuhalten, zwei Tage lang, und nun gebe ich mich geschlagen.

Sie sind mir vorgestern auf dem Jahrestag des Gymnasiums aufgefallen. Sie, Ihrerseits, konnten mich nicht sehen, denn ich stand abseits, vermutlich in Ihrem blinden Fleck. Jemand nannte Ihren Namen, ein paar Schüler sagten, Sie seien ihre Lehrerin, Sie waren in Begleitung eines hochgewachsenen Mannes, Ihres Ehemannes, nehme ich an. Das ist alles, was ich über Sie weiß, und schon diese spärlichen Informationen sind mir eine Spur zu viel. Haben Sie keine Angst – ich will Sie nicht treffen und auch nicht in Ihr gewohntes Leben eingreifen, doch ich wünschte, Sie würden mir erlauben, Ihnen zu schreiben. Das heißt – mich Ihnen in Briefen mitzuteilen (hin und wieder). Nicht dass mein Leben weiß Gott wie unterhaltsam wäre (das ist es nicht und ich trage es mit Fassung), ich möchte Ihnen einfach geben, was ich sonst niemandem geben kann. Ich meine die Art von Dingen, von denen ich nicht einmal ahnte, dass ich sie jemals mit einem anderen würde teilen können oder teilen wollen. Natürlich würde es Sie zu nichts verpflichten, Sie müssten nicht reagieren (ich bin mir nahezu sicher, dass Sie nicht antworten), aber für den Fall, dass Sie dennoch irgendwann signalisieren wollten, dass Sie meine Briefe lesen, gebe ich Ihnen die Nummer eines Postfachs, das ich heute morgen eigens für Sie eingerichtet habe.

Sollten Erklärungen notwendig sein, hat die Sache keinen Sinn; Sie müssen dann nicht antworten, denn dann habe ich mich offenbar in Ihnen geirrt. Doch wenn Sie diejenige sein sollten, die ich dort sah, die Frau, die die Arme um sich schlug und etwas gebrochen lächelte, glaube ich, dass Sie wissen, was ich meine.

Ja'ir W.


7.4.

Liebe Mirjam,

seit Ihrem Brief bin ich handlungsunfähig, arbeite nicht, lebe nicht, kreise nur um Sie und brülle innerlich Ihren Namen, und wären Sie hier, würde ich Sie mit meiner ganzen Kraft umarmen, würde uns in unsere Einzelteile zerlegen, das bewirken Sie in diesem Augenblick in mir (keine Angst, ich bin nicht auffallend athletisch), ich gelobe Ihnen, auf all die Fragen, die Sie stellten, einzugehen, Sie verdienen ja die freimütigsten Antworten, auf das, was Sie mir geschrieben haben, dafür, dass Sie überhaupt geantwortet haben! Dafür, dass Sie bereit sind! Dass Sie sich von meinem beherrschten selbstmörderischen Brief (zwei tiefe Zahnreihenabdrücke in den Backentaschen sind mir von ihm geblieben) nicht haben abschrecken lassen, doch vorher, vor allem anderen, muss ich Ihnen darlegen, wie wir tatsächlich zueinandergefunden haben (Sie haben mir geantwortet! Schon nach einem Tag! Sie haben nicht über den Irren gelacht, der da auf einmal vor Ihnen auftauchte), und damit meine ich nicht die Begegnung in der Schule letzte Woche, sie gehört in den Bereich der Realität, was haben wir mit der Realität zu tun, sie wird ohnehin nicht bereit sein, uns einen Platz einzuräumen.

Wo soll ich beginnen, wenn es nur von allen Seiten gleichzeitig ginge, und dieser Eindruck, dass jedes Wort prall gefüllt ist mit untauglichen Buchstaben, nicht wahr? Dass jemand mit der Spitze eines Stifts Hebräisch in Französisch verwandelt ... Ich hätte nie gedacht, wie kompliziert es sein könnte, das Gefühl zu beschreiben und in Worte zu zerkrümeln. Sie haben geschrieben, dass ich Sie ein wenig an den Jungen mit den Siebenmeilenstiefeln erinnere, ich wünschte, bei meinem Leben, mit einem Mal die Stufe der Erläuterungen und der Logik überwinden zu können, auf dass Sie schon alles wüssten, augenblicklich, dass Sie mich ganz annähmen, dass ich in Ihnen enthalten wäre, dass ich die Augen aufschlüge und Sie lächelnd vor mir sähe, wie Sie sagen, es ist gut, wir können beginnen (hier breche ich ab. Ich habe den Eindruck, dass jedes weitere Wort mir mehr schadet. Jetzt ist es an Ihnen).

Ja'ir

7.4.

(Nur noch ein paar Bemerkungen.) Ich habe meinen Brief eingeworfen, bin zurückgekehrt und konnte mich nicht beruhigen, wozu auch beruhigen, he, Mirjam, schenken Sie dem Kretin keine Beachtung, der seit dem Morgen sein Lächeln nicht beherrschen kann und sich vor lauter Glückseligkeit am liebsten hier und jetzt komplett entkleidete, die Epidermis und die übrigen Schichten ablegte, um nackt bis auf den weißen Kern der Seele vor Ihnen zu stehen. Ich wünschte, ich könnte Ihnen aufmalen, iahen, wiehern, bellen, Ihnen sogar pfeifen, was mich überschäumt (es erinnert mich daran, wie ich im Alter von etwa zwanzig mit dem Gedanken liebäugelte, ein säkularer Angehöriger der Sechsunddreißig Gerechten meiner Generation zu werden, ich dachte daran, mich wenigstens einmal die Woche im Bus hinter eine einsame Frau zu setzen, Witwenkleidung erwünscht, aber nicht obligatorisch, der ich, von ihr ungesehen, kaum hörbar eine Melodie voller Liebe ins Ohr pfeifen wollte, eine, die die innersten Muschelgänge zum Vibrieren bringen und alles berühren würde, was abgestorben, entmutigt und verkrustet war) ...

Nein, mich schreckt die Fremdheit zwischen uns nicht. Im Gegenteil, ganz im Gegenteil – sagen Sie mir, was gibt es Verlockenderes und Verrückteres als die Gelegenheit, etwas überaus Kostbares zu vergeben, das Teuerste an sich, ein Geheimnis oder eine Schwachstelle, oder eine ganz und gar unerhörte Bitte auszusprechen, wie die, mit der ich mich an Sie gewandt habe, und dieses Kleinod einem vollkommen Fremden in die Hände zu legen (gerade einem Fremden!), und sich dabei vor Scham und Schande zu verzehren, dass man sich solch einer fadenscheinigen Illusion hingibt und dass es in einem dieses Betteln gibt ... So verbrachte ich drei Tage und drei Nächte, jeden einzelnen Augenblick, wie in einem Verlies oder in einer Falle, und dann, als ich, trüb und grau, schon kurz vor dem Verzicht stand, vor der Schalheit, der Schadenfreude, da war auf einmal Ihre weiße Hand –

Sehen Sie, vielleicht verstehen Sie gar nicht, was mich so aus der Fassung bringt, doch Ihr herzlicher Brief, vor allem das Postskriptum, alles in allem nur eine Zeile, war für mich, als wären Sie persönlich gekommen, um mich an der Hand vom Schatten ins Licht zu führen, so fühlte ich, als ob Sie mir eine Hand gereicht hätten, um mich über die Lichtscheide zu geleiten, und das mit vollkommener Selbstverständlichkeit, als wäre es normal, dass ein Mensch so etwas für einen Fremden tut.

(Da ist sie, die Kältewelle. Jetzt, in diesem Augenblick. Warum? Weil ich mich gut fühle? Die Kältewelle bricht im Bauch aus, ist wie eine kalte Faust, die sich unter dem Brustbein ballt, darf ich vorstellen!)

Ich wünsche mir, dass Sie es verstehen, ich spreche tatsächlich nur von Briefen, nicht von einem Treffen, nie von Physis, kein Fleisch, nicht mit Ihnen, das ist mir nach Ihrem Brief durch und durch klargeworden, nur Worte. Von Angesicht zu

Angesicht würde es uns verderben, würde sogleich in die gängigen Bahnen abgleiten. Und selbstverständlich streng vertraulich, ohne einen Dritten einzuweihen, damit sich unsere Worte nicht von außen gegen uns richten. Nur meine Worte werden Ihren Worten begegnen, und wir werden spüren, wie sich ganz allmählich der Rhythmus unserer Atemzüge angleicht. Dieser Brief kostet mich unbeschreibliche Anstrengung, es ist nicht die übliche Erschöpfung, aber nach ein paar Zeilen muss ich innehalten, durchatmen und mich zur Ruhe rufen.

Es ist Abend. Ich habe eine Atempause eingelegt. Ich bin etwas gefasst. Genau zehn Stunden, seit ich Ihren weißen Umschlag in meinem Brieffach vorfand, mit meinem Namen auf der vorderen und Ihrem auf der Rückseite (vielleicht schon hinreichend – zunächst). Darin ein zur Hälfte beschriebenes Blatt (hatten Sie keine Zeit?), Ihre Antwort. Auf den ersten Blick vermochte ich das Gelesene nicht aufzunehmen. Als ob aus jedem Wort, selbst aus dem neutralsten, ein gleißender Glanz stieg, wie ihn das Wort »Ich« ausstrahlt, wann immer man sich hineinvertieft, ein Augenblick des Verstehens, und dann eine Art dunkles Zwielicht, das sich allmählich vom Mittelpunkt auszubreiten beginnt und einen ansaugt, und als ich zu dem P. S. kam, dem Dankeschön für mein unerwartetes Geschenk (Sie danken mir auch noch!) und zu Ihrem Herzen, das plötzlich Sehnsucht nach sich selbst bekam, nach sich selbst als Kind –

Stimmt es, dass solch einem Moment nichts hinzugefügt werden kann? Dass die Hauptsache schon gesagt ist?

Doch wissen Sie, ich habe einmal von der Auffassung eines »unserer Weisen selig« gelesen, wir hätten ein Knöchelchen namens »Mandel« im Körper, am Ende der Wirbelsäule, das unzerbrechlich sei und nach dem Tod nicht verwese, das man auch nicht verbrennen könne und das nach der Auferstehung der Kern für die Neuerschaffung des Menschen sei. Ich habe mir ein Spiel daraus gemacht – ich versuchte herauszufinden, was die »Mandel« meiner Bekannten ist, was würde das Letzte sein, was von ihnen bliebe, was an ihnen war unsterblich und woraus würden sie neu erschaffen. Natürlich habe ich auch mich selbst gefragt, was die meine ist, doch keine Theorie erfüllte sämtliche Bedingungen, späterhin stellte ich das Fragen und Suchen ein, ich erklärte meine »Mandel« für vermisst, bis ich Sie auf dem Schulhof sah und jäh jene alte Vorstellung von den Toten erwachte, und mit ihr der verrückte, süße Gedanke, dass sie vielleicht nicht in mir selbst zu suchen sei, sondern in jemand anderem?

7.4.

Wieder ich. Kurz vor Mitternacht. Für heute der dritte, aber das ist nichts, Sie haben ja keine Ahnung, wie viele Briefe ich heute nicht an Sie abgeschickt habe, doch ist dies unser erster gemeinsamer Tag, der Tag, an dem Ihr Brief kam und an dem ich ihn beantwortete, und solange ich keinen weiteren Brief von Ihnen erhalten habe, kann ich mich der Illusion hingeben, dass Sie mich so lesen, wie ich an Sie schreibe, im Dämmerzustand, halluzinierend (heute hatte ich bei der Arbeit einen geradezu tänzelnden Gang), und dadurch kann ich Ihnen zumurmeln, *maim – maim*, mit dünner Stimme, meine Stimme wird dünn, wenn ich an Sie denke, *maim* – Wasser, spenden Sie mir Wasser! Ich weiß nicht, warum, vielleicht ist es das Wasser in Ihrem Namen (ohne das etwas harte R, das wie ein Damm wirkt) und vielleicht die Tatsache, dass es ohne Flüssigkeit keine Befruchtung gibt, und ich fühle, körperlich fühle ich es, dass wir beide eine Menge Wasser um uns herum nötig haben, Wasserfälle und Flüsse, um damit beginnen zu können, zu sein.

Habe ich übertrieben? Habe ich mich hinreißen lassen? Ich

kann spüren, wie Sie zusammenzucken (wahrhaftig: Ihr Körper verzieht die Miene), womöglich habe ich auch ein besonders verletzendes Wort gebraucht? Sie müssen mich führen, mir sagen, wo es wehtut und wo ich behutsam sein muss. Oder habe ich Sie heute einfach überrollt, und Sie sind müde?

Denn mich laugt es aus, Ihnen zu schreiben, ich erwähnte es bereits. Nie zuvor habe ich beim Schreiben solch eine Schwäche empfunden. Fünf, zehn Zeilen, und ich bin wie benommen. Es hat zugleich etwas Angenehmes, es erinnert mich daran, wie ich mich als Kind fühlte, wenn ich nach langer Krankheit zum ersten Mal wieder einen Fuß in die Welt setzte. Hören Sie, vielleicht werden wir diese Korrespondenz a priori zeitlich begrenzen? Sagen wir ein Jahr? Oder bis es vor lauter Wonne unerträglich wird? Denn wenn mein Körper mir jetzt die Wahrheit sagt, und Körper lügen bekanntlich nicht –

Nein? Er lügt nicht? Und wie oft habe ich mit seiner Hilfe gelogen? Wie oft habe ich umarmt und geküsst, die Augen seufzend geschlossen, und bin brüllend gekommen, doch ohne besondere Teilnahme?

Wie häufig haben Sie es so gemacht?

Mirjam, wenn das, was ich momentan für Sie empfinde, real ist, dann wird uns wohl auch ein Jahr überfordern. Eine längere Zeitspanne würden wir nicht durchstehen, sie würde alles um uns herum ruinieren, und wie es aussieht, haben wir beide da draußen etwas zu verlieren, und darum meine ich, eine absurde Idee, und dennoch, dass wir vielleicht gleich zu Beginn diese Entscheidung treffen sollten? Dass wir uns einen Termin setzen oder darauf warten, dass sich auf der Welt etwas Bestimmtes ereignet, etwas von außen, etwas, dem wir beide vollkommen gleich sind, das jedoch im allgemeinen Kalender unser privates Zeichen sein wird. Was meinen Sie, beruhigt es Sie ein wenig (es würde irgendeinen Rahmen setzen)? Auf diese Weise würden wir von Anfang an wissen, dass der Abschied nicht in unserer Hand liegt und dass wir bis dahin alles erledigt haben müssen. Alles zu sein oder nichts, was meinen Sie?

Wieder sind Sie zurückgewichen, auf einmal sind Sie kühl und distanziert. Gut, ich bin mir bewusst, dass ich gerade großen Mist zu Papier gebracht habe und dass ich schon gegen meinen Eimer getreten habe, bevor er sich zu füllen begann, aber warten Sie, entscheiden Sie sich nicht gegen mich! – Das Einfachste für mich wäre es jetzt, dieses Blatt zu zerreißen, den Brief neu zu verfassen, ohne diese jämmerlichen Zeilen, und Sie auf diese Weise nicht auf einen Schlag zu verlieren.

Sie sehen, ich habe ihn so belassen. So, wie er war. Unkorrigiert. Denn als Sie mir antworteten, beschloss ich, dass alles, was Ihretwegen mit mir passieren wird, Ihnen gehören soll. Notiert-in-mir-notiert-in-Ihnen. Jeder Gedanke, jeder Wunsch, jede Leidenschaft und jede Angst, jeder Säugling und jeder Fötus und jeder Abortus, die in mir durch Sie entstehen, das ist das Wesen meines Vertrags mit Ihnen, und nur mit Ihnen, dass ich hiermit verzichte, auf jedes Make-up zu Werbezwecken, auf die innere Zensur, selbst das Recht auf Selbstverteidigung.

(Was für eine Erleichterung, allein diese Worte zu schreiben.)

Aber sehen Sie, ich habe es wieder gelesen.

Ich wünschte, ich könnte Ihnen etwas anderes schreiben, ich wünschte, ich wäre ein Mensch, der anders schreibt. So viele feiste Worte. Im Grunde könnte es auch ganz einfach sein, nicht wahr? Wie ein »Wo tut es denn weh, mein Kind?«, und ich schließe die Augen, so fest ich kann, und schreibe hastig: Zwei vollkommen Fremde sollen die Fremdheit per se besiegen, das enorme deterministische Prinzip der Fremdheit, inklusive der gesamten übersättigten Kremelspitze tief im Innern, wir sollen zwei sein, die sich Wahrheitsinjektionen verabreichen, damit sie sie endlich aussprechen müssen, die Wahrheit, ich will mir versichern können: »Mit ihr habe ich Wahrheit geblutet«, ja, das ist es, was ich möchte, dass Sie mir das Messer sind und ich Ihnen, ich gelobe es, ein scharfes Messer, aber ein barmherziges, eines Ihrer Worte, ich wusste gar nicht mehr, dass es zulässig ist, solch ein zarter, weicher Klang, ein Wort ohne Haut (wenn man es ein paarmal laut ausspricht, fühlt man sich wie salzige, harte Erde, in deren Risse Wasser zu sickern beginnt). Sie sind müde, ich zwinge mich dazu, gute Nacht zu sagen.

Ja'ir

12.4.

Mirjam.

Ich habe es gewusst, Sie können mir nicht vorwerfen, ich hätte es nicht gewusst und mich nicht gewarnt.

War das tatsächlich Ihr Gefühl? In diesem Maße?

Nun gut, Sie können sich vorstellen, dass es auch mir nicht angenehm wäre, so etwas einzustecken. Mit einer Hand gibt man, und mit zweien nimmt man! Scheherezade und der einfältige Sultan sind aneinandergefesselt und miteinander verwoben … Heute konnte ich nicht umhin, mir Ihren ersten per Express zustellen zu lassen.

Doch, Sie verstehen das, nicht wahr? Es ist die Angst. Dass – nachdem es mir gelungen ist, Sie am Ärmel zu zupfen und für einen Moment an meiner Seite aufzuhalten – mein langsam, aber sicher schwindender Charme restlos vergeht und ich keine zweite Chance erhalte, und Sie müssen, müssen mir glauben, dass ich erst auf den zweiten oder dritten Blick zu erkennen bin, auf keinen Fall auf den jetzigen.

Dennoch, Mirjam (Sie haben einen warmen Namen, üppig, gleichermaßen fest und weich), bleiben Sie noch ein wenig, nur bis diese unkontrollierten Zuckungen aufhören. Sie dürfen inzwischen kleine, verzweifelte Eintragungen über mich in Ihr Klassenbuch notieren, aber lassen Sie mich dabeisein, wenn Sie Ihre phantasierenden Selbstgespräche führen, Ihre Gespräche mit Anna (Ihre Freundin?), mit Ihrer Katze und Ihren Hunden, vielleicht habe ich bei Ihnen noch nicht vollends verspielt, denn Sie haben, trotz allem, aus scheinbar echter Sorge nachgefragt, was mich so in Panik versetze und wie es sein könne, dass einer, der es gewagt habe, solch einen großen Wunsch an das Leben zu stellen, auch so viel Angst davor habe.

Erklären Sie mir das doch bitte.

Wollen Sie wissen, wie oft ich Ihre beiden Briefe gelesen habe? Wollen Sie einen Grund zum Lachen haben? Jede Stunde, bei Tag und bei Nacht, flüsternd und lauthals, in kochendem Badewasser, über dem offenen Gasherd, inmitten einer Konferenz mit nachdrücklich gerunzelter Stirn und zehn Zeugen. Meine lachhaften Versuche, Ihnen immer und überall nahe zu sein. Selbst in den öffentlichen Toiletten des Jerusalemer Busbahnhofs, ich bin heute nachmittag eigens dorthin gefahren, damit die schweinischen Zeichnungen und die Klosprüche beim Klang Ihrer offenen Worte vor Scham von den Wänden blättern, wie Sie schreiben, wirklich, selbst wenn Sie enttäuscht sind, ohne Verstellung und ungekünstelt, ohne auch nur einen Funken Vorsicht, so kommen Sie daher und schenken mir Ihr Vertrauen, ohne mich zu kennen.

Noch mehr von mir erzählen? Was gibt es schon zu erzählen?

Etwas an der Art, wie Sie schreiben, erinnert mich daran, wie ich mit dem Gedanken spielte, meinem Sohn eine Privatsprache beizubringen. Ihn mit Absicht von der sprechenden Welt zu isolieren und von Geburt an zu täuschen, damit er nur der Sprache Glauben schenkte, die ich ihm gab. Gütig sollte sie sein. Ich zog in Betracht – ihn bei der Hand zu nehmen und ihm alles, was er sah, mit Namen zu benennen, die ihm Leid ersparten. Er sollte gar nicht erst begreifen, dass es etwas wie

Krieg gibt und dass Menschen töten, und dass dieses Rot Blut ist. Ein abgedroschener Gedanke, ich weiß, doch die Vorstellung gefiel mir, wie er mit einem unschuldigen, vertrauensseligen Lächeln durch das Leben ginge, das erste erleuchtete Kind.

Ich brauche Ihnen ja nicht zu sagen, wie glücklich ich war, als er zu sprechen begann, Sie erinnern sich sicher an dieses Wunder, daran, wie es ist, wenn ein Kind beginnt, den Dingen Namen zu geben. Und dennoch, wann immer er ein neues Wort gelernt hatte, ein Wort, das auch ein wenig »allen« gehörte, das der Allgemeinheit gehörte, auch bei seinem ersten Wort, einem schönen – »Licht« –, wurde mir das Herz in den Spitzen bitter, denn ich dachte – wer weiß, was er in diesem Moment verliert und was für eine unendliche Vielfalt an Licht er fühlte und sah, schmeckte und roch, bis zu dem Moment, in dem er alles in den kleinen Terminus »Licht« packte, mit diesem Schalter von t am Ende. Sie verstehen das, nicht wahr?

Ja, sicher, in bitteren Herzspitzen kennen Sie sich aus. Womöglich sind Sie gewissermaßen eine bescheidene Expertin auf diesem Gebiet. Ein Blick hat mir genügt, um das zu spüren. Und wie die Dinge liegen, ist es auch mir längst gelungen, Ihnen das Herz hinreichend schwer und bitter zu machen.

Aber in diesem Maße, tatsächlich? Als ob Sie, just in dem Moment, in dem Sie danach greifen wollten, etwas Kostbares, Ersehntes verloren hätten?

Sagen Sie mir wenigstens, was dieses kostbare Etwas war (damit ich weiß, was um ein Haar in mir war).

Ja'ir

Sie haben natürlich recht, ich habe den Rüffel durchaus verdient (ich ahnte ja nicht, wie sehr Sie »Wort« sind). Wer hätte das gedacht, dass Sie auch über einen derart spitzen, galligen, schneidenden Sarkasmus verfügen – Ihre Schultern und Ihr Rücken gaben allerdings einen Hinweis darauf, etwas Verkrampftes, sogar Gepeinigtes sah ich darin, als bereiteten Sie sich auf den nächsten Hieb vor. Oder liege ich völlig daneben?

Ist es jetzt etwa meinetwegen? Sagen Sie – bin ich es, der Sie den Kopf derart einziehen lässt? Ich kenne das zur Genüge von mir, hoffentlich tue ich Ihnen das nicht an …

Wissen Sie, heute saß an der Bushaltestelle gegenüber von meiner Firma im Industriegebiet, gerade vor Mittag, das Licht hatte seinen Höhepunkt erreicht, ein Blinder. Gebeugt, einen Stock zwischen den geschlossenen Knien. Ein Bus kam, und ein zweiter Blinder stieg aus, und als dieser an dem Wartenden an der Bushaltestelle vorbeikam, richteten sich beide gleichzeitig auf, wobei sich die Köpfe in ein und demselben Rhythmus bewegten. Ich blieb stehen, rührte mich nicht. Sie tasteten, entdeckten, und für einen Moment standen beide wie eng umschlungen und erstarrt da. Es dauerte eine Sekunde, nicht länger, in vollkommenem Stillschweigen, bis sie sich schlagartig losrissen und voneinander abließen, doch mir sträubten sich am ganzen Körper die Haare, Ihretwegen, und ich dachte: So!

Kommen Sie nur, kommen Sie näher, ich will Ihnen etwas Wahres und Intimes geben, laufen Sie nicht davon, machen Sie sich nicht so klein, etwas zutiefst Intimes, etwas, was einen Gegensatz zu dem »anonym« darstellt, das Sie mir vorwarfen, als Sie wie ein Standgericht auf Ihrer Veranda saßen (ein lila Blütenblatt, das sich zwischen der Seite und dem Umschlag verfangen hatte, klebte ausgerechnet auf »anonyme Intimität« und hat beide Worte verwischt). Spannen Sie die Muskeln, Mirjam, wir sagten alles oder nichts.

Als meine Frau und ich miteinander auszugehen begannen, fuhren wir an einem Wochenende ins Karmelgebirge und wanderten dort durch ein kleines Wäldchen. Es war noch früh am Morgen, kurz nach der Dämmerung, und wir unterhielten uns und lachten, und ich, der ich für gewöhnlich das, was man die Schönheit der Schöpfung nennt, verabscheue, konnte plötzlich diese Ästhetik um uns herum nicht länger ertragen, eilig zog ich mich aus und begann nackt und grölend zwischen den Bäumen herumzulaufen. Und Maya (wir werden sie unter uns Maya nennen, und auch Sie lade ich dazu ein, Ihren Lieben beliebige Namen zu geben) blieb fassungslos stehen, vielleicht erschreckte sie nur meine Nacktheit, die sie zum ersten Mal draußen, im Freien, sah und die auch im Dunkeln nur mäßig erfreulich ist, und ich hörte, wie sie leise nach mir rief und mich anflehte, ich solle damit aufhören, aber ich war schon im Rausch, ich stürmte aus allen Himmelsrichtungen auf sie los, in einer Art ungestümem Balztanz, der wohl recht albern gewirkt hat, und ich animierte sie, es mir gleichzutun, und es gab einen Moment, an dem ich spürte, dass sie es irgendwie wollte, verstehen Sie, ich war vor diesem Zeitpunkt nie bereit gewesen, mit ihr zu tanzen, nicht auf Partys, nicht unter Menschen, und nackt konnte ich es auf einmal, ich wurde getanzt, stellen Sie sich das vor, nackt und tanzend, berstend vor Glück, vielleicht macht das Glück attraktiv, Maya ließ sich um ein Haar hinreißen, ich fühlte, dass sie erfasst und schier aus sich selbst herausgerissen wurde, aber im letzten Moment dann doch nicht. Warum verlangte der Polizist in Ihrem Traum, dass Sie wegen Verfassens von Drohbriefen Anzeige gegen mich erstatten sollten?

(Und wie Sie mich mit einem Mal belebten, als Sie diesem schnüffelnden Idioten sagten, meine Briefe kämen Ihnen eher wie eine Bedrohung meines eigenen Lebens vor, und dass Sie vielleicht gerade deshalb blieben.)

Im Wald tanzte ich. Ich wünschte, ich könnte heute, im Jetzt, noch einmal so tanzen. Ich tanzte, weil jener Zweifel sonderbarerweise noch nicht in mir erwacht war, weil die Kältewelle noch nicht da war, das heißt – sie war längst da, natürlich war sie längst da, bei mir funktioniert dieser Mechanismus reibungslos, und mein Giftsack entleert sich unverzüglich in den Blutkreislauf, wenn sich mir das Herz aus irgendeinem Grund weitet, aber gerade wegen dieses Giftes tanzte ich damals noch wilder, ich weiß nicht, warum, vielleicht spürte ich, dass ich endlich den Fehler machte, der für mich richtig ist; und obgleich Maya schon kehrtgemacht hatte und wieder im Auto saß, konnte ich nicht aufhören, zwischen den Bäumen zu tanzen, und der Geruch der Kiefern wurde beißend, Tränen stiegen mir in die Augen, während ich nackt war, und die Stimmen ringsumher, Vögel und fernes Gebell und das Summen von Insekten, ich roch die Erde und die Felsspalten und die Asche der Lagerfeuer vom Sommer, und ich hatte das Gefühl, dass ein gigantischer grauer Star, der mich von Kopf bis Fuß bedeckt hatte, von mir abfiel, und erst als ich vor Erschöpfung beinahe zusammenbrach, sammelte ich meine Kleider wieder auf und stieg zu ihr in den Wagen. Sie war bleich, sie sah mich nicht an, sie bat mich, mich anzuziehen, da jemand vorbeikommen könnte, und wir sollten besser sofort nach Hause fahren, ihre Eltern warteten längst mit dem Frühstück auf uns. Plötzlich brach ihre Stimme, sie begann zu weinen, und auch ich fing an zu schluchzen, ich verstand, dass dies das Ende unserer jungen Liebe war, und ich dachte, ich könnte eine Trennung von ihr nicht ertragen, denn ich hatte noch nie jemanden so geliebt, freudig, schlicht und gesund, wie ich sie liebte, und wie üblich hatte ich die Sache gleich zu Beginn verdorben und mich bloßgestellt.

Wir saßen im Auto, jeder für sich, und wir weinten, sie bekleidet, ich nackt, und aus dem Weinen näherten wir uns einander, und wir schmiegten uns aneinander und begannen zu lachen, und ich zog mich ohne Eile an, sie half mir, sie zog mich an, Kleidungsstück für Kleidungsstück, sie knöpfte mir Hemd und Hose zu und krempelte mir die Ärmel hoch, und die ganze Zeit küsste und leckte ich ihre Tränen, denn ich begriff nach und nach, dass sie über mich weinte, mich aber nicht verlassen würde, dass sie mich beweinte und blieb, und mein Herz war randvoll vor Dankbarkeit, und ich wusste, dass ich ihr so etwas nie wieder antun würde, und ich fasste den Entschluss, sie von nun an bis in alle Ewigkeit vor mir zu schützen, schließlich konnte ich sie einer Welt, in der ich mich so aufführte, nicht aussetzen. Sie lachte zwischen ihren Tränen und sagte annähernd das Gleiche, um sie vor mir zu schützen, würde ich in Zukunft für immer bei ihr bleiben müssen, was halbwegs ein Witz war, aber auch tiefe Wahrheit, und die schicksalhafte Logik zweier Menschen enthielt, eines Paares, und Sie wissen ja, dass dies eine Logik ist, die zwei Lebensgefährten bisweilen erst nach einem kompletten gemeinsamen Leben begreifen (ich habe den Mann gesehen, bei dem oder neben dem Sie standen), wir aber hatten schon am Anfang einen Blick darauf geworfen.

Sehen Sie, seit Jahren habe ich nicht mehr an diesen Augenblick gedacht. Ich schreckte davor zurück, mich mir bei diesem Tanz vorzustellen, und damit ist auch der Rest verschwommen. Im Grunde genommen waren wir nichts weiter als erschrockene Kinder, und dennoch gelang es uns, in Windeseile eine komplizierte Lebensvereinbarung zu treffen, höchst offiziell warnend und gewarnt, und im Nachhinein wundert es mich, wie wir in Sekundenschnelle unser Augenlicht so justieren konnten, dass es künftig nur auf den Winkel fallen würde, der notwendig war, um sicherzustellen, dass unsere Liebe immer und um jeden Preis gewinnen würde, und den Preis legten wir gleich fest, und wir sprachen nie wieder darüber, niemals, wie kann man auf einmal, in der Hälfte des Lebens, darüber sprechen, sagen Sie mir das.

Sagen Sie mir das.

Ich hätte es Ihnen nicht erzählen sollen, nicht wahr? Was haben Sie mit der Ehe eines Menschen zu tun, den Sie nie gesehen haben. Ich spüre schon den Frost des Irrtums. Wieder hat der Tölpel danebengegriffen, so muss es Ihnen vorkommen, dieser Mensch wirft alles, was er hat, in die Lüfte und lässt erwartungsgemäß alles um sich herum auf den Boden fallen. Was soll's, die Menschen lieben den dummen August, so wenigstens hat es mir mein renommiertes Pädagogenpaar beigebracht (aber ich bitte Sie, mit einer Windung Ihres Hirns zu berücksichtigen, dass ich, sagen wir, der Mensch mit der gewaltigen Brandwunde im Gesicht bin, der den Entschluss fasste, dennoch diesen menschenvollen Raum zu betreten). Hätte ich Ihrer Meinung nach mit solch einer Geschichte vielleicht ein wenig warten sollen, warten, bis wir uns etwas näher kennen? Auch ich bin dieser Ansicht, aber bei Ihnen handele ich nicht nach meiner Ansicht, sondern nach meiner Fehlsicht, und warten möchte ich auch nicht, denn die Zeit, die Sie und ich zusammen haben, ist eine andere, es ist eine Kugelzeit, jeder Punkt hat die gleiche Nähe zum Zentrum, und ich entschuldige mich auch nicht, wenn ich Sie in Verlegenheit gebracht habe, dies hier ist kein seichtes Geplauder. In ihrem Fall wäre ausradieren Mord, von allem, was ich zu Papier bringe, ist nichts beabsichtigt, und es wird auch nichts ausgeklammert werden!

Ich kann nicht schlafen. Ich wüsste gern, was Sie fühlen, wenn Sie den Brief von heute morgen lesen, und ob Sie mir danach überhaupt weiter schreiben. Höchstwahrscheinlich nicht. Sie werden denken, dass es dreist von mir war, Ihnen so etwas aus meinem Leben zuzumuten. Und dennoch bin ich froh, dass ich ihn abgeschickt habe. Trotz allem, womit ich mich heute im Laufe des Tages herumgequält habe. Sie hatten recht, dass ich im Grunde einen Partner für eine imaginäre Reise suche, aber Sie irren in Ihrer Vermutung, dass ich gar keinen realen Partner brauche. Genau das Gegenteil ist der Fall: Ich brauche einen realen Partner für eine imaginäre Reise. Während ich diese Worte schreibe, flattert mir das Herz auf durchaus reale Weise. Überhaupt scheint es sich zu bewahrheiten, dass ich, nur wenn ich mich meinen Phantasien hingebe, meinen Herzschlag spüre. Hier wieder, ein Flattern.

Wussten Sie eigentlich, dass es einen Vogel mit Namen Alk gibt? Wenn man ihn sanft an der Brust berührt, hört sein Herz zu schlagen auf, und er stirbt. Er duldet keine falsche Bewegung, denn der geringste Fehler überträgt eine leichte Erschütterung auf sein Herz, und es hört mir nichts, dir nichts auf zu schlagen. Wenn ich nur solch einen Alk kaufen könnte. Im Grunde zwei. Nein: einen Schwarm. Ich würde sie über meine Briefe an Sie fliegen lassen, lebendige Lügendetektoren, wie die Kanarienvögel, die das Ausströmen von Gas in den Bergwerken anzuzeigen hatten. Stellen Sie sich vor: ein erlogenes Wort oder ein nachlässiges, ein rohes oder einfach ein gleichgültiges – und ein toter Vogel plumpst auf das Blatt. Sie sollten sehen, wie ich dann schriebe. Übrigens, ich habe vergessen, Ihnen zu sagen, dass Sie mich kränkten, als Sie mutmaßten, ich könnte Sie mit einer anderen Frau verwechselt haben, die ich an jenem Abend sah. Und noch mehr verletzt hat es mich, dass es Ihnen so schwerfiel, zu entscheiden, was Ihnen lieber wäre: wenn ich mich geirrt hätte oder das Gegenteil.

Aber wissen Sie, wann mir das Herz wahrhaftig schwer wurde? Als Sie sich mir selbst beschrieben, um sicherzugehen, Sie haben sich irgendwie auf einen einzigen Satz reduziert, und dann auch noch in Klammern (»ziemlich groß, langes, widerspenstiges lockiges Haar, Brillenträgerin …«).

Wenn das so ist – wenn Sie sich tatsächlich zwischen Parenthesen sehen –, lassen Sie wenigstens zu, dass ich mich mit Ihnen dort hineinzwänge und dass die Welt draußen bleibt. Damit die Welt nur der Faktor außerhalb der Klammer ist, der uns in ihr multipliziert.

J.


P. S. Trotzdem, obwohl es zwischen uns nicht richtig läuft und von Anfang an etwas schräg und unstimmig ist, muss ich Ihnen etwas sagen – nämlich wie sich meine Pupillen weiten, wenn ich in einem anderen Kontext auf eines Ihrer Worte stoße, auch in der Zeitung oder in einer Anzeige … Schließlich gibt es Worte, die so eigentümlich für Sie sind, Ihre Seelenabdrücke, und die mir bei jedem anderen nach begrifflichem Beiwerk und sprachlichem Scharnier klingen, nach nichts weiter, bis zu Ihnen konnte ich mir nicht vorstellen, dass es so erregend sein kann, der Sprache eines Fremden zu begegnen, und dass es vergleichbar ist mit der ersten Berührung mit dessen Körper, dessen Geruch, dessen Hautbeschaffenheit, dessen Haar und Pigmentflecken. Geht es Ihnen ebenso?

Aber wie werde ich uns zusammenbringen? Sie und mich, wie bringe ich es zu einer Begegnung zwischen uns? Es kam ein Brief von Ihnen, er liegt auf dem Tisch. Leichenblass. Die Farbe Weiß reflektiert alle Lichtstrahlen, nicht wahr? Gleich werde ich ihn öffnen. Geben Sie mir eine Schonfrist, lassen Sie mich einen Anflug optimistischer Farbe versprühen … Habe ich Ihnen schon gesagt, dass ich uns die ganze Zeit über in Grün baden sehe? Immerfort grün, wenn ich an Sie denke. Großes, breitflächiges Grün. Vielleicht der Bauch eines Ozeans, weit und endlos, vielleicht ein dichter europäischer Wald, vielleicht auch nur eine große Wiese (ich hätte Sie warnen müssen, gemeinhin ragen meine Träume nicht über die Höhe eines Grashalms hinaus). Sie sitzen auf dem Rasen und lesen ein Buch, und ich lese, sagen wir, die Zeitung. Zwischen uns liegt eine enorme Distanz, ein riesiger Rasen. Und zwei Fremde, wie bringe ich die beiden dazu, sich binnen einer Sekunde in die Arme zu fallen, ohne die Zwischenstufen zu durchlaufen, und ohne die Sätze aufzusagen, die schon Millionen von Männern und Frauen vor ihnen schal werden ließen?

Dem Tasten und Fühlen nach zu urteilen – nicht mehr als eine Seite. Ich zog den Versuch in Erwägung, mir eigenhändig zu schreiben, was dort geschrieben steht, um mich gewissermaßen zu rüsten, aber Sie untersagten mir, an Ihrer Stelle zu entscheiden, was Sie denken und fühlen. Vielleicht werde ich einen kleinen Tagtraum niederschreiben, dem ich mich schon seit Tagen hingebe, einem über uns beide, interessant, was Sie darüber denken. Solch ein Bild, ein bisschen albern, von Ihnen und von mir, wie jeder von uns in seine Lektüre vertieft ist, aber weil nur wir beide uns dort, auf dem Rasen, befinden, wach und empfindlich für die Anwesenheit des anderen. Ich trage wie üblich Jeans, Sie ein schwarzes, lockeres Kleid, das sich über die gesamte Länge Ihres Körpers an Sie schmiegt und auf das helle Sterne und Monde gedruckt sind, und wenn ich nicht irre, ist da auch ein leichter, luftiger grüner Schal, der Ihre Schultern bedeckt. So sah ich Sie beim Jahrestag (ein Schal? Oder ein langes Seidentuch? Jede Einzelheit ist mir jetzt wichtig), denn, heißt es in den Briefen, die einzige Sache, an die er sich erinnere, sei die grüne Pelerine, die sie trug, so traf der Verführer Cordelia zum ersten Mal an. Und vielleicht stammt dieses ganze Grün von dem Schal?

Das Grün, das erlosch unter dem weiten grauen Pullover, den Ihr Gatte Ihnen über die Schultern warf, als Sie fröstelten. Erinnern Sie sich an so etwas? Denn ich erinnere mich deutlich an irgendeine hastige, aggressive Bewegung von ihm, die mich erschütterte, während ich Sie anstarrte, als mir noch nicht bewusst war, wie sehr ich Sie anstarrte. Und er, dieser »Er«, dem Sie unsere Beziehung auf keinen Fall verheimlichen wollen, gerade weil es ihm nicht einfallen würde, Sie auszufragen, was Sie tun und mit wem – warf plötzlich aus den Höhen seines titanischen Wuchses den Pullover über Sie, wie man ein Lasso über ein ausgebrochenes Fohlen wirft.

Aber was ließ Sie eigentlich so frösteln? Ziemlich groß, langes, widerspenstiges lockiges Haar, Brillenträgerin ... Ohne jene nervtötenden Klammern hätte ich gelacht: So sehen Sie sich, nur so? Und warum haben Sie nichts über Ihre wunderbare Haltung geschrieben, die gleichsam aufrichtig und weich ist, und über Ihre strahlenden Wangen, so wie Sie auch nicht erwähnten, dass in Ihrem Gesicht eine Art Naivität liegt, hell und sommersprossig, etwas anachronistisch, verzeihen Sie, die an die fünfziger Jahre erinnert ...

Und warum habe ich nicht sofort Worte geschrieben wie goldenes Korn, wie Tenne und Butter, dass Sie ein Gesicht haben, das auf den ersten unbeteiligten oder stumpfen Blick relativ bescheiden wirkt, im Gegensatz zu diesem fabelhaften, ausdrucksstarken Körper, ich hoffe, ich verletze Sie nicht, das Gesicht eines braven, anständigen Mädchens, das brave, verantwortungsbewusste Gesicht einer Klassensprecherin, und plötzlich verfängt sich das Auge in etwas Unerwartetem, dem dunklen Muttermal unter den Lippen oder dem Mund an sich, der breit ist, zitternd und ruhelos, etwa so, als hätte er ein Eigenleben, Sie haben einen hungrigen Mund, Mirjam, sagen Sie mir, ob Ihnen das schon einmal jemand gesagt hat, und ich werde sofort eine andere Formulierung finden, ich will es auf jeden Fall vermeiden, in den Worten anderer zu waten.

Ich verschlang an jenem Abend mit den Augen Ihr Gesicht. Ich sah Sie vielleicht fünf Minuten lang, aber fünf Minuten lang wurden Sie in mich geätzt, und jetzt werden Sie sich entscheiden müssen, ob »das sonderbare Seufzen«, das Sie ausstießen, wirklich daher rührte, dass Sie dachten, ich hätte Sie irrtümlich mit einer anderen verwechselt, oder stöhnten Sie, weil gerade Sie es waren, weil Sie diejenige waren, die mein Los gezogen hat … Sie müssen das allein entscheiden, es sind seit damals drei Wochen vergangen, und sobald mein Blick auf eine unbekannte Frau fällt, prallt er zurück, geradewegs auf Ihr Konterfei in meinem Hirn. Wie sehr Ihr Gesicht mich erregt hat. Ich, der ich hartnäckig immerzu bei der Figur ansetze. Aber auch Ihren Körper habe ich, Gott behüte, nicht vernachlässigt, ich meine, Sie unternahmen den schriftlichen Versuch, ihn zu verschleiern (»ziemlich groß …«), der Stift zuckt in meiner Hand bei dem Gedanken, dass ich in Kürze Ihren Körper beschreiben werde, die Schönheit Ihres Körpers, seine Großzügigkeit unter den Kleidern. Und auch die etwas verkrampfte Rundung der Schultern vergesse ich nicht, als ob sich in Ihnen jemand verbarrikadierte, den Sie decken.

Und wie Sie den Kopf gesenkt hatten, und wie Ihr Körper unter dem Kleid ein wenig fröstelte, und wie Sie ihn in einer langsamen Geste, wie im Traum, mit den Armen umschlangen, wie vor Trauer über ihn, es klingt absonderlich, doch so sah ich es, vor Trauer – und voller Mitleid mit ihm. Und auf einen Blick wusste ich etwas über Sie, ich erzürne Sie wohl wieder, maße mir an, Ihnen etwas über sich selbst zu erzählen, ohne die Andeutung eines Zweifels, doch ich wusste es einfach, Ihr Gesicht war in diesem Moment offen und unbefestigt, ich habe noch nie einen erwachsenen Menschen gesehen, der so gehäutet schien. Es war offensichtlich, dass Ihnen jede Gemütsbewegung unmittelbar ins Gesicht geschrieben steht, dass Sie gar nicht in der Lage sind, irgendetwas zu verbergen, und wie gefährlich das ist, und wo waren Sie denn, als das Leben seine Lektionen erteilte?

(Genug, ich verliere die Beherrschung. Komm schon, her mit dir, du gnadenloser Kurier, her mit dir, du komprimiertes, antibiotisches Kündigungsschreiben, lass hören, was du uns zu sagen hast!)

22.4.


Mirjam.

Zunächst:

Im Supermarkt – heute, am späten Nachmittag – bat mich ein unbekannter Junge, ihm drei Schokoladenriegel von einem hohen Bord zu holen. Ich streckte die Hand danach aus, und der Kleine verwandelte sich sogleich in einen elenden Jungen, in dem eine ungeklärte Erkrankung nistet und den man schon seit Monaten behandelt, um den man sich sorgt, und der plötzlich, als sich schon alles zum Guten zu wenden und die Krankheit besiegt zu sein schien, Unmengen von Schokolade zu vertilgen begann, der heißhungrig und mondsüchtig bei Nacht das Bett verlässt und sie sich gierig einverleibt und den man nicht bremsen kann; ihm dieses kleine Vergnügen zu nehmen, wo er solch eine komplizierte Behandlung durchmacht, würde einem geradezu widerstreben. Doch das Wesentliche ist, dass der Junge über ein Wissen verfügt, das er allen anderen voraushat, seinen Eltern und seinen Ärzten und sogar sich selbst, eine Art inneres, stummes Wissen, und so versorgt er sich für die lange, kalte Reise, die ihn erwartet, mit Schokolade – ich fischte ihm die Riegel vom Regal, und er ging munter davon.

Solch ein kurzer Gedankenblitz durchfuhr mich, während meine Hand nach der Schokolade griff, und ich schwor mir, diese Eingebung nicht zu vergessen und Ihnen davon zu erzählen, ich habe mir sogar auf einem Zettel Notizen gemacht. Na und? Zehn dieser Blitze durchfahren mich täglich, und zehn gehen mir für immer verloren, und das hier war wirklich kein besonders großartiger Vertreter seiner Gattung, aber wenn ich Ihnen nicht davon berichtet hätte, wäre er mir gleichfalls entfallen, schade drum, selbst um etwas derart Nichtiges wäre es schade, wenn es verglühen würde, noch bevor es geboren ist, schließlich handelt es sich um einen lebendigen Seelenbrösel, fraglos hat jeder Mensch Hunderte davon, aber keinem anderen wäre dieser spezifische Mumpitz in den Sinn gekommen, und selbst wenn – wer brächte es fertig, ihn einem anderen zuzumuten? Haben Sie schon mal gehört, dass jemand über diese Art von Gedankenblitzen spricht?

Und woher der Mut, Ihnen solch einen inneren Nonsens zu erzählen, etwas, was zweifellos nichts weiter ist als das Knistern statischer Entladungen im Gehirn?

Vielleicht weil Sie plötzlich begriffen haben, dass Sie es sich ihr ganzes Leben lang nicht verzeihen würden, wenn Sie jetzt den Kontakt zu mir abbrechen würden, nur weil ich Sie hier und da aus der Fassung bringe.

Sehen Sie, Mirjam, ich lese Ihren kurzen Brief immer wieder. Vielleicht wage ich nicht, ihn bis in die Tiefen zu verstehen, aber ich habe den Eindruck, dass hier, in Ihrer winzigen Handschrift, geschrieben steht, dass Ihnen klar ist: Wenn Sie sich nun von mir abkehrten, bevor Sie mir wirklich begegnet sind, wäre das so, als kehrten Sie sich von Ihrem Wesentlichen ab.

Schließlich weiß ich, dass Sie nicht so sehr ins Detail hätten gehen müssen, dass dieses »Wesentliche« gar nicht mit mir im Zusammenhang steht, dass es etwas ist, was vollends mit Ihnen selbst zusammenhängt, vielleicht ist es sogar, wie Sie bemerkten, das Etwas schlechthin. Aber ich lese auch, was Sie am Ende des Blattes in leicht sonderbaren Buchstaben hinzufügten, nämlich dass die Tatsache – dass ein fremder Mensch dieses Etwas mit einem hastigen Blick identifiziert hat und es, ohne Sie zu kennen, beim Namen nannte – Sie ab und zu erschaudern lässt.

Ja'ir


(Schon morgen)

Ich meine: Wenn ich nur ein paar von ihnen zusammenfügen könnte, ein paar von diesen Seelenbröseln, könnte ich sie vielleicht wie ein vollständiges Mosaik betrachten und endlich irgendetwas verstehen, irgendein Prinzip, das mich gänzlich zusammenfasst. Meinen Sie nicht auch?

Ich spreche von den Dingen, für die es keine Gattungsbegriffe gibt, die sich im Lebensverlauf am Grund der Seele ansammeln, Sedimente und Erze. Wenn Sie mich bitten würden, sie Ihnen zu beschreiben – so hätte ich dafür keinerlei Worte, nur ein schweres Herz, ein vorbeihuschender Schatten, ein Stöhnen. Jemand umarmt sich selbst in einer Menschengruppe, und auf einmal füllst du dich mit Sehnsucht. Jemand schreibt: Sie haben sich als »Fremder« vorgestellt, doch ein vollkommen Fremder kann nicht so zu mir sprechen … Und sofort spürst du einen Kloß im Hals, die Einsamkeitsdrüse sondert einen Tropfen ab, mehr nicht, aber was ist gültiger und bedeutsamer als dies? In den Tiefen, erklärte mir Rilke einmal bei irgendeiner Nachtwache im

Sinai, verwandelt sich alles zu einem Gesetz. Sehr hübsch, erwiderte ich ihm, und es ist durchaus ein beruhigender Gedanke, dass irgendwo alles zu einer Bedeutung zusammengefasst wird, aber mir kann dieses Wissen schon nicht mehr genügen, Rainer Maria, meine Zeit läuft, und selbst wenn ich noch dreißig Jahre leben sollte, werde ich nur noch dreißig erste Herbstzeitlosen sehen, alles in allem ein kümmerlicher Strauß, und ich will einmal mit eigenen Augen diese Gesetzesformel sehen, verstehst du? Die Verfassung, und ich möchte an einer Pauschalreise in diese mysteriösen »Tiefen« teilnehmen, und dann werde ich darauf bestehen, die Gattungsbegriffe all jener erwähnten Ablagerungen zu erfahren, um sie wenigstens ein einziges Mal bei ihren Namen zu nennen und somit eine Antwort zu erhalten, ich werde darauf beharren, damit sie endlich ein einziges Mal die meinen sind, alles, nur nicht diese permanente Stummheit (die mir in diesem Moment, beispielsweise, ohne ersichtlichen Grund, mitten in dem täglichen Tohuwabohu das Herz aufplatzen lässt).

J.


Übrigens, bemühen Sie sich nicht so sehr, sich zu erinnern, welcher der Teilnehmer an jener Feier ich war, es spielt gar keine Rolle, Sie haben mich ohnehin nicht bemerkt. Wenn Sie allerdings darauf bestehen – nicht groß (womöglich sogar kleiner als Sie, ich hoffe, es macht Ihnen nichts aus, verbal stört es nicht), buchstäblich mager, man hat bei der Herstellung nur wenig Material in mich investiert, vielleicht auch nur wenig Kopfzerbrechen. Nicht eben Adonis, wenn Sie mich fragen, das heißt: nicht ansehnlich. Fällt es Ihnen jetzt ein? Ein halbwegs bedrücktes Gesicht, heller, lichter Bart? Schritt ziel- und rastlos durch die Menschengruppen, ohne Anschluss zu finden? Ist Ihnen so jemand in Erinnerung geblieben? Eine Art Kreuzung zwischen einem ominösen Marabu und einem Juden? Kurzum: Schade um die Mühe – unscheinbar.

Keinerlei Nachsicht, was?

Und auch keinen Rabatt.

Aber was ist daran so schlimm, wenn ich in meinen Briefen an Sie ein wenig pubertiere? Ich bin sowohl ein Pubertierender als auch ein Säugling, sowohl ein Greis als auch eine Wiedergeburt, ich bin, wenn ich Ihnen schreibe, so viele Lebenszeiten, und ich wünschte, Sie würden mir ein Fünkchen von der Glut überlassen, der Sie sich für Momente hingegeben haben (nur für Momente? Wirklich?), als Sie in jenem grässlichen Alter der Pubertät waren. Wie konnte man überhaupt den Tunnel jener obskuren Jahre ohne einen Hauch an »Ekstase« passieren, und warum halten Sie auch heute noch so unsäglich mit dem Feuer all Ihrer Altersstufen hinter dem Berg, Ja'ir-kauft-alles-an, die gesamten Bestände des thermischen Marktes, denn Sie müssen verstehen, der Ort, zu dem ich gelangen will, hat noch nicht genügend Lebenskraft und Lebensgeister, und wenn ich ein Stück zurücktrete und ihn von außen betrachte, kühlt er auch für mich ab, und wenn Sie ihn in Frage stellen, und sei es nur mit einer Randbemerkung, friert er auf der Stelle ein, was haben Sie denn gedacht – dass ein Schöpfungsakt ein Kinderspiel ist?

Seit gestern versuche ich zu verstehen, was zwischen dem letzten Brief und dem jetzigen mit Ihnen geschehen ist. Auf welche Stimme von außen haben Sie gehört (es war Anna, nicht wahr? Sie haben es ihr erzählt. Ich bin sicher, dass Ihnen kein Mensch nähersteht als Anna. Sie hat eine Witzfigur aus mir gemacht, nicht wahr?).

Denn wenn es nicht so war, wie erklären Sie dann das Phänomen, dass Sie auf einmal wieder einen Rückzieher machen und verlangen – mit einer Kälte, die nicht zu Ihnen passt, nervös und mit verkniffenem Mund –, dass ich Ihnen endlich etwas über mich selbst erzähle, über mein sichtbares Selbst.

Ich habe gehofft, wir hätten das schon hinter uns, Sie hätten verstanden, dass mein Selbst für unsere Sache nicht von Belang ist, wer interessiert sich schon für mein Ich? Und was spielt es für eine Rolle, wenn Ja'ir Wind nicht im Telefonbuch steht? In dem Buch steht er eben nicht! »Sichtbar?« Ich habe Ihnen doch gesagt, dass Sie mich an jenem bewussten Abend nicht sehen konnten, ich stand in Ihrem blinden Fleck. Schreiben Sie an Ihren blinden Fleck, schauen Sie tief hinein, und Sie werden sehen, wie ich Ihnen mit beiden Armen von dort zuwinke, aus dem Zentrum Ihres blinden Flecks, Mirjam, bitte –

Sie bemerken, dass ich nicht einmal den Versuch unternehme, mit Ihren Intuitionen zu diskutieren: Bevor ich begonnen habe, Ihnen zu schreiben, war es zutreffend, es hätte mich genau beschrieben, alle Symptome der Krankheit. Selbst der »gewandte Sprachstil«, der in Ihren Augen stets ein wenig dubios ist, aalglatt. Ich meine zu wissen, wovon Sie sprechen. Und mir sind Ihr Eindruck oder Ihr Misstrauen nicht fremd, ich bin in der Lage, beinahe willkürlich meine rührenden Schwächen vollkommen Fremden auszuliefern, eine bizarre, peinliche Betörungsstrategie, behaupten Sie, als ob es hier nicht wahrhaftig um Leben und Tod ginge …

Ich lese diese schneidenden Auslegungen und denke nach – sie seziert mich, als hätte ich sie nie erregt, und sie erregt sich, als wäre sie nicht zu sezieren fähig. Wer ist sie denn?

Ich habe nicht die Absicht, Sie zu Hause anzurufen, danke, ich war recht verblüfft, dass mein argloses Angebot von letzter Woche, Ihre Lieben mit beliebigen Namen zu versehen, sie haben echte Namen (ich weiß), und Sie denken nicht daran, sie für mich neu zu erfinden (natürlich), Sie so sehr auf die

Palme brachte, und warum ich nicht glauben könne, dass eine unkomplizierte, natürliche, offene Beziehung zwischen zwei Menschen möglich sei, ich rechnete schon damit, dass Sie mir am Ende dieses Schwalls den Brief für immer und mindestens für ewig um die Ohren hauen würden, und da geben Sie mir Ihre Privatnummer?!

Ich werde nicht anrufen, schon allein aus dem simplen Grund einer »Sicherheitsmaßnahme« (jemand könnte zu Hause sein und mithören), aber vor allem, weil eine Stimme zu real ist für das Irreale, das ich mit Ihnen anpeile, es ist allein aus geschriebenen Worten gemacht, eine Stimme würde es durchlöchern und die gesamte Realität würde daraufhin einströmen, Informationen, Zahlen, putzige, verschwitzte Lebensmoleküle, »Fakten«, und ungehemmt würde in einer gewaltigen Sturmflut der gesamte Mob hineindrängen und jeden Funken zum Erlöschen bringen, warum weigern Sie sich so beharrlich, das zu verstehen?

Ohnehin sind Sie nicht in der Lage, sich auch nur fünf Zeilen lang zu verstellen: Sie verschanzen sich hinter Abgrenzungen und Argumenten, durchaus logisch – solange ich an diesen kindischen Versteckspielen festhalte oder diese wahnwitzige Idee der »Guillotine« weiterverfolge, die in ein paar Monaten völlig abrupt auf uns niedersausen würde, solange seien Sie nicht einmal dazu fähig, mit ganzem Herzen die »aufrichtigen und aufwühlenden« Dinge, die ich Ihnen erzähle, zu glauben, auf der anderen Seite könnten Sie auch die Ecke nicht ausstehen, in die Sie durch meine Täuschungen allmählich manövriert würden, die Ecke eines unzugänglichen, kritischen, kalten Menschen, und Sie fuhren fort, mich mit mindestens drei in Korsagen gezwängten Dementis, mit der Stimme einer Oberlehrerin, vor den Kopf zu stoßen, doch plötzlich zitterten Ihre Lippen, und es entschlüpfte Ihnen ein schüchternes, aus der Reihe fallendes »Nein« – »Sie konnten schon spüren,

Ja'ir, glaube ich, dass ich vor echter Glut in Beziehungen und Gefühlen keine Angst habe, nein, nein, das Gegenteil ist der Fall, das Gegenteil …«.

Sehen Sie nur, wie jedes Mal, wenn ich zu diesem verschmitzten »Nein« komme, mir das Herz vor Genuss samtig wird (als ob Sie einen Seidenstrumpf für mich herunterrollten).

Nein, sagen Sie mir unverzüglich und ehrlich: Habe ich mich geirrt? Habe ich mich in Ihnen geirrt? Jetzt, zum Beispiel, schon wieder, schwillt eine graue Welle an und füllt die Bauchgrube, dass ich mich vielleicht doch getäuscht habe und dass ich Sie im Grunde quäle, weil klar ist, dass derjenige, der nicht auf die dünne Saite gestimmt ist, die ich Ihnen angeboten habe, nur die Disharmonien heraushören wird, das blecherne Ächzen meines Briefkastens oder die kleine bürokratische Unzucht, die ich mir oben herausgenommen habe, die Sicherheitsmaßnahme, die Ihnen gewiss den Magen umgedreht hat.

Natürlich habe ich gezögert, ob ich den Begriff streichen oder etwas frisieren sollte, aber ich habe es nicht getan, Sie verstehen, ich möchte, dass Sie mich kennen, dass Sie mich in meiner Blöße kennen, einschließlich meines kleinen Kalküls und der erbärmlichen Ängste, meiner Ignoranz, meiner Peinlichkeiten und meiner Schmach. Warum nicht, auch »meine Schmach« bin ich. Auch sie will Ihnen gegeben werden, ebenso wie mein Stolz, sie möchte es ebenso stark, sie braucht es so sehr.

Wissen Sie, beim Schreiben an Sie überkommt mich hin und wieder ein sonderbares Gefühl durch und durch physischer Natur, als ob ich, bevor ich richtig mit Ihnen ins Gespräch kommen kann, zusehen müsste, wie mich all meine Worte in einer langen Prozession verließen und auf Sie zustrebten, um sich Ihnen zu stellen.

Diese Worte, »meine Schmach« – ich habe sie noch nie geschrieben, und nun stehen sie auf dem Papier und verströmen den Geruch eines alten, ausgelatschten Pantoffels (im Grunde riechen sie nach einem Zuhause).

Und genau wegen eines solchen Augenblicks.

Es bringt mich zur Verzweiflung, dass Sie sich wieder in den Schutz der reinen Vernunft begeben, die im Leben durchaus ein nutzbringendes Instrument sein mag, aber wir beide leben nicht, Mirjam! Das ist das Geheimnis, das ich Ihnen schon seit einem Monat zuwispere: Wir beide stehen nicht im Leben! Das heißt an keinem Ort, an dem die üblichen Gesetze zwischenmenschlicher Beziehungen herrschen, und gewiss nicht die gängigen Schemata der Beziehungen zwischen Mann und Frau. Wo denn dann? Was geht das »Wo« mich an, warum sollte man sich begrifflich festlegen, ohnehin wären es die Nomen der anderen, übersetzte Nomen, mit Ihnen strebe ich eine andere Konstitution an, in der wir beide unsere eigenen Gesetze festlegen, in einer eigenen Sprache kommunizieren und uns unsere Geschichten erzählen, an die wir akribisch glauben werden, denn wenn wir nicht solch einen privaten Ort haben werden, an dem all dieser Glaube sich realisiert, wenn auch nur schriftlich – dann ist unser Leben kein Leben, oder schlimmer noch – nichts als Leben … Unterschreiben Sie das?

J. W.

7.5.

Endlich.

Ich war schon verzweifelt, beinahe hätte ich die Flinte ins Korn geworfen.

Es ist nur schade, dass wir mehr als einen Monat vergeudet haben, aber Sie haben recht, wir haben ihn nicht nur »vergeudet«, und wir werden nichts von dem Geschriebenen zurücknehmen und auch nichts bereuen, und nun (etwas verspätet, natürlich) erschrecke ich regelrecht vor meiner Egozentrik, dass ich mir nicht einmal die Zeit genommen habe, darüber nachzudenken, was Sie aufgeben müssen, um sich mir unter meinen Bedingungen zu nähern und an mich zu glauben; ich war so feurig, dass ich überzeugt war, ich könne alles miteinander verschmelzen, Vernunft, Lebensumstände, selbst unsere Persönlichkeiten ... Und es ist wirklich ein Wunder, Mirjam, erst jetzt erfasse ich, was für ein Wunder es ist, dass Sie mit einem Mal beschlossen haben (ein entschiedener Entschluss, unterstützt von Lippen und Kinn!), all die unbedingt logischen Argumente ins tiefste Loch in den Feldern von Beit Zayit zu werfen, sich zu mir zu gesellen und Kopf und Kragen in meine Hände zu legen.

In meine Ihnen unbekannten Hände. Die ein wenig zittern über das Ausmaß der Verantwortung.

Und wie kann ich diesem mysteriösen Freund danken, der für mich mit knappen Worten Ihr Herz eroberte? Was genau hat er über mich gesagt, und wer ist er? Ein Mensch mit lidlosen Augen, weiter haben Sie nicht präzisiert, Sie haben nichts erklärt. Es geht in Ordnung, allmählich. Ich gewöhne mich an diese wachträumerische Sprechweise von Ihnen, wenn Sie sich anscheinend sicher sind, dass ich verstehe, oder wenn es Ihnen einerlei ist, ob ich es tue, und Sie sich die Freiheit des Murmelns herausnehmen, dann weiß ich, dass Ihre Seele vor mir locker ist und dass Sie phantasierende Selbstgespräche führen, im Dämmerzustand ...

Dennoch, vergessen Sie nicht, diesem jungen Mann in meinem Namen zu danken. Obwohl es mich etwas verwirrt, zu wissen, dass Sie solch einen engen »Freund« haben und dass Sie derart komplexe, offene Gespräche mit ihm führen. Ich beherrsche mich, um nicht zu fragen, wozu Sie mich überhaupt brauchen, wenn Sie solch einen Menschen haben, mit dem Sie in jedem Gemütszustand im Gespräch bleiben und der immerfort in Ihrer Nähe ist, wenn Sie von der Welt verstoßen in die Josefsgrube fallen.

Denken Sie, dass Sie mir einmal beschreiben wollen oder können, wie es darin ist?

Und wer Sie mit solcher Leichtigkeit dort hineinwirft (wieder und wieder und wieder). Und wer nicht kommt, um Sie dort herauszuholen.

Und was mit Ihnen in den verdammten Tagen (benutzen Sie bewusst diese Formulierung?) geschieht, wenn Sie selbst die Grube sind, nachdem sogar Josef sie verlassen hat.

Seltsam, nicht wahr? Schließlich habe ich keine Ahnung, was genau Sie meinen, und ich schätze, dass für uns beide »Josef« und »Grube« völlig unterschiedliche Dinge sind – und dennoch deklamiere ich bisweilen lauthals einen Ihrer Sätze, oder auch nur ein Satzfragment, und spüre, wie in mir ein innerer Riss aufklafft über die ganze Länge der Seele.

Schreiben Sie, erzählen Sie. Schade um jeden Tag.

Ja'ir

8.5.

Gestern habe ich einen abgeschickt (haben Sie ihn schon bekommen?), aber heute ging das Gespräch irgendwie weiter: Jemand hat angerufen und einen geschäftlichen Termin mit mir vereinbart. Er war nicht bereit, zu mir in die Firma zu kommen, und bestand darauf, dass wir uns vor dem haMashbir treffen (ich habe öfter mit solchen Verrückten zu tun, aber gerade sie haben mitunter interessantes Material). Ich habe gefragt, wie ich ihn erkennen würde, und er sagte, er trage schwarze Kordhosen, ein kariertes Hemd, und fügte sogar hinzu – wildlederne Schuhe … Ich wartete beinahe eine Stunde dort in der Sonne, ohne jemanden zu sehen, auf den die Beschreibung gepasst hätte. Und dann, als ich allmählich nervös wurde und gerade aufbrechen wollte, bemerkte ich am Ende des Platzes, bei den Telefonzellen, einen Liliputaner. Es war der kleinste Liliputaner, den ich je gesehen habe. Stark verwachsen und mit einem beängstigenden Gesicht. Er stützte sich auf zwei winzige Krücken, und seine Kleidung entsprach genau der Beschreibung (ich konnte nicht zu ihm gehen).

Später dachte ich: In meiner Tasche steckte Ihr Brief mit jenem Satz, der mir beim ersten Lesen etwas unzugänglich blieb und abstrakt schien, über die Trübsal, die man mit keinem Menschen teilen kann, die genau für eine Person bemessen ist.

11.5.

Ja, sicher, meine Liebe, meine Wunderbare, von Herzen gern, was haben Sie denn gedacht ...

Plötzlich wird es zwischen uns weiter, nicht wahr? Ich habe regelrecht gefühlt, wie Sie begonnen haben, hinter dem Blatt zu atmen. Die Schultern lockerten sich halbwegs.

Auch wegen der Farben und Blüten und Gerüche, die wie gewaltige Kaskaden auf Ihre Seiten stürzten, bis jetzt haben Sie fast nur schwarzweiß geschrieben, und weil es dort endlich zwei gab, zwei Bögen (Sie haben recht: mit zwei Flügeln kann man schon abheben). Ich für meinen Teil finde es wunderbar, dass Sie sich dafür entschieden haben, mich nicht über die Hauptstraße, über die jedermann kommt, in Ihr Haus zu lassen, sondern von der Seite des entlegenen Damms von Ein Kerem aus, und dann durch das Tal, und ich glaube an jeder Blume, jedem Baum und jeder Distel vorbei, inklusive Eidechsen, Heuschrecken und einer Sumpfschnepfe. Seit Jahren hat mich niemand mehr so geführt, wie ein Lamm über die Sandbank, aber wer könnte Ihrem Charme widerstehen, wenn Sie auf einmal erwachen und lachen und vor mir herlaufen und jeden Aronstab, jede Stockrose und jeden Olivenstamm liebkosen, und sehen Sie nur, Ja'ir, wie er über und über blüht, der Salbei, und wie reich er duftet … Ganz zu schweigen von dem Zirmet und dem Zittergras – sagen Sie, Mirjam, woher haben Sie all diese Namen und die Düfte und die Berührung der Blätter, das Zerreiben, die Galläpfel und die Schachblumen?

Glücklicherweise lese ich schnell. Aber auch so konnte ich Ihnen kaum folgen, wie Sie kletterten und sich an den Steinen festhielten, warum diese Eile, ich hätte nicht gedacht, dass Ihr großer, weicher Körper so elastisch ist, Sie schreiben wie eine Löwin, muskulös, Sie überraschen mich … Und ein strenger, lebendiger Geruch entstieg Ihren Worten, der Geruch nach Schweiß, Erde und Staubgefäßen, Sie sind wunderbar, wenn Sie so jubeln, wenn Sie sich in einem Mohnfeld suhlen oder mich mit Haferähren bewerfen (ich werfe sofort zurück! Hat man auch bei Ihnen damit gespielt? Für jede hängen gebliebene Ähre – kriegst du mal ein Kind?).

Eine weißgelbe Hundskamille hat sich in Ihrem Haar verfangen, und für einen Moment gab ich mich der schmerzlichen Vorstellung hin, meine Hände wären abgehackt, weil ich die Blüte nicht aus Ihrem Haar lösen und Ihnen auch keine »Räuberleiter« machen konnte, um Ihnen auf die Mauern zu helfen, und überhaupt – die Schrammen, die ich mir nicht zugezogen habe, die Insektenstiche, von denen ich verschont blieb, Ihr Schweiß, den ich nicht leckte, ich schreibe und habe Sehnsucht.

Gut, dass Sie unterwegs im Moschaw innehielten, um mit der Kolonne von Vorschulkindern zu schwatzen, ich konnte für einen Moment Luft schnappen. Es ist mir nicht entgangen, dass Sie darauf achten, mir nicht zu verraten, ob einer der Knirpse dort Ihrer ist (Ihrer Beschreibung nach könnte man meinen, dass sie alle zu Ihnen gehören), und überhaupt scheint es mir in den letzten beiden Briefen, dass Sie ein wenig mit mir spielen, Sie zeigen sich, verstecken sich, grinsen innerlich und insgeheim, phantastisch, ich mache mit, ich lebe kaum, aber ich folge Ihnen auf Ihren Geheimgängen zwischen Häusern und Zäunen, bis zum blauen, rostgetigerten Tor Ihres Hauses, wieso Rost, ist jemand bei Ihnen nachlässig, schon gut, was spielt es für eine Rolle, wenn Sie sich zu mir umdrehen, während Ihr imaginäres Kleid hochwirbelt und Sie mir für einen Moment in der Drehbewegung, ich weiß nicht, ob Sie es gespürt haben, wieder in allen Stufen Ihres Alters aufgefächert sind, wenn Ihre braunen Augen schillern wie die Worte, die Sie mir zuflüsterten, wie (Mensch, ich hätte Lust auf einen Vergleich) zwei Kerne in einer gespaltenen Mispel: Wollen Sie hereinkommen?

Ja, sicher, meine Liebe, meine Wunderbare, von Herzen gern. Was haben Sie denn gedacht.


(Morgen)

Heute Nacht, mitten im Tiefschlaf, kam mir der Gedanke – könnte es sein, dass es derselbe Freund ist, dessen Tagebucheintragungen Sie alle paar Tage lesen, um zu sehen, was ihm zur gleichen Zeit vor vielen Jahren widerfahren ist? Von dem Sie schon im zweiten Brief sagten, er sei Ihr Morgengebet?

Seien Sie nicht böse, dass ich versucht habe, herauszufinden, in welches Privatgespräch ich mich geschlichen habe. Ich habe nur ein kleines Detektivspiel gespielt, bin mitten in der Nacht aus dem Bett gesprungen, habe ein paar Daten überprüft, hier und da geblättert, und siehe da, genau an dem Tag, an dem Sie jäh zu mir zurückkehrten, am 4. Mai, im Tagebuch von 1915, fand ich folgenden Eintrag:

»Überlegung des Verhältnisses der andern zu mir. So wenig ich sein mag, niemand ist hier, der Verständnis für mich im

Ganzen hat. Einen haben, der dieses Verständnis hat, etwa eine Frau, das hieße Halt auf allen Seiten haben, Gott haben.«

Und auch wenn ich mit meiner wüsten Spekulation vollkommen danebenliegen sollte, auch wenn ich einen allzu privaten Ort betreten haben sollte, so will ich Ihnen doch eine Gegenleistung erbringen, vom selben Tag, von eben jenem Menschen:

»Manchmal glaubte ich, dass sie mich verstehe, ohne dass sie es wusste, z. B. als sie mich, damals als ich mich unerträglich nach ihr sehnte, in der Untergrundbahnstation erwartete, ich an ihr, die ich oben vermutete, vorbeilaufen wollte in meiner Sucht, nur möglichst rasch zu ihr zu kommen, und sie mich still bei der Hand ergriff.«

J.

16.5.

Sie sind solch ein Rätsel.

Sie müssen es nicht lösen, sagen Sie, seien Sie nur bei mir. Okay, ich folge Ihnen, durch Ihren Garten, ein kleines Eden haben Sie sich da geschaffen (und als ich die Stufen zur Veranda mit der Bougainvilleapergola nahm, identifizierte ich das lila Blatt von der anonymen Intimität), und schon sind Sie hineingehastet – ich war noch ein bisschen überwältigt von dem ganzen Vorgang –, und ich wurde überflutet, einfach überflutet von Licht und Wärme, und auch von der Farbenpracht und dem Blumenkübeldschungel und den Wollteppichen und den Gobelins, dem Klavier und den Wänden, die vom Boden bis zur Decke mit Bücherregalen zugestellt sind, unverzüglich fühlte ich mich sicher, sogar das Durcheinander war mir vertraut.

Geschafft. Ich bin drinnen, in Ihrem Haus. Ein großzügiges Haus haben Sie, nicht einfach großzügig – sambatjonisch*. Regelrecht überbordend, was? Auch eine Spur ›Der Raritätenladen‹, wie Sie selbst sagten. Ich habe den Grundriss auswendig gelernt, habe ihn sogar auf einen Bogen Papier skizziert, und so konnte ich mir merken, welches die Wand mit den Photographien ist, welches Fenster ein orangerotes Mosaik hat, wo die Krüge aus blauem Hebronglas stehen, wie die Sonnenstrahlen sich früh am Morgen darin brechen, wie sie auf die Stickerei mit der Filigranspitze (was ist das überhaupt?) fallen, aber vor allem sah ich Sie, Ihre Worte, auf einmal schrieben Sie wie – haben Sie es bemerkt?

Verstehen Sie, was ich meine?

Es soll keine Kritik sein, Gott behüte, nur eine Frage, oder sagen wir, ein unbeabsichtigtes Heben der Braue: denn auch auf dem Weg vom Damm waren Sie sehr übermütig, doch dort haben Sie jubiliert, und ich konnte nicht umhin, Ihre Begeisterung zu teilen. Und in dem Haus, wie soll ich sagen, Sie schienen mir für einen Moment etwas sehr exaltiert …

Sehr schnell, von Raum zu Raum, nahezu atemlos, hitzig, ganz und gar nicht Ihrem Rhythmus entsprechend, und wenn ich jetzt darüber nachdenke – auch nicht Ihrem Tonus, nicht Ihrer verbalen Muskelspannung, und als wären Sie ein wenig über sich selbst erschrocken, dass Sie mich jäh in Ihre Privatsphäre lassen, oder wollten Sie mir vielleicht nur demonstrieren, dass Sie es ebenso gut vermögen, ebenso gut wie ich?

Ich bin solch ein Idiot. Sehen Sie, worüber ich mich beklage. Ich wünschte, auch ich hätte die Fähigkeit, mich, wie beim ersten Mal, kindlich über ein Bild zu freuen, das schon seit Jahren im Wohnzimmer hängt, oder über ein Glas mit eingelegten Gurken, oder von einem Tonkrug zu schwärmen, er sei ›groß und schwanger‹ …

---

* Sambatjon – Fluss in der jüdischen Mythologie.

Und wie genial ist es, dass ich mich nun etwas zurücklehnen und Ihnen erzählen kann, dass ich mich von Anfang an ein wenig vor Ihnen geschämt habe, vorwiegend – überschwänglich (überspannt, übertrieben und so weiter und so weiter), vielleicht, weil Sie an jenem Abend so in sich gekehrt wirkten, so selbstgenügsam; Sie hatten etwas Reines, Kristallenes und etwas Asketisches, nahezu Tadelndes, mich Tadelndes, ohne mich überhaupt zu kennen, und dann auf einmal dieses lebhafte Haus.

Auf der anderen Seite, missverstehen Sie mich nicht, hat es auch etwas Beruhigendes und ist ein weiterer Beweis, was Sie und mich anbelangt. Vielleicht für sich betrachtet kein schöner Beweis, vielleicht wird er Sie nicht freuen, auch ich, meinerseits, bin nicht gerade stolz darauf, und dennoch, gerade weil ich es auch bei Ihnen feststellte –

Ich hoffe, es kränkt Sie nicht. Es soll wirklich keine Kritik an Ihrem Geschmack sein. Hoffentlich verstehen Sie, dass es mir in diesem Augenblick nicht um »Geschmack« oder »Geschmacklosigkeit« geht, sondern allein um Hinweise auf Affinitäten zwischen uns beiden, im Hinblick auf alles, wichtig oder nicht, auch im Hinblick auf diese sensible, mysteriöse Sache, die man »das richtige Maß« nennt. Ich meine – eine Affinität wie die, sagen wir, die zwischen zwei Tassen besteht, die an der gleichen Stelle gesprungen sind.

Ja'ir


20.5.


All diese Momente im Verlaufe des Tages aufzuschreiben, das ist ganz gewiss unmöglich, aber es hat mir gefallen, dass Sie den Begriff ›Begegnung‹ benutzten, um es zu beschreiben. Eine reziproke Begegnung.

Heute Morgen zum Beispiel. Im täglichen Stau vor der Ausfahrt Ganot fuhr ein schwerer Volvo mit einem kleinen Jungen auf dem Rücksitz vor mir. Das Kind winkte den Autofahrern zu. Wir waren zu fünft in den Autos um den Jungen herum, und keiner reagierte auch nur mit dem Zucken eines Gesichtsmuskels. Der Junge lächelte noch eine Weile hoffnungsvoll. Es hatte etwas Schüchternes, Zerbrechliches.

Mein Dilemma: Winke ich zurück, findet er sofort heraus, dass ich nur in der Maske des Erwachsenen stecke. Dass ich das schwache Glied in der festen Kette um ihn herum bin. Er könnte mich fortan durch Gesten beleidigen, und im Nu würde ich zur Witzfigur des Staus. Gerade wegen des verletzlichen Zugs um seinen Mund würde er sich solch eine Chance, sich selbst zu erhöhen, nicht entgehen lassen.

Ich habe mich mit Ihnen beraten (das heißt: wir sind uns begegnet). Ich schloss mich Ihrer Meinung an. Ich lächelte dem Jungen zu. Ich winkte. Ich sah, wie sich seine Mundwinkel hoben, beinahe ungläubig vor Glück … Er informierte unverzüglich seinen Vater, den Fahrer, der mich im Rückspiegel lange ansah. Ich schaute zu den anderen Autos, und es war eindeutig, was die Fahrer über mich dachten.

Ich vermute, wenn eine Frau darunter gewesen wäre, hätte sie dem Jungen zugelächelt und mich von der Unerlässlichkeit, es zu tun, befreit.

Also noch einmal, zum zweiten Male für heute: Guten Morgen.

Ihre Art, nicht gleich auf direkte Fragen einzugehen, amüsiert mich (sagen wir, im Zusammenhang mit meiner Äußerung über Ihr Haus). Ich weiß längst, dass ich nach zwei, drei Briefen eine Antwort zu erwarten habe, und sei es auf Umwegen, und möglicherweise auch keine, das ist offenbar Ihre Art, Route und Tempo selbst zu bestimmen und nicht mir die Führung zu überlassen … Aber Sie haben eine Frage gestellt, und entgegen allen Befürchtungen, die Sie der Frage voranstellten, kann ich problemlos antworten: Ich will durchaus noch ein Kind. Sogar noch drei, warum nicht wie ein Erpel mit einer lebendigen, fiependen Schleppe durch die Straßen watscheln – eine unübertreffliche Opulenz. Aber da Sie schon fragen, unter den gegenwärtigen Umständen wäre bereits ein zweites ausreichend.

Ausreichend wofür? Es fällt mir schwer, das näher zu erläutern.

Vielleicht – damit wir uns in eine Familie verwandeln. Denn eine Familie sind wir noch nicht.

Gut, es hat sogar mich etwas überrascht. Dennoch schicke ich ihn ab.

J.


Nicht, dass wir kein gutes Leben hätten, wir drei (Sie müssen das unbedingt verstehen). Und dennoch, irgendwie sind wir nichts weiter als drei Menschen, die recht gut zusammenleben, sogar in Liebe und tiefer Freundschaft (aber ein Dreieck ist bekanntlich ein sehr instabiles geometrisches Gebilde).


Beinahe Mitternacht

Am liebsten wäre mir ein Mädchen, es gibt nichts, was ich mir sehnlicher wünschte, ein kleines, zartes Mädchen, eine kleine Honigwabe. Es steckt auch der Gedanke dahinter, dass ich gern sähe, was für ein Mädchen ich zustande brächte, eine legitime weibliche Version von mir, und wie sie alle Komponenten enthielte, Ellbogen und Busen. Vielleicht könnte ja allein durch ihre Existenz der kontinuierliche Zwist, über den wir noch nicht gesprochen haben, Sie und ich, beigelegt werden.

Und es gibt natürlich auch den Wunsch, auf diese Weise,

durch das Mädchen, die Hälfte von Maya kennenzulernen, die ich nicht kenne.

Maya – das ist ihr wirklicher Name. Sie von Neuem zu lieben, von ihrem Anbeginn an, und sie heranwachsen und erwachsen werden zu sehen. Klingt das für Sie abstrus?

Würde mir noch eine Tochter geboren, würde ich sie Ja'ara nennen, kleine Ja'ara, sehen Sie nur, wie meine Nymphdrüse schon zu triefen beginnt. Ein Mädchen mit dunklem, weichem Haar, das auf ihre Schläfen fällt, und grünen Augen, wie die von Maya, und auch mit ihren roten Lippen und auch mit ihrer ungestümen Freude – denn sie wird froh sein, Sie werden sehen, weil fast alles auf der Welt für sie ein Grund zur Freude sein wird.

Aber wie werde ich sie großziehen, ohne das, was in mir ist, in sie hineinsickern zu lassen, das, was schon Mayas unschuldiges, offenes Gesicht mit stumpfer, müder Haut überzogen hat. Ich habe es bereits fertiggebracht, ein Kind welken zu lassen, das einmal wie ein Lichtstrahl war.

Hier, ich habe es geschrieben.

Nun ja, wenn Sie schon danach fragen, der Gedanke bringt mich um, dass ich vielleicht kein zweites Kind mehr haben werde, und Maya ist im Moment nicht dazu bereit. Sie hat anscheinend gute Gründe, zu zögern, und ich bin gezwungen, mich mit verdächtigen Sehnsuchtsblicken nach kleinen Mädchen auf der Straße zu begnügen. Früher schmachtete ich nach den Müttern, und jetzt … He, ich hätte nicht gedacht, dass wir über diese Art von Dingen sprechen würden! Ich war mir sicher, dass wir uns in dieser Phase bereits an glühenden Phantasien weideten, dass ich Ihnen beispielsweise schriebe, selbst mein Schweißgeruch werde streng, wenn ich mir nur vorstelle, dass Ihre Finger in Kürze dieses Blatt befühlen, dass schon Ihre Telefonnummer mich auf Hochtouren bringt, durch die Talsenke zwischen den Brüsten, die sich einem durch die ersten Ziffern, 868, aufdrängt, aber es ist großartig, dass man mit Ihnen auch über den ganzen Rest sprechen kann, dass ich Ihnen die speckigen Beine beschreiben kann, die meine Tochter haben wird (wenn sie ihr gelbes Kleid trägt!), und ihren nackten Pfirsichkörper, wenn sie sich im Hof unter dem Sprinkler duscht –

Kusch, Herz, kusch!

J.


25.5.


Seiltänzer?

Ich ging immer davon aus – der Hanswurst, und nun stellt es sich heraus, dass es im Zirkus noch andere Rollen gibt. Ist das wahrhaftig Ihr Eindruck? Dass ich auf einmal angerannt kam und mit den Worten: Halten Sie mal! das Seilende in Ihre Hand gedrückt habe?

Die Sache hat nur einen kleinen Haken: Sie sagen, dass Ihnen nicht klar ist, wie es mir gelungen ist, Sie zu überzeugen oder wenigstens den Zweifel in Sie zu pflanzen, ich würde fallen, wenn Sie losließen; aber es ist nicht einmal ein Seil, Mirjam – es ist kaum ein Faden, eine Wortwebe ist es (und wenn Sie losließen, würde ich fallen).

Allem voran müssen Sie verstehen, dass ich nicht den geringsten Wunsch hege, anderen Menschen Geschichten zu erzählen. Ihnen allein möchte ich schreiben, und nur ihretwegen wuchs in mir der Drang, ohne jegliche Warnung, in der Mitte des Lebens, denn bevor ich Sie sah, habe ich diese Sorte Leidenschaft überhaupt nicht gekannt, vielleicht in meiner Kindheit, Schulaufsätze, witzige kleine Artikel und so weiter, und die gesamte wilde Theorie, die Sie sich auf einmal mitten in der Nacht zusammengereimt haben und die Ihnen den Schlaf geraubt hat (endlich!), trifft ganz und gar nicht auf meinen Fall zu. Ich habe zu viel Respekt vor den Büchern, als dass ich mich erdreisten würde, selbst eines zu verfassen. Und darum brauchen Sie keine Angst zu haben, dass das, was Sie von mir denken und mir sogar wünschen, Salz auf meine Wunde sein könnte: Ich habe an dieser Stelle keine Wunde, und wenn doch – ist sie auf keinen Fall offen.

Nur in Bezug auf die Beziehung zwischen uns bin ich bereit, mit größter Vorsicht, jenes Wort zu benutzen, das auch in meinen Augen schicksalhaft ist, ja: Ich wünschte, ich wäre zumindest in meinem Verhältnis zu Ihnen ein wahrer Künstler, mehr wage ich nicht zu verlangen.

Erinnern Sie sich daran, dass Sie unlängst einmal sagten, ich würde Sie vor lauter Bemühung, Sie zu erfinden, womöglich nicht finden? Gut, ich habe den Eindruck, dass Sie längst verstanden haben, dass ich, um zu finden, auch ein wenig erfinden muss ...

Die Sache war so: Wir befanden uns beide auf jenem riesigen Rasen, und alles ringsum war grün, alle Schattierungen von Grün, ich denke im Grunde an den großen Rasen des Kibbuz Ramat Rahel am Stadtrand von Jerusalem, am Wüstenrand, kennen Sie ihn? Begeben Sie sich dorthin, wenn Sie sich ein Bild machen wollen, bemühen Sie sich etwas um mich, was ist dabei, denn ich war gestern dort, nachdem ich Ihren Brief erhalten hatte. Ich habe ihn angesichts der Wüste gelesen. Ich las ihn leise und las ihn laut. Ich versuchte, Ihre Stimme zu hören und Ihre Melodie. Ich glaube, Sie sprechen langsam, schriftlich kann ich hören, wie Sie nach jedem Wort innehalten (ein Verb, das Sie lieben!). Es liegt etwas Reifes und Üppiges in Ihrer Sprechweise, und ich spüre, wie sie mich zentriert, als ob sie etwas in mir in Form brächte, ich wünschte, ich wüsste, was es ist, und bisweilen fühle ich, dass Sie genau wissen, viel deutlicher als ich, was Sie anstreben, wenn Sie beispielsweise sagen, Sie hätten den Eindruck, in mir gebe es eine Art »fünfte Kolonne« – und dass ich aus irgendeinem Grund darauf beharre, gerade ihr gegenüber integer zu sein …

Oder was Sie am Ende gemurmelt haben, als Sie schon fast schlaftrunken waren, ein nicht besonders folgenschweres Gemurmel, aber voller Süße. Sehen Sie, Ja'ir, wie ich Ihnen auf einmal schreibe, als gehörte es seit zwanzig Jahren zu meinen Gepflogenheiten, nachts in der Küche zu sitzen und mit Ihnen zu plaudern.

Verstehen Sie, woraus ich Sie mir erschaffe?

Dank solch sanfter Liebkosungen habe ich mich uns gestern auf dem Rasen hingegeben, angesichts der Wüste, und ich sah dort wahrhaftig Sie und mich – und wie wir uns allmählich nicht mehr auf das Geschriebene konzentrieren konnten, und ein leichter Wind wehte, und meine Zeitung raschelte, und die Seiten Ihres Buches blätterten sich selbst hastig um, ich rede von fünf Uhr nachmittags, und die Sonne schien noch immer, und wir beide fühlten uns so hell in dem Licht, beinahe gläsern; und wäre dort jemand vorbeigekommen, wäre der Zauber zerplatzt, aber nur wir beide waren da, und noch bevor wir ein Wort gewechselt hatten, waren wir bereits von den Fäden unserer getrennten Geschichten umgarnt. Sie haben eine eigene Geschichte, so wie ich, und es ist erstaunlich zu spüren, wie beide bereits kunstfertig zusammengewoben werden, wie es die Eigenart von Geschichten ist. Schließlich kann man mitunter innerhalb eines gewöhnlichen Augenblicks auf der Straße spüren, wie einem die Seele reißt, vor lauter Eingespanntsein in die Geschichte einer Passantin. In der Regel werden sie gekappt und sterben auf der Stelle, die Geschichten, ohne dass die Beteiligten auch nur eine Vorstellung davon hätten, was sie verloren haben, und es bleibt nur ein leichtes Ziehen im Herzen zurück, das schnell vergeht. Bei mir kann es hier und da noch ein paar Stunden andauern, als ob ich irgendeinen kleinen seelischen Abortus durchlaufen hätte, solch eine Melancholie, der Tod der Geschichte.

(Sind Sie bei mir? Für einen Moment hatte ich das Gefühl, Sie verloren zu haben, just auf dem Höhepunkt der Nähe zuckten Sie zusammen und schreckten zurück. Vielleicht habe ich Sie wieder überrollt? Oder etwas Falsches geäußert?)

Sagen Sie: Haben Sie tatsächlich die Filmmusik aus *Alexis Sorbas* aufgelegt und im Wohnzimmer mit mir und Anthony Quinn Sirtaki getanzt? Aber warum haben Sie es mir erst jetzt erzählt? Warum gaben Sie es mir nicht gleich, nachdem ich Ihnen von meinem Tanz im Wald erzählt habe?

Wenigstens haben Sie zugegeben, dass Ihnen ein toter Alk auf das Blatt fiel, als Sie es mir vorenthielten. Geben Sie nach, mir und sich, öffnen Sie ein wenig die Fäuste mit dem Weiß über den Knöcheln. Schade, dass Sie nicht ein paar von jenen gefäustelten Kindheitsphotos mitgeschickt haben (sicherlich waren Sie das hochgeschossene Mädchen, das beim Photographieren immer in der dritten Reihe stand), und noch mehr bedauere ich, dass ich nicht jeden Morgen bei Ihnen bin, wenn Sie erwachen, um Ihnen die Finger aufzutauen und die Fingerknöchel zu streicheln. Was bewachen Sie denn dort so vehement?

Und was für eine Bewandtnis hat es damit, dass Sie ›der gute Liebling der Klasse‹ waren (gab es auch einen bösen)?

Doch Schluss mit dieser Schwere, kommen Sie, kommen Sie, lassen Sie uns einander begegnen: Plötzlich, genau um fünf Uhr, als wir beide noch sehr weit voneinander entfernt waren, erklang ein seltsamer grausiger Laut, versuchen Sie, ihn sich vorzustellen, ein rostiger Reißverschluss, der im Bauch der Erde sausend aufging, längs und quer über den ganzen Rasen, und Ihre und meine Blicke huschten erschrocken nach rechts und nach links, und Ihre Augen, groß und braun und schön, klammerten sich für einen Moment an meine, und wir beide richteten uns zusammen auf und erhoben uns, allein kraft der Blicke (ist das deutlich? Ist das Bild Ihnen klar? Ich will, dass Sie meine Phantasien genau vor sich sehen!). Ich kann Sie sehen, wie Sie Ihre langen Beine in einer wahnsinnigen Bewegung unter Ihrem Kleid beugen und strecken, Ihre wohlgeformten Knöchel, und Sie blieben für einen Moment benommen stehen, schwach wie eine Hirschkuh, eine unruhige Hirschkuh, was hat Sie denn so erschreckt, als ich schrieb, wir beide seien nicht am Leben? Und was hat es mit diesem ›Ach, wo soll ich beginnen, Ja'ir‹ auf sich? Fangen Sie an, und es geht wie von selbst (in den letzten Briefen seufzen Sie am laufenden Band, haben Sie es bemerkt?), schließlich sind Sie in meinen Augen sehr lebendig, der Überfluss, der aus Ihrem vollen Körper quillt, und überhaupt – Ihre Fülle, auch in Ihrem Umgang, und wie Sie mich lautlos sticken, Faden für Faden, in Ihrem Alltag, was reden Sie, Sie leben so sehr!

Und ich, am anderen Ende des weiten Rasens, der vermeintliche Hirsch, aber nicht besonders stark, weder mit verzweigtem Geweih noch mit strammen Keulen, einfach ein schmalbrüstiger, kahl werdender Beamtenhirsch, wie erniedrigend dieser unaufhaltsame Haarverlust ist, und auch ich suche verwundert die Lärmquelle, die den Frieden brach, in dem ich mich zuvor am verstohlenen Betrachten Ihrer Person erfreute, aber sind Sie denn überhaupt an der Fortsetzung der Geschichte interessiert, nachdem ich für Sie ausgemalt bin? Sagen Sie die Wahrheit – wenn schon in solch eine unwirkliche romantische Beziehung verstrickt, wäre da ein echter Hirsch nicht zuträglicher?

Gut, gut, ich weiß, dass ich Ihnen derartige Fragen nicht stellen darf. Wie Sie in die Luft gingen, als ich mich als »nicht ansehnlich« beschrieben habe! Bei Ihnen gibt es in diesen Dingen keinen Rabatt, was? Nicht einmal in Form eines Witzes:

Sie kennen keinen Menschen, den die Bezeichnung »nicht ansehnlich« erschöpfend beschriebe? Ist das wahr? Gut, möglicherweise. Aber Sie weigern sich auch, zu akzeptieren, dass es so etwas wie die-gängigen-Schemata-der-Beziehungen-zwischen-Mann-und-Frau gibt … Sagen Sie, wie viele Jahre werden vergehen, bis es mir gelingt, Ihnen die Augen zu öffnen?

Und die andere Sache, jene, die Sie ›Verlogenheitsmaßnahmen‹ nannten –

Ich bin besser still, nicht wahr?

Kommen Sie, sehen Sie hin, seien Sie bei uns, von allen Seiten umgibt uns das Zischen in der Erde, wir beide denken an Gift, an einen entweihten Garten, ich weiß nicht, ob Sie dieses Gefühl kennen – etwas Fremdes, doch auch nur zu gut Bekanntes, breitet sich im Nu im lebendigen Gewebe aus, hören Sie mit mir, hören Sie gut zu, von allen Seiten Gezisch, wie die Erregung platten, gröblichen Klatsches (tschschsch) … Vielleicht war dieses Geräusch der Grund dafür, dass uns vor Angst und Schuld plötzlich die Herzen abgeschnürt wurden, selbst das Ihre, Mirjam, Ihr reines Herz, das kein Mensch auf der Welt verhören würde, über was und mit wem, gestehen Sie, geben Sie zu, wie rasch uns die inneren Schlangen beißen, habe ich recht? Selbst für Herzenswünsche strafen sie uns, selbst für süße Phantasien, augenblicklich höre ich das Schnalzen meines Vaters, als er meiner Mutter erzählte, wie er den Oberst, seinen Chef, dabei erwischte, wie dieser im Dienstzimmer mit irgendeiner Soldatin knutschte –

Genug. Ich bin erschöpft. Die gute Laune hat sich gelegt. Sehen Sie, wie schwer es mir fällt, mir allein den Anfang vorzustellen. So viele Felsbrocken und ungezählte Schlammfluten verstopften die Kanäle.

(Ich werde später weitermachen.)

J.

Nacht

Und endlich, just in diesem Augenblick, wird das Rätsel in der Erde geknackt, und Tausende von Wassertropfen spritzen aus verborgenen Berieselungsanlagen (nun, was fällt mir schon groß ein), und wir beide kreischen in ein und derselben Überraschung auf, wir rennen, wer weiß wohin, nur nicht in die einzig logische Richtung, nur nicht raus, was erwartet uns schon draußen, und wir grinsen und irren uns mit Absicht, wir laufen ausgerechnet auf die nasseste, am weitesten überschwemmte Stelle zu, an der sich alle Wasserstrahlen vereinigen, wo wir überrascht endlich zusammenstoßen und uns festhalten und uns umschlingen, arme Opfer einer Flutkatastrophe, und wir schreien lauter als notwendig: »Wir müssen hier raus!« »Geben Sie mir wenigstens Ihr Buch, damit es nicht nass wird!« »Aber wir stehen beide im Wasser!« Und wir machen zusammen eine Menge Lärm, aber im Grunde bewegen wir uns schon nicht mehr, wir halten allmählich inne und sehen durch das Wasser, das einem die Lippen ein bisschen blau werden lässt und das in Lichtsplittern in Ihrem wunderbaren braunen Haar funkelt, dem braunen, dichten, unbezähmbaren, mit den wenigen dünnen Silberfäden (färben Sie es nie! Das ist der letzte Wunsch des Todeskandidaten: ganz langsam versilbern soll es!), und wir atmen zu hastig und lachen über diese Albernheit, dass wir wie die Kinder in die Falle gingen und nass wurden, zwei richtige Kinder, und wir gurgeln mit dem Wasser, das uns den Mund füllt, in dem betrunkene Worte schwimmen, sehen Sie uns in den Wasserstrahlen, wie sauber gewaschen und blitzblank wir sind, wie zwei Flaschen, zwei Flaschen von Schiffbrüchigen, die Briefe sind noch drinnen, und was sieht man von außen, dass Sie älter sind als ich, zum Beispiel, nicht viel, ich glaube, dass der Altersunterschied Sie ein wenig irritiert, aber ich war nie Ihr Schüler, und auf einmal höre ich mich Ihnen ohne jegliche Logik sagen, nur weil es mich drängt, es Ihnen sogleich zu sagen, noch im Wasser, dass es mir immer, fast gegenüber jedem Menschen, manchmal sogar gegenüber meinem Sohn, so vorkommt, als wäre ich irgendwie der Jüngere, der Unerfahrenere, der Milchigere, und Sie hören zu und verstehen sofort, als wäre es eine Selbstverständlichkeit und das Erste, was ein Mann einer Frau sagt, wenn er sie im Wasser trifft.

Wissen Sie, ich habe noch nie so etwas Merkwürdiges zu Papier gebracht, mein Körper richtete sich regelrecht auf und zitterte …

Wo waren wir stehen geblieben? Jetzt nicht aufhören, dieses Zittern von innen nicht verlieren, unser Keuchen, ganz allmählich legt es sich, aber wir gehen nicht auseinander, wir berühren uns noch und sehen uns noch in die Augen, und es ist ein aufrichtiger und ruhiger Blick, unsäglich schlicht in diesem Wirrwarr, das normalerweise unweigerlich unter diesen Umständen entsteht. Es ist natürlich wie der Kuss, den man einem Kind gibt, das einem eine Wunde zeigt. Das Herz bricht einem bei dem Gedanken, dass man mit solch einem Blick in einen Erwachsenen hineinsehen kann.

Wir lachen nicht mehr. Es herrscht langes Stillschweigen, nahezu beängstigend, wir wollen uns voneinander lösen und können es nicht, und in der Tiefe unser beider Augen öffnen sich immer mehr Vorhänge, und ich denke, wie sehr solch ein Moment dem Ausbruch einer Katastrophe gleichkommt, nichts würde mehr sein, wie es war, und entsetzlich geschwächt halten wir uns fest, damit wir nicht fallen, und wir sehen unsere Geschichte mit sonderbarer, trauriger Klarheit, Worte sind längst bedeutungslos, auch Sprache spielt keine Rolle, es könnte Sanskrit sein, Keilschrift, die Hieroglyphen der Chromosomen, sehen Sie mich als Kind, sehen Sie den Halbwüchsigen, sehen Sie den Erwachsenen, der ich bin. Sehen Sie, was mir auf dem Weg hierher passiert ist, wie sehr meine Geschichte verblich, wo anfangen, Mirjam, immer denke ich, dass es in mir nicht ein einziges Teilchen Unschuld mehr gibt, und dennoch komme ich unschuldig zu Ihnen, und vom ersten Augenblick an, in dem ich Ihnen schrieb, kamen meine Worte von einer Stelle zu Ihnen, die mir vollkommen neu ist, wie ein Samenfaden, der nur einer bestimmten Geliebten vorbehalten ist und der nicht aus derselben Quelle stammt wie die übrigen. Doch Sie wollen jetzt offenbar ins Bett gehen, ich auch. Obwohl ich heute Nacht keine Chance habe. Noch einen Moment. Helfen Sie mir, Ruhe zu finden. Reichen Sie mir die Hand, sogar ein Finger würde mir genügen, Sie müssen mir jetzt, in diesem Augenblick, ein Blitzableiter sein.

(Ist das zu viel von einem Menschen verlangt? Bleiben Sie wenigstens, bis die Asche dieser Zigarette fällt.)

Sagen Sie, habe ich richtig gelesen? Ein Dreieck ist nicht unweigerlich eine instabile Konstruktion? Und ›unter gewissen Umständen‹ kann es besonders stabil und befriedigend sein? Und sogar bereichernd? Und es wird der menschlichen Natur auch sehr wohl gerecht, ›wenigstens der meinen‹, haben Sie geschrieben – und damit in Ihrem engeren Leserkreis kolossale Neugier geweckt …

Unter der Bedingung, dass die Seiten gleich sind, haben Sie eilig hinzugefügt, und dass allen Beteiligten bewusst ist, dass sie die Seiten eines Dreiecks sind (soll das eine Rüge sein? Haben Sie Gerüchte über mich gehört?).

Es ist zu spät, das jetzt zu vertiefen, und auch die Asche an der Spitze der Zigarette zittert sehr. Ich werde geduldig auf Ihre Antwort warten, nur müssen Sie wissen, dass ich amüsiert registriere, wie Sie, mit zwei Federzügen, einen neuen privaten wissenschaftlichen Zweig ins Leben gerufen haben, die poetische

Geometrie. Schade nur, dass Sie mir nicht erklären, wie das in der Realität funktioniert, das ersehnte Wunder der

(jetzt ist sie gefallen)

30.5.

Ich kann mich nicht sattsehen. Die Aufnahme des Schattens auf den gegenüberliegenden Hügeln und der Strahl des Sprinklers-um-fünf mit all seinem Glitzern, vor allem die Flasche (was für ein Photo!), die zerbrochene Flasche auf dem Fels …

Und dass Sie nass wurden, Mirjam, dass Sie sich aufmachten und kurzerhand unter die Fontäne traten und so lange darunterstanden (übrigens würde ich das nicht fertigbringen; in kaltem Wasser laufe ich in Sekundenschnelle blau an), und was haben Sie daheim gesagt? Wie haben Sie es erklärt? Hatten Sie Kleider zum Wechseln bei sich oder sind Sie unvorbereitet unter das kalte Wasser gesprungen?

Ich kann nicht aufhören, mir diesen Moment vor Augen zu führen, der Hechtsprung aus meinen Worten in das Wasser, mein Körper ist beinahe ohne Haut, so oft habe ich in den letzten Tagen geduscht, lassen Sie nur meine Hand nicht los, und wir tauchen tiefer ein, damit wir dorthin gelangen, wo wir beide uns mit der unsäglichen Erregung der Blöße füllen, denn das Wasser klebt die Kleider an die Haut, so dass die Konturen des Körpers sichtbar werden, Ihr voller, runder Busen, der sich plötzlich unter einer weißen, nassen Bluse abzeichnet, und unsere Gesichter, von denen die Müdigkeit und Fremdheit fortgewaschen ist, und die Gleichgültigkeit, und die Abkehr vom Wesentlichen, die komplette Erwachsenenepidermis, die sich im Verlauf des Lebens auf uns beiden verdickt hat, ich habe schließlich gelesen, was Sie mir zublinzelten, als Sie im Wohnzimmer den Sirtaki tanzten, dass Sie sich nicht beeilt hätten, mich dort im Wald auf dem Karmel anzuziehen, und dass Sie, wenn Sie nur die gleiche Schönheit gesehen hätten wie ich, sich mir vielleicht angeschlossen und es mir gleichgetan hätten. Aber ich weiß es doch! Von dem Moment an, als ich Sie sah, fühlte ich, wie stark dieser Wille in Ihnen ist, und verstehen Sie mich nicht falsch, ich spreche jetzt nicht von der Nacktheit der Leidenschaft, sondern von einer Nacktheit ganz anderer Art, vor der man kaum bestehen kann, ohne erschüttert zu sein und sich in die Kleider zu flüchten, eine Nacktheit mit gepellter Haut, das ist es, was ich momentan suche, das ist es, was sich mir Brief für Brief erschließt (eine Nacktheit wie die der Worte, die Sie auf die Rückseite der Aufnahme von der Flasche schrieben).

Und Sie konnten es nicht einmal wissen, aber mich – schon seit Jahren, seit meiner Jugend – macht die Vorstellung verrückt, nackt durch die Straßen zu flitzen. Mich auszuziehen, doch nicht um zu schockieren, sondern im Gegenteil, um der Erste zu sein, der es tut, und zwar für alle, stellen Sie sich vor – plötzlich alle Kleider abzustreifen und mit bloßer Haut mitten durch die Menge zu preschen (ich, der ich mich schäme, am Strand die Kleider abzulegen, der es nicht leiden kann, wenn einer beobachtet, wie ich einen Brief in einen Briefkasten werfe – etwas furchtbar Intimes offenbart ein Mensch, der einen persönlichen Brief aufgibt, nicht wahr?), es ist dasselbe Ich, das scharf darauf ist, und sei es nur für einen Moment, das Blinken einer einzigen Seele zu sein, im Smog ihrer Teilnahmslosigkeit und Fremdheit, und wortlos, einzig durch den aufgerissenen Körper einen deutlichen Schrei auszustoßen.

Nach drei, vier derartigen Vorstößen in alle Ecken der Stadt wird sich mir plötzlich irgendjemand anschließen, phantasieren Sie mit mir? Jemand, der meine Erregung irgendwie in seinem Körper erden muss, ich vermute, dass der Erste, der sich ansteckt, ein Psychopath sein wird, doch später wird es auch andere geben, da bin ich mir sicher, allen voran eine Frau, sie wird sich abrupt die Kleider vom Leib reißen und vor Erleichterung und Glück lächeln, die Leute werden mit dem Finger auf sie zeigen und lachen, und sie wird sich, in vollkommener Ruhe, daranmachen, ihren dünnen stofflichen Harnisch abzulegen, und beim Anblick ihres Körpers werden sie verstummen und etwas begreifen, und es wird eine lange Stille herrschen, und jäh, auf einen Schlag, wird die gesamte elektrische Ladung dieses Kraftaktes des Verbergens, des Bedeckens und des Kaschierens in einer gewaltigen Explosion über ihren Köpfen detonieren, und es wird sich ein Sturm erheben, eine Frau und noch eine Frau und ein Mann und Kinder, ein Gewitter nackter Leiber (ich genieße es immer, mir diesen Moment vorzustellen), und sofort wird es natürlich Sittenwächter geben, eigene Polizisten mit Schweißerbrillen, die, mit Planen und Asbesthandschuhen bewaffnet, schließlich ist es widerwärtig, einen Nackten mit bloßen Händen zu ergreifen (ich denke immer: ein Nackter würde wie ein Messer durch eine bekleidete Menge fahren; angezogene Leute würden wie vor einer ansteckenden Krankheit oder einer offenen Wunde vor ihm zurückprallen), zwischen den Knotenpunkten der Schandtaten patrouillieren, denken Sie darüber nach – Leute ohne Kleider, es hat keinen Sinn, sich da etwas vorzumachen, wie kann man einen nackten Menschen wirklich hassen (die Vorstellung, gegen einen nackten Soldaten zu kämpfen), und Sie schrieben ein Wort: ›Gnade‹, und das ist es, was Ihnen mein Herz zufliegen lässt, dass Sie in dem alltäglichen, herkömmlichen Diskurs, plötzlich, mit solch einem Wort Helligkeit verbreiten. Also ja, Mirjam, so einfach, aufrichtig und natürlich wäre im Nacktzustand Gnade.

(Einen Augenblick, ich höre einen Schlüssel in der Tür. Ich muss aufhören

(Blinder Alarm. Die Putzfrau.)

Aber wo waren wir stehen geblieben, was bringen all diese edlen Gedanken, im Moment steckt die ganze Welt in Kleidern und Rüstungen, und nur wir beide, umarmt und nass und zitternd vor Kälte, oder was einen sonst noch erzittern lässt, und meine Augen sind in Ihren Augen, und die reale Schwere des Körpers einer Frau ist in meinem Leib, eine fremde Seele flattert frei in meiner, und ich zucke nicht zusammen und würge sie nicht aus wie einen Kern, der im Hals stecken blieb, im Gegenteil, ich sauge sie immer tiefer ein, und sie schmiegt sich in meinem Innern an mich, und ich begreife zum ersten Mal diesen schönen Begriff der Verinnerlichung …

Und später (ich bin etwas beduselt von den Gedanken, stört es Sie?) gehen wir beide, Hand in Hand, zu meinem Wagen und sind ausgelassen, aber es ist nur ein vermeintliches Ausgelassensein, denn in die Herzen schleicht sich schon das trockene, rachedurstige Wissen um alles, was sich außerhalb jener Wasserinsel befindet, die wir für einen Moment waren (auch das eine wunderbare Photographie, der bläuliche Stamm des gebündelten Wassers. Schwer zu glauben, dass Sie sieben Jahre lang keine Kamera in der Hand hielten), und neben meinem anonymen, abgenutzten, heimgesuchten Subaru gestatten Sie mir, Ihr schönes, volles Haar mit dem alten Handtuch abzutrocknen, das in meinem Wagen herumliegt, nachdem ich alles, was seit seiner Anschaffung daran haftete, ausgeschüttelt habe: Sandkörner von Familienausflügen, Reisig vom Lagerfeuer des letzten Unabhängigkeitstages, Schokoladenpudding- und Kakaoflecken von einem besonders kleinen, viertel-vor-fünf-Jahre alten Mündchen, für den Fall, dass Sie darauf bestehen, Ihre Zähne in einen Ausschnitt realistischen saftstrotzenden Geplauders zu graben, mit dem schon schütteren Handtuch, das all die durch und durch guten Verunreinigungen meines Lebens in sich birgt, meines Lebens, das ich sehr liebe, aber dennoch, hoffentlich verstehen Sie jetzt etwas mehr, meine Seele vergeht vor Sehnsucht, ständig, Hilfe!, das treue Familientier und der, der es fertigbringt, Ihnen solche Briefe zu schreiben, wer das Rätsel löst, dem winkt ewiger Seelenfrieden, schon ein temporärer würde genügen.

Und aus dem Dickicht Ihres Haars kommen wieder Ihre Stirn und Ihre braunen Augen zum Vorschein, offen, ernsthaft und forschend unter Ihren vollen Augenbrauen, und Ihre Augen sind schrecklich traurig, ich wünschte, ich wüsste, warum, und dennoch fühle ich in jedem Brief, dass sie auch in Sekundenschnelle bereit sind, zu leuchten und aufzuklaren, Ihre Giulietta-Masina-Augen (am Ende der *Nächte der Cabiria*, erinnern Sie sich?), und mit diesem Blick fragen Sie mich wieder – wer sind Sie? Ich weiß es nicht, ich will jeder sein, den Ihr Blick in mir sieht. Ja, wenn Sie sich nicht fürchten zu sehen – werde ich vielleicht sein.

Zärtlich halte ich Ihr Gesicht zwischen meinen Händen. Ich sagte schon, dass Sie ein Stück größer sind als ich, aber wenn wir beieinander sind, passen wir zusammen, wir wirken doch nicht lächerlich, und ich spüre Ihr warmes Gesicht in meinen Händen, und ich denke, dass fast alle anderen Gesichter, die mir im Alltag begegnen, Ausdrücke tragen, die immer ein wenig andere Ausdrücke zitieren, aber Ihr Gesicht – und ich ziehe Sie zu mir heran und küsse zum ersten Mal Ihren hungrigen, durstigen Mund, drücke meine Lippen genau auf Ihre Lippen, Seele auf Seele, und Ihr Mund wird sehr weich und warm, und Sie ziehen Ihre Oberlippe etwas nach oben – Sie haben solch eine Geste in Ihrem Repertoire, ich habe es gesehen – ich werde mich natürlich für einen Moment fragen, ob es mir gelingen wird, mit Ihnen zu schlafen, bevor ich Ihren Namen kenne, vergessen Sie nicht, dass ich trotz allem ein Mann bin, ich habe so einen Hahnentraum (der noch nie in Erfüllung ging), und dann, ausgerechnet dann, gegen mich und

meine Dummheit, frage ich hastig nach Ihrem Namen, und
Sie sagen, Mirjam, und ich sage, Ja'ir, und Sie murmeln mit
einem vor Kälte zitternden Lächeln, dass Sie eine schrecklich
dünne Haut haben, und ich höre mir ernsthaft an, was Sie mit
diesem Lächeln wispern: dass ich sanft mit Ihnen sein muss,
nicht grob und fremd sein darf und Sie nicht mit einem der
fünf Wurstfinger anfassen soll, die die Welt anscheinend häufig nach Ihnen ausstreckt, ich hege immer stärker die Befürchtung, dass die Welt Ihnen das angetan hat, und die Seele geht
mir über, wenn Sie zu sprechen anheben, sogar jetzt, wo ich
Ihnen schreibe, wie Sie so lächeln, frösteln, während Sie sich
an meinen Körper lehnen, denn im Gegensatz zu den meisten
Frauen, die sich je an mich schmiegten, weiß ich, dass Sie sich
sofort mit Ihrer ganzen Gestalt an mich pressen, Sie sind so
voller Leben, und ich registriere in meinem Innern diese winzige Tatsache, die schon immer meine Aufmerksamkeit anzog,
denn die Frauen, verstehen Sie, haben mich am Anfang nur
mit halbem Körper umarmt, ihr halber Körper gegen meinen
ausgehungerten Leib, nur eine Brust, um genau zu sein (ich
habe keine Ahnung, wie sie andere Männer umarmen), und
Sie brechen dieses kleine weibliche Gesetz von Anfang an, und
Sie demonstrieren mit Ihrem Körper, dass Sie nur dem männ-
lichen-Wesen-das-ich-bin treu und verbunden sind, nicht dem
Frauenlager hinter Ihnen.

Und ich weiß schon genau, wie ich dann fühlen werde, es
steht mir in jeder Zelle geschrieben, und wie in jenem Moment
endlich irgendein warmes neues Gefühl die Gegend um mein
Herz vorsichtig lockert, ich warte so sehr, was ist mit Ihnen,
schreiben Sie, was geht jetzt in Ihrem Herzen vor, das Sehnsucht nach sich selbst bekam, nach sich selbst als Kind, und
mit einem Ruck ziehen Sie mich noch näher zu sich heran und
küssen mich, sind mit ganzem Herzen dabei, und ergießen so
alles, was in Ihnen schlummert, in mich, wo es ganz allmäh-

lich aufgeht und sich mir so lange erläutert, bis es vollends geschmolzen sein wird, diese Sache, die Sie in Ihrem Innern mit sich selbst ausmachen und die jetzt auch ein wenig eine Sache zwischen Ihnen und mir ist, und die in meinem Mund und auf meiner Zunge und in meiner Nase vergeht und aufgenommen wird, und erst dann gelingt es uns eventuell, uns etwas zu lösen und mit kraftlosem Blick einander anzusehen, und ich flüstere atemlos, ach, Mirjam, sehen Sie nur, Sie sind ganz nass, wie wollen Sie denn so nach Hause gehen?

(Ich wünsche mir, heute Nacht von Ihnen zu träumen, ich will Ihren Namen im Schlaf schreien können, damit das Geheimnis auffliegt und ich Sie niemals verstecken muss! Sie sind eine Frau, die offen sein muss!)

Ja'ir


5.6.


Liebe Mirjam.

Ungefähr vor sechs Tagen habe ich Ihnen einen Brief in die Schule geschickt, wie immer, und bis heute habe ich keine Antwort erhalten.

Ich vermute, dass es ein zeitliches Problem ist und dass Sie mit dem Abschluss des Schuljahres und mit den Zeugnissen beschäftigt sind (schon?), und dennoch will ich mich vergewissern, ob Sie doch eine Antwort geschickt haben.

Ich befinde mich in einer etwas albernen Situation, denn es besteht jederzeit die Möglichkeit, dass Sie aus irgendeinem Grund beschließen, mir nicht mehr zu antworten und zu verschwinden, vielleicht wegen meines letzten Briefes, vielleicht weil in Ihrem Leben plötzlich eine Veränderung eingetreten ist, aber auch in diesem Fall hätten Sie mit Sicherheit Bescheid gegeben, nicht wahr?

Ich mache mir allmählich etwas Sorgen – schließlich bringe ich meine Briefe zum Briefkasten am Schultor (vielleicht haben Sie schon bemerkt, dass sie keinen Poststempel tragen), aber wäre es denkbar, dass es in der Schule Schwierigkeiten mit dem Verteiler gab und dass der Brief gar nicht in Ihrem Fach gelandet ist?

Und wenn das zutrifft, in wessen Hände ist er dann gelangt?

Oder vielleicht stand auch etwas darin, das Sie verärgerte, ich versuche laut zu denken, vielleicht wieder Ihre Unterstellung, dass ich langsam die Realität in Worte zerpflücke und mich mit ihnen begnüge? Dass ich Sie dort auftrenne und hier neu sticke?

Gut, Sie sehen, dass ich mich verheddere. Dann also bitte – damit ich wenigstens meinen Stellenwert auf dem Markt Ihrer Gefühle kenne. Nur tun Sie mir den Gefallen und schrecken Sie nicht davor zurück, mir die komplette Wahrheit zu schreiben, das heißt, wenn dieser elende Brief Sie tatsächlich erreicht hat, kann ich durchaus verstehen, dass Sie beschlossen haben, nicht mehr mit solch einem Menschen zu verkehren. Voilà, ich habe für Sie sogar die richtigen Worte gefunden, um Ihnen höfliche Windungen zu ersparen. Sie brauchen sich um mich keine Sorgen zu machen, und Sie müssen auch kein Mitleid mit mir haben – ich bin stärker und härter, als Sie womöglich denken (es ist wahrhaftig schwer, mich fertigzumachen).

Ich lade Sie sogar dazu ein, alles zu schildern, was Sie fühlten, als Sie sahen, wie ich mir die Freiheit herausnahm, mich so vor Ihnen auszuziehen, ohne etwas über Sie zu wissen und ohne dass es auch nur eine einzige Sache gäbe, die uns in der Realität verbände, unversehens presche ich vor und halte Ihnen in einem Striptease die Achselhöhlen meiner Seele unter die Nase. Habe ich recht, das ist es, was passiert ist? Stimmt's? Sagen Sie es, was ist schon dabei, geben Sie einmal etwas zu!

Ich meine – dass Sie mit verschränkten Armen in einer gewissen Entfernung standen und mir mit Verwunderung und Argwohn zusahen, etwas erschrocken und ein wenig amüsiert über diesen Auftritt der Einmannkapelle, die da auf Sie einstürmte, während mir von Ihrem letzten Brief mit den Photos aus Ramat Rahel völlig schwindelig war, vielleicht haben Sie vergessen, welch nahe Worte Sie dort gewählt hatten, sogar die winzige Tatsache, dass Sie zum ersten Mal ›wir zwei‹, wir zwei Wortmenschen, geschrieben hatten, ja, und dass es Sie plötzlich durchfuhr, dass ich vielleicht jemand sein könnte, der in Worten erstickt, erinnern Sie sich? (Denn ich erinnere mich an jedes Wort), dass ich mich vielleicht einfach ›zwischen den Worten der anderen ein wenig klaustrophobisch fühle‹ und vielleicht gerade wegen dieses Erstickens manchmal so nach Luft schnappe, röchle …

Eine so große Erleichterung habe ich empfunden, als ob Sie gekommen wären und mir die Erlaubnis erteilt hätten, anders zu atmen und vor lauter sündhaftem Glück und ohne jede Scham und ohne Rücksicht auf mich selbst und voller Enthusiasmus und berauscht von Ihnen und von uns habe ich –

hören Sie. Schade um die Tinte. Ich gebe Sie frei.

6.6.

Ein kleiner Zusatz dennoch: Sie sollen nur wissen, dass Sie, wenn Sie mich wahrhaftig so gesehen haben, nicht allein waren. Vielleicht haben Sie es nicht bemerkt, aber auch ich stand dort neben Ihnen, die Arme hoch über der Brust verschränkt, die ganze Zeit, seit dem ersten Brief, den ich Ihnen geschrieben habe, was haben Sie denn gedacht, auch ich stand am Rand und beobachtete, genau wie Sie, diesen Ausbruch von mir – es ist mir jedenfalls wichtig, dass Sie das wissen. Alles andere ist überflüssig, nicht wahr?

Warum kann ich dann nicht einfach aufhören?

Schreiben Sie alles, was Ihnen in den Sinn kommt, nur lassen Sie mich nicht so ohne Nachricht. Ich war eben, zum vierten Mal für heute, wieder am Brieffach.

Genug, kommen Sie, das ist das Mindeste, was Sie mir schulden, dass wir für einen Moment zusammenstehen, Schulter an Schulter, und es betrachten, und es zum letzten Mal gemeinsam verachten, mein inneres Organ, das auf einmal ausbrach und den Rahmen zur Detonation brachte, diese tanzende Milz –

Stopp! Zweimaliges Händeklatschen des Regisseurs, Szenenwechsel: Kommen Sie, lassen Sie uns für einen Augenblick zwei Kamele sein, gerade nach Kamelen steht mir der Sinn, warum nicht, der Gedanke blitzte in mir auf, scharfsinnig und geistreich, wie ich auch in meinen schlechten Momenten bin, zwei Kamele mit langen, kamelig humorlosen Gesichtern. Ein Paar ausgewachsene Kamele, ernüchterte, Trübsal käuende Kamele beiderlei Geschlechts, wir wissen sehr wohl um unseren Platz in der Karawane, die vorwärts trabt, wie es sich gehört, bis plötzlich einer aus der Reihe springt, ein seltsamer junger Esel, vielleicht nur einem jungen Esel ähnlich, vielleicht überhaupt eine Kreuzung aus Kamel und Narrenkappe, eine Art Laune der Natur mit Eselsohren und kleinem Kamelhöcker, und dieser kleine Sonderling setzt zu einem Veitstanz an, zurücktreten, Mirjam, denn aus seinen Körperöffnungen entweichen widerliche Spritzer, ziehen Sie einen Mantel an, ziehen Sie einen Pullover über (sic!), damit, Gott bewahre, die Rückstände seiner Seele, die eine Spur zu sehr begeistert ist, Sie nicht beflecken.

Genauso sehe ich die »Nummer«, mit der ich mich vor Ihren Augen in diesem Brief, im Grunde in all meinen Briefen, zum Gespött machte. Von Anfang an. Ich weiß nicht, was mit mir los war. Für einen Moment ging mir das Herz über und überflutete weite Flächen des Gehirns. Was ist dort wirklich geschehen? Ich erinnere mich, dass ich Sie sah, es waren Menschen um Sie herum, es gab ein waches Gespräch, an dem Sie nicht teilnahmen. Plötzlich neigten sich Ihre Mundwinkel, und Sie lächelten sonderbar, ein weinendes Lächeln, nein, schlimmer, das Lächeln eines Menschen, der gerade erfährt, dass seine letzte Hoffnung, sein Herzenswunsch nicht in Erfüllung gehen wird, nichts Geringeres als das, aber der im Voraus wusste, dass es so kommen würde und dass er mit diesem Verlust wird weiterleben müssen … Und das war der Augenblick, in dem ich in Ihr Leben trat. Ein etwas eigentümlicher, glückloser Moment, aber ich hatte nicht einmal die Zeit, zu zaudern, denn in diesem Augenblick sah ich meinen Namen auf dem Grund Ihres Lächelns liegen und sprang. Andererseits – vielleicht war es gar nicht mein Name, der dort stand, und vielleicht wollte ich Ihnen nur so sehr beweisen, dass ich es gesehen habe und dass Sie nicht allein sind, dass ich zu schnell sprang? Auch das ist für mich nichts Neues, müssen Sie wissen, ich habe eine lange, melancholische Geschichte dieser unreifen Sprünge aufzuweisen – bei der Arbeit, im Leben, in der Familie, schon in der Schule und auch in der Armee und in Leserbriefen – überall, wo ich spüre, dass etwas verzögert oder blockiert wird, einerlei aus welchem Grund, ob aus Tumbheit, Feigheit oder Dummheit oder einfach, weil »es sich nicht gehört«. In solchen Momenten reagiere ich stets bewusst, nicht gehässig (wie mein Vater behauptet), sondern um zu retten, ich dachte, Sie hätten das verstanden, Sie waren es doch, die zum ersten Mal wagte, das Wort ›Herzenswunsch‹ aufzuschreiben – und dann, auf einmal, überkommt es mich, Sie haben es doch gesehen, zur Hölle mit den Gesetzen der Natur und der Gesellschaft, die bestimmen, sagen wir, dass die Seele eines Menschen sich mit ihrer isolierten Existenz begnügen und allein in ihrer eigenen Haut stecken muss.

Oder in ihrem eigenen Loch.

Ins Detail zu gehen wäre töricht (ich kann nicht damit aufhören), aber es ist immer so, dass sich irgendwo, sehr nah, etwas
oder jemand anstaut, etwas, was darum bettelt, ausbrechen zu
können, weil es erstickt, wenn es nicht heraus kann, und obwohl mir keineswegs klar ist, was es ist – ist sein Bedürfnis nach
Ausbruch für mich vollkommen nachvollziehbar, sein erstickter
Schrei ist mir durch und durch verständlich. Sie haben gefragt,
welche Musik ich höre, wenn ich zu Hause bin, wenn ich in der
Firma bin und vor allem, wenn ich Ihnen schreibe. Sie haben
gefragt, als wäre es eine Selbstverständlichkeit, dass ich ständig
von Musik umrieselt bin. Es tut mir leid, Sie zu enttäuschen –
ich bin nicht sehr musikalisch, ich bin nach meinem Dafürhalten ein dismusikalischer Mensch (und dennoch bin ich losgegangen und habe *Children's corner* von Debussy gekauft, und ich
höre die Musik im Auto wieder und wieder, und natürlich wie
Emma Kirkby Monteverdi singt, und vielleicht werde ich eines
Tages verstehen, was Sie gesagt haben), aber jenen Schrei höre
ich immer und verstehe ihn sofort, nicht mit den Ohren höre
ich ihn, sondern mit dem Bauch, mit dem Pulsschlag, dem Uterus, und auch Sie hören ihn, schließlich haben Sie auch mich auf
diese Weise gehört, wieso hören Sie ihn auf einmal nicht mehr?

Gut, was hat es für einen Sinn. Wie auch immer Sie sich entscheiden, Sie sollen wissen, dass ich mir genau bewusst bin, was
mit mir geschieht und was Sie über mich denken, das ist ja die
kontinuierliche Qual, Mirjam, dass ich immer beide bin, der,
der mit grimmigem Gesicht und über der Brust verschränkten
Armen dasteht, und derjenige, der plötzlich von ihm abgesplit-
tert wird und der fällt und fällt und im Fallen noch mit dem
Grimmigen streitet und der auf seinem Weg in den Untergang
schreit – lass mich leben, lass mich fühlen, lass mich Fehler
machen.

Aber ich bin durchaus, zweifellos, auch dieser eine, was soll man machen, der mit dem verkniffenen Mund, der voller Abscheu zischt, dass das Ende längst feststehe, du wirst wie immer zurückgekrochen kommen, stößt er trocken aus (er leidet unter dem Phänomen gelegentlichen Speichelversiegens), während der junge Esel weiter brüllt, dass ihm das egal sei, denn vielleicht würde es ihm einmal gelingen, natürlich irrtümlich, denn nach der kaiserlichen Satzung können sich solche Gnadenakte nur irrtümlich ereignen, dass er vielleicht zu guter Letzt einmal das Ziel träfe, nein: das Ziel berührte, berührte, eine fremde Seele berührte, wirklich berührte, die Seele die Seele, der Speichel den Speichel, dass ein einziges Mal eine einzige Seele der vier Milliarden Chinesen, die es auf der Welt gibt (in dieser Situation sieht jeder wie ein Chinese aus), sich vor ihm auftue und Ernte trage –

So fällt er und kreischt mit seiner sich überschlagenden dünnen Stimme, die sich ein Leben lang im Stimmbruch befindet.

Aber dann stellt sich heraus, wie gewöhnlich, dass um jeden dieser Schreie zehn Weise, verständige, maßvolle, besonnene Weise stehen, die sich beraten, ob hier nicht einer die Sache beim Schwanz anpackt, vielleicht ist es auch nur wieder eine deiner aberwitzigen Ideen (sagen sie mir mit trockenen Lippen), die nur in der Dunkelheit der Nacht gedeihen, während sie im Tageslicht zerplatzen, das heißt – noch so ein lädierter Zwitter, der verwachsen und beschädigt geboren wird …

Und ich, Sie sollten mich dann sehen, im Grunde haben Sie mich schon gesehen, das muss es sein, was Sie abgestoßen hat, schließlich weiß ich genau, wie ich in diesen Momenten aussehe, als ob ich von den zehn Weisen um Mitleid für mich bäte, um nichts Geringeres als das, denn warum sollte ich lügen, Mirjam, schließlich ist mir in meinem Innern klar, dass, wenn es in ihrer Macht stünde, sie mich nicht »bestätigen« würden (›entspricht nicht den Qualitätsnormen‹, wäre ihr Urteil), und ich würde dann geradezu hysterisch durch ihre Reihen laufen und flehen, dass auch sie doch bereit sein sollten, das zu sehen, was ich sehe, damit zumindest noch einer aus ihren Reihen es so sähe wie ich, denn wenn noch einer es täte – einer dort würde genügen, mehr braucht man nicht –, würde es mit einem Schlag wahr werden, würde sein und Erlösung finden, und etwas in mir würde dann »glücklich« sein, aber wie soll man ihnen das erklären.

Und dann kann ich nicht mehr (ich dokumentiere für Sie den gesamten Prozess), es kommt der Moment des Caramba, der Moment, an dem ich beispielsweise denke, was bin ich wert, wenn ich ihn nicht einwerfe, meine Seele prescht vor, und ich fliege, so wie ich Ihnen zugeflogen bin, sehen Sie nur, sogar in diesem Moment bin ich es, der da fliegt, der auf Sie zufliegt, auf einen Menschen, der bereit wäre, mit mir gemeinsam zu glauben, sehen Sie nur hin, lachen Sie ruhig: Das bin ich, der schwache Schmelzfaden des Netzes, jedes Netzes, jeder Beziehung, jeder Berührung, jeder Spannung, jeder Reibung oder möglichen Konstellation mit ihnen, mit den anderen; und jetzt auch mit Ihnen, wenn ich sehe, dass die Sache zwischen uns zur Neige geht und verglimmt, ich bitte Sie noch einmal inständig, an uns zu glauben, vielleicht werden wir per Zufall eine Goldader berühren, schließlich haben wir schon um ein Haar eine berührt, es gab ein paar Lichtblicke, und ich habe mich an Sie gewöhnt, an Ihre nervtötende BGB-Gläubigkeit (und auch an Ihre witzigen Versprecher, wenn Sie aufgeregt sind), und wo soll ich denn noch einmal solch eine kindische Erwachsene hernehmen, die imstande ist, sich in Gedanken in den ersten Liebesakt von Adam und Eva zu vertiefen und sich daran zu ergötzen, wie die beiden auf natürlichem Weg erforschten, was guttut und was für ein Glück und wie lustvoll es sein muss, es so naturbelassen zu ergründen ...

Sie sehen, ich erinnere mich an alles, vielleicht vernichte ich ja die Beweise für Ihre Existenz, ›Sicherheitsmaßnahmen‹ usw., aber in meinem Innern existieren Sie auf eine für mich erschreckende Art, denn was fange ich jetzt mit dieser neuen Existenz an, die mich nicht will?!

Hier stehe ich vor Ihnen: Ich bin der junge Esel oder das Loch im Zaun; ich bin der Riss, durch den Irrtum und Verrat – und auch einfach das Gespött – in das Zuhause sickern, seit meiner Kindheit ist es so, seit ich mich an mich erinnern kann, ich bin das Loch, wie unmännlich, wem sonst könnte ich so etwas sagen, aber Sie müssen mir glauben, dass ich zumindest in meinem Flugmoment, im Augenblick des Höhenfluges, am intensivsten ich bin, das Ich, das zu sein mir bestimmt ist, und überraschenderweise ist das ein Moment voll Glück – es ist überhaupt ein voller Moment, er ist alles in allem, und ich wünschte, es gäbe einen Weg, in solch einem Augenblick mein gesamtes Dasein zu fristen.

Und dann natürlich der Aufprall der Landung und jede Menge aufgewirbelter Staub und eine grauenvolle Stille, und ich bin ernüchtert von all dem, was ich für einen Augenblick war, schaue mich vorsichtig um und beginne in der Kälte zu frieren, die mich von innen und von außen umgibt, eine Kälte, die nur der dumme August kennt – und der Idiot.

Es stimmt zwar, dass es sich ein- oder zweimal in meinem Leben zutrug, dass ich lebendiger Samen war oder eine glänzende Idee in die Tat umsetzte, aber zumeist – habe ich nichts auf die Reihe gebracht. Und wegen einer dieser Ideen stecke ich beispielsweise in dieser Phase des Lebens fest, wie Heine in seiner Matratzengruft, zwischen zirka vierzigtausend Büchern, Heften und Zeitschriften, die sich um mich herum türmen, ich hatte eine Idee, verstehen Sie? Eine grandiose Idee …

Nun ist es so, zuweilen geht man aus solch einem prachtvollen Sprung als Nachschon* hervor und erhält einen Ehrenplatz

---

\* Nachschon, aus dem Stamme Juda, führte die Durchquerung des Roten Meeres während des Auszugs der Israeliten aus Ägypten an.

in der Bibel, aber in der Regel stellt sich heraus, dass das Becken dort unten leer war. Doch immer – auch wenn er einem glückt – ist man furchtbar allein, wenn man zu den anderen zurückkehrt und zu ihren abgewandten Blicken, die einem plötzlich wie ein Augenräuspern vorkommen, mein Vater pflegte dazu zu bemerken: Der gesamte Körper will pissen, aber du weißt, wen man dazu rausholt.

So fühle ich mich zur Zeit, und es macht mich total fertig, denn solch einen Blick aus Ihren Augen halte ich nicht aus. Denn es war ein völlig anderer Blick von Ihnen, der mich zu dem Entschluss geführt hat, den Kopfsprung der ganzen Länge nach zu wagen, auf Leben und Tod, und *Not less than everything*, nach den Vorschriften der T. S. Eliot'schen Qualitätsnormen, und nun zehrt es an mir, dass ich nicht vorsichtiger war.

Schließlich hätte ich mittels eines findigen Briefes Tuchfühlung aufnehmen können, meine Absichten vernebeln und Sie ohne Eile verführen können, locker mit Ihnen flirten und Körperkontakt aufnehmen können, alles nach den Gesetzen der gängigen Ehebruchspraktiken der Erwachsenengemeinde. Wenn ich an Passagen denke, die ich Ihnen geschrieben habe, Dinge, die ich Ihnen über meine Familie sagte oder die ich mir Ihretwegen über meine Familie sagte, jenen schrecklichen Satz über die drei Menschen, die zusammenleben – ich könnte mich dafür kastrieren, mir die Zunge aus dem Mund reißen!

7.6.

Genug, es reicht. Eine unerträgliche Nacht (zu denken, dass Sie eventuell keine Ahnung haben, in welcher Verfassung ich bin!). Ich habe noch nicht genau erzählt, wie es begann. Das heißt – ich habe nicht wenig erzählt, nach meinem Dafürhalten habe ich es schon dreißigmal wiederholt, aber im Grunde habe ich nur von Ihnen gesprochen, was ich an Ihnen sah, und ich bringe es nicht über mich, mich von Ihnen zu trennen, ohne dass Sie wissen, was in jenen Momenten in mir vorging.

Hier nun, in aller Kürze, danach lassen wir es sein. Eines Abends, vor etwa zwei Monaten, habe ich Sie gesehen. Sie standen in einer größeren Gruppe, die sich um Sie scharte, maßgeblich um Ihren Ehemann, ein ganzer Pulk von Lehrern und renommierten Pädagogen, und alle stöhnten, wie schwierig es sei, mit der Erziehung Erfolg zu erzielen, und wie viel Zeit es in Anspruch nehme, bis sie Früchte trage. Und jemand erwähnte selbstverständlich Choni haMe'agel* und den Alten, der einen Johannisbrotbaum für seine Enkel pflanzte, und Ihr Göttergatte, das heißt – Ihr »Herr und Gebieter« (mir scheint, dass er sich durchaus als Ihr Eigentümer versteht), gab Erklärungen über einen komplizierten genetischen Versuch zum Besten, mit dem er sich seit zehn Jahren beschäftigt, ich gebe nicht alle Details wieder, denn ich lenkte meine Aufmerksamkeit nicht allzu sehr auf ihn, richten Sie ihm mein Bedauern aus. Die bittere Wahrheit ist, dass seine Geschichte langatmig und langweilig war, jede Menge Fakten, etwas über die Fruchtbarkeit weiblicher Kaninchen, wenn ich mich recht entsinne, und über die instinktbedingte embryonale Rückbildung im Uterus in Notzeiten (?), wie dem auch sei, jedenfalls haben ihm alle zugehört, denn er strahlt eine einnehmende Sicherheit aus mit seiner typischen langsamen und respektgebietenden Ausdrucksweise. Ein Mensch wie er ist sich bewusst, dass von dem Moment an, in dem er den Mund öffnet, alle schweigen und ihm Gehör schenken, und er beherrscht fabelhaft den Einsatz der Mimik mit der Gesetztheit eines ausgewachsenen Männchens, mit diesen langen Wangen, dem gut entwickelten Unterkiefer und

---

* Lehrer der Mischna, der Überlieferung nach ein Regenmacher, der in einen siebzig Jahre währenden Schlaf verfiel.

den aufgebauschten Brauen … Bei meinem Leben, Mirjam, Sie sind ein Glückspilz, Sie haben den Leithammel erwischt, Darwin salutiert vor Ihnen aus dem Grabe, und natürlich passen Sie auch sehr gut zusammen, Sie stechen heraus, und ich war noch frei, das heißt – frei, einen Fehler zu begehen.

Ihr Gatte lachte plötzlich, und das war der Moment: Ich erinnere mich, wie ich über dieses kräftige, glucksende männliche Lachen, das aus ihm herausbrach, erschrak und wie ich auf einmal schrumpfte, als ob er mich bei einer Peinlichkeit erwischt hätte. Ich weiß nicht einmal, worüber oder über wen er lachte, aber alle fielen in sein Lachen ein, vielleicht nur, um für einen Augenblick mit ihm in seiner autoritären Liebenswürdigkeit zu baden. Und ich, purer Zufall, sah Sie an, vielleicht weil Sie die einzige Frau dort waren und ich bei Ihnen Verständnis oder Schutz suchte, und ich sah, dass Sie nicht lachten. Im Gegenteil, dass Sie erschauderten und sich selbst mit den Armen umfingen. Vielleicht hat sein Lachen, das Sie gewiss an ihm mögen, in Ihnen irgendeine schmerzliche Erinnerung geweckt oder Sie glattweg erschüttert, so wie mich.

Auf jeden Fall, die anderen plauderten routiniert weiter und labten sich an der Unterhaltung, aber Sie waren schon nicht mehr da, und erstaunlich daran war, dass ich sah, wie Sie allen auswichen, ohne sich vom Fleck zu rühren, wie Sie die momentane Zerstreuung buchstäblich nutzten, um sich auf und davon zu machen, und ich sah auch, wohin Sie verschwanden. Etwas in Ihren Augen ging auf und zu, eine Geheimtür blitzte dort kurz auf, und plötzlich stand nur noch Ihr Körper da, traurig und von Ihnen verlassen (ich werde Ihnen nicht mehr über ihn erzählen können, über Ihren hellen Körper, den weichen, den buttrigen, honighaften), Ihr Kopf war ein wenig geneigt, und Sie umarmten sich, als wiegten Sie das Mädchen und den Säugling in sich. Und auf Ihrer Stirn begannen sich leise Wellenschläge und Falten des Staunens zu kräuseln, wie bei einem

Mädchen, das einer langen, komplizierten Geschichte lauscht, einer traurigen, ja, Ihr ganzes Gesicht hob an, auf den eigenen Zügen zu segeln, und ohne zu verstehen, fühlte ich, wie mein Herz Ihnen zuflog, mit dem Tanz des jungen Esels, ich hatte offenbar ein Leck, dort, wo mir die Rippe fehlt, alles stand auf dem Kopf, ich auch.

(Keine Sorge, bin schon raus aus Ihrem Leben, letzte Zuckungen) –

Jetzt fällt mir auch ein, wie, unmittelbar danach, eine große Gruppe von Schülern über Sie hereinbrach, erinnern Sie sich?

Kurios, dass ich es bisher ignoriert habe: Die Schüler haben Sie regelrecht aus der Schar der Erwachsenen entführt, wegen eines Gruppenbildes mit Ihnen, man trug Sie nahezu auf Händen. Und es gab einen Moment, in dem Sie an mir vorbeigingen, und ich sah, dass Sie noch immer ein wenig in Gedanken verloren waren, aber Sie bemühten sich schon, nach außenhin zu lächeln, ein völlig anderes Lächeln war das, ein öffentliches, phosphoreszierendes Lächeln, sehen Sie, wie ich das vergessen hatte.


Und vielleicht habe ich es auch nicht vergessen, vielleicht wusste ich, wegen dieses spektakulären Einblicks in Ihr Getriebe, sofort, dass Sie verstehen würden?

Denn es war ein Moment »Ihrer Schmach«. Sogar ohne zu verstehen, muss ich es wohl erkannt haben. Solch ein Lächeln, beinahe ein Spasmus, ein Wahlkampflächeln hatten Sie für einen Moment aufgesetzt ... Was rede ich da, sagen Sie mal? Sie und Wahlkampf? Ja, ja, sicher, ich irre mich nicht in diesen Dingen. Ja was denn, auch Sie? Wiedergewählt wollen Sie werden, wieder und wieder, betören, jawohl, in den Augen Fremder brillieren (und nun tut es mir umso mehr leid, dass wir nicht weitermachen).

Und die Schüler, ich weiß nicht, ob Sie es gespürt haben,

vielleicht waren Sie noch nicht gänzlich anwesend, eine Herde langer, linkischer pubertierender Kinnstoppelmäher, von denen jeder einzelne um das Recht kämpfte, Ihnen am nächsten zu sein, Sie anzufassen, einen Blick oder ein Lächeln von Ihnen zu erhaschen und Ihnen die vollgeile-Info zuzuschreien, die ihn gerade am meisten bedrückt, es war vergnüglich anzusehen –

»Vergnüglich« ist nicht das richtige Wort. Schade um den Alk. Denn sogar in dem, der völlig abseits stand, erwachte in jenem Moment der seltsame, unerwartete Drang, es ist direkt peinlich, sich jetzt daran zu erinnern – das unbändige Bedürfnis, einen Kükenschnabel aufzusperren und mit dem Wahnsinn eines unerwarteten verheerenden Hungers – ich, Frau Lehrerin, ich, ich …

Genug. Genug. Mit jedem zusätzlichen Wort erniedrige ich mich mehr: Bitte, nehmen Sie ein Blatt Papier, und schreiben Sie ein paar Worte, eines würde genügen, ein Ja oder ein Nein. Ich habe jetzt gar nicht die Kraft für einen langen Brief von Ihnen. Schreiben Sie: Es tut mir leid, ich habe versucht, mich an Sie zu gewöhnen, ich habe mich aufrichtig bemüht, aber es ist mir nicht gelungen, mit Ihren Wallungen und Ihren Täuschungsmanövern klarzukommen.

Gut, in Ordnung. Abgemacht. Wenigstens wissen wir, woran wir sind. Ich werde mir wohl noch eine Weile Ihren Namen zuschreien, in meinem Innern. Am Ende wird es verkrusten. Vielleicht werde ich wieder nach Ramat Rahel fahren oder an einen anderen Ort außerhalb der Stadt, einen menschenleeren Platz, der dennoch ein wenig der unsere ist, und ich werde mit aller Kraft schreien, Mirjam, Mirjam, Mirjam!

Ja'ir


Machen Sie sich keine Sorgen. Noch ein Tag, noch zwei Tage. Nach und nach blättern die Buchstaben ab, und nur mein anhaltender Schrei nach Ihnen bleibt – I – A! I – A!

Es hat sich ergeben, dass Ihr Brief ankam, als ich schon total ausgelaugt war. Ich öffnete das Brieffach, aus purer Gewohnheit, wie in der vergangenen Woche schon Dutzende von Malen, und darin das weiße Kuvert. Ich stand da und starrte es an, ohne Empfindung, nur Mattigkeit. Vielleicht auch Panik. Denn ich hatte mich schon an den Gedanken gewöhnt, dass es aus und vorbei ist, für immer erfroren, und woher sollte ich die Kraft für den Schmerz des Auftauens nehmen.

Ich habe ihn gelesen, sicher. Einmal und noch einmal und noch öfter. Ich kann immer noch nicht begreifen, wie ich mich wegen einer Woche Pause so gehenlassen konnte. Können Sie sich vorstellen, dass Sie nach meinem Gefühl für mindestens einen Monat von der Bildfläche verschwunden waren?

Als ob ich nur auf einen Anlass gewartet hätte, um mich selbst so zu martern.

Ich habe dem heute nichts hinzuzufügen. Ich bin glücklich, dass Sie wieder da sind, dass wir wieder da sind, dass es Ihnen nicht im Traum eingefallen wäre, mich zu verlassen. Im Gegenteil.

Ich bin immer noch aufgebracht, wie konnten Sie übersehen, wie sehr ich leiden würde. Wie konnten Sie mich so wenig kennen, Sie. Hätten Sie doch wenigstens eine Nachricht geschickt, bevor Sie fuhren. Oder eine Postkarte vom Busbahnhof in Rosch Pina. Es hätte Sie zehn Minuten gekostet, nicht mehr, und mir etliches erspart.

Auf der anderen Seite beginne ich einzusehen, dass Sie mir wohl kaum solch ein Martyrium zugemutet hätten, wenn Sie eine Wahl gehabt hätten.

Also, ich werde mit einer zuversichtlichen Stelle dieses bleichen Briefes abschließen – dass Sie anscheinend absolut keine Wahl hatten.

Immer noch keine Antwort, keine Antwort, wie Sie sie auf diesen Brief verdient hätten, der sich mir von Lektüre zu Lektüre in seiner vollendeten Tiefe zu erschließen beginnt, vor allem, Sie wissen ja, wie Sie mich Faden für Faden aus meiner selbstgestellten Falle befreit haben, ohne dass ich auch nur einen Tropfen Verlegenheit empfunden hätte über das Concierto für Magensäfte, das ich Ihnen brachte.

(Und man hat Ihnen von der Arbeit freigegeben? Zwei Wochen vor Ende des Schuljahres?

Und wie stehen sie zu Hause dazu?

Was juckt es mich.)

Wie mich, jedes Mal aufs Neue, der Gegensatz zwischen der Schwere, der Kopflastigkeit, der Standfestigkeit und friedlichen Mütterlichkeit, die es in Ihnen gibt, und der plötzlichen Leichtigkeit Ihrer Bewegungen, diesen Schwankungen und dem unerwarteten Sprung, selbst für Sie ungeahnt, verwirrt. Ich sehe Ihnen von Anfang bis Ende zu, wie Sie durch das Eichenwäldchen über dem See Genezareth schreiten, aufrecht und mit strengem Ausdruck, Sie umarmen sich kraftvoll, sind auf der Suche nach Ihrer verlorenen Ruhe, stoßen mich immer wieder von sich …

Das? Ach, das ist einfach ein Lächeln. Ich habe daran gedacht, wie Sie in den ersten Briefen immer wieder sagten, es falle Ihnen schwer, zu glauben, ein hastiger Blick von mir auf Sie habe bei mir solch einen Sturm verursacht (›Vielleicht habe ich gar keine zweite Gesichtsseite, vielleicht haben Sie sich nur das Bild einer Frau aus der Nacht herausgelöst?‹), und ganz langsam begannen Sie sich selbst zu erklären, dass es im Grunde immer so seinen Anfang nimmt, mit einem Blick auf einen fremden Menschen. Und jetzt, was Sie dort geschrieben haben, auf den Felsen, dass wir vielleicht nur auf einen ›physischen eindimensionalen‹ Blick als Fremde gesehen werden können –

Vorher, als ich erwachte (jetzt ist es drei Uhr dreißig), saß ich im Wohnzimmer im Dunkeln, zusammengefalzt in einem Sessel, und ich dachte an Sie und an mich und an all das, was uns plötzlich in der Mitte des Lebens widerfährt, und ich war froh über die Gelegenheit, zu Hause ein wenig allein zu sein, in vollkommener Stille, und ich lud Sie zu mir ein, und Sie sind gekommen. Gemeinhin, im alltäglichen Leben, bemühe ich mich, nicht an Sie zu denken, wenn ich hier bin, ich achte peinlichst darauf, das Prinzip der Gewaltenteilung zu achten. Ich zaudere, ob ich Ihnen erzählen soll, wann ich allerdings grundsätzlich an Sie denke, grundsätzlich – wenn ich dusche oder wenn ich, was soll ich machen, pinkele. Jawohl, wenn ich ihn ansehe.

Ich versuchte herauszufinden, ob ich überhaupt in der Lage bin, Blitzableiter für jemanden zu sein. Ich habe bemerkt, dass es Sie gequält hat, aber es fällt mir schwer, Ihnen eine klare Antwort darauf zu geben. Eine wirklich aufrichtige Antwort. Ich wurde noch nie um so etwas gebeten. Nie und nimmer hat jemand darum gebeten. Es hat noch nie jemand, so direkt wie Sie, gefragt, und so klar und deutlich wie Sie, und so dringlich.

Anscheinend hat man mir die Antwort stets prompt angesehen.

Aber erinnern Sie sich, dass ich Ihnen geschrieben habe, dass ich in dem Moment, in dem ich Sie sah, zum ersten Mal den starken, deutlichen Wunsch verspürte, in mir möge es eine andere Person geben? Vielleicht ist das eine indirekte Antwort auf Ihre Frage. Ich habe mich gefragt, ob es immer noch so ist, und ich habe mir die Antwort gegeben, ja, sogar noch um ein Vielfaches stärker. Sogar noch um ein Vielfaches stärker.

Sagen Sie – warum macht mir dieser Wunsch keine Angst,

wie ist überhaupt jemand in der Lage, einen anderen in sich hineinzulassen? Im Ernst, Mirjam – heute Nacht habe ich auf einmal begriffen, was für eine Ungeheuerlichkeit es ist, die einen vor Großmut und Gnade erschaudern lässt, einem anderen Menschen zu gestatten, und sei es nur in den eigenen Körper einzudringen?! Plötzlich kommt sie mir nahezu unnormal vor, diese entsetzlich-natürliche Sache! Und die Menschen tun sie, ohne mit der Wimper zu zucken (so kam es mir zu Ohren), sie gehen hinein und lassen hinein, selbst ein Fick ist bisweilen ein Klischee, oder vielleicht darf man etwas gerade nicht verstehen, damit solch ein Einmarschieren überhaupt möglich wird?

Stellen Sie sich vor, für einen Moment hegte ich die Befürchtung, ich könnte sie nicht mehr ausführen, jene berühmten Schwimmbewegungen. Routiniert ausführen, meine ich.

Und wohl wegen einer leichten Erschütterung vertiefte ich mich in eines meiner Steckenpferde, ich saß da und rekapitulierte mit geschlossenen Augen einen Fick aus meiner Privatsammlung, Sie sind der erste Mensch, den ich einweihe (vielleicht weil Sie diese Sache mit Adam und Eva erwähnten). Es erinnert mich daran, dass ich als Kind komplette Fußballspiele im Kopf zu repetieren versuchte, und heute, was soll man machen, sind es die Nummern, meine kleinen Unzüchte, die gemeinhin anerkannte Praxis, sich über die Konventionen zu erheben, wie es Nabokov einmal auf einer langen Fahrt zur Basis im Sinai für mich formulierte.

Nicht alle, natürlich nicht, bekomme ich zusammen – sechs oder sieben maximal (schon seit ein paar Jahren ist kein neuer mehr zu meiner Kollektion hinzugekommen), die exquisiten, die, in denen ich mich in dem ersehnten seltenen Bewusstseinszustand befand, gleichzeitig träumend und wach zu sein, tagträumend, alles wahrnehmend, jede ihrer Hand- und Körperbewegungen, was sie sagte und wie sie atmete, ihren Hüftschwung und die Verteilung der Schönheitsflecken (wie sieht es bei Ihnen aus? Den unter den Lippen kenne ich; meiner Einschätzung nach ist er ein Mikrofilm, den Sie in Ihr unschuldiges Gesicht schmuggelten. Aber wo sitzen die anderen?), nichts entgeht mir in diesen stillen Retrospektiven, und fragen Sie mich nicht, wie ich das mache – ich habe keine Ahnung: Ich bin wie diese Schachgenies, die Hunderte von Spielen mit allen Zügen auswendig beherrschen, was glauben Sie, Mirjam, vielleicht ist das meine heimliche Genialität und meine wahre Bestimmung (meine Kunst …)?

Jetzt werde ich den Umschlag zukleben, und die Wonne des Wartens beginnt.

Ja'ir


Morgen

Ich möchte dennoch, dass Sie wissen, mit wem Sie es zu tun haben. Ich glaube, ich habe es mir heute Nacht, was den »Blitzableiter« anbelangt, zu leichtgemacht.

Nun, ich muss all meine Kräfte aufbringen, um die Balance zu halten, nicht einmal ein Millimeter Abweichung von einer hundertprozentigen, präzisen Tarierung ist möglich. Ich bin nicht besonders stolz darauf, es schreiben zu müssen, doch meine Fassung hat das Format einer Erdnuss, Sie haben ja gesehen, was erst vor einer Woche passiert ist, es ist beängstigend, wie leicht ich sie verliere, wie schnell ich schlappmache. Es ist überdies sehr einfach, nicht sein zu wollen, auf alles zu verzichten.

Und Sie fragen, ob ich jemandem als Blitzableiter dienen könne? Ich? Genaugenommen muss in meiner Umgebung jedermann auf dem Höchststand seiner Leistungsfähigkeit, Gesundheit und Normalität sein, und natürlich lagen Sie richtig, als Sie von Maya und dem »mütterlichen Stammhaus« schrieben, jawohl, so ist es, und es gibt nichts daran zu rütteln, und wie wunderbar, dass alle, die mir nahestehen, sehr darauf bedacht sind, diese nötigen Aufnahmebedingungen in meinen engen Zirkel zu erfüllen.

So. Ich habe erbrochen. Das Erbärmlichste in mir. Armselig, verwöhnt und molluskenhaft, aber mir liegt daran, dass Sie es wissen. Mitunter verblüfft es mich, wie fügsam sie alle sind, und wie arglos sie sich an die Konditionen halten, sie sind allesamt gesund geboren und gut entwickelt, lassen sich nicht von unheilbaren Krankheiten oder Gebrechen verführen und sterben auch nicht schlichtweg, bei mir stirbt man nicht! Auch nicht in hohem Alter, erst nach mir! Selbst meine Eltern sind offenbar dazu verdammt, einzig um nicht in meiner Blüte zu sterben, am Leben zu bleiben, gar nicht zu reden von meinem Vater, der dank meines drakonischen Gesetzes schon seit Jahren im Ausgang des Existenz-Darms steckt.

Aber Sie sehen, dass nicht nur der Tod sich mir fügen muss. Jede Abweichung von der Regel, jede Unterbrechung dieser segensreichen Routine ist strengstens untersagt. Und wenn Maya beispielsweise einmal über die Möglichkeit nachdenkt, nur nachdenkt, mich zu verlassen, sich in ein anderes Maskulinum zu verlieben und mich somit der Meute der Bluthunde meiner Eifersucht zu überlassen, wäre das mein Ende, im wahren Sinn des Wortes, ein Fünfkilohammer auf das Herz des Alks. So lautet das ungeschriebene Gesetz: Wer mir nah sein will, spielt mit meinem Leben. Schließlich ist es für jeden Durchschnittsidioten offenkundig, wie leicht ich umzubringen bin. Ein gezielter Blick auf mich genügt. Ich scherze nicht: Irgendwo in mir gibt es eine Stelle, und ich bin mir sicher, dass jeder, der mich sieht, sogar auf der Straße, sogar ohne mich zu kennen, sofort weiß, wo man mich mit einer Berührung spalten, mich mit einem Wort liquidieren kann. Und dennoch ist es eine Tatsache, dass mir aus irgendeinem Grund keiner derer, die mich zur Zeit

84

umgeben, das antut, dass mir alle den Gnadenstoß verweigern, und ich verstehe das nicht ganz, argwöhne, was sie im Schilde führen, und Sie, ja, Sie da, die Unsichtbare, die Geschriebene, beschirmen Sie uns, uns beide sollen Sie behüten, auch Stellen, an denen ich so erbärmlich bin, an denen ich nur ein halber Mensch bin, und dies mit doppeltem Kräfteaufgebot, Sie können das, ich fühle, dass Sie stark genug sind, seien Sie unser Leibwächter, unser Kopfwächter –

Ich bin mir nicht sicher, ob ich diesen Pfuhl wegschicke. Wo entspringt er bloß. Ich habe keine Ahnung, warum mich derart trübe Ströme durchfließen, ausgerechnet jetzt, wo ich mich Ihnen in der Nacht so nah fühlte. Ich denke darüber nach, was Sie in Ihrem letzten Brief äußerten, dass ich bisweilen dem sonderbaren Drang zu unterliegen scheine, mich vor Ihnen zu degradieren, Sie sollten dabei unbedingt Ihren Traum von jenem kauzigen Gemüsehändler im Auge behalten, der die vergammelten Tomaten obenauf legte, denn ich fühle, dass ich Ihnen soeben etwas gegeben habe, was ich mir selbst nie zu geben wagte.

Er muss weggeschickt werden, nicht wahr?


11.6.


(Nicht einmal vier Stunden musste ich warten. Sie haben sich anscheinend gekreuzt. Wenn Sie meinen lesen, werden Sie verstehen, wie seltsam es ist, dass Sie mir auf Dinge antworten, die Ihnen noch gar nicht schriftlich vorlagen.)

Mirjam, ich glaube, dass die Geschichte unserer Begegnung in der Berieselungsanlage eine falsche Geschichte ist. Nicht auf diese Weise will ich Sie erreichen.

Nicht nur, weil Sie mich auslachten, weil ich mich weigere,

an solch ein banales Wunder wie eine echte Begegnung zwischen zwei Menschen zu glauben, und sei es im Bus, in der Bank, auf einem Jahrestag oder einfach in einem Gemüseladen – sondern weil, plötzlich, wahrhaftig, zwei Fremde auf dem Rasen sitzen und sich im Wasser umarmt wiederfinden – irgendwie, nach Ihrem Brief, nachdem Sie behaupteten, ich gäbe mir so viel Mühe, die Realität zu frisieren … Ich weiß nicht, auf einmal kommt es mir plump und maniert vor, ein wasserpyrotechnisches Kunstwerk, das Ihnen nicht angemessen ist, nicht der Weichheit, mit der ich Sie erreichen will, und der Ruhe, die Sie umgibt, und schon gar nicht den Dingen, die Sie in den letzten Zeilen geschrieben haben, jener überraschende Ausbruch, von dem ich noch immer nicht weiß, wie ich mit ihm umgehen soll.

Dennoch, mir ist es sehr wichtig, dass Sie mit mir übereinstimmen, dass auch der »Wassersprenkler« zwischen uns möglich ist, und überhaupt – dass zwischen uns alles möglich ist: eine Vielzahl von diesen ursprünglichen Begegnungen werden wir haben, und jedes Mal werden wir uns selbst neu entdecken, denn warum sollen wir auf etwas verzichten, warum soll man auf alles verzichten, alles will ich mit Ihnen, denn nur mit Ihnen kann ich alles wollen, denn vielleicht werden wir nur durch dieses verschwenderische »alles« ganz allmählich auf die eine Sache stoßen, auf das spezifische Mineral, das sich nur zwischen Ihnen und mir bilden kann und das sich niemals zwischen zwei anderen Menschen bilden wird?

Und natürlich haben Sie recht, dass die Realität an sich ein Wunder ist, diese schönen Dinge kann auch ich mit sanftem, säuselndem Ton sagen, wenn Sie mir verzeihen, aber vergessen Sie nicht, dass selbst die »Realität« letztendlich nichts weiter ist als ein einziger momentaner Zufall auf einem gigantischen Ball, auf dem es von Möglichkeiten wimmelt, die nie in Erfüllung gehen werden und von denen jede einzelne uns eine völlig andere Geschichte über uns selbst erzählen könnte, uns anders spielen könnte, und warum sollten wir nicht von den am wenigsten erwarteten Stellen aufeinander zugehen, von der Schattenseite des Hirns?

Ich will zehn unterschiedliche Beziehungen zu Ihnen haben, warum nicht, und jede von ihnen soll in mir einen völlig anderen Menschen zum Sprechen, zum Schreien bringen, einen Menschen, der mir unbekannt ist. Dafür tun Menschen sich zusammen, nicht wahr? Es ist genau wie Ihre Frage hier – ob ich wirklich je den Mut haben würde, tief in Ihre Augen zu schauen und für Sie zu lesen, was Sie selbst nicht lesen können. Ich wünschte, ich könnte Ihnen mit völliger Sicherheit antworten, ich weiß es nicht. (Aber vielleicht stand ich deshalb schon vom ersten Moment an in Ihrem blinden Fleck?)

Verlange ich zu viel? Vielleicht, aber warum soll man sich mit wenig begnügen, ohnehin »begnügen« wir uns unser ganzes Leben lang, und mit Ihnen will ich alles berühren, und dies mit ausladenden, großzügigen Gebärden, als wäre es das letzte Mal in meinem Leben, und wie kommt es denn, dass Sie in der Lage sind, abzubrechen, in dem Moment, in dem Sie endlich begonnen haben, etwas Tiefes aus Ihrem Inneren zu geben – »meine Schmach«, haben Sie gesagt, als ob Sie nur einen Witz machten oder eines meiner Worte anprobierten, doch plötzlich wurde es ernst, nicht wahr? ›Und vielleicht hören Sie endlich damit auf, die Kränkungen, die man Ihnen irgendwann einmal zugefügt hat, als Schmach zu bezeichnen?!‹ schrieben Sie kochend ohne vorherige Warnung, aber ich spürte, dass gerade dieses Wort an Ihnen haftet und klebt, als ob Sie es immer wieder und wieder aussprechen müssten, sowohl, um es abzuschütteln, als auch, um es noch einmal zu berühren. ›Und in welchem Verhältnis zueinander stehen Kränkung, Wunde und Schmach?‹ ›Und wieso nehme ich bei Ihnen beim permanent unsauberen Gebrauch der Bezeichnungen Wunden und

Schmach ständig irgendeinen befremdlichen Genuss wahr?‹ Je häufiger Sie es wiederholten, desto mehr schien es an Ihnen zu haften und dann –

Erklären Sie mir, Mirjam, was ist das für ein Kampf, den Sie zuweilen mit sich führen, um einen weiteren Tag mit dem deutlichen Wunsch zu beenden, am folgenden Tag das Bett zu verlassen, wovon genau reden Sie, und woher dieses abwegige überspannte Gefühl, Sie seien ein Mensch, der auf der Welt nichts Neues schaffen darf? Ich bin der Launische, Destruktive von uns beiden, vergessen Sie das nicht!

(Oder vielleicht, gerade kommt mir der Gedanke, möglicherweise ist dies eine Art Tagtraum, womöglich ist es die Geschichte, die Sie gewählt haben, um mir von sich zu erzählen? Aber ausgerechnet eine derart schaurige?)

Sehen Sie, in welchem Zustand Sie mich zurückgelassen haben? Sie haben nichts erklärt ›und manchmal das Gefühl, dass jede lebendige Sache, sogar die beiden Kätzchen, die Nilli gestern warf und, wie es ihre Art ist, bei mir zum Säugen deponierte – selbst sie sind für kurze Momente wie gestohlenes Feuer in meiner Hand‹. Und sogleich sind Sie verstummt. Es gab bis zum Ende des Blattes jede Menge freie Zeilen, und ich wusste nicht, wie ich sie füllen sollte, die Bilder überschlugen sich in mir, und als Sie wieder vor mir auftauchten, war Ihr Gesicht zurechtgemacht, und Sie gaben etwas Belangloses, nicht besonders Relevantes zum Besten, wenn Sie mir diese belehrende Bemerkung verzeihen, ich glaube, dass Sie den Brief einfach auf höfliche Weise abschließen wollten, und es ist tatsächlich wunderbar, dass Ihr Sohn gerade in das großartige Abenteuer vertieft ist, bis zu einer Million zu zählen (auch eine Möglichkeit, sein Leben zu vertun), endlich haben Sie eindeutig geäußert, dass Sie ein Kind haben, ich habe mir schon langsam Sorgen gemacht, aber wie konnten Sie mich mit diesen Worten so zurücklassen?

Genug, genug mit den geballten Fäusten, unsere dunklen Geheimnisse sind stets weniger gewichtig, als wir denken, geben Sie schon her, geben Sie sich ungeniert, schreiben Sie mir, beispielsweise in einem separaten Brief, einem Brief von einem Satz, was die erste Sache, der erste Gedanke ist, der Gedankenblitz, der Sie durchfährt, wenn Sie diesen Brief lesen (ja, ja! Jetzt, schreiben Sie es augenblicklich auf, stecken Sie den Zettel in einen Umschlag und schicken Sie ihn ab, noch vor dem »offiziellen« Antwortschreiben, noch vor all Ihren Komplikationen mit mir in Ihrem Innern) –

14.6.

Hui!

Nun ist die Reihe also an mir?

Nach dem Akt werden wir eng umschlungen einschlafen. Ihr Rücken wird an meinem Bauch kleben, und ich werde meine Zehen wie Wäscheklammern an Ihren Knöcheln befestigen, damit Sie mir in der Nacht nicht davonfliegen, wir werden wie ein Bild aus einem Biologiebuch aussehen: ein Querschnitt durch eine Frucht, ich die Schale und Sie der Kern.

Ja'ir

P. S. Ich hätte nicht gedacht, dass Sie so weit gehen würden.

Wenn wir miteinander schlafen, will ich die Augen schließen und den Saum Ihrer Behaarung sanft berühren, irgendwo
unterhalb des Nabels (des Bäuchleins), um mit den Fingerspit-
zen die Stelle zu spüren, eine der Stellen, diese zarte, seidige
Stelle, an der Sie vom Mädchen zur Frau wurden.

J.

18.6.

Einer außer der Reihe:
Gestern abend ging ich durch die Heleni-HaMalka-Gasse,
und vor mir ging ein neun oder zehn Jahre alter Junge. Wir
beide waren allein. Die Gasse war dunkel, und der Junge
warf hin und wieder einen Blick zurück, er steigerte sein
Schritttempo, doch ich bin, auch wenn ich langsam gehe, sehr
flott. Ich spürte seine Angst, an die ich mich aus meiner Jugend noch gut erinnere, und ich fragte mich, wie ich ihn vor
mir beruhigen konnte, ohne ihn zu beschämen, als der Junge
zu hinken begann. Er verdrehte nahezu sein Bein, zog es stöh-
nend nach sich. Bis zum Ende der Gasse schritten wir so miteinander, ohne Eile, immer im gleichen Abstand. Er hinkte
äußerlich, ich innerlich.

J.

Der größte Nachteil dieser Hektischen ist, dass du nach einer
Stunde wieder hungrig bist (wenngleich ›manchmal berühren
Sie mich mit ein- und derselben Berührung gleichzeitig an der
Stelle des Schmerzes und der der Wonne‹ mir für wenigstens
eine Woche ausreichen wird).

Haben Sie schon geschrieben? Eingeworfen? Wann wird bei Ihnen der Briefkasten geleert?

(Ich trainiere nur ein wenig meine Hektikmuskulatur, damit sie nicht verkümmert. Und damit ich immer der Alte bleibe.)

Was die letzten Vermutungen angeht – so irren Sie, ein dreifacher Irrtum: Ich schreibe Ihnen nicht aus dem Gefängnis, bin weder leidend und ans Bett gefesselt noch ein israelischer Spion in Damaskus oder Moskau auf Heimaturlaub vor der Rückkehr in die Kälte –

Ich bin alle drei.

Und was sonst noch? Nicht viel.

Eine Menge: das Zittern Ihrer Finger, wenn Sie meine Kuverts aus dem Fach im Lehrerzimmer fischen.

Mir geht es ebenso, was haben Sie denn gedacht – als Allererstes befühle ich die Dicke des neuen Briefes, um zu prüfen, wie viel Nahrung ich in den nächsten Tagen und Nächten zu verdauen haben werde.

Zu Ihrer (merkwürdigen) Frage – sowohl Zeiger als auch Digital (aber was spielt das für eine Rolle?).

Ach, mir ist etwas eingefallen, was ich Sie fragen muss: Haben Sie Verbindungen – es ist ein bisschen beschränkt, ich weiß, und dennoch: Stehen Sie zufällig in irgendeiner Beziehung zu einem chinesischen Wochenblatt (rein chinesisch!), einer Wochenzeitung, die in Schanghai erscheint und die mir in der letzten Zeit zugestellt wird, ohne dass ich sie bestellt hätte?

Wenn nicht – vergessen Sie es.

Dies ist kein Brief, nur eine Art nächtliches Hmm, ein Pfeifen in der Dunkelheit, bis Sie zurück sind.

(Ich höre nicht auf, mich darüber zu wundern, dass dieses

verdorrte Leben beschlossen hat, mir auf einmal eine riesengroße Brust zu geben.)

Ja'ir

21.6.

Ein aufgerissener Mund oder ein Loch in einem Stamm? Es fällt mir schwer, mich festzulegen. Aber es hat mich froh gemacht, weil endlich keine Worte dort waren!

Ich wusste nicht, dass Sie auch malen. Dieser Duktus und das Schwarz und die Kraft Ihres Strichs.

Bei meinem Leben: Ich werde einmal für Sie tanzen. Sogar wenn jemand in der Nähe ist. Es spielt keine Rolle. Ich werde nur in Ihre Augen schauen und tanzen.

Doch bis dahin müssen wir schreiben, was? Also bitte, was das Schwarz anbelangt:

Ein schwarzer runzliger Affe, sagen wir, rennt auf dem Bauch der Dame auf und ab.

Sagt Ihnen das etwas? Es tut nichts zur Sache. Wir sagten: die Freiheit des Murmelns. Mir sagt es: Der Herr hat ihn auf einem der Märkte, die er auf seinen Reisen streifte, für sie erstanden. Der Herr ist immer auf Reisen, die Reise des Herrn. Der Affe ist dressiert. Er wurde angeschafft, um die Dame zu belustigen, und nicht zu seinem eigenen Vergnügen. Gott behüte, verstehen Sie? Er muss sich stets seinen Platz vergegenwärtigen, es ist der Platz des Stellvertreters, bis der Herr zurückkehrt (und vielleicht gibt es auch gar keinen Herrn?).

J.

Ich-weiß-dass-Sie-wissen, woran ich gerade denke. Dass Sie sagten, es komme Ihnen merkwürdig vor, dass ich mich an jede Geste, jedes Stöhnen und jedes Muttermal der Frauen erinnere, mit denen ich zusammen war, doch mich hätten Sie in diesen Aufzeichnungen nicht gefunden.

22.6.

Wenn ich mit anderen zusammen bin (es fiel mir heute abend ein, als ich meinen Sohn duschte) – und es spielt keine Rolle, ob es Fremde oder die Nächsten sind –, begleitet mich stets ein Gedanke: Sie alle tun auf gänzlich natürliche Weise etwas, worin ich vollkommen impotent bin: Wurzeln schlagen.

Frage: Sag mal, du Idiot, warum gibst du eigentlich solche Schwachsinnsbrocken an sie weiter? All diese oberflächlichen Reflexionen, diese Wohnzimmerphilosophie? Hast du denn keinen Funken Aristokratie oder Würde in dir, der dich lehrte, dass man nicht alles aussprechen muss?!

Antwort: Das ist der junge Esel in mir, und es ist der Drang, den ich bei ihr stärker empfinde als bei jedem anderen Menschen, den ich je kannte, alles zu äußern, auch meine Wohnzimmerphilosophie. Nicht einmal in Worten, manchmal sogar nur einen Gedankenblitz zu ihr zu schaffen, wie man einen bewusstlosen Angehörigen in die Ambulanz transportiert, einem Arzt in die Hände drückt und betet, dass dieser ihn möglichst wieder hinbekomme. Erzähl ihr vom Möbius-Band.

Frage: Hast du sie nicht alle? Schon jetzt?

Antwort: Was heißt »schon jetzt«? Ihr habt kein Früh und Spät, die Zeit ist eine Kugel, hast du das vergessen? Sie hat gesagt, diese Zeit sei wie für sie geschaffen …

Kommen Sie, geben Sie mir die Hand, hiermit erzähle ich Ihnen, dass ich hin und wieder etwas zu tun pflege, nämlich ihn mir vorstelle, wie er alt ist. Ich spreche von meinem Sohn, von Nennen-wir-ihn-Ido. Von meinem Ido.

Vielleicht um mich zu immunisieren (wogegen? den Überschuss an Liebe zu ihm?), stelle ich ihn mir immer wieder alt vor. Es hilft. Es löscht unverzüglich jede Leidenschaft der Liebe und Angst um ihn.

Hören Sie genau hin: Alt. Nicht tot. Auch darin bin ich natürlich ein Experte, aber tot ist dem Anschein nach zu eindeutig für die Qual, die ich brauche. Mein Sohn – ein alter gebeugter Mensch, der in irgendeiner Anstalt für seinesgleichen auf den Fernseher glotzt, Speichelfäden triefend, tot, denn der helle Funke seiner Augen ist längst erloschen. Es ist nicht einfach, sich auf solch einen Gedanken zu konzentrieren. Versuchen Sie es. Es erfordert den Einsatz der besonders kräftigen Seelenmuskeln, der Seelenrückenmuskulatur. Denn die Seele verspannt sich vor enormer Verweigerung, und es ist ein gewaltiger Kraftaufwand erforderlich, um sie zu bezwingen … Wo waren wir stehen geblieben?

Bei meinem Sohn, dem Kleinkind a posteriori, meinem greisen Sohn, einem kleinen buckligen Mann mit braunen Flecken auf den Händen, der von einer der Krankheiten seiner Altersklasse geplagt ist und der versucht, sich an etwas Entfallenes zu erinnern, vielleicht an mich? Vielleicht bringt die Wirrsal der Erinnerungen auf einmal mich ins Spiel? Mich und ihn in einem guten Augenblick? Als ihm heute morgen ein Sandkorn ins Auge flog und ich es mit meiner Zunge herausleckte? Als ich an dem Tag, an dem sein Kopf die Kanten aller Kommoden im Haus zu erreichen begann, sie mit Schaumgummi verkleidete; oder einfach so, wenn ich ihn auf meine begrenzte Art schrecklich liebte?

Und vielleicht wird er einen Moment lang verstört sein und denken, er wäre mein Vater?

Hoffentlich. Ich wünsche mir, dass im unendlichen Weltenraum, an der Stelle, an der die Schicksale mit den Menschen gemischt werden und jeder für einen Moment an die

Möglichkeit tippt, jeder x-beliebige andere zu sein, es auch solch einen Augenblick gibt, in dem er zu meinem Vater wird (diese unbegreifliche quälende Zufälligkeit, dass ausgerechnet ich sein Vater bin und nicht umgekehrt). Und vor allem wünsche ich mir, dass alles schon vorüber ist, dass ich unter seinen Fittichen Schutz suche, mit seinem Fleisch eins werde, Asche zu Asche. Ich will für einen Moment in jener Zeit sein, in der ich für ihn nichts weiter bin als ein Mensch wie er, einer, der es versucht hat, einer, den es einmal auf der Welt gab, der für einen Augenblick im Universum des Lebens aufgetaucht ist und sich deformierte –

Ich frage mich: Könnte es sein, dass er vielleicht gerade dann, in der Versöhnlichkeit oder Gleichgültigkeit seines Lebensabends und auch in der Weisheit, die sich in der Periode seiner Vaterschaft, mit den Kindern, die er haben wird, gewiss in ihm ansammeln wird – mich nochmals wählen würde? Was meinen Sie, würde er es tun?

Sprechen Sie zu mir.

Mitunter fällt es schwer, zwei oder drei Tage auf eine Antwort zu warten. Denn jetzt tut es weh.

Als ich mir die kleine Ja'ara ausmalte, sagten Sie, Sie seien überzeugt, dass ich auch Ido sehr viel gäbe, vielleicht mehr, als viele Eltern einem Kind geben können, und dass ich ganz gewiss nicht nur »welken« ließe. Danke, dass Sie versucht haben, mich davon zu befreien. Ich habe einfach Angst, Ihnen zu erzählen, wie sehr ich welken lasse, ich bin Ja'ir-der-Welker, sogar unabsichtlich, allein durch meine pure Anwesenheit. Aber eines Tages, im Jahre 2065, wird er mich schließlich anlächeln, mit nacktem Kiefer und mattem Blick, und mir sagen, dass es in Ordnung gehe, dass auch er längst das launische Urteil unserer Strafkolonie begriffen habe – dass man einmal Franz Kafka sei und einmal dessen Vater, Hermann …

Hin und wieder male ich mir diese Situation in allen Einzelheiten aus. Wie er mich von den Toten zu sich ruft, mich zwischen seinen Fingern hält und vor dem gelblichen Licht des Nachmittags prüft, wie ein Mensch, der etwas in Händen hält, das er nicht gebrauchen kann und das für ihn auch keine Gefahr darstellt. Und dann werde ich behutsam meinen Finger über seinen und auch meinen Körper gleiten lassen, wie über ein Möbius-Band, bei dem der gleitende Finger nicht bemerkt, wann er von außen ins Innere übergeht.

Ich glaube, es ist Zeit für einen Werbeblock.


24.6.


Ich finde es drollig, dass meine »Stadtgeschichten« Ihnen so gut gefallen. Ich habe schon einmal daran gedacht, dass mir Ihretwegen heute viel mehr solcher »Momente« widerfahren (wahrhaftig: die Stadt spricht zu mir, wie sie es noch nie getan hat).

Hier haben Sie eine ganz frische: Heute morgen stand in der Ben-Jehuda-Fußgängerzone, neben dem Café »Atara«, ein Clown, der auch Zaubertricks vorführte. Vielleicht haben Sie ihn einmal gesehen: ein Koloss von Mensch, rasputinisch, der eine komische Horrornummer mit einer Guillotine bringt. Ich kenne ihn, und ich habe es schon lange eingestellt, bei ihm stehen zu bleiben. Aber heute habe ich es wieder getan. Vielleicht wegen des Wortes »Guillotine«, auf das Sie im letzten, langen Brief zurückgekommen sind, als Sie schwermütig waren und einen Ausbruch hatten.

Der Zauberer bat um einen Freiwilligen, und ein junger Mann aus dem Publikum, ein amerikanischer Tourist, meldete sich und bettete seinen Kopf in die Mulde. Der Magier maß mit großem Brimborium den Halsumfang des Freiwilligen, zerteilte ein Haar über der Schneide, rückte ein Bastkörbchen vor ihm zurecht, und alle, die herumstanden, lachten.

Und dann, als der Zauberer das Fallbeil hochzog, streckte der junge Mann plötzlich beide Hände aus, und ohne zu überlegen, mit einer instinktiven, rührenden Geste, zog er das Körbchen näher zu sich heran, damit der Kopf es auch »traf«.

Alle grölten, aber ich war ganz aufgewühlt, als ob Sie bei mir gewesen wären und ich Ihnen etwas über mich gezeigt hätte, was ich nicht in Worte fassen kann.

28.6.

Ich schicke Ihnen eine Photographie, die Sie vielleicht freuen wird.

In einem Band alter Ausgaben von *Dvar HaSchavu'a* fand ich heute (nicht durch Zufall) das Photo Ihres entfernten Cousins Alexander. Verzeihen Sie mir, aber ich kann durchaus die Hysterie Ihrer Eltern nachvollziehen: nicht nur, weil er sechs Jahre älter war als Sie; etwas an seinem Äußeren, an diesem Wolfsgesicht …

Sehen Sie, beispielsweise, wie er sich auf dem Siegerpodium postiert. Dieses Lächeln. (Wenn ich auch notgedrungen gestehen muss, dass er sogar mit der lächerlichen Badekappe und der Medaille einigermaßen beeindruckend aussieht, ein ausgesprochenes Alphamännchen. Diese Schultern, diese Brust- und Armmuskulatur.)

Furchtbar, nicht wahr? All diese Kraft. Und den Protz zu sehen und zu denken, wie wenig er sich dessen bewusst war, dass er fünf Jahre später tot auf den Straßenbahnschienen liegen würde.

Ich versuche herauszufinden, was von Ihnen in ihm ist – die Aufnahme wurde ja genau in besagter Woche gemacht –, und ich erkenne Sie nicht. Was lernen wir daraus? Dass Ihre Mutter recht hatte? Dennoch scheint es mir, dass ich irgendeine überraschende Weichheit in der Mundgegend ausmache, unweit der Unterlippe. Vielleicht schmolz sogar ein erfahrener Casanova wie er dahin, weil es Ihr erster Kuss war, und Ihr einziger mit ihm?

Aber da ist noch etwas Sonderbares: Ich durchblätterte auch die Zeitungen der kommenden Makkabia*, die drei Jahre später stattfand, und stellte fest, dass er wieder zur belgischen Delegation gehörte (diesmal gewann er allerdings keine Medaille). Nach meiner Berechnung waren Sie da schon sechzehneinhalb, also nicht in dem Alter, in dem man Sie zu Hause einsperren oder Ihnen verbieten konnte, sich mit ihm zu treffen, oder Sie daran hindern, dass Sie auf jedem möglichen Weg das Verbot umgingen (und er kam gewiss zu Ihnen nach Hause, um Ihnen Grüße von der Familie zu überbringen …). Und ich frage mich, wie es sein kann, dass nach dem großen Sturm, den Sie beschrieben haben, den glühenden Schwüren, die Sie ablegten, und Ihren ein ganzes Jahr lang währenden Träumen, den parfümierten Briefen und so weiter – wie Sie da auf eine erneute Begegnung mit ihm völlig verzichten konnten?

Ich meine – obwohl Sie nun drei Jahre älter waren und anscheinend begriffen hatten, dass es für ihn nichts weiter bedeutete als momentane Zerstreuung und er alles andere war als der Mann Ihrer Träume. Und dennoch, waren Sie denn nicht neugierig? Oder hatten Sie nicht schlichtweg den Wunsch, vor ihn hinzutreten und zu sagen – sieh mich an, sieh mal, wie groß ich geworden bin, ich bin nicht mehr die kleine Cousine …

(Ich weiß nicht, warum er mich so bedrückt, der Gedanke an seinen letzten Besuch.)

Apropos Küsse: Machen Sie jenem Schönheitsfleck, mit dem Sie abgeschlossen haben, nachdem er zu wuchern be-

---

* Jüdische Olympiade.

gann, meine Aufwartung … Diesen umwerfenden Hektischen werde ich nie vergessen. Eines Tages, vielleicht in einem nächsten Leben, werde ich auch ihn küssen.

30.6.

Was für ein wunderschönes Wetter, Louise, was für eine strahlende Sonne! Alle meine Jalousien sind geschlossen, ich schreibe Ihnen aus der Dunkelheit.

So schrieb Flaubert an Louise Colet. Ich bin heute darauf gestoßen, und trotz Ihres Stichelns (zitiere ich tatsächlich unentwegt?) sah ich darin irgendein privates Symbol für uns beide.

In den letzten beiden Tagen dachte ich nicht wenig über Ihr Angebot nach, dieses seltsame Angebot, mit Ihnen zu gehen, das mit einer Verspätung von Dutzenden von Jahren kam. Sie haben mich in eine von mir nicht gerade geliebte Zeit gezwungen. Ich bin mir auch nicht sicher, ob ich haargenau die Geschichte gefunden habe, die ein »Partner« für Ihre Geschichte sein wird, und schon gar nicht für das Mädchen, das Sie waren, das nüchterne, aufgeweckte Mädchen, das Entscheidungen treffen konnte und sie auch ausführte, so kommt es mir vor, mit Nachdruck und ohne Reue … Um die Wahrheit zu sagen, Mirjam, ich bin nicht sicher, ob jenes Mädchen an jenem Jungen als Partner interessiert gewesen wäre.

Ich war zirka dreizehn, wie ich damals aussah, werde ich Ihnen vorenthalten – es würde Sie ärgern, und warum höhere Mächte reizen –, aber ich muss irgendeine Aufmerksamkeit erweckt haben, denn ein geistig behindertes Mädchen, das in unserem Block wohnte, hat mich einmal verschleppt und ohne Narkose eine Operation an mir vorgenommen. Sie würden sagen, dass ich die Dinge dramatisiere und auf übertriebene Weise schildere, aber das genau hat sie mit mir getan.

Ich weiß nicht mehr, wie alt sie war, sie konnte nicht einmal sprechen, nur röhren, ein knochiges, männlich wirkendes, steifes junges Mädchen war sie, eine bedauernswerte Behinderte, die ich stets verspottete und der ich auflauerte, und auch ihrem Vater, wenn er zum täglichen Spaziergang mit ihr nach unten ging (er hatte immer einen Stock dabei, um sich gegen sie zur Wehr zu setzen, für den Fall, dass sie ihn angriff, stellen Sie sich das einmal vor). Ein paar Jahre lang führte ich in unserem Block das organisierte Gespött gegen sie an, dachte mir die gemeinsten Sachen aus, um sie und ihren bedauernswerten Vater zu drangsalieren, die Kreideparolen auf dem Gehweg, die Karikaturen von ihr, alles stammte von mir –

Und Sie werden zu Recht fragen, warum ich sie auslachte? Warum ich mit meiner feigen Klugheit die Blicke aller auf sie lenkte, nur auf sie? Und wie ich sie verlachte. Und wie viel Scharfsinn und Gift ich investierte, fragen Sie mich nicht. Kurzum, eines Tages gelang es ihr, aus der Wohnung zu fliehen, ihr Vater fiel im Treppenhaus in Ohnmacht, und alle Nachbarn und Kinder der Siedlung waren aufgerufen, nach ihr zu suchen, die Polizei kam, und alles stand kopf.

Ich schlich mich unbemerkt von meiner Bande weg und begab mich zum Ende der Straße, zu einem brach liegenden Grundstück, auf dem heute ein großes Hotel steht. Es gab dort, in einer der meist verwahrlosten Ecken, eine Art Müllkippe, die sich im Laufe der Jahre angehäuft hatte, alte Matratzen und ein kleiner verbeulter Kühlschrank, jedweder Unrat und Kehricht eines Wohnviertels, und dahinter, in der Nähe des Zauns, wucherte Gestrüpp, das eine kleine dunkle Höhle bildete, und ich dachte der Einzige zu sein, der sie kannte und darin die Einsamkeit suchte.

Ich fühlte, dass sie dorthin gehen würde, dass ihre Instinkte sie an diese Stelle führen würden, die kein normaler Mensch aufsuchte. Und in der Tat, in dem Moment, in dem ich die

Lichtlinie überschritt, hechtete sie auf mich zu, und in jenem Moment wusste ich auch in irgendeinem unerklärlichen Abfinden, dass sie ganz einfach auf mich gewartet hatte.

Wissen Sie, ich kann mich nicht mehr erinnern, wann Sie gefragt haben – vielleicht war es, als Sie von dem Blitzableiter sprachen –, ob ich je im Leben aus voller Kehle »Hilfe« geschrien habe; mit aufgerissenem Schlund und mit vor Angst und Verzweiflung aus dem Kopf tretenden Augen (warum haben Sie eigentlich gefragt?). Vielleicht dieses eine Mal, als sie mich in das Dickicht zerrte, hätte ich so schreien sollen, aber gerade da schwieg ich. Davon handelt die Geschichte, Mirjam.

Sie stieß mich um und schmiss sich auf mich, und ohne einen Moment zu vergeuden, begann sie mit grauenhafter Kraft ihren Körper an meinem zu reiben, als wären wir zwei Feuersteine. Ich konnte mich nicht bewegen, als wäre ich nicht bei Bewusstsein, aber ich sah und hörte alles. Sie war ernst und fieberte in irgendeiner wahnsinnigen Idee, die in ihr brodelte, einer absurden Idee, die ich allein von allen Menschen auf der Welt genau verstehen konnte, und es war nicht einmal eine sexuelle Sache, das heißt – nicht sexuell im klassischen, leidenschaftlichen Sinn. Es war viel komplizierter und kellerhafter, wie soll ich es Ihnen beschreiben, als ob sie das Material, aus dem wir beide gemacht waren, zerkrümeln und im Staub zerstoßen wollte –

Muss ich ins Detail gehen?

Alle Stoffe, meine ich, ihre und meine gesamten Erze. Warum? Ich weiß es nicht (ich weiß es, ich weiß es). Um uns neu und richtiger zu erschaffen, um uns zu justieren, wenn das das passende Wort ist, um zu justieren oder irgendwie »einen Ausgleich zu schaffen«, all das, was bei ihr anscheinend überschüssig oder nicht vorhanden war, und auch bei mir, sowohl an Leib als auch an Seele. (Kann man solch einen Satz überhaupt verstehen? Hat er auch außerhalb von mir eine Bedeutung?) Um uns einfach neu zu schöpfen, richtiger, oder vielleicht erträglicher für uns selbst, mit allen Überschüssen und Mankos … Eine abstruse Geschichte, eine junge geistig Behinderte wollte mich neu schöpfen. Ich schwöre Ihnen, dass es das war, was in ihrem verschobenen Hirn ablief, und nur ich verstand es, und darum habe ich nicht einmal um Hilfe geschrien, denn es war eine Sache zwischen ihr und mir, ich kann es nicht fassen, dass ich diese Geschichte wiedergebe.

Was meinen Sie, hätte er, auf seine Art, einen »Partner« für das Mädchen, das Sie waren, diesen philosophischen Kopfmenschen, der Sie waren, abgeben können?

Ich erinnere mich, dass sie meine Linke in ihre raue Hand nahm und zehn-, zwanzig-, fünfzigmal ihre Finger zwischen die meinen schob, später tat sie es auch mit der rechten Hand, Schulter an Schulter, Brust an Brust, Bauch an Bauch, systematisch und Punkt für Punkt, ihre Augen, die toten, funkelten in ihrer einzigen grandiosen Idee, und sie kalkulierte mich schlechthin nicht ein, das war das Erstaunliche, das mich vollends in den Bann zog, sie hatte eine Angelegenheit mit dem, was ich war, zu erledigen, und nicht mit dem, der ich war. Und dies entbehrte in der hellen Welt jeder Logik, doch im Dunkeln wusste und fühlte ich, dass sie aus einem unerfindlichen Grund mit ganzer Kraft auch zu meinem Besten zu handeln meinte, als ob sie versuchte, die Karten auf ihrem und meinem Stapel kräftig zu mischen, um sie, sagen wir, neu zu geben, auf gerechtere Weise für uns beide. Verstehen Sie, dass gerade sie die Einzige war, die, mit irgendeinem genialen animalischen Sinn, zu begreifen schien, in welchem Maße auch ich unglücklich war, mit dem, was ich in der possenhaften Verlosung des Lebens abbekommen hatte, und wie verzweifelt korrekturbedürftig auch bei mir die Dinge waren? Sind Sie noch da, Mirjam? Sagen Sie nur, ob man so etwas jemandem erzählen und hoffen darf, dass er einen wirklich versteht, sagen Sie, ob ein Mann es einer Frau vermitteln kann, wenn er um sie wirbt, und ob ein Ehemann es eines Tages seiner Frau beschreiben kann, während sie eine Tasse Kaffee vor sich haben?

J.

5.7.

Ich-fuhr-weg-kaufte-ein-und-kam-zurück.

Ein dreitägiger Abstecher nach Amsterdam-Paris-in-die-Schweiz. Geschäfte. Gelungener Erwerb zweier seltener Exemplare, nach denen in Zürich hysterische Nachfrage herrschte. Ein Mann von Welt, huiuiui!

Als das Flugzeug von Lod abhob, spürte ich einen unerwarteten Stich, und ich entdeckte, dass mich und Sie eine Nabelschnur verbindet und dass es wehtut, wenn man daran zieht.

Und was habe ich Ihnen aus dem pulsierenden Paris mitgebracht? Ein die Sinne betörendes Parfüm? Ein Schmuckstück? Mehrdeutige Slips?

Wenn ich mich in den großen Städten Europas aufhalte, sind die Kinder der Bettlerinnen mein Alptraum.

Wissen Sie, wovon ich spreche? Die Inderinnen oder Türkinnen, die auf der Straße und in den U-Bahn-Schächten kauern und stets einen Säugling oder ein Kleinkind auf dem Schoß halten.

Denn ich habe längst bemerkt, dass die Kinder fast immer schlafen. In London, in Berlin, in Rom. Und ich hege den Verdacht, dass die Frauen sie betäuben, ihnen Schlafmittel geben, weil ein schlafendes Kind erbärmlicher aussieht und weil das »gut ist fürs Geschäft«.

In Paris, gegenüber vom Hotel, in dem ich meist absteige, saß einmal eine Türkin mit solch einem Baby, am nächsten Tag zog ich um.

Nicht nur die Abscheulichkeit deprimiert mich, sondern vor allem der Gedanke, dass diese Kinder ihr Leben im Schlaf verbringen. Zu denken, dass es auch nur ein Kind gibt (es gibt Hunderte), das im Laufe von Jahren, vielleicht während der gesamten Kindheit, in London lebt oder im herrlichen Florenz, ohne es gesehen zu haben. Das nur aus dem Schlaf die Schritte der Menschen und den Lärm der Autos und den Puls der Großstadt hört, und wenn es erwacht, ist es wieder in dem jämmerlichen Loch, das sein Zuhause darstellt.

Wenn ich an solch einer Frau auf der Straße vorbeikomme, gebe ich immer etwas, während ich ein hübsches, fröhliches Lied pfeife, so laut ich kann.

Ich kam zurück.

7.7.

Guten Morgen! Heute zwei Briefe von Ihnen!

Ich habe so sehr auf den Augenblick gewartet, in dem Sie sich einmal nicht zurückhalten können und in dem sich, gleich nachdem Sie einen Umschlag zugeklebt haben, noch ein Brief für mich in Ihnen sammelt. Einer kam am Morgen, der zweite mit der Nachmittagspost (die Freuden eines Postfachinhabers!), und beide sind jubelnd und ausgelassen, einer aus Ihrem Haus, der zweite, nachdem es Ihnen wohl zu heiß und eng wurde, aus Ihrem geheimen Tal in der Nähe von Ein Kerem, und es war wunderbar, Sie endlich mit vollkommen neuen Worten anzutreffen (und auch noch in einem neuen Rock!), es war wie das Einatmen frischer Luft, und dann Ihre Verwunderung, als Sie meinten, dass Sie in der letzten Zeit glücklich seien, es ist das erste Mal, dass dieses Wort bei Ihnen auftaucht, ich habe es sofort zur Laboruntersuchung geschickt, und man hat mir bestätigt, dass es Glück ist (ich versuche nur zu verstehen, was es damit für eine Bewandtnis hat, dass mich Ihr Glück noch immer so traurig anmutet). Wohl wegen dieser Formulierung vollzieht sich heute auch etwas bei mir, ein inneres Hochwasser, ich weiß nicht, vielleicht weil es mir endlich gelungen ist, Sie froh zu machen?

Denn mit einem Male drang der Sommer auch zu mir vor, verstehen Sie, als ob erst jetzt, dank Ihres Sesamwortes, auch ich aus irgendeinem dämmrigen, kurvigen Tunnel, den wir mit all unserer Verwirrung und Kompliziertheit gemeinsam gegraben haben, ans Tageslicht gelangt wäre, »glücklich«, und es ist, als ob Sie mir etwas erlaubt hätten, durch das mir der Sommer erblühte, es ist schon Juli, stellen Sie sich das vor, und erst jetzt erwache ich für den Sommer mit seinen Lebenskräften und der Grellheit und der natürlichen Unbändigkeit und dem ganzen Lechzen und Strotzen und allem, was Sie beschreiben. (Es erstaunt mich, dass Sie immer noch davor zurückschrecken, wieder mit Farben zu malen. Ein Mensch, der auf diese Weise schreibt ...) Und auch ich, fühlen Sie mal, bin auf einmal so lebendig und hitzig, und ich verästle mich im Organismus dieses Sommers, als ob ich selbst eine seiner »pulsierenden Adern« wäre, die Sie beschrieben haben, und auf einmal konzentriere ich mich auf Sie, wie ein Laserstrahl, geben Sie acht, ich übernehme keinerlei Verantwortung für meine Taten, ich weiß nicht, was mit mir los ist, haben Sie eine Idee?

Was halten Sie davon? Vielleicht werde ich es gänzlich einstellen, dort draußen zu arbeiten und zu funktionieren, in dem sogenannten Leben, und ich werde nur Ihnen schreiben und schreiben und beschreiben, wie Sie in jedweder Pose aussehen und was genau es in mir bewirkt, wenn Sie eine dieser Positionen einnehmen, und ich werde mich in Sie injizieren, bis mir alle Essenzen ausgehen? Ein Gehenkter hat in seinem letzten Augenblick eine Ejakulation, ich habe es einmal gelesen und seither fesselt mich dieser Gedanke, es ist wie ein Testament des Körpers und der Seele gleichermaßen, genauso wünsche ich mir unseren Dialog, denn wir werden ja in wenigen Monaten füreinander sterben, Sie weigern sich, auch nur etwas davon zu hören, diese Guillotine dreht Ihnen den Magen um, aber in meinen Augen ist sie das Wesen der Beziehung, denn vielleicht passiert in einem ganzen herkömmlichen Eheleben nicht das, was zwischen uns geschieht, Gelee royale und Herzblut zugleich, Sie spüren es, und ich wusste es von Anfang an.

Ich hatte gedacht, dass die Geschichte von diesem zurückgebliebenen Mädchen Sie abstoßen würde. Und Sie, wie immer, kommen daher und fassen mich ohne Handschuhe an. Was denn? Auf keinen Fall wollen Sie Ihre und meine Karten neu mischen, sondern im Gegenteil? Ist es wirklich das, was Sie anzieht an mir, meine wirren Karten?

Aber nur schriftlich, belassen Sie mich in geschriebener Form, hoffentlich werden wir beide die Kraft haben, noch ein wenig gegen die Korruptionsverlockungen der Realität anzukämpfen, Sex und nicht Religion ist Opium für das Volk; und wenn wir uns begegnen, denn schließlich werden wir am Ende die Waffen strecken – ich bin heute etwas zerbrechlich, die Hitze weicht die unbeugsamsten Entscheidungen auf, hoffentlich nicht, aber eventuell in zwei, drei Wochen, wenn nicht schon heute Abend, in diesem raubtierhaften Anfall, der mich so anspringt – es war der Rock, den Sie sich gekauft haben, auf einmal hatten Sie einen Leib, der Körper, den zu vergessen mir beinahe gelungen war, wurde auf einmal lebendig für mich, Ihre Beine bewegten sich unter dem Rock so schön und frisch – sagen Sie nicht wieder, nicht einmal scherzeshalber, ›ich wusste gar nicht, dass ich Beine habe‹ –, und mir fiel ein, wie wohlgeformt Ihre Knöchel sind, und auf einmal verstand ich das Geheimnis der Analogie zwischen dem Bau der Knöchel und dem des Nackens …

Schließlich werden wir kapitulieren, das ist Ihnen klar, nicht wahr? Wenn sich im Herzen eine melancholische, dickflüssige und schwere Süße staut, der Herbstnektar, dichtete Ja'ir, auch der Sommernektar ist bei mir heute recht aktiv, gut, wie lange kann man diesen Samen ausschließlich in Tinte verwandeln? Und nur wegen Ihrer schwarzgeränderten Brille schreibe ich Ihnen noch nicht, was mir soeben durch den Kopf schwirrt und wo genau ich Sie mir gerade vorstelle, in Kleidern, ohne Kleider, in diesem orangefarbenen Rock, der an der Seite geschlitzt ist, mit dem apfelsinenfarbenen Shirt, das sich an Sie schmiegt und Sie liebkost, im Stehen, im Liegen, in Wallung, in Süße, im Auto, Ihre schlanken Fesseln um meinen Rücken drapiert, ich brenne darauf, dass ein Wunder geschieht und Sie zufällig vor mir auf der Straße auftauchen – wo waren wir stehen geblieben?

Ich merke gar nicht, wie ich mich unter den Augen meiner Sekretärin, der »Beit-Ja'akov«-Absolventin, von meinem Schreibtisch erhebe. Sie fragen sich sicherlich, was ich auf einmal von Ihnen will, warum ich mich und Sie auf diese Art um den Verstand bringe, ich habe keine Ahnung, nur dass ich es jetzt will, bis zur Schmerzgrenze. Aber auf der anderen Seite bin ich durch und durch überzeugt, dass wir nicht einmal einen Fuß in die Realität setzen dürfen, alles würde schmelzen und zum Klischee herabgewürdigt werden, all die zarten, durchsichtigen Weben, aus denen wir uns gestickt haben, diese ideelle Schönheit würde mit einem Mal im Fleisch geerdet, wo sie Hals über Kopf verloren ginge, glauben Sie mir, Sie sehen ja, dass ich weiß, wovon ich spreche, und ich sage Ihnen, wir existieren besser nur für uns, obwohl wir Ihrer Meinung nach nichts zu verbergen haben, auch nicht vor Ihrem liebenden Ehemann, wenn wir schon dabei sind, diesen Aspekt an Ihnen werde ich nie verstehen: Warum ihm wehtun? Wozu diese Erniedrigung? Auch so ist er belogen und betrogen durch all das, was uns bereits gehört, schließlich ist er kraft Glückserhaltungsgesetz auch ohne sein Wissen betrogen und beraubt –

Hier muss ich wieder unterbrechen. Eine Sendung ist eingetroffen. Ständig drängelt das Leben seine Schnauze vor. Ich werde heute abend weitermachen, diesen Punkt will ich vertiefen –

10.7.

Ich kann es nicht glauben. Ich weigere mich zu glauben, dass Sie so mit mir umgehen.

Was sind Sie denn, eine Seherin? Haben Sie einen Röntgenblick? Und wenn es der wunderbarste Brief war, den ich je verfasst habe? Haben Sie denn keinen Funken Neugier in sich? Simple weibliche Neugier? Wie konnten Sie der Verlockung widerstehen? (Oder stellt es für Sie etwa keine Verlockung dar – ich meine mich?)

Ich versuche zu begreifen, was genau geschehen ist, wie dieses Getriebe funktioniert: Sie haben jenen Morgenbrief erhalten, mit der ganzen Begeisterung wegen des Sommers und Ihres neuen Glücks, und den haben Sie gelesen, aber die Fortsetzung, die ich später eingeworfen habe, am Abend, im Übrigen ein höchst humorvoller Brief, die haben Sie aus irgendeinem Grund verschlossen und versiegelt zurückgeschickt? Aber was hat Sie dazu bewogen? Die Hitze der Blätter, die Sie durch den Umschlag gespürt haben? Der Neigungswinkel meiner Schrift auf dem Kuvert? Und wenn nun meine Seele zusammengefaltet darin gesteckt hätte, auch dann? Er bringt mich bisweilen zum Explodieren, Ihr Hochmut, Sie sind sehr hart, habe ich Ihnen das schon gesagt? Sie sind auf eine unangenehme Weise hart, gar nicht weiblich! Und praktisch habe ich das schon in Ihren ersten Briefen gespürt, aber damals, diese Ausschließlichkeit, die fundamentale Ernsthaftigkeit gegenüber allem, was ich sagte, und allem, was sich zwischen uns abspielte – damals hat mir das gerade gefallen, und nun ist es, als hätte das Wasser sich zurückgezogen und der Fels wäre zum Vorschein gekommen.

Und dieses Festhalten an Prinzipien! »Jede Dissonanz an dieser Stelle tut mir weh, tut weh wie der Schmerz des Verrats, und ich muss mich davor schützen …« Ein Verrat, nicht weniger! Man könnte meinen, wir hätten irgendeinen verbindlichen Vertrag auf Leben und Tod geschlossen – und nicht nur einfach miteinander korrespondiert!

Hören Sie – es ist nicht so unproblematisch, was Sie da getan haben. Und je mehr ich darüber nachdenke, desto mehr bin ich geneigt, zu fühlen, dass Sie mich betrogen haben. Dass Sie sich ein paar Monate lang mit dem einfältigen Tölpel, der sich neben Ihnen verrenkte, die Zeit vertrieben haben, anscheinend haben Sie daraus einen kleinen bürgerlichen Reiz geschöpft, der heimliche Flirt einer anständigen Hausfrau, aber als es zu nah und zu brenzlig zu werden begann, als Sie auf einmal in Ihrem Inneren eine neue Regung spürten, oder ein lebendiges, deutliches Flattern, waren Sie erschrocken und haben um Hilfe zu kreischen begonnen! Ich lese das samentötende Briefchen, das Sie meinem verschlossenen Kuvert beigelegt haben, und ich kann es nicht fassen: Jetzt, nach drei Monaten, fällt es Ihnen ein, mich zu bezichtigen, ich könne das Flirten nicht lassen, aber im Grunde wäre es kein Flirt mit Ihnen, sondern mit irgendeiner »ewigen Verlockung der Unehrlichkeit«, die es in mir gäbe? »Eine innere Selbstdonjuanität«?! Überhaupt benutzen Sie mitunter anachronistisch-puritanische Ausdrücke, die einen umhauen, ein Wunder, dass Sie nicht von »Weibstollheit« sprechen!

Und mit welcher Sicherheit Sie sich die Behauptung herausnehmen, dass, selbst wenn ich sie loswerden wollte, meine (mechanische!) Schäkerei, sie anscheinend ihrerseits nicht bereit wäre, von mir abzulassen, und dass ich ein gewisses missförmiges Vergnügen daran empfände, alles, was wirklich teuer und rein ist, geringzuschätzen und zu verunstalten –

Es ist wegen der letzten Zeilen des Briefes von heute morgen, nicht wahr? Wegen der Bemerkung über Ihren Gatten. Ich hätte es mir denken können. Das war der Moment, in dem Sie sich auf einmal verkrampften. Ich spürte, dass ich Ihnen in die Allergiezone trat. Okay, es tut mir leid. Ich bitte um Vergebung. Nehmen Sie ein Geständnis an: Er wird nicht erniedrigt, Ihr Gemahl, und nicht betrogen, nicht belogen, nicht beraubt und auch nicht kraft des Naturgesetzes der Glückserhaltung verletzt. Voilà, ich unterzeichne mit meinem ruchlosen Fingerabdruck.

Fürwahr, wahrhaftig, was weiß ich schon über ihn, und was über Ihr Zusammenleben, Sie haben recht (Sie sind überhaupt eine mustergültige Rechthaberin, Mirjam), denn was weiß ich schon über Beziehungen, die nicht nur nach den gängigen Schemata von Krieg und territorialen Kämpfen um jeden Millimeter Seele des anderen und im permanenten Bezwingen und Bezwungenwerden funktionieren?

Und was wissen Sie über Flügelrosse, Meerjungfrauen und über das Gemeine Einhorn?


Nein, ich muss etwas von Ihnen hören: Was hindert Sie daran, auch dem Hobby-Don-Juan, der ich bin, zu begegnen? Ist er keine der ›wirren Karten‹? Braucht er etwa kein ›Erbarmen‹, keine ›Läuterung‹? Manchmal denke ich – vielleicht hätten Sie nur ihm begegnen sollen, vielleicht hätte gerade er Sie vor lauter Lachen und Vergnügen zum Zucken gebracht und diese prinzipielle Strenge gesprengt?

Oder vielleicht fällt es Ihnen schwer, sich gerade damit abzufinden? Dass ich Ihnen weiß Gott mit keiner Zeile, die ich geschrieben habe, ein abgeschmacktes Liebesabenteuer angeboten habe und keinen – ich bitte tunlichst um Verzeihung – Fick!

Vielleicht ist es das, was auf einmal jenes Mustermädchen, den guten Klassenliebling, der sich nie die Freiheit herausnahm, sich auszutoben und seine höfliche Feuersbrunst samt und sonders zu entfachen, beleidigte und aufspringen ließ?

Dieses Mädchen ist es, das jetzt furchtbar eingeschnappt ist, weil die Ereignisse wieder in den bekannten Bahnen verliefen (wie damals?), dass, wenn schon ein ›Junge‹ in der Gegend auftauchte, er in dem Mädchen nur den ›Kumpel‹ sah, mit dem er reden und sich beraten wollte oder dem er seine Liebe und Leidenschaft ins Ohr säuselte – allerdings für eine andere! Für eine andere, für die freche, sommerliche Zitronenschönheit der Klasse? Für den bösen Liebling?

Und was wissen Sie schon, Mirjam, vielleicht begann auch der aktuelle Junge, zwanzig und mehr Jahre später, misstrauisch zu werden, da jene Erklärung einen etwas hohlen Klang beinhaltete, nämlich dass Sie keine Angst hätten vor echter Glut in Beziehungen und Gefühlen. Nein, nein, das Gegenteil ist der Fall, das Gegenteil, diese Glut ist Ihr Lebenskern …

Wen belügen Sie.


11.–12.7.


Dies ist möglicherweise der letzte Brief. Lesen Sie ihn genau: Drei Uhr dreißig nachts, ich sitze im Auto, und alles liegt hinter mir. Fragen Sie nicht, was ich getan habe. Wenn das nicht helfen wird, Ihr verhärtetes Herz zum Schmelzen zu bringen, werde ich kurzerhand die Hände heben und auf Sie verzichten und auch auf mich, ich weiß, schade, schade!!!


Haben Sie den Schrei gehört? Sie haben keine Ahnung, wie nah ich Ihnen jetzt bin, richtig nah, meine ich, vor Ihrem Haus, zwanzig Meter von Ihnen entfernt, die ganze Nacht kam und ging ich, und ich war der Tiger, der sich in Ihrem Traum in weiten Kreisen um Sie herum bewegte, aber ich bin ein Tiger, der sich verzweifelt bemüht, Sie nicht mit der einzigen Methode, die er beherrscht, zu verschlingen. Sie verstehen gar nichts?

Mirjam – ich bin heute nacht um Sie herum gekreist.

Genau so war es. Siebenmal um Ihr Haus, durch die kleine Straße, die die Häusergruppe umgibt.

Wie es Ihnen gelingt, mir den Verstand zu rauben (Sie werden gleich hören, wie).

Eine Zigarette. Der Kopf ist wie ein Bienenkorb. Das Auto mieft. Rauch bildet Arabesken an der Windschutzscheibe. Zu denken, dass ich Ihrer Küche, aus der Sie mir schreiben, so nah bin, dem zittrigen Neonlicht, der hölzernen Eule, in die Sie Ihre Einkaufszettel, Ihren gesamten »Bedarf«, klemmen und sofort vergessen. Selbst Ihre Spinne Bruria, die um Punkt Mitternacht ihren Dienst antritt.

Ich bin hier. Die ganze Welt schlummert süß und nett, Mörder und Triebtäter liegen längst im Bett, und nur ich streiche die ganze Nacht um Sie herum. Ich habe Angst, Ihnen zu erzählen, was ich sonst noch getan habe. Sagen Sie nur, ob Sie schon langsam etwas ahnen? Sie drehen sich im Schlaf um und sind nicht in der Lage, zu begreifen, was Sie überschwemmt? Ich bin es, es ist mein Irrsinn, der Sie zu beeinflussen beginnt, der seine schäumenden Wellen zu Ihnen rollt, ein wahrhaft religiöses Ritual habe ich heute Nacht um Sie herum abgehalten, siebenmal habe ich Jericho umgangen, wieso haben Sie mich nicht röcheln hören? Ich bin seit Jahren nicht mehr so gerannt, seit der Grundausbildung nicht mehr, dieser schwindsüchtige, degenerierte Körper hat längst begriffen, dass für ihn keine großen Genüsse aus der Beziehung mit Ihnen abfallen, aber ich wollte, dass er leidet, hören Sie, ich lief um Sie herum, ich sah Ihr Haus von allen vier Seiten, auch das rostige Tor und das Fahrrad, das am hohen Baum im Garten lehnt, und die

Bougainvilleapergola, Ihr Haus ist sehr klein, es sieht wie eine steinerne Hütte aus, etwas verwahrlost, und der Garten liegt geradezu brach, Mirjam, und ein Fenster ist zerbrochen, hinten, alles ist so anders als in Ihrer Beschreibung, und auf einmal denke ich, was meinten Sie, als Sie sagten, Ihre kleine Familie würde wohl nicht mehr wachsen?

Und einmal ging bei Ihnen gar das Licht an, und ich schwitzte Blut und Wasser vor Angst und Hoffnung, dass Sie es sind, ich sehnte herbei, dass Sie es wären, dass Sie ans Fenster träten und in die Dunkelheit schauten, wer ist da, wer läuft denn da herum, Grundgütiger, ich kann es nicht glauben, ich träume, auf einmal hätten Sie verstanden, auf einen Blick hätten Sie alles gesehen, was ich bin, sowohl den Don Juan als auch den Fremden und den Seiltänzer und den verwirrten Brieffreund, Sie würden in mich hineinschauen und mir sagen, komm her, mein Frosch, kommt alle her.

Glücklicherweise sind Sie nicht ans Fenster getreten, Sie hätten bei meinem Anblick das Bewusstsein verloren, bei meinem sensationellen Zustand. Sie hätten gedacht, es wäre einfach ein Perverser, ein hundsgewöhnlicher, bedauernswerter Perverser, der brav dem Diktat seiner Drüsen Tribut zollt, Sie hätten die Polizei alarmiert oder, schlimmer noch, Ihren Gatten, der mich mittels Prügel zu Hackfleisch gemacht hätte, schließlich vertilgt er drei von meiner Sorte zum Frühstück.

Sie sind sicher nicht in der Lage, meine Schrift zu entziffern, sie scheint noch gestörter als üblich, übrigens, ich habe meine Mutter gefragt, Sie hatten recht, sie haben mich wirklich gewaltsam vom Links- zum Rechtshänder umgezogen, wie haben Sie es herausgefunden, wieso kennen Sie mich besser, als ich mich kenne. Sehen Sie, ich sitze zitternd im Auto, und ich weiß, dass ich noch nie für jemanden etwas so Absolutes getan habe, und ich weiß nicht, was ich noch tun soll, damit Sie mir glauben, dass ich das, was ich Ihnen angeboten habe, noch keiner anderen angeboten habe, keinem Menschen, und vom ersten Moment an wusste ich, dass ich mit Ihnen keine Seitensprunggeschichte will, mit Ihnen will ich eine Geschichte, vielleicht wissen Sie, wie man in der wissenschaftlichen Literatur solch einen klaren brennenden Wunsch nennt, solch eine eigenwillige Perversion – dass ein Mensch seine Geschichte gerade einem bestimmten Menschen erzählen muss und keinem anderen. Dieser Wunsch Ihnen gegenüber ist in mir so stark, es gibt einen Punkt in meinem Hirn, der Ihretwegen wieder zum Leben erwachte, er ist hinten, auf der linken Seite, hinter dem Ohr. Er dehnt und streckt sich, wenn ich nachdenke, Mirjam, es ist genau die Stelle der Phantasien und Träume meiner Kindheit. Den größten Teil meiner Kindheit habe ich dort verbracht, unter dem Eis, und seit Jahren bin ich nicht mehr dahin zurückgekehrt, ich habe sogar den Rückweg vergessen, wie haben Sie es ausgedrückt – der »Erinnerungsreißwolf«, genau, aber ich behielt nur eine einzige Sache in Erinnerung – nämlich dass es verboten ist, dass ein Fremder dort eindringt, und Gott behüte, dass jemand erfährt, dass ich in mir solch eine Stelle habe, vergessen Sie nicht, dass ich ein Mensch bin, der Eltern geboren wurde und der bis zum Alter von achtzehn in einer Familie lebte, in einer Familie als Prinzip und als Vernichtungslager –

Ich verzettele mich. Jetzt nichts darüber.

Mir ist kalt. Obwohl Juli ist – kalt. Während ich rannte, kristallisierte meine gesamte Haut vor Kälte. Übrigens, es war etwas völlig anderes als der Tanz im Wald auf dem Karmel. Dort war alles Licht und Wärme, und hier fühlte ich, dass ich in eine tiefe Dunkelheit tauchte und dass die Haut es nicht schaffte, alles zu bewahren, was innen wütete, dass ich heute Nacht meine Grenze überschritten habe, ich weiß, was Ihnen jetzt durch den Kopf geht: die Dunkelheitsscheide. Es stimmt. Schon setzt eine Sprache ein, das ist gut, aber sehen Sie, wie mich mein Gefühl für Sie aufreibt, und das ist genau das Gegenteil dessen, was ich mit Maya erlebe, und wozu ist es überhaupt gut.

Maßgeblich in den drei letzten Runden, als ich auf einmal verstand, was ich zu tun hatte, wozu ich tatsächlich heute Nacht hergekommen war, und denken Sie nicht, dass es nicht einen Moment des Zögerns gegeben hätte, aber nicht mehr als einen Moment, und ich sagte, verdammt, was bist du wert, wenn du es nicht für sie tust, schließlich hast du dich entschieden, ihr alles zu geben, was in dir ihretwegen entsteht, und ich versuchte zu argumentieren und meine Haut zu retten, was würde sein, wenn jemand vorbeikäme und mich so sähe, die Polizei alarmierte und man mich dingfest machte, und ich musste über mich lachen. Das ganze Leben verbringe ich in Gewahrsam, und nun sollte ich mich auf einmal davor fürchten? Und so saß ich im Auto und legte meine Kleidungsstücke eines nach dem anderen ab, auch Schuhe und Strümpfe, und dann war ich schon ein anderer Mensch, innerhalb weniger Sekunden war es vollbracht, solch eine schmale Grenze, in einem Moment ist man bekleidet und im nächsten Fleisch, ein Tier, weniger als ein Tier, als ob die Haut zusammen mit den Kleidern abgestreift worden wäre, die Epidermis mit allen darunterliegenden Schichten. Und ich stieg aus dem Auto und spürte, wie auf einmal die Nacht vollends kam und sich zu mir hinzog, aus den Tiefen des Tals, wie zu einer neuen Beute, einer neuen Sorte von Beute, die nicht einmal gepellt werden musste, sie umlullte mich, die Nacht, schmiegte sich mit Gewalt an jede Stelle von mir, solch ein Gefühl habe ich noch nie zuvor empfunden, eine Art abnorme Angst, vermischt mit Genuss, auch ein wenig mit Verlegenheit, denn sie drang in jede Öffnung, diese triebhafte Nacht, und sie nagte und riss Fetzen von mir ab und schlug sich mit ihnen in die Dunkelheit, und auf einmal tauchten Hunde auf, drei riesige Hunde, wie aus einem schottischen Volkslied, ich dachte, ich bekomme einen Infarkt, Hunde von der Sorte, die, wie ich glaube, die Blinden führen, die stehen blieben und mich aufgebracht anbellten, tadelnd. Und ich schämte mich vor ihnen, stellen Sie sich das einmal vor, ich schämte mich vor ihnen nicht wie ein Mensch – wie ein Tier schämte ich mich, wie ein Hund, der minderwertiger ist als sie. Sind Sie in der Lage, das nachzuvollziehen? Kann man das jemandem erzählen? Aber als ich zu rennen begann, verstummten sie plötzlich, nein: schlimmer, sie begannen, sich winselnd vor mir zurückzuziehen und in der Finsternis zu verschwinden, und ich blieb mutterseelenallein zurück, nur ich mit mir, und das war keine angenehme Gesellschaft. Ich war der Einsamste, der ich je war. Wissen Sie, was ich dann tat? Ich schnüffelte an meinen Achseln und fand dort den Geruch des Schreibens an Sie, und ich dachte, dass ich offenbar im Begriff war, den Fehler zu begehen, der für mich richtig war, und rannte los.

Sie sehen, ich schreibe, ich erzähle alles, ich rannte langsam, so dass jeder, der es wünschte, mich ergreifen konnte, denn irgendwie fühlte ich, dass ich nicht mehr greifbar war, dass ich auch dann, wenn man meinen Körper fassen würde, frei bliebe. Drei ganze Runden drehte ich so um Sie, und ich entdeckte, dass beim Nacktlauf die kältesten Stellen die hinter den Ohren sind, der Hals und die Lenden, auch die Kniekehlen, und während des ganzes Rennens dachte ich bei mir, hier stehe ich vor Ihnen, Mirjam, hier stehe ich vor Ihnen. Vielleicht haben Sie in Ihrem Traum etwas gehört, meine Blöße brüllte, mein Körper kreischte vor Angst vor dem, was ich ihm antat. Wären Sie plötzlich rausgekommen, hätten Sie gesehen, wie ich ihn hinter mir herzog, wie meine Seele, die plötzlich befreit war, ihn zum ersten Mal hinter sich herführte, ihn vor Ihr Fenster führte, um Ihnen zu zeigen, wie lachhaft, überflüssig und belanglos er für die Geschichte ist, die wir sind, wie sehr er meine Massenware ist, mit der ich Sie nicht behaften will.

Und schon bei meinen ersten kleiderlosen Schritten fühlte ich, dass es geschah und dass ich mich endlich löste und auf einmal nur noch meine Seele war, die frei und dünn und erleuchtet flog, die heimkehrte, und ich sah ihn hinter mir hertrotten, meinen Leib, uncharmant und plump, fremd, in meine Fußstapfen tretend und strauchelnd und wütend grollend, hin und wieder zum Sprung ansetzend, um über mich herzufallen und mich wieder hineinzubugsieren, aber nicht einmal für meinen Korpus war ich heute Nacht greifbar, und von Schritt zu Schritt wurde mir klarer, wer ich bin und wer er ist, er war nur der Knecht, und dann war er ein Affe, und dann ein Erdhaufen, nicht mehr, ein blasser, unförmiger Lehmklumpen, der sich auf die Hinterbeine stellte und knurrte. Ich verachtete ihn unter Ihrem Fenster, brachte ihn zum Opfer dar, das ist es, was ich dort tat, ein Opferbringen für all die Male, in denen ich in ihm log, und eine Opferung für die Entzündung, mit der ich bisweilen auch Sie anstecke, diese trübe Brandung, die immer wieder ausbricht, es gibt einen Beutel voll bitterer Flüssigkeit in der Tiefe meiner Kehle, wenn Sie gut zu mir sind, zerplatzt er, ich weiß nicht, warum das so ist, hoffentlich wird es keine Briefe mehr geben wie diesen einen, ich kann es noch nicht versprechen, schon als ich ihn schrieb, wusste ich, dass er nicht gut ist, dass er über Ihre zarten Teile schrammen würde, zum Glück haben Sie ihn nicht geöffnet, zum Glück haben Sie solch einen sechsten Sinn für mich, aber Sie müssen wissen, dass ich ihn gerade deshalb so geschrieben habe, gerade um wehzutun und Sie zu zerkratzen und um mich vor Ihren Augen in mir selbst zu suhlen und Ihnen zu beweisen, das ist es, Mirjam, das ist der bittere, vermaledeite Kern – Ihnen beispielsweise zu beweisen, dass ich noch frei von Ihnen bin, ja, dass ich noch in der Lage bin, augenblicklich derjenige zu sein, der ich vor Ihnen war, der noch nicht mit einem einzigen Tropfen von Ihnen vermischt ist, mich ein wenig an Ihnen zu rächen für mein Verrätertum.

Und auch wegen dieser verrückten Umkehrung, dass ich die ganze Zeit fühle, dass Sie mir gegenüber, irgendwie, loyaler sind als ich mir selbst gegenüber.

Es wird langsam hell. Ich bin schon vor meiner Wohnung (machen Sie sich keine Sorgen – ich bin bekleidet). Ich sitze im Auto und schreibe. Kann nicht aufhören. Ich werde sofort ins Haus gehen und ein prächtiges Frühstück für alle vorbereiten, mit Pfannkuchen, Cornflakes und Gemüsesalat, den ich aus den Resten meines Gewissens zusammenschnitzeln werde. Sie haben keine Ahnung, was für eine Geschichte ich erfinden musste, um meine Abwesenheit für eine ganze Nacht zu erklären.

Und zu denken, dass ich es getan habe –

Ich hoffe, ich klinge in Ihren Ohren nicht hymnisch oder stolz auf meine Kühnheit. Ich weiß gar nicht, was ich fühle. Nur dass es in diesem Moment am gesündesten für mich ist, nichts zu wissen. Nicht daran zu denken, dass ich so herumgelaufen bin. Dass ich das war, der sich nachts so herumtrieb, dieser Fleck.

Ja'ir

Nur noch einen Augenblick. Gestern, bevor ich aufbrach, las ich Ido beim Zubettbringen aus einem Buch über die Mumins vor. Ich weiß nicht, ob Sie sie kennen. Ich las ihm das Kapitel vor, in dem Mumin-Troll, eine dieser Kreaturen, sich in einem großen Hut versteckt, der sein Äußeres vollkommen verändert. Die Spielkameraden fliehen aus Angst vor ihm, und dann kommt Mumin-Trolls Mutter ins Zimmer. Sie schaut ihn an und fragt, wer er sei? Er fleht sie mit den Augen an, ihn doch zu erkennen, denn wenn Sie ihn nicht erkannte – wie sollte er dann leben? Und dann sieht sie dieses Geschöpf an, das ihrem geliebten Kind ganz und gar nicht ähnelt, und sagt leise: Das ist mein Mumin-Troll. Und auf einmal geschieht das Wunder, sein Anblick verändert sich, das Fremde fällt von ihm ab, und er kehrt wieder dazu zurück, er selbst zu sein.

Jetzt liegt wahrlich alles in Ihrer Hand.


16.7.


Mirjam,

zunächst verstand ich nicht, was ich da las: Ich suchte natürlich nach irgendeiner Reaktion auf den nocturnen Lauf (insbesondere suchte ich nach Ausrufezeichen, die auf Worte wie ›das genügt‹, ›Hornochse‹, ›weg‹ folgen würden), und meine Augen begannen sich schon in den Knopflöchern, Haken und Ösen, den Spitzen und Säumen und den übrigen Utensilien weiblicher Rituale zu verheddern, von denen ein Teil – mir nicht einmal namentlich bekannt war (was ist Organza? Was ist ein Volant?), aber sogleich begann ich ergeben hinter Ihnen zu murmeln, eine Kaschmirjacke, die lila Bluse mit den Glockenblumen, die weiße mit den quadratischen Holzknöpfen …

Sie ahnen sicher, was ich mir beim Lesen sagte – dass das gar nicht sein kann, eine Frau würde so etwas niemals tun, keine, die ich kenne. Aber Sie wissen das, nicht wahr?

Und die einfachen Kleider, und die guten, diejenigen, die verhüllen, und die, die betonen (ich ergehe mich einfach in köstlichem Wiederkäuen), und das klassische mit dem freien Rücken, und das femmefatalehafte, und das lila mit dem runden Kragen – überhaupt, ich entnehme der Lektüre, dass Lila Ihre Farbe ist –, das sich wie Seide anfühlt, aber keine Seide ist, sehr luftig, nur am Busen eng anliegend, der Rest berührt und berührt doch nicht (stören Sie jetzt nicht, hier wird sich konzentriert!), und das zweite violette mit dem U-Boot-Ausschnitt von Schulter zu Schulter, das sich über dem Po und den Schenkeln beult ...

Ich lese und lache, schließlich ist die Kleidung für mich die schnellste Möglichkeit, mich zu verstecken, und bei Ihnen spüre ich, dass die Kleidung im Grunde noch eine lebendige Schicht Ihres Selbsts ist. Obwohl Sie es nicht lassen können, auf irgendeinen jammernden Ton zu verzichten, etwas gekünstelt, scheint es mir. Anscheinend gibt es immer noch ein paar Konventionen, denen Sie sich verpflichtet fühlen, die ein wenig gespielten Seufzer über die Oberschenkel, die Suche nach dem einen perfekten Kleid, das den Busen mehr betont und das Becken retuschiert (ich habe keine Ahnung, worüber Sie sich beklagen, gnädige Frau, nach einem durchaus prüfenden Blick – scheint mir Ihr Hinterteil wunderbar zu sein, zwei sanfte, leuchtende Mondscheiben, tun Sie mir einen Gefallen, überlassen Sie diese Dinge den Fachleuten).

Darf ich mich noch etwas ergötzen?

Es gab einen Moment, an dem ich dachte, dass Sie mich auf den Arm nehmen, immer erwäge ich diese Möglichkeit, aber ich ließ mich nicht von ihr verleiten und gab mich ohne zu zögern erneut der Versandhausgrazie hin, wer hat Ihnen verraten, dass ich vollkommen hilflos bin angesichts der Magie der Bürokratie, ohnmächtig und dümmlich grinsend, verpuppte ich mich in alle Seidengespinste, die Ihre Haut umgarnen, Seide, Baumwolle und Wolle, Spitze und Stickerei, Satin und Musselin, oder das eine, das man Ihnen für die Abiturfeier nähte, mit dem glitzernden Saum, der mit DMC-Faden gearbeitet war. (Wie können Sie so etwas im Gedächtnis behalten? Ich kann mich nicht einmal mehr erinnern, was ich gestern trug!) Und es ist unmöglich, ich wiederhole es – es widerlegt vollkommen den gängigen Verhaltenskodex, keine normale Frau würde, in unserer Embryonalstufe, all ihre kleinen Geheimnisse preisgeben; keine würde mir mit einer Art amüsierter Pragmatik ihre Büstenhalter ausliefern (heben Sie mir für die Phase meiner nächsten Wiedergeburt die beiden letzten, die mit den Rüschen, auf), die mich übrigens gerade durch ihre vollkommene Schlichtheit entzückten, eine Schlichtheit, die angesichts der Reize des aktuellen Marktangebotes etwas anachronistisch wirkt, mein Mädchen mit dem Gesicht aus den Fünfzigern, es wird dir nicht helfen.

Am liebsten mochte ich Ihr Lächeln beim Schreiben, haben Sie das bemerkt? Ein neues Lächeln zwischen uns, das einer Frau, die mit irgendeinem privaten, intimen, weiblichen Werk zugange ist und die, obgleich der Vorgang an sich sie nicht besonders erregt, schon um das Vergnügen weiß, das ihr und ihrem Partner dank dieser kleinen Vorkehrungen beschert werden wird. Eine Art persönlicher Weihe.

Plötzlich fällt es mir wie Schuppen von den Augen –
   Sie schrieben ihn mir, während Sie splitternackt waren.
   Ja'ir


16.7. (Abend)

Hier stehe ich vor Ihnen, sagten Sie mir dort.

Ja.
   Wissen Sie, ich bin mitunter ein bisschen schwer von Begriff. Beim ersten Lesen dachte ich, Sie bieten mir Ihre Kleider an, um meine Blöße zu bedecken, aber solch eine Idee passt nicht zu Ihnen, ganz im Gegenteil. Später schien es mir, dass es eine Art einladendes Verführen war, extravagant, bizarr, etwas belustigend, ein wenig plump, ein verbaler Striptease.

Aber auch wenn Sie den Brief derart begonnen haben sollten, änderte sich nach und nach Ihre Stimmlage.

Da haben Sie Blöße, sagen Sie (oder so lese ich das jetzt), eine Blöße, die nicht wie ein Messer und nicht wie eine Wunde ist. Eine enthüllte verletzliche Nacktheit, etwas verschämt und verstohlen. Genau wie die Ihre. Keine makellose Nacktheit, die einer Frau meines Alters. Sehen Sie hin, sagen Sie, sie ist etwas beklommen, meine Nacktheit, und sie behilft sich mit diversen kleinen Tricks, um ihre Mängel zu verschleiern, aber sie ist auch sofort bereit, für den auf diese Machenschaften zu verzichten, der sie mit einem wohlwollenden Blick betrachten will.

Hier ist eine Nacktheit, die von Kleidung Gebrauch macht (sagen Sie?), von Blusen, Kleidern, Büstenhaltern, Gürteln, so wie Menschen Worte benutzen, die Worte jener; Sie jedoch, komm her und fass an, fühle, hier ist eine Nacktheit, die auch heilen kann.

Mirjam, zwanzigmal am Tag sage ich mir – sie will dir wirklich und wahrhaftig helfen. Und das ist in meinen Augen ein Wunder, denn tief in meinem Herzen begreife ich noch nicht, was Sie an mir finden, und ich kann kaum glauben, dass sie mir passiert, diese Beziehung zu Ihnen. Was kann ich Ihnen geben? Und was gebe ich? Und was ist in mir, das Sie so für mich einnimmt? Bisweilen schreie ich mich in meinem Innern buchstäblich an: Hilf ihr wenigstens dabei, dir zu helfen, komm und stell dich vor sie, wie du bist, offen. Ohne all deine Spielchen und Fallbeile. Wovor hast du noch Angst. Lies, was sie schreibt, es ist mehr als deutlich …

Und nicht genug, wenn ich jetzt nur versuche, diese Stelle in meinem Hirn zu finden, ohne Sie, ohne Ihre lesenden Augen, entzieht sie sich mir sofort, sie kühlt ab, sie wird gedrosselt. Das genau ist geschehen, als mein Brief versiegelt zurückkam, ohne dass Sie ihn gelesen hatten. Ich erfror. Ich dachte mir – nun, du bist verloren. Kürzlich schrieben Sie, wenn jemand ein starkes Gefühl von Ihnen negiere, sei Ihnen, als verleugne er Sie ganz und gar, als liquidiere er Sie regelrecht; damals schien es mir etwas übertrieben und schwülstig, aber als Sie mir den Brief zurückschickten und ich davon ausging, dass Sie mich nicht länger wollen, mich als für-Sie-empfundenes-Gefühl – konnte ich absolut nachvollziehen, was Sie mit ›Verleugnen‹ meinten: Es gab ein paar Stunden, in denen ich regelrecht im Hohlraum meines Kopfes auf und ab lief, ohne jene Stelle zu finden oder auch nur den Weg zu ihr, und ich wusste, dass sie drauf und dran war, von Neuem zu sterben, und ich befürchtete, dass ich, wenn Sie nicht mit mir dort sein wollten, es nie im Leben schaffen würde, den Weg allein zu finden.

Ich weiß, dass ich hier murmele, aber ich weiß auch, dass Sie verstehen. Wer, wenn nicht Sie. Sie haben ein paar Andeutungen über die schlechten Jahre gemacht, die Jahre des inneren Sibiriens, die Ihrer ersten Ehe. Ich weiß nicht, was genau Ihnen in dieser Zeit passiert ist, aber als Sie jenes ›persönliche Erz‹ beschrieben und dass Sie fühlten, wie Sie es durch Ihre pure Existenz entwerteten, da nie jemand danach verlangte, da nicht einmal einer auch nur die geringste Ahnung hatte, dass man es von Ihnen erbitten könnte … Drei, vier solcher Sätze haben Sie geschrieben, und auf einmal haben Sie mir einen Namen gegeben, Sie haben dem Mineral, das ich bin, einen Namen gegeben, diesem Mineral, das allein dadurch, dass es Sie berührte, einem beschleunigten Prozess ausgesetzt wurde und Farbe, Wärme und Dichte änderte, ebenso seinen molekularen Würde-Ruchlosigkeit-Bau, was ist dem hinzuzufügen.

Sie schreiben, wenn Sie nicht sicher wären, dass ich zu guter Letzt offen und mutig zu Ihnen käme, hätten Sie sich schon von mir getrennt. Ich weiß es, aber tief in meinem Innern fürchte ich auch, dass es Ihnen nicht gelingen würde. Ich möchte Ihnen schrecklich gern helfen, doch ich bin jeder Fähigkeit dazu beraubt. Verstehen Sie, beraubt kraft Gesetz, kraft meines beschissenen Schemas – etwas dort in dem weißen leeren Punkt im Zentrum des Seins lässt den Kopf hängen, jemand liegt dort tot darnieder. Mir bleibt nichts, als Ihre heroischen Wiederbelebungsversuche zu beobachten wie ein hilfloser Zuschauer, nicht mehr, und zu beten, dass Sie nicht aufgeben.

17.7.

Nur eine Notiz vom Tisch des Cafés. Hauptsächlich wegen des Vergnügens, Ihnen etwas aus Tel Aviv zu schicken. Ich hatte heute hier zu tun, im Norden, in der Gegend des Beit-Lessin-Theaters, ich war früh fertig, und anstatt sofort nach Hause zu fahren, bin ich ein bisschen herumspaziert, ich dachte, wie toll es doch wäre, wenn Sie bei mir wären.

Nichts besonders Kühnes, sondern nur Hand in Hand mit Ihnen herumzulaufen, zusammen in einem Café zu sitzen. Ich habe sogar zwei Tassen Kaffee bestellt.

Es ist nett, mit Ihnen zusammen zu sein im Entspannungszustand. Sie beklagen sich hin und wieder, dass ich Sie zu sehr bedränge, als ob es irgendein »Ziel« gäbe, das ich mit Ihnen anpeilte (»Sie stehen unter Spannung, Sie sind ständig ›auf dem Sprung‹«).

Apfelkuchen? Mit Pfeif-auf-Diät-Sahne? Gut, einen Teller und zwei Kuchengabeln. Die Kellnerin lächelt, und die Leute sehen herüber, sollen sie. Sie legen Ihre Hand auf meine, und wir frotzeln. Sie heben ein wenig den Saum und zeigen mir, unter dem Tisch, Ihre Schuhe, und Sie fragen, ob Sie noch so ein Paar kaufen sollten, sportlich, aber in kräftigem Orange. Ich habe Lust, mit Schuhen über die Stränge zu schlagen, sagen Sie, und ich verschlinge Ihre langen hellen Beine und sage, warum nicht, es würde zu Ihnen passen, erlauben Sie mir, sie zu bezahlen? Sie lächeln mir zu und fragen, ob ich noch immer so vehement Ihre Brille ablehne, und ich sehe sie mir genau an, einen Moment –

(Es verkohlt mir das Herz, als ich die Falle erkenne, die mir in Ihrem Gesicht auflauert, zwischen dieser Brille und diesen Lippen, und dennoch, sie ist zu wuchtig und zu streng ...) Sie lassen mich quatschen und streicheln meine Hand, und ich bitte, und Sie sagen nein, und ich bitte wieder, und Sie sagen, Sie hätten es schon zweimal erzählt, was denn, frage ich listig, und Sie seufzen und erzählen erneut, wie es Ihnen gelang, die chinesische Studentin zu finden, die Sie vor Jahren an der Uni kennengelernt hatten, und wie sie Ihnen half, die Adresse des Verlages in Schanghai auszumachen. Und ich betrachte Sie und verschlinge jedes Wort von Ihren schönen Lippen, wie konnte es passieren, dass ich meinerseits nicht auf so etwas kam. Ich hätte darauf kommen müssen!

Der Gedanke gefiel mir so sehr, erklären Sie, dass von der Milliarde Israelis wir beide die einzigen sein werden, die einmal pro Woche diese Zeitung beziehen. Und ich zitiere Sie stimmlos, mit den Lippen: ›Schließlich sind auch die ›vier Milliarden Chinesen‹ nicht belegt‹, und wir lachen beide, über Sie und über mich, Mir Jam und Ja Ir.

Hier hat gerade ein kleines Mädchen seinen Vater gebeten, seine Stimme so tief wie möglich zu senken. Der Vater produzierte eine Art »Bäh«, kräftig, ochsenähnlich, und sofort, aus allen Ecken des Cafés, stiegen leise Stimmen hoch, sehr verwandt, die aller Männer, die sich ebenfalls darin versuchten ...

Auch ich, was haben Sie denn gedacht.

Sie wissen vielleicht, wie man diese Bäume mit der roten Blüte nennt, Mirjam? Sagen Sie mir, Ja'ir, nach wem ist das Beit-Lessin-Theater benannt? Zuerst müssen Sie mir erzählen, wie Sie als Kind mit Anna gespielt haben, Mirjam. Ich habe es schon erzählt, Ja'ir. Was macht es Ihnen aus, es noch einmal zu erzählen, Mirjam. Ich kann mich wirklich nicht erinnern, ob ich schon von den Fahrten nach Haifa erzählte, zu Bayers Musikalienladen in der Herzlstraße im Beit HaKranot? (Sie haben es erzählt, aber ich schweige.) Ich habe Ihnen doch von dem wunderbaren Notenheft geschrieben, das wir dort erstanden, mit den Impromptus von Chopin und dem Militärmarsch von Schubert, ich erinnere mich nur nicht daran, ob ich die Melodie oder die Begleitung spielte, aber Schluss jetzt, das genügt, ich habe das alles doch schon erzählt! Es stimmt, aber Sie haben es mir noch nie in Tel Aviv erzählt, und nie in diesem lila Kleid (dessen Oberteil sehr eng und halb durchsichtig ist, und unten, halten Sie mich fest, der Volant!), und überdies höre ich Ihnen mit Freude zu, wenn Sie über Musik sprechen.

Oder Anna wird auf einmal vorbeigehen, mit einem ihrer schwindelerregenden Strohhüte, und wir werden sie einladen, sich zu uns zu setzen. Sie wird Platz nehmen, ihre Beine werden kaum bis zum Boden reichen, und sie wird ihren schlitzohrigen Blick zwischen uns beiden hin und her wandern lassen und alles verstehen. Kein Wort wird fallen, aber alles Notwendige wird in Erfahrung gebracht werden, und ich werde spüren, dass man mich hier in irgendeinen engen, sehr erlesenen Kreis aufnimmt, und ich werde mich vielleicht nicht einmal davor fürchten, dass wir einen Mitwisser haben, denn auf Anna – wie Sie immer wieder betonen –, auf Anna ist Verlass (aber erzählen Sie ihr nichts, noch nicht).

Ich beneide Sie um solch eine Freundin. Eine Busenfreundin.

Ich? Mir? Solch einen Freund wie Anna für Sie? Schön wär's. Da sind diverse Ersatzmänner, aus der Armee, durch die Arbeit. Aus allen zusammen könnte man vielleicht einen Freund zusammenbasteln.

Früher. Aber das ist vorbei. Schade.

(Was für eine Sonne, Mirjam, eine wunderbare Sonne. Ich schließe die Augen vor ihr und versuche, Sie zu sehen.)

19.7.

Noch immer kein Brief. Habe wieder einen Abstecher zum Postfach gemacht, auf dem Nachhauseweg, nichts. Ich weiß nicht, was heute mit mir los ist. Seit heute morgen haste ich rastlos umher. Als ob irgendein Teil von mir, ein inneres Organ, allein durch die Welt liefe, ohne dass ich wüsste, wie es ihm geht.

Es ist mitten in der Nacht, und ich bin hellwach. Schon seit ein paar Wochen bin ich im Genuss einer leichten Schlafstörung. Maya hat mir Schlaftabletten besorgt, ich werfe sie in die Kloschüssel und erkläre ihr, sie bewirkten bei mir nichts. Ich möchte schlafen. Ich möchte nicht schlafen. Wie Sie einmal sagten – die Nächte sind unsere gemeinsame Zeit.

(Mich fragt man, warum ich nachts so wach bin. Und was ich die ganze Zeit schreibe. Ich habe eine Erklärung, die vielleicht nicht sehr von der Wahrheit abweicht, ich sage, dass ich versuche, zum ersten Mal, eine Geschichte zu schreiben.)

Vorgestern, in einem Café in Tel Aviv, ausgerechnet in einem Moment von Glanz und Sonne, formulierte sich in mir irgendein dunkler, unreifer Gedanke, der schon lange in mir kreist – dass ich eine Art »schwarzer Zwilling« bin. Das heißt (verstehen Sie? Muss ich präzisieren?) – einer, der in der Gebärmutter seinen Zwilling getötet hat. Ich weiß, dass Sie über diese Überlegung nicht lachen. Sie begleitet mich stets wie ein Schatten, schon seit meiner sehr frühen Kindheit – dass ich in meinem Wesen etwas mitgenommen bin, weil ich in meinem uterusinternen Kampf mit meinem Zwillingsbruder verletzt und irreparabel beschädigt wurde. Wer war er? Ich weiß es nicht. Warum musste ich ihn töten? Ich weiß es nicht. Auch der Gedanke an sich bleibt in mir embryonal. Er war wie ein winziges leuchtendes Himmelskörperchen, ich sehe ihn umgeben von gelbem Glanz, oder goldenem, eine Art Intrauterinkörperchen, und dennoch überirdisch und leuchtend. Das heißt: Es strahlte aus ihm ein stilles, fixes Licht, ein ungebrochenes, gleißendes Licht. Und ich habe ihn umgebracht.

Jetzt, wo ich es niedergeschrieben habe, bedrückt es mich.

Manchmal tut es mir leid, dass Sie und ich uns nicht auf eine andere Art, eine einfache, getroffen haben. Dass wir nicht mit einem wilden Flirt begonnen und erst später, nach und nach, den ganzen Rest entdeckt haben. Stellen Sie sich das vor.

Ich wünschte, wir könnten jetzt zusammen sein, an einem einfachen Ort, wo, ist mir gleich, an einem alltäglichen, gesunden Ort, wo die Menschen einander einfach so begegnen, auf der Straße, bei der Arbeit, im Park, wo Sie wünschen, wo Ihr Atem vollständig ist, nichts als sein. Ohne Worte. Und wenn es nur der Gemüseladen wäre, wie Sie mich einmal verspotteten.

Wissen Sie, was ich manchmal tue, ich presse meine Fäuste gegen meine Augäpfel, und es entstehen Lichtstrahlen. Sie haben erzählt, dass Sie sich in Ihrer Kindheit auf diese Weise Trost spendeten, in der Josefsgrube. Sie schöpften Licht aus sich selbst. Ich fühle mich in diesem Augenblick nicht verlassen, ganz und gar nicht. Aber ich fühle mich unvollständig.

Hier ist der Laden, sehen Sie? Ein kleiner Gemüseladen wie aus alten Zeiten. Papp- und Holzkisten. Eine alte Waage und schwarze Eisengewichte.

Und da sind Sie. Schön, dass Sie hier sind. Sie stehen mit dem Rücken zu mir. Ihr Kopf ist leicht über etwas gebeugt, und ich sehe Ihren hellen Nacken mit dem langen, zarten Knochenprofil Ihrer Wirbelsäule, wie ein Zopf. Sie stehen neben der Kiste mit den Kartoffeln. Das Einfachste und Fundamentalste, nicht wahr? Sie halten etwas in Händen. Was ist es? Eine gewaltige Kartoffel. Etwas Erde haftet daran, und Sie starren sie an wie hypnotisiert. Was wird nun geschehen? Ich habe keine Ahnung. Was auch immer mir aus der Feder fließt.

Ich gehe hinter Ihnen vorbei, einmal und noch einmal. Ich komme und gehe. Komme wieder näher. Fühle mich zu Ihnen hingezogen. Verstehe nicht, was Sie an der Knolle so erregt.

Sie stehen in der Mitte des kleinen Ladens, ohne einen Blick auf die anderen Kunden zu werfen, Sie hören die Busse nicht, die durch die Straße brettern und schwarzen Rauch ausstoßen. Sie sind allein, tief in sich versunken. Was haben Sie dort in Ihrem Innern, nehmen Sie mich bitte mit, verstecken Sie auch mich dort, mich, der ich draußen blieb, der Erdäpfel beneidet, der dreist einen Blick auf Ihre Hände wirft und sieht, dass sie ein fast menschliches Gesicht hat, diese Kartoffel.

Und nun, was geschieht nun? Ich habe keine Ahnung. Ich lasse mich zu Ihnen treiben.

Sie bemerken meinen Blick und lächeln peinlich berührt, Ihr wehmütiges Lächeln. Auch in Worten. Immer. Als ob es jedes Mal erneut die Traurigkeit zu durchreißen gelte.

Sie lächeln und zucken bedauernd die Achseln, mit dem Ausdruck eines Menschen, der bei einem Frevel ertappt wurde, wobei Sie vergessen, dass alles, was außerhalb von Ihnen ist, der Frevel ist. Mit einer Geste zeigen Sie auf die übrigen Kartoffeln in der Kiste. Als ob Sie vorschlügen, ich solle mir ebenfalls eine aussuchen. Ich beuge mich vor und finde mich vor einem Berg bizarrer, unansehnlicher, entstellter Gesichter, die mir auf einmal, ohne dass es irgendeine Erklärung dafür gäbe, das Herz brechen.

Plötzlich beginnen sämtliche Schmutzschichten von mir abzufallen. Dicke, feste Krusten. Wie ich zum Tier wurde, Mirjam, wie ich mich verdreckt habe.

Wir schweigen beide. Bis jetzt ist zwischen uns nicht ein einziges Wort gefallen. Um uns herum drängen sich die Menschen. Wir blockieren den Durchgang, murren sie. Egal, wir haben das Recht dazu, das waren Ihre Worte, ziemlich zu Beginn im Grunde – als Sie sich entschieden, dass die Sache zwischen uns eine Existenzberechtigung hat. Sie wühlten mich damals so sehr auf: dass Sie sich das Recht nehmen, völlig frei zu sein in Ihren Gefühlen zu mir.

Sie sehen mich an. Sie wundern sich, dass ich mich nicht beeile, mir eine Kartoffel aus dem Haufen auszusuchen. Ich stehe da und starre Sie an. Und dann, als hätten Sie plötzlich etwas in meinem Blick erkannt, etwas, was ich selbst nicht sehe, nicht sehen kann – strecken Sie mir Ihre beiden Hände entgegen und geben mir Ihre Kartoffel. Ich berühre sie sanft, nicht mehr. Sie ist warm von Ihrer Berührung. Sie ist warm wie ein Mensch, und ich zwinge mich, genau hineinzusehen in ihr engelhaft-mongoloides Gesicht mit den zu breiten vernarbten Wangen. Den tiefschwarzen Augen. Versunken in einem blinden Traum. Das belastet.

Warum haben Sie sich für sie entschieden. Warum reichen Sie sie mir. Ich will aufwachen, mich aber nicht von Ihnen lösen. Und wenn ich erwache, werde ich nicht mehr so mit Ihnen sein. Ich schaue direkt in Ihre Hand. Ich sehe.

Seltsam, Mirjam, aber das ist es, was ich zu Papier gebracht habe. Es ist mir nicht klar, woher es kam und weshalb ich auf einmal so niedergeschlagen bin. Als ob ich eine schlechte Nachricht erhalten hätte. Es ist ganz und gar unlogisch. Ich denke darüber nach, wie sehr ich Sie zum Lachen bringen wollte, und Sie sehen ja, was mit mir passiert ist.

Ich bin nicht sicher, dass es mir gefällt, dieses Gesetz der kommunizierenden Röhren.

Beginnen wir einen Briefwechsel?

Meine Liebe,

Ihnen nur sagen, dass ich hier bin, hinter Ihrem Blatt, ich sitze stillschweigend da und höre Ihnen zu, und auf keinen Fall sind Sie mir lästig. Auch keine Belastung, und schon gar keine zu schwere Last.

Ich bin schon in Ihnen, Mirjam, endlich bin ich in Ihrer Geschichte.

Und Sie lagen, vom ersten Augenblick an, richtiger als ich – es ist Ihr Leben, Ihre Realität, und es sind die Komponenten Ihres Alltags, und kein »Mob«.

Es will mir nicht aus dem Sinn, was Sie damals sagten, nämlich dass Sie sich Ihr ganzes Leben lang bemüht haben, das, was ich »verschwitzten Mob« nenne, in etwas zu verwandeln, was mehr ist. Denn wenn Sie auch nur für eine Stunde auf diesen Kampf verzichtet hätten, dann hätten Sie sich selbst unweigerlich in einen »weiblichen Mob« verwandelt.

Wie schaffen Sie das.

Ich habe das starke Gefühl, dass auch Sie jetzt wach sind. Vielleicht streichen Ihre Hunde nervös um Sie herum, fragen sich – warum liegt sie um diese Zeit nicht im Bett? Eine anständige Frau hat um diese Uhrzeit zu schlafen. Und rennt nicht mitten in der Nacht zwischen Veranda und Küche hin und her.

Haben Sie tatsächlich ihr Fell beschnuppert, um Spuren meines Geruchs zu finden? Ich sagte doch – ich habe Ihretwegen Blut und Wasser geschwitzt.

Achten Sie nicht auf mich. Murmelnd, auf Ihrer Schulter ruhend, halb träumend. Nach diesen verrückten Tagen steht mir ein wenig zerstreutes Geplauder zu.

Ich schließe die Augen und sehe eine Frau an einem Tisch sitzen und schreiben. Es ist Nacht, und das Neonlicht in ihrer Küche brummt. Sie schaltet es aus und knipst eine kleine

Lampe an. Ihr Gesicht ist in das Licht getaucht. Ich sehe nur ihre kräftige Kinnlinie, den lebendigen, zerbrechlichen Mund, ihren ersehnten Mund; und natürlich das widerspenstige Haar, das sie mit Bändern, Kämmen und Klammern im Zaum zu halten versucht und das immer wieder ausbricht. Auf dem Tisch liegt ein offener Brief. Sie schaut ab und zu hinein und geht dazu über, schnell und fieberhaft zu schreiben, um sie herum knistert die Luft vor zunehmender Erregung, und für einen Moment scheint es ihr davor zu grauen, denn sie versucht zu scherzen und sich in Sicherheit zu bringen, sagen Sie mir, wo sieht man in unseren Tagen eine Frau, die sich die Zeit nimmt, in einem Gemüseladen zu verweilen und sich in eine Erdknolle zu vertiefen?!

Doch ihre Lippen beginnen zu zittern. Sie schreibt etwas und radiert es mit äußerster Heftigkeit aus, in keinem ihrer Briefe wurde je derart brutal radiert, sie steht auf, und sie setzt sich, und sie verkündet, dass sie kurz raus müsse, dass sie sich ein wenig die Beine vertreten müsse, und sie bleibt. Und sie versucht, noch etwas künstliche Wut aufzubringen, um sich von dem Briefpapier fernzuhalten, sie schürt sich regelrecht einen Zorn – Sie müssen wissen, Ja'ir, dass eine Frau in einem Gemüseladen, wenigstens jene gewisse, beim Einkauf immer auch einen dicken Tropfen Wut enthält!

Und während diese Worte zu Papier gebracht werden, brechen ihr die Tränen aus und benetzen das Blatt, und sie schreibt mir ihre Geschichte auf, fünfzehn Seiten, fast ohne den Stift zu heben, und erst dann ist sie wieder in der Lage, zu atmen und sogar ein wenig zu lachen, ein umrandeter Tränenfleck: Sehen Sie, Ja'ir, wie in einem Roman aus dem neunzehnten Jahrhundert ...

He, Mirjam,

erinnern Sie sich, dass Sie gleich zu Beginn, in einem Moment, in dem Sie meinetwegen völlig erschöpft waren, fragten – sind Sie immer so? Solch ein flammendes, blitzendes Schwert? Auch in Ihrem Alltag? Mit allem? Und Sie fragten, wie man auf diese Weise in einer Familie leben könne und ob auch Maya solch ein Tempo an den Tag lege. Oder ob ich vielleicht auch gerade jemanden brauchte, der völlig anders ist, als ich es bin, jemanden, der mich beruhigt.

Das ist es, was ich Sie jetzt gefragt hätte. Sind Sie immer so? Und wie hat dieser ganze Vulkan Platz in Ihrem winzigen Haus? Und wie haben Sie es bis jetzt zurückhalten können?

Ich denke an die Frau, die ich an jenem Abend auf dem Schulhof sah, und an die, die mich schon vier Monate hinhält, und ich kann nur über mich lachen und über meine Dummheit.

Ich habe dem nichts hinzuzufügen. Ich wollte nur, dass Sie wissen, dass ich ihn erhalten habe und dass ich ein Gefühl empfinde, wie ich es nicht für möglich gehalten hätte, Glück und Trauer in einem, und genau an ein und derselben Stelle, wie Sie es versprochen haben. Sie fragten, was ich jetzt, wo ich alles wisse, in Ihnen sehe. Ich werde zehn Briefe schreiben müssen, um zu schildern, was ich sehe, ich werde sie wohl nach und nach schreiben, aber jetzt, das heißt um sechzehn Minuten vor zwei, sehe ich nur diejenige, die am Ende der langen Schreibnacht ihre Stirn an meine legt, mit enormer Müdigkeit, einer jahrealten anscheinend, mir in die Augen sieht und sagt, dass ich sie mit der Kartoffel unmittelbar und präzise genau an der Stelle in ihrem Innern berührt habe, an der sie völlig stumm sei.

Auch ich werde jetzt schweigen. Gute Nacht.

Ja'ir

Und die ganze Zeit sage ich mir – was für ein Glück, dass ich niemanden nach Ihnen ausgefragt habe!

Denn als Sie sich gleich zu Beginn ausbaten, alle Geschichten über Sie nur aus Ihrem Munde zu erfahren, damit sie sich nicht für mich in ›Klatsch‹ verwandelten – lächelte ich in meinem Innern ziemlich heftig (was für Unanständigkeiten hat eine wie sie schon zu verbergen).

Und ich freue mich noch immer beharrlich, dass es mir auch gelang, Sie zu überreden, uns nicht von Körper zu Körper zu begegnen, kein ashes to ashes. Denn ich bezweifle nicht im geringsten, dass es uns, wenn wir uns getroffen hätten, nicht gelungen wäre, einander auf diese Weise zu erkennen, schließlich hätte ich Sie auf der Stelle verführen müssen, Sie durch jenes unbewusste Erkennen im biblischen Sinn erkannt, und wir beide hätten uns auf das Gebiet der Myrrhe begeben, bedenken Sie einmal, was wir versäumt und was alles wir nie gewusst hätten.

Ich spreche nicht von Fakten. Diese Fakten, die realistischen und alltäglichen, hätte ich herausgefunden, auch wenn wir einen knappen-aber-intensiven Flirt gehabt hätten. Sie hätten sie mir mitgeteilt, Sie hätten gar nicht umhingekonnt. Schon unter dem Aspekt der bürokratischen Unzucht hätte ich sie wissen müssen. Aber dann hätte ich die Trauer nicht gekannt, die ich nun empfinde und an die ich mich schon seit ein paar Tagen klammere (mit einer Art mir unverständlicher Sehnsucht).

Und nicht nur die Trauer. Alles, was mit Ihnen zusammenhängt, sämtliche Gefühle, die Sie in mir auslösen, schmiegen sich nun bei Tag und bei Nacht an mich, erholt und frisch, pressen sich mit ihrer gesamten Oberfläche und mit der Fülle ihrer beiden Brüste an meine Person.

Als ich die Privatsprache erwähnte, die ich mit Ido anstrebte, schrieben Sie, Sie wünschten, jeder Erdkrümel, jeder Tropfen Meer und jeder Kerzenschein hätte seinen spezifischen Eigennamen. Und in jenem Augenblick haben Sie mir so sehr gefallen, vielleicht weil ich zum ersten Mal Zeuge Ihres Vermögens wurde, sich von Imaginationen mitreißen zu lassen: Schließlich haben Sie mitten im Satz begonnen, von einer Welt zu phantasieren, in der sich die Menschen ausschließlich der Namenfindung für alle Lebewesen, Pflanzen und Objekte widmen und in der es die primäre menschliche Wesensart ist – durch die Welt zu wandeln und Namen zu verteilen, und Sie haben mich an der Hand durch Ihren Garten gezogen, von Grashalm zu Erdkrümel, von Wassertropfen zu Käfer, und Sie benannten sie mit privaten, witzigen Namen, doch damals habe ich nicht begriffen, was Sie mir tatsächlich damit sagen wollten (was hatte ich überhaupt verstanden? Wie wenig ich Sie doch verstanden hatte!), und erst jetzt, wo ich etwas über die Jahre weiß, in denen Sie gebetet haben, dass jeder Baum nur ›Baum‹ heißen möge und jede Blume – ›Blume‹, die Jahre, in denen ›fühlen‹ für Sie ›über Ihre Verhältnisse zu leben‹ bedeutet hätte, beginne ich zu begreifen, dass Sie im Grunde gesagt haben, dass Sie vielleicht, endlich, zu genesen beginnen.

Und ich weiß nicht, wie ich im Zusammenhang dazu stehe und ob ich überhaupt etwas zu dieser Genesung beigetragen habe, aber der Gedanke erregt mich, dass ich bei diesem Ereignis neben Ihnen stehe, denn es scheint mir, dass seit langem, seit sehr langer Zeit, niemandem etwas so Gutes widerfuhr, wenn ich im Spiel war.

J.


Und die Hauptsache habe ich vergessen: Im Namen aller, mit denen Sie mich beschworen (mit einem feierlichen Ernst, der meiner Meinung nach nur bilateralen Verträgen oder zwischen Kindern geschlossenen Bündnissen anhaftet), im Namen der

Tatsache, dass Sie sich wahrhaftig sportliche Schuhe in kräftigem Orange (!) zugelegt haben, und im Namen der *Hirschkuh* von Amir Gilboa, des Gedichtbandes, den Sie sich als Geschenk von mir kauften. Und allem voran im Namen der Tatsache, dass Sie losgegangen sind und sich ein neues Brillengestell ausgesucht haben – schwöre ich, wie ein Freund über Sie zu wachen.

26.7.

Ich stellte die Überlegung an, dass –

nein, das wäre zu offiziell.

Ich dachte mir heute morgen in der Werkstatt – vielleicht weil Sie dieses Wort so häufig benutzen –, dass das Wort ›Mütterlichkeit‹ nach Selbstlosigkeit klingt, und ich kann mir vorstellen, dass es nicht wenige Mütter gibt, die das Gefühl haben, ihr Kind höhle und sauge sie aus. Aber zwischen Ihnen und Jochai –

He … es ist das erste Mal, dass ich seinen Namen schreibe. Sein Name breitet sich aus im Hohlraum meines Mundes und meines Hirns, wie der Augenblick nach dem Kosten des Honigs (aber auch mit einem bitteren Stachel, jawohl).

Ich konnte ihn richtig sehen. Und Sie mit ihm. Und dieses Wunder – dass er auch so voller Lebensfreude ist. Und dass sich überall, wo immer er auftaucht, die Menschen in ihn verlieben.

Ich lese auch, was Sie über ihn erzählen, und ich kann Ihre Mütterlichkeit in meinem Körper fühlen wie eine warme Quelle, die aus mir zu ihm hochsteigt. Milchig und strömend. Und wie Sie ihn umsorgen und zudecken mit nie versiegender Liebe. Bei meinem Leben, ich habe mit der Lupe gesucht und bei Ihnen nicht einmal ein Tröpfchen Bitterkeit über das, was ihm geschehen ist, entdeckt oder einen Funken Wut auf ihn.

Als wir uns pingpongartig Hektisches schrieben, fragten Sie einmal, ob es denkbar wäre, dass ein Mensch allein durch das Eingehen auf die Rufe anderer sein Leben immer wieder von Neuem beginne. Und vorgestern verstand ich beim Lesen diese Frage. Ich habe nicht einfach nur »verstanden«: Etwas in meinem Körper regte sich, tief unten, und pulsierte für Sie (und es fiel mir natürlich ein, was Anna sagte, dass nämlich während der Schwangerschaft ihr Herz dazu überging, im Uterus zu schlagen).

Warte auf einen Brief von Ihnen.

Ja'ir

30.7.

Ja, das habe ich geschrieben. Verzeihen Sie, ich hatte es nicht bedacht (aber wenn ich es erklären würde, wäre das womöglich noch schmerzlicher).

Als Allererstes haben Sie recht, und es ist wahrhaftig einen Gedanken wert, wieso diese Kombination mir über die Lippen kam, wie etwas, das weder eines Beweises noch einer Erklärung bedarf. Wie ein Art Naturgesetz – »Wut auf ihn«.

Vielleicht weil ich mir ohne weiteres Eltern vorstellen kann, die ihrem Kind auch in viel weniger extremen Fällen gram wären. Denn auf wen sollten sie ihre Wut konzentrieren, sagen Sie es mir, wen sollten sie anklagen (nein, ich kann es ihnen nicht einmal verübeln).

Sie schreiben, dass es am schwersten für Sie sei, ein Kind zu sehen, das nicht einmal weiß, was es versäumt, und das nie eine eigene Familie haben wird. Das nicht lieben und sich nicht artikulieren können wird. Aber ich, ich weiß, bei mir, in irgendeiner Ecke meines Herzens, wäre auch Wut auf ihn.

Vielleicht auch nicht? Vielleicht gibt es in mir solch eine edle

Seite, die nur in der Stunde der Prüfung zum Vorschein käme? Ich fürchte, nein. Vielleicht doch? Ich weiß es nicht. Wie soll man das wissen. Sie sagten selbst, Sie hätten nie gedacht, wie schwer es sein könne, seiner Verstoßenheit und Hilflosigkeit gegenüberzustehen, und wie viele Kräfte Sie in sich fanden, von denen Sie nicht wussten.

Ich tue Ihnen mit meinen Worten weh, und anscheinend erniedrige ich mich auch in Ihren Augen. Blitzableiter … Aber wir haben eine Vereinbarung getroffen, nicht wahr? Alles. Was hat es für einen Sinn, wenn nicht. Und vielleicht werde ich endlich etwas begreifen, und dann wird man dort schließlich atmen können, in dieser Lunge …

Ich habe vorhin mit Ihrem Brief ein kleines Experiment gemacht. Ich habe ihn kopiert, als hätte ich selbst ihn geschrieben. Verstehen Sie, als ob ich mir Ihre Geschichte übergestülpt hätte und versuchte, Ihnen von meinem Kind Jochai zu erzählen.

Nach anderthalb Seiten konnte ich nicht mehr. Der Grund waren seine Zornesausbrüche. Dort habe ich kapituliert. Wenn er fremd und erschreckend wird, wenn auf einmal aus ihm das verrückte, wilde Kind ausbricht, das imstande ist, alles daheim zu zerschlagen und zu vernichten. Ich bin mir sicher, diese Fremdheit nicht ertragen zu können. Ich könnte sie nicht ertragen. Wenn es keinen Weg gibt, zu ihm vorzudringen, wenn er eine blinde Kraft ist. Und man muss auch ein großes Maß an physischer Kraft aufbringen, um ihn in den Arm zu nehmen und ihn zu bremsen, wenn er so ist, nicht wahr? Wo verbergen Sie all diese Muskeln?

Wenn ich könnte, würde ich Ihnen ein großes Haus kaufen, gigantisch, groß genug für Ihre komplette Seele, und ich würde es mit all Ihren kleinen, großen, ausgehungerten Träumen füllen, mit Teppichen, Bildern und Büchern und einer Menge kleinem und großem Krimskrams, aus der ganzen Welt würde ich Dinge für Sie zusammentragen, Vogelstatuen und große Krüge aus blauem Hebronglas und riesige Gurkengläser, Spiegel in kunstvollen Rahmen, Lampen aus dem fernen China, Stickereien mit Filigranspitze. Ich würde eine Menge Fenster einbauen lassen, offen und hell. Ohne Gitter und mit Mosaiken in sämtlichen Farben.

Es ist schrecklich, Sie mir in diesem leeren Haus vorzustellen.

Ganz langsam beginne ich wieder aufzurollen, was Sie bisher erzählt haben. Vom ersten Brief an. Es wird etwas Zeit in Anspruch nehmen, die ganze Geschichte nachzuvollziehen. Hören Sie: Ich habe Sie zu schnell gelesen, zu hastig, zu verstohlen. Ich befürchte, dass mir auf dem Weg allzu viel verloren ging. Ich denke an handfeste Hinweise, die Sie gaben, die ich, begriffsstutzig, gleichgültig, mit meiner üblichen Hektik gar nicht registrierte. Dass die »Realität« in jede Ihrer Zellen gesickert ist, zum Beispiel, und dass Sie kaum einen Weg fanden, ihr auszuweichen, nicht einmal in der Phantasie, auch nicht in nächtlichen Träumen –

Keine Phantasie, keine Träume, und wenn Sie sich erlaubten, sich mitreißen zu lassen, dann nur in der Berührung mit Kunstwerken, Malerei, Lyrik, Musik, natürlich. Aber auch dann kam die »Realität« und stach Sie auf. Wie ein Sklave bei einem Fluchtversuch (und wie ein gestohlenes Feuer in Ihrer Hand?). Was blieb Ihnen denn, sagen Sie es mir, wo lebten Sie?

Ja'ir


Und er zählt schon bis drei?

Einen Käsekuchen mit Rosinen für jede 2, eine Ganzkörpermassage für jede 3?

(Wenn Sie immer wieder sein Handgelenk lecken, bis er sich beruhigt – wie kamen Sie überhaupt darauf, dass es das ist, was ihn beruhigt? Ist das auch etwas, was man von Natur aus ergründet?)

Grüßen Sie mir Ihre drei melancholischen Labradors. Gruß an die Palme. An den Jasmin. An die Bougainvillea. An die große Zypresse, gegen die das Fahrrad Ihres Mannes, Amos, gelehnt ist. Gruß an alle Eigennamen.

1.8.

Im Grunde habe ich Jochai getroffen. Jetzt fällt es mir ein. Vor etwa einem Jahr begleitete ich Idos Kindergartengruppe zu einem Ausflug in den Kibbuz Zuba. Wir besuchten den Hühnerstall, und während wir durch die Gänge schlenderten, wurde dort gerade zufällig ein schalenloses Ei gelegt, und die Arbeiterin – ich habe keine Ahnung, warum – nahm es und legte es auf meine Handfläche. Ausgerechnet auf die meine.

Ich weiß nicht, ob Sie je ein derart nacktes Ei in der Hand hielten. Es war noch warm und weich und voller Bewegung unter der es umhüllenden Haut. Ich wagte nicht, mich zu rühren. Ich stand da mit dem ausgestreckten Arm und der leicht gekrümmten Hand und fühlte mich, als ob irgendein entblößtes Lebensgeheimnis in meiner Hand verkappt lag. Und ich hatte keine Ahnung, dass es ein Hinweis auf Jochai war.

2.8.

Die ganze Zeit nagt etwas an mir. Ich habe Ihnen noch nicht geschrieben, was ich fühlte, als ich begriff, letzte Woche, was jener Brief wahrhaftig enthielt, in dem Sie zum ersten Mal Ihr lärmendes, vollgestopftes Haus beschrieben, das Sie jetzt mit einer heftigen Bewegung ausradierten.

Ich bewahre die Briefe ja nicht auf, aber an jenes Haus erinnere ich mich genau. Sie werden es kaum glauben, wie oft ich Sie darin sah, mit Ihnen darin herumging. Es waren für mich nicht nur Worte (plötzlich scheint es mir, dass Sie etwas Wichtiges übersehen haben) – beinahe jedes Ihrer Worte hat einen Körper, eine Farbe, einen Duft und einen Klang. Ich nehme Ihre Worte sehr ernst, vielleicht dachten Sie, es wäre für mich nur ein Spaß? Ein Spiel mit Worten?

Aber das ist wirklich nicht so einfach, wenn auf einmal von der Wand neben dem Bücherregal das Bild der Frau mit der Kuh von Abraham Ofek verschwindet, denn von dem Moment an, in dem Sie davon erzählten, ließ ich es in mein Leben (ich meine genau, was ich sage). Ich suchte und fand es in einem Buch, vertiefte mich hinein und ließ mich von ihm absorbieren und gab nicht auf, bis ich verstand, warum Sie es gegenüber dem Bild *Melancholy* von Joseph Hirsch aufhängten. Ich bin kein großer Kenner in Sachen Malerei, aber es gibt einen Dialog zwischen beiden Bildern, und ich habe den Eindruck, dass ich ihn allmählich hören konnte, und nun sind beide nicht mehr da. Es ist auch der kleine rote Ring von Kandinsky verschwunden und das offene Fenster von Matisse, von dem Sie so begeistert waren, und ich stelle mir vor, dass auch die Photos im Flur weg sind, denn auch sie waren gerahmt und unter Glas, das Gesicht von Virginia Woolf beispielsweise, und was ist mit dem Menschen von Alfred Stieglitz, der im Regen die Straßen kehrt (auch ihn fand ich vor kurzem in einem Ausstellungskatalog in Paris), oder dem halben Schnurrbart von Man Ray … Alles nur phantasiert? Auch das Klavier, auf dem Sie Abend für Abend spielen?

Wenigstens die bemalten Fliesen in der Küche haben Sie gelassen.

Sehen Sie – vielleicht mache ich mich in Ihren Augen lächerlich, Sie leben in solch einem schwierigen, öden Haus, und ich klage, dass Sie mir Worte nahmen, die Sie mir schon gegeben hatten, alles in allem nur Worte, und ich feilsche um sie wie ein Bettler.

Aber es gibt hier noch eine andere Sache.

Ich denke an die Farbsymphonie, die dort herrschte. Sie, die seit Jahren nicht zu malen wagten und auf keinen Fall mit Farben, Sie haben mir doch alles in Farben ausgemalt, von denen ich mir bis zu Ihnen nicht einmal sicher war, wie sie genau aussehen, Sie sprachen von Indigo, Ocker und Smaragdblau, und die Worte allein waren schon so schillernd, und Sie schrieben über Crêpe-de-Chine-Vorhänge und Angorawolle, Sie sagten ausdrücklich Astrachanwolle (!), und siehe da – als Sie es schrieben, dachte ich für einen Augenblick, dass Sie sich tatsächlich einen Scherz mit mir erlaubten, sich einen Traumpalast ausmalten, aber ich kann doch keiner Frau widerstehen, zu deren Wortschatz »Astrachanwolle« gehört, ich weiß nicht einmal, wie solch eine Wolle aussieht, aber Sie haben keine Ahnung, was dieses Wortpaar in mir auslöste … Und nicht nur dieses – beinahe jeder Ihrer Sätze schickte mich auf eine kleine Exkursion des Lernens und Tastens und Riechens, lachen Sie nur, aber das ist meine dumme, beschränkte Art, Ihre Begeisterung und Sehnsucht zu berühren, die dort aus Ihnen sprudelten, und die ich damals nicht verstand, ich dachte, es wäre der Überschwang, ich war damals sogar froh über diese invalide Ähnlichkeit zwischen uns beiden …

Aber hier gibt es etwas vollkommen anderes, das mich bedrückt, etwas zwischen mir und Ihnen.

Ich habe einen Stich der Trauer gefühlt und Enttäuschung, ja, als es sich für mich herausstellte, dass es in Ihnen auch diese Option gibt, dieses Vortäuschen.

Verstehen Sie? Ihre überraschende Gelenkigkeit, so zwischen Dichtung und Wahrheit zu jonglieren … Es überrascht mich schon, im Nachhinein, festzustellen, dass Sie eine solche innere Überzeugungskraft besitzen, sich etwas vorzustellen (das im Grunde aus dem gleichen Stoff gemacht ist, aus dem die Lüge ist).

Ich fühle mich natürlich nicht betrogen (es war absurd, dass Sie um Verzeihung baten), Sie haben nichts Verbotenes getan, im Gegenteil. Es war die Geschichte, die Sie mir damals über sich selbst erzählen wollten, und anscheinend wollten Sie auch sehr daran glauben, sie niedergeschrieben sehen, in Worten lebend; vielleicht hat es Ihnen auch gefallen, dass sie in meiner Phantasie existierte. Dass sie eine Existenz auf der Welt hatte. Und ich habe geglaubt, denn es war der erste Paragraph unserer Verfassung, erinnern Sie sich?

Eine Art Wachstumsschmerz lösen Sie bisweilen in mir aus – aber in den Gelenken der Seele. Und ein merkwürdiges Gefühl, dass ich in jedem Brief etwas Neues und Unerwartetes über Sie lerne, aber ich trenne mich auch von etwas anderem, was ich über Sie dachte oder mir über Sie vorstellte. Und es gibt Tage, an denen ich fühle, dass ich vielleicht sehr weit davon entfernt bin, Sie so zu kennen, wie ich es wünsche. Und wir haben schon August.

Ja'ir

Dennoch sollen Sie wissen – dass auch das, was Sie dort in jenem vollgestopften Brief beschrieben haben, mir lebendig und existent blieb. Mir ist nicht klar, wie, aber das Klavier, die Bücher, die die Wände bedecken, der schwangere Krug, das riesige Mobile, das Sie aus Venedig mitbrachten … Ich muss nur die Augen schließen, und ich sehe sofort, was es gibt und was es nicht gibt, gleichzeitig.

Übrigens, haben Sie die Vogelstatuen aus der Kalahari mitgebracht, oder hat es Sie dort nur nach ihnen gelüstet und Sie haben sie doch nicht mitgebracht? Und überhaupt – waren Sie tatsächlich in der Kalahari? Ich meine, sind Sie wirklich vor zwanzig Jahren mit Anna dort gewesen, auf Ihrer ersten Auslandsreise (was denn, noch vor der Mona Lisa, dem Eiffelturm und Big Ben?), um die »großen Welwitschia-Gewächse« zu sehen, die Sie nur aus dem Jugendlexikon kannten …

Gibt es Anna überhaupt?

5.8.

Ganz ohne einleitende Worte, nur eine äußerst dringende Bitte, dass Sie fortfahren, sofort und ohne die geringste Verzögerung und gnadenlos –

Sie haben keine Ahnung, was Sie angerichtet haben, als Sie ihm schrieben, als Sie mich einfach übersprangen und sich direkt an ihn wandten, niemals hat jemand so zu ihm gesprochen, und nicht nur das, was Sie ihm schrieben, sondern wie, denn dieser Junge hat Fürsorge und Weichheit und Mütterlichkeit gekannt, er hatte von allem viel, bisweilen zu viel, aber nicht oft kam er in den Genuss – verstanden zu werden.

Und meine Erleichterung, die Rüstung, die auf einmal erfuhr, dass trotz allem noch immer ein kleiner Ritter in ihr steckt.

Hören Sie – Sie liegen nicht schief: ein kleiner Junge und sehr schmächtig. Leicht verhärmte Züge. Ein Kind, das stets unter Spannung steht, reizbar wie ein alter Mann, und rastlos, und ganz versessen. Und immer so, als müsste es etwas beweisen, und immer in einem Existenzkampf, nicht weniger als das. Woher wissen Sie es. Wie kann überhaupt ein Mensch einen anderen Menschen wissen. Und ein Partisan, haben Sie geschrieben, aber einer, der in einem Haus operiert, in einer Familie. Ja, ja! Selbst die schreckliche Bemerkung, die Sie über seine Einsamkeit machten, eine bei Kindern unübliche Einsamkeit, jedes Ihrer Worte fiel genau auf die Stelle, die schon seit Jahren für sie vorbereitet war, nicht die normale Einsamkeit eines Kindes, eine Einsamkeit, wie sie vielleicht ein sehr kranker Mensch empfindet, der an einer beschämenden Krankheit leidet (wie kommt es, dass Sie nicht davor zurückschreckten, sie beim Namen zu nennen), es stimmt, es stimmt, ein Junge, der darauf achtet, sich nicht mit der Illusion zu schwächen, es könnte erlaubt sein, sich jemandem hinzugeben, dass es irgendwo die Möglichkeit einer vollständigen Hingabe geben könnte …

Als ob Sie gekommen wären und den Zettel mit meinem wahren Namen in den Golem, der ich bin, gesteckt hätten. Ich war wie ein weiches, ganz und gar durchlässiges Gehäuse, wie ein kleiner Dudelsack war ich, und die ganze Welt spielte mich. Schon beim Schreiben dieser Worte empfinde ich sogleich das dringende Bedürfnis, jemandem die Fresse zu polieren. Die Welt überflutete mich wie ein Meer und zog sich wellenförmig zurück, kehrte wieder, flutete mich und zog sich zurück, das war das Gefühl, ein Kind zu sein, die Gischt, die weiche, unendliche und gleichermaßen stürmische Gischt. Haben Sie einmal mit solch einer Bewegung in Ihrem Innern Bekanntschaft gemacht? Vielleicht während Ihrer Schwangerschaft, vielleicht im Augenblick der Niederkunft, und mir ging es immerfort so, immerfort, ein Menschenbeben war ich.

Ich lache nun (das Lachen einer Hyäne bricht aus mir hervor): Wie grässlich, dass all dies längst Vergangenheit ist, und wie furchtbar, dass ich mich gleichermaßen freuen kann, dass es vorüber ist … Denn das Leben ist nun viel erträglicher. Es ist heute leichter, von einem Moment zum nächsten überzugehen, und mit der Zeit vergisst man sogar die Angst davor, auf die Fugen zu treten. Es lauert dort keine Krokodilsgrube mehr.

Sie verstehen, nicht wahr? Sie verstehen, dieses innere Gemurmel zu lesen. Sie sind es, die geschrieben hat ›ein Glühwendelkind‹, und Sie haben erahnt, dass man das rote Licht sehen kann, das durch seine transparente Haut fiebert. Und Sie wissen sehr wohl, vielleicht sogar aus der alltäglichen Erfahrung, wie sehr solch ein ›seltsames, untergründiges Licht‹ quälen kann, wenn es in einem Kind brennt. ·

Ja, und wie es reizen und einen um den Verstand bringen kann, und wie es diverse mörderische Triebe entfesseln kann, es auszupusten, um es ein für allemal zu löschen. Nicht wie Sie, nicht wie Ihre letzten Zeilen – vorsichtig und sogar hoffnungsvoll in es hineinzuhauchen, um zu sehen, was geschieht, wenn man ihm einmal die Möglichkeit gibt, sich als Feuer zu versuchen.

Hören Sie noch nicht auf, nicht mitten in der Beatmung.

Ja'ir

6.8.

Sehen Sie sich dieses Bild an. Ich habe einen ganzen Tag gebraucht, um es zu finden (wegen einer Bemerkung in Ihrem Brief). Ich habe es vor fünf Jahren in London aufgenommen, und es ist mit einer kleinen Geschichte verbunden: Ich war beruflich für eine Woche in London, und eines Abends, als ich in mein Hotel zurückkam, bemerkte ich einen kleinen Raben, der sehr elend aussah (»einen kleinen aufgeplusterten Raben« …). Er saß auf dem Bürgersteig in einer weißen, ganz verwischten Kreidelinie, anscheinend das Überbleibsel eines Kinderspiels. Sein Schnabel öffnete und schloss sich, als würde er sprechen, und nicht nur sprechen, Sie hätten ihn sehen sollen – als würde er mit großer Trauer und mit großer Unbill auf etwas beharren oder vor einem Unbekannten irgendeine belastende Aussage machen …

Es hätte auch amüsant wirken können, aber ich trat aus dem Menschenstrom heraus und lehnte mich etwas abseits gegen eine Mauer, betrachtete den Raben und konnte nicht weitergehen. Ich war müde, vielleicht sogar etwas benommen vor Hunger, und ich konnte mich nicht von ihm lösen. Ich dachte, ich sollte Brot kaufen und ihn füttern, doch ich fürchtete, man könne mich dabei beobachten. Ich machte ein paar Schritte und hatte den Eindruck, dass er nach mir rief, sich regelrecht in meinen Rücken bohrte, und ich machte kehrt und blieb bei ihm stehen. Ich dachte, es könnte gefährlich sein, ihn anzusehen, ich könnte ganz langsam in ihn hineingesaugt werden, dort festsitzen und aufhören zu sein. Ich habe keine Ahnung, wie lange es so ging. Vielleicht nur ein paar Augenblicke. Er stand zwischen den Beinen der Passanten, mitten auf dem Bürgersteig, mit in der Kälte aufgeplusterten Federn und diesem bitteren, traurigen Ausdruck, den Kopf – Sie können es sehen – anklagend zur Seite geneigt … Die Menschen überholten ihn gleichgültig, im englischen Gleichschritt. Kaum einer schenkte ihm Beachtung, und ich stand an der Mauer, und ich wusste in einer sonderbaren Schicksalsergebenheit, dass ich bald zusammensinken und mich auf den Boden setzen und so verweilen würde.

Ich vergaß zu erwähnen, dass ich damals von einem wichtigen Treffen kam, ich hatte ein bedeutendes Geschäft abgeschlossen, eine Menge Geld, ein Mann von Welt – huiuiui, ich trug meine elegante Arbeitsmontur, und ich wusste, dass sie mir nicht helfen würde, dass nichts helfen würde, denn die Sache, die allmählich Besitz von mir ergriff, war stärker und zutreffender für mich, für den schwarzen Zwilling. Und im letzten Augenblick, mit dem letzten Aufgebot an Kraft (diesmal übertreibe ich nicht) steckte ich die Hand in die Tasche, zog meine Kamera heraus und machte eine Aufnahme von ihm. Ein regelrecht instinktiver Drang, für den ich bis heute keine Erklärung habe, der mich anscheinend auf eine mir unbegreifliche Art gerettet hat, als ob er irgendeinen Stromstoß genau auf die Stelle gerichtet hätte, an der dieses mein verräterisches Selbst flink einen Spalt entdeckt hätte, durch den es sich plötzlich auf und davon machen konnte.

Ich habe keinen Abzug mehr. Es gehört Ihnen.

8.8.

Wollen Sie etwas zum Lachen haben? Gestern, nachdem ich Ihren Brief (vielleicht zum fünften Mal) gelesen hatte, wollte ich die Haustür für die Nacht abschließen, als es mir für einen Moment schien, dass in einem der Büsche im Garten etwas oder jemand stand. Klein, sehr hell auch im Dunkeln. Im ersten Moment dachte ich erschrocken, es sei Ido, und was tat er hier, anstatt im Bett zu sein. Ich hatte kurz einen totalen Systemausfall, und schon in der nächsten Sekunde fühlte ich mich wie eine Bohne, die jemand schleißte und der ganzen Länge nach öffnete, denn ich wusste, dass er es war, verstehen Sie? Der Junge, den Sie in Ihrer Phantasie gesehen haben. Das Glühwendelkind –

Der Junge, der einmal – ich habe es Ihnen nicht erzählt, kommen Sie, machen Sie es sich bequem, der Junge, der sich ungefähr im Alter von acht mit Hilfe des dünnen und für-alles-brauchbaren Gürtels seines Vaters im Schuppen das Leben zu nehmen versuchte, was man gemeinhin als Selbstmord bezeichnet. Und weil ihm niemand erklärt hatte, wie man sich genau das Leben nahm, band er den Gürtel, so fest er konnte, um sein Herz, haha, legte sich auf den Boden und wartete still auf seinen Tod. Und all das, weil er gesehen hatte, wie ein Nachbar, ein gewisser Surkis, der im selben Block wohnte, im Unterhemd über dem haarigen Rücken und mit einer Zigarette im Mund dastand und zwei Katzenjunge in einem Zinkeimer ertränkte, sie einfach hineinsteckte, während er sich aus dem

Mundwinkel mit dem Vater des Jungen unterhielt und in dem Eimer die Luftblasen hochstiegen. Und nach einer sehr langen Zeit auf dem Boden des Schuppens, der längsten Ewigkeit, die er je erlebt hatte, als er einsehen musste, dass er nicht tot war, stand er auf, kehrte nach Hause zurück und saß still und kraftlos beim Abendessen mit den Eltern und seiner Schwester, hörte ihnen zu und vollzog alle Gesten eines Achtjährigen und verstand, dumpf, aber er verstand, dass – auch wenn er tot wäre – sie es nicht bemerken würden.

Und es ist derselbe Junge, der mit zehn Jahren *Alexis Sorbas* las, weil er eine Lehrerin hatte, die er liebte und die aufgelöst von dem Buch erzählt hatte, wobei ihr Tränen in den Augen glitzerten. Er hatte noch nie solche Tränen gesehen, nicht bei einem Kind und schon gar nicht bei einem Erwachsenen, es waren schmachtende Tränen, das Wort kannte er nicht und hätte es auch nicht zu schreiben gewagt, wenn Sie es nicht als Erste geschrieben hätten; und in seinem Zuhause gab es keine Bücher, Bücher waren Staubfänger, Bücher waren schmutzig, für Bücher gab es die Schulbibliothek, und er stahl Geld aus dem Portemonnaie seines Vaters, aus dem Heiligtum, und kaufte sich zum ersten Mal in seinem Leben ein Buch in einer Buchhandlung, und er las und verstand nicht viel, im Grunde verstand er gar nichts, nur dass es unerträglich schön war, dass es vor lauter Leben brüllte und ihn beim Namen nannte. Und in seiner enormen Begeisterung verschlang er das ganze Buch im Laufe etwa eines Jahres und war genau an seinem elften Geburtstag damit fertig, ein kleines, geheimes Geschenk, das er sich gemacht hatte.

Unangenehm, was? Heimlich, um den Preis schrecklichen Bauchgrimmens, das jeder Medizin und jedem Lebertran widerstand, beendete er eine Seite und schnitt sie in Schnipsel gleichen Formats, kaute hingebungsvoll und schluckte, eine Seite pro Tag, machte Pausen von drei Stunden zwischen den einzelnen Bissen, ein pedantisches, bürokratisches System. Erinnern Sie sich an die Ausgabe des Am-Oved-Verlags? Mit Preisnachlass für die Angestellten des Zivilstabs, mit senffarbenem Einband und roten Rändern? Ein wenig bitter? Über dreihundert holzfreie Seiten kaute er so im Laufe eines Jahres, aus einer lexikalen Fleischeslust heraus, aber, Mirjam, Sie müssen ihm immer ein wenig misstrauen, er hatte schon damals mehr als ein Motiv für jede Tat, und hinter jedem edlen Gedanken blitzte der Schwanz einer Ratte auf: denn vielleicht aß er *Sorbas* nicht zuletzt deshalb, damit die Sicherheitsbehörden daheim bei ihren Durchsuchungen nicht auf dem Grund seiner Schublade ein neues Buch entdeckten, für dessen Existenz er keine ausreichende Erklärung hatte? Sagen wir – ein Buch ohne den Stempel der Schulbibliothek?

Das heißt – ich versuchte, einen zu fälschen, natürlich habe ich das versucht (Sie sollten mich nicht unterschätzen!): Auf das leere Blatt am Schluss des Buches malte ich einen großen Stempel, dem man die kümmerliche Fälschung ansah, riss es heraus und konnte es nicht in den Mülleimer werfen, selbstverständlich auch nicht ins Klosett, wie konnte man eine Seite aus *Sorbas* ins Klo werfen, und fast ohne nachzudenken steckte ich sie in den Mund und begann zu kauen (es fällt mir jetzt wieder ein: ein seltsamer, unangenehm staubiger Geschmack. Seiten, denen das Leben übel mitgespielt hatte), und ich versuchte, mir eine Widmung von einem Freund zu schreiben, und es gelang mir nicht, eine fremde Handschrift nachzuahmen, und auch diese Seite verschlang ich, und so, aus purem Zufall, entstand die lyrischgastronomische Idee …

(Ich versuchte, für einen Moment mit Ihren Augen zu lesen.)

Wie viel Mühe ich in diese Verschleierung investierte, und wie viel Angst ich beim Lesen hatte, dass sie die Lüge entdecken würden und den Diebstahl aus dem Portemonnaie, und letztendlich war es völlig idiotisch, zu glauben, dass sie sich tatsächlich hineinvertieft hätten, aber allein das Wissen, dass es im Bereich des Möglichen lag, dass das familiäre Repertoire es hergegeben hätte –

Ich habe nicht die Absicht, Ihnen von meinen Eltern zu erzählen, auf keinen Fall. Die Eltern gehören nicht hierher. Auch Sie haben kaum ein Wort über Ihre verloren, und das mit Recht: Was haben wir mit ihnen zu tun, wir haben uns längst von ihnen befreit, ich wenigstens habe mich befreit (gut, auf wie viele Jahre kann man diese Kriege ausdehnen?). Und außerdem – gibt es kaum etwas zu erzählen. Meine Eltern sind das normalste, sogar freundlichste Menschenpaar, das Sie sich vorstellen können. Sie sind die personifizierte Realität. Brauner Gürtelherr und Gummihandschuhdame. Keine Mysterien liegen in ihnen verborgen, und all ihre Handlungen und Gedanken sind transparent bis in die Eingeweide. Und überhaupt – sie sind für mich nicht mehr aktuell, ich sagte es bereits, mein Vater vegetiert schon seit zwei Jahren in irgendeiner Gärtnerei für seinesgleichen in Ra'anana vor sich hin, und meine Mutter kümmert sich in aller Entschiedenheit um ihn. Sie transportiert per Bus Töpfe mit Speisen zu ihm und verbringt acht Stunden pro Tag mit ihm in völligem Stillschweigen, wobei sie ihn ununterbrochen wäscht, schrubbt, rasiert, frisiert und massiert, sie drischt und walkt ihn und erblüht dort förmlich (vielleicht auch er, es entzieht sich meiner Kenntnis, ich habe ihn anderthalb Jahre lang nicht gesehen, was macht es für einen Sinn).

Und diese Woche verkündete sie mir mit einem schüchternen, hinterlistigen Lächeln, dass sie den Entschluss gefasst habe, ihm einen Schnurrbart stehenzulassen.

Und gewiss werden Sie fragen, warum ich mich nicht vor ihnen aufgebaut habe und schrie, dass ich es verdient habe, mein eigenes *Sorbas*-Buch zu besitzen, weil ich es, sagen wir, wie die Luft zum Atmen benötigte, wie eine Medizin. Nein, wo denken Sie hin, meinen Sie ernsthaft, dass ich auf diese Weise etwas verlangt hätte? Ich, ich wählte den Umweg, kreiste weitläufig um das Ziel, näherte und entfernte mich, und auch – mit einem gewissen neuen Genuss, mit dem ich damals Bekanntschaft machte, der Lust der Unaufrichtigkeit, wie wir sie spitzfindig nennen werden (wie der Name einer neuen Teesorte, die aus der Bittermandelessenz meines Gallensaftes gemacht ist, nicht wahr?). Hören Sie, ich spreche von diesem vergnüglichen Schmerz, dem bittersüßen, der einem tief in die Eingeweide sickert, bis man samt und sonders, mit allem, was man ist, wie ein Darm um ihn herumgewunden und verworren ist, mit dem entzündeten, offenen Magengeschwür, das einen von innen ganz aussaugt, mit den permanenten Schmerz- und Erniedrigungsstichen, von denen man schon weiß, wo man sie in sich antreffen kann, und später auch, wie man sie aus sich selbst schöpfen kann, die armselige, aber höchst persönliche Habe, auf die man immer wieder zurückgreift, was denn sonst, der heimische Geschmack, der heimische Geruch, hier ist er wieder, sticht, jeden Moment einsatzbereit, fühlen Sie, machen Sie sich bekannt: das bin ich, das sind mein Körper und meine Seele, die sich wiedererkennen, ich kann buchstäblich das Flüstern des inneren Passworts hören (tschschsch …), vielleicht sollten Sie dicke Handschuhe tragen, wenn Sie meine Bögen halten?

Es fällt nicht schwer, jemanden mit dieser Verunreinigung zu infizieren, so leicht hat man mir diesen Virus eingepflanzt. Kennen Sie das unwiderrufliche Verstoßungsritual, das sich hinter dem Fluch verbirgt: »Ich wünsche dir Kinder, die wie du sind«? Ja, Sie kennen es, man beschrieb es so – gewisse Blicke, ein Verziehen der Lippen, Schweigen, das einen zu Staub und Asche stampft, wie wenig braucht es, um einen Menschen für alle Zeiten zu beschädigen …

Es stellt sich heraus, dass Sie es kennen, mindestens so gut wie ich: »Mirjam, werde bloß später nicht so, wie die Leute schon jetzt über dich reden« ...

Ich bin im Grunde nicht überrascht. Mitunter denke ich, dass ich mich vielleicht von dieser Wunde in Ihnen angezogen fühlte, vom ersten Moment an. Jenes öffentliche »Wahlkampf-lächeln«, ihr Mund in diesem Moment, ich habe es Ihnen noch nicht geschrieben, die beiden Lippen, wie zwei hungrige Küken, die in den Schatten der Flügel ihrer Glucke hüpfen, zum erahnten Schatten. Aber Sie, es ist mir nicht klar, auf welche Weise, sind anscheinend gerettet worden, irgendwie haben Sie sich befreit, oder Sie haben sich neu erfunden, was Ihnen, mehr oder weniger, gelang. Und vielleicht haben Sie deshalb Todesangst, auch nur für einen Moment dorthin zurückzu-kehren, und sei es nur für einen Briefbogen, nicht einmal für mich?

8.–9.8.

Vielleicht habe ich es mir allzu lange versagt, mich darüber zu entrüsten, wie sie in der Nacht kamen und mir das Gehirn jä-teten, um mir ihren Kontrollmechanismus einzupflanzen. Stel-len Sie sich vor, was es bedeutet, *Sorbas* unter Angst zu lesen und kaum zu glauben, dass solch eine armselige Angst es fertig-bringt, die Sorbas'sche Sonne zu verfinstern. Wissen Sie noch, wie Sie mit mir und Anthony Quinn im Wohnzimmer Sirtaki tanzten? Doch wo waren Sie, als ich ein Kind war?

Ich hatte niemanden.

Ich las nur, wenn die anderen nicht daheim waren (zum letzten Mal: Ich werde nichts über sie erzählen, ich hatte einen Vater und ich hatte eine Mutter, aber das Kind, das ich war, hatte keine Eltern, Sie haben richtig vermutet: Ich bin als Waise geboren).

Etwas überrascht mich die Frische von allem, was heute in mir hochkommt, wann immer ich mich diesem Bereich nähere. Zigarette?

Nein, nein, ich erinnere mich. Aber ich lachte, als ich las, dass Sie zu Beginn, ohne nachzudenken, den rauchigen Geruch meiner Briefe mit der Glut, die aus mir steigt, in Verbindung brachten.

Manchmal verblüfft es mich, wie sehr Sie bereit sind, an das Phantasieprodukt zu glauben, das ich bin.

Vielleicht werden wir anstelle all dieser Schwere ein wenig über die Phantasie reden, die Sie sind?

Wenn Sie irgendein neues Detail über sich selbst zum Besten geben – dass Sie vor Amos fünf (sibirische) Jahre lang mit jenem sadistischen Genie verheiratet waren; und dass Sie immer nur auf der linken Wange erröten oder dass Sie sich schon seit Jahren weigern, Auto zu fahren, oder dass Amos einen Sohn aus einer früheren Ehe hat oder all die anderen Informationen, klein oder groß, von denen ich nicht wusste und an die ich nie gedacht hätte –, nehme ich irgendeine kleine seelische Bemühung in mir wahr, als ob ich jetzt das neue Fragment »hineinstopfen« müsse, in Ihre Figur, wie man ein Buch in ein Regal stopft, das schon sehr voll ist. Aber von dem Moment an, in dem es erledigt ist – organisieren sich all die übrigen Daten, all meine Kenntnisse über Sie, wieder von Neuem, um die Änderung herum.

Und wenn wir schon über eine neue, überraschende Erkenntnis sprechen, dann erlauben Sie mir, für Sie meine Jokermütze mit den vielen Zipfeln zu lüpfen: Was soll ich sagen, diesmal war es ein tödlich eleganter Knockout: Es kam mir nicht in meinen beschränkten Sinn, dass derjenige, der mit Ihnen zusammen war, der überhebliche Lackaffe mit dem Pullover, nicht Ihr Ehemann war (wer war es dann? Er bewachte Sie mindestens wie ein Leibwächter. Wie ein Ehemann).

Sie haben mich vollkommen verwirrt. Die Ruhe, mit der Sie nach und nach die übrigen Männer in Ihrem Leben beschreiben – der, mit dem Sie schwimmen, und der Maler aus Beit Zayit, der mir schwer verliebt in Sie zu sein scheint, und der blinde junge Mann, mit dem Sie in Blindenschrift korrespondieren (haben Sie sie extra für ihn gelernt?), und woher nehmen Sie die Zeit für sie alle in Ihrer dicht gedrängten Woche? Genau genommen haben Sie vergessen, auch die drei Talmudschüler zu erwähnen, die einmal die Woche heimlich mit Ihnen studieren … Und beschreiben Sie ihn mir dennoch, Ihren Gatten, ich meine, vor welchem Schatten mit Messer zwischen den Zähnen muss ich mich künftig in Acht nehmen?

Gut, gut, nur nicht nervös werden. Nur eine kleine Protesthänselei, weil mein Irrtum Ihnen ›ein kleines kitzelndes theatralisches Vergnügen‹ bereitet hat und Sie nicht die geringste Lust verspürten, diesen Irrtum zu korrigieren …

Sie haben noch einmal gefragt, ob ich mich hintergangen fühle, und ich versuchte zu verstehen, was ich wirklich für Sie empfinde, bei all den Wendungen und Umkehrungen von Ihnen. Das ist keine einfache Frage, Mirjam, und die Antwort selbst ändert sich, dreht und wendet sich in mir und hat sich noch nicht zu einer Meinung verdickt …

Aber da Sie gerade fragen, denke ich, dass Sie sich anstelle einer Antwort den Band *Family of Man* anschauen sollten (den auch ich sehr liebe). Es gibt dort zwei Photos, auf zwei nebeneinanderliegenden Seiten, die ich gern betrachte: Auf der einen Seite sieht man Studenten, die in irgendeiner Universität einem Dozenten zuhören. Er ist auf dem Photo nicht zu sehen. Der Blick der Studenten ist auf ihn gerichtet und auf ihn konzentriert, und es scheint, dass der Stoff, den er vermittelt, sie äußerst interessiert. Doch auf der zweiten Seite sieht man afrikanische Eingeborene, die einem Stammesältesten lauschen, der ihnen eine Geschichte erzählt. Es sind Kinder und Erwachsene darunter. Alle sind nackt wie er. Seine Hände bewegen sich vor ihnen, und alle haben den gleichen Gesichtsausdruck: Sie sind verzaubert.

(Eine irreale Uhrzeit)

Ich möchte Ihnen ein Geschäft vorschlagen.

Einen sonderbaren Handel, schon die Erläuterung ist mir peinlich, aber Sie sind der einzige Mensch, dem ich so etwas sagen kann.

Es geht um Jochai und seine Operation im Januar. Ich möchte Ihnen für die Dauer der Operation die Hälfte meines Glücks anbieten. Lachen Sie nicht, sagen Sie nichts! Ich weiß, dass es idiotisch und absurd klingt – und von mir aus betrachten Sie es wie einen Fetisch, einen Aberglauben, aber bitte, bitte, lehnen Sie mein Angebot nicht ab (wenn es nicht hilft – dann wird es auch nicht schaden).

Nicht dass ich über ein Übermaß an Glück verfügte, aber mein Leben verläuft mehr oder weniger korrekt, und durch das, was mir bei der (an sich nervtötenden) Arbeit widerfährt, habe ich den Eindruck, dass mir Fortuna in den letzten Jahren durch einen Gesichtskrampf zulächelt. Ich muss gestehen, dass ich diesen »Deal« schon zweimal getätigt habe, einmal mit einer Frau, die vor einer schwierigen Operation auf Leben und Tod stand, und einmal mit einer Frau, die unfruchtbar war, und in beiden Fällen wendete sich alles zum Guten. Übrigens – diese beiden Frauen hatten keine Ahnung von dem Geschäft. Sie standen mir sehr nah, in gewisser Weise, aber nicht nah genug, als dass ich sie in meinen Plan hätte einweihen können.

Diese Transaktion ist mit einem etwas bürokratischen Prozess verbunden – ich muss im Voraus den genauen Termin kennen, an dem Sie mein Glück benötigen, und dann werde ich mich daranmachen, Sie (im Grunde – Jochai) damit anzupeilen, und am eigentlichen Tag der Operation werde ich mich von allem anderen freimachen, mein Glück »abstreifen« und es ihm mit meiner gebündelten Energie »übermitteln« (Sie werden mir nur mitteilen müssen, für wie lange nach der Operation er es braucht).

Und Sie müssen sich in dieser Zeit nicht um mich sorgen. Es stimmt, dass mir an dem gewissen Tag, an dem ich es »abstreife«, und auch ein wenig an den zwei, drei Tagen danach, hin und wieder in unplausiblen Dosen kleine Missgeschicke passieren (es ist erstaunlich zu sehen, wie sie angezogen werden und aus allen Himmelsrichtungen hereinbrechen), aber bisher beschränkten sie sich summa summarum auf einen Schlüsselverlust, einen Platten oder eine unerwartete Wirtschaftsprüfung, und schon nach kurzer Zeit sprießt das Glück von Neuem (bei meinem Leben!), und meiner Meinung nach kommt es seinem Wachstum nur zugute, dass man es hin und wieder abrasiert.

Reagieren Sie nicht. Sagen Sie weder ja noch nein. Ich habe es gesagt, Sie haben es zur Kenntnis genommen.

10.8.

Nur um zu berichten, dass er anscheinend zurückgekehrt ist, um sich hier niederzulassen, ich meine den Jungen.

Wegen meiner Alpträume oder wegen unseres Briefwechsels, oder vielleicht auch wegen jener Nacht um Ihr Haus kann sich etwas in mir nicht beruhigen. Ich zögerte sogar, es Ihnen zu erzählen, um dieser Sache nicht auch noch schriftlich eine Daseinsberechtigung zu erteilen. Aber beinahe jede Nacht fülle ich mich mit einer Art düsterem, zerrissenem Gefühl, einem Gewebe, das in der Dunkelheit weht, und da steht er wieder, sogar in diesem Augenblick, schon die dritte oder vierte Nacht, beharrt auf seiner Existenz, zittert in einem Busch, der dort in der Dunkelheit wahrhaftig die Kontur eines Kindes hat, und ich sage Ihnen jetzt etwas, solch eine Verrücktheit habe ich Ihnen bisher noch nicht geschrieben:

Wir zelebrieren ein kleines Bestattungsritual, ich und er, obwohl ich gleich nach seinem ersten Auftritt mit der Verbissenheit eines sowjetischen Zensors den Strauch herunterschnitt, der mir in der Nacht die Sinne getrübt hatte. Aber Nacht für Nacht erscheint er aufs Neue, neben der Tür, schade, dass Sie nicht hier sind, ich würde ihn Ihnen zeigen.

Ein magerer, etwas gebeugter Junge, mit gesenktem Kopf, etwas schüchtern, etwas schmeichlerisch, und nur ich weiß, dass er seiner ganzen Länge nach aufgerissen ist, und wie er in seinem Innern permanent durchgerührt wird, erbarmungslos, wie er darauf brennt, angenommen zu werden und sich hinzugeben, aber wie Sie sagten – wenn er nur glauben könnte, dass es möglich ist, dass es jemanden gibt.

Lassen Sie uns offen sein – ein etwas weibischer, verzärtelter Junge, geschwätzig und prahlerisch. Ich sehe ihn jetzt an und erinnere mich auf der Stelle an das Gefühl, das er ist; sein ständiges Summen, das wie ein rasantes Kontinuum von Pulsschlägen und pochender Erregung ist; und Sie hatten recht – man kann durch seine abgeschälte Haut hindurch sein Alkherz hören und schlagen sehen.

Und er erweckt Abscheu in mir (das wundert Sie?) und den enormen Drang, ihn den zuständigen Stellen des privaten Erziehungswesens, in dem ich zur Schule ging, auszuliefern. Denn ich hatte angesehene Privatlehrer, was wissen Sie schon, ein wenig wissen Sie schon, Lehrer für den korrekten Gang, die gerade Haltung und die anständige Sprechweise; was man sagen darf und was es zu verschweigen gilt, was man besser für sich behält, um nicht verspottet zu werden, und immer das Strecken der Schultern, um kräftiger zu wirken, und das

Schließen des Mundes, um nicht verblödet auszusehen. Wie einen unfehlbaren Königssohn zogen mich zwei der renommiertesten Pädagogen heran, meine Eltern, Gott habe mich selig, die keinen bedauerlichen Makel an mir übersahen und die mich in jahrelanger Hingabe erfolgreich verbesserten und glatthobelten, bis man mich ohne allzu große Peinlichkeit auf die Gesellschaft loslassen konnte, und heutzutage ist die Sache schon beinahe nicht mehr mit großem Kräfteaufwand meinerseits verbunden: Ich beherrsche leidlich die meisten Gesten und Laute eines ausgewachsenen normgerechten Maskulinums, und es lässt sich durchaus feststellen, dass der Gipsabguss der Totenmaske wunschgemäß schon mehr oder weniger in mich hineingesickert ist.

Bis eines Tages, buchstäblich vor meiner Haustür, ein inneres, verseuchtes Glied sich von mir befreite und begann, seinen Veitstanz zu hüpfen, den Tanz des jungen Esels.

Und es gibt einen Moment –

(Warum nicht, ich habe ohnehin schon so viel gesagt.)

Es gibt einen Moment, in dem er sich unvermittelt in Richtung Tür auf mich stürzt, und mit einem Mal erwacht in mir Angst, bitte, sagen Sie mir nicht, dass das eine kindische Phantasie ist, natürlich ist das Phantasie, das ist haargenau die Phantasie meiner Kindheit, und sie erhitzt und erfriert mich gleichermaßen, und sie bringt das Blut für ein paar Sekunden in rasantem Tempo zum Pulsieren, und ich kann nicht dagegen ankämpfen, ich muss ihn einfach sehen, ihn phantasieren, wie er aus der Dunkelheit kommt und sich in meine Richtung bewegt, muss ihn auf mich zurennen lassen, auf meine Haustür zu –

Ein Spiel, ein privates.

Was würden Sie an meiner Stelle tun? Gut, Sie sind bedeutend großzügiger als ich. Sie waren bereit, sogar mich in sich hineinzulassen. Ich bin nicht so edel, fürchte ich. Ich schlage ihm einfach die Tür vor der Nase zu, Abend für Abend schlage ich sie mit Wucht zu und schließe ab, gehe hastig ins Schlafzimmer, und es ist äußerst begrüßenswert, sie, wenn Maya sich dort aufhält, für einen Augenblick anzusehen, nur um sich von Neuem der Tatsache ihres vollen, warmen Körpers zu vergewissern, mit der absoluten Nachdrücklichkeit ihrer erstaunlich kleinen Füße, die ich einen Moment lang anstarre, um mich zu beruhigen – und sofort zu erschrecken: solch ein kleiner Sockel, um zwei Erwachsene und ein Kind zu tragen.

Gut, Zeit zum Schlafengehen. Sie müssen auf den Blödsinn, den ich hier hingekritzelt habe, nicht reagieren. Übrigens, ich las in Idos Zeitschrift, dass es bei Ihnen in Beit Zayit den Fußabdruck eines Dinosauriers gibt. Wussten Sie das? Vor einer Million Jahren kam bei Ihnen ein Dinosaurier vorbei und hinterließ einen kolossalen Fußstapfen. Interessant, nicht wahr? Ich habe Ihr Tsetse-Rezept vor dem Zubettgehen ausprobiert, aber anscheinend habe ich zu viel Likör genommen (außerdem, wenn ich am Nachmittag einen Brief von Ihnen bekomme, ist die Nacht für mich gelaufen). Genug, gute Nacht!
J.

(Gut, ich lag fast eine Stunde aus Höflichkeit im Bett, aber ich befürchte, dass ich mich nicht erklärt habe) – im Gegenteil, wissen Sie was? Soll er doch einmal reinkommen, in mein Haus, ich werde ihn entschlossen packen und mit Gewalt hineinführen, ihn am Ohr mitziehen und ihm gnadenlos zeigen: Hier befindet sich ein Kühlschrank, hier ein Geschirrspüler, hier ein Wohnzimmer mit einer stattlichen, dekorativen Couchgarnitur. Hier ist das Schlafzimmer, hier ein Doppelbett der Marke »Sämann«, hier hält sich eine volle, weiche Frau mit schönen runden Brüsten auf, die sich gerade für mich auszieht. Und dann, wenn ihm die Augen schon vor lauter zurückgehaltenen Tränen der Einsamkeit und Verstoßenheit brennen – kommt der Todesstoß, der ihn niederstreckt: Ich werde ihn am Ohr in das kleine Zimmer am Ende des Flurs zerren und brüllen: Sieh nur, schau es dir an, was haben wir denn da? Eine Überraschung! Ein Kind! Ich habe ein Kind in die Welt gesetzt! Sieh genau hin und begreife, dass der Kampf zwischen uns für dich längst verloren ist, mein Früchtchen: Ich habe ein Kind! Ich habe es geschafft, mich von dir zu befreien, und ich habe etwas geschaffen, was draußen in der Welt real ist! Kontrolliere meinen Herstellernachweis, der im Haar, in der Form der Finger, der Augen eingeprägt ist! Und der ganze Rest – er ist dir unbekannt! Er gehört dir nicht! Bei meinem Leben, ich habe große Lust, ihm mit Gewalt den Kopf in Idos Bett zu tauchen, wie man ein Katzenjunges im Wasser ertränkt – sieh genau hin, du darfst sogar befühlen, warum berührst du ihn nicht und spürst ihn: ein Kind, das auch aus dem Stoff eines anderen Menschen besteht, das nicht ich ist und das nicht du bist! Denn mir ist es mit meiner Geschicklichkeit gelungen, dem Schicksal zu entrinnen, das du für mich bereitgehalten hast, und mich mit einem anderen Chromosomenreservoir zu verbinden, einem, das frei von mir ist, und vor allem – frei von dir, und so schuf ich auf der Welt etwas aus gutem, starkem und gesundem Material, mit einer Garantie, die schon fast fünf Jahre läuft! Kapiert, mein Süßer?

Was rede ich daher.

Als ob Ido der schneidende Beweis für etwas von mir wäre.

Ich finde keine Ruhe. Draußen ist es so schwül. Die Luft umgibt einen wie Gummi.

… und als ich im Begriff war, ihn am Morgen abzuschicken, erhielt ich Ihren Zettel aus der Universitätsbibliothek. Nur an Sie zu denken, wie Sie im Judaica-Lesesaal sitzen und jene begeisterten, wilden Sätze formulieren, wie Sie im gleichen Atemzug mit charmantem Slalom dazu übergehen, jedes Mal, wenn eine Kollegin an Ihnen vorbeigeht, Sätze aus *Die Geschichte des Volkes Israel in der Antike* zu kopieren, und ich dachte zum tausendsten Mal, wie wunderbar es ist, dass wir einander in dem riesigen Erbsenhaufen gefunden haben, und was für ein Glück es ist, dass wir beide aus demselben Land und aus derselben Sprache sind und aus demselben Paporisch und Duvshani gepaukt haben … Übrigens – was das Zitat anbelangt, das Ihnen entfallen ist (als ich mir den Brief ›überstülpen‹ wollte, in dem Sie von Jochai erzählten) –

Es hat etwas gedauert, ich gestehe, aber schon morgen früh werde ich meine flinken Gesandten auf die Suche schicken, und schon in Bälde (nicht mehr als vierundzwanzig Stunden auf dem Zifferblatt) werde ich das vollständige Zitat in Händen halten mit der genauen Quellenangabe. Das versichere ich Ihnen.

Gestern, als ich geschrieben habe, hatte ich erneut das Empfinden, wie merkwürdig die Sache mit diesen Briefen ist: Wenn Sie einen Brief von mir in Händen halten, bin ich schon woanders. Wenn ich Ihren Brief lese, befinde ich mich praktisch in einem Augenblick von Ihnen, der längst verstrichen ist; ich bin mit Ihnen in einer Zeit, in der Sie nicht mehr sind. Das Ergebnis ist, dass jeder von uns den verlassenen Momenten des Nächsten treu ist … Was meinen Sie – vielleicht ist das die Quelle der Trauer, die beinahe jeder Ihrer Briefe in mir hinterlässt, sogar ohne Zusammenhang zu seinem Inhalt, selbst solch ein witziger Zettel aus der Universität. Das Leben vergeht.

Sie sollten unverzüglich Ihre drei verwöhnten Jeshiwa-Schüler für ihre Unkenntnis tadeln: Das vergessene Zitat stammt von Rabbi Nachman aus Bratzlaw.

Er spricht von »Menschen, die ihre Tage verschlafen«, ob wegen einer unbedeutenden Arbeit, wegen Leidenschaften und schlechter Taten oder weil sie geistige Speisen aßen, die ihre Hirne zum Schlafen brachten …

Und es stellt sich heraus, dass man die Herzen dieser Schlafenden beleben und sie wecken sollte, aber behutsam, wie man einen Mondsüchtigen weckt. Und darum muss man gleich nach seinem Erwachen einem solchen Menschen »sein Gesicht aufsetzen, das ihm im Schlaf abhandenkam«. Und wie, meinen Sie, schlägt Rabbi Nachman vor, das zu tun? » …wie man den Blinden heilt. Man muss ihn zurückhalten, damit er nicht plötzlich das Licht sieht, und man muss ihm das Licht dämmen, damit ihm nicht zum Schaden gereicht, was er mit einem Mal sieht, und ebenso muss man es tun mit dem, der lange Zeit im Schlaf und Dunkel lag, wenn man ihm sein Gesicht zeigen will und ihn weckt; man muss es ihm mit Geschichten aufsetzen« …

Wissen Sie, wie spät es ist? Und wer wird morgen um sechs Uhr dreißig aufstehen? Und wer wird morgen seinen Tag, zwölf aufeinanderfolgende Stunden lang, mit einer unbedeutenden Arbeit verschlafen?

Ja'ir

Haben Sie ihn gesehen? Genau in dem Moment, als ich den Brief verschloss, ein Stern über die ganze Länge des Himmels!

Schnell, schnell, was soll ich mir wünschen (ich habe keinen fertigen Wunsch parat, haben Sie eine Idee)?

Wie haben Sie dort geschrieben – ›dass wir einander helfen, zu werden, was wir sind‹.

Huch ... derartig beschäftigt und gestresst – und in diesen Tagen vor allem müde –, dass ich um ein Haar die vereinbarte Begegnung verschwitzt hätte!

Genau vor einer Minute fiel es mir wieder ein (es ist heute, nicht wahr?, Mittwoch, sagten Sie, sechzehn Uhr dreißig). Nun, verzeihen Sie die unzulänglichen Bedingungen, die nicht genau Ihrem Plan entsprechen, aber wenigstens bin ich in der Zeit. Das heißt, ich stoppte den Wagen mit quietschenden Reifen am Rand der Straße Tel Aviv–Jerusalem (jawohl, an der Stelle, an der man rechts den Wald mit allen möglichen Schattierungen von Grün sieht), Autos rasen an mir vorbei und bringen mein Fahrzeug zum Schwanken, so dass meine Schrift ein wenig holpert. Und statt Kaffee zu gutem Kuchen trinke ich warme Cola aus der Büchse zu Erdnussflockenkrümeln, die ich vom Rücksitz pule. Es ist nichts zu machen, ich gehöre zu der Gattung Mensch, Sie wissen schon, die das Requiem von Verdi, das die seelenverwandte Freundin ihnen schickte (danke!), unerschütterlich auf dem leiernden Autokassettenrekorder hören.

Kommen Sie, kommen Sie, wir stehlen uns ein paar Minuten. Eine interessante Bemerkung machten Sie da am Ende Ihres Briefes ...

Ich meine das ›Jetzt werde ich mich zu einer Frau maskieren‹ – den eiligen Schminkkurs, den Sie mir überraschend erteilten, bevor Sie zu dem Vortrag im Beit HaAm gingen. Und Ihr Schwanken zwischen dem rosa Rosenlippenstift und dem kühneren in einer bräunlichen Abtönung (passte er zu dem Angorapulli?). Ich hätte nie gedacht, dass Sie sich schminken, irgendwie ging ich davon aus, dass Sie – wie auch immer. Ich habe es genossen, ähnlich wie die Sache mit Ihren Kleidern, Sie haben einen eigenen ironischen Charme, wenn Sie sich in Worte anderer Frauen, fremder Frauen, in fremde Worte drängeln – den zarten Lidschatten, den konturierenden Lidstrich, und ich liege hinter Ihnen auf dem Bett, sehe Ihnen zu, die Arme hinter dem Kopf verschränkt, in der Pose des fröhlichen Chauvis (ja, ja, ich habe es gelesen: der, der überzeugt ist, dass seine Frau sich nur für ihn auszieht) …

Meine Pupillen bewegen sich etwas, wenn ich das Wort »Mann« benutze? Seit Sie mich darauf aufmerksam machten, kontrolliere ich mich (und bis Sie es sagten, ist es mir nicht aufgefallen, dass ich den Begriff »Mensch« dem des »Mannes« vorziehe). Aber wieso habe ich immer häufiger den Eindruck, dass »Frau« bei Ihnen kein einfacher Begriff ist, in Ihrem inneren Wörterbuch?

Und warum frage ich?

Ich weiß doch genau, was für eine Mutter Sie sind, ich habe es Ihnen schon gesagt, Ihre Mütterlichkeit steigt aus Ihnen auf wie eine warme Atemwolke, wann immer Sie Jochai erwähnen. Oder jedes andere Kind. Aber wenn Sie hier und da sagen – nicht selten übrigens –, ›die Frau, die ich bin‹, nimmt mein Fledermausohr beinahe immer einen leichten Nachklang wahr, ein winziges Vakuum zwischen Ihnen und dem Wort –

Genug, es wird schon zu knifflig für ein Treffen in der Mitte des Tages. »Quickies« werden nie unsere Stärke sein (höchstens die Hektischen). Wissen Sie, was ich in Ihren Briefen tatsächlich am liebsten mag? Gerade die Feinheiten sind es. Ein Kaffeefleck, beispielsweise, den zu lassen Sie sich entschieden haben. Ein Fleck der Realität, haben Sie geschrieben, und so kam ich auch in den Genuss, zu erfahren, wie Sie immerfort jeden Kaffee schon trinken, wenn er noch zu heiß ist, und wie es später ein paar Momente gibt, in denen er die richtige Temperatur hat, und wie er ganz allmählich abkühlt, und Sie ihm die Treue halten bis zum bitteren Ende …

Trinken Sie, trinken Sie.

Zu denken, dass in diesem Moment auch Sie irgendwo sitzen und mit den Gedanken bei mir sind. Welchen Ort haben Sie dafür gewählt? In welches Café phantasieren Sie mich?

Oder der Geruch Ihrer Briefbögen, ich habe Ihnen noch nichts darüber geschrieben – ein leichter Minzgeruch, immer der gleiche. Oder das Photo Anna-von-hinten, das Sie mir schickten, das mit dem riesigen Strohhut. Und das ich, mit einer etwas sonderbaren Sehnsucht (nach einer mir unbekannten Frau!), immer wieder wende auf der Suche nach dem verschmitzten, vogelhaften Gesicht und dem lachenden Funkeln in den Augen, und hin und wieder küsse ich auch zärtlich ihre Hasenscharte.

Sie sehen – es ist Ihnen gelungen (mich in Ihre Realität zu lotsen, ohne die Phantasie zu durchsieben). Aber der Moment, an dem es mir am schwersten fiel, mich zurückzuhalten und nicht zu Ihnen zu preschen, war der, als Sie fragten – was denn, Sie werden nie eine Suppe von mir kosten?


14.8.


Nun, was denken Sie?

Was mich am meisten schockiert, ist, dass ich sie vollkommen übersehen habe. Ich dachte, sie wäre nur irgendein Überrest eines englischen Kinderspiels, etwas wie »Himmel und Hölle«, die auf dem Bürgersteig zurückgeblieben ist ...

Ich weiß nicht, warum es mich so demoralisiert. Eine Art schlammiger Trauer über mich selbst, über meine Kurzsichtigkeit: Schließlich bin ich doch dort gewesen, nicht wahr? Ich war es, der dort war, nicht Sie. Und wieder mein permanentes Gefühl, immerfort das Wesentliche zu versäumen. Und nun, beim Schreiben, kehrt Ihre Frage, die Sie nach dem schwarzen Affen stellten, zu mir zurück, warum ich mich mit den Brosamen unter dem Tisch eines opulenten Mahls begnüge (»Sie nehmen für sich nur die Rolle des Dieners einer großen Liebe in Anspruch«) – nun, da haben wir es, auch das schnürt sich mir nun um die Seele.

Und Sie haben einfach hingesehen, wie Sie sich jede Sache anschauen. Sie haben es betrachtet, und Sie haben es gesehen.

Sie haben nicht geschrieben, ob Sie es schon auf dem Originalphoto bemerkt haben oder erst, nachdem Sie die Vergrößerung anfertigen ließen, das heißt – ob es der Grund für Ihren Entschluss war, das Photo vergrößern zu lassen.

Mitunter, nach einem Brief von Ihnen, sage ich mir, dass ich von nun an beginnen werde, anders zu leben: mich zu verlangsamen. Langsamer zu lesen, aufmerksamer den Worten der Menschen zu lauschen, damit ich sie auch noch nach einem Jahr in Erinnerung behalte, zu verweilen. Ich muss Ihnen nicht sagen, wie lange dieser Vorsatz anhält.

Jetzt muss ich mir die ganze Geschichte von Neuem erzählen, nicht wahr? Zu schreiben, wie mir dort neben der Mauer die Beine schwach wurden und ich mich nicht rühren konnte, und der Mann von Welt huihuiui, und dass ich wie versteinert war, aber nicht nur wegen des Raben, sondern wegen dieser Kreidelinie, die sich heute, erst heute, verdammt noch mal, mit einer fünfjährigen Verspätung, als polizeiliche Markierung, als Zeichnung einer kleinen Menschenfigur herausstellte, wohl die eines Kindes (es ist ein Kind, nicht wahr? Ich habe Angst vor der Gewissheit). Ein Arm ist gehoben, schräg, der andere ruht hinten, schon friedlich.

Gut, den Zwist mit meinem Selbst über diese kriminelle Fahrlässigkeit werde ich getrennt führen. Sie rechtfertigt durchaus einen Untersuchungsausschuss. Aber jetzt würde ich Ihnen gern etwas geben, ein gleichwertiges Geschenk im Gegenzug für diese Entdeckung. Sie haben sich darüber beklagt, dass ich ein geiziger Kavalier sei, der keine kleinen Geschenke mache. Kleine Geschenke werde ich Ihnen nicht machen. Verzeihung,

Sie wissen, wenn ich könnte, würde ich Ihnen eine Menge geben, mindestens einmal pro Tag muss ich mich beherrschen, Ihnen nichts zu kaufen, und bitten Sie doch um etwas, was kann ich für Sie tun? Was kann ich Ihnen geben?

16.8.

Darf ich stören?

Ich möchte reden.

Ich bin vorhin aus dem Haus gegangen (es ist fast drei Uhr morgens, demnächst werde ich noch still durch die Lüfte segeln und kleine Wühlmäuse jagen). Ich stand draußen und rauchte. Er war nicht mehr dort, vielleicht ist er an mir verzweifelt. Ich habe versucht, ihn zu produzieren, doch es liefen nur Worte in mir ab, er zerfiel in die Worte, in denen ich über ihn schrieb; wie nannten Sie die brutale Entscheidung – die Stummheit lebendig und existenziell zu belassen oder sie in Worte zu fassen?

Es liegt nicht mehr in meiner Hand, befürchte ich.

Ich fragte mich, was geschehen würde, wenn er auf irgendeine wundersame Weise Ido kennenlernen könnte, und ich fragte mich auch, ob Ido der Freund des Jungen hätte sein wollen, der ich war. Und zu meiner Überraschung antwortete ich mir, ja, dass sie sehr gut zusammengepasst hätten. Dass es vielleicht keine zwei Menschen gibt, die so gut zusammenpassten wie Ido und ich-der-ich-einmal-war (und wie kommt es, dass wir jetzt so verschieden voneinander sind?).

He, wollen wir jetzt über die Kinder sprechen? Eine Sparte für Erziehungsberatung aufmachen, die Kinderecke des Don Juan?

Sie sollen nur wissen, dass ich der beste Vater der Welt bin, wirklich, jeder, der mich kennt, ist dieser Meinung, und bis zum letzten Jahr, als das Geschäft zu blühen begann, verbrachte ich mit Ido eine Menge Zeit, jeden freien Moment, und auch heute kümmere ich mich noch immer mit mütterlicher Hingabe um ihn, füttere ihn, ziehe ihn an und stille ihn, und selbst in diesem Moment triefe ich vor lauter Liebe, wenn ich an seine Anmut denke, und vernichte ihn unaufhörlich. Was wird werden, Mirjam? Die zarte entblößte Linie seines Kinns, seine Einsamkeit in jeder Gruppe von Kindern. Das schwache, zerbrechliche Lächeln, alles mein brutales Werk. Was wird tatsächlich geschehen? Früher konnte ich fast jeden seiner Gedanken erraten, und mit ihm begann für mich jene innere Sprache; wir benutzten natürlich ihre Worte, aber sie waren dennoch die unseren, denn ich habe sie für ihn aus mir geerntet. Ich denke, dass fast jedes neue Wort, das er bis zum Alter von drei Jahren lernte – von mir stammte: Ich sagte ihm – hier ist ein Vogel, sag »Vogel«, und er sah mich verzaubert an und sagte »Vogel«, und erst nachdem er es mir nachgesprochen hatte – war es das seine. Als ob ich das Wort gekaut und ihm in den Mund geschoben hätte, und das war unsere Zeremonie für jeden neuen Begriff. Und es gab sogar Buchstaben, von denen ich wollte, dass er sie auf eine ganz bestimmte Weise aussprach – ein volles »Sch«, und nicht leicht pfeifend, wie das meine, oder ein kehliges, männliches »R« (wie Moshe Dayan es sprach, erinnern Sie sich?) … Lachen Sie nicht über diesen Unfug, dieser Tatsache verdanke ich das Gefühl, Ido die ersten Legobausteine gereicht zu haben, um sich eine Welt zu erschaffen, und dass ich immer noch zu einem kleinen Teil in ihn sickere und ihm eingeprägt werde und existiere, wie ich vielleicht nirgends auf der Welt existiere. Verstehen Sie – plötzlich habe ich Wurzeln geschlagen.

Was habe ich alles angestellt, um in ihm präsent zu sein? Ich pflegte über seinem Bett zu stehen, wenn er schlief, ließ meine

Hand über sein Gesicht gleiten und malte ihm, buchstäblich mit den Fingern, die Träume. Ich flüsterte ihm fröhliche Worte ins Ohr, damit sie in seine Traumwerkstatt Eingang fanden und, wenn nötig, ihm seinen Traum zum Guten wendeten. Es gab nichts, was ich nicht unternommen hätte, um ihn zum Lachen zu bringen. Und er lachte …

Aber damit ist Schluss. Aus und vorbei. Wie soll man gegen die abscheuliche Kraft des Lebens ankämpfen. Ich beklage mich nicht: Der Lauf der Natur, yes, Sir! Aber in der letzten Zeit hat er vor mir dichtgemacht und sich verschlossen, und wenn ich je in ihm Wurzeln geschlagen habe, so wurden sie mir längst ausgerissen, wie der Stachel einer männlichen Hornisse. Jetzt kommt die ganze Welt und verklappt ihre Worte und Begriffe in ihn, und er hat Gedanken, die mir unbekannt sind, und das ist aus meiner Sicht vollkommen in Ordnung, es ist der Lauf der Welt, und ich muss froh sein, dass alles seinen normalen Lauf nimmt, aber mir schläft in der Nacht die Hand nicht mehr über seinem Gesicht ein, und wieder bleibe ich mit mir allein zurück. Geht es in Ordnung, dass ich Ihnen das erzähle? Sie wollten Realität, nicht wahr? Da haben Sie Realität, angereichert mit Aktualitätsbrocken: Er kämpft mit mir über jeden Punkt, man könnte meinen, der Krieg gegen mich sei sein Lebenselixier, und worum er kämpft! Was er am Morgen anziehen soll, was es zum Mittagessen geben soll, wann er zu Bett gehen muss, welche Fernsehsendung er ansehen darf, alles, was ich ihm vorschlage – will er umgekehrt, und Sie haben keine Ahnung, wie stur er ist (in Anbetracht der Tatsache, dass er bis vor etwa sechs Jahren noch an zwei getrennten Orten deponiert war)!

Und je mehr er auf etwas beharrt, desto energischer werde ich. Es bringt mich um den Verstand, dass solch ein Knirps auf einmal beschließt, alles besser zu wissen als seine Eltern, und dann stürze ich mich mit meiner ganzen Kraft auf ihn, schreie und beleidige. Wie ein tollwütiges Nashorn überfalle ich dieses Kind, um es zu bezwingen, zu zertreten und zu erniedrigen, furchtbar, nicht wahr? Und mir selbst erkläre ich dann mit eiserner Logik, dass ich ihn durch die Tatsache dieses Bezwingen-Erniedrigen-Prozesses dazu erziehe, das elementarste Prinzip des Lebens blabla kennenzulernen, und dass ich somit das Nonplusultra der Erziehung an ihn weitergebe – dass man letztendlich der Macht, Dummheit, Willkür und Engstirnigkeit weichen muss, denn so ist der Lauf der Welt, einen anderen gibt es nicht, und es ist äußerst wichtig, dass er das im Kindesalter begreift, damit die Welt ihn nicht zerbricht, wenn es noch mehr wehtun wird –

(Wie Sie es formulieren – ›Jetzt sprechen Sie aus dem bitteren Beutel der Kehle‹.)

Schließlich will ich ihm gerade das Gegenteil vermitteln, fliegen soll er, er soll Flügel über mir ausbreiten, auf Ängste und Scham pfeifen, er selbst werden, und exakt das tun, was ihm sein Herz eingibt, aber da ist immer eine beschissene Hand, die mich genau dort packt, an der Gurgel, die Hand meiner Mutter, die Faust meines Vaters, der militärische Arm meiner Familie. Ich glaube selbst nicht, was in solchen Momenten aus mir herauskommt, Worte, die nie im Leben in den Mund zu nehmen ich mir schon im Kindesalter geschworen habe, und dennoch bringe ich es nicht fertig, mich zu beherrschen, und mit frostiger Zunge trage ich ihm das Vermächtnis vor, ich könnte mir jetzt das Gesicht zu Kleinholz verarbeiten – warum bekämpfe ich mein Kind, sagen Sie mir das, warum ist es einem Kind in diesem verdammten Clan nicht erlaubt, heranzuwachsen, wie es ist, wie ich war, wie es mir beinahe zu sein gelang, zerbrechlich und zart, tagträumerisch und ohne Haut? Und vielschichtig? Warum habe ich ihn einmal angeschrien, als er weinte, weil wir den alten Sessel ausrangierten, warum zwinge ich ihn dazu, Fleisch zu essen, das ihn ekelt? Warum explodiere ich, wenn er nicht bereit ist, sich in die Nahrungskette einzureihen und das Gesetz der Konvention anzuerkennen, dass ein »Hähnchen« kein »toter Vogel« ist?! Und ich stopfe ihm mit den Fingern seinen kleinen Mund, wie mein Vater mich stopfte, Tag für Tag! Sag »Vogel«: »Vogel«!

Vielleicht schreibe ich morgen weiter.

Nein, morgen wird der Regen auf uns fallen und alles löschen, und jetzt kommt es hoch und überflutet mich, ich erspare Ihnen die meisten Dinge, die mir im Alltag widerfahren, meine Schale funktioniert – das ist das passende Wort – irgendwie, aber der Junge, der mich in den letzten Nächten ansah, hatte eine Wärmeaureole, sie zitterte um seine dünne Haut, und es erschreckt mich, jetzt zu begreifen, wie er wirklich war, wie chancenlos er war (Sie sagten – wie ein Porzellantässchen in einem Elefantengehege), wie noch immer Atemwolken aus ihm hochsteigen, so stark ist sein schrecklicher Wunsch, sich an einen anderen Menschen zu schmiegen, wahrhaftig Seele in Seele zu ergießen, ohne etwas zu verbergen, in überbordender Fülle zu geben, alles, was dort in der Dunkelheit seiner Phantasien flackert, damit Gott behüte kein Alkgefühl im Massengrab der unbekannten Ideen endet. Sie haben keine Ahnung, wie viele Missverständnisse und wie viel Wut und wie viele Verstöße gegen die bestehende Ordnung solche Schwächen auslösen, solche Abwege von der Stammesverfassung –

Wie wunderbar seine ersten Jahre waren (ich spreche von Ido), ich gab mich ihm ganz, und je mehr ich gab – desto mehr erfüllte ich mich mit mehr und noch mehr, ich war ein Fluss von Einfällen, Geschichten und Lebensfreude. Ich pflegte in der Nacht aufzuwachen und zu fühlen, wie warm mein Herz war vor Liebe zu ihm, wer hätte gedacht, wie viel Liebe es dort unter der Plane gab, die man Haut nennt, dieses Gefühl, wenn die Seele sich den Scheidewänden des Körpers nähert und sie von innen leckt. Denn ich war ein liebevolles Kind, sehen Sie, wie es mir in solch einer Einfachheit noch nie bewusst war, wie ich es mir selbst nicht zu sagen wusste, so rund wie ein Geschenk, und ich hatte an mich selbst immer als an ein schwieriges Kind gedacht, ein böses Problemkind, wie man mir mit tiefen Seufzern erklärte, eine ausgesprochen bedauerliche Tatsache, mit der man irgendwie leben musste: ein etwas unnormales Kind, sicherlich nicht das, das man sich erträumt hatte, ein Kind, dessen Eltern man täglich aufs Neue Mitleid zollt, weil sie gezwungen sind, so eine seltsame, beschämende Kreatur großzuziehen – Genug.

Hören Sie, auch dieser Brief bringt mich darauf – das heißt, ich hatte nicht damit gerechnet, dass wir darauf kommen würden, ich wollte doch von Ihnen schreiben. Sie erahnen, wie Sie mich erahnt haben. Sie als Frau erahnen, und nicht weniger als das – als Mädchen (es sieht langsam aus wie ein Treffen zweier Pädophiler), und anscheinend bin ich noch nicht bereit. Nicht bereit!


17.8.


Nur kurz berichten, dass ich heute morgen meinen Teil des Deals erfüllt habe (in Sachen des versprochenen Gegenwerts, den ich Ihnen für die Kreidelinie um den Raben versprochen habe), und ich las die Geschichte, die Sie mich zu lesen gebeten haben, an einem schönen Ort, wie Sie es sich wünschten.

Ich nahm sie mit zum Staudamm. Ich fand Ihren angestammten Platz, den alten Autositz. Ich erkannte einen Weißdorn wieder (oder einen Erdbeerbaum?), nannte ihn bei seinem

Namen, und wir umarmten uns erregt. Ich zerrieb ein Salbei-
blatt. Ich murmelte Anemone palmata, Bicutella lyrata, Teuc-
rium marum, Totem.

Ich hoffe, Sie sind nicht böse über mein Eindringen in Ihren
Bereich. So oft ›bringen Sie mich‹ hierher und lesen meine
Briefe laut, führen intime Gespräche mit dem Staudamm und
dem leeren Tal darunter – und nachdem Sie endlich beschlossen haben, mich ›offiziell‹ dieser Verwandtschaft vorzustellen, dachte ich, dass es an der Zeit sei, wie ein Mann, wie ein
Mensch, vor sie zu treten.

Der Ort ist im Winter schön wie ein norwegischer Fjord in
den Jerusalmer Bergen? Es fällt etwas schwer, das jetzt nachzuvollziehen. Der riesige Damm schneidet das Tal in zwei Hälf-
ten, wie eine Operationsnarbe über die Breite des Bauchs. Die
beiden sehen in dieser Dürre ziemlich unscheinbar aus (aber
vielleicht nehmen sie im Winter, wie Sie sagten, Gestalt an).

Also. Ich habe die ganze Geschichte gelesen, sogar laut. Kein
Wunder, dass Sie seit Jahren nicht mehr in der Lage sind, sie
zu lesen. Der einzige Trost, den ich Ihnen anbieten kann, was
die Geschichte anbelangt, ist, dass sie mir heute auf neue Weise
wehtat.

Sie baten, ich solle präzise artikulieren und gnadenlos berichten.

Erinnern Sie sich an den Moment, in dem Gregors Mutter
ihn sieht (nachdem er sich in ein Insekt verwandelt hat)? Sie
sieht ihn an, er sie. Sie schreit »Um Gottes willen!«, und sie läuft
zurück, bis sie gegen den Tisch stößt, auf den sie sich setzt (zerstreut, der Ohnmacht nahe).

Wenn ich früher die Geschichte las – war für mich der
schwierigste Teil Gregors langes Sterben. Aber heute morgen,
als ich zu ihrem Zurücklaufen kam und zu »›Mutter, Mutter‹,
sagte Gregor leise, und sah zu ihr hinauf« …

Schließlich besteht immer die kleine Chance, dass sie ihn,

wenn sie nicht so sehr vor ihm zurückgeschreckt wäre, vielleicht von seiner Katastrophe hätte erlösen können?

Gut, ich weiß, wenn sie ihn »identifiziert« hätte (oder mit Ihrem Wort ›bestätigt‹) – wäre es nicht mehr Kafkas Erzählung, sondern eine Geschichte für Kinder. Wie, sagen wir, diese Geschichte von Mumin-Troll.

Umarmung. Ich hinterließ Ihnen irgendwo in der Nähe des Damms einen Zettel. Mal sehen, ob es Ihnen gelingt, ihn zu finden.

17.8. (12.15 Uhr beim Damm)

M.

Im letzten Brief lächelten Sie nicht ein einziges Mal. Ich hatte den Eindruck, dass Sie mir sogar etwas nachtragen (?), dass vielleicht meinetwegen – jene alte Kränkung, die offene Kränkung der Kindheit, mit solcher Schärfe in Ihnen zum Leben erwachte.

Vielleicht bin ich die Ursache. Ich weiß es nicht. Vielleicht ist es wegen der Aussage, die Sie einmal, ganz am Anfang, machten – dass es in mir etwas gebe, das zu verheimlichen man Sie ein ganzes Leben lang gezwungen habe?

(Aber worum es sich dabei handelt, haben Sie nicht gesagt.)

20.8.

Sie beharren dennoch darauf? »In meiner Ganzheit« wollen Sie mir begegnen? Eine Ganzheits-Begegnung? Oder zumindest – ohne a priori festzulegen, was bei einer solchen Zusammenkunft passiert? Ohne im Voraus auch nur die geringste Möglichkeit auszuschließen? ›In meiner Ganzheit‹ – Sie meinen:

meine Seele und meinen Körper? Pssst! Ein türkischer Zuhälter mit feuchtem Blick und hängendem Schnauzer flitzt wie eine Manguste an Ihnen vorbei, hält Ihnen flüchtig einen Stapel speckiger Nacktphotos von mir in aufreizenden Posen unter die Augen, aber seien Sie auf der Hut, alles nur Photomontage, Sie sollten die Ware einer genauen Prüfung unterziehen, und überhaupt, die Zeit ist gekommen, dass ich die (wirren) Karten auf den Tisch lege, so dass Sie Ihr Angebot in dieser Angelegenheit noch einmal überdenken können: Denn ich besitze einen Körper und ein Gesicht, die nicht zu mir gehören, vermutlich irgendein folgenschwerer lächerlicher Irrtum in der possenhaften Verlosung des Lebens, man transplantierte mir einen Körper und ein Gesicht, die meine Seele schon seit Jahren abzustoßen versucht –

Kommen Sie, Mirjam, gehen Sie weg, halten Sie sich die Ohren zu, denn ich muss es einmal durch den Beutel in der Kehle pressen – ich hatte als Kind die Seele eines Vulkans, mit Feuer, Lava und glühendem, prasselndem Gestein und Picasso und König David und Me'ir Har-Zion* und Maciste und Sorbas gleichzeitig, aber ich hatte einen Körper und ein Gesicht – gut, Sie wissen schon, was ich von den beiden halte, und innen tobten meine gesamten neun Seelen wie Feuerzungen, und das war das Entscheidende, dort war Glück, denn ich wusste noch nicht um mein Äußeres, verstehen Sie, ich war noch nicht aus allen erdenklichen Winkeln formuliert und definiert (warum verpflichtet man die Menschen nicht dazu, Scheine für bestimmte Worte zu erwerben, wie man Waffenscheine erwirbt?), und es gab damals nichts, was sich mir hätte in den Weg stellen können, und die Frage war nur, was man wählte – Spionage, Kunst, Sondereinheit, Reisen, Verbrechen, Liebe, ganz sicher Liebe, von null auf, fragen Sie nicht, in was für peinliche Situ-

---

* Israelischer Kriegsheld der fünfziger Jahre.

ationen ich meine Eltern brachte, schon im Kindergarten, eine Pistazie im Alter von vier, und im Grunde genommen habe ich seit damals nicht damit aufgehört, jeden mit meiner Sympathie zu überhäufen, der nicht schnell genug rannte, aber seien Sie nicht zu sehr beeindruckt: Die meisten Angebeteten wussten gar nicht um meine Existenz. Schließlich muss ich bis heute gewaltsam in das Blickfeld einer Frau eindringen, wenn ich an Wahrnehmung interessiert bin, wie Sie bestens wissen. Aber in Gedanken und Phantasien – grenzenlos, grenzenlos. Und die ganze Zeit über wusste ich, mit einer wahnsinnigen Gewissheit, dass das, was mir indessen, in der Realität, widerfährt, nur das Präludium ist, nur eine schwere Prüfung für den Augenblick, in dem das Leben endlich beginnen und ich plötzlich aus dem Würmlein Jakob, aus dem blassen Shtetljuden schlüpfen würde – und gleichzeitig Tarzan und der Löwe wäre, und ich würde glänzen in der Farbenpracht des Feuers, das in mir lodert … Ach, die Phantasien, die ich hatte, ich könnte schreien vor Sehnsucht nach ihnen, große, rote, gelbe Zungen, die tanzten und einander herausforderten –

Und unterdessen musste man den Kopf senken und leise leiden, beispielsweise wenn Vater monatelang in der weiblichen Form zu mir sprach, geh, Ja'ira, komm, Ja'ira, warum, darum, weil er gesehen hatte, wie ich mich mit einem Nachbarsjungen auf dem Bürgersteig vor dem Haus prügelte, ich hatte ihn wahrhaftig in Windeseile in die Knie gezwungen, ein Wunder war geschehen, die Himmel kämpften auf meiner Seite und hatten mir jemand geschickt, der schwächer war als ich, aber nachdem ich ihn auf den Boden gelegt hatte, stand ich unverzüglich auf und machte mich davon, ich ließ ihn weinend auf dem Bürgersteig zurück und brach ihm nicht die Knochen wie ein Mann, zertrat ihm nicht die Eier und machte auch nicht all die anderen Dinge, die zu tun mein Vater, der uns durch das geschlossene Fenster verfolgte, mich unbedingt zwingen wollte, mitten im Gefecht hob ich für einen Moment den Kopf und sah sein Gesicht, das Gesicht meines Vaters hinter der Scheibe, das sich wie in einem Flammenmeer wand, lila färbte und schrumpfte, mechanisch steckte er beide Fäuste tief in den Schlund, und ich sah, wie seine Zähne sich hineingruben, in einer Mischung aus Blutrünstigkeit und Angst eines verlassenen Tierjungen, mein armer Vater.

Als ich nach Hause kam, wartete er schon mit dem dünnen Braunen auf mich, den er mit einem pfeifenden Ruck aus den Gürtelschlaufen seiner Hose zu reißen verstand, und er peitschte mich undifferenziert aus, der Braune machte Überstunden, so witzelt man in unserem Familienkreis bis heute über derartige Vorfälle, wie Iri Vater geärgert hat und der Braune Überstunden machte, und wir alle grölen, bis uns die Tränen kommen. Egal, er schlug, und als er keinerlei Befriedigung verspürte, überfiel er mich mit den blutig gebissenen Fäusten, und sein kleiner schwacher Körper zuckte und zappelte, er toste mit roten blutunterlaufenen Augen – dieser Mensch, den ich nie im Leben in einer Schlägerei erlebt habe. Er wurde immer sanft und rücksichtsvoll und katzbuckelnd, wenn einer sich in der Kinoschlange vor uns drängelte oder wenn man ihm das Auto auf dem Parkplatz blockierte. Sie hätten ihn sehen sollen, wie er vor seinem Vorgesetzten schleimte, dem Oberst, sogar vor dessen Sohn. Und einmal, als ein Schuft von Nachbar, jener mörderische Surkis, mir auf der Straße eine Ohrfeige verpasste, weil ich zwischen zwei und vier die Stimme erhoben hatte, ging mein Vater vom Balkon sofort ins Haus, um nichts gesehen zu haben, doch ich hatte ihn gesehen. Egal, er schlug, und ich kuschte, und die ganze Zeit dachte ich, dass es korrekt war, so hatte es zu sein, Väter schlagen Kinder, was willst du denn, soll es etwa umgekehrt ablaufen? Und das ist nur ein Teil der großen Prüfung, das waren meine Gedanken unter seinen Hieben.

Aber wo war ich stehen geblieben –

Dass Sie mir begegnen wollen ›in meiner Ganzheit‹, dass Sie das Kind, das ich war, treffen wollen, um uns beide zu versöhnen, damit ich es anders sehe als auf die Weise, in der man es in meinem Elternhaus gesehen hat, ich erinnere mich an jedes Ihrer Worte, und am Rand hatten Sie mit Bleistift vermerkt, dass es auf keinen Fall ein Treffen zweier Pädophiler sein würde, das ist wieder die Sprache der anderen, Ja'ir, wie zwei Kinder werden wir zusammentreffen. Sie sehen, Mirjam, ich erinnere mich daran, Sie würden nicht glauben, wie viele Ihrer Sätze ich auswendig lerne, Worte und Melodie, ich kann so nicht mehr weiter, Ja'ir, in dieser Distanz zu Ihnen, in dieser Abstraktheit, denn was geschieht, Ja'ir, ist zu viel für mich, und ich brauche so sehr die Berührung. Die Berührung mit Ihnen. Genug, Ja'ir, kommen Sie physisch, in Ihrer Ganzheit, in Ihrer Greifbarkeit, der vollständigen oder der mangelhaften, oder der gespaltenen oder der doppelten, aber kommen Sie mit offenen Armen, wie man ein Geschenk überreicht, und wenn es Ihnen schwerfällt, sagen Sie sich, dass Mirjam dem Jungen, der Sie waren, begegnen will, gönnen Sie ihn mir, schließlich, Ihren Diffamierungen zum Trotz, bin ich mir sicher, dass er ein schönes Kind ist …

Und es ist wie immer mit Ihnen, Mirjam, Sie schließen mich mit den geheimen Schlüsseln auf, woher haben Sie solch einen hellseherischen Sinn für mich, hören Sie sich eine Geschichte an.

(Nein. Es muss ein separater Brief sein. In einem getrennten Umschlag. Eigen wie die Geschichte war.)

Es war einmal, an einem Abend, etwa im Alter von zwölf, als er aus einem Film nach Hause ging, den er mit Schai gesehen hatte, der bis zur Militärzeit sein bester Freund war. Vor Schais Wohnung trennten sie sich, und der Junge setzte seinen Heimweg allein fort. Daheim erwarteten ihn, Sie wissen schon, wer, ist es da ein Wunder, dass er keine Eile hatte?

Sehen Sie ihn an. Allein geht er durch eine Nebenstraße, versucht, sich die Süße des Films zu vergegenwärtigen, die ihm bei der Busfahrt wegen des Gespötts und Gelächters von drei kleinen Hooligans (die man damals noch Rocker nannte) verloren gegangen war, die ihn angemacht hatten, nur ihn, während Schai dabeisaß, dessen weiße Beine in der Hose zitterten, und die berühmte Schlagfertigkeit der beiden, dank deren Schüler und Lehrer ihnen mit mäßiger Angst begegneten, wurde auf einmal zu einer Kaugummiblase, die man zu sehr aufgeblasen hat, bis sie einem im Gesicht hängt.

Er ging durch die stille, leere Straße und versuchte mit aller Gewalt zu vergessen, was er gefühlt hatte, als Schai wegsah und sich unsichtbar, blind und taub stellte. Und er wusste, dass er sich im umgekehrten Fall ebenso verhalten hätte, und er weinte fast und verfluchte seine Schwäche, und er gelobte, von diesem Tag an aufzuhören, aus dem heiligen Portemonnaie Geld zu stehlen, um sich Bücher zu kaufen, von nun an würde er klauen, um sich einen Bullworker zuzulegen, und er würde Tag und Nacht bestialisch trainieren, um seine Muskeln aufzublähen. Und er wusste, dass auch das nicht helfen würde, dass diese Sache nicht in ihm drin war, die auf einmal mit einem entschiedenen Ruck Träume mit Muskeln verband, die den inneren Tarzan, der einem im Herzen brüllte, in eine Faust verwandeln würde, die die Kinnlade der kleinen Rocker im Bus zerschmetterte. Das Mysterium, das den Menschen offenbar in einen Mann verwandelte. Und dass selbst dann, wenn er einmal jemanden verprügeln würde, es ihm auf der Stirn geschrieben stünde, dass es nicht seinem Naturell entsprach. Und während er in all das vertieft war, kamen ihm auf der Straße zwei Frauen entgegen, eine junge und eine alte. Sie war nicht wirklich alt – älter, und die beiden gingen langsamen Schrittes, friedlich, unterhielten sich leise, sie hatten sich untergehakt und strahlten irgendeine Wärme aus, die er augenblicklich fühlte und die ihn erwachen ließ.

Und als er an ihnen vorbeikam (in der guten Trevirahose, die ihn der Vater zum Ausgehen anzuziehen geheißen hatte, das Haar sauber an der Seite gescheitelt), schien es ihm, dass eine der beiden, er konnte nicht erkennen, welche, der zweiten zuflüsterte: »Ein hübscher Junge.«

Gut, ich habe begonnen, und nun gibt es keine Wahl mehr, was?

Er ging noch ein paar Schritte weiter, bis diese Worte zu ihm vordrangen und ihn innehalten ließen. Und da er sich schämte, einfach mitten auf der Straße stehen zu bleiben, machte er, dass er in einen Hauseingang kam, und dort stand er in der Dunkelheit, zitterte und lutschte die drei Worte –

Keine Frage, schon bald begann der Zweifel an ihm zu nagen, ob er richtig gehört hatte und ob eine der beiden ihn tatsächlich genau betrachtet und desungeachtet das, was er zu hören meinte, gesagt hatte. Und wenn sie es wahrhaftig ausgesprochen hatte, die junge oder die alte – Gott gebe, dass es die junge war, denn er wusste schon dumpf, dass alte Frauen Jugendlichen seiner Erscheinung ein wenig gnädiger gesinnt waren –, wenn es dennoch die junge war, die schöne, die modische, dann lag es im Bereich des Möglichen, dass die Lage nicht aussichtslos war, denn schließlich war sie vollkommen objektiv, was ihn anbelangte, sie kannte ihn nicht, und sie hatte ihn nie zuvor gesehen, und als sie ihn sah – hatte sie sich veranlasst gefühlt, sogar ohne einen Moment des Nachdenkens, diese Worte auszusprechen, und darum waren sie von nahezu wissenschaftlicher Beweiskraft.

Aber hatte sie es denn tatsächlich gesagt, er war sich nicht ganz sicher, denn vielleicht hatten sie über einen Film gesprochen, den sie gesehen hatten, und aus diesem zitiert, oder sie plauderten über nichts weiter als über eine »üble Zunge« oder eine »typische Lunge«, oder sie sprachen überhaupt von einem anderen Jungen, den die beiden kannten und auf den die Beschreibung wirklich passte?

Es ist ein bisschen albern, sich länger bei dieser Sache aufzuhalten, nicht wahr? Aber das ist der Punkt, verstehen Sie, dass diese Worte noch nie das Tageslicht gesehen haben, nur Dunkelheit und Dunkelheit, in Dauervorstellungen.

Was hat er eigentlich getan. Er stand in dem dunklen Eingang und zitterte vor Not und Verwirrung, ob er hinter ihnen herrennen und ihnen erklären sollte, in seiner besten und erwachsensten Sprache, Verzeihung, aber soeben, als ich Sie überholte, ließ eine von Ihnen beiden eine Bemerkung über einen gewissen Knaben fallen, eine zugegebenermaßen durch und durch nebensächliche Bemerkung, die allein aufgrund einer seltenen Sachlage von höchster Bedeutung ist, nahezu schicksalhaft, eine Sache auf Leben und Tod, die in diesem Moment im Einzelnen schwer zu erläutern ist, im Grunde eine Frage der inneren Sicherheit, aber bitte, wenn es auch etwas abwegig klingen mag, wären Sie eventuell bereit, noch einmal zu wiederholen, was Ihnen entschlüpfte, als sich unsere Wege kreuzten?

Und er setzte an, ihnen hinterherzulaufen, langsam erst, und dann in Windeseile, und er blieb stehen und überdachte das Ganze noch einmal, verwirrt und geschlagen, und dann machte er schlagartig kehrt und eilte zu dem dunklen Eingang zurück, stand zuckend vor der Mauer, fühlte sich wie ein Beutetier, das zur Hälfte noch am Leben war, und es war ihm gleich, ob jemand vorüberkam und ihn sah, aber diese drei Worte, die er vielleicht gehört hatte, die er hoffentlich gehört hatte, die auf einmal fröhlich im Raum schwebten wie drei Vögel in einem erstarrten Garten –

Was hätten Sie denn an seiner Stelle gemacht?

Und er wusste schließlich, dass er, auch wenn er die beiden finden würde, nie nachzufragen wagen würde, denn wer lauthals eine solche Frage stellte, der verurteilte sich selbst zu ewigem Leben in Schande, und auch wenn wir davon ausgehen, dass beide (auch die junge) ihm versichert hätten, dass er in der Tat der Junge war, der hübsche, würde er ihnen nicht mehr wirklich glauben können, denn sie würden genug Zeit gehabt haben, ihn zu begutachten, während er ihnen sein seltsames Anliegen vortrug, und sie würden begriffen haben, man konnte ihn nicht ansehen, ohne zu begreifen, und dann würden sie ihn aus Mitleid belügen, und was meinen Sie, dass ich heutzutage nicht hinter ihnen herrennen und betteln würde, dass sie es aussprechen mögen, dass sie es ihm auf tausendundeinem Weg sagen mögen, ich laufe, ich laufe noch heute hinter ihnen her, schließlich ist seit damals nicht einmal ein Kalendertag verstrichen.

He, Sie bleiben doch, nicht wahr?

Auf einmal war ich so kraftlos.

Es freut mich, dass Ihnen mein Vorname gefällt. Ich habe nie an die Bedeutung meines Namens gedacht, »Er wird aufleuchten«, und auch nicht daran, dass er zukunftsorientiert ist oder ein »buchstäbliches Versprechen« beinhaltet. Und es ist mir auch eine Erleichterung, dass Sie aufgehört haben, sich mit der Frage zu quälen, ob Wind mein tatsächlicher Nachname ist, und dass die Hauptsache ist, dass mein Vorname Ihre Wege erhellen wird …

Ich habe Monate gebraucht, um die transparenten Fäden Ihres Humors auszumachen. Der so durch die Reihen der

Briefe streicht, mit einem leichten Pfeifen und mit den Händen in den Taschen …

Sagen Sie – fühlen Sie, dass ich schon etwa eine komplette Minute lang versuche, eine plötzliche und absurde Freude zu verbergen? Die Tränen haben den gleichen Geschmack, aber es ist, als hätte man die Hähne getauscht … Eine Art verräterisches, warmes Plätschern des Glücks, für das meine Geschichte keine Erklärung und keine Rechtfertigung ist, abgesehen von der erstaunlichen Tatsache, dass ich sie erzählt habe. Vorsicht! Alle Einheiten in Alarmbereitschaft! Ein Glücksleck! Ich werde sofort den Schaden orten!

Nein, eben nicht. An alle Einheiten – blinder Alarm. Ich will dieses Leck, und ich will mitgerissen werden, und es ist mir gleich, dass die Hunde hinter mir herbellen und dass da Elektrozäune sind, und dass endlos der Slogan läuft: »Familie macht frei.« Hören Sie – vielleicht werde ich einen Fluchtversuch unternehmen, ich glaube nicht, dass er mir gelingen wird, aber diesmal habe ich Hilfe von außen, jemand wartet auf mich auf der erleuchteten Seite. Solche Geschenke machen Sie mir, ich schrecke vor nichts zurück, bin bereit, aus voller Kehle zu schreien, dass ich will, dass ich es für möglich halte, dass Sie und ich raus- und aufeinander zukommen und dass wir uns in der Mitte des Wegs wahrhaftig begegnen, dass solche Wunder geschehen.

Ich muss mit mir allein sein. Auf Wiedersehen, Mirjam.

Ja'ir


(Jetzt, schnell, werfen Sie einen Blick hinein und beobachten Sie, wie es aussieht, wenn das Giftbeutelchen ins Blut gespritzt wird, eine Direktübertragung im Augenblick des Verbrechens: ein weißer Raum, vier Wände, kein Fenster, kein Bild, an jeder Wand ein kleines offenes Auge – vier aufgerissene Augen, keine Lider, keine Wimpern, keine Pausen zum Blinzeln. In jedem Augenpaar liegt ein Blick, ein einziger Blick ist dauerhaft und fest darin erstarrt. Und über den Boden, zwischen den Wänden, läuft eine blinde Ratte.)

21.8.

Erschrecken Sie nicht, nicht noch ein Sermon. Nur ein Gutenachtkuss:

Einmal glucksten Sie, meine Briefe seien wie ein Fadenknäuel. Ich weiß, dass ich so sehr in mir verstrickt bin, dass man mich jetzt vielleicht nicht mehr entwirren kann. Ich bitte Sie nicht einmal darum, dass Sie es versuchen, nur dass Sie ihn in der Hand halten, den Knäuel, zwischen Ihren beiden Händen, für einen Moment, für noch einen Monat, solange Sie können. Es ist eine große Bitte, ich weiß, aber Sie befinden sich genau in der richtigen Distanz zu mir, im richtigen Abstand von Nähe und Fremdheit (Sie sind nicht mehr fremd) und von meiner Schmach und meinem Stolz, nehmen Sie mir das nicht weg. Wie könnte ich Maya in die Augen sehen, wenn ich Sie in den Raum der blinden Ratte gelassen hätte. Sie ist meine Frau, ich bin ihr Mann. Wenn ich bei ihr bin, zucken mir bei dem Wort Mann niemals die Pupillen.

Ja'ir

23.8.

Danke, dass Sie so rasch geantwortet haben. Anscheinend haben Sie gefühlt, wie es seit meinem Brief um mich bestellt ist.

Nur Liebkosungen mit Ihnen austauschen möchte ich heute, trösten und getröstet werden … Sie sind mir schriftlich regelrecht entgegengeschossen, so viel Mädchen gaben Sie mir, und Ihre Mutter und vor allem Ihren Vater. Endlich war dort jemand, der sanft und liebend ist (es zeigte sich, dass ich ihn völlig falsch eingeschätzt habe, ich stellte ihn mir als Querulanten vor, indiskret und verbittert, vielleicht weil ich von ihm nur das ›Warum bist du nicht fröhlich, Mirjam‹ kannte), doch vielleicht war er etwas zu weich für die schwierige Rolle, die ihm auferlegt war, Sie vor ihr zu schützen?

Und sehen Sie, was für ein Kuriosum, obgleich unsere Elternhäuser so verschieden voneinander waren, sich tausendfach in kleinen und großen Einzelheiten unterschieden – fühlten wir beide uns dennoch beieinander ›zu Hause‹, und als Sie über die Einsamkeit in der Enge dort sprachen, in der Sie um Privatsphäre kämpfen mussten, dachte ich – was für ein Hochgenuss, dass wir beide von den Millionen, die hierzulande leben, die Einzigen sind, die heute wissen, wer im Melkwettbewerb der Provinz Jiangxi den Sieg davongetragen hat …

Wer nicht in solch einem Haus aufgewachsen ist, könnte meinen, es bestehe ein totaler Widerspruch zwischen »Einsamkeit« und »Kampf um Privatsphäre«, nicht wahr? Doch wer dort groß wurde, kennt das Gefühl genau, wenn dieser Widerspruch einen in Stücke reißt.

Nicken Sie nur.

Wie haben Sie das ausgehalten? (Im Grunde will ich schreien – was haben Sie mit dieser Frau gemein, und wie ist es möglich, dass Sie, Sie aus ihr hervorgingen?!) Und Ihre Bemühungen all die Jahre, der Versuch, sich ihr zu nähern, sich bei ihr beliebt zu machen; und es ist in meinen Augen richtiggehend edel, dass Sie in solch einem jugendlichen Alter fähig waren, alles zu tun, um sie, was Sie selbst anbelangte, in Sicherheit zu wiegen … Und wie sieht es mit der Aussöhnung aus? Der Aussöhnung, von der Sie immer sprechen? Ist es zwischen Ihnen und ihr nie dazu gekommen? Nicht ein einziges Mal?

Und auch das Gefühl Ihres Verrats an ihr, wenn Sie mir von ihr erzählen, kenne ich. Ach, Mirjam, ach. The achness of life. Sie stellen immer die schwierigsten Fragen, und Sie haben schon bemerkt, dass ich keine Antwort habe, nur bei Ihnen sitzen will und mit Ihnen klagen, Sie wieder fragen, warum es denn so sein muss, dass man anscheinend nie lernt, das Mineral, das man am nötigsten braucht, aus sich selbst zu fördern?

Und wieso können Sie in solchem Maße geben, was Sie selbst nie erhalten haben.

Ich muss gleich weg (Elternabend im Kindergarten), es gibt noch eine Menge zu sagen; Sie haben anscheinend recht, dass eine Begegnung in »der Mitte des Wegs«, wie ich sie vorschlug, nicht mehr befriedigt und dass es nur dann funktioniert, wenn jeder von uns den ganzen Weg in Richtung des anderen zurücklegt. Ich wünschte, ich könnte es mit der gleichen Sicherheit sagen wie Sie. Ich will es, mehr als ich es je wollte, doch es scheint mir, dass ich noch nie solch eine lange Strecke zurückgelegt habe.

Ganz langsam, gut?

Ich lese und denke, wie einfach und banal meine Geschichte ist, verglichen mit der Ihren (ich schildere sie womöglich ein wenig dramatisch …), und dann sehe ich, dass sie ihr im Kern, im bitteren, beschissenen Kern, dennoch ähnelt, und dann denke ich daran, wie ich meine Geschichte Dutzende, vielleicht Hunderte von Malen in meinem Leben verkauft habe, um jemanden (vor allem Frauen) mit meinem traurigen historischen Hintergrund zu beeindrucken. Kassetten voll. Und in den letzten Jahren wurde mir dabei nicht einmal übel. Aber etwas fühle ich unverändert – dass ich ihnen die Dinge preisgab, wie eine Eidechse ihren Schwanz im Stich lässt, um ihre Haut zu retten. Und Ihnen will ich meine Seele komplett ausschütten, denn so lautet unser Vertrag, Seele um Seele. Und vielleicht irgendwann einmal, wenn ich groß bin, kann ich Ihnen auch das Geschenk machen, das Sie sich von mir erhoffen, und ich werde Ihnen Ihr Gesicht mit einer Geschichte aufsetzen.

Entschuldigung Entschuldigung Entschuldigung, Sie haben recht, ich habe nichts zu meiner Verteidigung vorzubringen. Verrückte Tage. Ich arbeite und renne von morgens bis abends hin und her. Kaum Zeit, um zu essen. Ich denke an uns und bin bei uns (keine Sorge). Bald werde ich Ihnen einen richtigen Brief schreiben. Im Grunde bin ich zur Zeit gar nicht existent. Halten Sie von Ihrem Ufer aus den Brückenkopf (Sie sind gewiss eher in der Lage dazu als ich), erlauben Sie mir nur, Sie an jene Idee zu erinnern, schließlich bleibe ich auch in Momenten größter Bescheidenheit egozentrisch, mir zu erzählen, wie wir uns begegnet sind, Sie und Ihre Mutter und ich, als ich damals heimkehrte, nachts, aus dem Kino, wissen Sie noch?

J.

Übrigens, was Ihre abschließende Frage anbelangt, in Großbuchstaben (wieso ist es Ihnen jetzt eingefallen, diese Frage zu stellen?) – es gibt mehrere Antworten.

Die erste (für das breite Publikum): Zunächst war es pure Bequemlichkeit, bei einem Reservedienst im Winter, und von da an ist es so geblieben.

Die zweite (reif für einen Abdruck im ›Echo der Pädagogik‹): Sehen Sie, Mirjam, logisch betrachtet kann ich natürlich durchaus nachvollziehen, was Sie in Ihrer kleinen enthusiastischen, wohlwollenden Rede zum Ausdruck bringen, und ich wünschte, ich könnte mich mit mir selbst versöhnen und mich ebenfalls mit wohlgesinnten Augen sehen, warum denn auch nicht, schließlich habe ich, wie Sie, mindestens ›eine außenstehende Person‹, der/die mich mit liebenden, sogar mit verschönernden Augen betrachtet. Seit Jahren versucht sie es, mit ihrer ganzen Kraft und der ganzen Liebe, die in ihren Augen liegt, jedoch – vergeblich, Tatsache ist: Es gelingt ihr nicht,

nicht einmal für einen Moment, jene Augen in mir zu schließen und mich davon zu überzeugen, das zu sehen, was sie (scheinbar) sieht.

Antwort Nummer drei (nur für Sie): Aber Sie verstehen das, nicht wahr? Schließlich sind Sie das kleine oder junge Mädchen, das in Gedanken ›Hässlichkeiten ablöste‹, sie von der Nasenspitze zu den Schenkeln transferierte … Und Sie schrieben auch über die körperliche Verlegenheit, die aus Ihnen ›zu rinnen‹ scheint und die offenbar jeder bemerkt, auch sie ist mir bekannt, und das Gefühl, dass irgendwo im Innern irgendein Klecks sitzt, nicht wahr? Das ist der Name, den ich ihm gebe, und er genießt da drinnen völlige Bewegungsfreiheit; dieser kleine Klecks, der mir gehört und auch nicht mir, der in mich implantiert wurde und der auf wundersame Weise fruchtete, und genau an der Stelle, an der er in einem bestimmten Augenblick sein will, findet jenes Aufeinandertreffen statt, von dem ich einmal sagte – dort werden mein Körper und meine Seele durch das Flüstern eines inneren Passworts gekoppelt …

Ist es nicht so, dass in diesem Augenblick der restliche Körper nicht zu existieren scheint? Und auf einmal alle Nerven nur auf den Treffpunkt gerichtet sind, auf den auch alles Blut zufließt? (Ihre Beschreibung, wie Sie sich als junges Mädchen so groß fühlten, und, wann immer Sie ein Zimmer mit Menschen betraten, sich anstrengten, auf der Stelle umzufallen.)

Nun, das ist auch eine Antwort auf Ihre Frage (mit dem etwas distanzierten Näseln) – ›was soll denn der Bart?‹.

J.

Wissen Sie schon, was Sie angerichtet haben?!

Hat sie schon angerufen?

Aber wie konnte Ihnen denn so etwas passieren? Der Schulanfangsstress, oder was?

Ich schrecke sogar davor zurück, zu fragen, was in dem Brief stand, der für mich bestimmt war (und sie schon erreicht hat …?).

Auf der einen Seite, sehen Sie – die Erfüllung meiner schlimmsten Befürchtungen. Und auf der anderen Seite ist es, irgendwie, richtiggehend amüsant: Auch der Gedanke, dass man, wenn man sich schon hundert Jahre zurückversetzt und eine Briefromanze lebt, auch in Kauf nehmen muss, dass einem einer dieser klassischen Irrtümer des neunzehnten Jahrhunderts unterläuft.

Und auf einer dritten Seite, ja, auf der dritten Seite … aus irgendeinem Grund bereitet es mir auch Vergnügen. Als ob wir auf einmal auch an irgendeinem »objektiven« Ort existierten und es eine außenstehende Zeugin gäbe, eine ganz und gar lebendige Zeugin, eine reale, für das, was zwischen uns ist.

Ich brenne darauf, zu wissen, was sie sagte. Wie sie reagiert hat. Sie wird es für sich behalten, nicht wahr? Auf Anna kann man sich verlassen, ich weiß.

Aber wieso haben Sie mir nicht erzählt, dass sie verreist ist? Schließlich ist es erst ein paar Tage her, dass Sie mir ein ganzes Gespräch wiedergaben, das Sie miteinander geführt haben über die verrückte Liebe der beiden (Vita Sackville-West und Violet?); Sie erzählten, wie Sie ihr ganze Abschnitte aus dem Buch vorlasen, und ich erinnere mich sogar daran, dass sie, Anna, sagte, sie suche schon ihr ganzes Leben lang nach der Kraft der Liebesversessenen, und dass sie über den Mut sprach, ehrlich zu sein bis zum Schmerz, wenn es um Gefühle geht. Aber in diesem Brief hatten Sie nicht einmal mit einem Wort erwähnt, dass die ganze Diskussion Teil eines transatlantischen Dialogs war, es klang so nah und innig, als wären Sie beide in ein und demselben Zimmer gewesen!

Und wo genau auf der Welt schwirrt sie zur Zeit herum, und für wie lange? Nach Ihren Sehnsüchten zu urteilen, könnte man meinen, sie sei für Jahre verreist! Und einfach so, auf einmal, bricht eine Frau allein zu einer langen Reise auf, und dazu noch mit einem Kind?

Der Schock des ersten Moments – dass Sie mich auf einmal wie eine Frau ansprechen, sich erkundigen, wie es der lieben Freundin gehe und wie es dort um meine Einsamkeit und Sehnsucht bestellt sei …

Das seltsame Zittern, das mich überkam, als Sie so mit mir redeten. Als ob Sie eine verbotene Saite angeschlagen hätten.

Und natürlich haben sie mich amüsiert, die Unterschiede zwischen dem, was Sie mir erzählen (über Jochai beispielsweise), und dem, was Sie ihr erzählen. Mir, zum Beispiel, schrieben Sie nie, wie viel er wiegt und wie groß er ist und welche Größe die Winterschuhe haben, die Sie ihm kauften.

Mir haben Sie nie ein Photo von ihm geschickt (haben Sie was dagegen, wenn ich es behalte?).

Ich verstehe, dass Amos Anna sehr nahesteht, anscheinend eine Seelenverwandtschaft. Dem Brief hätte man für einen Moment entnehmen können, dass Sie beide ihn mit der gleichen Nähe und Intimität kennen, Sie schmiegen sich regelrecht gemeinsam an ihn (haben Sie es bemerkt?). Lesen Sie Ihre Aufzeichnung, es wird interessant für Sie sein.

Es ist merkwürdig, Sie so zu bespitzeln, völlig legitim, und zu sehen, dass Sie noch eine andere Intimität besitzen. Und sich an dem privaten Humor zwischen Ihnen beiden legitim zu ergötzen: Ich kannte ihn nur als Ihren alleinigen Humor, Ihren etwas spitzfindigen, traurigen Humor, und plötzlich stellt sich heraus, dass Sie eine Partnerin haben, man kann richtig fühlen, wie er bei Ihnen beiden gleichermaßen wuchs und gedieh und sich verfeinerte, von Kindheit an, seit Sie zusammen aus dem Kindergarten nach Hause gingen, die große Mirjam und die winzige Anna ... und überhaupt – der enorme Resonanzraum, den Sie sich teilen (Sie sind sich seiner gewiss nicht mehr bewusst), Ihr Besuch diese Woche bei Annas Eltern beispielsweise, ihr Vater, der Klavier spielte, und Jochai, der auf einmal in Tränen ausbrach, und ich musste daran denken, wie Sie in dem Bronfman-Konzert vor Jahren heulten, als Sie neben Anna saßen, und plötzlich lese ich, dass Amos, als Anna ihren Sohn gebar, sie über Kopfhörer dieses Konzert von Rachmaninow hören ließ, und dann weinten dort alle – ich verstand nicht, warum –, die Ärzte und die Kreißende und das Baby und auch Sie und Amos, und das ganze Weinen und Lachen und die Musik strömten für Sie beide zusammen.

Sagen Sie, bin ich eifersüchtig?

(Denn es wurde mir bewusst, dass dies im Grunde der erste Liebesbrief war, den ich von Ihnen erhielt.)

Ja'ir

3.9.

Was Emma Kirkby anbelangt und was, nach Ihren Worten, ihre Stimme in Ihnen bewirkt, jene ›Mixtur‹ aus höchstem Glück und tiefster Trauer, jene ›bestätigende Schwermut‹, die Sie erwähnten.

Ausgerechnet, als ich Sie mit Anna sprechen hörte, das heißt, als ich etwas in Ihrer geschriebenen Stimme isolieren konnte, dachte ich –

dass ich mitunter, wenn ich Ihre Stimme höre, fühle, wie ein Schluchzen in mir aufsteigt, wie es sich in mir einen Weg bahnt. Es ist eine mir unbekannte innere Stimme: Bis zu der Zeit mit Ihnen kannte ich sie nicht.

Eine bestätigende Schwermut? Ich weiß nicht. Diese Stimme ist, meiner Meinung nach, eher zersetzend. Eine freudlose Stimme, wie ein Weinen, etwas überspannt. Wie das Jaulen eines Hundes, der eine Flöte hört und aus dem Häuschen gerät. Und sie wird aus mir herausgezogen wie gegen meinen Willen (wie das Auge von der Katastrophe angezogen wird), bis es quält und bedrückt, und bisweilen, bis ich wütend auf Sie werde, als Sie dem Kind schrieben, das ich einmal war, beispielsweise.

Berücksichtigen Sie beim ›Stimmen der Instrumente‹ auch dies.


8.9.


Nein, ich weiß nicht, wie ich mich jetzt fühle, und Ihr mitleidiger, besorgter (scheinheiliger) Ton geht mir auf die Nerven, nach solch einem Schlag.

Etwa so, wie es mir ging, nachdem Sie Ihr Haus rückgängig machten und mit einem Schlag alles löschten, was Sie mir mit ihm gaben. Aber da ist kein Platz für einen Vergleich, natürlich nicht.

Es fällt mir jetzt sogar schwer, Ihnen zu schreiben. Ich verstehe Sie nicht, Mirjam, und im Moment möchte ich es auch gar nicht. Wie, sagen Sie es mir, können Sie ohne Vorwarnung daherkommen und mich mit solch einer Faust zu Boden strecken?

Zum ersten Mal, seit wir begonnen haben, schrecke ich buchstäblich vor Ihnen zurück. Nicht vor dem, was Sie erzählten und was mir wie ein Alptraum vorkommt. Es kann sein, dass ich Ihnen ein paar Tage nicht schreiben werde. Ich brauche etwas Zeit.

Auch Sie, bitte, schreiben Sie nicht.

Ich schaffe es nicht, damit allein zu sein.

Einmal, in der Armee, schob ich Wache und las heimlich und unter Todesangst, dass man mich beim Lesen erwischen könnte, beim Lesen von *Zum Leuchtturm*. Ich erinnere mich noch, wie ich schrie, der Schrei einer Brandwunde, und entgegen all meinen Sicherheitsvorkehrungen, als ich den Anfang des zweiten Teils erreichte; auch wegen des Schmerzes, natürlich, aber vor allem vor Wut auf Virginia Woolf, die mir in dieser Form, in Klammern, mitteilte, dass die wunderbare, von mir so sehr geliebte Mrs. Ramsay »in der Nacht zuvor ziemlich plötzlich gestorben war«.

Aber damals war es nur die Spitze dessen, was ich mit Ihrem Brief in Händen empfand. Zum Glück war ich allein, in meinem Wagen, auf einem Parkplatz, als ich ihn las.

Was wollen Sie hören? Dass Sie mich wieder einmal verblüfft haben? Dass ich vor Wut über Sie kochte, weil man so etwas nicht tut, nicht, wenn es um diese Dinge geht? Ich weiß es nicht. Schließlich kann ich andererseits, je mehr Stunden vergehen, desto deutlicher sehen, dass Sie auch hier unserer irrsinnigen Vereinbarung viel treuer waren als ich, dass Sie mir in all diesen Monaten Ihren Traum vermittelten und an ihn glaubten und ihn mit ganzer Kraft und Beharrlichkeit und Treue lebten, viel mehr, als ich es für möglich gehalten hätte, und für legitim. Viel mehr, als ich es, mit all meinen wässrigen Sprenklerspielen, gewagt habe.

Doch es tut weh. Es schmerzt wie eine Faust in den Bauch und will nicht aufhören zu quälen. Und wann immer ich nun den, scheinbar irrtümlich, vertauschten Brief lese …

Und was werden Sie mir auf diese Weise, auf Ihre Weise, noch erzählen?

Ich kann an nichts anderes denken als daran, wie Sie weiterhin mit ihr sprechen, intime und alltägliche Gespräche mit ihr führen. Selbst in Ihrem ersten Brief an mich zitierten Sie sie. Und beinahe auf jede Ihrer Reisen nahmen Sie sie mit. Seit zehn Jahren ist sie tot, und Sie lassen sie Tag für Tag auferstehen.

Wie viele Jahre hatten Sie miteinander? Das heißt – von dem Moment an, als sie im Luschka-Kindergarten auf Sie zukam und Ihnen versprach, für immer Ihre Freundin zu sein, bis zum Ende dieses Immer? Zwanzig? Fünfundzwanzig?

Und was ist mit dem Kind – ist es geboren worden? Hat wenigstens das Kind die Geburt überlebt (und gibt es in dieser Geschichte auch einen Vater)?

Ich verstehe nicht einmal meine Reaktion, die Tiefe des Schocks. Schließlich habe ich sie nicht gekannt, nur durch Ihre Geschichte. Eine Abfolge von Worten. Eine kleine Frau, eine scharfsinnige, lustige, mutige und offene Frau (und ein riesiger Strohhut und eine Hasenscharte und ganz Feuer und Flamme).

Fast immer, wenn Sie über sie schrieben, verglichen Sie sie mit einem Vogel.

Jetzt sehe ich auch, wie einsam Sie sind. Ja, trotz all Ihrer Freunde und des Schwarms von Männern, die Sie umgeben, und der Freundinnen aus dem Moschaw und von der Arbeit. Und Amos. Aber in den Genuss einer Freundschaft, wie Sie sie mit Anna hatten, zu solch einer Zwillingshaftigkeit kommt man vermutlich nur einmal im Leben.

Es wäre albern, Sie jetzt trösten zu wollen. Um die Wahrheit zu sagen, habe ich das Gefühl, dass ich es bin, der Trost braucht, denn ich erfuhr erst gestern davon. Schon seit vielen Jahren habe ich mich nicht mehr so gefühlt. Als ob mir ein sehr nahestehender Mensch weggestorben wäre. Ich umarme Sie.

Ja'ir

Und vielleicht verstehe ich Sie ja gar nicht. Vielleicht sind Sie ja ganz anders, als ich Sie phantasiere? Schließlich sehe ich Sie nur durch Ritzen, und ich reime mir eine Geschichte zusammen, und vielleicht ist sie ganz irreal? (Was ist nicht irreal? Das, was mein Körper Ihnen in diesem Augenblick sagt.)

Und auch dieses Gefühl, dass alles, was Sie von sich erzählen werden – selbst das, was mir auf den ersten Blick wie ein vollkommener innerer Widerspruch erscheint, selbst das, was mich mit einer Brutalität, die nicht zu Ihnen passt, noch schlagen wird – und ich weiß längst, dass ich im Nachhinein erkennen werde, wie richtig und für Sie passend es ist und wie es sich in Ihren Tiefen verbindet und zu einem Gesetz wird.

Sehen Sie mich ebenso? (Es scheint mir nicht so zu sein.)

Ziehen Sie sich nicht zurück. Ich brauche Sie jetzt in meiner Nähe. Es gibt eine Menge zu sagen. Wir haben erst begonnen, von Brief zu Brief kristallisiert es sich für mich mehr heraus, wie sehr wir am Anfang stehen. Ich glaube, selbst wenn wir dreißig Jahre im Gespräch blieben, hätte ich immer dieses Gefühl, dass wir erst am Anfang stehen. Übrigens, ich war überrascht, dass Sie mich einluden, donnerstags abends ins Café Ta'amon zu gehen, um Amos Schach spielen zu sehen. Das werde ich selbstverständlich nicht tun. Ich begnüge mich mit Ihrer Beschreibung. Manchmal sehe ich jemanden auf der Straße, der wie er aussieht, weder jung noch alt, nicht groß und nicht klein, mit etwas Bauch und ein wenig Bart und etwas schütterem, wirrem grauem Haar unter dem Barrett.

Doch nie bin ich mir sicher: Entweder trägt derjenige nicht das graue Jackett mit den Lederflicken auf den Ellbogen (auch im Sommer?), oder es fehlt die Kappe, oder er hat nicht diese Augen, die nicht lügen können – die blausten und klarsten, die man bei einem Erwachsenen je sah.

Sie schreiben so schön über ihn. Voller Wärme, Zärtlichkeit und Liebe. Aber ich nehme auch eine dünne Trauerschicht wahr, die sich über Ihre Worte legt. Wieso können Sie einfach behaupten, dass Sie beide mir zweifelsohne wie ein etwas bizarres Paar vorkommen würden und dass selbst die Menschen, die Ihnen am nächsten stehen, nicht immer begreifen, was Sie zusammengeführt hat? Und dass es Sie geradezu ergötzt, dass nur Sie beide es wissen.

Aber am bohrendsten für mich war, als Sie schrieben, dass die Zeit vor dreißig Jahren, als er sich noch mit dem Vortragen von Volksliedern in schottischen Pubs ernährte, wohl seine glücklichste war.

Wenn Mayas glücklichste Jahre nicht die mit mir verbrachten wären – würde ich das als schreckliche Schlappe empfinden, regelrecht als Niederlage.

Allerdings ist Maya zur Zeit unglücklich. Schon seit einigen Monaten ist sie das. Sie sagt, es könnte wegen der Arbeit sein, denn wie lange kann man optimistisch bleiben, wenn man den menschlichen Abwehrmechanismus erforscht – doch wir beide wissen, dass das nicht der alleinige Grund ist. Sie ist depressiv, unkonzentriert, schwebt in einer Blase der Melancholie, und ich bin momentan nicht imstande, ihr zu helfen. Ich verstehe mich selbst nicht. Warte eine Zeitlang auf mich, Maya.

Was blitzt da auf einmal auf, während –

Ich bin acht Jahre alt, fahre mit dem Siebenuhrbus zur Schule. Im Radio ein Interview mit Arthur Rubinstein (bis dato habe ich seinen Namen nie gehört) aus Anlass seines Geburtstages. Jemand fragt ihn, wie er sein Leben sieht, und er antwortet: »Ich bin der glücklichste Mensch, den ich kenne.« Ich erinnere mich, wie ich mich staunend, beinahe furchtsam umblicke: Sie wissen ja, wie die Menschen aussehen, die im Siebenuhrbus zur Arbeit fahren, und dann dieses Wort, das er auszusprechen wagte, ohne Hemmungen …

Es war irgendwann um Neujahr herum, und an Neujahr verkünden sie stets aufs Neue, um wie viele Menschen sich die Einwohnerzahl Israels erhöht hat, und ich erinnere mich, wie ich leidenschaftlich denke – unter drei Millionen muss es wenigstens einen einzigen geben, der glücklich ist, und der will ich sein! (Und eine Woche später lag ich schon mit einem Gürtel ums Herz im Schuppen meiner Eltern …)

Ich bin dazu übergegangen, noch einmal *Zum Leuchtturm* zu lesen. Einfach der wirre Drang, die Traurigkeiten zu mischen und womöglich etwas Trost zu finden. Es tröstet nicht. Im Gegenteil. Und das Schwierigste ist, dass ich niemanden habe, mit dem ich meine Gefühle teilen kann. Ich habe das zweite Klavierkonzert von Rachmaninow gekauft und höre es immer wieder. Musik ist jetzt gut für mich.

Einen Augenblick lang hatte Lily Briscoe das Gefühl, dass »… wenn sie laut genug riefen, Mrs. Ramsay wiederkehren würde. ›Mrs. Ramsay!‹ sagte sie laut, ›Mrs. Ramsay!‹ Die Tränen rannen ihr über das Gesicht.« (Seite 190).

J.


Noch einen Moment, ja?

Vor Jahren dachte ich, dass ich mit jeder Frau, die mir gefiele, einen besonderen Sehtest durchführen würde, um herauszufinden, wer »die Frau meines Lebens« ist. Ich dachte, dass wir einander in die Augen schauen würden, unsere Augen langsam einander nähern würden, näher und noch näher, und noch ein wenig, bis mein Auge ihr Auge berühren würde, aber richtig berühren, nicht nur die Wimpern, nicht die Lider, die Augen an sich, die Pupillen und die Nässe sollten sich berühren, und sofort würden natürlich Tränen ausbrechen, so ist der Körper strukturiert, aber wir beide würden uns nicht beirren lassen und nicht vor den Gesetzen der Reflexe und der körperlichen Bürokratie weichen, bis zwischen Tränen und Schmerz

Bruchstücke der dumpfesten und frühesten Bilder der beiden Seelen zu uns hochsteigen und an der Oberfläche schwimmen würden. Dass wir die gebrochenen Formen in dem anderen sehen, das ist es, was ich nun will, dass wir in dem anderen die Dunkelheit sehen, warum nicht, warum sich mit weniger begnügen, Mirjam, warum nicht darum bitten, Mirjam, einmal im Leben, die Tränen eines anderen zu weinen.

14.9.

Guten Tag,

ein einfaches Guten Tag.

Es ist nicht gut, dass ich nur dann dazu komme, Ihnen zu schreiben, wenn ich todmüde bin (dieses Leben, wer, verdammt noch mal, hat es geschrieben?). Und überhaupt – dieses Hinundhergerenne geht mir allmählich auf die Nerven. Und nicht nur mir. Auch Maya, fast jedem, der mir begegnet. Vor allem Menschen unseres Alters. Die Arbeit, die Kinder. Für nichts ist Zeit. Selbst Ihnen, ja, der anerkannten Innehalterin … Vor einiger Zeit schrieb ich mir den Ablauf jedes Ihrer Wochentage auf, inklusive der Arbeit und der Konferenzen an den Nachmittagen und der Behandlungen Jochais und der Besuche bei Ihrer Mutter und der Alexander-Kurse und der Abendessen und der Zeiten des Geschirrspülens und wovon ich sonst noch weiß. Und ich war verdutzt, wie wenig Zeit Ihnen für sich selbst bleibt. Regelrecht gezählte Momente am Tag. Wenigstens die Nächte sind frei.

Und ich dachte, dass diese Aktivität nicht zu Ihnen passt. Sie ist wie ein Fremdkörper, der Ihrer Sanftheit aufgedrückt wurde (wenn man zitieren darf, was Sie über meinen Humor sagten).

Also was denkt er denn von uns, Ihr Marsmensch, der uns beobachtet?

Was ich Ihnen auf Ihre Bitte hin erzählen soll – es ist recht spät, jetzt mit solch einer Geschichte zu beginnen (haben Sie von diesem chinesischen Weisen gehört, der sagte, er habe keine Zeit, einen kurzen Brief zu schreiben, darum werde er einen langen schreiben?), aber auf der andern Seite ist es vielleicht doch gut, dass ich müde bin, bei einer derartigen Geschichte?

Die Wahrheit ist, dass ich nicht gern an die Freundschaft mit ihm zurückdenke. Sosehr ich ihn vermisse – so sehr distanziere ich mich von der Freundschaft, die zwischen uns bestand. Wir waren beide kluge Kinder, etwas schmächtig und unbeliebt. Die anderen verspotteten uns und schlossen uns aus, und teilweise schlossen wir uns selbst aus, und mir scheint, dass wir es genossen, exzentrisch und gehasst zu sein. Wir entwickelten beispielsweise eine eigene Zeichensprache, wir waren sehr schnell und konnten uns im Unterricht damit verständigen, und auch deshalb wurden wir natürlich ausgelacht. Sie können sich vorstellen, wie das aussah, ich, er und die Zeichensprache.

Wir hatten heimliche Spitznamen für unsere Mitschüler, und wir verfassten Spottlieder über sie und über die Lehrer, und sie erraten schon, dass wir beide (auch er) aus persönlicher Erfahrung und dank einer exzellenten Erziehung den Paragraphen der Verfassung kannten, der besagte, dass es in jedem Menschen etwas gibt, was verachtenswert ist, und wir enthielten diese Erkenntnis anderen nicht vor ...

Und so, im Laufe von Jahren, verbesserten wir unser Auftreten als doppelköpfiges Geschöpf mit etlichen Hirnhälften, und wir entwickelten eine zweiergemeinschaftliche, hochmütige und spitzzüngige Sprechweise, in einer sehr männlichen Sprache redeten wir, das ja, und wir veranstalteten öffentliche

Wettbewerbe im Schreiben von »Simultangedichten« im Stil der Dada-Dichter, und wir verschlangen, ohne etwas zu verstehen, Hegel und Marx (von den großen Tagen der sozialistischen Mazpen in Jerusalem in den sechziger Jahren hörten wir voller Neid von den Großen; ich erinnere mich nicht, ob Ihr Name dort fiel). Und wir hatten Sensibilität und auch so etwas wie Stil, und sicherlich fühlten wir uns, ohne dass wir darüber sprachen, ein wenig wie zwei englische Jugendliche, deren eigentliche Bestimmung es war, in ein aristokratisches Internat geschickt zu werden, während sie in der staatlichen Schule eines Arbeiterviertels gelandet waren.

Im Alter von fünfzehn formulierten wir unseren »bescheidenen Vorschlag«, Strom zu produzieren mit Hilfe inferiorer Menschen – so bezeichneten wir sie wirklich: Körperbehinderte, mit Dummheit Geschlagene, geistig Behinderte und so weiter (Entschuldigung, ich weiß. Und dennoch: Ich. Alles). Und ein Jahr später verfassten wir das »Familienkochbuch«, mit dem wir uns in der Schule für alle Zeiten einen schmutzigen Namen machten – eine Sammlung jüdischer Rezepte, einfach in der Zubereitung (und preiswert, da die Zutaten stets zu Hause herumsaßen). Aus der Speisekarte kann ich meinen befreundeten Feinschmeckern eine mütterliche Kropfsuppe empfehlen und Backentaschen à la Papa gefüllt mit Gallensaft …

Bei diesem niederträchtigen Bericht möchte ich betonen: Je mehr Macht wir bekamen, desto beliebter wurden wir bei den Mädchen, was für uns beide eine erfrischende Entdeckung war: Mit sechzehn gruppierte sich um uns schon ein kleiner, aber lüsterner Kreis von weiblichen Fans, die wir nötigten, verstaubte Bücher zu lesen, entwendet aus der Bibliothek des Vereins christlicher Männer. Diese Mädchen stellten wir auf die Probe und ließen sie zappeln, bis wir ihnen unsere Gunst schenkten. Es gab eine Zeit, in der wir nach einem im Voraus festgelegten Plan die Mädchen aussuchten, immer nach einem anderen Geheimcode – zum Beispiel nach den ersten Buchstaben ihrer Vornamen, so dass sie zusammen den Namen derjenigen bildeten, in die wir wirklich verliebt waren, eine gewisse Chamutal, über die wir nicht einmal zu onanieren wagten, vor lauter Liebe.

So ging es, bis wir eingezogen wurden. Sechs Jahre lang. Sex scharfe Jahre lang, würde Schai sagen, lange scharfe Sexjahre, würde ich ihm sofort antworten. Wir waren besessen von Wortspielen, wir hätten in fünf Minuten die Grundfeste eines Menschen zum Einsturz bringen können, allein durch ein Pingpongspiel mit seinem Namen. (Ich schreibe Ihnen und denke: Wenn alles anders gelaufen wäre, wenn es uns gelungen wäre, auch als Erwachsene zusammenzubleiben – nach den Jugendsünden und dieser feigen Brutalität –, was für einen guten Freund hätte ich haben können.)

Okay, Leute, Schluss jetzt mit der Sentimentalität: Wir wurden an ein und demselben Tag eingezogen, und obgleich wir damals an Pazifismus glaubten und gegen die Besetzung demonstrierten und all das – als der Musterungsbescheid kam, waren wir selig. Ich glaube, wir spürten beide, dass unsere Freundschaft irgendein Gift beinhaltete und dass die Tatsache, dass die raue Armee beschlossen hatte, uns zu akzeptieren, ein Zeichen war, dass wir dennoch, unter der erworbenen Fäulnis, im Grunde nicht anders waren als die anderen.

Kurzum, der lange Arm der Zahal trennte uns, Schai diente bei den Golanis und ich – ein Magergewichtler – in der Militärverwaltung. Es war das erste Mal seit Jahren, dass jeder von uns beiden sich allein seiner Altersklasse gegenübersah, und sehr schnell gingen uns die Augen auf, im Grunde wurden sie uns geöffnet. Unsere gesamte Schläue begruben wir tief unten im Seesack, und wir lernten in anderen Sprachen zu kommunizieren, vor allem lernten wir zu schweigen. Und dann, bei einem der glorreichen Einsätze unserer Streitkräfte im Libanon, wurde Schai schwer verwundet. Seine Mutter rief mich aus dem Krankenhaus an, noch bevor sie seinen Großvater und seine Großmutter alarmierte, und ich sagte natürlich, dass ich ihn bei meinem ersten Heimaturlaub besuchen würde.

Nach ein paar schlimmen, seelenverunreinigten Wochen – ich habe keine anderen Worte, um zu beschreiben, was ich jeden Tag durchmachte, denn ich fuhr nicht zu ihm, ich beantragte keinen Heimaturlaub, um nicht zu ihm zu müssen – ging es nicht mehr anders, und ich zwang mich gewaltsam ins Tel-HaShomer-Krankenhaus.

Gut. Es zählt nicht zu meinen ruhmreichsten Kapiteln.

Woran ich mich erinnere – ich erinnere mich an den langen Korridor und an die Blumentöpfe mit den Hängegeranien, die über die Wände fielen, und an die versehrten jungen Männer, die behände in ihren Rollstühlen vorbeirasten. Sie ahnen schon, wie ich mich fühlte, als ich dort durch den Flur ging, also erlauben Sie mir, mich kurz zu fassen. Am Ende des Korridors erhob sich etwas und kam auf mich zu, ein hagerer Rumpf mit rasiertem Schädel, mit einem einzigen aufgerissenen Auge im Gesicht, ohne Braue. Und ein grauenhafter Mund, in einer Art permanentem skeletthaftem Kichern stark seitwärts verzerrt. Er stützte sich auf Krücken, und eines seiner Beine war über dem Knie amputiert.

Ich ging vorsichtig näher. Wir standen da und sahen einander in die Augen, in das Auge. Wir dachten »Auge um Auge«; wir dachten »Aug' in Aug'«; »mit einem blauen Auge davongekommen«, und all die Gedankenblitze liefen vergiftet zwischen uns hin und her und erstarben an der Schwelle seines leeren Lids. Er begann zu lachen oder zu weinen, bis heute kann ich es nicht sagen, dieser Mund, und ich bekam einen hysterischen Lachkrampf und tat, als würde ich weinen.

Ich habe zu meiner Verteidigung nichts vorzubringen, ich konnte mich einfach nicht überwinden, eine jahrealte Angewohnheit, und auch die Tatsache, dass unsere Freundschaft und unsere ganze Einzigartigkeit immer genau an dieser Stelle stand, an der Spitze der Spritze der Verachtung.

Liebe Mirjam, nach dem Brief des jungen Esels wollten Sie mich in den Arm nehmen. Wie können Sie das tun? Ich habe ihn nicht in den Arm genommen. Ich konnte nicht lügen und ihm sagen, dass er ein hübscher Junge sei. Wir standen beide mit abgewandten Gesichtern und bebenden Schultern da. All die Jahre unserer Freundschaft, mit den wirklich schönen Momenten, mit unserem stummen gegenseitigen Wissen, und vor allem mit dem Gefühl, dass unser Kennenlernen im Alter von zwölf auch ein seltenes Geschenk hätte sein können, welches ein beschissenes Schicksal durchsickern ließ – alles war weg.

Das ist die Geschichte.

Was ich gestern dachte –

dass es schade ist, dass Sie und ich nicht Freunde sein können. Einfach Freunde, im Sinn einer guten Männerfreundschaft. Wirklich, warum sind Sie kein Mann?! Es würde eine Menge Probleme lösen: alle zwei, drei Wochen eine Verabredung in einem Café oder in einer Kneipe, ein paar Bierchen zischen, über Nummern sprechen, Geschäfte, Politik, freitags nachmittags ein Fußballspiel im Sacher-Park mit ein paar anderen Kumpels. Samstage, Familienausflüge. Ein Leichtes.

Ich erinnere mich, dass er den Rest seines Gesichts hob und an die Decke starrte, und er hatte einen Ausdruck, für den es in keiner Sprache Worte gibt. Als ob er in diesem Moment demütig und aus irgendeiner schrecklichen intellektuellen Aufrichtigkeit heraus das Urteil annahm, das wir beide während unserer Freundschaft häufig gefällt hatten: Wenn etwas an einem nicht stimmte, war er augenfällig selbst schuld. Wenn einer bestraft wurde – hatte er die Strafe verdient. Und überhaupt – alles, was einer war, entsprach genau der Strafe, die über ihn verhängt wurde, nicht mehr und auch nicht weniger.

Sein Gesicht zitterte vor mir. Er hatte nicht mehr die Züge, um alles auszudrücken, was in ihm vorging. Dann machte er kehrt, und wir trennten uns. Nicht einmal ein Gruß. Viele Jahre sind seit damals verstrichen. Ich weiß, dass er eine Menge Operationen über sich ergehen ließ und wiederhergestellt wurde und heute durchaus annehmbar aussieht. Ich habe auch gehört, dass er geheiratet hat, dass ein Kind geboren wurde und ein zweites unterwegs ist.

Er war wirklich ein auf außergewöhnliche Weise kluger, verhärmter Junge. Es vergeht kaum eine Woche, in der ich nicht an ihn denke. Und dennoch, Sie sehen es, auch ihn habe ich aus meinem Leben geschnitten (ich bin regelrecht eine Kreuzung der Strategie der verbrannten Erde und der Salamitaktik, was?).

J.

17.9.

Kommen Sie in die Küche, treten Sie ein in meine Küche, ich kenne Ihre schon, und jetzt ist es Abend, und ich hatte einen einigermaßen heiteren Tag, zum ersten Mal, seit Sie mir von Anna erzählt haben. Und ich will Sie für einen Moment hier bei mir haben, es steht uns nach genau fünf Monaten und siebzehn Tagen Bekanntschaft zu (heute!).

Ich bin in unserem Garten, ein Quadratmeter Rasen, ein Sprenkler und ein gehorsames Chrysanthemenbeet außen herum. Dem Kalender nach – ein Herbstabend, doch die Luft ist warm und dick. Stimmt es, dass man das Gefühl hat, in diesem Jahr weigere sich der Winter schlechthin einzubrechen? (Mir wäre es recht.) Ich, unter dem Vorwand, ein Rückschreiben an einen aufgebrachten Kunden abzufassen, dem ich irrtümlich eine falsche Geschichte verkauft habe, ich mache mich auf einem Liegestuhl der Marke Keter breit und fühle Sie um mich herum. Und irgendwie habe ich den Eindruck, dass Sie sich heute nicht gegen die plumpe Einladung in mein Haus wehren, das hoffe ich zumindest, denn bei Ihnen weiß man nie, aus welcher Ecke die Rüffel kommen ...

(Wie: Manchmal, Ja'ir, wenn Sie etwas Schweres, Schlimmes geschrieben haben, stoßen Sie vor mir auf, ein Rülpsen wie nach dem Genuss von Salami, so dass ich Sie umbringen könnte!)

Okay. Ich bin gerügt. Meine feige Flucht, der Anschein von Primitivität, den ich beharrlich vor Ihnen aufrechterhalte ... Zweifellos habe ich den Tadel ehrlich verdient. Und anscheinend auch den Flammenwerfer, den Sie auf meinen arglosen Wunsch nach einer Jungenfreundschaft richteten, nach einer Männerkameradschaft zwischen uns.

He, ärgern Sie sich doch nicht so sehr über solchen Blödsinn, es sind nur Worte, bei meinem Leben, ich versuche nicht ständig, ›die Tatsache, dass Sie eine Frau sind‹, von unserer Beziehung zu kappen, und Gott behüte, dass sich selbst kastrieren (?!), um ›diesem Wunsch wahrhaftig Genüge zu leisten‹. Kommen Sie her, genug gestritten, ich genieße es, »kommen Sie« zu Ihnen zu sagen, sofort plätschert eine kleine warme Welle in meinem Herzen. Wissen Sie, ich kann schon in allen Räumen des Hauses an Sie denken. Nicht nur in der Dusche. Als ob ich, in den letzten Wochen, den Platz gefunden hätte, der für Sie passend ist, ohne dass Sie in fremdes Territorium eindrängen. Und wo denken Sie an mich?

Sehen Sie. Es ist gegen Abend, unsere lärmende Küche, und Ido sitzt auf seinem Thron, und vor ihm türmen sich all die Alibaba- und Alimama-Schätze, Natur- und Fruchtjoghurts, Quarks und Hüttenkäse und »die steigende Morgenröte«, Spaghetti und Apfelspalten, natürlich mit Zimt bestreut, wie Sie sie für Jochai vorbereiten (danke für die Anregung!). Maya steht am Herd, sie kocht oder ist damit beschäftigt, Hähnchenflügel für morgen zu versengen, wie schön unsere Küche in diesem Augenblick ist, denke ich mir immer mit der Bewunderung der Entdeckung einer unberührten Landschaft, und hin und wieder sage ich es mir sogar halblaut, damit Maya es nicht hört, sie verspottet mitunter meine Sentimentalität, aber es muss heraus, denn im gleichen Augenblick bin ich auch nicht anwesend, schließlich wissen Sie das, Sie sagten selbst: Immer, immer stehen Sie auch außerhalb des Hauses und stützen die Arme auf den Sims des Lebens.

Und ich sehe hinein und habe vorab Sehnsucht nach dem, was uns gewiss einmal kaputtgehen wird, vernichtet wird, in Stücke zerrissen wird, wie Dinge zu zerreißen pflegen, und vor allem meinetwegen, verflucht sei mein Name (ich las, dass man auf altchinesisch das Wort »Familie« folgendermaßen schreibt: Man zeichnet ein »Haus« und ein Schwein hinein).

Aber heute ist alles in Gutes getaucht. Schauen Sie hin und sehen Sie, wie fröhlich der Tisch ist, der überquillt vom wunderbaren Müll des Lebens, die Brotrinde, die ich von Idos Schnitten schneide, und die Eierflecken auf seinen Lippen und Wangen (und auf dem Fußboden ringsumher) und die Kakaoringe auf der Tischdecke und die Olivenkerne und das Körbchen mit den großen, schönen Früchten, die in unserem Eigenheim vor tropischer Leidenschaft bersten. Und unsere Gabeln und Löffelchen, unsere Messer und der Becher mit dem abgebrochenen Henkel und der mit dem Sprung und die »Beste-Mutter«-Tasse und die »Beste-Freundin«-Tasse und die gelbe hässliche, die wir in einem Zwölfpersonenservice zur Hochzeit bekamen und die allein übrig geblieben ist und zu zerbrechen sich weigert, wir haben die Vereinbarung, dass man in einem heftigen Streit eine dieser Tassen zerschmettern darf, aber die hier ist die letzte, und sie überlebt schon seit über drei Jahren, selbst die letzte Zeit hat sie überstanden, und was lernen wir daraus.

Und das Regal der farbenfrohen Gewürze und der Brotkas-
ten, der etwas offen steht wie der Mund eines weggetretenen
Großvaters, wie ich – hoffentlich, in Bälde, auf der Stelle –
einer sein werde! Und die Zettel und die Zeitungsartikel, die
ich ausschneide und für Maya an den Kühlschrank hefte, An-
leitungen für Mund-zu-Mund-Beatmung und Berichte über
Kleinkinder, die Desinfektionsmittel schluckten, und aktuelle
Statistiken von Unfällen, die sich daheim und draußen ereignen, durch überhöhte Geschwindigkeit, unbeherrschtes Essen
und durch Maßlosigkeit verursacht. Und Maya lächelt plötzlich vor mir, ihr einfaches und für mich sehr schönes Gesicht,
ihr geliebter, heimischer Körper, den ich um ein Vielfaches
mehr liebe als meinen eigenen, der Körper, der in dem blauen
Trainingsanzug steckt, der Zwilling meines blauen, Hochzeits-
tagsgeschenke ihrer Eltern, ihrer Eltern, die mich lieben wie
einen Sohn, so dass wir auch dann, wenn wir uns, Gott behüte,
trennen würden, weiter so täten, als gehörten wir zusammen,
allein um ihnen das Herz nicht zu brechen; und sie reicht mir
den Dampfdrucktopf und die fette Polin, und sie deponiert
den orangefarbenen Emaillierten mit den Reisresten auf der
Arbeitsplatte, und sie schöpft geschickt die Suppe von vorgestern in die Polin, nachdem sie aus ihr das Kohlgericht in
die Gesprungene gab. Und das, was in der Gesprungenen war,
sagen wir ein Gulaschrestchen, kippt sie in den Tiegelino, den
wir auf unserer Hochzeitsreise in Italien erworben haben, einmal kochten wir am Ufer des Arno Suppe darin (verwechseln
Sie ihn nicht mit dem Cyrano, den wir auf der Frankreichreise
erstanden!), und während die Töpfe sich von all dem Transfer
beruhigen, räumen wir gemeinsam den Kühlschrank um, so
dass die frischeren Milchprodukte im hinteren Teil aufbewahrt
werden, ich beuge mich über sie, und sie krümmt sich, um in
die Wölbung unter meiner Hand zu passen, unser Küchentanz,
nicht zu verwechseln mit dem Tanz des jungen Esels, und im

Laufe unseres Zusammenlebens wurden wir überhaupt ineinandergeschüttet, und bisweilen habe ich das Gefühl, als hätten wir eine gemeinsame Geschlechtsumwandlung durchgemacht in ein drittes Geschlecht, das Ehegeschlecht, und dass die beiden Körper vermengt und vermischt wurden und sich zum Ausgangspunkt der Leidenschaft verwandelten und nicht zu der Art ihrer Befriedigung – und dass wir zu einem Fleisch wurden, und das ist wirklich übel.

Sie haben keine Ahnung, welche Freude ich empfand, als wir Ido beigebracht hatten, sich die Schnürsenkel zu binden, und dabei entdeckten, dass jeder von uns sich die Schuhe auf eine andere Weise bindet.

Übrigens: Danke für das Angebot in Sachen Schai, aber diese Sache ist in den Sand gesetzt. Es trifft zu, dass er und ich seit damals erwachsen wurden, aber es wird nicht funktionieren, weil (Sie werden es nicht gerne hören, und dennoch) er und ich wissen, in unserer inneren versehrten Logik, dass diese Trennung, die willkürliche und überflüssige, auch eine Art Strafe ist, die wir verdienen, und die Fortsetzung unserer Beziehung auf eine sehr private Art. Es gibt niemanden, der mich in diesem Punkt besser verstünde als Schai.

Sollen wir in die Küche zurückgehen?

Jetzt, nachdem die Gesprungene dort raus ist und wir den kleinen Tiegelino hineingestellt haben, ist dort Platz, und Maya befreit eine gefrorene Plastikschüssel mit dem Aufkleber »Kartoffelburekas« samt Einfrierdatum aus dem Tiefkühlfach und stellt sie in das mittlere Fach des Kühlschranks. Es ist fast leer, es wackelt etwas, ich bin es, der es repariert hat, und darum darf man keine allzu schweren Dinge darauf deponieren, so wird Maya einst ihren zweiten Ehemann instruieren, den Boxer, den Schmied, den begnadeten Kühltechniker, und wir beide halten für einen Moment inne und erholen uns von der ermüdenden Geschäftigkeit und erfüllen uns mit stiller, intensiver Befriedigung, es fällt mir schwer, in Worte zu fassen, wie intensiv und tief und ganz und gar erfüllend sie ist, bis zu Mayas und meinen Spitzen der Nervenfortsätze, die sich zu krümmen und zu runden scheinen in der inneren Wärme, die in uns zusammenströmt, sie sehen womöglich aus wie die Stachel von Skorpionen in einem Balztanz oder bei der Jagd, und wir beide blähen uns zusammen auf, und unsere Herzen schlagen gemeinsam in idiotischem Stolz über dieses bescheidene Talent von uns beiden, das wir tagtäglich destillieren und vervollkommnen – bis zur Essenz des Zusammens, und so ist die Lage, Mirjam, und nun, beim Schreiben, wird mir klar, dass die Beziehung zwischen mir und meiner Maya so reguliert und definiert ist, dass man einfach keinen neuen und so großen Faktor in sie hineinstopfen kann (wie, zum Beispiel – mich).

So ist das, nicht wahr? Zwei Menschen, im Guten und im Schlechten. Sie lieben und sind in dem Eheeinmachglas verpfropft, und jeder tiefe Atemzug von mir nimmt ihr etwas weg, ein kleinliches, unkontrolliertes Aufrechnen mit dem Menschen, den man am meisten liebt. Und am Ende verwandelt sich alles in eine Kalkulation, in eine Bilanz. Glauben Sie mir (obwohl Sie sich weigern) – nicht nur, wer verdient wie viel, und wer arbeitet schwerer, daheim und außerhalb, und wer ergreift im Bett häufiger die Initiative. Auch die Gene, die man in die Familienkasse eingebracht hat, werden irgendwo aufgerechnet. Auch wem das Kind mehr ähnelt, und wer von beiden schneller altert, und wer sich dem anderen beim Altern nicht anschließt.

Sogar – wer als Erster den Kuss abbricht.

Dann nehmen Sie mich jetzt in den Arm (jetzt!), legen Sie den Kopf auf meine Schulter. Es gibt eine Stelle, die zu küssen ich mir erträume, abgesehen von dem geheimen Muttermal: die Buchtung der Schulter neben dem Hals. Ich möchte die Wärme spüren und die wie Seide weiche Haut und die Ader, die dort pulsiert. Das leise, kontinuierliche Pochen des Lebens, das in Ihnen plätschert. Kommen Sie unter meine Flügel, sagen Sie kein Wort, aber pflichten Sie mir bei, dass man sie, die Ehe, auch auf diese Weise beschreiben kann: zwei, die einander anschauen, einer den anderen, in einem äußert langwierigen Prozess, schauderhaft langsam, der Hinrichtungszeremonie eines innig geliebten Menschen.

Man ruft mich zum Essen. Das Spiegelei ist fertig. Übrigens, Sie haben etwas geschrieben, was mich geradezu in Erstaunen versetzte – dass Sie niemanden auf der Welt hätten außer Amos, mit dem Sie das, was Sie gerade fühlen, dank der Beziehung zu mir (!), teilen wollten.

Es tut mir leid: Ich glaube das nicht. Es klingt hübsch. Aber es ist ausgeschlossen.

Nicht nur hübsch – es klingt aus Ihrem Mund ganz und gar wunderbar, rund, großzügig, beneidenswert: … ich bin mir schließlich sicher, Ja'ir, dass Amos das versteht, was mich jedes Mal aufs Neue erregt, nämlich dass ein Unbekannter etwas in mir sah, das ihn derart berührte, dass er sich mir anvertraute …

Nicht dass ich es mir nicht vorzustellen vermag. Wie herrlich es wäre, wenn wir tatsächlich in einer heilen Welt lebten, in der ich Maya sagen würde – einen Moment bitte, May, ich schreibe nur den Brief an Mirjam fertig; und sie würde fragen: Mirjam? Wer ist Mirjam? Und ich würde meinen Brief an Sie gelassen beenden, ins Haus zurückgehen, mich niederlassen, das Spiegelei zerteilen und sagen, Mirjam ist eine Frau, mit der ich seit beinahe einem halben Jahr korrespondiere und die mich glücklich macht. Und Maya würde mir heiter zulächeln, da ich endlich Zeichen von Glück aufweise (und so den jahrealten Ruf zunichtemache), und sie würde mit dem großen Löffel den Gemüsesalat mischen und bitten, ich solle ihr mehr darüber erzählen, und was für eine Sorte von Glück es denn sei und worin es sich von dem Glück unterscheide, das sie mir gibt. Und ich würde kurz nachdenken und ihr schließlich sagen: Wenn ich ihr schreibe, spüre ich, dass etwas in mir lebendig wird, wieder zum Leben erwacht, verstehst du, May, selbst wenn ich ihr manchmal Dinge schreibe, die dazu führen, dass ich mich selbst verabscheue – lebe ich jetzt durch sie etwas, was sie allein in mir wiederbeleben konnte und das ohne sie – kurzerhand tot wäre. Du kannst nicht wollen, dass etwas in mir stirbt, nicht wahr, May? Das würde ich sagen und von einem Stück Käse dünne Scheiben säbeln und eine Tomate zerteilen und die Tomatenscheiben mit dem Käse umwickeln, und Maya würde mich abermals auffordern, ihr mehr zu erzählen, und ich würde ihr zum Beispiel schildern, dass Sie Wasserkessel sammeln, dass sämtliche Freunde Ihnen Wasserkessel aus der ganzen Welt mitbringen, die allesamt verpackt im Keller aufbewahrt werden. Und Maya würde nachdenken, ob wir einen besonderen Wasserkessel hätten, den wir Ihnen schenken könnten, und ich würde weitererzählen, und Mayas Augen würden mir wie früher in Liebe und Unschuld entgegenglänzen, und sie würde ihre Wange auf ihre Hand stützen wie ein Mädchen, das einem Märchen lauscht, und ich würde weitermachen und ihr sagen –

Ja'ir

(Aber dann würde sie mir eine neue Geschichte über sich selbst erzählen, die ich nicht kenne.)

20.9.

He, Mirjam …

Was Sie mir gegeben haben!

Wo beginnen? Die Gefühle streiten scharenweise um das Erstlingsrecht … Als ich klein war, gelobte ich einmal, all die

Bücher der Schulbibliothek zu lesen, die sonst niemand las. Und wahrhaftig, ein ganzes Jahr lang las ich nur Bücher, deren Leihkarten leer geblieben waren (und so machte ich die Bekanntschaft nicht weniger verborgener Schätze). Oder ich wollte mich darin üben, über meine Träume zu bestimmen, so dass ich Bestellungen und Bitten von anderen annehmen könnte, um stellvertretend für sie all ihre verstorbenen Lieben zu treffen. Oder ich wollte einen Hund so dressieren, dass er sich jeden Abend einem anderen Einsamen anschloss, der gern spazieren ging, aber keinen Grund dazu hatte – Sie können sich nicht vorstellen, wie sehr solcher Unfug mich, bis heute, beschäftigt. Ich erzähle Ihnen davon, weil das, was Sie sich für mich ausgedacht haben, was Sie mir Gutes getan haben, in jener Straße in der Nacht, als Sie mit Ihrer Mutter in dem seltenen gnädigen Moment, den Sie mit ihr hatten, dort vorbeikamen – weil mir das auf einmal, mit einer Woge, jene vergessene Leidenschaft zurückbrachte, Gutes zu tun, zu geben ohne abzuwägen, goldene Münzen aus meiner Kutsche zu werfen, aber Münzen, die aus mir gemacht waren, mein eigen Fleisch und Blut, und keine Ersatzstoffe, nicht wahr? Zu spüren, wie meine Seele so im Überfluss prasselt und wie ich mich generös selbst verteile – und wie ich ihnen die Brust gebe und das Prinzip der Fremdheit und des Gefühlsgeizes besiege, und all das, was wir unter uns Kremel zu nennen beschlossen haben; und auf einmal verstand ich, auf welche Weise unsere Verbindung mich gut werden lässt, mich Ihnen nur Gutes geben lässt, und obgleich ich mich hier und da vor Ihren Augen beschmutze, werden Sie nicht übersehen, dass es dennoch Teil jenes seltsamen, in der Kehle brennenden Wunsches ist, Ihnen Gutes zu tun – oder einfach Gutes zu tun, die Kanäle leerzuräumen von Groll und Geröll, die sich darin angehäuft haben, kommenkommen-kommenkommen Sie

Und wenn ich solch ein großzügiges Geschenk gar nicht verdient habe?

Was ist, wenn ich gelogen habe.

Jene beiden Frauen, und was sie mir sagten oder auch nicht sagten, in jener Straße in der Nacht – die tödliche Wahrheit. Aber was, wenn ich gar nicht aus dem Kino kam und nicht von einer Verabredung mit Schai? Das heißt – daheim hatte ich vorgegeben, mit Schai auszugehen, immer nur mit Schai, den mein Vater missbilligte und dessen ironischen Blick er scheute; er nannte ihn »Fojgl« und manchmal auch »die Neonröhre« (es lag irgendeine Totenblässe in seinem Gesicht), äffte seine Sprechweise nach und auch die Geste, mit der Schai sich die Locke aus der Stirn strich. Schai, Schai (Sie kennen ihn bereits, aber es tut gut, nach so vielen Jahren seinen Namen zu schreiben).

Sie müssen auch wissen, dass ich zur damaligen Zeit schon mit Mädchen ausging, doch zu Hause wussten sie nichts davon, natürlich nicht. Und warum? Ebendarum. Vielleicht weil ich schon damals fühlte, dass man sich Privatsphäre unter dem Einsatz aller Kräfte erkämpfen muss, und vielleicht weil ich begann, irgendeine Angst in ihnen wahrzunehmen, dünn wie Mousselin, in Bezug auf mich und darauf, wie ich geraten war. Nichts allzu Eindeutiges, aber es umwehte mich schon eine gewisse Nervosität, ein schemenhafter Zweifel, der ihnen das Herz erstarren ließ. Vielleicht kennen Sie das, wenn jeder Satz, den man äußert, bei Licht auseinandergezogen und auf Spuren untersucht wird, auf etwas, was nicht ganz klar ist, zumindest damals wusste ich es nicht, oder ich wollte die Dinge nicht beim Namen nennen. Auch ich selbst hatte gewisse Befürchtungen (wer in diesem Alter hatte sie nicht), aber gleichzeitig verspürte ich auch eine Art Genuss, wie ich sie so verunsicherte und auf falsche Fährten führte, wie ich ihre Welt beispielsweise mit einem plumpen Hinweis auf einen älteren mysteriösen Freund, den ich in der Beit-HaAm-Bibliothek traf und der mit mir lange Diskussionen über Kunst führte, zerstörte, wie ich die Idee versprühte, dass Schai und ich beschlossen hätten, nach der Armeezeit zusammen eine Wohnung in Tel Aviv zu mieten … Und die Gummihandschuhdame warf dem braunen Gürtelherrn einen mittelalterlichen Blick zu und grollte, dass dieser Schai für seine Größe schon ein gewaltiger Hammel sei, und wie es denn komme, dass er noch keine Freundin habe, und warum ich mich nicht einmal mit einem halbwegs normalen Jungen anfreunden könne, anstatt immer wie ein Kopf und ein Arsch mit diesem Schai zusammenzustecken, so pflegte sie zu wettern und entsetzt zu schweigen, und ich blökte mit zarter kindlicher Unschuld, dass Mädchen mich nicht die Bohne interessierten, ebenso wenig wie ihn, und was uns beide beschäftige, sei, die Schule zu schmeißen und ins Ausland zu gehen, um uns einer Laienschauspieltruppe anzuschließen, und Sie müssen diese Worte einmal mit ihren Ohren hören, und nie-nie-Hand-aufs-Herz gab ich ihnen preis, dass ich längst mit Mädchen ging, mit Weibern, mit normalen … Schließlich begann ich schon in der Blüte meiner Jahre mit Mädchen rumzumachen, ein kleiner Lolit, der ich war, schon im Alter von zwölf, erinnere ich mich, wie ich zu dem Mädchen kam, zu irgendeinem x-beliebigen, wählerisch war ich nicht, und mit einer erschütternden Selbstsicherheit lud ich die Auserwählte ein, das heißt – befahl ich ihr mit schlotternden Knien, mit mir ins Kino zu kommen, und nach dem Kino zwang ich sie im Guten, bettelnd, mich selbst erniedrigend, mit mir zu schmusen, warum denn, ebendarum, weil ich es will, weil ich muss, weil es zu irgendeinem Geschäft gehört, an dem sie keinen Anteil hatte, in dem sie nur die Währungseinheit war. Oder die Quittung.

Und Sie würden sich wundern, wie viele bereit waren, dem ängstlichen Tyrannen, der ich war, weiches Kanonenfutter zu sein, obwohl ich nicht gerade der Schönste war, aber es gab immer die eine oder andere, die bereit war, als Statistin an meinem inneren blutigen Schauspiel teilzunehmen, oder vielleicht wollten sie sich auch nur an mir üben, bevor sie das Wahre trafen, es entzieht sich meiner Kenntnis. Mitunter wundert es mich, bis heute: Vielleicht fühlten sie etwas, was ihnen fremd war und was sie zu ihm hinzog? Und warum deprimiert es mich jetzt wieder, immerhin sind eine Menge Jahre vergangen, jener Junge ist gewachsen und wurde gerettet, aber zu denken, dass es vielleicht wirklich das finstere Geheimnis war, das meine magische Anziehungskraft ausmachte (denn wer kann schon der Verlockung widerstehen, einen Blick in die Hölle eines anderen zu werfen?) –

An jenem Abend kam ich aus dem Kino, aber nicht mit Schai, sondern mit einem Mädchen, dessen Namen ich vergessen habe, nachdem ich mich von ihr verabschiedet hatte, fuhr ich nach Hause, aber anstatt in der Jaffa-Straße auszusteigen und einen Bus zu unserem Stadtteil zu nehmen, machte ich einen Abstecher in die Bahari-Gasse zu den geschlossenen Ladenreihen der Händler mit den Nüssen und Kernen und zu den Nutten.

Mirjam, Mirjam, mal sehen, ob ich diese Dose öffnen kann: Ich war knappe zwölf und nicht viel weiter als bis zu gestohlenem Streicheln und verstohlenen Küssen auf Lippen, die sich stets vor mir verschlossen. In der Hand hielt ich fünfzig gerollte, mit kaltem Schweiß verklebte Lirot, die ich im Laufe von Monaten aus dem heiligen Portemonnaie gestohlen hatte, mich selbst kasteiend, denn ich hatte es von langer Hand kaltblütig geplant, ich pflegte in der Klasse in den Grammatik- und Bibelstunden zu sitzen und mir auszumalen, wie ich es tun würde, ich nahm eine Schabbatmahlzeit im Schoß meiner Familie ein und dachte nur an das eine …

Pause?

Sie haben mich so sehr aufgewühlt mit Ihrer Geschichte. Sowohl mit den realen Begebenheiten, dem Alptraum Ihrer Urlaubswoche in Jerusalem (wie alt waren Sie? Fünfzehn? Sechzehn?), als auch mit der imaginären Begegnung, die Sie für mich am Ende der Woche phantasierten. Kleinigkeiten, die Sie erzählten – dass Sie sich Ihrer großen Schuhe schämten, die neben ihren winzigen im Zimmer in der Pension standen, und welche Anstalten Sie machten, die Paare voneinander zu trennen, und wie sie sich hemmungslos bemühte, sie wieder nebeneinanderzustellen. Ich denke über die neue Üppigkeit nach, die damals in Ihnen erblühte, endlich blühte, die ihr, ich bin sicher, vorkam wie ein zusätzlicher ›Beweis‹ für Ihren wahren Charakter, den liederlichen ...

Und mehr als alles andere, gut, das ist klar, was sie Ihnen in der Nacht zuflüsterte, bevor Sie nach Hause zurückkehrten. Dieser Satz nagt die ganze Zeit an mir, mit seiner inneren besiegten Musik (wie eine Zeile aus einem Klagelied) – sollte Vater fragen, sagen wir, es war schön. Sollte Vater fragen, sagen wir, es war schön ...

Und auf einmal konnte ich etwas verstehen, was ich bis heute nie so gesehen habe: wie unglücklich meine Eltern meinetwegen waren, vielleicht nicht weniger, als ich selbst es war. Ich hatte nie daran gedacht, wie hilflos und erniedrigt sie sich fühlten. Wie Sie sagen: Es ist auch furchtbar, ein Kind, das dein Waise ist, großzuziehen.


Mirjam, einmal haben Sie erzählt, dass Sie sich ein kleines Spielchen mit mir machen – dass Sie jeden Tag einen meiner Briefe aus der Tüte ›losen‹ und ihn lesen, um herauszufinden, was sich in mir und in Ihnen verändert hat, seit Sie ihn zuletzt lasen.

Darum will ich Ihnen die Fortsetzung in einem separaten Brief schreiben, haben Sie etwas dagegen?

J.

Sind Sie noch da?

Ich weiß nicht, woher ich den Mut nahm. Mein ganzer Körper zitterte, schließlich war der Mut an sich schon eine Art
Verrat, wie ist es möglich, dass ein Kind es wagt, sich von der
Anziehungskraft dieser Familie freizumachen und sich so weit
zu entfernen. Aber vielleicht war der erstaunlichste Verrat der,
dass eine zwölfjährige Erdnuss sich aufrichtete und sich solch
ein starkes Gefühl herausnahm, Leidenschaft, man nennt es
Leidenschaft, einer von uns verfiel der Leidenschaft, lodernder
Leidenschaft, Brüder, Feuer!

Was für eine Leidenschaft, wer verspürte denn Leidenschaft
in jenen Momenten, vielleicht höchstens die einzig echte Leidenschaft, die ich kenne (die Leidenschaft der Schuld, die sich
immer eine freie Sünde sucht, um sich mit ihr zu paaren). Bei
meinem Leben, ich hätte ein ganzes Buch über die Stellungen
dieser beiden schreiben können, alle denkbaren Variationen,
eine ach so natürliche Fortsetzung des Familienkochbuchs, wo
bist du, Schai?!

Es standen dort junge und alte Männer, die mir vorkamen
wie die Filmganoven, die man riesengroß aus Pappe ausschnitt
und auf das Dach des »Orgil-Kinos« bugsierte. Ich ging mit
gesenkten Augen durch ihre Reihen, mit dem feierlichen, starren Entsetzen eines zum Tode Verurteilten. Ich dachte, dass
gewiss kein Aschkenase in der Nähe sei und dass mein letztes
Stündlein gekommen war. Jemand schlug mir von hinten auf
den Kopf und grölte, dass er mich an meine Talmudschule in
Mea Schearim verpfeifen würde. Passen Sie auf, Mirjam, das
war der Junge, den Sie mit Ihrem Blick begnadigen wollten,
dem Sie versichern wollten, dass er ein hübscher Junge ist …
Am Ende der Gasse lag ein großer Hinterhof. Männer gingen
mit gesenkten Gesichtern eilig ein und aus. In der Klasse hatten

wir uns unter ersticktem Flüstern ausgemalt, was sich dort zutrug. Eli ben Sikri war der Einzige, der es einmal gewagt hatte, durch diese Gasse zu laufen, und er galt dafür als Held Israels. Und ich trat ein. Der Geruch nach Urin und Abwasser hing in der Luft, und mit jedem Atemzug fühlte ich, wie ich mich beschmutzte. Ein Junge, nicht viel älter als ich, stieß mich in Richtung einer der Mauern. Vor der Mauer stand eine große rechteckige Frau in einem sehr kurzen schwarzen Rock, glänzend, wohl aus Leder. Ich erinnere mich an diesen Glanz, an ihre nackten, sehr drallen Schenkel, aber nicht an ihr Gesicht, ich wagte nicht, sie anzusehen, stellen Sie sich das vor, bis zum Ende des ganzen Vorgangs wagte ich es nicht, nicht ein einziges Mal, den Kopf zu heben, um sie anzusehen.

Ich fragte, wie viel, sie sagte dreißig, und ich, wie gelähmt, reichte ihr die Scheine, die in meiner Hand zusammengerollt waren, und hörte, wie mein Vater aus Groll über den schlechten Geschäftsmann explodierte, der ich war. Mirjam – Sie dürfen den nächsten Abschnitt überspringen, aber ich muss es Ihnen erzählen. Ich möchte mich reinwaschen. Ringsumher standen hohe Gebäude, die Mauern waren übersät mit dicken Teerflecken, großen Teerzungen, und in dem dunklen Hof selbst lagen Stapel alter Baubohlen, Abfallhügel, und hier und da glimmte der rötliche Schein einer Zigarette, und aus allen Ecken kam ein Gesumme und ein Flüstern und Keuchen, dazu die teilnahmslosen Stimmen der Huren, die bei der Arbeit miteinander plauderten. Ich erinnere mich, wie die Frau mit einer groben Gebärde den Rock hob, und ich, der ich damals noch die höchste Errungenschaft in meiner Fertigkeit sah, einen Büstenhalter mit einer Hand zu öffnen – einen Büstenhalter meiner Schwester Aviva, den ich zu Übungszwecken über den alten Fauteuil gezogen hatte –, sah auf einmal vor meinen Augen das Ding aller Dinge. Mir wurde kühl und übel, ich fühlte, wie sich meine Seele zusammenzog, dass ich sie für immer einbüßte, und ich dachte, da hast du es, sieh nur, wie tief du gesunken bist.

(Nein, ich war ein viel dramatischerer Junge. Ich erinnere mich an folgenden inneren Wortlaut: Jetzt bist du wahrhaftig ins Abseits der menschlichen Gesellschaft geraten …)

Sie fragte mich, warum ich die Hosen nicht runterließ, und streckte eine ungehobelte Hand nach meinem kleinen Schmock aus, der versuchte, sich kreischend in die Tiefen der Unterhose in Sicherheit zu bringen. Sie zerrte daran und schüttelte ihn tüchtig, sie rieb, flutschte und blähte ihn mit ihrer unangenehmen rauhen Handfläche, und ich verließ kummervoll meinen Körper und betrachtete mich aus der Höhe und dachte – für alle Zeiten irreparabel.

Einen Moment bitte, Zigarette. Ich muss Luft holen. Sehen Sie nur, was für eine große Sache ich aus einem Besuch bei einer Nutte mache. Alles in allem fünfzig Lirot. Big deal. Wo waren wir stehen geblieben?

Wir waren dabei, dass sie, das heißt besagte Nutte, wütend wurde und durch ihren Kaugummi hindurch befahl, ich solle mich beeilen, und dann, hören Sie, der kleine Rotzlöffel, der ich war, der gehorsame, freche, bat sie mit zittriger Stimme – ob er sie einmal hier oben, auf die Brust, küssen dürfe … Überspringen Sie es, Mirjam, überspringen Sie es, denn jetzt wird es infektiös. Warum ziehe ich Sie überhaupt da hinein. Warum muss ich Sie damit verunreinigen? »Er wollte mit einer seines Schlages sündigen, ein andres Wesen zur Sünde mit ihm zwingen und mit ihr in der Sünde jubilieren«, aber ich hatte nicht das Glück des jungen Stephen Daedalus. Wie neidisch ich wurde, als ich las: Ihre Lippen »drückten auf sein Hirn wie auf seine Lippen«. Meine stieß nur ein angewidertes Schnauben aus und lüftete den Büstenhalter ein wenig. Ich sah nichts, ich fühlte, wie warmes, verschwitztes Fleisch sich mir gegen das Gesicht presste, meine Zunge suchte und tastete darüber, ich erinnere mich daran, wie verdutzt ich war, als ich eine große, weiche Warze fühlte, an die ich mich auf einmal mit meiner ganzen Willenskraft hielt. Ein Strom warmer Liebe umspülte mich dort, denn in jenem liederlichen Hof stieß ich auf einmal auf eine Sache, die liebenswürdig war, die ganz Liebe und Reinheit war, und ich konnte nicht umhin, mich ihr sofort und ganz zu widmen …

Ja, das ist wirklich witzig, ich saugte an ihr mit keuchender, schmatzender Dankbarkeit, diese wundersame Weichheit, die meine Mundgrube füllte, dass ich mich sogar noch in diesem Moment an ihre Berührung erinnere und daran, wie in jener halben Ohnmacht die Warze sich mir ausmalte wie eine kleine, satte, rundliche Frau, die in keinem Zusammenhang mit der Nutte stand, einfach eine winzig kleine Frau, weich, etwas älter und grundsolide, die selbst vielleicht ebenfalls im Gewerbe war, aber nur um Jugendlichen wie mir auf angenehme, heimische Weise die Weihen der Sexualität zu erteilen, und ich erinnere mich an den Schock, den ich bekam, als das freundliche Fräulein sich auf einmal versteifte und mir im Mund wie ein rauhes Gummikristall mastikierte, zu einem kleinen, rundum dichten Stalaktiten vulkanisierte (Sie dürfen lachen), und an die Abscheu und die völlige Verzweiflung über alles, denn wenn sogar das verschlossen war, verkrustet und fremd, was blieb denn dann, woran man glauben könnte … Und dann prasselten schon von oben Ohrfeigen und Fäuste auf mich nieder, und ich werde niemals ihren verwunderten, schmerzvollen Schrei vergessen, der durch jene hermetische, stinkende Welt hallte: Seht euch diesen kleinen Perversen an! Hältst du mich vielleicht für deine Mama?!

Als ich die Gasse verließ, ahnte niemand, was ich durchgemacht hatte. Hätte man mich an einen Lügendetektor angeschlossen, hätte er geschrieben: »Braves Kind Jerusalem«. Als ob irgendein dünnes Skalpell über mir geschwungen worden wäre und den Dreck jenes Augenblicks aus mir geschält hätte, und auch den brutalen Fußtritt in den Hintern, den mir jemand verpasste, anscheinend ihr Lude, der mich an der Schulter packte und auf die Straße setzte, während mir ein ersticktes Lachen aus allen Ecken des düsteren Hofs folgte und ich davonhinkte, fiel und ganz Fleck war. Aber nach fünf Minuten saß ich schon im Bus auf dem Weg nach Hause, inmitten der Lichter der Stadt und zwischen Menschen, die nicht die geringste Ahnung hatten, was sich in ihrer unmittelbaren Nachbarschaft abgespielt hatte und wie hart der Buhllohn gewesen war, den ich dort gezollt hatte. Und ich hüllte mich wieder in mein Gesicht, ich war wieder ich, bis zur Übertreibung und Lächerlichkeit, ich streifte mein Gesicht mit der allseits bekannten Geschichte über, und gewiss kniff ich auch die Augen zusammen, um ihnen ein kurzsichtiges, hilfloses Aussehen zu verleihen, damit die Menschen mich ansahen und mich insgeheim verspotteten und so den gewohnten Status zwischen uns wiederherstellten; und ich war der Junge, der letzte Woche wieder bei mir aufgetaucht ist, als ich mir den Bart abnahm, fragen Sie nicht, immerhin habe ich den Bart entfernt, um ihn zu treffen, aus einer albernen Sehnsucht nach ihm heraus, die Sie auf einmal in mir ausgelöst haben, ich hätte vor Kränkung platzen können, als ich sah, was für ein schwächliches Gesichtchen mir entgegenblickte. Und dennoch zwinge ich mich, Ihnen gegenüber loyal zu bleiben, nicht mir: Ihnen, und ich verspreche, ihn nicht wieder mit einer haarigen Hautschicht zuzudecken.

Als ich unser Viertel erreichte, war ich schon ganz vertieft, ohne den leisesten Zweifel an den schönen, versöhnlichen Dingen, die in mir aufstiegen. Ich erinnere mich beispielsweise daran, dass ich dachte, ich würde einmal zur See fahren und zu fernen Gestaden segeln, zu blassblauen, grünen, hellen Orten, und ich würde nichts als schöne Landschaften sehen, und es wären keinerlei Menschen um mich herum, nur gewaltige, klare Meeresweiten. Und als ich in die Phantasie versunken war, kamen die beiden Frauen des Wegs, eine jung und eine etwas älter, und sie sprachen die Worte aus, deren ich mir nicht sicher bin, denn vielleicht sprachen sie ja auch von einem »üblen Jungen«, es entzieht sich meiner Kenntnis.

Sie waren es nicht, nicht Sie und auch nicht Ihre Mutter. Danke für Ihren enormen Einsatz. Danke, dass Sie für mich zurückkehrten, um jene fürchterliche Woche mit ihr zu verbringen, allein, ohne den Vater, den Beschützer und Beschirmer. Ich weiß, wie schwer Ihnen der Rückweg dorthin fiel. Ich war bei Ihnen in den nicht enden wollenden Nächten im Doppelbett in der Pension, wenn Sie auf der einen Seite weinten – und sie auf der anderen schwieg und es nicht einmal fertigbrachte, eine Hand auszustrecken, um Sie zu liebkosen.

Auch ohne dass Sie es aussprachen, weiß ich, dass Sie mich in der letzten Nacht zu dem wohl einzigen Moment geleiteten, in dem Ihnen beiden in all den Jahren der Himmel offenstand. Wieder staune ich, wie großzügig, klug und großartig Sie in einem so jugendlichen Alter sein konnten. Wie Sie genau verstanden, wie unglücklich und erniedrigt sie durch ihre Bitte war, sollte Vater fragen ... Und wie viel Kraft Sie brauchten, um die Hand nach ihr auszustrecken, hinter die Schattenberge, und ihr zu sagen, komm, Mama.

Und ich höre nicht auf, jenen Film vor mir ablaufen zu lassen. Sie beide in der leeren Straße, bei Nacht, untergehakt (erst jetzt verstehe ich – jene Hand, die Schwangerschaft, die Lähmung, ihre rechte Hand ...), erschrocken über die plötzliche Nähe, aufgeregt und stumm, und Sie schmiegen sich aneinander und schrecken zurück und zittern beide wie Espenlaub.

Und was mich am meisten berührte – dass Sie in dem Sturm der Gefühle, der Sie beim Schreiben schüttelte, nicht aus den Augen verloren, wie wichtig es mir war, dass die jüngere, die

»modische« Frau es über mich sagen würde (das, was sie womöglich gar nicht sagte).

Aber nein. Sie hätten einen Blick auf mich geworfen und
genau gewusst, woher ich gerade kam und in welchem Maße
ich längst verloren war. Nur erklären Sie mir, denn ich verstehe
es ganz und gar nicht – wie kam es, dass ich so geartet war?

Ich bin jetzt innerlich ganz trübe.

J.


22.9.


Haben Sie heute abend zufällig ferngesehen?

Sie brachten eine Sendung, die mir wie geschaffen für Sie
schien, eine von denen, die Sie gern sehen. Und sie ließ mich
auch ein wenig an meine »gewaltigen, klaren Meeresweiten«
denken. Es wurde ein Stamm gezeigt, der auf einer Insel im
Stillen Ozean lebt und in dessen Sprache die Substantive nicht
nach maskulin oder feminin unterschieden werden, sondern
danach, ob sie »aus der Luft kommen« oder »aus dem Meer«.

(Und ich dachte an eine weitere Insel, wo sie »aus Ja'ir kommen« oder »aus Mirjam«.)


24.9.


Sie drehen nur ein wenig an dem Kaleidoskop, und das ganze
Bild kippt, aber welch enorme Kraft erfordert diese kleine Um-
drehung!

Ihr Brief kam an einem anstrengenden, nervenaufreiben-
den Tag. Sowohl die furchtbaren, zur Verzweiflung treibenden
Nachrichten als auch eine diffuse innere Verstimmung, und
jeder, der in meine Nähe kam, fügte mir Schrammen zu. In der

Mitte des Tages ließ ich alles fallen, rannte zur Post und betete, dort einen weißen Umschlag von Ihnen vorzufinden, und auf einmal – wie meinten Sie, als Sie schilderten, wie Sie sich in Amos verliebten – ›genas meine Sonne‹.

Was denn, auf einmal waren nicht Sie es, die mich dort auf der Straße, bei Nacht, gerettet hat, sondern umgekehrt – ich habe Sie gerettet? Womit denn? Was hatte ich Ihnen damals schon zu bieten, in dem jämmerlichen Zustand, in dem ich mich befand …

Wie Sie alles wissen, wie Sie Gnade gewähren, mit leichten Gesten, mit geheimen Worten. Ich lese, und immer wieder solch eine Welle, eine innere, die mich beinahe aufweicht. Denn ich hatte offenbar schon völlig vergessen, nicht einmal für mich allein erlaubte ich mir eine Erinnerung daran, dass die Kraft, etwas so leidenschaftlich zu wollen, die Kraft, die entstellt wurde, bis sie vor der Hure nicht haltmachte, nicht zwingend eine deformierte Kraft ist, und auch keine beschämende, sondern dass sie gleichermaßen kolossal sein kann, Sie haben recht, sie ist Trieb, und sie ist Glut, und sie ist Kreativität und Leben …

Mirjam, in meine Josefsgrube sind Sie hinabgestiegen, haben sie wie ein Kaleidoskop gedreht, zehn Sätze, nicht mehr. Und haben eine kleine, zitternde, persönliche Schmach in meiner Handfläche deponiert, meine fünf Finger darüber geschlossen und gesagt: Heben Sie sie auf, und auf einmal sind Sie diejenige, nicht ich, die dort in der Straße die Kraftlose war und die sich selbst verleugnete, Sie, die Sie bereit waren zu ignorieren, dass er genau in dieser Woche wieder nach Israel kommen würde, der schöne Alexander, und die den Eltern ermöglichte, Sie schleunigst aus der Stadt zu entfernen, indem sie Sie mit einer Woche Urlaub in Jerusalem bestachen –

Gut, ich stelle mir vor, dass es tatsächlich außerordentlich verlockend war, zum ersten Mal im Leben in einem richtigen Hotel zu sein, ein erster Urlaub in Ihrem Leben mit Ihrer Mutter, allein mit ihr, und all das, von dem Sie hofften, es werde Ihnen beiden dort endlich widerfahren. Vielleicht gehen Sie, wie immer, zu hart mit sich ins Gericht (was hätte sich schon zwischen Ihnen und ihm abspielen können), aber als Sie von dem Ekel schrieben, der langsam in Ihnen hochstieg, als Sie sich zu verstehen gestatteten, um welchen Preis Sie Ihre Leidenschaft verkauft hatten und wie sehr Sie im Grunde davon besessen waren, auf das Geschäft einzugehen – dachte ich, dass man jetzt vielleicht ernsthaft über jenes »Freundschaftsangebot« nachdenken könnte, zwischen dem Mädchen, das Sie waren, und dem Jungen, der ich war.

Und wenn ich nur einen einzigen Moment aus all Ihren Briefen herausgreifen sollte, würde ich die letzten Zeilen aus dem bestimmten nehmen, die kleine verbale Skizze. Wie wir auf der Straße wie Bruder und Schwester aneinander vorübergehen, in zwei verschiedenen Gefangenentransporten abgeführt, und wie Sie aus der Entfernung von meiner Kraft, der Kraft, etwas dringlich zu wollen, etwas aufsogen, auf dass sie Ihnen für das ganze kommende Leben als Wegzehrung diene – dank deren ich Ihnen so hübsch zu sein schien.

Ja'ir


Erschrecken Sie nicht vor dem Fleck (unangenehm, aber manchmal kann Glück in Form eines plötzlichen Blutsturzes aus den Nasenlöchern aus dem Körper treten.)


25.9.


Mirjam, ich hatte einen Traum ...

Bei meinem Leben, nicht einfach ein Fragment oder ein vergessener Traum, seit Jahren kann ich mich an keinen kompletten Traum erinnern!

Wollen Sie ihn hören? Sie haben keine Wahl: Sie haben mir wenigstens vier geschildert, ausführlich. Sie sagten, das schönste Geschenk, das Sie sich selbst machen könnten, sei ein interessanter Traum. Und auch – dass Sie mit Jochai zu träumen aufhörten (und dass Sie mit mir dazu zurückgekehrt sind).

Es war folgendermaßen: Ich stehe mit drei Menschen auf einem offenen Feld. Eine ältere Frau und ein älterer Mann und noch eine jüngere Frau. Vielleicht meine Eltern und meine Schwester, ihre Gesichter bleiben unklar.

Um uns herum sind noch ein paar Menschen, die mir unbekannt sind. Sie sind warm und bäuerlich gekleidet. Sie führen uns vier in eine Art Badeanstalt oder unter eine große Dusche (während ich es niederschreibe, fällt mir auf – das heißt, haben Sie keine Angst: Es ist kein Holocausttraum. Ich weiß, wie empfindlich Sie da sind).

Die »Dusche« befindet sich aus irgendeinem Grund auf dem offenen Feld, auf etwas wie einer kleinen grünen Wiese. Die Fremden stellen einen starken Wasserstrahl an. Das Wasser kommt aus vier hohen Hähnen über unseren Köpfen. Es ist sehr warm, und sofort füllt sich der ganze Acker mit Dunst, und die fremden Menschen nicken seltsam, verschwinden und lassen uns allein.

Und dann ziehen wir uns aus, jeder von uns in einer anderen Ecke des Feldes. Unsere Bewegungen sind langsam und friedlich. Ohne uns voreinander zu schämen (auch ohne den Wunsch zu spicken). Die Kleider legen wir auf kleine Holzstühle, wie Erstklässlerstühle, und später marschieren wir los und stehen zusammen unter den Wasserhähnen.

Es entsetzt mich immer, wenn ich lese, wie die Nazis ganze Familien zwangen, sich zusammen auszuziehen, und ich denke dann – nicht an den großen furchtbaren Tod, der unerbittlich folgte, sondern an die Verlegenheit und Scham der Menschen, die sich da auf einmal voreinander zu entkleiden hatten, Männer und Frauen, die einander fremd waren, Väter vor den Augen ihrer Kinder, Erwachsene vor den Augen ihrer Eltern (oder das, was Sie über Kafka und den Holocaust sagten. Was für ein Glück, wirklich, man stelle es sich einmal vor – ein Mann wie er, dort. Unerträglich allein der Gedanke) –

Ihnen nur erzählen, wie die Sache zu Ende geht: Wir duschen friedlich und vergnügt. Es dauert lange. Wir seifen uns ernst und mit langsamen Bewegungen ein, in einer Art Respekt für diese Zeremonie.

Das ist der ganze Traum.

Jetzt, nachdem ich ihn niedergeschrieben habe, bin ich etwas enttäuscht. Das meiste habe ich scheinbar doch vergessen. Was ist er schon im Vergleich zu Ihren stürmischen, pittoresken, komplexen Träumen. Sie verstehen – ich hatte das Gefühl, dass ich mich die ganze Nacht über dort gewaschen habe, und nun frage ich mich, wie lange ein solcher Traum überhaupt dauern kann?

Dennoch, ich sehne mich nach ihm zurück. Als ob wir im Traum keine Menschen gewesen wären, keine »Menschen« im üblichen Sinn: Es lag eine gewisse Eleganz in uns, sagen wir, die Grazie von vier schönen Pferden, die in einem Bach baden. Jeder für sich mit der eigenen Reinigung beschäftigt.

Abschicken? Nicht abschicken?

J.


Gut, dass ich gewartet habe, die Lese von heute Nacht brachte etwas Erleseneres hervor:

Ich gehe mit meinem Vater durch das Mamilla-Viertel in Jerusalem, gegenüber der Betonmauer, die dort bis siebenundsechzig stand. Im Traum steht sie noch, aber anscheinend kann man sie schon passieren und in die Altstadt gehen. Gut, das ist nicht das Wesentliche. Mein Vater und ich erklimmen einen kurvenreichen, schwierigen Weg und kommen zum italienischen Krankenhaus, und dort sagt mein Vater, wir müssen uns trennen. Dem Anschein nach ist es ein völlig normaler, alltäglicher Abschied, ich weiß nicht, ob er schwer krank ist und beabsichtigt, in das Krankenhaus zu gehen, oder ob er seinen Weg fortsetzen wird, aber auf einmal herrscht zwischen uns das Gefühl schwerer Bedrückung. Mein Vater geht, und plötzlich, als ob er sich an etwas Wichtiges erinnere, dreht er sich um, kehrt zurück und reicht mir die Hand. Er streckt sie mir regelrecht schon von weitem entgegen, mit einer Geste der Liebe und Sanftmut.

Ich eile auf ihn zu, packe seine Hand und will sie noch einen Moment halten, doch da zieht er sie weg und sagt in einer Art Erklärung: Sieh nur, was dein Stift mir angetan hat, und er lutscht das Blut von seinem Finger. Ich bin bestürzt, dass ich ihn verletzt habe, und beginne eine Entschuldigung zu stottern, aber er ist schon weg und verschwunden.

Ich fühlte mich sonderbar (sonderbar ist nicht das richtige Wort) – es war aufregend, meinem Vater wiederzubegegnen, im Traum. Ich habe ihn schon lange nicht mehr gesehen. Sein Gang, das Gesicht. Etwas Verlegenes, Hilfloses hatte er, wie er so vor mir stand.

27.9.

Liebe Anna,

wir sind uns nie begegnet, aber ich habe das Gefühl, dass ich mich an Sie wenden kann, als wären wir alte Bekannte.

Als ich begann, mit Mirjam zu korrespondieren, fragte sie mich einmal lächelnd, ob ich schon »alle Geschichten über sie« gehört hätte, und sie bat mich um das Versprechen, nur das zu berücksichtigen, was sie selbst über sich erzählte. Damit keine Geschichte sich für mich in Klatsch verwandelte.

Sie schien mir damals so unbedarft und hausbacken (sie ist so, ich weiß es, sie hat auch diese Seite), dass mich der Gedanke, was sie anbelangte, könne es »Geschichten« geben, amüsierte.

Aber nun ist etwas geschehen. Gestern Nachmittag, nachdem ich den täglichen Brief in den Schulbriefkasten gesteckt hatte, war ich gezwungen, einen Fahrgast mitzunehmen. »Gezwungen«, weil ich nach dem erwähnten Brief lieber allein gewesen wäre, aber mir blieb keine Wahl: Es handelte sich um eine kleine, energische, äußerst entschlossene Dame, die in der Schule arbeitet und die ich flüchtig kenne (wir haben Kinder im selben Kindergarten). Wir fuhren los, blieben in den gewohnten Staus stecken, und sie war, aus irgendeinem Grund, darauf versessen zu reden, und für einen Moment hatte ich sogar das seltsame Gefühl, dass sie das Gespräch nachgerade in eine ganz bestimmte Richtung lenkte, denn ohne dass ich begriff, wie mir geschah, erwähnte sie Mirjam und Amos, und dann, natürlich, fiel auch Ihr Name, und die ganze Affäre kam zur Sprache.

Um genau zu sein – erfuhr ich, dass »ganz Jerusalem über Sie alle gesprochen« und es »einen himmelschreienden Skandal« gegeben hatte (die Worte waren von Handbewegungen und vieldeutigem Mienenspiel begleitet). Außerdem erfuhr ich, dass ein paar Eltern und ein Mensch vom Kultusministerium verlangt hatten, Mirjam wegen des »Eklats« vom Dienst zu suspendieren, und dass nur zornige Proteste von Schülern und anderen Eltern dazu geführt hatten, dass es nicht so weit kam.

Sie können sich vorstellen, wie ich mich fühlte. Ich konnte kaum weiterfahren. Ich habe von all dem nichts gewusst. Ein halbes Jahr korrespondiere ich schon mit Mirjam, und sie hat mir nichts davon erzählt. Vielleicht hatte sie Angst, ich würde es nicht verstehen. Oder ich würde plötzlich vor ihr erschrecken (?).

Liebe Anna, als ich klein war – wenn meine Mutter oder mein Vater um mich herum vor Zorn zu kochen begannen –, hatte ich ein Patentrezept. Ich riegelte mich innerlich hermetisch ab und begann, mir eine Geschichte zu erzählen. Immer die gleiche Geschichte. Über eine Kreatur mit Namen Maleachi, die nur ich ins Leben rufen konnte, indem ich meine kleine Armbanduhr der Sonne zuwandte (oder jeder anderen Lichtquelle). Und dann wurde er in Form eines kleinen Lichtflecks geschaffen, rund und über die Wand streichend. Draußen wüteten und tosten sie um mich herum, und ich ließ Maleachi heimlich über die Wände fahren und sprach zu ihm in meinem Innern und spazierte mit ihm über ihre Gesichter, die sich vor mir verzerrten, und auch über ihre Körper und Stirnen, schuf mir auf ihnen Lichtenklaven, und ununterbrochen, in meinem Innern, sprach ich mit schönen, großen Worten zu ihm, die mir das Gefühl von Erhabenheit gaben, mitten in der Schlangenbissaktion.

Gestern ist er wiedergekehrt. Auf einmal, im Geistesblitz eines Augenblicks, hat er sich aufgemacht, um mich zu erlösen. Ich spazierte mit ihm die Wagendecke entlang, über das Kleid der Dame, über ihr dümmliches Gesicht. Sie sprach, und ich konzentrierte mich mit ganzer Kraft und erzählte Maleachi von Ihnen, Anna, wie Sie mit Amos lebten und ihn liebten, und wie er Sie liebte. Wie kann man Anna nicht lieben, sagt Mirjam oft. Maleachi flanierte, sonnengolden. Vielleicht zwanzig Jahre sind wir uns nicht mehr begegnet, ich habe seit damals so viele Uhren gewechselt, doch er hat sich nicht verändert. Ich erzählte ihm, dass es in einem bestimmten Augenblick, falls man Dinge dieser Art in Augenblicken messen kann, geschah, dass Ihre Mirjam und Ihr Amos sich ineinander verliebten.

Vielleicht war es, als Mirjam nach Paris fuhr, um jenen Jehoschua zu retten, der ihr lieb und teuer war. Sie wissen, dass sie sich mitunter gern als erlösende Ritterin fühlt, und dort entdeckte sie, dass er gar keine Erlösung brauchte, sondern im Gegenteil, dass er ein wüstes Leben führte. Und anscheinend hing sie damals ein wenig durch, und Amos machte sich auf Ihren Befehl auf, um sie nach Israel zurückzuholen.

Und vielleicht geschah es auch, als Sie den holländischen Offizier aus den UN-Truppen kennenlernten, der in der British-Consul-Bibliothek Bücher auslieh, mit dem Sie ein halbes Jahr lang in einer Hütte in der Nähe des Karmeliterklosters lebten (Sie sehen, ich bin auf dem Laufenden), und Amos allein in dem Haus in Jerusalem zurückblieb?

Aber ich ziehe es vor, zu denken, dass es sich in dem alltäglichsten aller Momente ereignete, in einem Gemüseladenmoment. Als sie bei Ihnen zu Hause war, wie immer. Beispielsweise beim Abendessen. Sie bereiteten Erdbeeren mit Sahne zu, und sie schnitten zusammen das Gemüse für den Salat, und Mirjam erzählte etwas, was ihr in der Klasse widerfahren war, oder sie beschrieb begeistert, wie das Licht auf die Blätter der Pappel fiel. Oder sie stand einfach einen Moment da, ohne sich zu rühren, und war in sich versunken. Und Amos sah sie an und spürte, dass sein Herz weit wurde und verging.

Als meine Mitfahrerin den Wagen verließ, war ich nassgeschwitzt. So groß war die Anstrengung gewesen, nur, und ausschließlich, bei Maleachi zu sein.

Ein Dreieck ist durchaus eine stabile Konstruktion, sagte Mirjam einmal, und befriedigend und sogar bereichernd. Unter der Voraussetzung, dass alle Seiten wissen, dass sie die Seiten eines Dreiecks sind, fügte sie hinzu.

Anna, Sie müssen mir helfen. Ich habe keine Ahnung, wie es sich wirklich zugetragen hat. Ob Sie zusammenwohnten, alle drei, oder Amos abwechselnd mit Ihnen und mit ihr. Und was wussten Sie und was nicht, und wann hat man es Ihnen erzählt, und was fühlten Sie damals, und hat es in Ihnen nicht einmal den Hauch von Eifersucht auf Ihre beste Freundin gegeben.

Mirjam sagte, wenn ich nicht daran glaube, dass es auf der Welt eine Möglichkeit für solch eine »poetische Geometrie« gibt (ein Begriff, der von mir stammt), würde ich nie alles fühlen können, was ich zu fühlen fähig bin. Sie sprach nicht von einem gewissen Fall; sie lehnte sich nur gegen etwas auf, was ich im Zusammenhang mit »üblichem Schema« in den Beziehungen zwischen Mann und Frau äußerte.

Ich sehe jetzt, wie viel ich erklären, auslegen und übersetzen muss, selbst für eine nahestehende Person wie Sie, damit Sie genau verstehen, was wir sagten, Mirjam und ich.

Sie warf mir damals auch vor – Sie kennen sie ja, manchmal sprüht sie Funken –, dass ich mutig in Worten und feige im Leben sei. Und dass Mut, in ihren Augen, bedeute, das zu realisieren, was die Seele einem bietet.

Und dass Amos ein sehr mutiger Mensch sei, der mutigste und aufrichtigste, den sie kenne.

Es ist schon ein ganzer Tag vergangen und eine halbe Nacht, seit ich es weiß. Viel Kaffee ist meine Flüsse hinuntergeflossen. Ich muss es dennoch wissen – was haben Sie wirklich gefühlt? Schließlich haben Sie es vor Ihren Augen in den beiden Menschen, die Sie am meisten liebten, keimen sehen. Was macht man mit dieser Verletzung und der Kränkung? Und wie kann man beide weiter lieben, ohne hundertmal am Tag vor Schmerz und Eifersucht zu sterben? Ich weiß, was Mirjam dazu gesagt hätte – dass es gerade umgekehrt war: Mit all dem unvermeidlichen Schmerz liebten Sie damals beide umso mehr.

Aber wie ist das möglich?

Es ist möglich. (Glauben Sie mir, Ja'ir. Glauben Sie mir. Glauben Sie mir.)

Ich weiß nicht, ob sie es Ihnen erzählt hat, aber ich habe mit ihr ein kleines, schmerzvolles Abkommen: Mit jedem Wort, das sie mir beibringt, muss ich ein Wort meiner Muttersprache streichen. Sie will mir eine Geschichte erzählen, verstehen Sie.

Und für diese Geschichte sind die Worte gedacht. Und sie sagte, es sei die Geschichte, die ich am dringendsten hören müsse, die Geschichte des Auszugs in einen anderen Menschen. Was meinen Sie, Anna, ist so etwas denkbar? Werde ich es können?

1.10.

Hier, in diesem Moment sind Sie da, auf Ihrer Veranda gegenüber dem Jerusalemwald, im Schatten der Bougainvillea. Hinter Ihnen das beinahe leere Haus. So sitzen Sie da, das Gesicht der Schönheit zugewandt. Sie schwimmen in der Abenddämmerung, in Ihrer Lieblingsstunde, die Ihnen am schwersten fällt und die Ihnen dennoch die liebste ist. Bald wird Jochai zurückkommen, und Sie werden von ihm absorbiert sein, bis die Medikamente ihn ruhigstellen. Manchmal, wenn ich allein zu Hause bin und Ido zu Bett bringe, phantasiere ich, dass wir beide, Sie und ich, zusammen die Kinder ins Bett bringen, in gelassener, geübter Häuslichkeit.

Ich denke viel an Sie und an Amos. An das, was Sie täglich durchmachen, und auch an Ihre tiefe Freundschaft. An den Ort, der nur Ihnen beiden gehört und dessen Sprache kein Mensch außer Ihnen beiden versteht. Ich fühle mich fremd und ein bisschen wie ein Kind angesichts Ihrer Intimität.

Es gibt nicht viel Ähnlichkeit zwischen Ihrem Zusammenleben und unserem, dem von mir und Maya. Mir scheint, zwischen uns ist mehr Leben und Leidenschaft als zwischen Ihnen und ihm, aber wer weiß. Vielleicht gibt es zwischen Ihnen beiden etwas, was zu erahnen ich nicht einmal in der Lage bin.

Fast stündlich habe ich heute das Licht durch den blauen Stein betrachtet, den Sie mir schickten. Er ist wirklich phantastisch. In dem jetzigen Licht beispielsweise, in der Abenddämmerung, sehe ich zwei Mädchen, die vor einem Notenheft vierhändig Klavier spielen. Ihre Hände schweben. Sie sind voller Leben in dem blauen Stein.

In der letzten Woche habe ich mir angewöhnt, um diese Uhrzeit alles stehen und liegen zu lassen und ein paar Augenblicke mit Ihnen in völliger Stille zu verbringen (schon lange habe ich bemerkt, dass Sie in jedem Moment, den ich für mich allein habe, unverzüglich vor mir auftauchen). Ungefähr nach meinem dritten Brief fragten Sie, wie wir es anstellen sollten, uns irgendwann einmal zu treffen – nicht an einem Ort, sondern in einer Zeit –, wo ich doch so ungestüm und ungeduldig sei (und so überstürzt, drückten Sie sich übergenau aus); und Sie fragten sich, ob ich wirklich in der Lage sei, und sei es nur für einen Moment, in der Zeit eines anderen Menschen zu verweilen. Ob ich mich in der Zeit eines anderen nicht klaustrophobisch fühlen würde.

Sie sehen, ich übe.

Ich entdecke zum Beispiel, dass in dieser Stunde die Gerüche des ganzen Tages gemeinsam hochsteigen. Als ob sie in den vorausgegangenen Stunden mit etwas hinter dem Berg gehalten, Kompromisse geschlossen, zurückgesteckt hätten, oder als ob es immer nur einen einzigen siegreichen drakonischen Geruch gäbe. Und jetzt – der Rasen, die Erde, der Asphalt und der Geruch der trocknenden Wäsche. Und ich isoliere sogar schon Jasmin und Geißblatt, alle zusammen und jeder für sich. Nur um diese Stunde.

Und jedes Blatt hat mindestens zwei Schatten.

Und ich beginne zu schreiben wie Sie …

Sie sagten, dass an jeder Stelle, an der ich mich ›entscheide‹ oder etwas ›beschließe‹, oder etwas ›wisse‹, ein unbeugsames, fremdes Wissen aus meiner Kehle spräche, das Ihnen vorkäme, als wäre es mir mit Kraft und Gewalt eingegeben worden. Und dass ich klug sei, aber vor allem dann, wenn ich nicht wisse.

Sehen Sie, jetzt bin ich ganz und gar nichtwissend, was für ein Genuss die Abenddämmerung sein kann, wenn Sie und ich von ihr eingehüllt sind.

He, Mirjam,

ich

2.10.

Soeben erhalten wir die Nachricht –

ich bin ausgezogen.

Kein Grund zur Aufregung, nur für eine Woche, Hals über Kopf, aber ich wollte Sie über eine vorübergehende Adressenänderung informieren und über mögliche Störungen im Briefverkehr, eine etwas komplizierte Angelegenheit, und wäre sie nicht komisch, wäre sie regelrecht tragisch (und umgekehrt). Es geht um zwei Begriffe, Lebens-Gefahr. Um drei: routinemäßige Lebens-Gefahr. Haben Sie einen Moment Zeit?

Die Wahrheit ist, dass es mich etwas nervös macht. »Es« beginnt heute morgen, etwa gegen zehn, als ich in der Firma den Gipfel der Stresskurve erreiche, um mich herum Menschen und klingelnde Telefone, und jede Sekunde kommt einer herein, um zu fragen, um sich zu beraten, um sich zu erleichtern und, mit einem Kloß im Hals und hier und da mit einer Träne im Auge, die allerprivateste Geschichte zum Besten zu geben, und in das ganze Getümmel platzt ein Anruf: Idos Kindergärtnerin bittet, sofort zu kommen, um ihn abzuholen. Hohes Fieber und eine Schwellung hinterm Ohr, und das Rad um mich herum kommt langsam zum Stillstand, und ich setze mich und vergrabe den Kopf in den Händen, denn die schlimmsten meiner Befürchtungen sind eingetroffen, und was ist zu tun, und Maya ist in Safed, es ist ihr Labortag in Safed. Sofort kristallisiert sich in mir ein ausgereifter Aktionsplan: Ich werde fliehen, ich werde ihn nicht abholen, soll er im Kindergarten bleiben, bis er das Greisenalter erreicht oder bis Maya zurückgekehrt ist, sie hatte sie schon, und für Frauen stellt sie ohnehin keine große Gefahr dar. Ich erinnere mich mit Entsetzen an die Impfampulle, die ich vor zwei Jahren im Zusammenhang mit einer damaligen Epidemie besorgte, und Maya versprach, damit zu einer Krankenschwester zu gehen, die sie mir spritzen sollte, und die Ampulle war im Kühlschrank allmählich in den Hintergrund geraten, in die zwielichtigen Senfgegenden …

Okay: Ich erteilte meinen Angestellten letzte Anweisungen und hinterließ ihnen ein paar Panikschreie, ich muss los, der Junge glüht, mein Kleiner brütet über seinen Bakterien, vielleicht hat er sie bereits in mich gelaicht, auf einmal habe ich den Eindruck, dass er sich gestern abend mutwillig an mich schmiegte – der Kuss heute morgen am Tor zum Kindergarten, die stürmische Umarmung, als ich ihn gestern zu Bett brachte. Wer weiß, ob er nicht über einen listigen Instinkt verfügt und auf diese Weise konkurrierende Erben zu eliminieren versucht, potenzielle Testamentsannager. Ein Glück, dass wir wenigstens ein Kind haben, so dass ich mein genetisches Soll gegenüber der geschlagenen Menschheit erfüllt habe, aber was ist mit den bescheidenen mir verbliebenen Freuden?

So begann dieser Tag, und wer weiß, was er noch alles erzeugt (aber er wird wenigstens noch etwas erzeugen). Maya hörte leise zu, ignorierte meine panischen Schreie am Telefon, initiierte sofort eine Reanimation: Sie befahl mir, mit ihm zum Arzt zu gehen, sie würde alle für diesen Tag geplanten Termine absagen und mit dem nächsten Bus zurückkommen, und unterdessen – mindestens drei intensive Stunden mit dem kleinen Brunnenvergifter, verstehen Sie den Ernst meiner Lage?

Ich sinke auf den Stuhl und kauere mich ganz um den Brennpunkt der nahenden Katastrophe. Ami S., der bei mir angestellt ist, redet mir gut zu, dass, wenn ich mich infiziert hätte, dies das effizienteste Verhütungsmittel wäre, zur Hölle mit ihm, soll er kastriert werden! Er – hat vier Kinder, Jungs und Mädchen, und Mumps hatte er im Alter von drei, wie jedes normale Kind, mit Ausnahme von mir, schließlich warte ich mein ganzes Leben lang ängstlich auf ebendiese Nachricht, und um die bittere Wahrheit zu sagen (trotzdem: obgleich Sie darauf bestehen, dass nicht jede Wahrheit bitter ist), ich habe mir schon im Alter von drei peinlichst genau diese Krankheit herausgepickt, als ich das einzige aller Kindergartenkinder war, dem es gelang, die Ziegenpeterbakterien zu überzeugen, ihre wahre Bestimmung zu leugnen und nichts als Scharlach zu produzieren, und seither – das unendliche Warten auf das Niedersausen der Klinge auf den Born meiner Freude: Es gibt keinen einzigen medizinischen Artikel zu dem Thema, den ich nicht gelesen hätte, und es gibt keinen einzigen Kinderarzt, den ich nicht über die Risiken, die demjenigen drohen, der nicht beizeiten, in seiner Kindheit, erkrankt ist, ins Kreuzverhör genommen und zu dem Geständnis genötigt hätte, dass all seine Kollegen mich angelogen haben und dass die Quote der infizierten Erwachsenen, die nicht nur aus dem Kreis der Fruchtbaren ausschieden, sondern aus der gesamten TSA (turnusmäßigen Sexualausübung) schlechthin, wesentlich höher sei als die, die die Scharlatane im *New England Journal of Medicine* veröffentlichten …

Denken Sie, ich scherze? Sehe ich aus, als lächelte ich? Dann ist es eine reine Lähmung, starres Entsetzen. Meine Eingeweide drehen durch, wenn ich daran denke, was wäre, wenn.

Aber wenn Sie dies lesen, werde ich schon in Tel Aviv sein (ich bin nur auf einen Sprung in der Firma, um letzte Schrauben festzuziehen und Ihnen zu schreiben, ich werde unverzüglich aus der verseuchten Stadt fliehen). Es erwartet mich dort ein passables Zimmer in einem kleinen gemütlichen Familienhotel am Meer, einmal im Jahr, für eine Woche komme ich her, und man hat sich dort schon an mich gewöhnt, meine erprobte Mumpsphobie hat ein paar angenehme Aspekte, und wie Sie sehen, nutze ich sie weidlich. Kurzum – die ganze o. g. Schilderung nur, um zu sagen, dass ich selbst dann, wenn Sie mir diese Woche schreiben sollten, Ihre Briefe nicht erhalten werde, ich werde warten müssen bis zu meiner Rückkehr und mich vor Neugier verzehren über das, was Sie in Ihrem letzten Brief nicht schreiben konnten (ich verstand, dass es irgendwie mit Jochai zusammenhängt, aber was ist passiert? Und warum sind Sie auf einmal so verwirrt und niedergeschlagen? Reden Sie einfach, und damit basta), und ich verspreche, dass ich mich bemühen werde, sollte ich dort einen freien Moment haben, Ihnen ein hitziges MfG vom Ort der Sünde zu schicken!

Bin schon weg, das ist für heute der erste Moment, an dem ich ruhig sitze, und es fällt mir schwer, mich zu erheben, und ich genieße es, Ihnen zu schreiben und ein bisschen über mich selbst und diesen verrückten Tag zu lachen (und da ist noch etwas, ein neues, für mich unklares Gefühl, Freiheit, zurück zu mir selbst, etwas in der Art).

Maya kam um zwei. Sie fand ihn vor Schmerz schreiend vor und mich durch ein zum Zweck der Desinfizierung in strenges Aftershave getränktes Wattepaket atmend. Ich bin sicher, dass sie an die Impfampulle dachte, die langsam im Kühlschrank verkam. Das erste Mantra des Ehelebens (»ich habe es dir gleich gesagt!«) flackerte schon in ihren Augen auf, aber ich, für meinen Teil, hatte ihr in der Vergangenheit erklärt, dass manches seltene Mal – aber eine solche Seltenheit ist mir gerade vertraut – auch die Impfung an sich eine Ansteckung bedeuten könne, und kein vernünftiger Mensch würde aus eigenem Antrieb zum Arzt gehen, damit er ihm Impotenzbakterien injizierte, wenn auch geschwächte, aber woher sollte man wissen, nach welchem Mann sie den Grad der Schwächung bemaßen.

Maya lächelte nicht. Maya lacht für gewöhnlich nicht mehr über meine Witze (auch Sie krümmen sich momentan nicht gerade vor unkontrollierbarem Lachen, was? Warum verfinstern sich die Mienen der Frauen, wenn ich mal ein wenig aus mir herausgehe?), ich habe längst das Tauziehen von Mayas Mundwinkeln gegen die Erdanziehungskraft verloren. Wo ist mein fröhliches, lachendes Mädchen.

Wo waren wir stehen geblieben.

Ich denke – wenn ich ihr diesen Brief nur schicken könnte.

Sie saß in der Küche, Ido auf dem Schoß, und fragte, wohin ich zu fahren beabsichtige. Ich sagte, dass ich wie gewöhnlich in meinem Tel Aviver Hotel absteigen würde, in Jerusalem könne ich nicht bleiben, solange er übertrage, und sie holte tief Luft und fragte, wie lange ich außer Haus zu sein gedächte, und ich sagte, wie immer, wenigstens bis die Schwellung hinter dem Ohr abklingt, das heißt etwa vier, fünf Tage, eine Woche, wie immer.

Irgendwie ist er zwischen uns schon zur festen Einrichtung geworden, mein separater Jahresurlaub. Man stellt nicht allzu viele Fragen. Nur der Blick vor mir wird etwas fahl.

Dennoch half sie mir beim Packen und erinnerte mich daran, ein paar Dinge mitzunehmen, an der Tür waren wir schon weich und zerflossen, und sie schmiegte sich an mich und fragte, ob es allein nicht schwer für mich wäre, und ob ich sicher sei, wieder so weit fliehen zu müssen, denn wenn ich mich all die Jahre nicht angesteckt hätte, wäre ich vielleicht schon auf natürliche Weise immunisiert (was keineswegs auszuschließen ist), und ich sagte, dass es mir sehr schwerfalle so allein, ich investierte eine Menge Gefühl in dieses »sehr«, ich legte regelrecht meine ganze Energie hinein, ich Scheißkerl, und wir umarmten uns wieder und empfanden endlich echte Trauer und sogar einen Tropfen Angst, denn wer weiß, und die Komplikationen, ein ganzes Leben lang hatte ich Todesangst vor diesen Komplikationen, bis es mir gelang, selbst Maya mit dieser Angst anzustecken, samt ihrer ganzen immunologischen Ausbildung und samt all ihrem Wissen, dass die Komplikationen vor allem in meinem Kopf stattfanden, obgleich andererseits Ido dieses Jahr zum ersten Mal wirklich daran erkrankt war und es hier eine interessante Entwicklung gab.

Ich sagte, na, was machst du denn für eine Sache daraus, als ginge ich für immer (aber jede Trennung, selbst die alltäglichste, kommt uns wie eine endgültige vor), und ich meinte, dass ich in paar Tagen zurück sei (jede neue Begegnung von uns beiden birgt irgendwie die Verlegenheit einer ersten), und für einen Moment wäre ich beinahe geblieben, aber nein, ich ging, ich ging entschlossen, und tief in meinem Herzen fühlte ich, dass ich als ein anderer zurückkehren würde, irgendetwas lag in der Luft, und auch Maya fühlte es, Maya fühlt sofort, wenn sich in mir das männliche Segel bläht (würde sie nur einmal sagen, dass sie es weiß, dass sie mich kennt; dass man es nicht aussprechen musste, nur von Neuem beginnen, eine neue Seite aufschlagen, endlich einer dem anderen alles, was wir uns heute geben können, geben, schließlich sind wir längst herangewachsen) –

Gut, ich sehe, dass ich kein Problem habe, zu schreiben und zu schreiben und so die ganze Woche zu verbringen. Vielleicht ist das keine so schlechte Idee.

Einen Moment bevor ich loshaste: Ich habe jetzt ein kleines Arrangement getroffen, und man wird mir doch die Briefe aus dem Postfach in mein Hotel im Exil bringen (nur schreiben Sie bitte Ihren Namen nicht auf den Umschlag), also bitte, lassen Sie den Weggeschickten nicht im Stich!

(Vier Uhr am Nachmittag. Schon an der Strandpromenade!)

Aber …

Noch bevor ich ins Hotel ging, stieg ich hinunter zur Promenade, ließ mich auf einen weißen Stuhl fallen und schloss
die Augen vor der Sonne, und ich begann nachzudenken, was
ein Mensch in meiner Lage, in seiner letzten Woche, anfangen
würde? Von wem würde er mit einem melancholischen Nach-
rufseufzer Abschied nehmen, wen würde er mit einem heise-
ren Brunftschrei treffen? Vielleicht sollte er hastig ein schnel-
les Flugzeug besteigen und nach Frankfurt fliegen, ja, gerade
in das sündenpfuhlige Frankfurt! Und wer würde überhaupt
davon erfahren, dass er verschwunden war? Eine wundersame
Woche, eine geheime Zeitnische. Es gibt dort am Flughafen
ein großes Hotel für Fluggäste, die einen Langstreckenflug für
eine Nacht unterbrechen wollen, und in diesem Hotel könnte
ein Mann in meiner Lage, ein Geschlechtsverbannter, eine
ganze Woche inkognito verbringen: Er würde hinuntergehen
in die lärmende Bar und Abend für Abend nach einem festen
Plan einen anderen weiblichen Fluggast beglücken: am ersten
Abend – eine Dame, die am nächsten Tag nach Amerika fliegen würde. Am zweiten – sagen wir eine gut gebaute Dozentin
der Universität Melbourne. Am dritten würde er sich mit einer
Israelin austoben, die am nächsten Tag in ihr Land, in ihre Hei-
mat zurückkehren würde. Wieder am nächsten würde er es mit
einer makellosen Schwarzen von der Elfenbeinküste treiben.
Und so, Abend für Abend, und möglichst auch am Morgen,
denn wir wollen beispielsweise den indischen Subkontinent
nicht vernachlässigen, Lateinamerika (und auch nicht Atlan-
tis) – Ihr Knecht würde mit seinem rauen Stab über die Run-
dungen des weichen Globus wandern, bis er seinen Samen über
alle Kontinente und ihre Ethnien verstreut hätte und sich zu
seinen Vätern legen könnte.

Und wie ich so in Gedanken vertieft bin, steigt eine Herde schamloser Frauen aus den Fluten, und sie pochen mit den Fäusten auf meine geschlossenen Lider, öffnen Sie uns! Öffnen Sie! Und ich, hinter meinen Lidern, lache ihnen zu: Wo brennt's denn? Ich komme gerade erst an! Die heutige Ja'irausschüttung hat noch nicht stattgefunden …

Hören Sie, ich sehe, dass es mir schwerfällt, eine Viertelstunde hintereinander sitzen zu bleiben. Flöhe, Flöhe. Das wird keine leichte Woche. Was meinen Sie? Vielleicht, anstatt schon ins Hotel zu gehen – ich habe gar keine Lust, mich zwischen vier Wänden einzukesseln –, werde ich diesen Kleinen hier in diesen Briefkasten werfen, auf den jemand mit riesigen Lettern geschrieben hat: Schreib endlich, Sivan! Und wenn Sie versprechen, sich mir, ohne mich zu stören, anzuschließen, gehe ich von hier direkt zur –

18.30 Uhr

Dizengoff-Straße! (Wohin sonst soll ein Jerusalemer Tourist wie ich gehen?) Die Dizengoff-Straße, die mich für eine zauberhafte Stunde beherbergt hat und außergewöhnlich herzlich war, voll vom weichen Licht der Abenddämmerung, und das Merkwürdige ist, Mirjam: es waren gar keine Männer dort, nur ich und tausend Frauen, und ich ging trunken und beschwingt, und jeden Augenblick konvertierte ich zu einer anderen Religion, in den Parfümwolken jeder Passantin, es gibt Düfte, die mich auf der Stelle den Verstand verlieren lassen, ganze Geschlechtsleben rollen sich eilig vor meinen Augen auf, und ich bin mir sicher, dass jede von ihnen genau das Trommeln meiner Herzlenden hören kann, in jenem Sekundenbruchteil, Sie wissen ja, der zwischen der Wahrnehmung des Äußeren einer Frau und der ihres Geruchs vergeht, der Moment zwischen Blitz und Donner, Sie hätten mich dort sehen sollen, wie ich wie ein Transportfahrzeug der Samenbank zwischen ihnen schwappte, ich hoffe, dass meine kleine Begeisterung Sie nicht verärgert und dass Sie Gott behüte nichts gegen Sie Gerichtetes darin sehen oder etwas, was mit Ihnen zusammenhängt, einfach Ferien von mir selbst, vielleicht auch von uns beiden, von der enormen Schwere, die sich in diesen Monaten zwischen uns angesammelt hat. Nur seien Sie nicht sauer (und schicken Sie mir diesen Brief nicht verschlossen wieder zurück!), gönnen Sie mir diese Woche, auch Sie fuhren einmal für eine Woche nach Galiläa, wie wir noch gut wissen.

Hier, es beginnt sich schon zu trüben. Wieder eine dieser Diskussionen, und ich hoffte doch, dass wir uns davon freigemacht hätten. Ich hatte mich so amüsiert (bis zu diesem Augenblick). Ich kehre zurück zur Promenade, um eine Portion Sonnenuntergangslicht, Meeresduft und glänzende Häute zu tanken. Wenn Sie es wünschen – kommen Sie.


3.10.


Hallo, Mirjam.

Ich weiß nicht, ob Sie schon erhalten haben, was ich Ihnen von hier geschickt habe. Um die (bittere) Wahrheit zu sagen, hoffe ich gewissermaßen, dass dem nicht so ist. Dass der Drilling von gestern auf dem Weg von Tel Aviv nach Jerusalem irgendwie vaporisierte.

Auf jeden Fall, gestern schien alles etwas annehmlicher. Die Sache ist die, dass ich einmal im Jahr, wenn bei Ido die Chance auf Angst entsteht, zu einem bestimmten Hotel am Meer fliehe, ich sagte es bereits, in ein kleines Hotel, geführt mit der Korrektheit und Sauberkeit, die in der k. u. k. Monarchie gern gesehen war, das einem älteren Wiener Ehepaar gehörte.

Gut, ich werde chronologisch vorgehen. Gleich bei meiner Ankunft gestern Abend bemerkte ich eine große Veränderung.

Anstelle von Frau Maier stand ein drahtiger, athletischer Typ mit den Augen eines Diebes und fettigem, zurückgekämmtem Haar hinter der Rezeption. Ein Blick auf ihn sagte mir, dass meine kleine Meeresoase den Besitzer gewechselt hat und dem Anschein nach auch die Mission (Pardon für die Benutzung dieses Wortes in diesem Zusammenhang).

Ich wollte schon kehrtmachen und gehen, ohne auch nur einen Türgriff berührt zu haben, als ich mich plötzlich sagen hörte, gut, ich nehme ein Zimmer für eine Woche, Diebesauge gluckste und vergewisserte sich, für eine ganze Woche? Was haben Sie denn vor? Und ich, wie ein Trottel, plusterte mich beleidigt auf und sagte, was denn, mietet man sich bei Ihnen etwa stundenweise ein? Und er nickte ganz langsam, während er mich musterte, als wäre ich der Frivolere von uns beiden, oder als hätte ich das gesetzliche Mindestalter noch nicht erreicht, oder was auch immer, und er sagte, dann wollen wir auch auf die Stunde bezahlen, was, Doktor? Und ich sah schon, dass ich mich in eine Sache hineinritt, und versuchte noch, das Gesicht zu wahren, und handelte mit ihm, dass ich nur bereit sei, Tagessätze zu zahlen, er sollte wenigstens wissen, dass mit mir nicht gut Kirschen essen ist, und er sagte, aber hallo, Tagessätze, und prompt zog er einen Taschenrechner aus der Schublade, rechnete und rundete nach oben auf, und wollte den ganzen Betrag vorab, und ich sagte, was soll das, denken Sie vielleicht, ich haue Ihnen ab, und er grinste und sagte, man hat schon Pferde kotzen sehen, und ich, gerade wegen dieses Grienens, zog mein Portemonnaie aus der Tasche und legte den gesetzlichen Mindestlohn eines ganzen Monats auf den Tisch und erklärte ihm noch, wie von innen angefeuert: »Wo soll ich denn um diese Zeit sonst eine Absteige finden?« Und er kicherte, und es war wie immer, wenn ich bemerke, dass mich jemand über den Tisch zieht, ich liefere mich ihm mehr und mehr aus, ich lasse mich übers Ohr hauen und schöpfe ein kleines, mieses Vergnügen daraus, Sie kennen dieses Behagen nicht (die Menschen mögen den dummen August, über den sie lachen können, stimmt's?).

Gut, ist das Kind erst in den Brunnen usw. Ich ging auf mein Zimmer und stellte fest, dass es winzig und stickig ist und statt eines Meerblicks Aussicht auf den Hinterhof eines Billardsalons bietet, dass hier nur ein kleiner Schrank steht und ein riesiges Bett, das fast den gesamten Raum einnimmt, und dass sich die Tür nicht richtig schließen lässt und man durch den Schlitz in den Flur sieht. Ich muss müde gewesen sein, denn ich kauerte mich zusammen und schlief drei Stunden hintereinander, wie wenn man mich in der Armee in irgendeine abgelegene Basis schickte und ich als Erstes ein leeres Bett suchte, mich darauf zusammenrollte und schlief. Es fällt mir ein, dass es Ido genauso zu gehen schien, als wir ihn nach seiner Geburt aus dem Krankenhaus nach Hause brachten. Wie ein kleines Knäuel an einem fremden Ort zusammengerollt, schlief er vor Verzweiflung, Sturheit und Einsamkeit –

hören Sie, hier ist es muffig, und das Licht ist furchtbar schwach. Ich gehe hinaus, um Luft zu schnappen.

Zehn Stunden hintereinander bin ich heute marschiert, vielleicht mehr. Seit fünf Uhr dreißig heute morgen. Nur um nicht dorthin zurückzumüssen. Seit der Grundausbildung bin ich nicht mehr so lange auf den Beinen gewesen. Durch die Straßen am Meer und am Strand und auf dem Wellenbrecher. Ich schlendere langsam, ziellos, gehe hinunter zum Strand, kehre nach oben zurück, verdunste. Ich begebe mich in ein Café oder in eine Pizzeria, um etwas synthetische Kälte zu tanken, kehre zurück.

Sie sind unerträglich heiß, diese letzten herbstlichen Wüstenwinde. Die Sonne fokussiert mich mit einem Brennglas. Ein nachhaltiger heißer Wind. Die Menschen gehen gebeugt gegen ihn an. Schlucken und Atmen fällt schwer und schneidet in der Kehle. Sand fegt einem wie Glaskörner ins Gesicht.

Ich habe kaum etwas zu erzählen. Einfach so, ich sah einen Briefkasten und dachte – warum nicht.

Ich habe eine schreckliche Nacht hinter mir. Ich hielt mich für stärker. Ich weiß nicht, ob ich eine weitere derartige Nacht überstehen werde, vor allem wegen der Stimmen um mich herum (wann immer es mir gelang einzudösen – weckte mich ein Schrei. Als ob sie auf mein Einschlummern warteten, um aufzuschreien). Sonderbar, dass es an solch einem Ort mehr Schmerzens- als Lustschreie gibt.

Und was noch? Wie sieht es bei Ihnen aus? Haben Sie die Konferenz schon hinter sich? Gelang es Ihnen, mit dieser Direktorin zu diskutieren, ohne dass sich Ihre Stimme überschlug?

Ich weiß wirklich nicht, welchen Sinn es macht, Ihnen diesen Bogen zu schicken. Ich tue es einfach so. Ich pflege die Beziehung. Vielleicht schreibe ich morgen wieder. Passen Sie auf sich auf.


Es gibt keinerlei aufregende Neuigkeiten. Nichts hat sich in den letzten beiden Stunden hier verändert, außer dass ich einen Abstecher zum Hotel machte, um meine Sonnenbrille zu holen, und der Hotelier hinter der Rezeption hervorsprang und sich mir regelrecht in den Weg stellte mit der Ausrede »sie putzen«, und auf einmal verstand ich, dass er während meiner Abwesenheit noch einen zweiten Profit aus mir zieht! Ich wollte laut werden und schwieg. Ich stritt nicht mit ihm. Ich fühlte einfach, wie ich angesichts solch eines Drecks hohl und schwach wurde. Ein Kind. Ohne ein Wort zu sagen, machte ich kehrt und ging zurück auf die Straße. Womöglich muss ich mir ein anderes Hotel suchen (aber das Geld wird er mir nicht zurückgeben). Es bleibt mir ohnehin nicht viel Zeit hier. Ich habe mich dazu entschlossen, es wie ein Abenteuer zu betrachten.

Wenigstens würde es eine gute Geschichte abgeben, die ich einmal den Kindern (falls es welche geben sollte) erzählen könnte.

Mir ist klar, dass er auch in diesem Augenblick mein Bett wieder vermietet und es somit besser ist, wenn ich nicht zurückkehre, bevor es Nacht wird. Von dem, was ich ihm gab, hätte ich die gesamte Hilton-Kette mein Eigen nennen können.

Heute ist Abu-Gosh-Tag, nicht wahr? Trinken Sie dort im Gedenken an mich eine Tasse Kaffee?

Ich habe meinen Rundgang beendet. Eine Stunde und zehn Minuten. Es gibt einen sympathischen Briefkasten, vor dem ich mich gern in dem kleinen Café hier postiere.

Wissen Sie, was mir vorhin eingefallen ist, so nebenbei, ohne besonderen Grund. Der Brief der »Eintagsputzfrau«. Erinnern Sie sich? Sie haben über Annas Schwangerschaft geschrieben, mit all den Ängsten, die damit verbunden waren, und den Befürchtungen, ihr Körperbau würde das nicht überstehen, und alle paar Minuten platzte die junge Frau herein, um zu fragen, wo der Scheuersand stehe und wo das Fensterputzmittel zu finden sei, und Ihr Brief wurde immer gequälter und verrückter, und Sie würden ihr nicht gestatten, diesen Brief zu verderben, und Sie würden nicht für sie aufstehen, und dass sie nicht gern bügelt, hat sie mir auch schon eröffnet! Sie wischt mit Vorliebe den Boden, es ist ihre Lieblingsbeschäftigung, aber wie viel Boden haben wir hier schon groß?!

Und ich sitze abseits und lese, gehe ganz in die Schwangerschaft hinein mit Ihnen, ein erstaunlicher Brief, im Übrigen, als hätten Sie das Bedürfnis, die Schwangerschaft von Neuem zu erleben, schriftlich, Phase um Phase und noch das geringste Gefühl, das sie dabei hatte, ich erinnere mich daran, dass ich dachte, dass ich noch nie, in keinem Buch, solch eine intime und aufregende Beschreibung einer Schwangerschaft gelesen habe, aber ich konnte auch ein gewisses Grinsen nicht unterdrücken, wegen der Parallelszene mit der Putzfrau, lachen Sie bloß nicht! Sie fielen auf einmal über mich her, Sie schäumten ja regelrecht: Was gibt es da zu lachen, Ja'ir? Was verstehen Sie schon davon? Ich zahle ihr ein Vermögen, damit ich diese kurze Zeit für Dinge zur Verfügung habe, die mir wichtig sind! Die schicksalhaft für mich sind! Und dann, mit einem Mal entwich die Luft aus Ihnen, als ob der stabilisierende Stoff der Verstellung in Ihnen zur Neige ginge, Sie wirkten so greifbar und verloren auf mich, und Sie sanken, Sie fragten, wann Sie meiner Meinung nach endlich erwachsen würden, wann endlich Sie lernen würden, Ihrer Putzfrau Anweisungen zu erteilen, ohne schlechtes Gewissen oder Scham über das Vorspielen der Mutter, Hausfrau und Frau … Und sofort sickerte da auch Ihre eigene Mutter mit hinein, natürlich, solch einen Ritz konnte sie sich unmöglich entgehen lassen –

Wundern Sie sich über mein Erinnerungsvermögen? Hegen Sie den Verdacht, dass ich mich auf einmal über alle Direktiven hinweggesetzt und das Vernichten von Belastungsmaterial eingestellt habe?

Sie sehen, jeder Spion hat einen Augenblick der Schwäche (wie hatten Sie es formuliert, dass Sie meine Briefe ungeachtet der ›Sicherheitsmaßnahmen‹ aufbewahren, da sie Ihnen mitunter Sicherheit bieten?). Mein Augenblick war der – ich erinnere mich nicht genau, wann –, als Sie von der Armbanduhr erzählten, die Jochai zerschmettert hat, der Uhr mit dem durchsichtigen Laufwerk, die Sie von Anna geschenkt bekommen hatten, und als Sie unter Tränen fragten, was für eine Uhr ich denn trüge, und ich lachend sagte, das gehöre nicht zu den wichtigen Daten. Und Sie schrieben postwendend – alles ist wichtig, wieso begreifen Sie nicht, dass alles, was Sie äußern, mir lieb und teuer ist, all ›Ihre Daten‹ …

Und dann sagte ich mir, wenn ich Ihre Briefe zerreißen

kann, die solch eine Fülle von ›Ihren Daten‹ enthalten, bin ich keinen Pfifferling wert.

Und als ich mich entschieden hatte, stiegen auf einmal aus der Dunkelheit, aus diversen, bizarren Verstecken, die in Ihnen sicherlich Spott und Mitleid, wenn nicht sogar Abscheu erwecken würden – mehr und mehr Ihrer Bögen aus früheren Zeiten, ich wusste gar nicht, wie viele es waren, die ich einfach nicht zerreißen konnte.

Und demnach habe ich nun erlesenen Lesestoff. Und nicht zu wenig. Im Grunde sogar viel. Dutzende, vielleicht Hunderte von Ihren Briefbögen, Kleider habe ich fast nicht dabei, nur eine Tasche voll mit Ihren Briefen, gefaltet, zerknittert und abgegriffen. Die meisten sind blassblau von der Gesäßtasche meiner Jeans.

Und mit der teuren Mannigfaltigkeit-Ihrer-Daten: der Kaffee, den Sie beide tranken, Sie und diese junge Frau, nach der Auseinandersetzung zum Thema Bügelwäsche, dann die Versöhnung und Übereinkunft, dass Sie nicht zusammenpassen, sich jedoch wie Freundinnen trennten. Und wie Sie zwei Stunden später zu mir zurückkehrten, erschöpft vom Bodenwischen und Fensterputzen, die Hosenbeine bis zu den Knien hochgekrempelt und ein rotes Tuch um den Kopf, um mir zu erzählen, dass Anna, wenn man sie vor zwanzig Jahren fragte, was ihr Traum sei, zu antworten pflegte – was für eine Frage, natürlich eine frustrierte Hausfrau werden. Und siehe da, nun lebe ich ihren Traum …

Ich werde langsam weich, was? Lutsche jedes Ihrer Worte. Los, lassen Sie uns nach draußen gehen und diesen Tag schultern.

Hinter dem Delphinarium mündet ein kleiner Abwasserbach ins Meer. Ich gehe dort entlang und bemerke in dem trüben Wasser eine Art weißlichen, merkwürdig anmutenden

Schnürsenkel, der im Strom treibt, und auf einmal habe ich das Gefühl, einen menschlichen Samenfaden anzusehen, der dort ganz langsam dahintreibt und mit dem Sog des Wassers und den Böen des Windes die Form ändert, einen Moment sah er aus wie ein langer Vogel im Flug, im nächsten Augenblick wie ein Fragezeichen oder wie das Gesicht einer Frau im Profil, wie ein Schwert … Ich begleitete ihn den ganzen Weg und auf all seinen Windungen bis zum Meer, und er hörte nicht einen Moment auf, ständig die Form zu ändern.

Man hat mich bestohlen. Es ist mir nicht klar, wie es geschah, immerhin hat mich seit meiner Ankunft niemand berührt. Sie haben mir beinahe alles genommen, diese Hurensöhne – Ausweise, Papiere, Geld, Kreditkarten (aber sie haben keine Hand an Ihren Brief gelegt, den für die Morgenwache, den Brief, in dem Sie mir von Jochai erzählen, dem Himmel sei Dank!). Zwei Stunden lang verbrachte ich damit, alle Behörden zu alarmieren und alle offiziellen Bodensätze meiner Existenz zu annullieren.

Nur mit Maya habe ich seit meiner Ankunft nicht gesprochen. Unser kleines Rachespiel. Schließlich könnte sie genauso gut anrufen, nicht wahr?

Die Sache ist die, dass ich wegen der Vorauszahlung des Hotelzimmers nur noch –

einundsiebzig Schekel und vierzig Agorot (wenn ich darum bäte, würden Sie mir Geld schicken?) besitze. Ich weiß nicht, wieso sie mich amüsiert, meine Lage. Es kommt vor, in Filmen sieht man es – jemand unternimmt einen falschen Schritt, schlägt eine bestimmte Richtung ein und nicht die andere, öffnet dem falschen Menschen die Tür, und auf einmal gerät er in den Sog eines Alptraums.

Ich spiele nun in etwa diesen Helden, den armen, den einsamen.

(Schließlich gibt es immer irgendeine Schönheit, die sich am Ende aufmacht, um ihn zu retten.)

Sie wissen nicht einmal, wie viele Hinweise auf Sie die Welt enthält.

›Bestrickende Momente‹, die hier aus zwei Lautsprechern der Strandrestaurants ertönen (*Io sono il vento* von Aurelio Fierro war es heute, sofort sah ich Ihren Vater zur Überraschung seiner Fahrgäste im Taxi singen und jubeln). Oder Ihr verborgenes Muttermal, das mit dreister Fröhlichkeit auf die Schulter eines Mädchens, in den Ausschnitt einer Soldatin, auf die Wange einer alten Frau hüpft.

Oder einfach so, ein Kiosk der Landeslotterie. Ich gehe hin und erwerbe mit meinem kümmerlichen Guthaben ein Los. Im Kiosk sitzt eine Frau mit verschlossenem Gesicht, ein Stein, und ich sehe direkt in ihre Augen und zitiere: ›Sie täuschen sich, Ja'ir, Sie sind gar kein Glückspilz, Sie sind, bestenfalls, ein Zufallspilz, und ›Fortuna‹ ist nur das zweite Gesicht jenes ›Kremels‹, und ich bin nicht bereit, diese Glückshälfte von Ihnen anzunehmen!‹

Und die Frau bewegt keine Miene und fragt mit hohler Stimme, noch ein Los? Und ich ziehe noch ein paar Schekel aus der Tasche und erkaufe mir so das Recht, erneut zu murmeln, frei: ›Denn ich gelte ja als perfekter Pechvogel, Ja'ir, sehen Sie sich mein Leben an und sagen Sie selbst, sehen Sie mich mit den Augen meiner Mutter, und Sie werden es sofort wissen, und dennoch fühle ich mich wie vom Glück geküsst, das ich Ihnen ganz anbiete …‹

(Ich hatte einen kleinen Direktgewinn.)

Manchmal, für einige Augenblicke, kreuze ich mit Ihnen ein paar Ihrer Stationen, als ob jemand sich die Mühe machte, Sie mir in der Landschaft und in der Menschenmenge zu betonen, wie in dem Kinderspiel, in dem man Punkt für Punkt verbinden muss und eine Figur dabei herauskommt: im Schaufenster eines Blumengeschäfts eine kolossale langstielige Sonnenblume, die den anderen Gewächsen ihre Gunst und ihr Licht gewährt, gepaart mit einem klitzekleinen Fünkchen Scheinheiligkeit … Und schon im nächsten Augenblick – wie Sie sagen, auch die Realität hat bisweilen die Dichte eines Traums – schiebt in der Ben-Yehuda-Straße eine gebeugte, beinahe glatzköpfige Frau einen alten Mann im Rollstuhl. Er murmelt ununterbrochen mit verzerrtem Gesicht, als würde er sie innerlich verfluchen. Sie beißt die Lippen zusammen, hält wieder und wieder an und streichelt ihm geduldig über Nacken und Kopf, wobei sie ihn anteilnehmend ansieht. Drei Jahre lang saß neben Ihnen Mirjam-die-Zweite mit den toten Beinen und den klobigen Krücken, und von der vierten bis zum Ende der sechsten hat sie Sie gequält, und Sie sagten nichts, und Sie verbargen vor allen die blauen Flecken, die sie Ihnen beibrachte.

Und während ich schreibe, erahne ich noch etwas – schließlich haben auch Sie geheime Abkommen mit dem Schicksal –, nämlich dass Sie vielleicht spürten, wie ihre Lähmung durch das Zwicken zu Ihnen durchdrang und Sie sich bewusst waren, dass Sie stark genug waren, um sie übernehmen zu können, ohne eine ernsthafte Verletzung davonzutragen. Stimmt es?

Sprechen Sie, ich höre.

Ich weiß nicht, ob meine Briefe von hier schon zu Ihnen gelangt sind. Ich weiß nicht, ob Sie geantwortet haben. Ich hatte gehofft, etwas von Ihnen würde mich erreichen. Es könnte nicht schaden. Ihre Briefe, die ich mitgebracht habe, beherrsche ich schon auswendig. Ich könnte sie Ihnen beinahe schreiben.

Ich bin gestern ein paar Stunden draußen herumgelaufen, auch bei Nacht. Ich bin einfach geflohen, denn dort platzt mir der Schädel (sie ruinieren mir für alle Zeiten den Schönheitsschlaf). Ungefähr gegen drei Uhr morgens stand ich in der

Gegend des zentralen Busbahnhofs an der Ampel und klopfte gegen das Fenster eines Autos, um nach dem Weg zu fragen, da ich die Orientierung verloren hatte, ein aufgedonnerter Mann kurbelte das Fenster herunter, machte ein saures Gesicht und gab mir einen Schekel. Aus einem Rohbau kam ein etwas zittriger, wankender Kerl und begann zu kreischen, das hier sei sein Revier. Ich wollte nicht auf das Geld verzichten, das ich ehrlich verdient hatte. Er verfluchte mir die Knochen im Leib und rempelte mich an, und in der nächsten Sekunde waren wir schon in eine Keilerei verwickelt. Aber wir teilten keine richtigen Hiebe aus, wir berührten uns beinahe nicht, jede Menge Tritte und Hiebe in die Luft, die meisten meiner Schrammen stammten vom Asphalt und von mir selbst. Er hatte Pudding in den Armen, und nach und nach wurde ich mit ihm schwach. Was war denn los? Schließlich hätte ich ihn grün und blau hauen können, er war völlig high, das ganze Leben stelle ich mir schon vor, wie ich einmal solch einen Kerl auseinandernehmen würde, und als sich die Gelegenheit bot, fühlte ich mich von seiner Schwäche absorbiert.

Also ich und er, wir prügeln so vor uns hin, ohne uns zu treffen, fallen von unserem eigenen Schwung, lösen uns allmählich gänzlich voneinander, hören aber nicht auf, in die Luft zu boxen. Es kamen beinahe keine Autos vorbei, und auch keine Menschen. Ein etwa zehn Jahre alter Rotzbengel stand rauchend da und sah uns begeistert zu. Die ganze Zeit sah ich das Gesicht des Kerls an, im gelben Flackern der Ampel, verzerrt, beinahe ohne dass er die Augen öffnete. Er kämpfte gegen mich, als ginge es um sein Leben, wer weiß, für wen er mich hielt. Bis ich ihn anscheinend an einer schmerzhaften Stelle berührte und er einen schrecklichen Schmerzensschrei ausstieß, wie das Heulen eines Tierjungen. Ich habe von keinem Erwachsenen je solch einen Schrei gehört, er fiel zu Boden und krümmte sich vor Schmerz. Ich sah zu, dass ich wegkam, und in einem Hof kotzte ich mir die Seele aus dem Leib. Die ganze Nacht hatte ich Angst, er wäre tot oder etwas Ähnliches.

Ich kehrte heute morgen dorthin zurück, gleich nach dem Sonnenaufgang, er war nicht da. Ich stand ein paar Momente da. Kam mir vor wie eine Katze, die eine Stelle beschnuppert, an der eine Artgenossin überfahren wurde.

Mirjam

Nichts.


Da ist auch Trost: Heute morgen, in der Ben-Yehuda-Straße, lief eine junge Frau hinter einem Bus her. Sie schaffte es, durch die hintere Tür hineinzuspringen, der Fahrer schloss sie, doch ein Schuh von ihr fiel auf die Straße … Ein junger Mann, der vorbeikam, hob den Schuh auf, und ohne einen Augenblick zu zögern, setzte er sich in Bewegung und rannte so schnell er konnte hinter dem Bus her. Ich stand einen Moment benommen von dem Anblick da, kam zu mir, hielt ein Taxi an (dachte nicht einmal an das Geld, das mir knapp wurde), und schrie dem Fahrer zu, er solle hinter dem jungen Mann herfahren. Dieser, übrigens, rannte wie ein Raubtier, wie einer, der um sein Leben läuft, preschte durch die Enge, durch die Menge, hielt den Schuh in die Höhe, hoch oben ein schwarzer, glänzender Schuh, und erst nach geraumer Zeit gelang es uns, ihn einzuholen, und ich schrie ihm zu, er solle einsteigen. Er verstand sofort, sprang während der Fahrt auf, und wir rasten zusammen noch ein paar Minuten hinter dem Bus her, er saß neben mir, sah mich nicht mal an, der Schuh füllte das ganze Taxi, und auch der Fahrer spielte mit, und wir schlängelten uns unter Lebensgefahr vorwärts, eine filmische Verfolgungsjagd, bis der Bus am Kikar Atarim hielt und es uns gelang, ihn zu überholen. Der junge Mann stieg ein, drängelte sich durch die Fahrgäste, reichte ihr den Schuh, und der Bus fuhr los.

Nach ein paar Dutzenden von Malen lässt es mich sogar kalt, wenn ich höre, wie ein Paar es sich nur einen Meter von mir entfernt gegenseitig besorgt. Am Anfang schon, ohne dass ich es im Griff hatte. Allein vom Stöhnen. Sie kommen aus allen Richtungen hierher, rund um die Uhr. Manchmal denke ich, dass ich sie noch höre, wenn sie schon längst verstummt sind. (Idos Weinen, wenn ich ihn im Kindergarten zurückließ – den ganzen Tag lang hörte ich es weiter.)

Aber ich muss mich daran gewöhnt haben. Ich dressiere mich, positiv zu denken: Ich lebe schon zweieinhalb Tage in einem gigantischen Maschinenraum, mit dem Lärm und dem permanenten Rhythmus des mehr und mehr anschwellenden Kreischens der Kolben und der gleichmäßigen Dampfstöße, und nach einem Augenblick beginnt die ganze Chose in einem anderen Zimmer von vorn, und manchmal kommt es mir vor, als würden alle Räume über mir und an meinen Seiten gemeinsam rattern, alles erbebt, und die Betten in den Zimmern knarren, und die Männer stöhnen, und die jungen Mädchen lassen der Reihe nach ihre gefälschten Schreie los –

Seltsam ist, dass ich, außer dem Inhaber, hier noch keine Menschenseele gesehen habe. Wann immer ich das Zimmer verlasse, scheint der Ort leer und verlassen zu sein.

Wenn wir je miteinander schlafen werden, werden wir uns einander ganz langsam hingeben, wie im Schlaf. Ich sehe uns jetzt wie zwei Embryos, die sich mit langsamen Bewegungen suchen, mit geschlossenen Augen.

Mirjam, ich habe die ganze Nacht gearbeitet. Ich habe gefühlt, dass ich etwas tun muss, um ein wenig für mich zu kämpfen (oder um Sie beim Kampf um mich wenigstens würdig zu vertreten). So kann man sich nicht geschlagen geben, ganz und gar kampflos, und die Stimmen ringsumher beginnen mich langsam verrückt zu machen. Ich habe Ihre Briefe an die Wände geheftet. Knochenarbeit. Ich hatte keine Vorstellung davon, wie viel Sie mir geschrieben haben. Interessant, wie Sie sich fühlen würden, wenn Sie hier wären.

Ausgewrungen, trunken, todmüde, aber ich lächle wie ein Idiot.

(Träume vom Schlaf.) Plötzlich bin ich voller Energie und Sprudeln. Dieses Gefühl, dass die Wände Ihre Worte murmeln.

Es gibt jetzt Chaos und Bewegung im Raum. Es ist ein wenig schwindelerregend, sich umzuschauen. Es war wie das Lösen eines gigantischen Kreuzworträtsels (das den Ratenden enträtselt). Am Anfang achtete ich peinlichst darauf, jede Blätterfamilie zusammenzulassen, dann gab ich es auf. Ohnehin vermischte sich alles und schwebte im Raum. In der letzten Stunde klebte ich dann alles zusammen, wie es kam. Ich kreuzte. Verkuppelte. Egal. Es gibt bei Ihnen dieses Etwas, dieses Kontinuum, und irgendwie ist alles, was Sie geschrieben haben, darauf aufgefädelt. Es setzt einen Dialog fort, der nicht zu Ende geht.

Auch ich kann nun losen. Mit geschlossenen Augen über das Bett laufen, sie öffnen, einen Satz aussuchen: ›… und ich erinnere mich noch immer an die physische Angst, die kroch und mich ganz beherrschte, und an der Stelle, an der ich einst Lebensfreude empfand, versteinerte. Die Angst, dass alles, was in mir positiv ist, niemandem gegeben wird und nie zum Tragen kommt. Und welchen Sinn mache ich dann?‹

(Ich machte noch einen Durchgang. Habe genau die gleiche Seite gelost!)

›… und ich begann schon, den Verdacht zu hegen, dass ›dieses Etwas‹ gar nicht zum Weitergeben geeignet ist, von niemandem zu niemandem. Und dass alle es längst wissen; und vielleicht ist dies das große Geheimnis, das allen das Leben ermöglicht, das heißt, das ›Leben‹. Und das Finden eines Part ners. Und mit diesem Partner ein Haus mit einem Dach mit Schornstein zu malen. Die klugen Liebenden aus dem Gedicht von Nathan Zach zu sein:

Ein Gast wird nicht kommen, in solch einer Nacht,
und kommt er doch – so öffnet ihm nicht. Es ist spät,
und nur Kälte durchweht die Welt.


Und ich muss ununterbrochen daran denken, was für ein Glück ich hatte, dass ich auch ein unkluges Liebespaar kannte, das mir eine Tür aufmachte, in solch einer Nacht.‹

Ja'ir?

Ja'ir, wach auf, ich bin's …

Ja'ir, schlaf nicht wieder ein …

So halte ich mich wach, spreche meinen Namen aus mit Ihrem Mund. Mit Ihrer Melodie. Jedes Mal aufs Neue klopft mir das Herz, wenn mein Name aus Ihrem Munde kommt.

Denn ich habe eine Art Furcht vor dem Schlaf entwickelt. Ich bin sicher, dass draußen, sobald es mir gelingt, für einen Moment abzutauchen und zu vergessen, wo ich mich befinde, wieder ein Schrei zu hören sein wird, oder ein Stöhnen, oder ein paar Sprungfedern knarren, und das ertrage ich nicht. So geht es schon drei Nächte lang.

Am Ende des Briefes mit jener kleinen ›Theorie‹, als Sie dachten, ich solle vielleicht lieber Geschichten zu schreiben versuchen, schrieben Sie mir:

er wird aufleuchten
leuchte auf.
Wer leuchtet hier auf.


Wieder Nacht. Wohin gehen die Tage.

Ich leere mich, und Sie werden fassbar.

Ihr Gang von der Küche durch den Flur zur Veranda. Die Schattenstickerei der Bougainvillea auf Ihren Armen. Der Geruch Ihrer Handcreme, der von Ihren Bögen um mich herum aufsteigt, umhüllt mich mit einem heimatlichen Gefühl, hier.

Wieder und wieder werden Sie in mir geschaffen. Wir sind nicht im Leben, erinnern Sie sich? Aber alles, was Sie geschrieben haben, lebt. Ihr Leben lebt für mich. Ihr Gesicht. Ich male es mir aus, gehe im Geist über jede Kontur. Ziehe Sie an, ziehe Sie aus, langsam, langsam, Kleidungsstück für Kleidungsstück. Spreche zu mir in Ihrer präzisen Sprache, in Ihrer schriftlichen Stimme, mit dem abschließenden Trauertropfen.

Für uns ist es kein Geheimnis mehr, sagen Sie (die genaue Stellenangabe? Zwei Finger rechts von der Tür) – dass es zwischen uns erstaunliche Parallelen gibt. ›Ich spüre sie manchmal wie Stromleitungen durch die Briefe fließen, Ja'ir, mit der Spannung in ihnen und dem permanenten Vibrieren und der Gefahr. Aber Sie wissen, dass die Ähnlichkeit zwischen uns unter anderem auch in dem, was Sie ›die trüben Seelenwindungen‹ nennen, zu finden ist, ja, vor allem darin – mit einer Intensität, wie ich sie nicht kannte, verstehen Sie vielleicht, warum ich mich demjenigen so sehr nähern will, der die weniger geliebten Punkte in mir so spiegelt?‹

Ich weiß es nicht. Wie wenig ich überhaupt weiß. Es ist nicht leicht für mich, hier, wo Sie ganz vor mir ausgebreitet sind, zu erkennen – dass Ihre Fragen stets tiefer gehen als meine Antworten. Und auch diese Frage beantworten Sie sich besser selbst. Hier, was Sie zum Beispiel sagten, als wir Bruder und Schwester in den sich voneinander entfernenden Gefangenentransporten waren: ›… und ich will all Ihre Gefühls- und Triebbahnen kennen, die offenen und die untergründigen, und die schäumenden und die gewundenen, denn die Stelle, der sie allesamt entspringen, sogar die, die Sie zu der Prostituierten führte, ist in meinen Augen ein Ort des Ursprungs, eine lebendige, kostbare Quelle, nach der ich suche ...‹

Die Nacht in der Nacht in der Nacht. Dieser Mensch denkt an nichts mehr. Dieser Mensch denkt nicht einmal mehr an Mumps oder an seine bedauernswerten Eier. Dieser Mensch will nichts als schlafen und schlafen, bis der Alptraum vorüber ist, und dann alles vergessen. Dieser Mensch kappte plötzlich mit dem Messer das Telefonkabel. Die Sache ist die, dass ich Sie um ein Haar angerufen hätte, Sie sollen kommen.

Sie haben einen großen Augenblick verpasst: Der Hotelbesitzer kam plötzlich herein, ohne anzuklopfen, oder aber er klopfte und ich hörte ihn nicht (ich habe Tonnen gerollten Klopapiers in den Ohren, um die Geräusche etwas zu dämpfen). Er erwischte mich auf dem Bett stehend und die Wand lesend, so verbringe ich den größten Teil des Tages, und er sah die Briefbögen, die die Wände bedecken. Er wollte etwas sagen, doch es fehlte ihm der Mut. Die Sache verschlug ihm die Sprache. Ich, in einem plötzlichen Gedankenblitz, begann laut vorzutragen: ›... und mit einem Mal erwacht in mir die wilde Lust, Ihr seltsames Spiel doch mitzuspielen und Ihnen doch allein in Worten zu begegnen, wie Sie es vorschlagen, mich auf dem Papier auszutoben, mit Ihren Phantasien eine Verbindung einzugehen und zu sehen, wie weit Sie mich mitreißen können ...‹
Sie hätten ihn sehen sollen: Sein Gesicht produzierte einen komplizierten, ungebräuchlichen Ausdruck, eine Mischung aus Staunen und Entsetzen. Vielleicht dachte er, dass ich hier, in dieser bescheidenen Kammer, irgendeine neue Perversion erfunden habe, die selbst ihm noch nicht geläufig ist. Ich erhob eine Hand in die Lüfte und heftete den Blick auf die Wand: ›Denn mir ist nahezu klar, dass Sie dieses Spiel durchaus be-

herrschen, und eine kleine weibliche Ahnung flüstert mir ein, dass gerade Worte und Phantasien Ihre Stärke sind, und warum sollte ich mich davor verschließen?‹

Der Hotelier schloss sehr langsam die Tür hinter sich, mit der gewissen Ehrfurcht, die man wahrhaft Geistesgestörten entgegenbringt. Es besteht kein Zweifel: Ich erobere mir hier allmählich eine Position.

Immer noch Nacht. Keine Ruhe, schreibe liegend, zusammengekauert, umgeben von dem kontinuierlichen Gemurmel Ihrer Worte, Gedanken und Erinnerungen, die von allen Wänden und Zeiten wie Wasser aus mir und in mich fließen, Annas fröhliches, lärmendes Elternhaus und ihre drei Brüder, ihre Eltern und deren lustiges Holländisch-Hebräisch, und der kostenlose Klavierunterricht bei ihrem Vater: ›Und nun, nach Brahms, werden wir das ›Edelweiss‹ von Vanderbeck fürs Pläsir spielen!‹ Und Ihre Mutter, die neidisch war und versuchte, Sie daran zu hindern, dort jede freie Minute zu verbringen, und ihr schiefes Lächeln, das immer aussah, als hätte es nichts Besseres zu tun, als den Abdruck, den es auf der Welt hinterließ, wegzufegen, und ich wage nicht, mir vorzustellen, was sie sagte und was für eine schwarze Essenz sie spritzte, als sich herausstellte, was Jochai fehlt.

Und Jochai. Jede Menge Jochai.

Wissen Sie, seit Sie mir von seinen Wutanfällen erzählten, sehe ich alles Schöne zweimal an. So lautet mein Entschluss. Einmal für mich und einmal für Sie. Um Sie, auf meine begrenzte Art, etwas für die Schönheit zu entschädigen, mit der Sie sich zu Hause nicht umgeben können. Von der ich weiß, dass Sie sie brauchen, wie die Luft zum Atmen. Und wieder fühle ich, wie blind und gleichgültig und hektisch ich bin, und wieder habe ich Angst, dass ich für immer die ursprüngliche, natürliche Leidenschaft für Ästhetik eingebüßt habe.

Ihr Name, ich habe es Ihnen nicht gesagt, öfter und öfter sage ich mir »Mirjam« anstelle vieler anderer Worte. Mirjam ist verstehen Sie und kommen Sie und nehmen Sie mich an und es geht mir gut und es geht mir schlecht und Geheimnis und Wachsen und Stille und Ihre Brüste und Ihr Herz und Atmen und Begnadigung

Dennoch, wollten Sie nicht noch ein Kind? Hatten Sie Angst? Versuchen Sie es beide, oder wollen Sie sich ganz nur ihm widmen. Wie sehr Sie in diesen Dingen schweigen, Sie halten die Fäuste noch immer geschlossen.

Sie hatten recht, als Sie es vermieden, mir den »offiziellen« Namen seiner Krankheit zu nennen. Damit dieser Name nicht sukzessive seinen Namen ersetzt. Aber bis zu welchem Alter werden Sie ihn zu Hause behalten können (und wie haben Sie es bis jetzt geschafft, ihn nicht in ein Heim zu geben)?

Bald wird er zu pubertieren beginnen, und auch die Schwierigkeiten werden wachsen. Ich sage Ihnen nichts Neues. Er wird überdies physisch viel stärker sein als Sie, und was dann, wie können Sie ihn in den Anfällen bändigen? Wie können Sie verhindern, dass er auf die Straße rennt?

›... ich weiß längst, dass es besonders schwer für mich sein wird, wenn seine Stimme sich verändert‹. Und an anderer Stelle haben Sie bemerkt, ganz nebenbei, dass seine Stimme das Schönste an ihm ist.

(Erst hier habe ich die beiden Sätze aneinandergereiht.)

Einfach ein Gedanke, das kümmerliche Produkt eines Wohnzimmerphilosophen.

Dass die Tränen beim Pupillenreiben, von dem ich einmal träumte, womöglich von ganz anderer Beschaffenheit sind, als es dem Anwender bekannt ist? Ich meine – vielleicht sind sie süßer als Honig und würden aus irgendeinem verborgenen Ersatztränensack tropfen, von dem keiner wusste. Das einzige Körperorgan, das in dem Bewusstsein geschaffen wurde, dass es niemals, das ganze Leben lang, zum Einsatz kommen würde. Ein privater trauriger Scherz Gottes, der im Voraus wusste, mit wem er es zu tun hat, denn die Erdanziehungskraft scheint man überwinden zu können, aber nicht die Kraft des Zurückschreckens und Zurückstoßens einer Seele, die auf einmal vor sich einer anderen nahen, aufgerissenen Seele gewahr wird, und nicht das unmittelbare Blinzeln, das der Grenzschutz ist.

Ich brauche Sie, nein, ich brauche *dich* jetzt so sehr, Mirjam. Jetzt. Komm zu mir. Setz dich neben mich auf das Bett, ignoriere die Stimmen ringsumher, die Gerüche, konzentrier dich auf mich, konzentriere dich auf dich, streichle mir ruhig das Gesicht, nicht mit Begierde, sag, Ja'ir –

Öffne weit das Fenster. Wenn du es aufmachst, wird das Panorama ein anderes sein. Der Billardsalon unten wird verschwinden, die Wäscheleinen mit den Handtüchern und den benutzten Laken. Die Mülltonnen, die Rohre, die herumstreunenden Ratten. Selbst das Eau de Javel wird sich verflüchtigen. Die Luft, die du von weitem mitgebracht hast, aus Beit Zayit, wird hereinwehen. Vielleicht wirst du versuchen, mich etwas aufzuheitern, warum nicht, schon seit ein paar Tagen habe ich nicht einmal gelächelt. Sag, Ja'ir, Ja'ir, wo soll ich beginnen? Tadele mich ein wenig, Mirjam, aber diesmal sanft, sprich von Jochai, Ja'ir, frag, ob ich nicht noch ein Kind wolle, und im gleichen Atemzug, willst du, dass ich dich zum Lachen bringe? Ja, ich weiß, Mirjam, dennoch, erzähl mir jetzt etwas, was nicht belastet, egal, was …

Aber Ja'ir, du wirst dich wundern, dass auch Jochai witzig ist, wovon sprichst du, Mirjam, doch, doch, obwohl er keinen »Humor« im üblichen Sinn hat und ich mich manchmal damit tröste, dass sein Humor vielleicht einer anderen Welt angehört. Aber, zum Beispiel, wenn er noch etwas Süßes will und weiß, dass wir es nicht erlauben, tut er, als ginge er in sein Zimmer, und plötzlich biegt er ab und rennt zur Küche. Und er hat auf einmal so einen Ausdruck, ein wenig »hasenhaft«, fast schlitzohrig … Und dann hängen wir der Illusion nach, dass sich für einen Moment sein verborgener Humor mit unserem deckt.

Oder die Sache mit den Schuhen, welche Sache mit den Schuhen, erinnerst du dich denn nicht? Ich erinnere mich nicht, aber ich habe es dir doch erzählt, aber du hast es nie in Tel Aviv erzählt und auch nie, wenn ich auf diesem Bett lag, mit den Kaugummis, die darunterkleben, erzähl. … dass er zu Hause immer barfuß herumläuft, Sommer wie Winter. Denn sobald man ihm Schuhe über die Füße zieht, springt er fest entschlossen zur Tür. Und wenn ich oder Amos ihm aus purer Zerstreuung die Schuhe überstreifen, bevor er ganz angezogen ist, schießt er wie eine ferngesteuerte Rakete hinaus, manches Mal halbnackt. Und darum, weißt du, nenne ich ihn immer den »Jungen mit den Siebenmeilenstiefeln« … aber du brauchst jetzt ein ganz anderes Lachen? Vielleicht werde ich dir ein bisschen Nonsens schreiben, warum nicht, du selbst schreibst hin und wieder so einen Unsinn, dass einem die Haare zu Berge stehen … Komm, komm, wir lachen zusammen über mich, Ja'ir: Weißt du, dass ich die ganze Zeit der Welt Prüfungen auferlege? Zum Beispiel, wenn der Erste, der mir entgegenkommt, ein Mann ist – wird dein nächster Brief mich etwas enttäuschen. Ist es eine Frau …

Sieh mich an, Mirjam, ich spiele »so tun als ob«. Es heilt ein wenig. Ich verstehe nicht, auf welche Weise. Schon wenn ich deine Sprache durch meinen Körper laufen lasse, beruhigt mich das. Und nimmt mich an. Als würde eine Medizin durch meinen Körper fließen. Ich lasse dich in mir quellen. Hör nicht auf. Komm nicht zum Stillstand.

Oder bei mir hat sich eine Sensibilität entwickelt, Ja'ir (eine etwas übertriebene, meine ich), für alle möglichen Ereignisse und Menschen, die mir über den Weg laufen. Auch auf Worte achte ich gespannt. Selbst auf gewöhnliche Worte, die mir im Alltagsstrom entgegenschlagen. Ganz und gar unbedarfte Worte wie »Licht«, »Wassersprenkler«, »Loch im Zaun«, »Kleider«, »Kamele«, »Nacht« ... oder eine plötzliche, etwas erschrockene Umarmung, wie ich Jochai gestern umarmte.

Ich schreibe dich, Mirjam, aus jener Stelle im Gehirn. Ich ziele mit aller Kraft auf jenen Punkt, in dem du deinen Ursprung hast. Als ob es Worte gäbe, die nur einer gewissen Frau vorbehalten sind, und keiner anderen.

Oder ich schalte das Transistorradio an, Ja'ir, und versuche die Nachricht zu hören, die nur an mich adressiert ist: mitunter eine Zeile aus einem Lied, die sich für mich plötzlich anhört, als »gehöre« sie uns beiden; und manchmal bringen sie einen Satz ohne jede Bedeutung, und dann sage ich mir, siehe da, alles zwischen uns ist eine leere Illusion.

Mirjam, ich gehe kurz raus, um Zigaretten zu holen, das Paket ist leer, und es wird ein langer Tag werden. Rühr dich nicht vom Fleck, ich habe dich genau an der richtigen Stelle –
 (ich muss dich nur von der Wand zitieren, wie einen Abschiedskuss): »... immer mehr fühle ich, dass die Geschichten, die du mir erzählst, den natürlichsten Weg bilden, vielleicht den am ehesten möglichen für dich, um irgendwie in die Welt zu gelangen, in ihr Wurzeln zu schlagen.«

Etwas Schreckliches ist geschehen. Ich habe Maya gesehen.
 Gerade eben, an der Strandpromenade, anscheinend ertrug sie mein Schweigen nicht, vielleicht fühlte sie etwas und kam

her, um nach mir zu suchen, sie hat mich nicht gesehen, und ich bin nicht auf sie zugegangen, stell dir vor (na, was denkst du jetzt von mir)?

Besser, ich schreibe es nicht. Sie lief zweimal die ganze Strecke vom Platz bis zum Delphinarium ab, steuerte genau die Restaurants und Pizzerien an, die ich aufsuchte, als ich noch aß. Sie erriet mich, ich sagte dir bereits, dass sie einen Sinn für mich hat, du hast mir nicht geglaubt, die ganze Zeit habe ich deinen Zweifel gespürt, irre dich nicht in ihr, Mirjam, irre dich nicht in mir und ihr: Zwischen mir und ihr besteht ein Verhältnis, das zu beschreiben ich nicht einmal Worte habe, es ist ein Verhältnis, das sich nicht in Worten ereignet, es ist im Körper, in der Berührung, in den Gefühlen unter der Haut (was weißt du schon über uns?). Hör mal, die ganze Zeit habe ich mich in ihrer Nähe gehalten. Hinter ihr. Was für eine Qual. Als ob mich jemand erdrosselte und mich nicht zu ihr sprechen ließ. Was habe ich getan.

Ich sah sie, sah alles, wie sie ist, wenn sie wie jede andere durch die Straße geht, wie Männer sie ansehen, dass sie im letzten Jahr erwachsen wurde, dass sie auf einmal sehr schön ist, als ob, ohne dass ich es bemerkt hätte, ihr Gesicht, alle Teile des Gesichts, die richtige Position gefunden hätten, und dennoch sah ich, dass nur ich, von allen Männern auf der Straße, nur ich um ihre Schönheit weiß, ja, und dass sie sich nur für mich bewahrt, sie hat nicht dieses verdammte Ding, verstehst du, dieser Hunger ist nicht in ihr, diese Sache, die es in mir und dir gibt, in ihr ist sie nicht, sie ist davon sauber und rein. Was wird jetzt werden. Ich lief hinter ihr her und sah, wie erschöpft sie war, geschlagen und an mir verzweifelt, und wie sie zum Hotel von Frau Maier ging, ich hatte es ihr einmal gezeigt, in seinen Glanztagen. Sie ging hinein, stellte Diebesauge eine Frage, ich weiß nicht, was er ihr sagte, sie machte auf dem Absatz kehrt, ohne die Klinke zu berühren.

Dann lief sie die Strandpromenade noch einmal ab, suchte schon nicht mehr, wie verrückt ging sie, halb rennend, als würde sie bei jedem Schritt vor Zorn aufstampfen, und die Leute sahen zu ihr hin, ich habe sie noch nie so gesehen. So sehr erlaubte sie sich zu verstehen. Und dann setzte sie sich, sank auf einen dieser Plastikstühle und schloss die Augen. Ich stand vielleicht zehn Schritte von ihr entfernt, völlig entblößt, hätte sie sich umgedreht, hätte sie mich in meiner Nacktheit gesehen. Bis zum Hals im stinkendsten aller meiner Schmachsümpfe versunken. Fast eine Viertelstunde verbrachten wir so. Wir rührten uns nicht. Ich war im Zustand der Erschöpfung. Ich schrie ihr lautlos zu, mit meiner ganzen Kraft, hätte sie sich nur für einen Moment umgedreht, hätte sie mich nur gesehen, meinen Namen ausgesprochen, wäre ich mit ihr nach Hause zurückgekehrt.

Wie kann es überhaupt passieren, so etwas zwischen uns. Ich fühlte mich wie in einem Anfall. Nachdem sie verschwunden war, hatte ich Muskelkater in jedem meiner Muskeln. Sogar im Kiefer. Aber was hätte ich ihr sagen sollen? Wie konnte ich in meinem Zustand zu erklären beginnen. Vier oder fünf Tage habe ich mit keiner Menschenseele gesprochen.

Nur mit dir. Genug, lass mich schlafen.

Mitten in der Nacht. Drei Sanitäter vom Gesundheitsamt klopfen gegen die Tür. Schnell entfernen sie Maya, werfen ein Netz über meine Seite des Bettes. Mayas Hand huscht, wie in diesen Fällen üblich, über ihre Lippen: »Bitte, nehmen Sie ihn nicht mit!« »Wir nehmen ihn nicht mit«, lacht der Sanitäter, »wir erschießen ihn standrechtlich.«

Aber dann entdecken sie, dass ich nicht zu töten bin. Ich bin ewig wie nichts.

Ich habe es nicht erzählt – vielleicht wegen der Ereignisse, oder weil ich schon seit vielen Tagen kein menschliches Gesicht sah, fand ich auf dem Rückweg auf einmal heraus –

Moment noch, keine Hektik.

Ich fand ein heruntergekommenes Café, mein Hirn war gewunden wie ein Darm. Ich saß eine Stunde dort. Ich dachte, dass irgendwo im Universum die andere Welt liegen musste, über die wir einmal sprachen, eine sonnengoldene Welt, eine würdige Welt. In der jeder Mensch den findet, der für ihn bestimmt ist, wo jede Liebe wahre Liebe ist, in der man obendrein auch noch ewig lebt. Und natürlich dachte ich sogleich an die, die nicht einmal dort zu leben fähig waren, die zu solch einer generösen, üppigen Güte nicht passen, Verdammte, die sich dort das Leben nehmen.

Und ich saß da, glotzte auf die Passanten und machte mir Gedanken darüber, was für die Selbstmörder dort eine Strafe sein könnte, wie ich sie bestrafen würde, und einerlei, wo du dich gerade befindest, Mirjam, heb den Blick (anscheinend phantasiere ich dich immer in dich selbst versunken, so wie ich dich gesehen habe). Und sag, kann es sein, dass das der Grund ist? Ich meine – für die Hässlichkeit und für die Fremdheit, das Behelfsmäßige, die Feigheit und die ewige Niedergeschlagenheit, und für all die anderen Buchstaben des Alphabets unseres wahren Esperantos?

Ich meine – dass hier, bei uns, die Strafkolonie jener Welt liegt und dass jeder Mensch, den du siehst, ob Mann oder Frau, alt oder jung, sich einmal umgebracht hat?

Sieh dir den ersten Menschen an, der dir über den Weg läuft, in diesem Augenblick, und sag, ob sich in seinem Gesicht, und sei es nur in einem winzigen Zug, nicht das Geständnis einer Mittäterschaft an einem Verbrechen versteckt? An irgendeinem Verbrechen? (Es kann in der Nase verborgen liegen, in herabgezogenen Mundwinkeln, auf der Stirn, und am meisten – in den Augen.) Ich jedenfalls habe heute morgen keinen einzigen Menschen gesehen, da draußen, der nicht solch einen Zug aufgewiesen hätte. Selbst an den attraktivsten nahm ich ihn wahr.

Selbst an den Kindern. Am Strand hielt sich eine Gruppe auf, ich stand in der Nähe und sah ihnen zu. Sechs, sieben Jahre alte Kinder, und fast jedes von ihnen zeigte schon den ersten möglichen Zug einer Verbitterung, eines Haders, einer Schuld (vor allem Schuld).

Was heißt denn hier schlafen. Man kommt nicht hierher, um zu schlafen, unter dieses Obdach für Ergüsse. Halb zwei, und ringsumher Radau. Jeden Augenblick öffnet oder schließt sich eine Tür. Vierundzwanzig Stunden pro Tag reger Verkehr in den Fluren und das Geräusch erstickten Lachens (worüber lachen sie dort so inbrünstig?). Ich brenne darauf, einem von ihnen zu begegnen und ihn zu schütteln, bis er damit rausrückt, wo das Geschehen stattfindet. Wo liegen die Zimmer mit den Whirlpools und den Spiegeln an der Decke und den Rundbetten. Heute morgen, als ich nach draußen ging, sah ich im Hotel zum ersten Mal ein »Mieter«-Paar. Sie fuhren mit mir im Aufzug nach unten. Wir strengten uns an, einander nicht in die Augen zu schauen. Es war ein älteres Paar. Touristen. Sie sahen so »seriös« aus, dass ich ihnen beinahe auf den Leim gegangen wäre.

Wie viel Zeit ist inzwischen bei dir, auf der Erde, verstrichen?

Ich werde den Raum nicht mehr verlassen. Ich habe bemerkt, dass ich draußen nervöser bin, hier habe ich mich anscheinend schon daran gewöhnt. Ich beschäftige mich nicht einmal gedanklich mit dem, was hinter den verschlossenen Türen läuft (ziemlich banale Dinge, kann ich mir vorstellen). Seltsam, wie man die Zeit totschlagen kann, ohne sich vom Fleck zu rühren. Ich döse. Erwache. Rauche. Schreibe dir ein paar Worte. Döse. Zehn Stunden sind vergangen.

Die Gedanken – wenn sie nicht mit denen eines anderen

kollidieren, sind dazu fähig, bis ans Ende der Welt zu fliegen, dort herumzuirren und schon im nächsten Augenblick wieder an Ort und Stelle zu sein.

Aber auch das hat sich in den letzten Stunden gelegt. Alles ist etwas gedämpft, indifferent. Ich bin nicht einmal hungrig.

Um deine winzige Schrift zu lesen, muss ich mich mitunter regelrecht gegen die Wand pressen. Du solltest mich sehen, wie ich längs und quer über die Wände krieche.

Und wenn ich angerufen hätte, wärest du dann mutig genug gewesen, um herzukommen? An einen solchen Ort? (Mein gutes Mädchen mit dem Gesicht der fünfziger Jahre. Ich werde dir das nicht antun.)

Anscheinend bin ich wieder für einen Moment eingeschlafen. Ich bin mit Herzklopfen erwacht. Drei Uhr früh, und rechts von mir, im Nebenzimmer, geht es rund (wie große Bongos oder wie Maschinenkolben klingt das hier, ein durch und durch mechanischer Lärm). Bis ich einschlief, warst du bei mir. Ich habe dich hierhergebracht. Ich lag da und sprach laut zu dir. Wir führten einen Dialog (ich erinnere mich nicht an das Thema). Wann immer ich mit deinem Mund sprach, wurde ich ein bisschen ich. Eine halbe Nacht lang hast du in mir geleuchtet wie eine Kerze.

Durch meinen Körper, in meiner Blutbahn, reist eine kleine, konzentrierte Identität. Die meiste Zeit denke ich nicht an sie. Die meiste Zeit denke ich an gar nichts. Aber immer, wenn sie das Herz passiert, öffnet sie die Augen und sagt mit deiner Stimme: Ja'ir?

Nach meiner Berechnung werde ich morgen oder übermorgen wissen, ob ich mich infiziert habe. Das Seltsame ist, dass es mir kaum etwas ausmachen würde, bei meinem Leben. Die meiste Zeit denke ich gar nicht an den Grund, der mich hierher verschlagen hat. Würde einer danach fragen, würde es mich Mühe kosten, mich zu erinnern.

Warum bin ich hier?

Ich muss hier etwas Wichtiges zu Ende bringen.

Was denn?

Ich weiß es nicht. Wenn es passiert, werde ich es wissen.

Und unterdessen willst du tagelang auf dem Bett herumliegen?

Ja. Was denn sonst.


Ich liege mit Maya im Bett, sie weckt mich und macht mich darauf aufmerksam, dass zwischen uns eine winzige Frau liegt, von der Größe einer Nuss. Eine vollständige Frau. Ich beginne sofort, mich zu rechtfertigen: meine ist es nicht! Ich kenne sie gar nicht! Und Maya sagt ohne Zorn, sogar mitleidig: Aber sieh nur, wie sehr sie dir gleicht.


Vielleicht werde ich in den verbleibenden Tagen ein Tagebuch führen, um mir die Zeit zu vertreiben? »Liebes Tagebuch«, hast du mich kürzlich genannt.


Wenn ich mich etwas erhole, werde ich heute abend ausgehen. Ich verdiene einen Kurzurlaub aus dem Kloster, meinst du nicht? (Warum interessiere ich mich so sehr für deine Meinung?!)

Bisweilen fühle ich mich wie ein Schwachkopf, weil ich diese Woche nicht besser genutzt habe, mir ist nicht klar, was mich im Grunde daran hindert, mich auszuleben. Wem schulde ich hier etwas?

Auf der anderen Seite ist sogar Aufstehen und Pinkelngehen ein Akt.

Wenn ich mich wirklich infiziert habe –

Meinst du, es gäbe noch etwas, was ich in den mir verblei-benden Tagen tun könnte, um einen Teil von mir hinüberzu-retten? Und was würdest du tun, wenn du wüsstest, dass dir nur eine Woche bleibt, bevor du von einer Krankheit ereilt wirst, einer mit solchen Risiken.

Ich meine – kann man beispielsweise hoffen (einfach so, der intellektuelle Spaß eines potenziell Impotenten), dass eine un-erwartete neue Liebe mich auf einmal aus den Krallen dieser Krankheit erlösen könnte? Oder ihr zumindest einen Dämp-fer erteilte?

Nicht in dich, in dich werde ich mich wohl nicht verlie-ben, das ist mir schon ziemlich klar. Überhaupt – was für eine Liebe kann es zwischen uns geben? Ich meine – was es zwi-schen uns gibt, ist schon eine Spur zu viel, um Liebe zu sein, nicht wahr? Gott behüte, ich unterschätze es nicht, aber in den letzten Tagen habe ich das Gefühl, dass wir irgendwie schon zu kompakt sind, um in dieses eine Wort »Liebe« gepresst zu werden. Korrigiere mich, wenn ich mich irre.

Korrigiere mich.


Die beiden jenseits der Wand foltern einander geradezu. Ich bin sicher, dass auch Peitschen im Spiel sind. So geht es schon seit ein paar Stunden. Ohne jede menschliche Stimme. Als ob sie seelenruhig peitschten und gepeitscht würden und nur ich bei jedem Hieb zusammenzuckte. Ich kann mich einfach nicht daran gewöhnen. Als ob jeder Schlag ein erster Hieb wäre. Wo-rüber sprachen wir? Das letzte Blatt, das ich beschrieben habe, ist heruntergefallen, und wie soll ich es in den Stapeln hier wiederfinden. Ich habe seit meiner Ankunft so gut wie nichts zu mir genommen. In den letzten Jahren – gigantische Gelage. Es war Teil des Amüsements. Auch das Essen ist der beste Freund des Menschen. Es überrascht mich, wie wenig hungrig ich bin, nur ein wenig schwach. Schwebend. Ziemlich angenehm, aber wenn ich ruckartig aufstehe – ist mir schwindelig. Darum bemühe ich mich, gar nicht erst aufzustehen. Im Grunde verbringe ich seit gestern (oder vorgestern?) die meiste Zeit im Bett, ein Block Papier, ein Stift, ich erwache, schreibe ein paar Zeilen, schlafe ein. Dazwischen nimmt man vielleicht eine Operation unter Narkose an mir vor. Sollen sie.

Hinter dem gegenüberliegenden Fenster, über dem Billardsalon, wohnt ein japanisches Paar, ein junger Mann und ein junges Mädchen, sehr jung. Ohne Gardine, am offenen Fenster, schon seit einer Stunde lieben sie sich. Es ist so schön, dass es nicht einmal erregt.

Ich liege im Dunkeln und sehe zu. Sie lieben sehr, und es gibt keinen Punkt auf der Haut, den sie nicht küssen, und hoffentlich machen sie weiter, denn die Geräusche um mich herum sind verstummt.

Plötzlich fiel es mir ein. Ganz dringend: Ich möchte dir ein Bild geben. Ein Aufblitzen der Erinnerung. Stell keine Fragen. Das Bild eines süßen kleinen Jungen mit geschorenem Haar. Sieh nur sein Gesicht. Es ist voller Ausdruck. Und er hüpft die ganze Zeit, plappert, wedelt mit den Armen. Putzig wie ein kleines Äffchen. Er ist zirka fünf Jahre alt auf diesem Bild, da ist die schmale Hand einer Frau, die auf seinem Kopf ruht, doch ignoriere sie.

Es ist ein Moment, der mir kostbar ist, warum, spielt keine Rolle, nimm ihn nur von mir an. Ein Kind geht mit der Mutter über den Bürgersteig, auf dem Heimweg vom Kindergarten, sie ist jung, zierlich und klein. Kurzes, leicht gelocktes Haar und ein bezauberndes Lächeln, schüchtern und mutig und voller Liebe, und ihre Hand ruht mit leichtem Stolz auf seinem Kopf, sie zeigt mir, dass er ihr Kind ist.

Ich weiß, dass man so etwas nicht tut. Man gibt niemandem den Ausschnitt eines Bildes oder eine halbe Photographie, aber glaub mir, dass du hiermit den schönsten Teil bekommst – und auch den schönsten Moment, den ich mit den beiden erlebt habe. Es hat keinen Sinn, den Ausschnitt zu vergrößern, um alles zu sehen, was an ihm überflüssig ist. Zum Beispiel den anderen Jungen an ihrer Seite, er gehört nicht zur Geschichte, er ist einfach ein anderes Kind, das sie an diesem Tag aus dem Kindergarten abholte, ein Freund (ich bin aus irgendeinem Grund nicht in der Lage, ihn von dort zu vertreiben).

Und warum solltest du den Mann mit dem Vogelgesicht sehen, der in dem Subaru sitzt, welcher auch bei dem Wassersprenkler dabei war: aus dem Kofferraum holte ich das Handtuch, um dir das Haar zu trocknen. Dieser Mann bin ich, und der zweite Junge sah zufällig zu mir herüber und bemerkte meinen Blick, der anscheinend völlig entblößt war und voller Glückstropfen auf ihr und dem Kind ruhte, eine ziemlich häßliche Geschichte, noch eine der üblichen Szenen aus meinem Film noir, warum erzähle ich sie dir?

Mit ihr, mit jener Frau, hatte ich gerade eine für mich ungewöhnlich lange Affäre. Ich glaube, ich habe sie geliebt. Das Kind hieß G., der volle Name tut nichts zur Sache. Sein süßer, ernster Name. Sie war nicht verheiratet. Sie wollte auch nicht heiraten, sie war entschieden gegen die Ehe. Aber ein kleines Kind hatte sie, und ich (der pathetische Selbstbetrug solcher Affären) genoss es, mich ein bisschen wie ein entfernter Vater zu fühlen, verstehst du? Ich sah in ihm das Kind, das ich und sie hätten haben können. Vergiss nicht, dass er das ideale Kind für mich war – ein lebendiges Kind, das ich in Phantasie verwandeln konnte.

Besonders liebte ich die Beziehung der beiden, und wie sie ihn klug und mutig großzog. Es ist nicht einfach, ein Kind allein großzuziehen, und bis ich sie kennenlernte, war ich meist wütend, empfand einen ehelichen, heiligen Zorn über Frauen wie sie, die es wagten, allein ein Kind in die Welt zu setzen, nur um ihren Mutterinstinkt zu befriedigen usw., sie aber lehrte mich, wie viel Größe in solch einer Situation liegen kann. Und die ganze Zeit wunderte ich mich, wie sie allein einen Menschen formen konnte, mit welcher Vollkommenheit und Weisheit; und wie stolz beide darauf waren, zueinander zu gehören und eine private Sprache zu sprechen, einen gemeinsamen Humor zu haben und eine Art gegenseitiger Bürgschaft, und ich fühlte, dass ich dort eine kleine heimliche Familie hatte, obwohl ich den Jungen, außer auf Photos, nie gesehen hatte.

Warum erzähle ich dir das?

Weil es schwer ist, Gewohnheiten abzulegen? Weil ich glaube, dass das Photo bei dir besser aufgehoben ist als bei mir?

Eines Tages schlug sie vor, ich solle ihn kennenlernen. Es war nach einem wunderbaren gemeinsam verbrachten Morgen, und sie sagte – vielleicht bleibst du einfach, um G. zu treffen? Und ich dachte – warum nicht, was kann schon passieren. Aber andererseits, du weißt ja, schrie der Sicherheitsoffizier auf: bloß nicht. Wozu einen Zeugen. Und ich schlug vor, ihn mir von weitem zu betrachten, ohne dass er mich sah, und N. schaute mich an und sagte, schon gut, es muss nicht sein.

Später fand sie sich mit meiner Logik ab, und ich konnte sie ein wenig versöhnen, und wir beide begannen dem großen Augenblick entgegenzufiebern. An jenem Tag blieb ich etwas länger bei ihr, wir aßen zusammen zu Mittag, und alles war bestens, und als es an der Zeit war, stieg ich in den Wagen und wartete an der verabredeten Stelle, und N. ging, um G. aus dem Kindergarten abzuholen.

Ich sah sie um die Ecke kommen. Schlank und selbstständig hob sie sich von der Straße ab. Sie trug einen dünnen grauen Pulli, ihr Haar war kurz und leicht gelockt, ihre Augen lachten. Sie kam mit zwei Kindern, ich erwähnte es bereits, und für einen Augenblick konnte ich nicht erkennen, welcher ihr Sohn war, keiner der beiden ähnelte wirklich den Ablichtungen. Die Kinder redeten begeistert auf sie ein, und einer sprang um sie herum wie ein Lämmchen, sie kam mir vom Ende der Straße mit all ihren feinen Gliedern lächelnd entgegen, und ich musste meine Sonnenbrille abnehmen und mit den Augen fragen – welcher ist es? Und sie legte eine Hand auf den Kopf des Kindes, das an ihrer Seite hüpfte, und ihr Gesicht sagte: »Was für eine Frage.«

Bitte, nimm ein Bild von mir an: ein Junge, zu klein für sein Alter, aufgeweckt und ausgelassen, voller Leben und Klugheit, der mit ausladenden Gesten redete, ein lustiger, netter Junge. Ihre Hand lag sanft auf seinem Kopf. Meine Augen versanken in ihren Augen, in ihrem Stolz und in ihrem vollkommenen Glück.

(Seltsam war, dass gerade der zweite Junge, der fremde, etwas bemerkte und einen Moment innehielt, meinem und ihrem Blick folgte, ich sah, dass er sich zu verstehen bemühte und dass sich eine Wolke über seine kindliche Stirn legte.)

Müsste ich nur einen einzigen Augenblick aus all den Ficks, Liebschaften und Flirts aussuchen –

Entschuldigung, dass ich dir diese Geschichte aufbrumme. Und noch einmal: Wem sollte ich sie erzählen, wenn nicht dir.

Ich habe mich daran gewöhnt, laut mit dir zu sprechen, so ein Murmeln, als wärest du hier (habe ich es schon erzählt?). Kleine Worte. Einfach so. Willst du ein Kissen? Gib mir ein Stück Decke. Kratz mir den Rücken, höher.

Und du antwortest: Vielleicht machen wir einen Spaziergang? Ein Tapetenwechsel? Sieh dir diesen Müll an. Bring wenigstens die leeren Bierdosen weg. Komm, hilf mir ein wenig.

Und ich sage: Seltsam, dass ich dich mehr vermisse als meine Familie.

Die junge Frau im Zimmer nebenan weint geradezu, man

versteht ihre Worte nicht, erkennt auch nicht die Sprache, aber da ist eine Art permanentes Heulen, und wenn ich mich konzentriere, kommt es mir vor, als bettele sie darum, sie nicht mit einer Zigarette zu verbrennen. Was für eine Hölle.

Am Ende konnte ich nicht mehr. Ich ging hinaus, um festzustellen, woher die Stimmen kamen. Es stellte sich heraus, dass sie gar nicht aus den Nachbarzimmern stammten. Dass sie gar nicht von meinem Stockwerk kamen. Es gibt anscheinend eine akustische Täuschung an diesem Ort. Mich packte der Ehrgeiz. Ich rannte durch alle vier Etagen und lauschte schamlos an jeder Tür. Es war mir gleich, ob man mich erwischte. Ich hatte auch keine Ahnung, was ich tun würde, wenn ich auf jemanden stieße. Schließlich waren das genau die Sachen, für die die Menschen hier ihr gutes Geld hinblätterten. Ich begann schon, mich in einem Geisterhaus zu wähnen, als ich im vierten Stock aus einem der Zimmer deutliche Geräusche vernahm, und so, wie ich war, die Nerven bloß, drückte ich die Klinke hinunter und trat ein. Ich sah den nackten Rücken eines Mannes, der fernsah, um ihn herum, über den Fußboden verstreut, lagen etwa zwanzig Bierdosen. Das Zimmer unterschied sich nicht von meinem. Der Mann hörte mich nicht und rührte sich nicht (und nach dem Gestank im Zimmer zu urteilen, war er längst im Jenseits), und als ich in mein Zimmer zurückkehrte, kehrten auch die Stimmen zurück.

Da ist noch etwas, wenn ich es nicht erzähle, wirst du, bis zum Schluss, nicht erschöpfend wissen, mit wem du es zu tun hast (wie kann ich es erzählen. Wie kann ich es nicht erzählen). Es geht um einen der Fälle, in dem einem mit Zinseszinsen der ganze Dreck zurückgezahlt wird, den man in der Welt hinterlassen hat. Hör es dir an, vergiss es wieder, nur soll es in dir notiert sein:

Ich war mit Maya zu Hause, es ist etwa zwei Jahre her. Wir aßen zu Abend, in der Küche, Ido war bei uns, es war ein angenehmer Abend, wir waren zusammen, wie ich es liebe. Und auf einmal läutet das Telefon, ich gehe in den Flur, um abzuheben, und höre die Stimme einer Frau. Sie sagt, ihr Name sei T., und sie sei die Freundin von N., ich erinnere mich sofort und erstarre. T. war die einzige Zeugin jener Eskapade, und wieso rief sie mich zu Hause an. Sie sagt mit gepresster Stimme, dass N. am Vortag gestorben sei.

Ich schweige. Hinter mir lachen Maya und Ido, er lernte damals gerade zu pfeifen (nach innen), und Maya versuchte, es von ihm zu lernen, und am Telefon fragt jene T., ob ich sie verstanden hätte, und ich sage ja und raffe ein wenig offizielle Stimme zusammen und sage, dass wir kein Kinderlexikon benötigten.

Bei ihr herrschte Stille. Ich erinnere mich, dass ich mit dem Rest meines klaren Verstandes dachte, was mit G. passieren würde; er musste sieben oder acht sein. Seit ich mich von N. getrennt hatte, hatte es keinen Kontakt mehr zwischen mir und ihr gegeben. Sie hatte versprochen, nicht anzurufen und nicht zu schreiben. Und sie hatte sich natürlich daran gehalten. Es ist schrecklich, es sagen zu müssen, aber – ich hatte sie nach der Trennung regelrecht aus mir gelöscht.

Du musst wissen, dass jene T., die Anruferin, während meiner ganzen Beziehung zu N. den Ehebruch und die Unehrlichkeit missbilligte. N. sprach es mir gegenüber nie explizit aus, aber einigen ihrer Schweigemomente entnahm ich, was T. über mich dachte, und obgleich ich ihr nie begegnet war, hatte ich auf eine ziemlich alberne Weise ständig das Gefühl, mich vor ihr rechtfertigen zu müssen (ihre Meinung über mich hat mich nicht wenig beschäftigt).

Sie sagte – ich sehe, dass ich zu einem ungünstigen Zeitpunkt angerufen habe.

Maya fragte aus der Küche, wer am Apparat sei, wir erstatten einander für gewöhnlich in der Mitte des Gesprächs Zwischenbericht, in der Regel ist gar keine große Erklärung erforderlich, man identifiziert den Anrufer ohnehin am »Hallo« des Abhebers.

Und ich sagte – laut – wissen Sie was, es kann nicht schaden, wenn Sie mir ein paar Einzelheiten über dieses neue Aviv-Jugendlexikon erzählen.

Und Maya rief aus der Küche – »bis er lesen kann, ist es veraltet«, und ich machte Maya eine »Komm-lass-uns-es-uns-anhören«-Geste, und Ido versuchte »Lexikon« zu sagen, und beide lachten, und die Küche segelte mir davon.

Und T., die während des gesamten heimischen Gesprächs geduldig gewartet hatte, sagte rasch und angewidert, dass N. gestern im Hadassah-Krankenhaus gestorben sei, nachdem sie ein halbes Jahr lang sehr krank gewesen sei. Ich wusste nicht einmal etwas von einer Erkrankung. Sie war zirka zwanzig Minuten von mir entfernt gestorben, und warum hatte ich nichts gefühlt, schließlich gab es Zeiten, in denen meine Seele ihre Seele berührt hatte.

Und ich dachte auch daran, wie sie ihr Wort gehalten und mich nicht ein einziges Mal angerufen hatte, auch dann nicht, als sie schon krank war, nicht einmal geschrieben hatte sie. Wie stark und integer sie doch war, und was für ein Idiot ich dagegen, der ich so einfach auf sie verzichtet hatte. Und wie wenig ich sie im Grunde kannte.

Ich musste dir diese Geschichte nicht erzählen, stimmt's? Stimmt's? Ich hänge einer Art blödem Glauben an: dass mir, wenn ich es dir erzähle, so etwas nie wieder passiert.

Ich hätte gern gewusst, wie sie die letzten Jahre verbracht hat und was nun mit dem Jungen geschehen würde. Ich stellte noch ein paar leere Fragen, allein um die Zuhörer mit ein wenig Blabla-Kot zu befriedigen, und T. schluckte und gab hastig ein paar Daten über das Begräbnis und legte auf, und auch ich legte auf, weil Lexika uns momentan nicht interessierten. Und ich kehrte zurück in die Küche, und M. fragte, ob ich doch noch eins gekauft hätte, und I. machte mir vor, wie er pfeifen konnte, und i. saß über meinem Abendbrot und schwatzte und lachte und pfiff, hinaus und hinein, und fühlte mich wie die Nazis, die nach der Arbeit zu ihren Familien nach Hause zurückkehrten.

Die Hand schmerzt mir vom Schreiben. Der Fensterladen ist geschlossen, und für einen Moment kann ich vergessen, ob Tag oder Nacht ist. Ich weiß nicht, wie du zu dieser Geschichte stehst. Sieh es so, dass du mir Gnade erwiesen hast. Dass du mir als Erdloch dientest, in das ich ein einziges Mal dieses Geheimnis hineinschrie. Nicht einmal mir selbst habe ich es seit damals erzählt.

Hör mal, ich suche dich anscheinend schon seit Jahren, ich suche dich verschwenderisch und zufällig und irre mich die ganze Zeit, es wird mir immer klarer, dass ich dich schon seit langem suche – wie ein Mann in einem Raum voller Rauch, der das Fenster sucht. Anscheinend lagen die Dinge immer gerade andersherum: Ich dachte stets, die Zufälligkeit sei meine Erbsünde, meine häufigste Sünde schlechthin, schließlich tue ich die wenigsten wesentlichen Dinge in voller Absicht und ganz gewiss ohne dieses dir eigene »Innehalten«, aber in den letzten Tagen beginne ich zu begreifen, dass es vielleicht umgekehrt ist, dass diese Zufälligkeit nicht meine Sünde ist, sondern meine Strafe.

Und es ist eine ziemlich schlimme Strafe, weißt du, es ist die schlimmste überhaupt, sie streut ihre Metastasen überallhin. Ein Mensch denkt zum Beispiel an ein Kind, lassen wir einmal beiseite, an welches; sogar, sagen wir, an seinen Sohn; und auf einmal fragt er sich, wie es möglich ist, dass die Geburt eines

Kindes, das Wunder der Schöpfung, nicht wahr? aus einem nicht schicksalhaften und nicht unvermeidbaren Treffen zwischen zwei

(passiert es dir auch, dass du einen Satz niederschreibst, der dir nicht bewusst war, nicht so bewusst war, nie so sehr bewusst war, und auf einmal liegt vor dir ein kurzes, konzentriertes Urteil, ohne die Möglichkeit einer Anfechtung?)


Mirjam.

Vor wenigen Minuten (jetzt ist es sieben Uhr morgens) vernahm ich ein Rascheln. Ich sprang aus dem Bett, ich musste etwas eingenickt sein, ich war überzeugt, dass sie kamen, um mich zu bestehlen oder zu vergewaltigen, hier ist alles drin, und da sah ich, dass jemand einen Umschlag unter der Tür durchschob.

Dein Brief.

Endlich. Aus der Entfernung von Lichtjahren. Anscheinend kam er schon vor mindestens zwei Tagen mit der Post und lag seither an der Rezeption (der Umschlag ist mit Gekrakel, Skizzen und Telefonnummern in allen erdenklichen Handschriften übersät). Schade, schade, dass er mich nicht schon früher erreichte. Er hätte mir eine Menge erspart. Ich habe ihn noch nicht geöffnet. Kann nicht. Habe Angst, dass ich, in meiner Situation, dieses Glück nicht ertrage. Ich habe auch etwas Angst vor seinem Inhalt, vor der Sache, bei der du mit dir gerungen hast, ob du sie nicht besser für dich behalten solltest. Ich weiß nicht, ob ich momentan eine allzu schwere Last auszuhalten vermag. Vielleicht lege ich mich kurz hin, und dann.

Aber es ist schon ein vollkommen anderes Gefühl (als hätte man mir wieder meinen Personalausweis ausgehändigt).

Noch einen Moment, ich möchte die ganze Süße des Augenblicks davor auskosten.

Ich bekam Heimweh. Ich rief zuhause an, sprach mit Maya, dort läuft alles. Ido hat sich erholt, Fieber hat er schon seit ein paar Tagen nicht mehr, da ist nur noch die Schwellung. Ich habe ein wenig über meine und ihre Seele gebügelt. Im Hintergrund hörte ich die Geräusche eines Heims. Sie erzählte mir, dass sie hier war, um nach mir zu suchen. Ich schwieg. Auch sie. Plötzlich seufzten wir gemeinsam. Das wenigstens war etwas Gutes, unser gemeinsamer Seufzer. Ich wurde von Zuneigung zu ihr erfüllt. Wir sind gute Freunde, vielleicht habe ich ihr in meinen Briefen unrecht getan. Ich denke, dass es mir dennoch schwerfällt, dir von ihr zu erzählen. Zu viele Stimmen mischen sich in mir. Aber sie ist mein bester Freund im Leben, in der Realität. Du weißt das, nicht wahr? Sie ist das Licht und die Wärme und die Blutbahn und das Geflecht meines Lebens, sie ist wahrhaftig meine Alltagsfreude, so kompliziert liegen die Dinge.

Ich sagte ihr, dass ich noch nicht nach Hause kommen könne. Sie schwieg. Ich sagte ihr, dass hier etwas mit mir geschehe, dass sich etwas verkompliziert habe, dass ich an einem Punkt angelangt sei, den ich nicht anvisiert hätte, und nun müsse ich am Ball bleiben, um den Knoten zu lösen. Etwas, was mit mir selbst zu tun hat, machte ich ihr klar. Sie sagte – lass dir Zeit. Ich sagte, es wird nicht mehr lange dauern, nur noch ein paar Tage. Sie sagte, wenn es mir wichtig sei, käme sie schon zurecht. Ich dachte, wie großzügig sie ist und wie erschrocken ich wäre, und wie ich sie im umgekehrten Fall befehden würde.

Dann habe ich deine Nummer gewählt und aufgelegt, bevor du abgehoben hast. Aber schon das Läuten deines Telefons genügte, damit ich mich besser fühlte. Dass ich noch in der Lage bin, einen Ton zu produzieren, der bei dir zu hören ist.

Ich gehe, um deinen Brief zu lesen.

Noch einen Augenblick.

He, Mirjam …

eine zu schwere Last und eine zu dichte Last und eine zu verkrampfte Last – und trotz alledem, schau nur, wie gigantisch der Platz ist, den du in dir für mich freigeräumt hast, für mich, mit meinen vorspringenden Ellbogen.

Ich wollte einfach ein Taxi nehmen, auf der Stelle, um zehn Uhr abends, um zu dir zu fahren und dich mit meiner ganzen Kraft zu umarmen, dich zu streicheln, dich zu trösten, ich wollte mit dir schlafen, nur um so nah wie möglich an der Geschichte zu sein. Am Ort deiner Geschichte und der von Amos und Anna. Und von Jochai.

Du kannst dir denken, dass mir nun, einem Brechreiz gleich, ein paar der Worte hochkommen, die ich dir in diesen Monaten unbeabsichtigt, arglos, grob, töricht, gedankenlos, mit der Brutalität eines Kleinkindes, das ein Küken zerquetscht, geschrieben habe. Oder mein verwöhntes Gekrakel bezüglich des Mumps-Virus und was du tun würdest, wenn eine Krankheit mit derartigen Risiken dich ereilte … Wie hast du mich ausgehalten?

Hoffentlich fühlst du, wie nah ich dir nun bin, physisch und psychisch, mehr denn je, ich werfe nachgerade von Neuem einen gewaltigen Motor in mir an, ich komme zurück, Mirjam, ich will nicht daran denken, wo ich in diesen Tagen war und wohin ich gesunken bin, ich will zum Leben erwachen und dir verbal mein gesamtes genetisches Programm weitergeben, das, was ich bin, das Gute und das Böse. Und bei jedem meiner Sätze an dich wird die mikroskopische Spirale meiner DNA eine Windung vollziehen, ich schreibe schrecklichen Unfug, ich weiß, denn ich will jetzt auch meine Dummheit in dich gießen und den Überschwang und die Feigheit und die Verlogenheit, den Gefühlsgeiz, aber auch zwei, drei positive Dinge, die es möglicherweise in mir gibt, damit sich alles mit all deinen Attributen vermischt, damit meine und deine Ängste sich paaren, die selbstverschuldeten Niederlagen. Erst gestern habe ich dir geschrieben, wie kränkend der Gedanke ist, dass aus einer nicht unvermeidbaren Kombination eines Mannes und einer Frau ein Kind geboren wird, und du hast mir niemals, mit keinem einzigen Wort, angedeutet, wie häufig die Wortkombination in dir kreiste, wie kränkend der Gedanke sei, dass kein Kind geboren wird. Warum hast du es nicht gesagt, so etwas hast du sechs Monate vor mir verheimlicht? Wovor hattest du Angst?

Oder hast du mir nicht getraut? Hattest du das Gefühl, dass ich kein Blitzableiter für deinen Kummer und deinen Schmerz sein kann? Oder hieltest du mich nicht für würdig? Wie bitte? Unwürdig, eine solche Geschichte von dir zu hören? Das ist es, nicht wahr? Ich lese zwischen deinen Zeilen, dass es das sein muss, und es kränkt und verletzt mich bis zur Verzweiflung, dass du bis zu diesem Zeitpunkt zögertest, es mir zu erzählen. Vielleicht hattest du Angst, dass ich, wenn du mir solch eine außergewöhnliche und reine Geschichte erzählst, eine Bemerkung machen könnte, die sie beschmutzte. So sehr hast du gezaudert, ob man mir vertrauen kann.

Mirjam, wenn du noch etwas für mich empfindest, den Hauch eines guten Gefühls, hilf mir, lass nicht locker. Jetzt, sei mir jetzt das Messer, frag mich, wie es möglich ist, dass ich mich, wenn du irgendeine deiner Wunden vor mir entblößt, erbärmlicherweise noch immer anstrengen muss, um nicht sofort vom Katastrophenherd zu fliehen. Und ich werde dann natürlich alles abstreiten und behaupten, es sei umgekehrt, deine Mütterlichkeit für Jochai sei in meinen Augen jetzt noch bewundernswerter, nachdem du es mir erzählt hast, und überhaupt, seit ich es wüsste, fühlte ich dich mit einer enormen neuen Kraft an drei verschiedenen Stellen meines Körpers pulsieren, links in den Tiefen meines Hirns, mit einem Feuerknäuel unter meinem Herzen und an der Wurzel meines Schwanzes, verbinde die Punkte, und du wirst eine präzise Momentaufnahme von mir erhalten –

Das werden meine Worte sein, und du wirst schreien: genug, genug, denn du weißt längst, dass ich lüge, wenn ich so schreibe, direkt von der überschwänglichen Stelle, dass ich wieder in Schreiweite intim bin. Hilf mir gegen mich. Bitte, sieh mir direkt in die Augen, und frag mich noch einmal, wie in dem Brief, ob sich meine Seelenrückenmuskulatur wirklich nicht verspannt und ob du nicht zu lastig wirst für meine abstrakte Illusion. Frag weiter, frag, ob ich verstehe, was ich wirklich fühle, wenn du dich so vor mir auftrennst, gib nicht auf, hilf mir, gegen den schwarzen Zwilling anzugehen, denn allein kann ich nicht, ich kann ihn nicht besiegen, fordere von mir, dass ich schonungslos verstehe, was ich fühle, wenn deine Wunde vor mir aufklafft und mich hineinsaugt und sich über mir schließt. Frag, ob ich überhaupt in der Lage bin, den Schmerz eines anderen nachzuempfinden, und ob ich weiß, wo er sitzt, des anderen Schmerz, an welchem Punkt im Körper. Und ob ich in der Tiefe meines Herzens überzeugt bin, dass man den Schmerz eines anderen Menschen überhaupt fühlen kann, oder ob es in meinen Augen nur eine konventionelle gesellschaftliche Lüge und eine leere Phrase ist, der Schmerz des anderen. Ich wiederhole das Wort »Schmerz«, wie Jochai Worte wiederholt, die er nicht versteht. Du sagtest, dass er mit diesem Waten in Worten versucht, etwas außerhalb von sich aufrechtzuerhalten, dessen Existenz er sich nicht sicher ist. Schmerz Schmerz Schmerz.

Ich muss hinaus und etwas besorgen. Schon seit fast einer Woche lebe ich nur von Buttermilch und Bier, und die Buttermilch ist mir heute morgen ausgegangen, in einer Viertelstunde schließt der Nachtladen in der Ben-Yehuda-Straße, und ich werde keine weitere Nacht ohne feste Nahrung überstehen.

Du weißt, was mich zum Verzweifeln bringt: dass du etwas so Schwerwiegendes erzählt hast und ich noch immer nicht in der Lage bin, dir beizustehen, wie du es wahrhaftig brauchst, und dich zu erkennen, wie du wirklich bist. Ich bin nicht zu dem Geheimnis vorgedrungen, das du bist. Lass nicht locker, sag zu mir, Ja'ir, Ja'ir, komm her und fühle, Ja'ir, meinen Körper in seiner Ganzheit, zwing mich, Mirjam, die nichtigen, verlegenen Worte zu überwinden, die jetzt kichern wie junge Mädchen, fordere mich auf, mich zu runden, üppig zu werden, fühle, Ja'ir, wie ich mich in dir nach allen Seiten ausdehne, bis zu den entlegenen Orten, die in deinem Fleisch nicht existieren, die nur eine Möglichkeit in dir sind, flüstere, Mirjam, dass ich die Brüste fühle, die Wölbungen und die Weichheit und den genauen Schwerpunkt, der sie nach unten und nach den Seiten zieht, die Stelle, die auf Gemälden immer glänzt. Bitte mich, die Schultern zu lockern, lächele: Lockere sie, Ja'ir, obgleich meine eigenen durchaus verspannt sind, zehn Jahre »Alexander«, und noch immer verspannt. Mach weiter, Mirjam, fordere mich auf, wieder und wieder: Lockere und entspann dich, Ja'ir, fühle, wie dein Gesicht sich ganz langsam rundet, wie es weich wird, werde sanft, fürchte dich nicht vor diesem Wort, vielleicht wärest du ein heiterer Mensch geworden, wenn du den Mut gehabt hättest, ein wenig sanft zu sein, sich mit der eigenen Sanftmut zu füllen, sie ist dir eigen, sie ist für dich richtig, sie ist ein lebendiger Quell in dir, verbarrikadiere ihn nicht mit Steinen, und fordere mich auf, Mirjam, mit den Worten: Komm, Ja'ir, fließ in mich hinein, schreib dich ein in mich und auch entlang meines Körpers, entlang meiner Beine, zwischen sie, fühle, was es heißt, wenn es deins ist und du nicht nur dorthin strebst, aber du bist sehr verkrampft, Ja'ir, vielleicht weil ich mich selbst gerade verkrampfe, wie in der Erwartung eines Schmerzes, denn jetzt kommt der Bauch, ich bitte dich, meinen Leib zu fühlen, den weichen und weißen, und leeren

Hör nicht auf, an der Stelle, an der wir jetzt sind, darfst du mich nicht schonen, Ja'ir. So lautet die Vereinbarung zwischen uns, heute Nacht schreiben wir alles, Hand in Hand, Worte der Wahrheit (wie du es gern formulierst, Mirjam – ›unsere Sprache wird die der Wahrheit sein‹). Schreib, Ja'ir, schreib alles, was dir und mir in den Sinn kommt, und fühle meinen Bauch von innen, und taste in mir nach jenem Punkt, nach meinem blinden Fleck, den du einmal, unbemerkt, benannt hast: ›Dort werden mein Körper und meine Seele durch das Flüstern eines inneren Passworts gekoppelt.‹ Und erahne, wie in ihm die Hoffnungen von Monat zu Monat zusammenlaufen und wie er auf einmal zu einem Stich des Kummers und der Verzweiflung wird – und der Enttäuschung an Leib und Seele.

Und erinnere dich, Ja'ir, wie du mich zum ersten Mal sahst, an jenem Abend, und du wirst plötzlich verstehen, ja, endlich verstehst du, warum ich so unglücklich und verzweifelt war in dem Moment, in dem du mich ansahst. Ich hatte meine persönlichen, traurigen Jahres-Tage.

Und was für ein Abgrund es ist, dieses Um-ein-Haar.

Verlass nicht den Raum, Ja'ir, bleib. Meine Worte kommen aus deinem Mund, solch ein merkwürdiges Erlebnis. Deine Bereitschaft erregt mich und bringt mich auch in einer Weise, die sich nicht beschreiben lässt, in Verlegenheit. Aber du erinnerst dich, dass es genau die eine und einzige Geschichte ist, die ich dir erzählen wollte, die Geschichte des Auszugs eines Körpers in den nächsten; nicht um sich in ihm zu verlieren, und nicht um auf sich selbst zu verzichten, Gott behüte, sondern um einmal das Fremde zu erleben, das heißt, einen Nächsten, in seinem Innern …

Und Ja'ir, mit meiner ganzen Seele und mit meinem ganzen Körper spüre ich jetzt deine Bereitschaft dazu. Und auch deine Angst. Und beide wüten gleichzeitig in dir, wie immer. Wie immer bei dir. Mit nackten Händen berührst du meinen

Schmerz für einen Moment, und ich spüre, dass er dir kostbar ist und dass du mich wirklich nicht mit ihm allein lassen willst, und schon im nächsten Augenblick stiebst du davon, weit, weit weg ... Geh jetzt nur nicht hinaus, denn wenn du jetzt gehst, wirst du nicht mehr zurückkehren. Bis zum Ende der Welt wirst du fliehen und dich nicht erinnern wollen an das, was jetzt mit mir bei dir seinen Anfang nimmt. Wenn sich die Seele ganz langsam und unter schrecklichen Qualen einem anderen öffnet. Und hör nicht auf zu schreiben, Ja'ir, halte dich mit deiner ganzen Kraft am Stift fest, du zitterst vor lauter Anspannung, aber schreibend schlägst du in mir eine Wurzel, und hab keine Angst. Auch nicht vor dem Gedanken, den du einmal hattest, vor einer Million Jahren oder vor zwei Tagen, als du ohne Gedächtnis aufwachen wolltest, nach einem Unfall oder einer Operation, und dich Schritt für Schritt wieder erinnern wolltest, an deine und meine Geschichte, und sie dir ganz erzählen wolltest, von Anbeginn an, aber ohne zu wissen, auch nicht für einen Augenblick, ob du in dieser Geschichte der Mann oder die Frau bist.

Und hoffentlich wirst du dich daran erinnern, wie es ist, wenn du die Frau bist, und wie – wenn weder Mann noch Frau, sondern du selbst vor absolut allem, vor den Definitionen und vor den Pronomen und vor den Nomen und den Geschlechtern. Und vielleicht wirst du, wie zufällig, auch auf eine Urmöglichkeit von mir stoßen, auf die, »ich« zu sein.

Und wenn du bis dorthin gelangst, wirst du die Stelle, an der ich jetzt vor dir stehe, etwas gebeugt und gekrümmt, genau kennen. Du hast meine Mütterlichkeit bewundert, vom ersten Moment an hast du die Mütterlichkeit regelrecht aus mir getrunken, und je mehr du saugtest – desto üppiger habe ich sie produziert, und je üppiger ich produzierte – desto mehr dürstete ich selbst danach. Ich wusste nie, habe es nie versucht, habe es nie gewagt, mir diese Geschichte mit solcher Intensität zu erzählen.

Und du kannst erahnen, was ich nun fühle, wo du die Wahrheit kennst, die Tatsachen und die Realität. Aber was soll ich machen, Ja'ir, Rationalität ist anscheinend nicht meine Stärke, wenn es um diese spezielle Angelegenheit geht. Um meine »Selbstlosigkeit«.

Und Darwin salutiert mir nicht aus seinem Grab.

Und du hast recht, dass ein Schöpfungsakt kein Kinderspiel ist.

Aber du bist so mütterlich in meinen Augen, Mirjam! Und das ist nichts, was sich je ändern wird. Die Mütterlichkeit ist dein Selbst, und ich werde nie an dich denken können, ohne diese Mütterlichkeit zu fühlen (ich verstehe das plötzlich – ›Amos hat ein Kind aus erster Ehe‹. Ich habe es nicht in den Zusammenhang gebracht …), und ich höre nicht auf, an die Momente im Kreißsaal zu denken, als sie spürte, dass etwas bei ihr ganz falschlief, und du ihr sofort das Versprechen gabst, als Ihr beide ihr das Versprechen gabt, was für ein Versprechen!

Und wie du mit ihm bis zu einer Million zählst, den ganzen Weg entlang.

Weißt du, Ja'ir, vielleicht gab es wirklich irgendwann solch einen Augenblick, in den Weiten der Zeit und der Identitäten, den Bruchteil einer Sekunde, in dem du hättest ich sein können, eine Möglichkeit von mir … Was meinst du? Darf man daran glauben, dass es solch einen Ort wirklich gibt? Darf man deinem Kremel um solch einen Wunsch bitten? Nein, knipse nicht das Licht an. Das Licht hier ist zu rot … Schreib im Dunkeln. Deine Schrift zittert seit ein paar Momenten sehr. Eine weinerliche Schrift. Erinnere dich, wie sehr ich verletzt war, dass du mich nie fragtest, was meine »Mandel« sei? Wieder und wieder bat ich dich zu versuchen, es herauszufinden, und du hast das völlig ignoriert (wie du durchaus gewisse Fragen ignorierst). Und schließlich gab ich auf, und dann habe auch ich selbst mich nicht mehr danach gefragt. Und die Frage ist mir entfallen.

Aber jetzt schreib, für mich:

Ich denke immer mehr, dass meine »Mandel« die Sehnsucht ist.

Und du? Was ist deine »Mandel«?

Willst du es wirklich hören, Mirjam? Nein, du willst es nicht wirklich wissen.

Du schweigst. Auf einmal weigerst du dich, von mir geschrieben zu werden. Der Zauber ist vorüber. Ich weiß, was du denkst. Schließlich steht es deinem Gesicht geschrieben, was du denkst: ›… und wie ist es möglich, Ja'ir, dass ein Mensch, dessen Hunger nach Liebe, nach dem Gelee Royale der Liebe, regelrecht aus jedem seiner Worte schreit, darauf beharrt, sich mit Snacks vollzustopfen …‹ Ich habe es gelesen, ich habe es gelesen. Es war ein ziemlich überflüssiger Part des letzten Briefes. Komm, Mirjam, wir lassen das jetzt. Es wäre schade, jetzt alles zu verderben. Versuch nicht, mich in allem zu verändern, vor allem nimm mir nicht das, denn trotz deiner Skepsis – kann es durchaus »Mandel« sein.

Distanziere dich nicht, wirf nicht den Stift aus der Hand, Ja'ir, spiel dieses absurde Spiel noch einen Moment weiter, obgleich sich deine Seelenrückenmuskulatur anspannt, bis der Schmerz nicht mehr auszuhalten ist. Ich weiß es, auch ich habe durch dich Dinge gefühlt, die ich fast nicht ausgehalten habe. Aber jetzt, wenn du allein mit dir selbst in diesem Raum bist, wo du vielleicht so allein bist, wie du es noch nie zu sein wagtest, will ich, dass du einmal schreibst, nur für deine eigenen Augen bestimmt, warum du dir das antust – und wie du es fertigbringst, Fremde in deine wundeste Stelle zu lassen?

Genug. Ich habe genug davon, hier begraben zu sein und verbal zu onanieren. Auf diese Weise lässt sich schließlich alles sagen! Dieses infantile Spiel dauert schon zu lange. Zwei Uhr nachts, ich schreibe ununterbrochen, seit mehr als fünf Stunden, ich bin völlig neben der Spur und will etwas Echtes, Lebendiges, Warmes, das sich unter meinen Händen windet, und statt dessen peitsche ich mich schon wieder durch dich. Wieder sind wir dazu übergegangen, mich zu züchtigen! Das hier werde ich dir nicht mehr schicken. Es gibt eine Stelle, an der ich und du beginnen, in verschiedenen Sprachen zu sprechen. Was verstehst du überhaupt von diesem Wunder, wenn ein Mensch, der durch und durch fremd war, plötzlich der lebendige Brennpunkt aller Gefühle, Gedanken und Phantasien wird, was verstehst du vom Glühen, diesem Aufblitzen zwischen Fremden, gerade von einander völlig Fremden, die alle Paragraphen der Verfassung kennen und denen es klar ist, dass sie nach dem Sturm allein zurückbleiben. Allein, willst du etwas wissen? Willst du hören, wie es wirklich ist, bei allen, allen, hinter den schönen Worten und den verschleierten Blicken?

So ist es also:

Nachdem du auch gekommen warst, lagen wir ruhig und atmeten gemeinsam und gurgelten mit sattem Genuss, und nach ein paar Momenten gähnte ich mein Gähnen, das dem »Los, zurück ins Leben« vorangeht, und du packtest mich mit deinen beiden starken Händen und sagtest – bleib in mir.

Ich lächelte deinem Hals zu, denn die seltsame Aufregung in deiner Stimme erheiterte mich, und ich blieb noch einen oder zwei Augenblicke und nickte vielleicht sogar ein wenig ein, und als ich mich von dir trennen wollte, denn wie lange kann man so verweilen, und das Bedürfnis entstand, die Häute wieder voreinander zu glätten – etwa wie die Befestigung der Frontlinien nach einem großen Gefecht –, und jemand Männliches fauchte ja schon mit heiserer Stimme, was tue ich überhaupt hier mit diesem fremden Körper, und ausgerechnet wegen des Zurückschreckens und wegen meiner üblichen Verlogenheit in diesen Momenten fauchte ich wie eine besonders satte Katze, dass ich bereit wäre, für immer so mit dir liegen zu bleiben, und du sagtest schnell, dann bleib. Und ich fragte mit einem Lächeln – für immer? Und du sagtest, ja, für die Ewigkeit, für heute, löse dich nicht von mir. Und ich lachte in deine nackte, warme Schulter, es wäre einfacher, wenn ich ihn für dich abschneide und du mit ihm machen kannst, was du willst, denn ich habe heute noch ein paar Erledigungen zu machen, und du sagtest mit seltsamer Eindringlichkeit – nein, bitte, bleib noch eine Weile, solange du kannst, solange wir beide können, schließlich hast du heute keine Eile.

Du sprachst nicht mit der normalen, gesättigten Stimme des Danachs, sondern mit einem etwas ringenden Flehen, und ich nahm in deiner Stimme etwas Neues wahr, keine momentane Laune, sondern einen festen Willen, und für einen Moment schien es mir, dass ich verstand, was uns nach deinem Wunsch passieren sollte, und ich ging dir beinahe in die Fänge, und ich lockerte die Rücken- und Schultermuskulatur, damit du nicht fühltest, dass sich in meinem Innern etwas auflehnte und aufbäumte, und damit du nicht denjenigen hörtest, der dort meckerte, was hat sie denn, was will sie mehr, schließlich hat sie schon bekommen, was sie wollte, und du schienst zu lauschen, und du wispertest, obwohl du dich von mir lösen willst, bleib noch in mir, überwinde dich, noch einen kleinen Moment, und ich sagte mit einem verärgerten Viertellachen – was ist das hier, ein Menschenversuch? Und du hast nicht geantwortet und nur deinen warmen, weichen Busen an mich gepresst, als ob du mit deinem Busen sprachst, busisch zu mir sprachst, und ich spürte deinen Atem nah an meinem Ohr, und ich war etwas hilflos, wollte nicht kränken, denn ich spürte, dass du hastig in einen deiner weiblichen Zustände untertauchtest, die für mich immer ein wenig zu tief sind, und mein Schwanz lag geschrumpft und in sich versunken, wie immer in der Stunde transzendentaler Gedanken, aber du ließt ihn nicht aus dir gleiten, und vergiss nicht, dass ich hungrig war, wie immer danach, und ich lag unruhig da, als ob ich mein Schicksal in die Hände eines fremden Menschen gelegt hätte, seltsam, wie du mir fremd wurdest, nach solch einer großen Nähe, und dieses Kleben von dir an mir war mir ein wenig zu intim in jenem Moment, und ich fragte mich, wann dieses Spiel dir lästig würde, wann du damit fertig wärest, deinen Wunsch innerlich zu wünschen, denn ich spürte um meinen Schwanz herum, wie deine Augen mit starker Entschlossenheit geschlossen waren, und meine Hand schlief hinter deinem Rücken, und mein Uhrarmband verfing sich in deinen Haaren, und ich betete, dass ich einfach einschlafen und er, der Abgestorbene, sich irgendwie herausschlängeln würde, und wir würden lächeln und vergessen, und du flüstertest stimmlos – nein, hilf mir, ihn in mir zu lassen, und ich bekam das Gefühl, dass du all meine Gedanken gelesen hast.

Und schon ballte sich in meiner Kehle ein bitterer Klumpen aus früheren Essenzen, ein tiefes, haariges Röcheln, und du fühltest es natürlich und hörtest nicht auf, mir wie ein Gebet ins Ohr zu flüstern, dass ich bei dir sein solle, nicht bei ihm, sei bei mir, bei mir, und ich dachte daran, dass ich ab morgen wieder meine Rückengymnastik aufnehmen würde, und ich beschäftigte mich mit der Liste der Aufgaben, die bei der Arbeit meiner harrten, zu lange hatte ich dort die Geschäfte vernachlässigt, und du flüstertest etwas in mein Ohr, aber du warst zu nah, und ich verstand nicht, und du ließt die Zunge zärtlich wandern, und wir beide spannten uns gleichzeitig, und mein Fischlein zappelte einen Augenblick mit der Schwanzflosse, und dein Meer stieg ihm entgegen, und ich dachte bei mir, dass es gar nicht schlecht wäre, schon lange hatte ich nicht zweimal, ohne Unterbrechung, interessant, ob es mir gelingen würde, und du strafftest deinen Körper vor mir, und ich ließ meine Finger gleiten, und ich schlug deine Wirbelsäule an, und leckte deinen Hals, der etwas salzig schmeckte, und ich dachte mir, dass das Wort »Fleisch« wirklich nach Metzger klinge, aber wenn ich in meinem Innern »Mirjams Fleisch« sage, ist es, als ob auf das Wort ein feiner Schleier von Zartheit und Schönheit gebreitet würde, und ich sagte mir »ihr Fleisch, ihr Körper, ihre Schenkel«, und dann, aus irgendeinem Grund, fiel mir Maya ein, und der Gedanke ließ mich schrumpeln, und das ganze dickflüssige Gemisch wurde zurück in mein Rückgrat gesogen, und der Kopf fiel schwer, und ich sagte – nun, es wird nichts daraus, und du sagtest, bleib dennoch, es ist unwichtig, geh jetzt nur nicht raus, und ich sagte ärgerlich, na schön, aber wie lange denn noch? Und du murmeltest, wie aus dem Schlaf – bis wir uns fürchten.

Ich dachte, dass es nicht furchterregend war, sondern schlichtweg nervtötend, man muss dem Körper Gehör schenken und wissen, wenn einer rauswill – muss man ihn lassen und darf ihn nicht quälen, es gibt anscheinend irgendeine biologische Logik in diesem Bedürfnis, oder einen Drang oder Instinkt, und dein Beharren erfüllte mich mit Unruhe und verschlossener Feindschaft, und ich hörte dein tiefes, konzentriertes Atmen an meinem Ohr, und ich erinnerte mich an das, was wir beide erfanden, als wir einmal zusammen spazierten, bei dem einzigen Ausflug, den zusammen zu unternehmen uns gelang, in den drei Tagen, die wir ganz für uns hatten – dass das Ohr ein bisschen aussieht wie die archäologische Ruine eines Amphitheaters, weshalb man dieses vielleicht so konstruierte.

Aber wie lange sollen wir deiner Meinung nach so liegen bleiben, murrte ich und erklärte, weil ich unvollkommenes Fleisch und Blut sei, müsse ich auch hin und wieder pinkeln, und du schmiegtest dich an mich und sagtest, lass dein Wasser in mich hinein. Und ich dachte einen Moment über diese Möglichkeit nach, und glaub mir, ich versuchte auch den Anflug von Vulgarität zu genießen, die für mich in deinem Angebot lag, und fragte, ob das nicht schädlich sei für deine Gesundheit, und du hast gemurmelt, ich sei die Gefahr für deine Gesundheit, zieh ihn nicht raus, bitte, wovor hast du solche Angst, fragtest du mit verträumter Stimme, ich verlange nicht, dass wir gemeinsam nach Feuerland fliegen, nur sollen wir Körper an Körper verbunden bleiben. Zu welchem Zweck, ich wurde allmählich ungehalten, ich fühle mich ausreichend mit dir verbunden, ich habe den Eindruck, in meinem Kopf gibt es kaum eine Stelle, die abgesondert von dir ist, du bist in meine Kindheitserinnerungen getreten, um mir dort zu begegnen, du sprichst aus mir, deine Worte nisten in mir und werfen meine eigene Brut raus, und ich begann ausreichend Zorn zu entfachen, um mich auf den Ellbogen aufzurichten und mich auf diese Weise zu befreien, aber du zogst mich energisch zu dir heran und sagtest – es ärgert dich, dass ich in deine Gedanken gedrungen bin, und ich sagte, nein, es war wunderbar, die Begegnung in der Nacht, auf der Straße, und dass ich deinetwegen zu träumen begann und dass ich dazu fähig bin, dein Tagebuch zu schreiben und mehr oder weniger deine Stimme aus mir selbst zu produzieren, wunderbar, sehr schön, aber jetzt will ich raus, ich will es mit Nachdruck, und du hörtest zu und lächeltest vor dich hin und sagtest, bleib.

Und ich fragte verzweifelt, warum, und du sagtest, damit wir einmal verbunden bleiben, solange wir können, und ich fauchte, dass jedes Hundepaar in dieser Lage festklemmen kann, und was das denn solle, und du sagtest hastig, flieh jetzt nicht. Und wenn ich mich doch mit einem Ruck löse – tu's nicht – und wenn doch? Schau (sagtest du), auch ich muss pinkeln – dann mach doch (sagte ich) – ich kann das nicht, ich schäme mich – was schlägst du vor? – Und was schlägst du vor? – Weißt du was, Mirjam? – Was? – Wie wäre es, wenn wir etwas schliefen, im Schlaf machen wir es dann zusammen, wie zwei Kinder …

Und du lachtest, denn ich hatte dir einmal erzählt – oder dir gedacht –, wie ich versuchte, als Erwachsener ins Bett zu machen, es jedoch nicht fertigbrachte, und du wusstest natürlich sofort, was mich amüsierte, und es erfüllte mich mit Wonne, dass du alles über mich weißt, all meine Gedanken und meine kleinsten Einzelheiten kennst, plötzlich beglückte es mich, obgleich es mich noch einen Moment zuvor störte, ich verstehe das nicht, ich verstehe nicht, wie ich auf dich reagiere, es ist, wie du sagtest, dass ich von der Stelle in dir, der ich mich am meisten nähere, am weitesten fliehen will, gib an dieser Stelle auf dich acht, ich werde dich dort treten wie ein Pferd, vertrau nur auf meine Illoyalität, das wird dich schützen, und du schienst nicht hinzuhören und sagtest, auch wenn wir uns etwas beschmutzten, bliebe die reine Sache zwischen uns bestehen, und diesmal bin ich deiner pathetischen Feierlichkeit ein wenig auf den Leim gegangen, du hast Worte, bei meinem Leben, wie in einem Pamphlet aus den fünfziger Jahren, und ich sagte dämlich, dass ich glaube, du könntest mich reinwaschen, und du fragtest erregt, glaubst du wahrhaftig, dass ich dich reinigen kann? Und deine linke Wange errötete, und ich sagte, wenn jemand es kann – dann du, und du schlossest die Augen und sahst aus, als hieltest du es nicht mehr aus, und ich nahm deine Gedanken wahr und das Klammern deines Fleisches um meinen Körper, und ich wusste, dass du wieder einen Wunsch aussprachst, aber ich irrte mich, es war ein Gelübde, es stellte sich heraus, dass du noch ein paar Körperbuchstaben hast, die ich noch nicht lesen kann, und du sagtest, dass du ein Gelübde ablegst, und ich fragte, was für ein Gelübde, aber sofort wusste ich auch die Antwort, die ungehindert von deinem Körper in meinen floss, und du sagtest, sprich es aus, und ich sagte, du hast gelobt, für jedes Mal, an dem ich ohne Liebe mit einer Frau ins Bett ging, mit mir zu schlafen, und du sagtest, es stimmt, im Grunde – sagtest du gar nichts, ich fühlte nur, wie die Lider deines Unterleibs sich an mich schmiegten, aber dann begann ich auch zu fühlen, dass ich in dir gefangen war und du mich nicht atmen ließt, dass du dich regelrecht um mich balltest und dich mir in einer Art in den Weg stelltest, die mir unerträglich ist, du musst wissen, dass ich auch im Körper eines anderen, der sich plötzlich um mich schließt, klaustrophobische Zustände bekomme, und du umschlangest mich und sagtest, bleib drinnen, ich muss wissen, was geschieht, wenn man so verharrt, und ich möchte, dass es mir mit dir geschieht, und ich sagte – ich werde dir sagen, was geschieht, wir werden hier in Urin und Kot verrotten, und vielleicht werden wir sogar eine Verbindung eingehen, und vielleicht wird uns etwas zustoßen, was man gar nicht erahnen kann, eine Mutation?

Das ist es, was ich hoffe, sagtest du, dass mit zwei Körpern, die so verweilen – wider den natürlichen Drang, der sie letztendlich trennt –, vielleicht etwas geschieht. Aber was kann denn schon passieren, maulte ich verzweifelt, in deiner Hartnäckigkeit lag etwas Seltsames, Lästiges, und ich begann mich auch zu fühlen wie ein Kind, das man die Tante zu küssen zwingt, erklär mir, was kann denn passieren, außer dass wir einander nach einer weiteren halben Stunde für alle Zeiten überdrüssig sein werden? Und du sagtest – vielleicht werden wir auch etwas entdecken, irgendein Geheimnis, das die Menschen nicht lüften dürfen, vielleicht werden wir zusammen irgendeinen winzigen letzten Punkt erreichen, der, wenn man ihn gemeinsam berührt – dazu führt, dass man sich nie mehr trennen will?

Aber wie lange denn noch, schrie ich, und du sagtest, wie zu dir selbst, bis sich alle Körperhaare vor lauter Angst sträuben, nicht vor Verlegenheit oder Unbehagen, ich spreche von einer unerträglichen Angst, von der vollkommenen Vermischung und Auflösung aller Grenzen, von der absoluten Nacktheit, die du, wie ich dachte, so dringlich suchst, und es war schon, als ob du nicht mehr zu mir sprachst, du murmeltest mit einer gewissen sonderbaren Entschlossenheit vor dich hin, phantasierend, es bedeutete dir nichts, ob ich dich hörte oder verstand, so wie du hin und wieder vor mir in dich versinkst und für dich selbst murmelst und ich dann für einen Augenblick das Gefühl habe, nur Mittel zum Zweck für dich zu sein, Mirjam, dass du im Grunde einen Funken von mir nimmst, um dich selbst für das Leben zu entfachen, und dass dies für dich wahrhaftig ein Kampf auf Leben und Tod ist.

Ich mag solche Spielchen nicht, sagte ich erneut, und meine Stimme klang etwas hohl wie die eines quengelnden Kindes, das ist kein Spiel, sagtest du sofort, ich spiele nicht mit dir, es ist bitterer Ernst, und du packtest mein Gesicht mit deinen Händen und sagtest, sieh mir direkt in die Augen, und ich fuhr erschrocken zurück, denn ich hatte dich noch nicht warnen können, dass solche Blicke für mich gefährlich sind, ich beginne auf einmal zu fühlen, dass mein Gesicht die Kombination aus Tausenden winziger Muskeln ist, und danach ist es unmöglich, sie daran zu hindern, zu zittern und außer sich zu geraten, denn das Wunder ist ja, dass all dies, Muskeln, Zellen, Knochen und Nerven im Alltag in eine Identität gepresst sind (es gibt Dinge, die ich nicht einmal denken darf), und wie viele tausend Muskeln müssen permanent enorme Kräfte mobilisieren, allein um den Normalzustand eines Lippenpaars aufrechtzuerhalten, ganz zu schweigen von der Kraft der Schließmuskeln, die sich unent-

wegt um die Tränendrüsen schließen müssen, und wie verfüh-
rerisch es ist, sich einfach zu verflüssigen und in dich zu fließen und du zu werden bis zur Selbstauflösung, du machst mir
Angst, sagte ich, du willst mich verschlingen und mich in dir
verschwinden lassen. Ich bin überdies sehr hungrig, jammerte
ich. Iss ein paar Trauben, sagtest du, sie werden dir Kraft und
Glukose spenden.

Du hast die Hand nach der Schale mit den Weintrauben
ausgestreckt, die neben dem Bett stand, und mir eine Traube
in den Mund geschoben mit den Worten, iss diese Frucht. Und
das Wort ließ auf einmal eine Wärmewelle in mir aufsteigen, ich
biss, und der Saft tropfte auf deine Wange, ein Tropfen verfing
sich in deinem Mundwinkel, und ich leckte ihn ab und schob
eine halbe Frucht von meinem Mund in deinen Mund, und
ich ließ meine Zunge über deine wunderbaren Lippen gleiten,
komm, mein Geliebter, liege in mir, flüstertest du in deinem
Innern, und auf einmal füllte ich mich, plötzlich existierte ich
wieder, und wir wanden uns eng umschlungen, länger als je
zuvor, eine unendliche Zeit lang, und ich erinnere mich, dass
du deine weißen Beine in einer herrlichen Geste ungebeugt
und eng aneinanderliegend hobst, und ich ließ sie über meiner
rechten Schulter ruhen und lehnte meinen Kopf gegen sie und
dachte »Musik«, und wir beide sahen gemeinsam mich und dich
wie einen Musiker mit einem weißen Cello, und dieses Zusammen, das auf dem Höhepunkt der Intimität noch intensiver
war, entflammte uns zu Feuer, der Geruch meines Schweißes
war so scharf wie der jetzige, wenn ich dir schreibe, mein Körper war klebrig und heiß, und die Lippen brannten, und die
Haut biss vor lauter Wahn, und wir kamen zur gleichen Zeit,
ohne auf die Lust des anderen zu achten, wie es mir ansonsten
gefällt, und die Lust war so intensiv, dass ich sofort an etwas
anderes denken musste, so wie ich bisweilen einen Brief von
dir mit halb geschlossenen Augen lesen muss, durch die Hälfte

der Lider, und ich dachte, dass die dünne Stimme, die erklang, meine eigene war, wie seltsam, bei dir komme ich immer mit dünner Stimme, und sogleich produzierte ich dichte Basstöne, obgleich mir klar war, dass ich deiner Meinung nach am meisten ich war, wenn ich piepste wie eben, und um die Männerwelt ins rechte Licht zu rücken, brummte ich sogleich, wie üblich, dass das zweite Mal immer besser und schärfer sei, und du ließest dich einen Moment von der lockeren Vulgarität meiner Stimme hinreißen, zu murmeln, mit tiefer, ein wenig übertriebener Stimme, was wisst ihr überhaupt, ihr Armen, die ihr euch mit so wenig begnügen müsst, und wir wussten, dass wir beide nur Gemeinplätze unserer Geschlechter tauschten und dass uns tatsächlich etwas zustieß, was uns hinderte, sie loyal zu repräsentierten, es war uns in einer Art Wunder gelungen, uns von der normalen Politik zwischen Mann und Frau freizumachen, und wegen der Nähe und des Watens in dem jeweils anderen war es, als ob wir den Weg sahen, an dessen Ende wir herausfinden würden, dass unser Körper letztendlich eine Art Zufallsprodukt ist, nicht wahr? Nichts weiter als ein paar Fleischbrocken, die so und nicht anders aneinanderhaften, wobei ein Mann oder eine Frau herauskam, und es ist eine Tatsache, dass dieser Zufall alles bestimmt, aber das Wissen darum stellt wiederum die Dinge in Frage, es ist erschreckend, es niederzuschreiben, als ob die Worte selbst in der Lage seien, mich zu verhexen, und ich es künftig immer so wolle, frei zwischen den Geschlechtern pendeln, damit mein Geist endlich fliege wie der Vogel in dem »Bund zwischen den Stücken«*, zwischen dem Fleisch –

Und dennoch habe ich Angst vor diesem Gefühl, das bei mir einsetzt, Mirjam, noch einen Schritt weiter, das heißt, wenn wir beide noch einen Schritt nach vorne oder hinein tun, werden wir die Gesetze der Intimsphäre im ursprünglichen Sinn ver-

---

* (1.Moses, 15.)

letzen, im eigentlichen Sinn, meine ich, und vor allem sorge ich mich um dich, ja, sehr große Sorgen mache ich mir, dass du nicht auf dich selbst achtgeben kannst und wahrhaftig zu jeder Verrücktheit fähig bist, was soll man machen, man muss den Tatsachen ins Auge sehen, du bist entblößt und so absolut, dass einem angst und bange wird, schließlich ist dir klar, dass meine Gefühle niemals den deinen entsprechen werden, deiner Verzweigtheit und Tiefe, der Hingabe, die es in dir gibt, und auch nicht deiner unterschwelligen Forderung, dass ich mir gegenüber mindestens so loyal sein solle, wie du mir gegenüber loyal bist, dass ich die Getrenntheit von dir bedauern solle, schließlich ist das, was du mir die ganze Zeit vermittelst, mit diesen oder jenen Worten (versuch nicht, es zu leugnen), nichts anderes, als dass du »ich« sein willst!

Einen Moment, nein, gib mir nicht nach, pack mich mit der ganzen Kraft deiner Lendenzange, schlag deine beiden Beine um mich wie eine Decke, flüstere mir ins Ohr, das bist du und das bin ich, und ich solle ihn nicht rausziehen: Bekämpfe mich. Ich schreibe schon seit Stunden, die Worte zerfallen mir, wortlos bin ich, und ich weiß nicht mehr, was ich mit dir anfangen soll. Das ist die bittere Wahrheit. Es ist nicht, dass ich mich plötzlich zurückziehe, und nicht, dass ich sage, komm, lass uns schon jetzt aufhören, noch vor diesem albernen Ultimatum, vor der Guillotine, aber vielleicht sollten wir die Bremse ziehen, bevor es wirklich zu spät wird? Mirjam?

13.10.

Ja'ir. Ja'ir stimmt. Aber den Familiennamen werde ich nicht preisgeben.

Bei meinem Leben, ich würde ihn dir gern geben, was denkst du denn, alles, ich könnte dir mühelos und der Reihe

nach Name, Adresse, Telefonnummer, Beruf und Alter ange-
ben – damit es wenigstens einen klaren Adressaten für deine
verächtlichen Gefühle mir gegenüber gibt, aber dann würden
sich all diese verschwitzten Moleküle verkleben, und auf einmal hätten wir eine epidermische Geschichte, und wir beide
stürben zweimal.

So ist es besser, glaub mir. Wozu musst du wissen, wie klein
und abgeschmackt ich im Leben bin?

Das war's, Funkstille, Ende unserer kleinen Phantasie, aus
und vorbei. Ich bin wieder in Jerusalem, fest in meinem Leben
verschraubt. Du verstehst, dass ich nach allem, was passiert ist,
nicht in der Lage bin, die Verbindung zu dir aufrechtzuerhalten. Selbst ich habe eine gewisse Untergrenze. Ich darf gar nicht
daran denken, was du meinetwegen an diesen verkommenen
Orten am Meer durchgemacht hast. Das zeigt mir nur, wie sehr
eine Berührung mit mir auch künftig beschädigt.

Mirjam, Mirjaaammm, wie gern ich am Anfang deinen Namen brüllte. Ich liege jetzt in dem tiefsten Keller, in dem ich je
war, und fühle mich wie eine menschliche Küchenschabe. Es
gibt keine Strafe, die ich mehr verdiene als das Kappen der Verbindung zu dir. Es ist die einzig mögliche Maßnahme, die ich
ergreifen kann, um an mir Gerechtigkeit zu üben. Ich hätte beinahe geschrieben: »Wer weiß, wie viel Zeit verstreichen wird,
bis ich zu mir zurückgekehrt sein werde«, aber wie allseits bekannt, stellt sich die Frage, wer dieses Selbst überhaupt ist und
wer ein Interesse daran hat, zu ihm zurückzukehren.

Schließlich streckte es in der Zeit mit dir mindestens zweimal am Tag einen Kopf durch den Türschlitz und fragte interessiert, ob sein Alptraum schon zu Ende sei und du verschwunden
seist. Und ich hege nicht den geringsten Zweifel, dass es schon
morgen – was heißt hier morgen, heute Abend, jetzt, wenn ich
den Umschlag verschließe –, die Füße auf dem Tisch, auf meinem Stuhl sitzen und mir zugrinsen wird – Baby, I am home!

Genug, lass uns zu einem Ende kommen. Es ist, als spräche ich den eigenen Nachruf. In diesen Monaten machtest du mir das größte Geschenk, das ich je von jemandem erhalten habe (ich kann es nur vergleichen mit dem, das Maya mir gab, als sie bereit war, mit mir ein Kind zu machen), und ich habe es zerstört. Gut, auch das, was ich von Maya bekam, ruiniere ich emsig.

Ich kann nicht in Worten beschreiben, was es mir bedeutet, dass du dich aufgemacht hast, dass du alles stehen und liegen gelassen hast und nach Tel Aviv kamst. Dass du für mich dort warst. Gut, dir mag es natürlich vorkommen, du spürtest, dass ich in Not war, und eiltest zu Hilfe, aber ich bin dennoch überwältigt, dass ein Mensch so etwas für einen anderen tut. Für mich.

Was mich nun quält, ist der Gedanke, dass ich so vertieft in mich selbst war, dass ich dich weder sah noch ahnte. Dass wir zwei Tage lang in der Distanz von vielleicht hundert Metern voneinander getrennt waren, vielleicht gingen wir sogar in der Entfernung einer Berührung aneinander vorüber, und ich, was sah ich, nur Worte.


Dich mir vorzustellen, wie du zwischen den Nutten über den Strand gehst und sie ausquetschst, oder wie du in die Stundenhotels in der Allenby- und der Yarkonstraße tratest und auch noch bei Nacht zurückkehrtest, um dich dort umzusehen, und in die Massageinstitute, und wie du dich durchfragtest, dich den Widerlingen dort ausgesetzt hast. Und dieser Kerl, der dich anstarrte und dir langsam folgte, hattest du denn keine Angst? Stell dir vor, einer deiner Schüler hätte dich gesehen. Hieltest du es denn nicht für irrwitzig, so etwas für mich zu tun?

Meine liebste, meine schrecklich liebe Mirjam, das furchtbare Zucken unter meinem Brustbein sagt mir, das dies der

Moment ist, in dem ich dich aufsuchen sollte, um zu sagen, komm, lass es uns versuchen, warum nicht, vielleicht ist es möglich, Hohes Gericht, vielleicht würden Sie die Realität anweisen, einen Spaltbreit die Lefzen zu öffnen, damit wir für einen Moment zwei Menschen befreien können, die allein sein wollen, was ist dabei, zwei Menschen, die aneinander Gefallen gefunden haben, und wen stört es, wenn sie sich zusammen zwei Stunden pro Woche in einem lausigen Hotel einander annehmen und sehen, was mit ihnen passiert, und prüfen, wohin sie gemeinsam gelangen können. Im Grunde, warum denn ein mieses Hotel, hochverehrter Herr Richter, geben Sie einmal nach, ignorieren Sie es, behandeln Sie es wie den Wiedereingliederungsprozess des Kriminellen, der ich bin, warum soll man nicht daran denken, dass sie sich an einem schönen, offenen Ort treffen, am Strand, in einer hübschen Stadt, auf dem Rasen von Ramat Rahel im Angesicht der Wüste, in einem Eichenhain über dem See Genezareth …

Was wird nun aus uns, fragtest du am Schluss.

Es stimmt: Was wird aus uns werden.

Ja'ir

Noch einen Moment, ich kann nicht aufhören, als ob alles zu Ende wäre, wenn ich aufhörte zu schreiben.

Schon von deiner Reaktion auf meinen ersten Brief wusste ich, dass du mich an einen fernen Ort jenseits meines Horizonts bringen würdest, und dennoch bin ich dir gefolgt. Warum bin ich dir gefolgt? Schließlich war mein erster Impuls, sofort abzubrechen, nachdem du schriebst, wie sehr mein Brief dich aufgewühlt hat. Stell dir das vor, das waren deine Worte, aufrichtig und ohne Koketterie und Heuchelei, gleich im ersten Brief, ohne zu wissen, wer ich bin?

So selten, glaub mir, glaub dem Experten. Und schon damals sagte ich mir – sie ist zu gütig und naiv für deine Spiel-

chen und deine Exzesse. Sei einmal ein Ehrenmann und lass
sie los. Auch für Jack the Ripper gab es sicher solch eine Frau,
die er unbeschadet ließ, nicht wahr?

Du wirst dir diesen Vergleich gewiss verbitten, aber auf eine
seltsame Weise – erinnert mich deine Ehrlichkeit nun an das,
was du meine »Wallungen und meine Täuschungsmanöver«
nanntest. Sie ist alles andere als selbstverständlich, deine Ehrlichkeit, wenigstens nicht nach den Regeln, die in Heuchelland
herrschen. Es ist eine private Aufrichtigkeit, die nur für dich
spezifisch ist, und es ist wie ein Schlachtfeld zwischen allen
starken Kräften, die es in dir gibt, die die ganze Zeit miteinander agieren und sich vermischen, und du berührst alle, und
irgendwie gehst du daran nicht kaputt, ganz im Gegenteil. Ich
wünschte, ich könnte diese Weisheit von dir erlernen, aber ich
glaube, das wird mir niemals gelingen.

Macht es mich traurig? Ja. Und es beschämt mich auch.
Vielleicht denkst du, dass ich gar nicht weiß, was Scham bedeutet? Nimm mir nicht das Recht, mich zu schämen.

Weißt du, im Laufe der Zeit unserer Beziehung war ich dir
treu. Das heißt – so armselig es für dich klingen mag, ich habe
sogar (um ein Haar) das Bedürfnis verloren, jede Passantin zu
fixieren, sie zu phantasieren oder mein Glück bei ihr zu versuchen. Und wenn ich für einen Moment der Verführung unter-
lag, spürte ich sofort, wie du dich (du, nicht Maya) in mir vor
Schmerz krümmtest. Es ist mir wichtig, dass du weißt, dass es
keine Regelwidrigkeit gab, was für mich eine reife Leistung ist,
und zehnmal pro Tag überkam mich eine Woge des Stolzes, dir
zu gehören. Es erregt gewiss deinen Ekel, dass ich so angebe mit
meiner »Treue«, wirklich, wer gibt mir dazu das Recht, schließlich ist hier von einem Rückzug zur zweiten Linie der Loyalität
die Rede, und dennoch.

Mirjam – dies ist mein letzter Brief, einen weiteren werde
ich dir nicht schreiben, wie die Dinge liegen. Du siehst, wir

sind nicht einmal bis zur Guillotine gekommen. Wir haben es allein geschafft. Wenn ich nicht so blöd wäre, hätte ich mit dir glücklich sein können, egal wie, auf jedem Weg, den die Welt zugelassen hätte. Übrigens, ich schaue gerade auf das Datum, und es fällt mir ein, dass du diese Woche Geburtstag hattest, nicht wahr? Du bist vierzig geworden, vor drei Tagen. Sicher. Und allem Anschein nach hast du an jenem Tag auf mich gewartet, du hofftest, ich würde dir ein Geschenk machen, dass ich das Geschenk wäre, und am Ende hast du nur den ganzen Stapel aus Tel Aviv bekommen und auch noch diesen Lass-ihn-stecken, obendrauf, als Süßspeise.

Was soll ich dir zum Geburtstag mit auf den Weg geben? Im Grunde dich selbst, denn du bist das kostbarste, teuerste Geschenk, das ich mir vorstellen kann. Ich wünschte mir für dich, dass ich mehr Mumm hätte.

Nein, ich will mehr, warum sich begnügen, ich will einen echten Wunsch aussprechen: Möge die Zeit stehen bleiben, möge dieser Sommer für alle Ewigkeit andauern, möge ich aus mir selbst fliehen, aus meiner verfluchten Umklammerung, und auf einmal an einem anderen Ort auftauchen, sagen wir vor dir, aber neu, frei, nackt, und sei es nur für einen Tag, für einen Briefbogen, für einen Augenblick der vollständigen Freiheit, warum nicht, warum denn nicht? Andernfalls bin ich keinen Pfifferling wert.

Ja'ir Einhorn

Mitternacht

(Ist das alles? Für einen Namen solch einen Lärm und so eine Geheimnistuerei?)

Ich bin dreiunddreißig. Wohne in Talpiot. Die Adresse steht auf dem Umschlag. In einer neuen Reihenhaussiedlung, klein und eng, Eigenheim. Eine Art Slum für den Mittelstand. Noch etwas? Ich habe eine stattliche Firma auf den Namen »Humbook«. Gar nicht weit weg von deinem Haus. Direkt am Rand des Jerusalemwalds. Ich verkaufe Bücher aus zweiter Hand und stöbere für Interessenten seltene Exemplare auf. Was noch? Frag, frag, die Klammern haben sich geöffnet. Ich habe ein Team von zehn Angestellten, inklusive Buchrestaurator, und ein Genie im Rollstuhl, das fast jedes Buch kennt, das je in hebräischer Sprache verfasst wurde, der Mann kann nach einem Satz ein Buch identifizieren (er ist es, der für dich »das Gesicht mit einer Geschichte anziehen« gefunden hat). Und sieben Reiter auf Motorrädern, die ich aus der Konkursmasse eines Pizzaservice gerettet und zu motorisierten Bücherboten umgeschult habe, sie bringen die Bücher in die Häuser von Kunden im ganzen Land, das sie mit ihren schwarzen Brandspuren markieren, sie transportieren jedes Buch und jedes Magazin, das in der Galaxis existiert, von Bänden über Orchideenzüchtung und Elvis Presley bis zu Judaica und Fachzeitschriften für Anhänger des holländischen Königshauses.

Und bei jedem Exemplar von *Alexis Sorbas*, das mir in die Hände fällt, achte ich sorgfältig darauf, einen kleinen Fitzel abzunagen (nun gut, die Zeit macht nicht vor einem halt). Und natürlich ziehe ich meinen professionellen Hut vor dir, dass es dir gelang, ohne großes Tamtam das Abonnement der chinesischen Zeitung für die beiden einzigen Leser im Land aufzutun.

Es verschlug mir den Atem, aber ich habe es gesagt, nicht wahr? Ich habe es getan.

Was denn? Vielleicht werden wir ein wenig über Belanglosigkeiten plaudern, um die Verlegenheit zu überwinden? Plötzlich wurde es unangenehm, nicht wahr? Jemand hat Realität zum Leben erweckt. Soll ich dir von meiner Arbeit erzählen? Warum nicht, ohnehin haben wir vor dem Mob des Alltags kapituliert. Willst du hören, was meine Mitarbeiter als Gratifikation erhalten?

Genug, Mirjam, verzichte auf mich, alles war Phantasie, gäbe es nur irgendeine andere Lösung, ein anderes System auf der Welt. Fast alles, was ich tat oder sagte, schleuste ich zunächst durch deine Augen, deine Gedanken, deinen hungrigen Mund. Wenn mir jemand bei der Arbeit oder auf der Straße auf die Nerven ging, dachte ich an dich, rollte deinen Namen auf der Zunge und beruhigte mich auf der Stelle. Ich habe nie einen Menschen getroffen, dem ich so sehr meine Seele anvertrauen wollte und auf den ich mich so verlassen hätte, dass er mich von Neuem richtig zusammensetzen kann. Es gibt solche Genies, denen man das Puzzle eines Papageis gibt, und sie setzen es zu einem Fisch zusammen. Ich gab dir ein Ungeziefer, du hast es erneut zu einem Menschen zusammengefügt. Die gleichen Stücke, aber irgendwie gelungener.

Vielleicht muss ich dir erzählen, dass ich in den letzten Wochen in meiner Dummheit dachte, wenn ich eine Bestimmung im Leben hätte, wärest du es. Oder etwas, was mit dir zusammenhängt. Oder dass ich durch dich irgendwie dahin gelangte. Es liegt nicht viel Logik in diesem Gedanken, aber so habe ich gefühlt. Und nur dir kann ich so etwas schreiben, ohne mich lächerlich zu fühlen. Künftig werde ich diese Bestimmung an einem einfacheren Ort weitersuchen müssen, wo mir die Suche vielleicht leichter von der Hand geht, bei Ora, bei Lili, Liora und Lidia. Schade.

Da fällt mir ein, wenn ich, sagen wir, entführt oder spurlos verschwinden würde, und ein Detektiv versuchte zu begreifen und zu rekonstruieren, wer ich war, allein aufgrund der Fakten, die alle hier um mich herum über mich wissen – er würde scheitern. Siehst du, auch diese Erkenntnis habe ich dir zu verdanken – dass ich vor allem durch das lebe, was ich nicht habe.

Ich hatte gehofft, dieser Beruf würde mich glücklicher machen, er tut es nicht. Die Einzelheiten sind wirklich irrelevant. Schließlich habe ich dir nicht erzählt, in wie vielen

Berufen ich schon gearbeitet habe, in wie vielen Fehlern ich mich schon suhlte. Ausgerechnet mit dieser Sache dachte ich, endlich den Job gefunden zu haben, der wie für mich gemacht ist – mit Büchern und Geschichten zu arbeiten, den Menschen die Geschichten zu suchen, die sie in ihrer Kindheit liebten, was könnte besser zu mir passen als dies? Es stellte sich heraus, dass dem nicht so ist. Dass es mir hier nur beinahe gutgeht, dass es für mich noch immer eine Freude aus zweiter Hand ist.

Du hast keine Ahnung, wie sehr ich in diesem Moment Bücher verabscheue. Wie kommt es, dass mir keines der tausend Bücher um mich herum in diesem Moment helfen kann und dass keines von ihnen deine und meine Geschichte erzählt.

Keines gab mir, was deine Briefe mir gaben.

Ja'ir.

*Mirjam*

Wieder der gleiche Fehler. Er stieg aus dem Minibus, fuchtelte jubelnd mit den Armen und rannte mir entgegen. Gut gelaunt kam er heute nach Hause. Und wie so oft war sie für den Bruchteil einer Sekunde in ihm, in ihm gefangen sah ich sie

Ich frage mich, warum ich hier hineinschreibe, ich will nicht in dieses Heft schreiben. Nur ein paar Worte, und ich reiße die Seite raus, reiße mich los. Nur wie sie in ihm war, so greifbar war sie heute, man hätte sie beinahe berühren können. Oder vielleicht lächelte er für einen Moment ihr Lächeln, oder es war der Lichtwinkel auf seinem Gesicht. Ich weiß es nicht. Ich weiß nicht, ich weiß nicht, warum ich darauf beharre, mir wehzutun, indem ich jetzt hier hineinschreibe, wo das Haus voller leerer Blätter ist. Obgleich ich mir geschworen habe, das Heft nicht aufzuschlagen, bevor eine Antwort von ihm kommt, konnte ich mich nur zwei Tage lang zurückhalten. Nicht einmal zwei ganze Tage lang. Anderthalb. Nicht lange. Wenigstens sehe ich meine Lage jetzt realistisch. Ich habe meine Kräfte überschätzt. Was wird jetzt geschehen, anscheinend stehe ich ein wenig unter Schock, als hätte ich einen Deckel angehoben und seine Briefe hätten mir entgegengebrüllt, -gekreischt und -geheult. Genug, Ruhe.

Er schlief wie erschlagen ein. Bis morgen früh wird er schlafen, und ich werde ihm das Epanutin nicht geben können. Er hat geschrien und geweint und eine Menge Blut verloren. Und diese Kränkung bei jedem Sturz. Könnte ich nur auch so einschlafen und in einem Andermal aufstehen. An der Stirn hat er jetzt eine neue große Wunde, und morgen früh geht das Kratzen wieder los. Ich kam diesmal unverletzt davon. Bis auf die üblichen Beschädigungen. Wenn man mich je bitten würde, das Pfand zurückzugeben, müsste ich den Blick senken, bei all diesen Narben. Wäre ich nur flinker, beweglicher. Ich könnte mich dann wenigstens unter ihn fallen lassen, ihn abfangen, ihm mit dem Körper nützen.

Ich schreibe unüberlegt. Schwatze, um nicht zu denken. Um der Verlockung zu widerstehen, zurückzublättern und ihm erneut zu begegnen. Dir. Du, du. Wo bist du jetzt. Wieso weißt du nicht, dass dich hier ein Geschenk von mir erwartet. Wie kann es sein, dass du es nicht fühlst. Eine ganze Woche habe ich mit dir verbracht, Wort um Wort. Dutzende und Hunderte von Seiten unter diesem Blatt. Wie eine Nussschale auf stürmischer See fühlt man sich, wenn man dir hier hineinschreibt, und jetzt fällt mir ein, dass ich an den Anfang des Heftes eine Art Vorwort hätte setzen sollen, vielleicht auch eine Erklärung ans Ende, aber was, was von alledem. Vielleicht diesen Satz, den ich dir einmal sagte, dass es in meinen Augen ein großer Liebesbeweis ist, einem anderen etwas über ihn zu enthüllen, wovon er nichts wusste. Der größte Liebesbeweis.

Und ich dachte auch, dass du, wenn du deine Briefe, ohne meine eigenen, fortlaufend von der ersten bis zur letzten Zeile lesen würdest, verschiedene neue Aspekte an dir entdecken könntest. Nicht nur ›negative‹, nach denen du stets wie besessen auf der Suche bist. Und vielleicht würdest du beginnen, dich selbst mit neuen Augen zu sehen? Beispielsweise mit meinen. Aber all das werde ich dir nur sagen, wenn wir uns von Angesicht zu Angesicht begegnen, und jetzt störe mich bitte nicht, lass mich, Ja'ir, da ist etwas anderes, was ich zu Papier bringen muss.


Er rannte den ganzen langen Weg auf mich zu. Anscheinend verstand er nicht, warum ich ihm heute nicht mit offenen Armen entgegenlief. In der Mitte des Wegs gibt es eine kleine Vertiefung, es fehlt dort eine Bodenplatte. Schon seit zwei Monaten verspricht Amos, sie zu reparieren, und er findet keine Zeit. Und an dieser Stelle haben sich seine Beine verhaspelt.

Aber auch das ist nicht die Antwort, denn ich warte nie, bis er zu dieser fehlenden Platte kommt; ich bin immer vorher dort, und sei es nur, weil er dieses Laufen noch von damals, als er zwei Jahre alt war, beibehalten hat. Immer das fröhliche Laufen, und wir beide rennen und sind ausgelassen, und bei der Umarmung schreckt er zurück, weiß nicht, wer diese Frau ist (warum schreibe ich es überhaupt hin), und was ist passiert. Was? Ich habe ihn gesehen. Das heißt, ich sah ihn so, wie ich ihn nicht sehen darf. Seinen watschelnden Gang und die Füße. Und als ihm die Brille ins Gesicht rutschte – ich darf es nicht schreiben. Ich dachte nur, sie versuche es, sie versuche es vehement, und es gelinge ihr nicht abzuheben. Und ein Augenblick der Wut, unkontrolliert, nicht auf ihn, nicht auf ihn? Ein wenig auch auf ihn. Ja. Und auf die Sache in ihm, die sie daran zu hindern scheint, ihm zu entschlüpfen. Zehn Jahre, und immer noch suche ich nach Winken und Hinweisen. ›Wut auf ihn‹ (und damals bin ich über Sie hergefallen). Und auch Wut auf Amos, wegen der Platte. Und Wut auf Anna, auch sie habe ich heute bedacht, und die ganze Wut sammelt sich noch immer nicht zu einer Antwort.

Ich stand hier, und dort stieg er aus und rannte los. Und da fehlte die Bodenplatte. Und dort sah ich den Fahrer des Transportdienstes, wie er ihn von hinten anschaute.

Ja.

Er war schon im Begriff loszufahren, doch aus irgendeinem Grund fuhr er nicht an, sondern schaute. Und ich sah die drei anderen Kinder im Bus, die vor sich hinstierten, ohne etwas wahrzunehmen. Seit vier Jahren fahren sie täglich zusammen, ohne dass sie Jochai erkennen. Und ohne dass er sie erkennt. Und der Fahrer hielt sich aus irgendeinem Grund heute noch einen Moment auf und schaute zu, wie er lief. Ein neuer Mann, anscheinend unerfahren. Und sein Blick, mehr als alles andere – ›wie das Auge von der Katastrophe angezogen wird‹.

Und als er an der Stelle der fehlenden Platte stolperte, war ich anscheinend dermaßen abwesend, nicht bei ihm, gegen ihn, dass ich mich nicht einmal rührte.

Ich werde dieses Blatt nicht ausreißen. Es wird in deinem Heft bleiben, und du wirst es ebenfalls erhalten. Du hast schon schlimmere Worte aus meinem Mund gehört. Nur kommt nun ein neuer Schmerz hinzu – dass ich für mich selbst, nur für mich, solche Worte nie geschrieben habe.

Ich hätte das vorherige Blatt rausreißen sollen. Ich sehe, dass es ein Tor öffnet für die nächsten, und das ist nicht in meinem Sinn, nicht in meiner jetzigen Lage. Heute nachmittag schlugen die Wellen hoch. Wenigstens ist das Haus sauber wie lange nicht mehr. Aber wieder kehrte ich zurück zu diesem Heft, und ein Wort zieht ein anderes nach sich. Dabei sollte es allein deine Worte enthalten. Und die ganze Woche lang, in der ich abschrieb, hütete ich mich, auch nur ein einziges Wort von mir hinzuzufügen, und nun – siehst du, eine Sturmflut, allerdings nicht die Worte, die ich dir gern gesagt hätte, und auch nicht die gute Stimme.

Denn nicht einmal eine einzige Zeile hast du bisher geschickt, um auf die Sache zu reagieren, die ich dir im letzten Brief gestand. Die kostbare Mitteilung. Nicht einmal eine kurze höfliche Zurückweisung. Wie kannst du nur? Du kannst. Ich bin es, die es nicht kann. Die Erkenntnis, wie sehr ich es nicht kann, entsetzt mich.

Guten Morgen, ein neuer Tag. Mach dir keine Sorgen. Mir geht es gut. Ich habe mich aus dem kleinen Strudel befreit, der mich gestern für einen Augenblick erfasst hatte. Und wenn du liest, was ich auf den letzten Seiten geschrieben habe, werden wir gemeinsam über mich lachen.

Es ist jetzt Viertel nach fünf, bald wird es hell.

Vor drei Tagen, genau um diese Uhrzeit, war ich damit fertig, deine Briefe abzuschreiben. Und ein paar Minuten lang saß ich ohne ein Gefühl da, ein wenig bestürzt, ein bisschen trunken. Und ich dachte, dass ich künftig nur noch in der Lage sein würde, mit deinen Worten zu schreiben. Und dass es mir schwerfällt, beinahe unerträglich ist, dieses Heft zuzuklappen. Und dass ich noch immer auf den ersten Ernüchterungsbiss warte, der ausbleibt, und dass ich stattdessen einen Sonnenaufgang bekam, wie ich ihn seit Jahren nicht sah: Wellen um Wellen goldenen Lichts rollten über Jerusalem, und ich sagte mir, dass das ein Zeichen ist.

Und siehe da, genau in diesem Augenblick, die Sonne. Etwas weniger dramatisch heute, aber immerhin. Komm, machen wir einen Spaziergang.

Schnuppere mal, was für ein Wohlgeruch. Es ist die Luft, wie sie nur um diese Stunde ist, voll nebeliger Düfte, kalt, brrr, und jeder Baum und jeder Fels ist in seine Privatwolke gewickelt. Und wenn ich mich noch einen Moment länger hier aufhalte, werde auch ich erstarren und mich einwickeln lassen. Ich nehme dich wieder mit zum Damm, um dir diesmal eine Aussicht zu bieten, die wahrhaftig umwerfend ist (aber plötzlich wurde mir der Atem kurz, und ich blieb stehen, um mich an dem Felsen auszuruhen).

Wie nach einer langen Zugfahrt schwirren in meinem Kopf deine Sätze oder Bruchstücke deiner Sätze. Ich könnte sie dir auswendig zitieren, doch es sind welche darunter, bei denen es mir lieb wäre, wenn du sie vergessen würdest. Und überhaupt sollen zwischen uns keine Worte mehr stehen. Einfach deine und meine Physis. Gleichgültig, auf welche Weise. Dich berühren können, deinen Schweißgeruch aufnehmen können, dich verschiedene Handlungen verrichten sehen. Ein Omelett zubereiten beispielsweise.

Und wenn wir uns begegnen, erst dann werde ich dir erzählen, was ich seit dem Gespräch mit Amos durchgemacht habe, und in dieser ganzen Woche mit deinen Briefen. Wie sehr ich beim Abschreiben mit dir stritt, wie sehr mein Herz dir zugetan war, wie viele Papiertaschentücher ich wegen der schmerzlichen Missverständnisse und wegen der verrückten Verständnisse verbrauchte. Komm, lass uns weitergehen, denn bald wird die Sonne die Wolken völlig aufgelöst haben.

Aber jetzt fällt mir ein, dass ich vergessen habe, die Tür abzusperren, und Jochai ist um diese Uhrzeit hin und wieder unruhig. Schade, sehr schade, ich wollte mit dir bis zum Damm gelangen, denn dort ist es tief, und man kann unter die Wolken tauchen und darunter hindurchgehen, aber ich muss jetzt auf der Stelle zurück –

Mach dir keine Sorgen. Ich bin schon hier, und er schläft, und ich habe auch nicht vergessen abzusperren. Ich hatte einfach solche Angst. Ich steigerte mich in die Panik, noch bevor ich dort ankam. Und nun koche ich vor Wut, denn ich wollte, dass du siehst, wie ich mir den Ort vorstelle, an dem die Schicksale mit den Menschen vermischt werden, und du hättest dich dort ein wenig mit mir verlaufen. Und überdies liegt da draußen ein besonderer Geruch in der Luft, wie man ihn nur um diese Tageszeit erleben kann, wenn die trockenen Disteln feucht werden. Wären mir nur noch drei Minuten dort geblieben, sogar nur eine, wäre ich mit dir nach unten gestiegen.

Wenigstens habe ich den Sonnenaufgang gesehen, und ich werde mit diesem ganzen Tag in einem geheimen Bund stehen, und einmal werden wir gemeinsam dorthin gehen, in einer geräumigeren Zeit.

Sieh mich an, ich sitze draußen auf den Stufen und warte, bis ich wieder bei Atem bin. Genieße es, nur Körper zu sein, lebendiges Gewebe, das seine entsprechenden Handlungen vollzieht. Das völlig frei ist von Worten wie schade und aber ...

(Es ist schon sechs, und ich muss mich beeilen, um acht wird Jochai abgeholt. Wir werden uns später sehen!)

Auf dem Weg hierher pflückte ich eine Zitrone. Eine grüne, harte Zitrone des nahenden Winters, und schon ist der ganze Klassenraum von ihrem Duft erfüllt. Dreiunddreißig Köpfe sind über die Klassenarbeitshefte gebeugt. Ab und zu hebt sich mühsam ein Augenpaar und sieht mich mit starrem Blick an (manchmal frage ich mich, wie sehr es mich wirklich beeinflusst, dass ich viele Stunden täglich angestarrt werde) ...

Und ein Schüler, den ich sehr mag, hob ein Schild vor mir in die Höhe, auf dem in Großbuchstaben stand: ›Ist die Rosmarin-Periode vorbei?‹

Du weißt, dass ich etwas langsam bin, jedenfalls im Vergleich zu dir. Aber seit gestern wird mein Kopf immer klarer, und ich verstehe mit Leichtigkeit Dinge, die mir zuvor kompliziert erschienen. Zum Beispiel, dass ich der Sache, die zwischen dir und mir ist, auf keinen Fall den Rücken kehren will. Und dass ich bereit bin, zu warten, solange es nötig ist, solange du es für nötig erachtest. Denn ›das zwischen uns‹, das Ding zwischen uns, ist es wert, erwartet zu werden. Und überhaupt, wir haben Zeit, das ist mein Gefühl heute, das Leben ist lang, und auch ein Strauß von dreißig Herbstzeitlosen ist ein herrlicher Strauß. Und, Ja'ir, ich denke nicht, dass du es bist, der mich heilen kann, der das, was in mir kaputt ist, heilen kann, aber vielleicht brauche ich in dieser Stufe meines Lebens nicht so sehr einen Arzt, sondern eher jemanden mit einer ähnlichen Wunde?

Noch ein paar Augenblicke solcher Gedanken, und sie wird gänzlich gelb und reif sein. (Als ich in die achte Klasse ging, bekam ich einmal bei einer Algebraarbeit eine Sechs, weil ich geschrieben hatte, eine Primzahl teile sich nur durch die Zahl Eins und durch sich selbst, und mein Beispiel war: der Duft einer Zitrone. Übrigens, auch du bist, in gewisser Weise, wie Zitronenduft.)

Wenn der Bus an deiner Firma vorbeifährt, tust du mir leid, weil du gezwungen bist, in dieser hässlichen, rußigen Gegend zu arbeiten. Doch falls du ein Fenster zur Straße hast, und falls du nun hindurchschaust, wirst du mich schreibend hinter der Scheibe des Busses sehen und dich freuen. Ich habe dir nicht erzählt, dass ich mindestens fünfmal die Woche durch dein Industriegebiet und an deinem witzigen Firmenlogo vorbeifahre. Wieso bin ich nicht darauf gekommen? Nicht einen Moment spürte ich, dass Weben von dort zu mir reichten.

Und was wäre, wenn ich käme und dich besuchte (keine Sorge, ohne ausdrückliche Einladung würde ich es mir nie erlauben) und dich bäte, eine bestimmte Geschichte für mich zu suchen? Ich würde vorgeben, mich nur an einen einzigen Satz daraus erinnern zu können, sagen wir: ›Das Herz bricht einem bei dem Gedanken, dass man mit solch einem Blick in einen Erwachsenen hineinsehen kann.‹ Oder: ›Wer kann der Verlockung widerstehen, einen Blick in die Hölle eines anderen zu werfen.‹ Und sofort würden deine sieben Reiter in alle Enden des Landes galoppieren und in immer enger werdenden Zirkeln um uns kreisen, bis sie schließlich ihre Motorräder auf uns richteten, mit den Fingern auf uns zeigten und sagten, ihr seid die Geschichte.

Ich habe ein paar ruhige Minuten zwischendurch und räkle mich sofort in Gedanken über uns. Kann es sein, dass du wieder ins Ausland gereist bist? Und was bringst du diesmal von dort mit?

Siehst du, darum beneide ich dich – um deine Bewegungsfreiheit in der Welt (es ist nicht möglich, dass Amos und ich gemeinsam reisen. Und allein bringe ich es nicht fertig, wegen der Vorstellung abendlicher Hotelzimmer).

Auf deiner nächsten Geschäftsreise nach Paris geh doch bitte ins Musée Rodin. Dort steht die Skulptur ›Der Dichter und die Muse‹. Sieh sie dir an, zweimal. Sieh später im Museumsshop nach, ob es noch immer eine Ansichtskarte von dieser Skulptur gibt. Sie hatten früher eine Karte mit dem Zitat (du weißt, dass es verheerend ist, sich bei Quellenangaben auf mich zu verlassen, aber ich glaube, es stammt von Baudelaire): »Lass deine Laute, Dichter, und gib mir einen Kuss.«

Kaufen sie dir von mir.

Manchmal, wenn ich darüber nachdenke, was für Geschenke ich dir machen werde, höre ich, wie du mich zurechtweist: ›Und wie soll ich sie, deiner Meinung nach, in meiner Wohnung aufbewahren? Wie soll ich sie erklären?‹ Und dann ziehe ich den Kopf ein und lasse es sein.

Andererseits, was geht es mich im Grunde an, wie du etwas erklärst. Ich werde dir etwas kaufen, und du wirst damit tun und lassen, was du willst.

Ich sagte dir: Ich werde bei dieser Art von ›Bürokratie‹ und bei der endlosen Heimlichtuerei nicht mitmachen. Wenn du dich entscheiden solltest zu kommen, dann nur offen, ohne Versteckspiel, ohne zu lügen, denn in Spalten zu leben vermag ich nicht.

(Aber jetzt habe ich eine Idee, was ich dir kaufen könnte und was du furchtlos mit nach Hause nehmen könntest: Brot, Butter, Quark und Milch …)


Und vielleicht weil du in Tel Aviv versuchtest, meiner Meinung nach ohne großen Erfolg, ›mein Tagebuch‹ zu schreiben, fällt es mir nun schwer, meine Gedanken selbst niederzuschreiben?

Als ob jedem Wort ein Echo hinzugefügt wurde. Und mir fällt die Entscheidung schwer: Ist das angenehm? Unangenehm? (Genehm.)

Bambi, William und Kedem liegen um mich herum auf dem Boden. In der letzten Zeit sind sie gewachsen und auseinandergegangen und so massig geworden, dass für die menschlichen Hausbewohner kaum noch Platz bleibt. Brauchst du nicht einen Hund? Du wirst sehen, wie glücklich Ido damit sein wird.

Ich habe dir erzählt, warum Amos sie mir brachte, aber es stellt sich immer mehr heraus, dass sie, auch nachdem sie groß geworden sind, arme Waisen bleiben, und sie tun mir ein wenig leid, dass gerade ich ihre Mu –

Du solltest sehen, was hier los ist: Stromausfall, es ist stockfinster. Nach den Schreien draußen zu urteilen, ist der ganze Moschaw ohne Licht. Aber heute morgen habe ich eine Gedächtniskerze zur Erinnerung an meinen Vater angezündet (seltsam: es ist das erste Mal, dass es an seinem Jahrestag nicht regnet), und jetzt spendet sein Kerzenstummel mir Licht … Jessye Norman stockte mitten in ›Didos Wehklage‹, der Kühlschrank blieb stehen, die Uhr, der Backofen, all die kleinen Tröster, und nur die Kerze meines Vaters blieb.

Ich habe dir nicht erzählt, dass er daheim auch der Elektriker war. Er hatte goldene Hände (er pflegte zu sagen: »Für den Strom braucht man kein Hirn, sondern Glück«). Als ich in Jerusalem studierte, kam er eigens aus Tel Aviv, um Reparaturen bei mir durchzuführen. Nicht einmal eine Glühbirne durfte ich allein wechseln. Anscheinend hat er sich so wenig auf mein Glück verlassen.

Ich weiß nicht, wann ich zum letzten Mal bei Kerzenlicht schrieb. Auf einmal ändert das alles. Ich würde gern in anderen Worten schreiben, mit einem Federkiel:

Mein liebster Ja'ir,

erinnerst du dich, dass du mir in Tel Aviv schriebst, ich wolle mit dir bis zu der Stelle tauchen, an der du eine frühere Möglichkeit von mir hättest werden können?

Aber weißt du, was ich wirklich will?

Nicht dass du ich wirst, wie kommst du darauf, sondern dass du an der Stelle der Möglichkeiten verweilst. Nicht lange, nur einen Moment, bevor du ›entscheidest‹, wer du wirklich bist, wer von uns beiden du sein wirst.

Und dass du dich für dich entscheidest, natürlich, was macht es für einen Sinn, wenn du nicht genau derjenige bist, der du bist (›mich‹ habe ich mehr als genug!).

Aber du solltest einen Moment zögern, bevor du dich an der imaginären Kreuzung zwischen dir und mir von mir trennst.

Dieses Zögern. Verstehst du? Das zählt.

Und ich habe noch einen Wunsch (drei sind frei): Ich will, ich bitte, dass wir auch ein wenig trauern, gemeinsam, in einer kleinen Ecke der Seele, und zwar darüber, dass jeder von uns beiden sich schließlich dafür entschied, nur er selbst zu sein.

(Die Kerze meines Vaters hat ein wenig geflackert. Selbst er befürwortet es.)


… später, als das Licht zurückkehrte, fühlte ich beim Geschirrspülen, dass eine ›Botschaft‹ nahte. Ich begann, verwirrt im Haus auf und ab zu laufen. Ich schaute durch jedes Fenster. Ich sah keine Menschenseele. Ich stellte das Radio an. Sie brachten eine Sendung über Astronomie, und ein Sachkundiger sagte folgenden Satz: »Je kleiner die Wahrscheinlichkeit eines Ereignisses ist, desto mehr Information enthält es.«

Und sofort schrieb ich ihn auf, mit nassen Händen. Nicht dass ich ihn verstanden hätte, aber ich fühlte, dass er etwas Wesentliches enthielt!


Es wird alles gut. Ich bin sicher.

Ich weiß nicht, warum. Ich suche nicht nach einem Grund. Es wird gut. Es wird sich zum Guten wenden. Vielleicht weil vorhin vorübergehend der Geruch nach Regen in der Luft lag. Alle drei Hunde reckten die Hälse, und ich fühlte, wie der

Garten knisterte und raschelte … Vor ein paar Wochen sagtest du, dass du mich ›an drei Stellen meines Körpers‹ fühltest. Ich fühle dich zur Zeit an etwas mehr Stellen (sagen wir: fünf, nach der letzten Zählung).

Aber das Verwunderliche daran ist, dass ich dich an einer Stelle fühle, die ich längst für tot hielt. Die vernarbt war.

(Und sofort, anscheinend um mich etwas zu ›ernüchtern‹, las ich erneut einige Tel Aviver ›Leckerbissen‹.)

Was denn, hatten wir nur drei gemeinsame Tage ›bei dem einzigen Ausflug, den zu unternehmen uns gelang‹? Du Geizkragen. Du abscheulicher Geizkragen.

Warum nicht dich und mich mit einer breiten, ruhigen, unendlich ausgedehnten Zeit verwöhnen. Und warum hast du dir keine Situation vorgestellt, nur als Phantasie, in der wir, sagen wir, zusammenleben, und sei es nur für eine kurze Zeit, in einem Haus? Ein Abendessen, alltäglich und banal, in unserer gemeinsamen Küche?

Das flammende, blitzende Schwert. Ich sagte es bereits: Du.Du. Die Flammen und das Schwert, das ununterbrochen blitzt. Und vor jedes denkbare Tor zum Paradies stelltest du dich selbst, damit du Gott behüte nicht zurückkehren konntest. Und ich wünschte, ich wüsste, welches tatsächlich die schreckliche, beschämende Sünde war, der Grund, dass du vertrieben wurdest. Und ob es etwas war, was du tatest, oder etwas, was du warst? Warst du zu wenig oder zu viel?

Sowohl zu wenig als auch zu viel. Nie adäquat. Das ist anscheinend dein großer ›Verrat‹ an den anderen: nie das, was sie unter ›adäquat‹ verstehen.

Und von ganzem Herzen glaube ich, dass es einen Ort gibt, vielleicht nicht das Paradies, aber einen Ort, an dem wir beide zusammensein können. Einen Ort, der in der ›Realität‹ vielleicht nicht größer ist als ein Stecknadelkopf, wegen all der unvermeidlichen Hindernisse, der aber zwischen uns breit und offen sein wird und an dem du du sein kannst, jeder, der du bist.

Und nur in einem Punkt bin ich mir noch nicht sicher, und das ist es, was mir den Mut sinken lässt, dass du vielleicht gar nicht imstande bist, zu glauben, dass irgendein Ort auf der Welt existiert, an dem du du selbst sein könntest und an dem man dich liebt.

(Denn wenn dem so ist, wirst du auch niemals glauben, niemals, dass jemand dich lieben kann.)


Auch ich bin keine große Heldin, und es genügt mir, zu schreiben, ›unsere Küche‹, um erschüttert zu sein, und schon seit ein paar Stunden laufe ich mit verkrampftem Bauch herum, als hätte ich mir eine Verfehlung zuschulden kommen lassen.

Ich bin auch nicht bereit, mich mit der Kastration abzufinden, die du an deiner Phantasie vornimmst, wenn du an mich denkst (oder über mich schreibst. Oder mich phantasierst). Denn aus der Phantasie sind wir füreinander geschaffen, und wie ist es möglich, dass du (du?!) nicht verstehst, in welchem Maße sie die Erde ist, aus der wir gemacht sind, unsere ›Mandel‹ …

Vielleicht sind wir in jenen drei Tagen nach Galiläa gefahren?

Und in einer kleiner Pension in Metula abgestiegen?

Die ganze Nacht liebten wir uns ohne Worte.

Nur heitere Worte.

Ich sagte dir, dass mir ein Schauder über den Rücken läuft, wenn du mich berührst. Und du küsstest mich zwischen den Brauen. Und ich massierte dich von Kopf bis Fuß mit meinen Wimpern. Und ich schrieb dir mit dem Finger Worte auf die Stirn (aber spiegelverkehrt, damit du sie von innen lesen konntest).

Am Anfang berührten wir einander wie zwei vollkommen Fremde.

Dann berührten wir uns so, wie andere es uns gelehrt hatten.

Und später wagten wir, uns wie du und ich zu berühren.

Und ich dachte, dass du nun, wo du so bei mir warst, in meiner innersten Sprache daheim seist.

Ich dachte, die Wurzel meiner Seele, die Wurzel deiner Seele.

Wir beglückten einander so sehr ...

Und mitten in der Nacht, aus dem Tiefschlaf, rücktest du das Kissen unter meinem Kopf zurecht, und ich murmelte, dass es einerlei sei, und du sagtest, aber es ist wichtig, das Kissen ist wichtig, Mirjam, das Wichtigste ist, dass das Kissen genau am richtigen Platz liegt ...

(Und wann immer ich meinen Namen in deinem Mund schreibe, begreife ich den Ausdruck ›treffendes Wort‹.)

In meiner Verwirrung und Angst (dass dein Schweigen nicht nur temporär sein könnte oder auf einer langen Reise beruhe oder auf einem schlimmen Versehen der Post; und dass sich hier unter Umständen etwas abzeichne, von dem ich nicht ahnte, dass es zwischen uns möglich sein könnte) –

Inmitten all dessen tröstet mich noch immer der Gedanke, die ›Erkenntnis‹ von Amos erhalten zu haben. Denn es gibt keinen Menschen, der es besser verstünde, Liebe zu schenken, als er. Und auch anzunehmen.

Und ich bin überzeugt, dass ich nur darum, weil du kamst und dich mir so gabst, mit deinem vollen Namen (das schönste Geschenk zu meinem vierzigsten Geburtstag), endlich das Gefühl empfand, das Amos formulierte. Du verstehst, nicht wahr? Hättest du mir nicht deinen Namen überlassen, wäre ich vermutlich nicht in der Lage gewesen, dieses Gefühl zu haben, auch nicht nach hundertmaligem Formulieren.

Ich habe es dir nicht gesagt, ich hatte vor, es dir erst dann zu sagen, wenn wir uns begegnen und ich dir das Heft überreichen würde (und diese Worte niederzuschreiben ist so, als hätte ich schon begonnen, auf die Möglichkeit einer Begegnung zu verzichten) –

Nun.

Dass ich deinen Namen längst kannte, bevor du ihn mir preisgabst.

Sarah, unsere Schulsekretärin, teilte einmal wie üblich die Post aus, und als sie zu mir kam, bemerkte sie gehässig: ›Heute wohl keine Post von ihm.‹ Und ich war für einen Augenblick konfus und fragte: ›Von wem?‹ Und sie sprach deinen Namen aus, deinen vollen, korrekten Namen. Und sie fügte hinzu, wie nebenbei, dass sie nicht gewusst habe, dass wir solch eine enge Beziehung unterhielten. Und sie fügte hinzu, dass ihr Kind in denselben Kindergarten gehe wie dein Sohn (ja, sie ist es, die energische Dame) … Du musst wissen, dass Sarah stets äußerst wachsam ist, was die diversen ›Dramen‹ des Lehrerzimmers anbelangt. Und ich hege den Verdacht, dass sie auf mich besonders empfindsam reagiert und versucht, dahinterzukommen, was sich im Einzelnen in meinem Privatleben abspielt und sich beharrlich weigert, in eines ihrer Raster zu passen.

Kurzum: Sie muss dich wohl gesehen haben, mehrmals, wenn du deine Briefe brachtest, mein Topagent.

Als ich errötete (am ganzen Körper, das Erröten einer Sechzehnjährigen), begann sie Kaskaden über dich zu ergießen. Und ich war wohl zu bestürzt, um sie augenblicklich zum Schweigen zu bringen, wie sie es verdient hätte. Und so kam es, dass ich ungewollt, aber ein wenig vielleicht auch deshalb, weil ich der Verlockung nicht widerstehen konnte, in ein paar Minuten jede Menge ›Geschichten‹ über dich erfuhr.

Sarah hat, wie du weißt, ein loses Mundwerk (tsch-sch-sch …), und es blieb mir nichts übrig, als aufzustehen und mich zu verabschieden. Von Fremden möchte ich nichts über dich hören!

Sprich, Ja'ir.


Komm, sei bei mir. Besänftige mich. Wir hatten am Nachmittag einen heftigen Streit, und es fällt mir unsäglich schwer, mit dir zu streiten, vor allem wenn du abwesend bist. Und noch schlimmer ist es, mit der Wut auf dich allein zu sein. Und das Getuschel dieser Sarah. Ich will in diesem Heft nicht näher darauf eingehen, wie ich mich auf einmal fühlte. Wie tief meine Stimmung augenblicklich sank. Dorthin will ich nicht mehr zurück, nicht ohne dich.

Jedenfalls habe ich meine Gedanken inzwischen ein wenig geordnet und mich beruhigt.

Ich bin im Bad. Das heißt – Jochai sitzt in der Wanne, und ich gebe auf ihn acht. Ich hocke auf dem Klodeckel und schreibe dir, wenn du erlaubst. Ist es nicht ein wenig spät für ihn?, fragst du. Deine Stimme wird weich, wenn du von ihm sprichst. Ja, spät, und auch für mich, und die Augen fallen mir zu. Aber er hat wieder einmal ins Bett gemacht, und nachdem ich ihn abgetrocknet hatte, dachte ich, dass ich ihn doch nicht die ganze Nacht lang so lassen könne. Du hättest Ido niemals so liegen lassen. Und darum, obgleich ich ihn erst vor einer Stunde gebadet habe, brachte ich ihn wieder her.

Um die Wahrheit zu sagen, ging ich davon aus – nur kurz abduschen, und dann wieder ab ins Bett. Aber er sah das anders, und als ich gerade damit fertig war, ihn abzubrausen, setzte er sich felsenfest entschlossen in die Wanne, vollzog Gesten fröhlichen Planschens in der Luft, er sah so liebenswürdig und schalkhaft aus, dass ich es ihm nicht abschlagen konnte.

Komm, gesell dich zu uns. Ich weiß nicht, wie viel Zeit wir hier haben, denn das Baden gehört zu den Unternehmungen, die absolute Präzision erfordern, Beachtung der geringsten Einzelheit; wo wird er sitzen, wo lege ich die beiden Seifenstücke hin, den Kamm und das Boot und noch ein paar Dutzend anderer Utensilien. Doch momentan scheint alles in Ordnung, denn er lächelt sein schmelzendes Lächeln und lässt das Wasser ganz langsam durch seine Finger rinnen, und seine Augen sind beinahe geschlossen. Und wenn du hier wärst, könntest du sehen, was wahre Wonne ist.

Auch Nilly kommt mit aufgerichtetem Schwanz herein, um zuzusehen. Diese Katze ist durch und durch vermenschlicht. Und trächtig, wie ich gerade feststelle. Das ist also der Grund für deine Aversion gegen die Hunde, Nilly? Und wer ist diesmal der Vater, der Gescheckte oder der Gelbe? Höchstwahrscheinlich beide. Und wirst du dich wieder weigern, deine Jungen zu säugen? Dein kleiner Protest gegen die weibliche Knechtschaft? Ach, Nilly, Nill, du Freigeist, sag mir: Kann man frei sein, ohne grausam zu sein?

Elf Uhr nachts. Völlige Stille. Der Raum füllt sich mit dem Pfirsichduft des Badezusatzes. Jochai streckt die Hände aus, um mit den Fingern durch den Schaum zu fahren. Seine beiden speckigen braunen Kniescheiben ragen aus dem Wasser. Nilly rollt sich auf dem kleinen Vorleger zusammen und schläft ein. Draußen weht der Wind, und die Pappel hinter dem Haus neigt sich rauschend. Gerade hast du an mich gedacht.

Ja'ir, ich ignoriere nicht, was du in deinem letzten Brief geschrieben hast, deine Abschiedsworte waren klar und deutlich. Und auch dein langes Schweigen lässt nicht viel Raum für Zweifel. Aber ich kann nicht umhin, zu fühlen, wann immer du Worte oder Gedanken an mich richtest. So wie jetzt, in diesem Moment. Und mitunter reißen sie mich aus dem Schlaf, und ich weiß, dass du von mir geträumt hast. Ich habe keine Erklärung dafür, nur dass Hirn und Herz plötzlich geschlossen an die Decke springen, und nach diesem inneren Sprung scheint es mir, dass du in den letzten Tagen unaufhörlich zu mir sprichst, bei Tag und bei Nacht, in der Stadt und im Dorf, in Küche und Bad – Moment,

Das war's. Ich habe es hinter mir. Es gibt immer einen Zeitpunkt, an dem sein Kopf zu fallen beginnt, und die Lider flattern, und mein Herzschlag setzt für einen Moment aus. Aber heute war es nur die Müdigkeit, die ihn auf einmal bezwang.

Soll ich es dir erzählen? Alles? Damit du all meine alltäglichen Verrichtungen mit mir teilst?

Seltsam, dass wir nie über diese Dinge gesprochen haben.

Zunächst muss er rausgeholt werden. Leicht gesagt. Er scheint das ganze Wasser aufgesogen zu haben, und auch meine Müdigkeit. Ich hebe ihn raus und frottiere ihn, und er lässt sich ständig auf mich fallen. Schon im Tiefschlaf und nach Pfirsich duftend. Ich schleppe ihn in sein Zimmer, er ist sehr schwer, dünn, aber von einer besonderen Schwere, der Schwere der Innerlichkeit, denke ich, und wickle ihn, denn ich habe heute nacht nicht die Kraft für noch eine Badewanne. Warte.

Als ich mit dem Korb hinausging, um die saubere Wäsche aufzuhängen, war die Luft voller Nebel, und im Garten tanzten leise die Gespenster. Trotz der Kälte konnte ich mich nicht von dort lösen, atmete die Luft ein und tanzte mit einem feuchten Kissenbezug und einem Herrenschlafanzug um die Zypresse. Sag (hast du bemerkt, was für ein herrliches Paar wir sind? Ich sage immer ›Sag‹ und du immer ›Hör mal‹) – wie wirkt diese merkwürdige Witterung auf dich, diese lange Dürre? Fühlst du auch eine Art kosmisch-privater Unruhe? Ich gehe ständig mit dem Gefühl eines Fehlers umher. Eines zunehmenden Fehlers … Und wie lange kann das noch so bleiben?

Aber heute morgen las ich, dass die Rabbiner schon ein »Regenfasten« verkünden, so dass der Regen uns vielleicht doch den Gefallen tut, heute Nacht zu kommen (obgleich die Wäsche draußen hängt).

Hörst du? Das Baby der Nachbarn. Ich habe dir von dem Baby erzählt. Die Kleine weint noch immer. Bei Tag und bei Nacht. Riesige Augen und ein Kirschmund, und so ein Weinen. Sie ist schon anderthalb Monate alt, und immer noch läuft diese Sache mit dem Namen. Und manchmal denke ich, dass ihr Weinen vielleicht damit zusammenhängt? Alle ein, zwei Tage kommen sie rüber, um sich bei mir Rat zu holen. In welcher Funktion, der der Expertin für Säuglingsfragen oder in Sachen Namengebung? Sie bringen eine neue Liste, und ich höre zu und sage meine Meinung, und sie sind begeistert, aber immer gibt es irgendeine unzufriedene Großmutter oder Tante. Und ich beginne mich zu beunruhigen, nicht wegen ihrer Bitten, sondern weil es auf der Welt ein Mädchen ohne Namen gibt, und das schon so lange. Das geht doch nicht (und vielleicht ist das überhaupt die Ursache dafür, dass der Regen ausbleibt?).

... und die Geschwätzigkeit kommt nur von der Müdigkeit. Ich sitze über dem letzten Tee für heute. Irrtümlich hätte ich um ein Haar auch dir eine Tasse eingeschenkt. Ich kauere mich ganz um die heiße Tasse. In den letzten Tagen bin ich aus irgendeinem Grund nicht mehr in der Lage, Kaffee zu trinken, anscheinend wegen des Koffeins, das du bist. Eine Menge kleiner und großer Dinge hatte ich dir heute zu erzählen, und auch jetzt zieht es die Hand zum Briefpapier und zu den Umschlägen hin, aber ich bin nicht imstande, dir einen Brief zu schreiben. Ich habe eine Entscheidung getroffen, Ja'ir, wenigstens so lange nicht, bis du meinen letzten Brief beantwortet hast. Und du bist aufgefordert, mitzuhelfen, mein Gesicht zu wahren.

Und ein entschlossener, ungeduldiger Jemand fragt sofort, warum ich diese Dinge nicht einfach für mich niederschreibe. Und warum, im Grunde, es mir so abwegig erscheint (und egozentrisch, einer Salondame aus dem neunzehnten Jahrhundert würdig), eine Art ›Tagebuch‹ für mich zu führen. Wenigstens um die Last deines Schweigens etwas zu erleichtern, und das Warten. Was, bin ich nicht würdig? Bin ich keine Adresse?

Aber wenn ich nur an die Möglichkeit denke, zieht sich mir das Herz zusammen. Es ist der Schmerz des Verzichts auf den alten Wunsch und auf das Versprechen, das ich dir gab. Du allein sollst das haben, was du allein in mir bewirkst. Das ist seine Bestimmung. Und siehe da, endlich, Amos' Wagen.

Es gibt Tage, an denen nicht einmal Schwimmen dazu geeignet ist, mich auf andere Gedanken zu bringen. Nach fünf Bahnen musste ich aufhören und rausgehen. Als ob man mir Gewichte an Hände und Beine gehängt hätte. Ich ging zu Fuß vom Schwimmbad zurück. Ich durchkreuzte die sonderbare Jahreszeit, die hier abläuft, ging zwischen großen Rädern trockener Disteln und zwischen Bäumen hindurch, die hohler und verzweifelter aussehen als üblich. Und vor allem – durch diesen Geruch. Er, wie immer, beeinflusst mich mehr als alles andere. Dieser trockene, bittere Geruch, der aus der Erde steigt. Um diese Zeit kommen gewöhnlich die großen Schnecken. Wo sind sie jetzt? Und das Herz blutet mir wegen der Narzissen, die, kaum dass sie blühten, schon vertrocknet und fahl sind. Und der Charme des Höhepunktes ihrer Blüte ausgerechnet diese Woche, an Stellen, die im letzten Jahr völlig kahl waren. Diese Teppiche haben jetzt etwas Wildes, Peinliches, sogar Liederliches. Man muss regelrecht einen Moment lang innehalten, um zu entscheiden, ob man sie umgeht oder sich in ihnen suhlt.

Und in der Mitte des Weges musste ich stehen bleiben und mich setzen. Denn plötzlich bedrückte es mich heftig, dass ich es vielleicht nicht gewagt habe, mit meiner ganzen Kraft zu wollen?

Nein (nein, nein)! Ich wollte sehr. Selten in meinem Leben wagte ich es, so zu wollen.

Schon November. Noch ein ›Zieldatum‹, das ich mir im allgemeinen Kalender notierte, ist verstrichen. Wo bist du? Was machst du mit diesem Schmerz. Ich weiß, dass du nicht weniger leidest als ich. Vielleicht sogar mehr als ich, denn jetzt sind wir beide gegen dich. Und mein erster Drang ist natürlich, zu dir zu eilen und dir zu helfen. Einen tröstenden Brief zu schreiben, dir ›Mutter und Schwester‹ zu sein …

Aber das war ich in meinem Leben schon allzuoft, und mit dir wagte ich, es anders zu wollen, du weißt das.

Weißt du das? Hast du das überhaupt verstanden? Plötzlich sinke ich: Sag mir, diesen Wunsch, diesen Hunger von mir, hast du ihn verstanden? Die Leidenschaft, dass einmal jemand, ausgerechnet ein Mann, es wagt, mir nicht nur die Kleider abzustreifen und zusammen mit mir anzusehen, was es dort bei mir gibt und woraus ich gemacht bin?

Ich bin dort nicht nur nackt. Ich bin in meiner Blöße.

Seltsam, aber mehr als alles andere fällt es mir schwer, gerade auf diesen Wunsch zu verzichten. Aus allen Mündern schreit er.

…und nun sind auch noch die Telefonnummern in Jerusalem geändert worden. Abgesehen von dem üblichen Durcheinander verursacht es mir persönlichen Kummer, denn die ›Bürokratie‹ hat irgendein ästhetisches Gleichgewicht zerbrochen, das in meiner früheren Nummer lag.

Und ich tröste mich damit, dass man dir eine rundliche 6 an den Anfang gestellt hat.


Halb vier Uhr morgens. Was ist los? Warum hast du mich geweckt, warum hatte ich plötzlich so ein Gefühl?

Bis jetzt. Ein klares, inneres Signal. Es hört auch beim Schreiben nicht auf. Im Gegenteil. Körperalarm. Ein Schaudern.

Aber wie kann ich überhaupt ›Gefühle‹ für dich haben, so wie früher. Ich, die ich mich so in dir geirrt habe.

Ich versuche immer noch, nicht gänzlich vor der Wut auf dich zu kapitulieren. Auch nicht vor der zunehmenden Kränkung. Und ich gebe mir Mühe, logisch nachzuvollziehen, aber es fällt mir sehr schwer, zu glauben, dass das in der Tat der Grund für dein brutales Verschwinden ist: wirklich nur, weil du fühltest, dass du mich ›verdreckt hast‹ mit jener Fahrt nach Tel Aviv, um nach dir zu suchen?

Und warum glaubst du, dass ich dort ›verdreckt‹ wurde? Ich hatte nicht wenige gute Momente, sogar reinigende; mir begegneten Menschen, die mir sonst nie im Leben begegnet wären. Und ich erzählte dir bereits von dem Sonnenuntergang mit dem grünen Glitzern in der Tiefe der Sonne und von dem Fischer mit dem Primus. Sogar von der Unterhaltung mit den beiden Nutten. Wovon sprichst du? Schließlich verdreckt mich dein jetziges Verschwinden um ein Vielfaches mehr!

Und die Stunde, die ich auf dem Wellenbrecher zubrachte. Das Meer war so schön und klar, und ich schaute auf den Horizont. Und um den Wellenbrecher kreiste ein Eisvogel, vielleicht ein ferner Verwandter jenes Eisvogels aus meinem Garten? Vielleicht gibt es ein geheimes Netz von Eisvögeln, die über mich wachen? Schade, dass ich keine Kamera mitgenommen hatte (ich hatte eilig gepackt). Ich hätte gern ein paar Photos aufgenommen und dir geschickt, damit du hättest sehen können, wo du warst.

Erst zwei Wochen sind seit damals vergangen. Und mir kommt es vor wie ein Jahr. Zwei Tage lang lief ich durch die Straßen in der Nähe des Meeres, ging und wartete auf einen besonderen Blick oder darauf, plötzlich aus dem Mund eines Passanten, es waren Tausende, meinen Namen zu hören; und ich lächelte, die ganze Zeit über lächelte ich, und ich dachte daran, was du über dieses öffentliche Lächeln von mir schriebst, und ich freute mich über das neue.

Du hast nicht bemerkt, dass du, wie zufällig, direkt in mein

Kindheitskönigreich gelangtest, in meine Nekhemya-Straße, mit allen Erinnerungen, alles vermischte sich.

Erinnerst du dich, dass ich dir von dem kleinen vegetarischen Restaurant erzählte, das zwischen dem Schnellimbiss und der Pizzeria klemmt?

Erst vorgestern fiel es mir ein, es war wie eine Erleuchtung: dass es sich nämlich genau an der Stelle befindet, an der früher das Café Ginati-Jam lag.

(Gut, auch ich habe mein Königreich kaum wiedererkannt, unter dem ganzen Marmor, den Hotels und dem Pflaster.)

Ich erschauderte vor Freude. Es war das Café, in dem mein Vater am liebsten zwischen seinen Taxifahrten saß und wohin ich ihn an einem Nachmittag pro Woche begleitete.

Jeckes und alte Damen, in ihren besten Kleidern, kamen dorthin. In der Mitte des Cafés stand eine kleine Bühne, und ein Orchester mit Cello und Geige spielte Wiener Musik (auch rumänische, glaube ich).

Im Sommer kaufte mein Vater mir jedes Mal ein Eis, dicke Kugeln, die in metallenen Bechern serviert wurden. Ein Mann mit einem durchsichtigen Bauchladen, der nach beiden Seiten aufging (wie ein altes Nähkästchen, erinnerst du dich?), kam vorbei, und er bot Spitztüten aus Zeitungspapier voll mit Erdnüssen und Walnüssen und Sonnenblumenkernen an, und mein Vater winkte ihn mit einer herrischen Geste heran, die sehr unpassend für ihn war, und wir dachten lange nach, und am Ende entschieden wir uns immer für dasselbe, für Walnüsse, die wir zusammen knackten.

(Und was hier geschrieben steht, wird wohl nie ausgesprochen werden, von Mund zu Mund.)


Ich sitze in der Küche, um mich herum Dunkelheit und Stille, ich gebe mich Gedanken ohne Inhalt, nur mit einem bestimmten Rhythmus, hin. Etwas Diffuses schwillt in mir an. Ich verstehe nicht, warum ich weiterschreibe. Was ist das für ein Drang, der sich nicht legen will. Schließlich bringt es keinerlei Entspannung. Immer wieder beschwöre ich mich, einen Moment innezuhalten und zu verstehen, bevor die Hand das Heft aufschlägt, doch die Hand ist immer schneller als ich. Ich versuche auch, nicht an dich zu denken, aber du bist, natürlich, dauernd schneller als ich.

In Stunden, in denen du nicht schreibst und nicht persönlich kommst und in denen du es fertigbringst, mich so sehr im Stich zu lassen mit allem, was du bereits von mir kennst, fange ich an zu denken, dass es vielleicht mehrere Frauen gibt, mit denen du auf diese Weise korrespondierst, gleichzeitig. Und denen du völlig andere Geschichten erzählst. Und bei denen du gleichfalls die Dauer der Beziehung a priori festlegst, ›im allgemeinen Kalender ein privates Zeichen‹ bis, sagen wir, zur ersten Schwalbe des Frühlings, oder bis – bis wann denn noch? Bis zu einer Sonnenfinsternis? Dem nächsten Erdbeben in China? Ich weiß, dass dieser Gedanke abwegig und abscheulich und zynisch ist. Aber wie wir beide wissen, erweckt etwas an dir in mir auch Ideen, die mir früher nicht gekommen wären.

Wenn ich wenigstens wüsste, welches das ›private Zeichen‹ war, das du für mich auserkoren hattest. Wenigstens das verdient die Verurteilte zu wissen, oder etwa nicht?

Ich erinnere mich, wie ich vor zirka siebeneinhalb Jahren, als Jochais Krankheit ausbrach, nachts hier in der Küche zu sitzen pflegte, etwa um die gleiche Jahreszeit, und ähnliche Aufzeichnungen machte. Nicht genau. Aber etwas Adäquates hatte das Schreiben. Die Gemütsschwankungen. Und auch die Intensität, in der es sich mir aufdrängte, mich regelrecht bezwang (gut, was hat es für einen Sinn, daran zu rühren).

Was würde ich jetzt darum geben, die verlorenen Briefe

Milenas an K. zu lesen; um beispielsweise zu sehen, was genau, mit welchen Worten, sie ihm antwortete, als er schrieb: »Liebe ist, daß Du mir das Messer bist, mit dem ich in mir wühle.«

Ich hoffe, dass sie ihm sofort, per Telegramm, erwiderte, dass es dem Menschen verboten sei, bereit zu sein, einem anderen als Messer zu dienen, ja sogar verboten, einen anderen um so etwas zu bitten!

Auf den zweiten Gedanken verstehe ich Milena im Grunde nicht. Ich hätte an ihrer Stelle ganz anders gehandelt. Ich wäre von Wien zu ihm nach Prag gefahren, wäre in sein Haus gegangen und hätte ihm verkündet, hier bin ich. Du kannst nicht mehr fliehen. Ich begnüge mich nicht mehr mit der imaginären Reise. Worte allein können nicht heilen. Krank machen ja. Das ist anscheinend nicht besonders schwierig. Aber trösten? Zum Leben erwecken? Dafür muss man, zu einem bestimmten Zeitpunkt, Augen vor sich sehen, Lippen berühren, Hände, den ganzen Körper, der sich auflehnt und kreischt über deine infantilen Ideen, über das ›rein‹ Abstrakte, was ist daran rein? Was ist jetzt an mir rein?!

Eine große Heldin bin ich. Nicht einmal in deiner Firma anzurufen wage ich.

Ich habe gerade das, was du (in der Küche) sagtest, ›ausgelost‹: dass deine Beziehung zu Maya so reguliert und definiert sei, dass man ›einfach keinen neuen und so großen Faktor in sie hineinstopfen könne wie mich‹.

Und auf einmal wurde mir klar, Ja'ir, dass dein Leben wirklich so reguliert und definiert ist, dass du auch für mich keinen Platz finden wirst.

Ich habe keinen Platz in deinem Leben. Ich müsste mich damit abfinden. Und auch wenn du mich sehr wolltest, würdest du es offenbar nicht wagen, für mich irgendeinen Platz in deiner ›Realität‹ frei zu machen.

(Vielleicht hast du mich deshalb mit solch einem Schwung an den einzigen Platz bugsiert, an dem du wahrhaftig frei warst – in deiner Kindheit?)

Ich verstehe es nicht, ich verstehe dich nicht. Vor Maya verbirgst du deine Phantasiewelt und vor mir die Wirklichkeit, und wie manövrierst du zwischen all diesen sich öffnenden und schließenden Türen? Und wo ist der Platz, an dem du wahrhaftig lebst, ein volles Leben lebst? Dafür hätte ich von dir gern eine Erklärung – wenn wir uns alle schon einmal das Leben genommen haben, warum sollten wir uns dann weiterhin immer wieder umbringen?

Nächtelang saß ich damals da und schrieb und versuchte, seinen Alltag zu dokumentieren. Um zu verstehen, um zu dekodieren. Und um nicht verrückt zu werden vor Angst und Hilflosigkeit. Tagsüber hielt ich Bewegung um Bewegung von ihm fest. Seine Wege im Haus, die sich unendlich wiederholenden Handlungen. Die Worte, die ihm blieben. Was er aß, wie er aß; und in den Nächten saß ich da und versuchte, alldem etwas Logisches zu entnehmen, irgendein System oder eine Formel. Hunderte solche Seiten gab es. Hefte um Hefte. Sie sind irgendwo aufbewahrt, im Keller, und sie enthalten keinerlei Logik. Und ich habe nicht den Mut, sie wegzuwerfen, und noch weniger, sie zu öffnen und mich wiederzusehen, wie ich damals war. Wenn er morgens eine Tomate aß, war er bis zehn Uhr dreißig außer sich. Wir schoben den Sessel im Wohnzimmer um, er schob ihn zurück. Wir löschten das Licht, er knipste es an. Wenn wir die Dosierung dieses oder jenes Medikamentes drosselten, erfolgte drei Tage lang kein Anfall. Er zerriss ein Stück Papier. Er zerriss noch ein Stück Papier … Ich lief zu Hause und im Garten hinter ihm her und schrieb ihn. Je mehr er gelöscht wurde, desto mehr schrieb ich ihn.

Und was schreibe ich jetzt? Ein Tagebuch meiner eigenen Erkrankung?

Die neue Jacke ist nicht gut angekommen. Wir haben ihr den Samstag gewidmet, an dem Zeit ist und keine Eile angesagt. Aber schon am Mittag waren wir verzweifelt. Selbst Amos gab auf, und wir verpackten sie wieder. Anscheinend ist etwas an ihrer Berührung anders als bei der alten, vielleicht die Ärmelkanten, vielleicht der Kragen, vielleicht auch der Geruch. Unter allen Jacken, die ich auftreiben konnte, war diese der vorherigen am ähnlichsten, und jetzt haben wir keine andere Wahl, als die alte noch einmal zu flicken, und wir sollten es heute tun, denn wie lange wird der Regen noch mit solcher Rücksichtnahme auf uns warten. Wenigstens eine Errungenschaft: Wir sind mit der Jacke gescheitert, dafür gelang es uns mit den langen Unterhemden, sogar ohne die Ärmel abzuschneiden.

Ich bin gerade damit fertig geworden, die Spuren der Verwüstung in seinem Zimmer zu beseitigen, und Amos ist mit ihm rausgegangen, um Drachen steigen zu lassen. Ich habe das Telefon ausgestöpselt, an einem Samstag wirst du nicht anrufen, und ich habe mich gesetzt, um etwas zu verschnaufen, so sehr habe ich auf diesen Augenblick gewartet.

Die Stelle in meinem Hirn, an der du dich befindest, ist rechts hinten, unter dem rausragenden Knochen. Ich glaube, bei dir ist es genau die entgegengesetzte Seite (wie sollen wir uns dann wirklich begegnen?). In den letzten Tagen ist meine Berührung mit dieser Stelle fast immer von Schmerz begleitet, auch von großer Wut auf dich. Aber jetzt, zu meiner Verblüffung (und zu meiner großen Freude), traf ich dort den kostbaren Moment an, als ich mit Amos auf der Veranda saß, nachdem ich deinen Abschiedsbrief erhalten hatte –

Soll ich es erzählen?

Auf dich verzichten? Auf die Möglichkeit, die wir sind, verzichten?

(Wem schreibe ich denn dann?)

Der Tag wird kommen, du wirst sehen, an dem wir schon alt und weise sein und alle Kriege zwischen uns hinter uns haben werden. Und du wirst mich umarmen und sagen, wie klug du damals warst, dass du nicht aufgegeben hast, dass du genau das Richtige zu tun verstanden hast, dass du zum Treffpunkt kamst und wartetest und dort die ganze Zeit verharrtest, die ich brauchte.

Hier, ich erzähle es: Es passierte, als wir mit einer unserer nervtötendsten Familienzeremonien beschäftigt waren – dem Vorbereiten der monatlichen Mehrwertsteuererklärung. Du kennst sicherlich diese Last, die ›Selbstständigen‹ aufgebürdet ist (du bist auch einer, nicht wahr?). Amos muss diese Erklärung machen wegen der privaten Fachvorträge, die er hält. Es bedeutet immer wenig Geld und viel Aufwand, und ich helfe ihm, denn er ist vor Listen und Rastern völlig aufgeschmissen, ich bin die Hohepriesterin der Praxis ...

Früher hasste ich es regelrecht, was habe ich mit Kalkulationen zu tun, was mit der Isolierung von Mehrwertsteuerprozenten aus mikroskopischen Summen? Aber mit der Zeit entdeckte ich, dass die Sache einen angenehmen Aspekt hat; dass es, für einen zusätzlichen Moment, eine Möglichkeit zum Zurückverfolgen und Innehalten bei allen möglichen kleinen Ereignissen und familiären Marksteinen ist – das Erwerben von Schuhen in einer größeren Größe für Jochai, Abendessen im Restaurant mit einem befreundeten Paar (und auch eine ungewöhnliche Summe, die in den letzten Monaten für Briefumschläge und Marken investiert wurde) ...

Und während des Tippens der Zahlen fragte mich Amos, was mich bedrücke. Und ich konnte nicht sprechen. Ich hatte einfach Angst, dass aus mir, wenn ich anfangen wollte, ein Weinen herausbrechen würde, das auch Ströme nicht ertränken könnten.

Mein Gesicht glühte, und Amos sah es, natürlich. Wir arbeiteten weiter in völliger Stille, und ich fasste mich.

So machten wir beinahe eine halbe Stunde wortlos weiter, bis wir fertig waren, summierten und feststellten, wie viel wir diesen Monat zu entrichten haben (schrecklich viel).

Später setzten wir uns auf die Veranda. Es war dunkel, und wir machten kein Licht. Normalerweise beruhigt mich Amos' Anwesenheit unweigerlich. Aber diesmal fühlte ich, dass auch er etwas angespannt war, und seine Anspannung umhüllte mich, und um die Wahrheit zu sagen, auch ich war besorgt.

Und dann sagte er, ganz schlicht: Du bist verliebt, Mirjam.

Und ich sagte ja, noch bevor ich wusste, was ich sagte. Denn in dem Moment, in dem ich das Wort vernahm, verspürte ich in mir eine Regung –

dass ich noch keine Worte habe, um sie zu beschreiben.

In dem Brief habe ich es nicht detailliert wiedergegeben. Überhaupt, ich beginne zu denken, dass ich in jenem Brief zu wenig erzählt habe. Oder vielleicht zu viel? Schließlich wusste ich, dass sehr viel von der Art abhing, in der ich dir von dem Gespräch erzählen würde.

Wieder, meine gängige Angst vor deinem ›selektiven Gehör‹. Und mehr als das – vor dem ›Kollektivgehör‹.

Aber auch mein Chor summt ununterbrochen. Wo lebst du? Wie lange wirst du dir Illusionen machen? Verstehst du noch immer nicht, dass er meinte, was er schrieb? Dass er wahrhaftig nicht in der Lage ist, sich selbst zu besiegen? Sieben Monate lang hast du mit einem Mann korrespondiert, der dir ein Pseudonym nannte, und wer weiß, was er dir sonst noch erdichtet hat. Nein, wirklich, sieh dich an: dein Ehemann ›offenbarte‹ dir, dass du dich in einen anderen Mann verliebt hast, und du hast es selbst, von allein, nicht verstanden? Wo warst du, als das Leben seine Lektionen erteilte?

Ich bin unruhig. Nicht so wollte ich dich heute treffen.

Aber glaub mir, dass ich es mir so nie eingestanden habe, in diesen einfachen Worten, in dem einen erlösenden Wort (von dem ich jetzt zu entdecken beginne, wie sehr es einem auch die Hände bindet)? Schließlich gab ich diesem Gefühl so viele Worte, zu viele Worte, und eine Menge Namen, vor allem deinen Namen.

Und wie kann es sein, dass erst dann, als ich es von Amos hörte –

Die große Fuge, wirklich, also wirklich. Wieso bist du nicht ein bisschen vorsichtiger. Und was, dachtest du, würde passieren. Wie kannst du ihr an solch einem Tag deine Ruhe überlassen. Schließlich ist sie auch in normalen Zeiten eine Spur zu viel. Und warum hörst du sie jetzt immer wieder, sie ist wie ein riesiges Netz, das fällt und umwickelt und nicht loslässt. Dieses *unisono* beispielsweise, für einen Moment schien es etwas Erholung zu verschaffen, was? Du dachtest, du könntest dich freuen, zerfließen, jubeln, dachtest du, du würdest sofort zu tanzen beginnen? Und da kam das Cello und hat dir die Gedärme zerrissen.

Wie ist es dir überhaupt gelungen, so in mein Leben zu treten? Wie kann es sein, dass ich so schutzlos war? Schließlich bist du nicht einmal durch ein Fenster gekommen oder durch irgendeine Seitentür – einen winzigen Spalt hast du gefunden, du kamst und trafst mich ins Herz.

Ich habe mir heute morgen ein Päckchen »Time« gekauft, habe den Moschaw verlassen und eine nach der anderen drei Zigaretten geraucht. Selbst auf dem Gymnasium, selbst in den Zeiten des Cafés Ta'amon, als um mich herum alle rauchten, habe ich abgelehnt, und nun, mit vierzig.

Schrecklich, wie es die Lungen versengt. Wie ein sengender Brand in den Spitzen.

Schrecklich, wie mir leichter wurde durch dieses Sengen.

›Dass ich vor allem durch das lebe, was ich nicht habe‹ … Als ich es las, entfuhr mir beinahe ein Schrei: Ich auch! Aber ich habe es mir nie einzugestehen gewagt: Schließlich ist mein Leben, mehr oder weniger, voller ›Haben‹ (und auch das, was fehlt, ist schon Teil der Realität geworden), und ich bin froh um meinen Partner, und dankbar für Jochai, der mir immer wieder Glück und Verständnis bringt, die ich auf keine andere Weise bekommen hätte; und ich bin umgeben von liebenden Freunden, und es gibt sogar einen kleinen Wald gegenüber dem Haus, es gibt Musik, soviel ich brauche, und meine Arbeit liebe ich ebenfalls, siehst du, was für eine prächtige Liste! Mein ›Haben‹ ist voll, voll, du sagtest doch selbst, dass es üppig sei –

Aber gerade das ›Nichthaben‹ wird jetzt aktiv und fordernd, bis es schwerfällt, es zu ertragen, mein ›Nichthaben‹ erfüllt sich auf einmal mit Leben, und was wird nun aus ihm, was fange ich an mit ihm?

Wie herrlich es ist, auch so etwas hinzuschreiben: Das junge Paar, die neuen Nachbarn von rechts, sind gerade aufgebrochen. Sie haben mir einen großen Blumenstrauß gebracht und sich sehr bedankt. Endlich hatten sie eine Idee, wie sie sie nennen werden, die kleine Kirschlippe: Mirjam.

Es wäre mir nie in den Sinn gekommen, ihnen diesen Namen vorzuschlagen, und ich habe mich gefreut – sowohl weil es jetzt auf der Welt so ein schönes, ›nach mir‹ benanntes Mädchen geben wird, als auch über die Erleichterung, die ich jetzt empfinde: Mein geheimes Abkommen mit dem Regen.

21.30 Uhr. Solch ein Wirrwarr. Wo soll ich beginnen. Der Fußboden ist übersät mit Papier und Spielzeug. Töpfe, Gabeln, Kissen, Kleider und Stühle liegen herum, dazu Hunderte von Teilchen verschiedener Puzzles, so dass ich wer weiß wie lange brauchen werde zum Sortieren und Aufräumen. Den ganzen Nachmittag habe ich mit ihm an dem Puzzle von ›Pu der Bär‹ gearbeitet, das er mit zweieinhalb Jahren in wenigen Minuten fertigstellte. Im Alter von vier in anderthalb Stunden. Und heute hat er es den ganzen Nachmittag versucht. Bis er schließlich tobte, und ich konnte ihn verstehen. Noch einen Moment, gleich werde ich mich daranmachen, das Haus wieder aufzubauen. Ich muss mich mit Musik beruhigen – und mit Schreiben. Sag mir, wie oft am Tag trifft es dich, wenn du daran denkst: Das werde ich ihr nicht mehr schreiben. Diesen Moment nicht mehr.

Auch von dem Kind, das er vor der Krankheit war, habe ich fast nichts erzählt. Darüber zu sprechen brachte ich wirklich nicht fertig. Mit keinem Menschen auf der Welt. Auch nicht mit Amos. Das fröhliche Kind, das wir innerhalb von Wochen und Monaten verloren. Was für eine schnelle Auffassungsgabe er hatte, was für einen Humor und Charme. So ein verbal begabtes Kind war er. Dutzende von Worten hatte er. Und eine ganze Bibliothek von Büchern für sein Alter. Ich pflegte ihm morgens eine Geschichte vorzulesen, mittags eine andere, dann noch zwei, drei am Abend (und darum dauerte das Zubettbringen manchmal zwei Stunden …). Und die Gespräche, die wir führten. Ein zwei Jahre altes Kind mit solch einer großen, erleuchteten Seele. Irgendwo gibt es eine Videokassette, die wir an seinem zweiten Geburtstag aufnahmen. Ich wage es nicht, sie anzusehen. Man sieht ihn, wie er ausgelassen ist und tanzt und mit uns Theater spielt. Und drei Monate später brach die Krankheit aus, mit allen Symptomen, und auch die Sprache begann zu erlöschen. Wort für Wort verfiel ihm. Wir sahen zu und konnten nicht helfen. Weder wir noch die Ärzte. Er pflegte nach Worten zu suchen wie ein Mensch, der sicher ist, dass er irgendeinen Gegenstand in seine Tasche gesteckt hat, der nicht mehr da ist. Das ist das erste Mal, dass ich in der Lage bin, auf diese Weise darüber zu schreiben. Mich aus dieser Entfernung zu erinnern. Und ohne daran zugrunde zu gehen. Ich pflegte dazusitzen und ihm Worte einzupauken. Am Abend wusste er sie, am nächsten Morgen nicht mehr. Und einmal, in einer Attacke (von mir), saß ich eine ganze Nacht da und strich aus all seinen Büchern mit schwarzem Filzstift die verdammten Worte aus, die ihn verraten hatten.

Ich erinnere mich, dass mir die wenigen Worte, die auf den Blättern zurückblieben, wie menschliche Fratzen vorkamen. Menschen, die vor Angst schrien, in den Fenstern, in der Nacht.

Als sein Vokabular aufgebraucht war, blieben ihm noch, für ein paar Monate, fünf oder sechs Lieder. Die Lieder waren das Letzte, das gelöscht wurde. Und am Ende blieb ein Lied zurück, ›Die Hyazinthe‹. Und auch bei mir wurde alles gelöscht, jeder Baum wurde nur noch Baum genannt, und jede Blume – Blume. Und als du erzähltest, wie es dich bekümmerte, als Ido lernte, Licht zu sagen, und so die Vielzahl aller Lichter verlor, dachte ich, dass ich mich von dir auf der Stelle trennen müsse, denn ich würde nicht überstehen, was du in mir auslöstest, auch gedankenlos, auch in deinen unschuldigen Fehlern. Und ich konnte mich wohl aus demselben Grund auch nicht von dir lösen.

Wie wenig ich erzählt habe. Vor allem wollte ich hören. Und ich dürstete nach dir und versuchte zu verstehen und zu entschlüsseln, und von ganzem Herzen weigere ich mich, auf die Kränkung zu hören, die nagt und sagt, dass du in dem Moment, in dem ich wollte, dass du mir zuhörst, wirklich und wahrhaftig meine Geschichte anhörst, die Geschichte, die ganz und gar nicht mit deiner zusammenhängt – auf und davon gingst.

Ich würde dir jetzt den einfachsten und primären, den essenziellen und unrevidierbaren Brief, einer mathematischen Formel oder einer Mozart-Arie gleich, schreiben. Ein Axiom über mich und dich und über die fragilen, pochenden und vor Sehnsucht schmerzenden Stellen. Aber es ist beinahe zehn Uhr, und in Kürze werde ich hier nicht mehr allein sein, und ich will nicht von einem anderen gesehen werden, wenn ich derart aufgelöst bin. Siehst du, ich versuche noch immer, rational zu verstehen, was mit dir los ist und wie du es fertigbrachtest, dich kurzerhand von mir zu trennen, als wir solch eine große Nähe erreicht hatten. Ich weiß nicht mehr, was ich denken soll. Manchmal denke ich, du hast Angst oder bist wütend darüber, dass ich Amos etwas über dich ›ausgeplaudert‹ haben könnte. Es ist beinahe beleidigend, dass dies eventuell der wahre Grund ist, womöglich denkst du, dass ich dich ›verraten‹ habe?

Ich hoffe, dass du mir wenigstens glaubst, dass es mir nicht einmal für einen Moment eingefallen wäre, ihm das Wesen unserer Beziehung preiszugeben. Du unterstellst mir das nicht, nicht wahr?

Aber weshalb sollte ich ihm denn, deiner Meinung nach, nicht das erzählen können, was mich noch immer aus der Fassung bringt, nämlich dass ein Mensch, der mich nicht kannte, etwas in mir sah, was ihn dermaßen berührte –

Hier, schon wieder koche ich vor Zorn. Dabei hatte ich mir geschworen, dass nicht. Aber wenn du das nicht verstehst, werden wir niemals eine Chance haben, das heißt – wenn es etwas in mir gibt, das Amos liebt, dann ist es ohne jeden Zweifel dasselbe ›Etwas‹, das mich dazu brachte, mich auf dich einzulassen! So einfach ist das. Und was ist daran so schwierig zu verstehen? Er liebt in mir genau dieselbe Frau, die auf deinen ersten Brief einging, und es ist dieselbe Frau, die sich auch einmal auf ihn einließ und die sich immer wieder auf ihn einlässt, wann immer sie etwas Neues, Liebenswertes an ihm entdeckt. Was kann man an mir lieben, wenn nicht sie? Und wie kann man mich überhaupt lieben, ohne dass man sie aufblühen sieht? Sie ist das Herzstück meines Lebens.

Für einen Moment bin ich regelrecht zusammengezuckt bei dem Gedanken, dass du, selbst ohne meine Worte gelesen zu haben, gegrinst hast oder sogar gekichert.

Du hast nicht gekichert, nicht wahr? Es ist unmöglich, dass irgendwo auf der Welt jemand im selben Augenblick kichert, in dem Barbara Bonney diese Motette singt. Komm, lassen wir uns von ihr aufrichten. Spürst du es? Jeder Laut, den dieser Mensch schrieb, scheint genau den Nerv zu treffen, den allein er angepeilt hat. Man kann diese Musik tanzen, auch ohne sich zu rühren. Sich wie im Traum bewegen. Wie die beiden Fötten in deinem Traum.

Und denke nicht, dass ich völlig immun bin gegen die anderen Stimmen, die Amos und mich beschreiben. Das Augenzwinkern hinter meinem Rücken, die Seufzer all der guten Seelen, die sicher sind, dass mir irgendeine lebensnotwendige Schraube fehlt, die bei allen anderen existiert und fest angezogen ist –

Mein Gesicht glüht. Selbst meine Hände sind rot. Ich hoffe, dass ich noch einen Moment für mich habe, denn ich muss es endlich aussprechen, und sei es nur für mich (denn ich bin auch eine Adresse! Ich bin die Adresse. Ich bin die Adresse für diese Sache!).

Dennoch hielt ich für einen Moment inne. Ich habe mir das Gesicht gewaschen. Wie das Löschen eines Brandes mit einem Fingerhut voll Wasser. Vor dem Spiegel dachte ich, wie sehr ich mich im Grunde davor fürchte, von Angesicht zu Angesicht von dir gesehen zu werden. Schließlich würdest du unverzüglich, vor allem anderen, die weniger schönen Dinge an mir erkennen. Ich habe, beispielsweise, einen Pigmentfleck, nicht groß, auf der linken Seite über dem Auge. Einen kleinen Halbmond. Ich glaube, dass du ihn von der Stelle, an der du gestanden hast, nicht sehen konntest. Übrigens: Warum batest du unter dem Wassersprenkler, dass ich mein Haar nicht färben solle? Ich bin schon viel zu grau. Meine Mutter war in meinem Alter bereits völlig ergraut, und in diesem Jahr beschloss ich, es zu färben, und da kam dein Brief. Weißt du was – ich habe festgestellt, dass ich, wenn ich vor dem Spiegel die Augen schließe, dich sehe.

Das Herz rast. Vielleicht weil sie jetzt das ›Halleluja‹ singt. Ich habe dir nicht erzählt, dass ich in der letzten Zeit auch ein paar Probleme mit dem Blutdruck habe (ja, es ist das Alter, meine allzu reale Wirklichkeit, die Bürokratie meines Körpers – alles zusammen), und Dr. Shapira möchte, dass ich etwas einnehme, um dieses Herzflattern zu beruhigen, aber ich bin nicht bereit, darauf zu verzichten. Wenn du mir jetzt die Hand aufs Herz legtest, würde mich das sehr freuen.

Ich werde hier aufhören und morgen weiterschreiben.


Nein! Ich will nicht!

Sieh mal, was für ein armseliges Beispiel für ›die Angst, eine zu schwere Last zu sein‹? Des Mädchens, das überzeugt war, schrecklich groß und dick zu sein, das gar nicht dick war, sich aber jahrelang beim Sitzen auf der Stuhlkante quälte, damit man nicht sah, wie der Rücken über die Lehne ›lappte‹?

Und wenn schon, dann eben schwer. Du hattest versprochen, es auszuhalten.

Ja'ir, ich habe es noch nie gewagt, ich habe mir noch nie solch eine Genehmigung erteilt wie in der Sache mit dir. Eine innere Genehmigung, meine ich, ohne Restriktionen. Und du weißt, dass ich einen Partner habe, der auf die großzügigste Weise, auf unzählige Arten, sagt, sei du selbst. Alles, was du sein willst, und nur du selbst. Und ich habe es nie gewagt. Nicht bis zum Schluss, nicht bis zu den Stellen, die über meine Kräfte gehen, und natürlich nie so, wie ich jetzt will.

Und vielleicht kann ich gar nicht allein, nur aus eigener Kraft, dorthin? Und vielleicht wird jemand wie ich, der wirklich so sehr einen anderen braucht, der ihn annimmt und ihm zu seinem Glück verhilft – für immer und ewig

(Du siehst. Der Satz ist nicht vollständig, aber er enthält schon das Urteil.)

Denn ich kann, anscheinend, an dieser Stelle, immer nur zu zweit sein.

Plötzlich fällt mir ein, dass ich schon sehr früh, seit ich die *Fabeln* von Krylov las, ein inneres Bild von mir selbst hatte: dass ich nämlich wie dieser Geizhals bin, der hungrig über einer Kiste mit Goldstücken starb, die man ihm zum Aufbewahren übergeben hatte. Und mein Fall war noch schlimmer, denn es waren meine eigenen Goldstücke!

Und ich will nicht, dass du für mich den Blitzableiter spielst. Denn warum solltest du meine Blitze von mir wegleiten? Im Gegenteil, hörst du? Komm und sag: werde Licht!

Einen Augenblick, bevor der neue Tag beginnt, muss ich eine Entschuldigung hinzufügen. Nicht dir gegenüber. Ich will hier schreiben, wie sehr ich mich schäme, dass ich mich gestern so unter Druck setzte, als ich schrieb.

Amos kam um elf. Gerade als ich bei den letzten Zeilen war. Du kannst dir vorstellen, wie ich in diesem Augenblick aussah. Zweifellos ›sah man es mir an‹. Er fragte, ob alles in Ordnung sei. Ich sagte, ich schriebe etwas, was mich mitnehme. Er wartete noch einen Moment, um zu sehen, ob ich die Absicht hatte, ihm zu erzählen, um was es ging – und eventuell um wen. Ich hegte keinen Zweifel daran, dass er es wusste. Ich sagte nichts. Ich sah keine Veranlassung, ihn einzubeziehen. Er fragte nicht. Er ging unter die Dusche, und als er zurückkam, hatte ich mich schon mehr oder weniger innerlich geordnet. Wir verloren kein Wort darüber. Wir sprachen über andere Dinge. Amos wird auf mich warten, ohne Hast und ohne Angst, bis ich mit ihm reden kann. Sie verstehen, es gibt keine tägliche oder zweistündige Berichterstattungspflicht über die Stärke der Gefühle und ihre Windrichtung. Wir müssen nicht jeden Augenblick die Blumenzwiebeln aus der Erde wühlen, um zu überprüfen, wie lang die Wurzeln heute sind.

Du kannst das nicht nachvollziehen, habe ich recht? Du denkst, dass solch ein Umgang zwischen mir und ihm nur möglich ist, weil er mich offensichtlich nicht liebt. Oder mich nicht genug liebt. Oder dass es zwischen uns keine echte Glut gibt. Stimmt es, dass das deine Meinung ist? Dass er mich, wenn er mich nicht sofort überfällt, um in mich zu dringen und herauszufinden, warum ich mich auf einmal absondere und für wen, anscheinend nicht genug liebt.

Doch in meinen Augen – ist das die Liebe.


Mitten in der Nacht. Ich stand auf, und alles um mich herum drehte sich. Ich habe Angst vor dem, was ich jetzt schreiben werde.

Es ist der Regen, der erste Regen. Schon im April hatte er beschlossen, dass wir uns im Regen trennen würden. Natürlich. Der erste Regen, den ich so sehr liebe. Den vielleicht auch er liebt und den er deshalb gewählt hat. Er muss es mir nicht bestätigen. Auf einmal ist es kalt und frostig. Und all die Male, in denen ich ihm arglos schrieb, wie ich auf diesen ersten Regen warte und nach ihm dürste, wie er mich jedes Jahr aufs neue mit dem Gefühl der Üppigkeit und Hoffnung erfüllt und mich einreiht in ein Kontinuum von Zeit und Leben und Erneuerung, eine Integration, wie ich sie nicht häufig erlebe …

In Bademantel und Pullover friere ich. Eisige Kälte. Am

ganzen Körper. Und er sagte auch, dass wir die Entscheidung über die Trennung einem Faktor überlassen werden, dem wir völlig gleichgültig sind. Und der merkwürdige Satz im letzten Brief, wenn sich doch die Jahreszeit zurückdrehen ließe. Und ich, wie eine Närrin –

Es spielt keine Rolle mehr. Ich wundere mich sogar, dass es mich so überraschte und dass ich es nicht schon vorab geahnt habe.

Dennoch, es lässt mich zusammenzucken wie keine andere seiner Ideen. Es macht ihn zu einem Feind. Ich sah in ihm nie einen Feind, jetzt ist er es. Mein verzweifelter, armer Feind, einer, der sogar Erbarmen verdient, aber ein Feind, der eine unkonventionelle Waffe benutzt. Ich will mich hüten, primitiv zu klingen, doch meine private Logik sagt mir, dass das nicht legitim ist. Man spielt nicht damit!!!

Vierundzwanzigstündiges hohes Fieber, Schüttelfrost und Alpträume hinter mir. Eine seltsame Krankheit, rasch und konzentriert, die auf einmal früh am Morgen abgeklungen war (und vielleicht habe ich mich bei J. angesteckt? Wenigstens an seinem Tempo). Hier, auch ich schreibe nur das Initial seines Namens. Keine ›Sicherheitsmaßnahme‹. Einfach vor Schwäche.

Es tut weh und zerreißt mir das Herz, über dich in der dritten Person zu schreiben. Ich unternehme den Versuch, doch es ist, als ob darin irgendein schrecklicher Fehler verborgen läge, ein empörender Fehler. Die Worte verblassen sofort und sind blutleer. Macht nichts. Ich werde mich daran gewöhnen. Ich muss. Dennoch, wende mir jetzt dein Gesicht zu. Dein Gesicht, das ich nie sah.

Der Schock von vorgestern nacht. Absolute Entmutigung, dass irgendwann …

Wieder habe ich in den Briefen gelesen. Wie oft habe ich

gefragt – und du bliebst mir eine Antwort schuldig –, ob du inzwischen auf die ›Guillotine‹ verzichtet hättest. Schließlich lebte ich monatelang im Ungewissen darüber, ob du noch immer mit ihr liebäugeltest. Und dann kam ein Moment, ich weiß genau, wann es war, als du von dem Windei erzähltest. Und ich dachte, jetzt würde ich aufhören, dich mit dieser Frage zu belästigen, da sie hinfällig geworden sei. Und dann, von Brief zu Brief, glaubte ich mehr und mehr, dass du dich selbst von diesem grausamen und dummen inneren ›Deal‹ freigemacht hättest –

Und, Ja'ir, ich weiß, dass der Deal nicht nur ›dumm‹ ist. Ich verstehe ja schließlich, wie sehr du kämpfen musst, um dich endlich zu befreien und in vollkommener innerer Freiheit zu mir zu kommen. Und ich weiß auch, sicher, wie schwer es ist, von diesen Kinderkrankheiten zu genesen, auch im Erwachsenenalter.

Und vielleicht – plötzlich habe ich diese Idee –, vielleicht hast du mehr Angst vor der Genesung? Denn wenn das so ist – sag es, sag es mir einfach, und wir können gemeinsam darüber weinen. Über das verdammte Gefühl, das man in uns pflanzte, dass wir selbst die Krankheit sind, und wenn wir es wagen, dagegen zu rebellieren und zu genesen, wird vielleicht mit einem Mal auch unser Lebenshauch von uns genommen, nicht wahr? Immer, immer diese Angst, die Vorahnung, dass die Krankheit, oder die Entstellung, oder jener Fleck, den man uns eingab, das Einzigartige an uns sein könnte, unsere ›Mandel‹ … Und warum sagst du mir nicht so etwas Schreckliches, schließlich würden wir einander noch näher sein, wenn du einfach kämst und es formuliertest, und ich würde zustimmen, und wir könnten für einen Moment vielleicht aufatmen.

Denn ich habe keinen zweiten Menschen, der mich so sehr dort, an dieser letzten Seelenwindung, kennt, und du hast auch keinen.

Aber was dachte ich denn, was mit mir passieren würde, wenn ich mit dir ›dort‹ wäre? Schließlich hat mein tiefster Schmerz seinen Ursprung an Stellen, die nicht mit dir in Zusammenhang stehen, hängt mit Dingen zusammen, über die zu sprechen wir nicht einmal begonnen hatten, du und ich. Schließlich waren wir erst aufgebrochen zu dem langen Weg …

Ich stelle mir einen Sturm vor, einen Vulkanausbruch deines und meines Innenlebens. Etwas Mitreißendes und Aufrüttelndes und Entblößendes, und dabei in einer Haut zu stecken (oder, besser – ganz ohne Haut zu sein).

Ich sehe in Gedanken eine schnurgerade, makellose, unverfälschte Wasserwaagenblase, die das vollkommene Wissen an sich ist, aber zugleich die völlige Hingabe für dieses Wissen. Eine Symmetrie von zweien, von uns beiden, die vielleicht keiner von uns getrennt erreichen kann.

Und das ist der eine (und einzige) Schmerz in mir, den du allein entwirren oder lindern kannst. Der Schmerz über meine Getrenntheit von dir. Und bis ich dich traf, war er dumpfe, diffuse Pein, vielleicht hätte ich ihn nicht einmal so deutlich benennen können, und womöglich wäre er im restlichen Ballast aufgegangen und versunken, doch du kamst und gabst ihm einen Namen und einen Wortschatz.

Was den zweiten Gedanken angeht, Ja'ir, bin ich mir bei diesem Schmerz nicht einmal sicher, dass du ihn zu entflechten vermagst. Doch eine Berührung zwischen uns könnte zumindest das leisten, was du bisweilen als ›Erdung‹ bezeichnest, und ich ziehe es vor, es als ein Partizipieren an demselben »gnadenweisen Überschuß der Kräfte« zu sehen, von dem Kafka am 19. September 1917 in seinem Tagebuch spricht (wenn er sich fragt, wie er es überhaupt fertigbringen soll, jemandem schriftlich mitzuteilen, dass er unglücklich ist): » … Und es ist gar nicht Lüge und stillt den Schmerz nicht, ist einfach gnadenweiser Überschuß der Kräfte in einem Augenblick, in dem der

Schmerz doch sichtbar alle meine Kräfte bis zum Boden meines Wesens, den er aufkratzt, verbraucht hat.«

Ein endloser Gedanke: Wo wird mich der erste Regen überraschen. Daheim? Auf der Straße? In der Klasse vor den Schülern? Und an welcher Körperstelle wird mich der erste Regentropfen treffen? In den Nächten ist stets ein Ohr auf jedes Tropfgeräusch gerichtet.

Schließlich gibt es auch andere Möglichkeiten: die Qual abzulegen. Nicht zu kooperieren. Aufzuhören, an dieser Wartewunde zu reiben.

Der Liste der Verluste fügte ich heute morgen schweren Herzens die innere Freiheit hinzu.

Noch ein Tag. Du bist abwesend. Ich höre nicht auf, in den Himmel zu starren. Wie es dir gelungen ist, die Welt in einen großen Schraubstock zu verwandeln, der um mich herum immer enger wird. Es reicht, es reicht, es reicht! (Aber auch ›es reicht‹ heißt: »Sprich, Ja'ir!«) Ich tausche ein Bild von dir aus. Schau: Du bist ein Uhrmacher. Ein finsterer, heimtückischer Uhrmacher. Du sitzt in einer engen, stickigen, tickenden Kammer. Du bist es. Ein einsamer Mensch, lodernd vor heftigem verworrenem Verlangen. Und unentwegt zieht er die Laufwerke mehrerer Uhren auf und stellt sie so, dass sie ihren Gongschlag nacheinander ertönen lassen, nach einem geheimen Plan, den er bestimmt hat, bei Tag und bei Nacht, Sommer wie Winter, die ganze Zeit …

Du hast etwas von diesem Uhrmacher, nicht wahr? Mit dem Wunsch und der Überheblichkeit, deine wechselnden Liebschaften so einzustellen, dass du permanent (weibliche?) Musik hörst, die um dich herum erschallt. Die dich umgarnt. Und damit es nicht eine Minute unerträglicher Stille gibt, ein Stillschweigen, in dem man, Gott behüte, die Zeit an sich hören würde, wie sie verstreicht und entfleucht.

War es so? War ich nur das Randphänomen irgendeiner privaten Zeremonie (oder eines Rituals)?

Und vielleicht wechselst du die Frauen mit den Jahreszeiten, und dies war vielleicht für dich ›Mirjams Sommer‹, danach kommt der Winter einer anderen? Und vielleicht zählst du, als Teil deines geheimen Abkommens mit dir selbst, die verbleibende Zeit in ›Frauenmomenten‹? Und ich war nur der Zeiger, der dir anzeigte, dass eine weitere ›Stunde‹ vorüber ist, noch eine Jahreszeit, noch eine Frau … Und vielleicht führst du deinen wahren Dialog gar nicht mit kleinen, erbärmlichen Evastöchtern, sondern mit Ihrer Hoheit – der Zeit?

Raus aus meinem Leben.

Morgen. Zwei Tage habe ich nicht geschrieben. Ein Gefühl der Erleichterung. Nicht bis ins Letzte nachvollziehbar. Berühre mit der Kuppe des Daumens das gefrorene Wasser: Man kann damit leben …

Hier gibt es eine Frau, die nach einer durchlittenen Katastrophe über den Boden kriecht. Ihr ist nicht einmal klar, worin die Katastrophe bestand. Es gibt Momente des Tages, in denen sie sich fühlt, als ob alles um sie herum gelöscht sei. Dann wiederum stellt sie fest, dass alles vorhanden und dass nur sie selbst nicht mehr wie früher ist. In ihrem inneren Dialog bewegt sie die Lippen kaum. Seltsam, dass sie all dies beinahe nicht spürt. Besser so.

Sie wird sich fangen. Sie muss es nur wirklich wollen, von ganzem Herzen (ach). Sie bewegt sich sparsam. Die ganze Zeit über ist es, als ob ein dicker Korken ihren Herzmund verpfropfe. Die Krankheit des Wochenbeginns dient noch immer als Vorwand für das Dumpfe. Und auch Jochai ist auf einmal zu Hause, so dass es alle Hände voll zu tun gibt.

Sie liest die Zeilen, die sie soeben zu Papier gebracht hat. Man kann damit leben.

Bank – chemische Reinigung – zwei Stunden Unterricht – der Glaser – Konferenz – noch eine Konferenz – Gespräch mit der Krankengymnastin – Lebensmittelladen – Uhrmacher – Kondolenzbesuch … Was denkt er heute, der grüne Marsmensch?
›Vermutlich leidet sie an der Berührung mit der Realität.‹

Wenigstens das Schreiben. Noch immer.
Wie Steine in einen tosenden Fluss legen.
Sehr langsam, unter großem Arbeitseinsatz wird vielleicht eine Brücke daraus, auf der sie von hier weggehen könnte.

Drei Tage ist Jochai schon zu Hause. Am Schultor wurde ein Container für Bauschutt aufgestellt, für den niemand zuständig zu sein scheint. Ich verbringe die Zeit mit Jochai und mache ein wenig Ordnung. Ich regeneriere die häusliche Haut, so gut er es mich tun lässt.
Es fällt schwer, sich zu konzentrieren, wenn er hier ist.
Ich habe ihm alle Stühle in einer Reihe aufgestellt, und er läuft mit erstaunlicher Geschicklichkeit darüber. Es bereitet anscheinend seinem Gleichgewichtssinn Vergnügen. Das ist die wissenschaftliche Erklärung, die man uns einmal gab. Und vielleicht schreibt er mit seinen permanenten Bewegungen etwas auf? Vielleicht haben die Türrahmen, die er berührt, eine geheime Bedeutung, die Papierkugeln, die er in die Ecken rollt …
Such nicht nach Sinn.
Er geht, kommt zurück, sehr konzentriert, ernst, geheimnisvoll. Immer betriebsam und voller Interesse an seinem Innenleben, weiß nicht einmal, dass ich da bin …
(Aber als ich ihn jetzt umarmte, erwiderte er die Umarmung.)

Nacht. Das heißt, ein Pedant würde sagen, vier Uhr morgens, aber ich habe drei Stunden geschlafen, ein unerwartetes Geschenk!

(Und Anna, wo immer sie sich auch nicht aufhalten mag, lacht: Du und deine Pollyannas ...)

Nur kurze Freude ... Ariella rief an, um zu fragen, wie es gehe. Während des Gesprächs erzählte sie, dass sie heute den Abschnitt im Unterricht behandelt habe, in dem Romeo zum ersten Mal Verona verlässt und sagt, dass er in der Nacht einen schönen Traum gehabt habe. Und eine Schülerin meinte aufgebracht, dass er gar nicht begriffen habe, wie schrecklich es sei, was er da sage – er schlief, er war auf einmal in der Lage zu schlafen. – Ein Stich. Wie bei einer Veruntreuung.

Seit zwei Stunden telefoniere ich mit der Stadtverwaltung. Man verweist mich von einem Beamten an den nächsten. Der letzte, der ranghöchste, war zunächst freundlich, aber später zeigte es sich, dass der Bauunternehmer, der den Container aufgestellt hat, kein Gesetz übertrat, keines – außer dem eines Kindes. Dann bringen Sie eben das Kind durch das zweite Tor hinein, meine Dame, schrie er schließlich und knallte den Hörer auf. Und dann rief Amos dort an: Anlass sei die Renovierung eines Gebäudes neben der Schule. Es würde wenigstens zwei Monate dauern.

Ich setze mich. Jochai macht einen fröhlichen Eindruck. Läuft auf seiner Bahn. Zählt für sich. Was wird werden? Bambi, William und Kedem sehen ihm gelangweilt zu. Ich habe manchmal den Eindruck, dass sie ihn ebenso wie er sie nicht registriert, irgendwie nicht »wahrnehmen«. Und vielleicht habe ich deshalb Schwierigkeiten, sie von ganzem Herzen zu lieben. Doch was soll nun werden. Nilly sucht häufiger seine Nähe. Sie reibt sich an ihm, spielt mit ihm. Sogar mehr als mit ihren Jungen, und auf sie reagiert er wirklich am meisten. Und warum geben die drei sich nicht mehr Mühe mit ihm? Ich liebe Hunde, und mit meinen eigenen habe ich kein Glück. Das Gespräch mit Amos war eine Katastrophe. Er fragte mich, was nun zu tun sei und wie wir diese beiden Monate überstehen sollten. Er schrie, er habe ein neues Team, das erst jetzt seinen Weg finde, und ich antwortete, dass auch ich bekanntlich berufstätig sei, und er brummte und ich kochte, und wir beide hoben die Stimme nicht einmal um eine Terz. Um Jochai nicht zu erschrecken. Die Hunde sind schon wieder eingeschlafen. Vielleicht gibt es in diesem Haus etwas, was sie müde macht. Ich weiß es nicht. Ich weiß nicht mehr, was ich fühle. Vor ein paar Wochen waren zwei Kinder bei uns zu Besuch, acht und neun Jahre alt, die Söhne der Hermanns, und die Hunde schnappten fast über vor Freude. Plötzlich nahm ich an ihnen neue Muskelbewegungen wahr. Hörte Töne, die ich nicht von ihnen kannte, die Stimmen von Tierjungen.

Läuft auf Stühlen wie über ein im Himmel gespanntes Seil. Kurz bevor ich explodiere, sage ich mir – wie kann ich ihn an dem Ort, an dem er zu sein scheint, mit den Problemen derer, die auf Erden wandeln, belasten.

Meine zarte, schwache, mir neue Stickerei – ihr trauere ich am meisten nach. Immerhin war es mir mit ihm gelungen, diesen grässlichen Auftrenndrang zu überwinden, meinen schwarzen Zwilling. Ich verblüffte mich regelrecht selbst, denn auf einmal gelang es mir, mehr und mehr, ohne sofortiges Wiederauftrennen und ohne mir alles zu verderben, Lebensfreude, Liebe zum Leben (sogar ein wenig Eigenliebe!) zu entwickeln.

Und was nun? Jetzt verwandelt J. sich in mein Messer.

Auch heute streckte er, sobald er den orangefarbenen Container sah, die Füße unter den Vordersitz und ließ sich nicht aus dem

Wagen locken. Anderthalb Stunden Überzeugungsversuche. Seine Lehrerinnen kamen, die Leiterin, seine Lieblingskrankengymnastin. Es gab Verführungen und Drohungen und Versprechungen und Bestechungen. Amos rannte los und kaufte einen kleinen Lastwagen, der dem Container ein wenig ähnelte. Später stritt er mit den Arbeitern. Drohte. Bettelte. Nichts. Jochai weigerte sich schlichtweg, anzuerkennen, dass es seine Schule war, die er schon seit vier Jahren besuchte. Um elf Uhr kam ich von der Schule nach Hause, um ihn zu betreuen. Ich ließ drei Unterrichtsstunden und eine Klassenarbeit ausfallen.

Und dennoch bin ich ein Glückspilz, und ich darf das nicht einmal für einen Moment aus den Augen verlieren. Ich denke an den Menschen mit dem erloschenen Gesicht, der mir im Bus gegenübersaß.

In der Talmudlerngruppe studierten wir heute Abend abermals die Frage des ausbleibenden Regens. Akiba beschloss, dass dies unser bescheidener Beitrag zur Beschleunigung des Regens sei. Und ich saß zwischen den dreien und fragte mich, ob ich in diesem kollektiven Warten auf den Regen nicht eine Art ›fünfte Kolonne‹ sei, eine Art Jona, der Prophet, in dem Schiff, aber umgekehrt … Juda'le brachte einen Midrasch aus dem Sohar: Rabbi Schimon sagte: Es gibt eine Hirschkuh im Land, und Gott tut vieles ihretwegen. Brüllt sie, hört Gott ihre Not und erhört sie. Braucht die Welt Erbarmen, Wasser, erhebt sie die Stimme, Gott hört und erbarmt sich der Welt, wie es geschrieben steht: »Wie der Hirsch lechzt nach frischem Wasser« (Psalm 42). Wenn sie gebären muss, ist sie rundum verstopft. Dann legt sie den Kopf zwischen ihre Gelenke und brüllt, erhebt die Stimme, und Gott erbarmt sich ihrer und schickt ihr eine Schlange, die sie in die Scham beißt und ihr diese öffnet, und sie gebiert auf der Stelle. Ich erzählte den dreien von der erschrockenen Hirschkuh, die heute morgen im Nebel, auf dem Weg, der zum Wadi hinabführt, beinahe mit mir kollidiert wäre. Sie sagten aufgeregt: Das war sie! Sie war es!

Um sieben Uhr morgens ein Anruf. Der Bauunternehmer mit dem Container. Überfällt mich schreiend, wie kommen Sie dazu, meine Arbeiter zu belämmern, seit einer Woche lassen Sie nicht locker, ich handle nach dem Gesetz, wenn Sie noch mal Probleme machen, fahre ich mit dem Bulldozer bei Ihnen vor ... Während er schrie, begann ich vollkommen ruhig zu ihm zu sprechen, obgleich ich wusste, es bestand keine Chance, dass er mir Gehör schenkte. (Ich frage mich jetzt, warum ich tatsächlich mit ihm sprach. Als hätte ich beschlossen, auch meine Position darzustellen, sagen wir – vor einem unsichtbaren Gericht, das in solchen Angelegenheiten entscheidet.) Auf jeden Fall, als ich auf unser blaues Gartentor zu sprechen kam, das schon seit Jahren nicht mehr gestrichen werden darf, um Jochai nicht zu verwirren und zu erschrecken, bemerkte ich, dass er nicht mehr schrie. Ich weiß nicht einmal, wann er innehielt und zuzuhören begann. Ich fühlte mich bloßgestellt und verlegen. Was ist los mit dir, jahrelang hast du auf seine Behindertenunterstützung verzichtet, damit man aus deinem Kind keinen Behinderten macht, und nun ›benutzt‹ du bei einem vollkommen Fremden euer Problem. Der Bauunternehmer holte tief Luft, und auch bei ihm herrschte seltsames Stillschweigen. Und dann sagte er, da sei etwas, über das er mit mir nicht sprechen könne. Wenn er es anspreche, müsse er sich das Leben nehmen, mit eigenen Händen müsse er sich das Leben nehmen. Aber wenn ich eine Stunde wartete und Jochai dann zur Schule brächte, wäre der Container verschwunden. Und so kam es.

Ein Leckerbissen am Nachmittag: *Onkel Wanja* in einer Aufführung unserer Theatertruppe. Nicht alle Akteure waren gut.

Und dennoch, von Mal zu Mal liebe ich dieses herrliche Stück mehr.

Mein Moment, diesmal: als Sonja plötzlich aufsteht und eine glühende Rede über die Wälder hält, weil dies das einzige ist, was ihren Liebhaber interessiert. Im Dunkeln schrieb ich hastig unter dem Ärmel meinen ganzen Unterarm voll: Ja'ir, ich wollte dir etwas über dich erzählen, deine Geschichte war mir sogar wichtiger als die eigene, und nun fühle ich, dass mir meine Geschichte verloren gegangen ist.

Aber ich schaue jetzt auf meinen Arm, und die Haut bewegt sich unter den Buchstaben, sie ist warm, und das Fleisch atmet, und der Körper lebt.

Ein endloser Gedanke: Was ist dort wirklich passiert, in jenem ersten Moment? Und wenn ich nicht dieses gewisse Lächeln gelächelt hätte? Und wenn ich nicht die Arme um mich geschlungen hätte?

Und zu denken, dass ich so betört habe, ohne betören zu wollen.

Dieses Etwas, das ich ihm gab, das aus meinem Innern zu ihm sprach, das ihn ohne mein Wissen so wiederbelebte –

Ich weiß um seine Existenz. Es existierte auch vor dem Blick. Es existiert auch dann, wenn es niemanden gibt, der ihm jetzt Beachtung schenkt. Es ist der positive Teil in mir. Es ist nicht zu zerstören, und dank ihm bin auch ich nicht zu zerstören.

Könnte ich es jetzt nur auch mir selbst geben.

So, ihn herausprudeln.

Heute Morgen, an der Bushaltestelle beim Ausgang des Moschaws, kam eine ältere Frau auf mich zu, sie ging schwerfällig, vom Leben gezeichnet. Es stellte sich heraus, dass sie hier in einer Familie im Haushalt hilft. Sie sagte, dass sie mich schon eine Zeitlang beobachte und dass mein Gesicht ihr gefalle. Und dass sie mir etwas erzählen und meine Meinung hören wolle.

Inzwischen kam der Bus, und wir setzten uns nebeneinander. Sie fing an und erzählte über sich, ihr Leben, ihre Krankheiten, ihre Kinder, die in der ganzen Welt verstreut waren, und die ganze Zeit achtete sie darauf, sich zu entschuldigen, für den Fall, dass sie mich belästige.

Sie erzählte, dass sie aus einer religiösen Familie stamme und in den letzten Jahren, mit allem, was um sie herum geschah, zu fühlen begann, dass es womöglich doch keinen Gott gab. Der Gedanke erschreckte sie zutiefst, ruinierte ihr Leben und ihre Gesundheit. Aber vor ein paar Monaten hatte sie im Fernsehen einen Beitrag über Indien gesehen, und seither hegte sie einen neuen Gedanken, den sie nicht mehr beiseiteschieben konnte, wie sie, Rivka, aus eigener Kraft Gott zwingen würde, sich zu zeigen.

Sie würde ihre gesamten Ersparnisse nehmen und nach Indien reisen (davor hatte sie keine Angst, denn sie verfolge ein heiliges Ziel und gelte als »Gesandte in guter Mission«). Und sie würde in den Tempel gehen, den sie im Fernsehen gezeigt haben, wo es viele Götzen gab, Tausende von Götzen. Und sie würde zwischen ihnen hindurchgehen und so tun, als ob sie überprüfe und zögere, welchen sie aussuchen solle. Vielleicht den? Oder den? Und dann würde unser Gott, unser Allmächtiger, es nicht ertragen, dass sogar sie, die ihm fünfundsechzig Jahre lang die Treue gehalten hatte, an ihm zweifelte, und vor lauter Eifersucht würde er die Beherrschung verlieren und vor ihr erscheinen und aus voller Kehle schreien: Rivka, das genügt, es reicht, hier bin ich!

Es hat mich so gefreut. Nicht nur die Geschichte, sondern dass sie mich ausgesucht hat.

Und noch erfreulicher ist es, dass auf der Welt Dinge geschehen. Die nicht nur ich-und-er sind.

Im Vorraum zum Lehrerzimmer findet eine Ausstellung der Arbeiten der Unterprima statt. Ich sehe sie mir gemeinsam mit den Kollegen an. Ich gehe regelrecht auf Wolken vor Stolz über die Entwicklung im vergangenen Jahr, aber ich bin auch schon geübt, fühle den Stich irgendwo im Zimmer schweben. Beginne, mich vor ihm zu ducken.

In der Biologiearbeit von Avischai Riklin lese ich: ›Damit der Vogel sein volles Gesangsvermögen entwickeln kann, muss er sich in den ersten Monaten seines Lebens mit seinen Geschlechtsgenossen konfrontieren, und wenn dem nicht so ist – bleibt das Gesangsvermögen mangelhaft und beeinträchtigt.‹

Ich bleibe dort stehen und starre ins Leere. Scheinbar lange. Bis Ariella kommt und mich sanft wegzieht. Neugierige und besorgte Blicke. Die Kehle brennt.

(Komm, mein Artgenosse, und sing mit mir.)

Wenn dies ein Tagebuch ist, sollte es besser Nachtbuch heißen.

Um Viertel nach drei stand ich auf, um etwas zu trinken, und stieß im Dunkeln gegen Jochai, der herumlief, halb schlafend, völlig verwirrt und ohne Hose. Er kam wohl zurück von der Toilette und irrte umher. Wer weiß, wie lange er umhergewandert war, bis ich aufgestanden bin. Ich zog ihn an und brachte ihn zurück ins Bett, doch er stand immer wieder auf. Ich sah, dass es keinen Zweck hatte, und erklärte mich bereit, ihn auf seinen Bahnen zu begleiten. Ich hatte ohnehin nicht gut geschlafen, und die Sache hatte etwas Angenehmes. Er ging mit mir durch das Haus, wie wir auf der Straße zu gehen pflegen, er einen halben Schritt hinter mir und mich am Ärmel fassend. Und wenn ich genau auf ihn achte, was auf der Straße nicht immer der Fall ist, bewegen wir uns in ein und demselben Rhythmus. Heute Nacht haben wir es fertiggebracht. Es gab keinerlei Disharmonie in der Bewegung, und ich hätte weiter- und weitermachen können. Und es scheint, dass auch er Genuss daraus schöpfte, denn bis Viertel vor vier zeigte er kein Anzeichen der Ermüdung. Im Gegenteil, ich hatte den Eindruck, er mache sich einen Scherz mit mir, um mir so, auf seine Weise, etwas zu sagen.

Und dann hatte ich eine Idee: Ich führte ihn in die Küche, schloss die Tür und stellte den Heizofen an. Ich zog ihn aus und hüllte ihn in ein großes Handtuch. Und natürlich stellte ich ihm auch die Burekas hin und das ganze Joghurtsortiment. Es dauerte ein wenig, aber er kooperierte wunderbar, und auch als ich die Schere holte, sprang er nicht auf und schrie nicht, und endlich, nach drei Monaten der Kämpfe, erlaubte er mir, ihm das Haar zu schneiden.

Unglaublich, wie still er hielt, nur summend und leicht schaukelnd, mit stoischer Ruhe, sogar ein wenig majestätisch. Und er unterbrach sich nur, um in die Burekas zu beißen. Und hin und wieder warf er mir einen schlitzäugigen Blick zu, als wolle er sagen, siehst du, alles hängt nur ab von meinem Willen …

Auch als ich den Pony schnitt, auch als ihm die Haare auf den Mund fielen (!). Was ist denn das, ich kenne mein Kind nicht wieder! Für einen Moment könnte man meinen, dass er bei klarem Verstand beschloss, den schrecklichen Tobsuchts-anfall von heute Nachmittag wiedergutzumachen, als ich mit Amos mein Glück versucht hatte. Vielleicht ist es tatsächlich so.

Wie er mich jedes Mal, wenn ich es vergesse, zärtlich und ohne Worte daran erinnert.

Und was werden wir machen, wenn ihm ein Schnurrbart sprießt und ein Bart. Wie sollen wir ihn rasieren? Vielleicht im Tiefschlaf. Nach einem Anfall zum Beispiel. Gut, es muss jetzt nicht im Einzelnen geplant werden.

In zwei oder drei Jahren werden wir uns zum zweiten Male von dem Kind trennen. Unterdessen, immerhin, der Charme der Kindheit. Und wie wird er in fünf Jahren aussehen? Ich kann es mir nicht vorstellen. Nicht in diesem Moment. Anna war mit einem zarten, sexy Flaum bedeckt. Aber Anna war dunkel. Und auch Amos ist ziemlich dunkel. Und es scheint, dass er das helle, sehr zarte Haar von mir hat (und auch die Plumpheit und die Unsicherheit und das Gefühl der Fremdheit auf der Welt) …

Und in zehn Jahren, was wird dann sein, und in zwanzig. Fremde Zimmer. Fremde Menschen. Kratzende Wolldecken.

Als ihm der Geduldsfaden riss, stand er auf, halb frisiert, und auch dann lief er nicht weg. Er nahm seinen Gang wieder auf, langsam, durch den Flur und zurück, und er hatte nichts dagegen, dass ich ihm beim Gehen weiter das Haar schnitt, dann eben im Gehen, dann eben im Lauf, dann eben beim Tanz, im Sprung, solch ein Moment der Gnade kommt nicht alle Tage, Amos wird durchdrehen, wenn er aufsteht.

Und als ich fertig war, machte er ein Zeichen, dass er wieder ins Bett wollte. Er ließ es noch zu, dass ich ihm ein Aftershave von Amos, das er liebt, auf den Nacken tupfte und ihm ein paar verstreute Küsse gab, und so legte ich ihn in träumerischer Versöhnung ins Bett.

Und ich warte auf den Sonnenaufgang. Auch ich brauche Schlaf. Wenigstens eine Stunde vor diesem langen Tag. Das Haus ist voller flaumiger Schlieren, und ich kann mich kaum zurückhalten, Amos zu wecken und es ihm zu sagen. Und das besondere Lächeln zu sehen, das er bei solchen Neuigkeiten aufzusetzen pflegt. Schade, dass man jetzt keine Musik hören kann. Die Dritte oder Vierte kämen mir jetzt gerade recht. Wartest du bis zum Morgen auf mich, Ludwig van? Ich weiß nicht, warum ich mich vor ein paar Tagen so sehr über dich geärgert habe, wie konnte ich vergessen, dass du lebendig und optimistisch bist?

Mein gesellschaftliches Leben wird verdächtig rührig. Heute Morgen – ein Treffen im Café Atara mit Ariella. Es war das erste Mal, dass wir uns außerhalb des Lehrerzimmers trafen. Die arme Ariella war etwas erschrocken über mich und auch darüber, dass ich sie regelrecht ›verhörte‹. Einmal sagte sie unmissverständlich, dass sie zwar Sympathie für mich hege, dass solche intimen Gespräche in einem so frühen Stadium der Freundschaft sie aber doch verlegen machten. Was hätte ich ihr antworten sollen? Dass ich mich offenbar schon allzusehr an diese Art von Zwiegespräch gewöhnt habe? Dass es plötzlich unhaltbar scheint, einem Menschen, von dem man annimmt, er könne verstehen, nicht alles zu sagen, wirklich alles?

Ich glaube nicht, dass meine erste Begeisterung übertrieben war. Ariella ist bezaubernd und klug (und dennoch fühle ich, dass sie um ein paar entscheidende Jahre jünger ist).

Ich erinnere mich hauptsächlich an eine Sache: In einem Moment der Offenheit sagte sie, wenn Gideon mit einer anderen Frau »ein-, zweimal fremdginge«, würde ihr das einen schrecklichen Schmerz zufügen, aber sie würde ihn letztendlich überwinden und bei Gideon bleiben. Doch wenn er sich in jemanden verliebte, würde sie ihn auf der Stelle verlassen (»postwendend«!). Und ich wurde wütend, zur Zeit verursacht jede Enttäuschung mir unerträglichen Schmerz, jeder Mangel an Harmonie mit jemandem, der mir nahesteht … Ich sagte, bei mir sei es umgekehrt; wenn ich von einem Seitensprung erführe, wäre dies für mich ein ernster Grund, Amos nicht zu respektieren und nicht länger mit ihm leben zu wollen. Aber wenn er sich verlieben würde? Wenn es in ihm solch ein lebendiges Gefühl wie Liebe gäbe? Ich würde ihn um so mehr schätzen.

Ich sah, wie ihr Blick sich von mir entfernte. Für einen Moment tauchten diese unreifen Augen auf; ich hielt es nicht aus. Bestürzt griff ich nach ihrer Hand. Nun erschrak sie: Sag mir, Mirjam, ist alles in Ordnung mit dir?

Ich habe K.s Rezept für die perfekte Möglichkeit von Glück gefunden: »Theoretisch gibt es eine vollkommene Glücksmöglichkeit: An das Unzerstörbare in sich glauben und nicht danach streben.«

Doch heute Morgen glaube ich kaum mehr an das Unzerstörbare in mir und strebe andererseits etwas an, was offenbar mit großer Geschwindigkeit, außerhalb von mir, zur Neige geht.

(Gerade kam Nilly herein, und ich beschloss, auch sie zu fragen. Ich sagte, Nilly, glaubst du, dass ich eines Tages glücklich sein werde? Wenn ja, bewege dein linkes Ohr, wenn nicht – das rechte.

Und was tat die Katze? Bewegte beide.)


Vielleicht hat er lange vor mir verstanden, dass man von dieser Stelle nicht mehr heil zurückkehren kann?


Amos ist in Be'er Sheva auf einer zweitägigen Fortbildung. Die Bilder, die ich in den letzten Stunden gedanklich entwickelte. Das Kreisen um das Telefon. Ich kann ihn augenblicklich herbeiholen (ich mache mir etwas vor.) Ich werde an seinen primitiven Sinn appellieren, an die Saite in ihm, die immer gespannt ist. Ich werde in den Apparat hauchen wie in einem Kitschfilm: Mein Mann ist nicht zu Hause. Und er wird der Versuchung nicht widerstehen können.

Eine Stunde völligen Wahnsinns, mit sämtlichen Exzessen dieser Welt. Ich drehte ein paar Runden durch das Haus, sammelte ein paar Dutzend Papierkugeln auf, die Jochai in den Ecken versteckt hat. Ich baute eine kleine Ausstellung auf dem Küchentisch auf. Später faltete ich die Kugeln eine nach der anderen auseinander, bügelte sie mit der Hand glatt und – zerknüllte sie wieder zu kleinen Wurfgeschossen, die ich in den Ecken verstreute … Ohne Frage, es hat etwas, dieses Zerknüllen. Um Mitternacht sucht mich in Form von Nadelstichen erneut die Vernunft heim, es ist wie das Fließen von Blut in eine eingeschlafene Hand.

Das Losverfahren von heute Morgen ergab (wieder!) den letzten Brief aus Tel Aviv: ›… dass du im Grunde einen Funken von mir nimmst, um dich selbst für das Leben zu entfachen.‹

Ich lese und verzweifle. Und ich verstehe diesen vorwurfsvollen Ton nicht, auch nicht die Schuldzuweisung. Ich bin glücklich, wenn jemand, ein Schüler oder eine Freundin oder Amos, ›einen Funken von mir nimmt‹.

Sollen sie doch nehmen. Es wird kaum etwas genommen.

Ich wünsche mir, dass der grüne Marsmensch, wann immer er in meine Richtung schaut, sieht, wie bei jeder meiner Berührungen mit einem anderen Menschen die Funken sprühen.

… und schon kurz nach Verlassen des Hauses die Reaktion der ›Wirklichkeit‹: an der Ampel an der HaMekasher-Kreuzung musste ich heftig niesen, und ein junger Mann mit Rucksack, braungebrannt und mit blonden Locken, atmete tief ein und lachte: Sogar deine Bakterien, meine Süße!

Ein idiotischer Streit mit A., der durch seinen Vorschlag ausgelöst wurde, ich solle Urlaub machen. Um auszuspannen. Vielleicht sogar im Ausland. Und ich warf ihm vor, dass er es anscheinend vorzöge, wenn ich jetzt nicht in seiner Nähe wäre, dass es ihm wohl schwerfalle, mich zu ertragen, wenn ich in solch einem Zustand sei. Völliger Quatsch, ohne realen Bezug, doch ich war außer mir. Und ich fühlte mich, als ob ein innerer Giftstrahl in mir ausgebrochen wäre, die Eingeweide brannten … Ich sagte Schreckliches, ich hörte mir selbst dabei zu, wie ich einen Text aus einem Melodrama rezitierte – dass er vielleicht schon eine andere habe, und wenn er mit ihr zusammensein wolle, solle er sich weniger durchsichtige Ausreden aussuchen. Sein Gesicht fiel ein und und wurde bleich vor meinen Augen. Er versuchte, mich zu beruhigen, und sah kummervoll und besorgt um mich aus, es brach mir das Herz. Doch ich konnte nicht aufhören. Es war, als ob eine glühende Spirale sich wand und befreite und in mir scharrte, eine verrückte Mischung aus Schmerz und unerklärlichem Genuss. Und dann sagte ich etwas über ihn und Anna (etwas, was ich nie gedacht habe und was ich auch nicht aufschreiben werde), und sein Gesicht ballte sich, als hätte ich ihn geohrfeigt. Er verließ das Haus mit einem Knallen der Tür und kam erst frühmorgens zurück, nachdem ich ihn in Alpträumen schon überall gesehen hatte. Ich entschuldigte mich, und er verzieh mir, aber wie kann er so etwas wirklich vergessen und verzeihen. Jetzt ist die Luft höflich und angesengt, und Jochai, der Zeuge war, klebt an Amos und weigert sich, von ihm abzulassen. Und er sieht mich mit einem neuen Blick an, als ob er auf einmal, zum ersten Mal, die ganze Geschichte verstünde.

Noch ein Ausbruch heute Abend, vermutlich wegen der Spannung. Diesmal ging es um das Epanutin, das zu schlucken er sich plötzlich weigerte. Und er tobte, zerbrach eine Fensterscheibe und verletzte sich an der Hand. Amos hielt es nicht aus und ging ein wenig an die Luft. Ich kämpfte allein mit ihm weiter, bis es mir gelang, ihn zu beruhigen (er ist wirklich stärker als ich), und dabei kratzte er sich wieder den Schorf an der Stirn ab. Ich weiß nicht mehr, wie ich ihn daran hindern soll, sie immer wieder aufzuscharren. Der schreckliche Genuss, den er dabei empfindet, den Schorf zu entfernen und sich zu scheuern, bringt mich aus der Fassung (und ist mir so nachvollziehbar). Später, als es mir endlich gelang, ihn ins Bett zu bringen, machte er mir Zeichen, dass ich ihn anbinden solle, etwas, was wir schon seit Monaten nicht mehr gemacht hatten. Amos war nicht da, also traf ich die Entscheidung allein. Und wieder war es verblüffend, zu sehen, wie es ihn sofort beruhigte. Ich massierte ihm die Füße und sang ihm leise vor, bis er einschlief, und vielleicht erneuerten wir den Bund.

Später, kraftlos, sank ich vor den Fernsehapparat. Ich hatte das Gefühl, allmählich zur Neige zu gehen. Ich dachte, wenn kein Wunder geschähe, würde ich im nächsten Augenblick nicht mehr sein, sogar ohne dabei etwas zu empfinden.

Und wie gewöhnlich geschah ein Wunder. Sie strahlten wieder eine »meiner« Sendungen über einen der entlegenen Stämme aus – Amos verdächtigt die BBC, sie allein für mich zu erfinden. Diesmal ging es um einen Stamm, der in der Sahara lebt. Einmal im Jahr wandert er geschlossen zu einem neuen Weideort, dann folgt eine Woche der Freudenfeste, und die Mädchen treten in den Brautstand. Jede sucht sich zwei Männer aus, mit denen sie ihre erste Nacht verbringt. Ein sehr hübsches Mädchen sagte vor der Kamera: »Heute Nacht werde ich zur Frau.« Ein paar Wochen lang würde sie mit beiden Männern Verkehr haben, und dann würde sie einen dritten zum Ehemann nehmen …

Man zeigte sie nach der ersten Nacht. Sie saß mit ihren Männern da und kämmte einem der beiden die Locken. Der lachte und sagte zu dem zweiten: »Siehst du, heute Nacht hat sie dich mehr geliebt, jetzt aber liebt sie mich.«

Nichts geschah, doch ich spürte, dass ich ganz langsam aus irgendeiner Finsternis zurückkehrte.


Schließlich kann man im Zusammenleben mit einem Menschen (sagte Amos später, in der Küche, nach der Versöhnung) die ganze Palette menschlicher Gefühle gemeinsam durchmachen … Und ich sagte: auch die animalischen. Und er schloss die Augen und verschwieg etwas, was nicht von hier war. Und sofort sah ich in seinem Gesicht (das müde und häuslich ist) jenes Zeichen, das mich früher an ihm beängstigt hatte und das aus Zeiten und Erinnerungen stammte, an denen ich nicht teilhatte. Und aus irgendeinem Grund machte es mich diesmal froh, erleichterte mich sogar. Als ob sich für einen Moment ein Kristall mit vielen Gesichtern und Schatten vor mir drehte, und am Ende der Drehung nahm er wieder den vertrauten Ausdruck an, nicht um sich zu ›verstellen‹, sondern weil das jetzt sein Gesicht war, gleichermaßen die Summe seines Gesichts, und ich fühlte mich mit einer Liebe zu ihm hingezogen wie seit Wochen nicht mehr. Zu ihm, allein durch ihn. Und ich dachte, was für ein Glück, dass wir nicht mehr jung sind, und wie sehr ich seine Falten liebe.

Ich bin acht oder neun Jahre alt. In der Wohnung in der Nekhemya-Straße fünfzehn. In mein Versteck hinter dem »Geysir« im Bad gekauert. Ich schmiege mich an den warmen Wasserboiler und erzähle mir flüsternd die tragischen Liebesgeschichten, die ich damals erfand (und jetzt, beim Schreiben, brechen sie allesamt aus – der Geruch des Brennholzes, der Lavendelflakon, den ich am Strand gefunden hatte und dort aufbewahrte; das Buch *Der Wert des Lebens*, das ich dort verbarg und das meine Bibel war; und wie ich mir Bräutigame suchte zwischen den [toten] Verfassern der *Feuerpergamente*, Briefe gefallener Soldaten; und mein kleiner runder Spiegel, mein Schatz mit dem roten Samtrücken. Vor ihm übte ich stundenlang stürmische Hollywood-Küsse, eine Musterschülerin wie ich, und ich war auch Aliki und Marisol, das spanische singende Mädchen. Fast dreißig Jahre habe ich nicht an sie gedacht, und plötzlich, einfach so, sauge ich sie mir aus den Fingern …).

Ich kauere dort hinter dem Geysir, dem einzigen Ort der Wohnung, den meine Mutter nicht betreten kann, und flüstere mir eine Geschichte zu. Ich bin ganz in sie vertieft, als ich plötzlich etwas spüre, das mir in tiefen Furchen den Rücken hinunterläuft: Auf den Zehenspitzen schleicht sie sich heran, um mich zu belauschen (der peitschende Scheuermittelgeruch ihrer Hände). Und ich erhebe meine Stimme, als hätte ich sie nicht bemerkt, ich spreche sehr geschwollen, in einer gestelzten, hochtrabenden Sprache, ohne Scham ereifere ich mich mehr und mehr … damit sie ein für allemal begreift, wie wunderbar und großartig ich bin, sie sollte sich ruhig wie eine dörre Rosine fühlen angesichts der erhabenen Traubenlese, die ich war.

(Und mit einem Mal wurde mir klar, dass ich hin und wieder, auch wenn ich Ja'ir schrieb, vielleicht sogar häufiger, als ich zuzugeben bereit bin, für jenes Augenpaar schrieb, das sich permanent heranschleicht, permanent, und mir über die Schulter sieht. Ach, diesen Kitzel spüren, wie sie sich erneut hinter meinem Rücken aufreißen, staunend und entsetzt und über meine Liederlichkeit erschüttert …)

Doch jetzt nicht. Ich fühle es: bei diesen Seiten nicht.

Hinter mir und neben mir, da gilt es nicht.


In der letzten Stunde produziert der Himmel ein ungewöhnliches Licht, nahezu europäisch in der üblichen hastigen Dämmerung. Schon über eine Stunde sitze ich wie hypnotisiert da und sauge das Farbenspiel in mich auf. Nur die schreibende Hand bewegt sich. Der Eisvogel in unserem Garten ist von der Schönheit benommen und taucht wieder und wieder in türkisfarbene Blitze, nicht auf der Jagd nach Insekten, auch nicht, um ein Eisvogelweibchen zu beeindrucken, sondern um dem Bild die eigene Farbe hinzuzufügen, und auf einmal nehme ich wieder wahr, dass die Welt existiert. Und dass sie schön ist.

Allmächti –


Alles in Ordnung. Alles wieder in Ordnung. Wir haben es hinter uns. Ich schreibe vor allem, um das Zittern abzuleiten. Ich saß auf der Veranda und schrieb, und Jochai spielte im Garten, normalerweise hebe ich den Kopf alle zehn Sekunden, um ihn zu sehen, aber anscheinend habe ich mich für einen Moment vergessen, und als ich den Kopf hob, war er nicht mehr da, und das Tor stand offen. Ich rannte, so schnell ich konnte. Die Gedanken, die einem in solch einem Augenblick durch den Kopf rasen: Sollte ich vielleicht die Reifen der parkenden Wagen aufschlitzen, damit sie nicht losfuhren, und so weiter, und wohin kann er gelaufen sein, und wer wird ihn finden. Ich frage die Nachbarn. Passanten. Niemand hat ihn gesehen. Ich rannte ins Zentrum, wie irr stürmte ich in den Lebensmittelladen zu den Süßigkeiten, denn manchmal, aber er ist nicht da. Alle werfen mir den gewissen Blick zu. Ich kehre nach Hause zurück (es ist etwa eine halbe Stunde her), und er ist nicht da.

Solch eine Angst, bis jetzt habe ich – und all die inneren Richter. Und natürlich: Er wurde mir übergeben, und ich habe nicht auf ihn aufgepasst. Und wieder stehe ich auf und renne auf die Straße und steige hinab ins Tal, und dort, endlich, auf dem unteren Weg, sehe ich ihn gehen. Nein, zuerst höre ich ein seltsames, schweres Läuten, und erst dann sehe ich ihn. Er geht geduckt, nach vorn geneigt. Ein erster Gedanke – sie haben ihm etwas angetan. Ich fliege zu ihm und sehe, dass jemand ihm eine schwere Kuhglocke um den Hals gehängt hat.

Wenigstens ist er unversehrt (zehn Hände habe ich in diesem Augenblick). Ich untersuche in Windeseile seinen ganzen Körper. Er ist heil, da ist nur die Glocke. Wer denn, was denn. Wenn er sich bewegt, läutet die Glocke. Eine dicke, grobe Schnur schneidet in seinen zarten Hals ein. Ich versuche mit den Händen, mit den Zähnen, sie zu zerreißen. Nichts zu machen. Oben auf den Felsen sehe ich zwei lachende Jugendliche. Ich kenne sie nicht. Vielleicht kommen sie aus dem nahe liegenden Heim für Schwererziehbare. Ich denke an nichts, ich lasse Jochai sich auf einen Steinbrocken setzen und gehe auf sie zu. Ich habe keine Ahnung, warum. Sie entfernen sich. Ich höre jemanden, der mir laut, mit meiner Stimme, erklärt, dass es besser für mich sei, ihnen nicht zu nahe zu kommen. Ich renne auf sie zu. Sie hauen ab. Fünfzehn Jahre alte Jugendliche, magere Bambusstangen. Neben dem gespaltenen Felsen hole ich sie ein. Ich bin atemlos, und darum frage ich mit den Augen, mit den Händen, mit den Zähnen – warum. Sie grölen. Der eine hat dicke Pickel auf der Stirn. Der zweite versucht sich ein Bärtchen stehenzulassen. Sie sind älter, als ich dachte. Vielleicht siebzehn. Sie beginnen mit mir zu spielen. Drehen mich im Kreis. Tanzen vor mir mit unflätigen Bewegungen. Geben mir ein paar Hiebe auf den Rücken, in den Nacken. Alles ohne ein Wort. Warum ich nicht um Hilfe schreie, weiß ich nicht. Ich weiß nur, dass ich da weg muss. Doch dann äffen sie Jochai nach, sein Zwinkern und seinen Gang. Ich entscheide mich für den größeren der beiden. Er überragt mich um Haupteslänge. Ich warte, dass er näher kommt, und dann verpasse ich ihm mit der ganzen Handfläche eine Ohrfeige. Sie haut mich um. Aber es stellt sich heraus, dass auch mein Gegner fällt. Ich stehe als Erste auf. Darin wenigstens bin ich geübter. Der zweite Junge schreckt ein wenig zurück. Ich hebe einen herumliegenden dicken Knüppel auf und schwenke ihn vor seinem Gesicht. Der Junge auf der Erde schreit vor Schmerz. Er schlägt die Hände vors Gesicht und schreit. Gleich wird auch der zweite schreien. Ich werde sie umbringen und ihre Leichen in einen Brunnen werfen. Der zweite bückt sich, um einen Stein zu holen, ich schlage ihm mit dem Knüppel in die Kniekehlen, mit der ganzen Kraft, die ich nicht habe. Er sackt zusammen, fällt und brüllt. Ich wache endlich auf. Er liegt zu meinen Füßen und bettelt, dass ich ihm nichts tun solle. Ich müsste ihm noch etwas antun, doch Jochai ist allein, wieder habe ich ihn allein gelassen! Ich mache kehrt und laufe zu Jochai. Sie fluchen, und Steine fallen nicht weit von mir zu Boden, ohne zu treffen. Das war's. Das ist die ganze Geschichte.

Merkwürdig daran ist, dass ich sicher war, solch ein Ereignis würde Jochai für Monate aus dem Gleichgewicht bringen. Wir würden die Medikamente umstellen müssen. Der ganze Tagesablauf würde sich verändern. Doch er lachte. Er kam mir entgegen und gluckste eine Art leises Lachen, wie er mitunter lacht, wenn er sich selbst im Spiegel sieht. Was ihn zum Lachen brachte, entzieht sich meiner Kenntnis, aber wenigstens war er nicht schockiert. Das hatte ich wahrhaftig nicht ahnen können. Ich umarmte ihn, um ihn zu beruhigen, im Grunde eher, um mich selbst zu beruhigen, und verweigerte mich der Erkenntnis, dass es meine Beine waren, die da unten derart zitterten. Immerfort konzentriert sich meine Angst auf die Beine. Und dann war ich wieder bei Sinnen und begann mir Sorgen zu machen, dass ich dieses Heft auf dem Veranda-Tisch zurückgelassen hatte. (Und nun, während ich schreibe, erinnere ich mich wieder an den Tanz des Eisvogels. Was für eine Schönheit. Eine Schönheit, die nicht von dieser Welt war. Eine Schönheit, die doch von dieser Welt war. Nichtsdestoweniger muss man einmal dahinterzukommen versuchen, warum »eine schwere Stunde« Stunden dauern kann und ein Gnadenmoment immer nur einen Moment.) Aber was wollte ich noch schreiben – dass es mir gelang, aus eigener Kraft den Knoten zu lösen. Zitternd stand ich da und knüpfte ihn auf. Die Jugendlichen kamen näher, aber sie wahrten Sicherheitsabstand. Und dann, ich weiß nicht, warum, vielleicht aus Protest gegen sie, band ich mir selbst die Glocke um den Hals. Sie war schwer, und die Schnur schnitt mir in den Nacken. Jochai und die beiden sahen mich verständnislos an. Auch ich war mir nicht ganz sicher, doch ich fühlte, dass es das Richtige war. Ich nahm Jochai bei der Hand, und wir gingen. Ich an Körper und Seele erschöpft, und er hüpfend vor Freude. Und die Glocke läutete.

Sieh mich an: Ich stehe in der Küche, voller Mehl, Teig und Lebensmittelfarben. Dutzende bunter Liebesperlen sind eben aus der Tüte über den Fußboden gerollt, und ich habe das Feld geräumt und suche Zuflucht in dem Heft und bei Schubert, deinem Liebling.

Ich unternehme den Versuch, zu Jochais Geburtstag einen Löwenkuchen mit lockiger Mähne zu backen. Wie das Bild in dem Buch soll er aussehen. Schon seit einem Jahr sitzt Jochai täglich vor diesem Backbuch von J. Mendelssohn und träumt von dem Kuchen. (Oder kommt es mir so vor.) Und nun fällt mir alles aus der Hand und gerät daneben, und die Mähne sieht eher wie ein Toupé aus, und ich denke an deine kleinen, geschickten Hände und brauche dich hier, um mir die linkischen Hände zu führen.

Wenn du jetzt hier wärest, wüsstest du, was zu tun ist. Ich würde dich jetzt anrufen, jetzt, oder um vier Uhr morgens, und mein »Hallo« würde dir alles sagen, und schon nach einer Viertelstunde wärst du da, mit einem Strauß Chrysanthemen, die du in einem Garten geklaut hättest –

Und ich würde vor dir stehen und dir sagen, dass ich mich offenbar schon wieder meinem Schicksal überlassen habe, und du würdest mich zu trösten versuchen und nacheinander all die guten Dinge und die teuren Momente erwähnen, die ich in diesem Sommer hatte, und mir sagen, du bist nicht nur dem Schicksal überlassen, sondern auch aufgelesen worden, es gab eine Menge Momente, in denen du auch gefunden wurdest. Und wir würden zusammen darüber lachen, dass ich das älteste Findelkind sein müsse, das je aufgelesen wurde.

Und wenn die Tränen ein wenig getrocknet und aus dem Toupé eine Löwenmähne geworden wäre, würdest du mich auffordern, dir eine positive Sache zu nennen, ›etwas Gutes an diesem Moment‹, und ich würde lange nachdenken: Die Lage kann nicht völlig verfahren sein, wenn ich noch immer den Duft einer Gurke zu genießen vermag.

Hätte ich dich in diesem Sommer nur bei mir gehabt. Was hätte ich darum gegeben. Schließlich hättest du lange vor mir gewusst, was ich tun sollte. Ach, Anuschka, die breite Umarmung, mit der du dieses glitschige Leben an dich gedrückt hast, viel intensiver als ich. Auf allen möglichen Wegen stelle ich es fest, an den kleinsten und intimsten Wegsteinen, die du auf der Welt hinterlassen hast. Und ohne einen Funken Neid, wie kann man auf jemanden neidisch sein, der so lieben konnte. Und der andere dazu brachte, ihn zu lieben, in völliger Freiheit, in solcher Reinheit.

Und wieder steigen die Gedanken hoch, die mir das Leben verbitterten, nachdem du gegangen warst. Die ich nicht weiterspinnen werde, wie ich es dir versprochen habe. Wieder bin ich ihnen schutzlos ausgeliefert. Den Gedanken über ein Eventuell und Aber, ein nagender – es ist nicht fair und in vielerlei Hinsicht sogar unlogisch, dass ich zurückgelassen wurde und nicht du.

Und nun kam ein neuer Stich hinzu. Denn seit Ja'ir von dir weiß, wurde die Last der Trauer etwas leichter, selbst die Last der Sehnsucht nach dir. Nicht dass ich weniger Sehnsucht empfände, aber irgendwie sterbe ich nicht mehr zehnmal am Tag an ihr. Ich weiß nicht, woher ich die Kraft nehmen soll, jetzt von Neuem alles durchzustehen, allein. Und morgen, weißt du, ist ein schwerer Tag. Halte durch. Auch ich, auf meiner Seite. Morgens gingen wir zum Grab, wir beide mit Oma und Opa und den Brüdern, am Nachmittag feierten wir seinen Geburtstag. Freunde kamen (unsere. Die Kinder der neuen Nachbarn, die ich einlud, sind schließlich doch nicht gekommen). Jochai war im siebten Himmel: Tami hatte ihm seinen Lieblingsobstkuchen gebacken, und so hatte er eine kleine Entschädigung für den räudigen Löwen, den ich fabriziert hatte. Er fühlte sich sicher und geborgen, und alle begegneten ihm mit Güte und brachten ihm jede Menge Quarkburekas. Die Stimmung war gut, alle wollten noch bleiben, keiner ging. Ich schaute in den Garten und sah mich im Haus um, das auf einmal strahlend erleuchtet war. Lärmend. Seit etwa drei Jahren hatten wir nicht mehr so viele Leute hier. Amos trank ein wenig und wäre fast vom Dach gefallen, auf das er gestiegen war, um Jochai mit dem Lasso den Mond herunterzuholen.

Um neun, als die Gäste nach und nach aufbrachen, wurde Jochai panisch. Er rannte auf und ab, krallte sich an jedem fest, schrie, schlug den Kopf gegen den Tisch. Ich konnte sein Gefühl nachempfinden, als ob etwas mit ihrem Abschied aus ihm ausgegossen würde und verginge.

Kurz nach zehn bekam er einen Anfall, in der Wanne, in einer vollen Badewanne. Wir schafften es kaum, ihn zu packen und ihm den Kopf über Wasser zu halten. Der Anfall lag seit ein paar Tagen in der Luft, mit den üblichen Anzeichen und der Nervosität (ich tröste mich damit, dass er wenigstens die Feier genossen hat).

Wir hielten ihn gemeinsam fest. Diesmal konnten wir uns nicht in die Augen sehen. Er röchelte und versteifte sich zwischen uns und zuckte. Aus dem Augenwinkel sah ich, wie Amos immer wieder einen Finger gegen Jochais Schläfe drückte, an eine Stelle neben dem Ohr, um ihn zu beruhigen, und ich hörte ihn flüstern, mein Schatz, mein Liebling. Und ich dachte daran, wie ich früher, vor Jahren, nach jeder Attacke Gott zu einem eindringlichen Gespräch über Gerechtigkeit aufforderte.

Der Anfall war länger und schwieriger als gewöhnlich. Die Zeit schien stehen geblieben. Sein Körper zwischen unseren Händen war versteinert, und seine Hände waren stark verkrampft gegen seinen aufgerissenen Mund gepresst, kein Schrei war zu hören. Und ich sah Amos' Gesicht sich vor ihm verzerren, als ob es versuchte, den Schmerz aus Jochai herauszusaugen.

Amos sagte einmal, wenn ein Mensch vor Schmerz schreie,

so tue er dies nicht unweigerlich in der Hoffnung, dass jemand ihm den Schmerz lindern könne; sondern vielmehr aus dem Bedürfnis, die Einsamkeit in diesem Schmerz zu überwinden.

Erst als in seine Füße die Farbe zurückkehrte, atmete ich wieder. Wir trugen ihn in sein Bett. Er versuchte sofort, sich aufzurichten und zu gehen. Er verstand ganz und gar nicht, was passiert war. Aber die Beine knickten ihm weg, und er lag erschöpft da, und im nächsten Moment erbrach er all die Burekas, die er gegessen hatte. Amos hörte nicht auf, ihn mit seinen guten Händen zu streicheln, und ich musste aus dem Haus raus, auf die Veranda, und ein wenig schreiben.

Jetzt röhrt er. Und das ist ein gutes Zeichen, alles ist vorbei, aber für mich ist es immer der schlimmste Moment. Er scheint nicht mehr zu leiden, wenigstens nicht so wie zuvor. Er ist völlig verstört und schläft langsam ein. Und gerade dann fängt das Röhren an. Aus den Tiefen. Eine Art physische Trauer, die der Körper nicht bei sich behalten kann. Als ob der Körper ein Klagelied über sich selbst anstimme.

Ich werde gleich wieder reingehen. Könnte ich nur die ganze Nacht hier sitzen und schreiben und schreiben. Es tut mir gut. Ich merke das. Auch wenn ich schwierige, bedrückende Worte niederschreibe – wird etwas in mir still und konzentriert.

Ich will hier sitzen und die einfachsten Dinge schildern. Will das Blatt beschreiben, das gerade vom Baum fiel. Oder den Stuhlstapel auf der Veranda. Oder die Falter, die von der Lampe angezogen werden. Und die Geschichte einer ganzen Nacht erzählen, bis das Licht die Dunkelheit ablöst, bis zum Wechsel der Farben. Ich hätte nichts dagegen, tage- und nächtelang so hier zu sitzen und jeden Grashalm und jede Blume auszumalen, einzelne Steine in der Mauer, Pinienzapfen. Und später, falls die Bereitschaft da wäre, behutsam dazu überzugehen, über mich selbst zu schreiben. Über meinen Körper, beispielsweise. Mit ihm zu beginnen, mit dem, was man berühren kann. Und auch bei ihm aus der Distanz zu beginnen, bei den Zehen, und ganz langsam näherzukommen. Über jedes Glied zu schreiben, sich an seine Gefühle zu erinnern, an frühere und jetzige. Die Erinnerungen eines Knöchels, beispielsweise, einer Wange oder eines Halses, warum nicht, an Streicheln und Küsse und Narben. Schriftlich existieren. Es wird viel Zeit in Anspruch nehmen, aber ich habe genug davon. Und das Leben ist lang, und ich will mir von mir selbst erzählen, das, was mir offenbar kein anderer erzählen wird. Mir meine Geschichte erzählen. Ohne mir selbst etwas hinzuzufügen, aber auch ohne mir etwas zu stehlen. Und zu schreiben, ohne den Wunsch zu haben, etwas zu erreichen. Bei niemandem. Allein meine Stimme niederschreiben.

Ich höre Amos, der drinnen sauberzumachen beginnt. Ich werde auch reingehen. Es wird heute Abend noch eine große Wäsche anfallen, und der Teppich in Jochais Zimmer muss gesäubert werden. Auch das. Alles.


1.12.


Guten Tag, Ja'ir.

Es ist Abend, ich bin zu Hause. Draußen die Nacht ist wolkig, matt, das Wetter gedämpft. Der Himmel strahlt eine gemäßigte, gleichmäßige Kälte aus. Unangenehm. Ich erstatte dir Bericht, als befändest du dich in einem anderen Land. Du bist in einem anderen Land. Anderthalb Monate sind vergangen seit dem letzten Brief, den ich dir schickte. Ein Brief, der nun auch mir wie ein ferner Traum erscheint. Keine Ahnung, ob du daran interessiert bist, meine Worte zu lesen. Ich, jedenfalls, habe dir für mich weiterhin heftig geschrieben.

Im Grunde ist die Sache ungewollt zu einer Art ›Tagebuch‹ geworden. Ich habe bemerkt, dass mir dieses Tagebuch mitunter hilft, die Trauer zu dämpfen, und ab und zu spitzt es sie auch zu. So oder so betrachte ich den Wunsch zum Schreiben (sogar das Bedürfnis) als ein großes, unerwartetes Geschenk, das ich mir selbst machte.

Und du? Sprichst du noch immer zu mir? Erinnerst du dich noch? Wird es dich erleichtern, wenn es endlich regnet?

Ich hoffe, dass auch ich dann ein eindeutigeres Gefühl haben werde, doch ich fürchte, nein. Ich wünschte, ich könnte schreiben, dass der erste Regen hoffentlich alles aus- und reinwaschen wird; doch das wäre noch immer gegen mein Gefühl und gegen die Sache, an der ich gar keinen Zweifel hege, auch jetzt nicht, auch unabhängig davon, ob du dich auf mich einlässt oder nicht.

Warum schreibe ich dir? Ich bin mir nicht einmal sicher, ob ich es weiß. Vielleicht weil die Wolken heute finsterer werden als üblich. Vielleicht weil ich mich zum ersten Mal seit deinem Verschwinden wieder in der Lage fühle, mich an dich zu wenden und mit dir zu reden. Und vielleicht weil ich den Eindruck habe, mich langsam der Stelle zu nähern, von der ich mich von dir trennen kann – oder wenigstens von dem schmerzlichen Warten auf dein Kommen, ohne auf die Gefühle und das Gespür, das du in mir auslöstest, zu verzichten.

Auf nichts.

Weißt du, in dieser Periode, der letzten, dachte ich – wie wenig wir doch über Dinge jenseits des geschlossenen Kreises sprachen, in dem wir uns befanden. Ich erinnere mich daran, dass ich öfter beschloss, dir in meinen Briefen wenigstens eine Sache zu erzählen, die mir in der »äußeren« Welt passierte, um etwas von der »Realität« in unsere Blase zu bringen. Um die Blase ein wenig zu dehnen. Ich habe den Eindruck, dass ich mich nie daran hielt. Was ich dir über uns zu erzählen hatte, war immer stärker und drängender. Aber wie lange, glaubst du, kann so etwas andauern, ohne von außen, vom Alltag und der

Realität, gespeist zu werden? Und wie lange hätte es gedauert, bis sich die Dichte in ein Ersticken verwandelt hätte? Glaubst du, dass es Menschen gibt, die in der Lage wären, ein ganzes Leben lang auf diese Weise zu verbringen?

(Jetzt, in diesem Moment, fühle ich wieder, dass ich gerade in solch einer Dichte wirklich hätte zu atmen beginnen können.)

Hier, hör dir etwas Reales an, von dem du nicht wusstest: Jeden Abend vorm Zubettgehen kommt Jochai zu mir, sucht Schutz unter meinen Fittichen, und ich trage ihm leise polnische Lieder vor, ohne auch nur ein einziges Wort davon zu verstehen. Lieder, die mein Vater mir vorsang. Es beruhigt ihn. Sein Körper wird manchmal von starken Wogen geschüttelt, von Zittern, vor allem wenn er müde ist. Worte helfen ihm dann nicht, auch die Pillen nicht immer. Nur polnische Lieder. Die Sprache, die uns beiden fremd ist.

Und morgen ist unser wöchentlicher Spaßtag. Du weißt das. Wir werden zum Schrottplatz bei Abu Gosh fahren, ich werde mit Nadji Tee trinken und zusehen, wie Jochai mit seinem Hammer auf die rostigen Karosserien einhaut. Es fällt mir nicht leicht, zu sehen, wie viel Zerstörungswut und Gewalt es in meinem Sohn gibt. Aber anscheinend reinigt es ihn für eine ganze Woche.

Und du weißt auch, dass genau heute in einem Monat die Operation des kleinen Herzfehlers, den er von Geburt an hat, stattfindet. Gott hat nicht an ihm gespart, was? Wie viele Operationen dieses Kind schon hinter sich hat. Nun ja. Nach und nach werden wir alles in Ordnung bringen, was nicht auf natürliche Weise gelungen ist. Ich hoffe nur, dass ich mich bis Januar ein wenig erholt habe und das Drumherum aushalten werde (ich glaube, ich werde morgen nach Abu Gosh einen zweiten Hammer mitnehmen). Genug. Ich quassele, um nicht zu hören, was ich fühle. Um nicht zu hören, ob draußen schon der Regen fällt. Warum hast du den Regen gewählt, du Schuft.

Ich sehe, dass dieser Brief mich an einen Ort geleitet, den ich nicht ansteuerte. Ich wollte nicht mit dir streiten. Ich wollte nicht feilschen. Es tut so weh. Ich hoffte, ich wäre, was dich anbelangt, innerlich wieder im Lot, doch wenn ich mich an dich wende und du bist nicht da, kehrt diese Stimme zu mir zurück, mit der Kränkung und dem Gefühl des Versäumnisses. Ich werde hier aufhören, ich bin nicht bereit, mir so zuzuhören (und ich bin zu meinem Verdruss noch immer nicht fähig, etwas von mir an dich zu streichen).

Du hast mir gut- und gleichermaßen wehgetan. Ich habe ein so angenehmes und zugleich schmerzhaftes Gefühl nicht gekannt, schon gar nicht in der Kombination. Ich verspreche, ich werde dir nicht mehr schreiben und werde auch nicht versuchen, mit dir in Kontakt zu treten. Ich werde dich nie wieder belästigen. Schweren Herzens werde ich das Tor schließen, das ich dir so freudig öffnete.

Aber wenn du dich dennoch entscheidest zu kommen, sollst du wissen, dass ich an dem Ort, an dem ich mich jetzt befinde, dein volles Einlassen brauche wie die Luft zum Atmen. Und dein feinstes Verständnis und dein Strömen zu mir, ohne irgendeine äußere Bremse.

Und wenn du mir all das nicht geben kannst, komm nicht. Wirklich: dann komm nicht. Denn anscheinend habe ich mich dann in dir geirrt.

(Aber wenn du es bist, der mich rief und brüllte und iahte und jaulte – du wirst wissen, was ich meine.)

Deine Mirjam

Ja'ir, hör zu, was passiert ist. Ich schrieb meinen Namen und hörte dich nach mir rufen. Ich habe dich einfach meinen Namen rufen hören.

Für einen Moment war ich sicher, dass es von außen kam, von draußen, aber die Straße war leer, und ich setzte mich hin und rief wie ein Automat in deiner Firma an. Verzeih mir. Es basierte weder auf einer Entscheidung noch auf einem Wunsch. Ich sprach mit deiner Sekretärin. Im Hintergrund hörte ich Stimmen. Musik aus dem Radio. Ich versuchte deine Stimme herauszuhören. Deine Sekretärin fragte ungeduldig, worum es gehe. Ich bat, einen Boten zu schicken, um ein Buch bei mir abzuholen, ich betonte, dass es unbedingt deinen Händen übergeben werden müsse. Meine Stimme zitterte. Sie sagte: In zehn Minuten ist er da, gnädige Frau. Trotz der Ungeduld lag in ihrer Stimme keinerlei Spott.

Ich dachte: Eine Frau, die bei dir angestellt ist, obwohl sie eine Beit-Ja'akov-Absolventin ist, hat vielleicht ein besonderes Ohr für Frauenstimmen?

Dann sitze ich am Tisch und warte auf das Läuten an der Tür. Ich habe wirklich keine Ahnung, warum ich auf einmal die Nummer gewählt hatte. Entgegen all meinen Grundsätzen.

Zehn Minuten warte ich schon. Was habe ich dir zu sagen.

Dass es heute mehr als zwanzig zusammenhängende Minuten gab, in denen ich nicht an dich dachte. Und dass ich kein Wort hörte, das mich an dich erinnerte. Und ich sagte mir, dass vielleicht auch die Heilung rascher erfolgen werde, wie alles, was mit dir zusammenhängt.

Und mitten im Unterricht war ich auf einmal so voller Mitleid mit dir, dass ich kaum weiterreden konnte.

Denn es fiel mir ein, dass man dich in deinem Elternhaus ›Iri‹ nannte. Und ich dachte, dass dieser Spitzname überhaupt nicht zu dir passte, und der Gedanke, dass man dich jahrelang so genannt hat. Und es war mir ein Bedürfnis, dir zu sagen, dass du nicht zulassen solltest, dass man dich so nennt! Verbitte es dir! Dieser Name enthält zu viel leere, für dich falsche Leichtigkeit: Iri, Iri, er passt nicht.

(Miri)

(Man hat mich nie so genannt.)

Ich bereue es so sehr, dass ich angerufen habe. Ich dachte, ich könnte mich beherrschen. Aber diese seltsame deprimierende Sache mit dem ausbleibenden Regen – geht scheinbar ein wenig über meine Kräfte.

Er ist sicherlich schon auf dem Weg hierher. Was soll ich ihm geben? Was für ein Buch? Und all die Bücher, an denen ich hänge, sind wegen Jochai unten im Keller verpackt.

Ich wünschte, ich wüsste, wie ich dieses Schweigen ausfüllen kann, das auf einmal.

Dies ist gar kein Herbst, nicht wahr? Dies ist eine neue Jahreszeit. Eine weiße, kalte Trockenheitsperiode (was meinst du, vielleicht werden wir über das Wetter plaudern) … Das ist nicht witzig: Um den Moschaw herum sind alle Felder verdorrt. Und im Lebensmittelladen erzählte jemand, dass Füchse und Schakale nachts in die Gärten kommen, um aus den Bewässerungsrohren zu trinken. Und ich sah gestern einen Schwarm Störche (die vor zwei Monaten abgeflogen waren!), die wieder hier auftauchten. Als ob sie sich verirrt hätten und in der falschen Jahreszeit zurückgekehrt wären. Sie segelten den trockenen Damm entlang, wirkten so verloren und gequält. Und ich erschrak. Der Kreislauf der Natur bricht zusammen. Und vielleicht warten sie auf uns, auf dich und mich? Vielleicht hält dennoch jemand für uns beide das Rad an?

Er kommt. Ab und zu scheint es mir sogar, dass ich ihn zwischen den Bäumen in den Kurven sehen kann. Fast die ganze Strecke von dir zu mir kann ich von hier aus überblicken. Gleich werde ich ein Buch finden und diesen Brief zwischen die

Blätter stecken (und ihn mit »persönlich« und »privat« beschriften, keine Angst). So seltsam, zu denken, dass gerade in diesem Moment ein Mensch von dir zu mir unterwegs ist. Ein Faden.

Ich träumte heute nacht von Jochai, dass er wieder sprach. Vor einer Woche gelang es ihm in der Klasse, vier Gegenstände zu zählen, und es gab eine große Feier; anscheinend erlaubte ich mir deshalb diesen Traum: Er und ich gehen durch eine gewaltige Wüste, keine Menschenseele um uns herum, und die Sonne sengt, und er strauchelt. Ich nehme ihn auf den Arm und sehe, wie seine Lippen trocknen und reißen. Und dann hebt er in letzter Bemühung den Kopf und sagt: ›Du musst wissen, dass ich alles, was du gesagt hast, verstanden habe, die ganze Zeit über, und ich möchte dir sagen, dass du es bist, die nichts verstanden hat.‹

Hör zu: Ich packe dir mein Kochbuch ein. Es ist kein gewöhnliches Kochbuch. Anna hat es in ihrer Handschrift zu meinem dreißigsten Geburtstag verfasst. (Während ihrer ganzen Schwangerschaft hat sie daran gearbeitet.) Dreihundertfünfundsechzig Rezepte. Heb es gut auf. Wenn du schon keine Suppe von mir isst, soll wenigstens das Rezept dafür dir gehören.

Hier die Klingel. Genau zehn Minuten.

Sie halten sich wirklich an Termine (entsetzlich!).

Sie erkennt mich schon an der Stimme, scheint es mir, aber wen kümmert's.

Ist das jetzt die Vereinbarung? Ich in Worten, du in Motorrädern?

Ich konnte mich wieder nicht beherrschen. Es war solch ein grauer, böiger Morgen. Und Amos brachte einen großen Stapel Brennholz, und auf der Eule entdeckte ich, dass ich selbst für diese Woche notiert habe, anscheinend in irgendeinem klaren Moment, dass wir den Schornsteinfeger bestellen müssen.

Und im Radio versprachen sie, dass er spätestens übermorgen kommen wird, der erste Regen.

Wenigstens hatte ich genug Verstand, im Voraus ein kleines Päckchen vorzubereiten, das ich dem Boten geben konnte. Du wirst sehen.

Und was ist mit dir? Und warum schickst du keinen Zettel mit dem Boten mit, warum kommst du nicht einmal selbst als Bote vorbei? Du nimmst den Helm ab, und ich erkenne, dass du es bist. Du wirst sehen, wie einfach das ist.

Was soll ich dir heute erzählen?

(Die Wahrheit ist, dass ich im Voraus darüber nachgedacht habe, was ich erzählen sollte, um diese schrecklichen Minuten auszufüllen …)

Heute Nacht habe ich wieder von dir geträumt. Meine Nächte sind jetzt voller Träume. Wir waren irgendwo zusammen, in einem hohen Haus. Im Traum war ich dir nah, ich sah und hörte dich neben mir, aber ich konnte dich nicht anfassen.

Du standest auf dem Geländer eines Patios (das Wort Patio kehrt im Traum zurück, immer wieder, wie eine Elegie, »Patio, Patio«). Plötzlich sehe ich, dass du vorhast, einen Kopfsprung zum Zentrum des mit Steinen geflasterten Patios zu machen. Ich versuche, dich davon abzuhalten, dich zu warnen, dass dort kein Wasser ist; obwohl alles direkt vor meinen Augen geschieht, kannst du meine Stimme nicht hören (oder vielleicht bin ich nicht in der Lage, eine Stimme zu produzieren).

Du machst einen Kopfsprung in den Patio, und während des Falls höre ich dich murmeln: »Ich wusste, dass das passieren würde.«

Ich konnte ihn nicht aufhalten, sage ich mir, und es bricht mir das Herz.

Das Fallen geht zu Ende, und ich sehe dich auf dem Boden liegen. Der Körper ist nackt. Du liegst auf der Seite, und dein Kopf ist gebläht, anscheinend wegen des Aufpralls. Du bewegst dich nicht, aber ich höre dich ununterbrochen murmeln: »Ich habe nur ein paar Zähne gelassen und habe eine kleine Gehirn-erschütterung. Mehr nicht.«

Trotz der Erleichterung darüber, dass du lebst – die Tatsache, dass ich oben blieb, verursacht mir schrecklichen Kummer und Leid (bis jetzt).

Und da ist er, er ist an der Tür. Vielleicht diesmal?

Vierundzwanzig Stunden sind vergangen, und ich habe mich scheinbar nicht vom Fleck gerührt. Das heißt – ich machte alle notwendigen Handgriffe, fütterte, zog an, kochte, organisierte die Fahrdienste für Jochai, war – völlig überraschend – Gast-geberin für ein befreundetes Paar aus Amerika auf Heimatur-laub, war freundlich und amüsant, verstehe nicht, wie ich dieses ganze Theater aushalte. Und nun, als ich mich endlich setze, schwebt der Stift regelrecht in meine Hand, und ich fühle, dass ich in den vergangenen vierundzwanzig Stunden nicht aufge-hört habe, dir zu schreiben, als ob die Welt um mich herum nur einmal mit den Augen gezwinkert hätte, ein Tag kam und ging, und noch immer sitze ich in meinem Schaukelstuhl und warte auf Jochai, der in Behandlung ist, und der Abend senkt sich, und der Regen liegt in der Luft, und ich schreibe dir. Manch-mal entdecke ich, dass es dort ein Blatt Papier unter meiner Hand gab, meistens nicht.

Könnte ich jetzt schlafen gehen und an einem Tag aufste-hen, an dem es nicht mehr schmerzt. Aber Nacht für Nacht erwache ich gegen drei, es ist genau die Stunde, in der du um mich herumliefst, und kann nicht wieder einschlafen. Ich habe ja schließlich kein Baby, das mich um diese Zeit weckt.

Das ist das Baby, das ich bin, das mich nicht schlafen lässt (nein, es ist die Frau, die ich bin).

Seltsam, wie dieses seelische Chaos sich bei mir auch in die »Körpersprache« übersetzt. Du hast es nicht verdient, etwas über meinen Körper zu hören. Ich denke nicht, dass ihn je jemand dermaßen beleidigt hat. Und ich verstehe nur nicht, wie es kommt, dass du, wenn ich mich am meisten als Frau fühle, mehr denn je, nicht auf mich eingehst.

Ja'ir, hast du gehört? Man hat für morgen früh Regen gemeldet. Jetzt, gerade eben, in den Fünf-Uhr-Nachrichten.

»Endlich haben wir eine gute Nachricht«, sagte der Sprecher. Und bei mir begann das Herz mit enormer Geschwindigkeit zu schlagen, und anstatt eine Tablette zu nehmen, rief ich schnell deine Ruhama an (siehst du, wir haben uns schon ein wenig angefreundet), und ich bat, jemanden zu mir zu schicken. Dringend. Reanimation.

Dann war es das, nicht wahr? Die letzte Gelegenheit, die letzten Worte. Ende der Geschichte, die du uns vor etwas mehr als acht Monaten zu schreiben begannst. Nicht einmal eine komplette Schwangerschaft hatten wir.

Gerade jetzt begannen meine Hände zu zittern. Wie viele Minuten habe ich noch? Zehn? Neun? Jemand hat die Guillotine schon in Betrieb genommen.

Nicht einmal ein Buch habe ich vorbereitet. Könnte ich jetzt meine Augen über deine Augen legen, dich darin sehen, dir erzählen, was ich sehe.

Ich sehe dort einen Mann, der kein Mann ist, und einen Jungen, der kein Junge ist. Ich sehe einen Mann, dessen Reife und Männlichkeit eine Kruste ist, die hart wurde und geronnen ist auf der Kindwunde. Du hast selbst einmal auf den Umschlag geschrieben ›Wind-Verkrustungen‹ (als du noch Wind warst, und ich erinnere mich, dass ich dachte, bei dir sei die ›Kruste‹ genau an dem Verbindungspunkt zwischen dem ›Mann‹ und dem ›Kind‹ fest geworden, und dass diese Stelle in dir nicht lebt und auch nicht tot ist.

(Er hat die Biegung am Wald noch nicht erreicht, dein

Motorradfahrer. Er ist ein bisschen langsamer als gewöhnlich, das ist mein Eindruck. Und vielleicht ist es ein neuer Fahrer? Sehr gut. Soll er nur langsam, langsam fahren. Soll er trödeln. Über dem Wald hängt eine große, schwere Wolke.)

Und von Brief zu Brief fühlte ich, dass es etwas gibt, was ich inzwischen bewältigen könnte und was mit dir zusammenhing; und dass es kein Zufall war, dass du dich an mich gewendet hast, denn mit deiner scharfen Intuition verstandest du, dass ich diese Kruste von dir nehmen könnte, bis der Junge darunter bloßläge. Dein heller Zwilling. Und von ihm ausgehend könntest du vielleicht wieder der Mensch sein, der du bist, der zu sein du bestimmt bist.

Wer ist dieser Mensch – du wirst mir wohl nicht mehr erlauben, es herauszufinden. Ich kann nur ahnen, dass er all diese Dinge zusammen ist, der Mann und der Junge, der Mann und die Frau, das Lebendige und das Tote und noch viele Dinge und Menschen – aber zusammen, ohne die künstlichen brutalen Spaltungen, die du in dir vollführst.

Denn in meinen Augen, an der Stelle, an der all diese »Charaktere« einander berühren und sich zusammenrühren und durchmischen, uneingeschränkt – dort spüre ich, dass du am meisten du bist.

Und als ich dich dort antraf, bin ich sogleich mit dir vollgelaufen, und mein Körper und meine Seele sprachen unmittelbar zu dir, über deine Worte hinweg, die ich nicht immer mochte. Denn dort hast du mich wirklich bewegt und begeistert, dort hast du mich gequält und ich hatte Mitleid mit dir.

Und als du mir erlaubtest, für Momente, dort mit dir zu verweilen, entbrannte ich für dich, wie ich für keinen Menschen entbrannt bin, jawohl. Für keinen Mann.

Was ist geschehen? Fühlst du es? Auf einmal wurde mir warm und kalt. Und ich spüre dich, wahrhaftig, mit meinem ganzen Körper vor mir stehend, so nah, wie vor meiner Tür.

Nein, ich werde mich keinen Illusionen hingeben.

Aber draußen herrscht schon seit ein paar Augenblicken völlige Stille, es rührt sich kein Blatt, und ich habe Angst, den Stift vom Papier zu heben, und ich fühle deine Augen an meinen Lippen hängen, was soll ich sagen, was ich noch nicht gesagt habe, und was bleibt noch – in Worten zu sagen.

Schritte vor der Tür, jemand steigt die Stufen zur Veranda hoch. Ja'ir, wenn mir noch ein freier Wunsch bleibt, dann will ich, ich bitte darum, dass all diese Tausende von Worten jetzt Gestalt annehmen.

In Liebe, Mirjam

*Regen*

Und am Donnerstagvormittag, als im Tal von Beit Zayit die Wolken immer tiefer hingen und nahezu auf dem Haus lagen, und der Regen auf sich warten und warten ließ – um Punkt neun Uhr dreißig rief er an

Ich fragte, ob sie am Apparat sei, ob ich mit Mirjam spreche

Und ich wusste, er ist es, noch bevor er ein Wort sagte. Ich hörte ihn schwer atmen und rang selbst nach Luft

Mirjam, bist du es?

Ja, ja, ich bin es, ja … Es herrschte lange Stille, und wir atmeten hastig, und ich dachte, er kann mein Herz klopfen hören

Was ich dir sagen wollte, Moment mal

Und alles, was zwischen uns war und nicht war, und all diese verrückten Monate begannen sich in meiner Brust aufzulösen

Hör zu, Mirjam, es ist nicht so, wie du denkst

Ich denke nichts. Wie sollte ich auch einen klaren Gedanken fassen. Seine Stimme war belegt, es klang, als tauche er aus dem Unterholz eines Waldes auf

Ich muss dich nur kurz etwas fragen

Verwundet in dem Kampf, den er mit sich selbst geführt hatte, bevor er anrief

Bist du allein?

Ja, ich bin allein

Es hat nichts mit – der Sache zu tun, ich meine mit uns beiden, ist dir das klar?

Wie bitte, fragte ich kraftlos, was meinst du

Es geht um Ido, um ihn, nicht um uns, das heißt nicht um mich und dich, und ich begann ihr zu erzählen, was am Morgen bei uns vorgefallen war

Sprich bitte etwas langsamer

Wir haben in der letzten Zeit ein paar Probleme mit ihm

Langsam, ich kann dich so nicht verstehen, erklär mir noch einmal, was mit Ido los ist. Der Name seines Sohnes in meinem Mund

Er ist draußen

Was hat das zu bedeuten, er ist draußen, wo ist er. Seine Stimme wurde tief, er brummte beinahe. Ich verstand nur Bruchstücke: Am Morgen hatten seine Frau und er einen Streit mit dem Jungen gehabt

Er ist noch nicht einmal fünfeinhalb, aber störrisch wie ein Maulesel

Interessant, von wem er das hat, dachte ich

Nein, nein, er ist viel dickköpfiger als ich und sicherlich eigensinniger als meine Frau, er ist ein Dickschädel aus einer anderen

Welt, sie hat eine angenehme Stimme, ganz anders, als ich sie mir vorgestellt habe, sehr jung. Und Maya – meine Frau, Maya

Ja, ich weiß. Seine Frau, sein Sohn und er

Sag, hast du überhaupt Zeit, hast du den Kopf frei, um die –

Einen freien Kopf hatte ich in diesem Moment nicht

Ich meine, ob du Geduld hast –

Erzähl mir alles

Alles ist nicht notwendig, die Einzelheiten sind ohnehin irrelevant

Da sind sie, die vertrauten Böen, die Wärme und die Kälte, auch in seiner Stimme

Sie stürzt sich zu heftig auf jedes meiner Worte, zwischen den Briefen lag trotzdem immer eine Atempause, sie haucht regelrecht über jeden meiner Atemzüge

Für einen Moment schweigen wir. Als ob wir beide von dem kurzen Dialog völlig ermattet waren

Hör zu, in knappen Worten, heute morgen zog er sich wieder so langsam an, um uns um den Verstand zu bringen, und Maya sagte, sie würde nicht auf ihn warten, schon seit einer Woche kommt sie seinetwegen zu spät zur Arbeit

Er geriet ins Stottern und keuchte und stieß Worte aus, die mir vollkommen sinnlos erschienen

Und wir beschlossen, dass sie, wenn er sich auch heute nicht an die Zeiten halten würde, einfach fahren und ihn hierlassen sollte, wir wollten ihn einfach einmal ein bisschen erschrecken

Mein Herz flog ihm zu, auf der Stelle flog es ihm zu, weil er so heroisch war

Denn ich kann heute etwas später zur Arbeit gehen, wir haben donnerstags gewöhnlich unsere wöchentliche Teamsitzung

In der Firma? Im Buchladen, bei Humbook?

Ja, im Buchladen, es störte mich, den Namen meiner Firma aus ihrem Mund zu hören. Es störte mich, dass sie in meinem Leben so gut Bescheid wusste, und wie sehr sie es genoss, es mir zu demonstrieren, wie sie mein Material beherrschte, es hatte etwas Weibisches und Anbiederndes, wo war die Vornehmheit geblieben, die ich ihr zuordnete, warum hatte ich überhaupt angerufen

Für einen Moment stellte ich ihn mir bei der Arbeit vor, zwischen Tausenden von Büchern, zwischen den Menschen, die kamen und dort wühlten, wie er hin und her lief, hastig, begeistert, jeden Punkt der Luft berührend

Und mindestens einmal pro Tag steht ein Mensch zwischen den Bücherstapeln und kommt auf mich zu, und du solltest sein Lächeln sehen, wenn er in der Hand hält, was er schon seit Jahren suchte, fast immer ein Buch, das er in seiner Kindheit gelesen hat und das allein anscheinend in der Lage ist, dieses Licht in den Augen der Menschen zu entfachen. Und ich habe schon einen spezifischen Namen dafür, ich nenne es Mirjams-Licht, erzähl es ihr, nein

Wir schwiegen gemeinsam

Ich führe mehrere parallele Gespräche mit ihr, die die Telefongesellschaft nicht alle fakturieren kann

Wir atmeten gemeinsam

Kurzum, hör zu

Unbekanntes Geräusch. Die Zigarette, die in seinem Mund steckte, er saugte an ihr, und die Zigarette, als hätte sie ein Eigenleben, atmete ein wenig nach ihm

Wir vereinbarten, wenn er aufgäbe und sich angezogen hätte, würde ich ihn zum Kindergarten bringen, denn wir haben beschlossen, heute konsequent zu bleiben

Seine Stimme festigte sich für einen Moment und entfernte sich sofort wieder von mir. Ein Geräusch störte in der Leitung. Vielleicht wegen der Schwere der Wolken

Der Empfang ist leicht gestört, weil ich mit dem schnurlosen Telefon herumlaufe, um ihn im Auge zu behalten, verstehst du mich überhaupt

Ich bin nicht sicher

Ich werde versuchen, aus der Küche zu sprechen

Aus ihrer Küche

Was hast du gesagt?

Ich sagte nichts

Wie ist es jetzt?

Jetzt ist es gut, wo bist du

Und wo bist du?

Zu Hause ...

Sie hat wirklich eine verblüffende Stimme, sehr jung, frisch und munter, ganz anders, als ich sie mir vorgestellt habe, sie hüpft über die Silben

Ein kleines Lächeln machte sich in mir breit, die Geschichte, die er zum Besten gab, klang nicht besonders tragisch und ernst, sogar etwas schwach für einen Vorwand

So ist die Lage, Maya fuhr los, und er rannte hinter ihr her, halb nackt mit offener Jacke, denn auf einmal hatte er verstanden, dass wir heute Ernst machen

Vom ersten Moment des Gesprächs an klang er, als habe er keine Ahnung, wie der nächste Satz lauten würde, der ihm über die Lippen kommen würde. Und ich legte weiterhin großen Ernst in meine Stimme und fragte, wo denn das Problem sei

Verstehst du denn nicht? Er soll lernen, dass er uns nicht zum Narren halten kann, er soll sich entschuldigen

Seine Stimme spannte sich auf einmal wieder, und die lebendige Berührung mit seiner Aufregung erregte mich noch mehr für ihn, und ich wusste, dass er in der Lage war, sich selbst so anzustacheln, bis er jede seiner erfundenen Geschichten selbst glaubte, und ich hätte beinahe geschrien, komm, komm schon, genug mit den Geschichten und Vorwänden

Aber dass ich ihm die Tür vor der Nase zuschlug, verstehst du, das hat es bei uns noch nie gegeben, und er war darüber ziemlich verdutzt, ich glaube, er ist etwas schockiert

Und ich gab mir Mühe, keinen Fehler zu machen und sein kleines Spiel todernst mitzuspielen, aber warum bringst du ihn jetzt nicht in den Kindergarten?

Nein, das ist unmöglich, du verstehst nicht, sie kapiert gar nichts, er will rein ins Haus, ohne um Entschuldigung zu bitten

Eine ferne Glocke begann zu läuten. Ich war noch immer verwirrt, aber in meinem Bauch zog sich etwas zusammen, an einer Stelle, die vor mir begreift. Du sagst, deine Frau ist schon weg?

Ja, ja, als ob sie mir während des ganzen Gesprächs nicht zugehört hat, als ob sie nur gehört hat, was sie hören wollte

Und er steht vor der Tür? Du willst sagen, dein Sohn steht vor der Tür, seit sie … Und wann, sagtest du, ist sie

Heute morgen, ich sagte es bereits, um sieben Uhr dreißig, es ist ihr Safed-Tag

Aber jetzt haben wir halb zehn

Ja, das ist es, was ich dir sagen will, dass er sehr stur ist, was für ein Idiot ich war, ich dachte, sie versteht alles, ohne dass ich jeden Punkt zwanzigmal erklären muss, sie ist langsam von Begriff, bei meinem Leben, er steht vor der Tür, aber ich habe Sichtkontakt zu ihm durch den Küchenrollladen

Friert er denn nicht? Es ist heute schrecklich kalt

Natürlich friert er, du siehst ja, was draußen vor sich geht, was für ein Wind weht

Und bald gibt es Regen, sagte ich, und meine Stimme brach ein wenig, glitt auf dem Wort aus

Was geht mich der Regen an, verdammt noch mal, er soll sich entschuldigen!

Ich fuhr buchstäblich zurück. Wie ein wütendes Bellen und ein Biss gleichzeitig. Warum lässt du ihn dann nicht rein und sprichst mit ihm?

Weil wir es so beschlossen haben, wir haben einen Entschluss gefasst, verstehst du das?

Nein, das verstehe ich nicht … Plötzlich begann ich zu befürchten, dass ich wirklich nichts verstand

Denn ich habe ihm doch schon gesagt, dass er nur rein darf, wenn er um Verzeihung bittet!

Aber Verzeihung wofür. Immer wenn er schrie, hatte ich das Gefühl, dass er mich schlug

Sag mal, hast du denn nicht zugehört?

Dieser Mensch tut mir Dinge an, die mir niemand mehr antut, die ich niemandem mehr erlauben würde. Aber er ist ein fünf Jahre alter Junge!

Beinahe fünfeinhalb und sehr stark, er hat einen eisernen Willen, und ich habe meine Schuhe und das Hemd ausgezogen

Ich verstehe nicht. Was hast du getan?

Damit ich keinen Vorteil ihm gegenüber habe

Er ist barfuß und ohne Hemd?

Nein, ich meine nur, wegen der Kälte draußen, damit wir die gleichen Bedingungen haben, aber ich habe nicht vor, ihm nachzugeben

Du kannst ihn nicht den ganzen Tag so lassen, was sagt Maya dazu – ich meine deine Frau

Meine Frau ist nicht da. Sie sagte ›Maya‹. Sie kommt erst spät zurück, heute abend. Tu mir einen Gefallen und lass für einen Moment die Argumente und Erklärungen beiseite, denn ich muss zur Arbeit, und er zeigt noch nicht die geringsten Anzeichen einer Kapitulation

Plötzlich hörte ich auf, ihm hinterherzurennen, vielleicht weil er sich zu weit entfernte, an einen Punkt jenseits aller Hoffnung. Und für einen Moment hatte ich eine Atempause, und ich konnte mich fragen, ob ich ihn wirklich erreichen wollte

Anscheinend gelang es mir endlich, die Erziehungsberaterin zu schockieren, ihr zu erklären, wovor genau sie hier stand

Willst du ihn erziehen oder zerbrechen? Ich hatte es nicht vor, der Schrei brach aus mir heraus

Und mir fiel etwas ein, und ich lachte laut auf, sie sollte wissen, woran genau ich dachte

Die Kinderecke des Don Juan, dachte ich, und wie er mich wieder in seinen Bann zog, als ob er es nicht bemerkte, wie nebenbei

Hör zu, lass uns die ganze Sache vergessen, es war ein schrecklicher Fehler, dich anzurufen, dich mit einem Ruck in den Gestank zu lassen, der ich bin. Schweig jetzt, sag kein einziges Wort mehr, ja, ich bin wirklich überzeugt, dass man ein für alle Mal seinen Willen brechen muss, denn sonst wird er nie im Leben erzogen werden

Ich glaube nicht, dass man jemandem den Willen brechen muss, um

Man muss, man muss. Schweig, versuche wenigstens, das Stück Scheiße, das du bist, zu kaschieren. Nur so lernen Kinder, wie sie fortfährt, mit einfältiger Ernsthaftigkeit mit mir zu diskutieren, ehrlich und mit einem gewissen Anstand, anstatt herzukommen und mir in den Arsch zu treten

Du benimmst dich selbst wie ein Kind, Ja'ir. Selbst seine Stimme wurde dünn und weinerlich, und ich wusste nicht, was ich tun sollte, und vor allem wollte ich dem Kind helfen, denn ich verstand längst, dass die Lage wesentlich ernster war, als ich gedacht hatte, wie ich ihn mit seinem Namen ansprach, zum ersten Mal, völlig selbstverständlich

›Ja'ir‹, mit der Betonung einer Lehrerin, hör zu, ich gebe ihm noch eine letzte Chance, und schau, wie er auf mich pfeift

Ich hörte Stille und Schritte. Er ist barfuß, dachte ich, seine Füße auf dem Fußboden, und ich erinnerte mich an Mayas ›erstaunlich kleine Füße‹ und auch natürlich an ›solch ein kleiner Sockel, um zwei Erwachsene und ein Kind zu tragen‹. Und ich wusste nicht, was ich hören sollte. Und dann, hoch und angestrengt, akzentuiert und schreiend, seine Stimme

Wenn jemand ins Haus will, soll er brav an die Tür klopfen, sich entschuldigen, und wir werden ihm verzeihen und sofort in den Kindergarten gehen, denn all seine Freunde sind längst dort

Und wieder Stille, und dann flüsterte er mir in den Hörer, mit einer heimlichen, lächerlichen und etwas erschreckenden Übereile

Siehst du, er rührt sich nicht! Er antwortet mir nicht! Du solltest sein Gesicht sehen! Er denkt nicht daran, zu kapitulieren

Dann gib nach, schrie ich. Ich verlor die Beherrschung und schrie

Ich werde nicht nachgeben, ich gebe solchen Erpressungsversuchen nicht nach, man gibt einmal nach, und dann das ganze Leben

Er klang hysterisch, und ich fühlte, wie mir der Schweiß ausbrach, ich bin hier und beide dort, und seine Frau auf dem Weg nach Safed, und was kann man überhaupt

Ich gehe mit dem Schnurlosen von Wand zu Wand und schreie sie und die Wände an, wieso ich sie angerufen habe, weiß ich nicht, einen Augenblick zuvor hatte ich nicht daran gedacht, sie anzurufen

Ja'ir, hörst du mich, hör mir einen Moment zu, wach auf, siehst du nicht, was du ihm antust

Nur Gutes tue ich ihm an, er wird um Verzeihung bitten wie ein braver Junge, und dann wird er hereinkommen, und wir werden uns versöhnen

Er wird sich erkälten

Dann soll er sich eben erkälten, was soll's

Er wird krank werden, und du wirst leiden

Zwanzigmal pro Jahr ist er wegen irgendwelcher Bakterien krank, soll er nun einmal krank werden wegen eines triftigen Grundes, man stirbt heute nicht mehr an einer Angina

Du bist grausam zu ihm

Lass mich bitte diesen Konflikt austragen, wie ich es mir vorstelle

Und er brach die Verbindung ab. Und wie es seine Art ist, ließ er mich verdutzt zurück, atemlos, und wie kann ich mich so von ihm vereinnahmen lassen

Ich rief im Geschäft an und sagte, ich käme später, sie sollen ein wenig mit der Sitzung warten, und während ich sprach, warf ich einen Blick aus dem Fenster und sah, dass er zitterte. Ich glaube, er zitterte. Seine Schultern waren hochgezogen, und er trippelte von einem Bein aufs andere. Ich, ich hatte keine Wahl, zog auch das Unterhemd aus und die Strümpfe, es würde einen langen Kampf geben, aber einen fairen

Völlig kraftlos fiel ich in Amos' Sessel. Ich versuchte mich ein bisschen zu beruhigen, aber alles, was ich dachte, war, dass er vielleicht verschwunden war und nie wieder zurückkommen würde, weil ich Zeuge seiner Schmach und Schande geworden war

Und als ich wieder raussah, war der kleine Spinner nicht mehr an der Tür, sondern stand gebeugt mitten auf dem kleinen Weg am Eingang, und er starrte auf irgendeinen schwarzen, auf dem Rücken liegenden Käfer

Ich muss mich jetzt von ihm lösen. Aber das Kind, dachte ich, und auf einmal empfand ich Schwäche, eine seltsame schwindelige Vernebelung, und mein Herz begann zu rasen in einem Rhythmus, der nicht zu seinem normalen Repertoire gehört. Und ich sagte immer wieder laut, ohne Logik, das Kind? Das Kind?

Ihn nur nicht ansehen, denn es schwächt mich im Kampf gegen ihn, in den letzten Minuten hat sie mich regelrecht angebrüllt

Ich holte tief Luft, sammelte meine Gedanken: Ich darf das Kind nicht seiner Wut überlassen. Und wieder verhaspelte sich mein Atem bei dem Wort das Kind

Und im nächsten Moment kehrte ich zum Fenster zurück, und was sah ich? Ein alter großer Mann, der dubios aussah und auch noch einen langen Regenmantel trug, stand neben Ido

Und immer wieder sagte ich, das Kind, das Wort war neu, hatte einen neuen Geschmack in meinem Mund, und je häufiger ich es sagte, desto mehr spürte ich, dass ich stärker wurde, geladen, und auf einmal fiel mir etwas ein, und mir stockte der Atem

Vielleicht hat der Alte ihm schon etwas angetan. Ich hörte, wie er Ido fragte, ob er der »kleine Einhorn« sei, und Ido gaffte ihn nur an, vielleicht war er schon von der Kälte benommen

Es kann nicht sein, wieso gerade jetzt, schließlich bin ich ganz woanders

Der Alte bückte sich zu ihm hinunter und fragte, ob Papa oder Mama zu Hause seien, und Ido glotzte weiter

Ich ging zum Kalender in der Küche und zählte die Tage, und nichts wollte mir ins Gehirn gelangen, die Worte fielen von mir ab wie bei einer gerissenen Kette, und ich zählte wieder mit den Fingern ab, und es schien mir, dass dasselbe Ergebnis dabei herauskam. Ich setzte mich und begann zu zittern

Der Mann fragte, was treibst du hier draußen, und Ido starrte ihn nur an, und ich konnte fühlen, dass der Mann dachte, er habe eine geistige Behinderung

Und ich stand auf, um Amos anzurufen, und fiel wieder zurück in den Sessel. Ich setzte mich und prüfte, ob ich etwas fühlte, aber da war nichts, nur irgendein kleines, sehr entschiedenes Wissen, das besagte, dass ich mich nicht irrte

Der Alte steckte eine Hand in die Tasche und kramte darin, und ich stürzte zur Tür, riss sie auf und fragte, was für ein Problem haben Sie, mein Herr

Ganz ruhig, sagte ich mir, und sofort, in völligem Wahnsinn, all die Signale, die der Körper in den letzten Wochen gegeben hatte, all der innere Wirrwarr und die Veränderungen und der Geschmack des Kaffees, aber schon seit zehn Monaten bin ich nicht mehr in Behandlung, und es ist unmöglich, dass es einfach so, nach all den Jahren des Kummers und der Qual, plötzlich passiert, dass

Er erschrak ein wenig vor mir, der Alte, denn ich sah wild und nackt aus, zu einer Keilerei bereit, und er sagte lächelnd, nichts, mein Herr, wir haben hier nur einen Brief von der Stadtverwaltung für Sie, der irrtümlich zu uns kam

Und dann fielen mir endlich Ja'ir und das Kind ein, und ich wusste, dass ich jetzt nicht die Beherrschung verlieren durfte und dass ich alles beiseiteschieben musste, bis Ja'ir das Kind zurück ins Haus geholt hatte

Der Alte reichte mir den Brief, aber anstatt zu verschwinden, begann er, sich etwas für die Situation zu interessieren, und sagte betont, wie zu Ido, kleine Kinder können sich draußen leicht eine Lungenentzündung holen

Mit meiner ganzen Konzentrationsfähigkeit dachte ich an den armen Jungen, das arme Kind, das arme Kind, das unter dem über ihm flammenden, blitzenden Schwert stand, und ich wusste, wie unglücklich es sein musste und wie sehr Ja'ir darüber unglücklich war

Ich antwortete dem Alten, das Gesicht Ido zugewandt, dass man dem »kleinen Kind«, in dem Moment, in dem es anständig um Verzeihung bäte, erlauben würde hereinzukommen, nach dem Desaster, das es hier angerichtet habe

Mir fiel ein, wie er ihm vorm Einschlafen eine Geschichte vorliest, mit welcher Zärtlichkeit er über ihn schrieb, und wie ich immer fühlte, dass er mehr Vater sein kann als ich Mutter, gerade weil Ido ein gesundes Kind ist, ja, weil er mehr Berührungspunkte mit der Seele seines Kindes hat

Und Ido zog den Kopf ein wenig ein, wegen des ihm unbekannten Wortes, des Desasters, als hätte er eine Ohrfeige von mir bekommen

Und weil ich nicht wusste, wie ich ihnen helfen sollte, zog auch ich die Schuhe aus, es war töricht und verrückt, aber irgendwie schien es in diesem Augenblick logisch zu sein, und auch den Pullover zog ich aus, und ich blieb mit einer dünnen Bluse sitzen, und jede Berührung meines Körpers war neu, und jede Berührung erheiterte und erschreckte mich gleichermaßen, als ob ich ein Geschenk schälte, das mir noch nicht ganz gehörte

Der Alte machte einen halben Schritt zurück und grinste verständnislos und irritiert, und ich spießte ihn mit dem Blick auf, bis er aus dem Garten verschwand

Es war kalt in der Wohnung, aber ich stellte den Ofen nicht an. Ich dachte, ich würde krank. Jetzt werden Ido und ich krank. Jetzt werden wir, Ido und Ja'ir, an derselben Krankheit erkranken

Ich schlug einen flinken Haken, ging hinein und knallte die Tür zu und sprang sofort zum Rollladen

Aber ich muss jetzt gesund bleiben, gesund

Ich sah, dass Ido langsam die Faust öffnete und ein rotes Bonbon darin lag, das der alte Triebtäter hineingeschmuggelt hatte

Und dann wagte ich es endlich, meinen kleinen Gedanken laut zu äußern, ganz, in der Ganzheit der erstaunlichen, erschreckenden Worte

Verdammt noch mal, wo steckt sie, wo steckt sie

Und ich konnte mich nicht mehr beherrschen und wählte, und ich sah, wie meine Finger zitterten, und hörte auf. Ich begriff, warum der Ring in den letzten Tagen eng geworden war, und ich war so erleichtert

Warum ruft sie nicht an, wenn man sie braucht

Und er, er stürzte beim ersten Klingeln an den Apparat und brüllte ›Ja?!‹. Er schrie es richtig. Ich sagte, ich bin's, und er wurde still, als ob er versuchte, sich einen Weg durch sein Hirn zu bahnen, um sich zu erinnern, wer ich überhaupt bin. Und auch ich wusste für den Bruchteil einer Sekunde nicht mehr, was ich ihm eigentlich sagen wollte, ich nannte wieder meinen Namen, sogar mein Name kam mir auf einmal neu und voll vor, voller Leben, und Ja'ir sagte zerstreut, ach ja, du bist das, und sogleich begann er, hastig und mit klagender Stimme zu sprechen

Siehst du, wie stur er ist, du wirst zugeben müssen, dass ich recht hatte, als ich sagte, hier herrscht Krieg, und du wirst sehen, dass ich diesmal seinen Willen brechen werde, und mehr wird es nicht

Seine Stimme klang bereits vollkommen verzerrt und dünn und gekrümmt vor Kränkung und Zorn. Ich konnte spüren, wie sie sich mehr und mehr von mir entfernte, in die Vergangenheit gesogen wurde, bis zu den Wurzeln. Aber sag mir, warum musst du ihm denn den Willen brechen

›Warum‹, ›warum‹, weil er sonst über mich triumphieren wird, und er soll wissen, dass es bei uns noch immer zwei, drei Prinzipien gibt und dass der Vater noch immer stärker ist als das Kind, das ist wichtig für ihn, nahezu lebensnotwendig

Aber du quälst ihn, das ist eine regelrechte Quälerei … Meine Schläfen pochten vor Anstrengung und Aufregung. Immer wieder wiederholten wir voreinander dieselben Sätze. Wir konnten uns nicht aus der Falle befreien

Glaub mir, mir fällt es auch nicht leicht, aber ich denke nicht daran aufzugeben, ich habe auch schon einen halben Arbeitstag investiert, und es macht keinen Sinn, zu vergeuden, was jetzt schon

Ich war so verwirrt, dass ich ihn fragte – das heißt, etwas Dämliches rutschte mir raus –, warum er bei mir angerufen habe

Weil ich – ich hatte keine Ahnung, was ich sagen sollte, warum hatte ich gerade sie angerufen, weil du dich mit Kindern auskennst, und du hast ein Kind, und ich dachte einfach für einen Moment daran, mir bei dir Rat zu holen. Aber auch

Er sagte nicht ›weil –

– weil du eine Mutter bist

Und die einfachen Worte schwirrten in mir, und eine Welle brach sich in mir, und ich begann beinahe zu weinen, aber man durfte sich in diesem Augenblick nicht gehenlassen, und um durchzuhalten, krallte ich mich, so gut es ging, gedanklich an Anna, wie sehr ich mir wünschte, sie wäre da, in diesem Augenblick, und wie die Dinge sich zwischen uns allen verändern würden, und wie Jochai es auffassen würde, könnte er verstehen, dass sich zwischen uns nichts verändern würde, und ich dachte, es muss ein gesundes Kind werden, großer Gott, ich brauche so sehr ein gesundes Kind, und als Allererstes muss ich Amos anrufen, nein, so etwas erzählt man nicht am Telefon, ich werden ihn bitten heimzukommen, und dann werde ich es ihm sagen, Moment, Moment. Ganz ruhig. Nachdenken

Mirjam. Bist du noch dran? Plötzlich war sie weg. Mirjam, hörst du?

Mit aller Kraft – ich wusste nicht, woher ich sie in jenem Augenblick nahm – verengte ich die Stimme, etwa so wie vor der Klasse, um die tosenden Geräusche in meinem Kopf zu übertönen, und ich sagte, Ja'ir, du öffnest jetzt die Tür und lässt ihn rein, du umarmst ihn, ziehst ihn an und gibst ihm einen heißen Kakao

Nein, nein, du verstehst gar nichts, du, bei dir, Eure ganze Methode

Was soll das heißen, ›unsere Methode‹? Ich kochte vor Zorn, was wusste er schon über ›unsere Methode‹? Und ich stellte mir vor, wie er uns sah und wie unser Haus ihm vorkommen musste, wie abwegig ihm unsere Beziehung erscheinen musste, künstlich und jenseits von allem, was er das ›Schema‹ nennt, einschließlich aller zerfleischenden Kämpfe, und mit einem letzten Aufgebot an Kräften sagte ich, dass man ein Kind zwar zwingen könne, sich zu entschuldigen, aber was habe man davon

Nein, nein, was mischst du dich überhaupt ein, wer hat dich gebeten, dich einzumischen und mich zu analysieren

Du hast mich angerufen, schrie ich und bereute sofort

Ich bedauere das zutiefst. Genug, vergiss es. Ich habe nicht angerufen. Es war ein momentaner Schwächeanfall, ich möchte dich unter keinen Umständen in die Sache reinziehen, entschuldige bitte, okay? Ich hatte gar nicht die Absicht, mit dir zu reden. Und auch dafür bitte ich um Vergebung, dachte ich, für die Lüge, die ich dir auftische

Aber du hast mich reingezogen. Ich bin längst involviert, Ja'ir, du kannst jetzt keinen Rückzieher mehr machen! Als ich schrie, dachte ich, dass schon seit Jahren kein lautes Wort mehr in unserem Haus gefallen sei. Und bei jedem Schrei wurde mir schwindeliger, und ich dachte, vielleicht geht hier und jetzt alles den Bach hinunter, während des Gesprächs mit ihm wird es geschehen

Und hör auf, mich die ganze Zeit bei meinem Namen zu nennen

Vielleicht möchte ich, dass du dich daran erinnerst, wer du bist

Ich vergesse das nicht für einen Augenblick. Ich habe die Lage völlig im Griff, und ich werde exakt so verfahren, wie die Situation es erfordert

Und er fuhr fort zu schwatzen, mit einer Mischung aus Überheblichkeit und Angst, und ich konnte das Gefühl nicht loswerden, dass auch ich für diese Sache einen Teil der Schuld trug; dass er sich schonungslos in den Abgrund rollte, um von dort nach meiner Hilfe zu rufen, um mich zu zwingen, ihn zu retten

Ich habe die Nase voll von ihrem Gejammer, ich hätte nicht gedacht, dass sie so zerbrechlich ist, und während des Gesprächs schnitt ich mir eine dicke Scheibe Brot ab, bestrich sie mit Butter, fügte auch ein paar Tomatenscheiben hinzu, bestäubte sie mit etwas Salz und Satar und stellte mich auf eine leichte Mahlzeit ein, denn warum sollte ich seinetwegen hungern, und ich erklärte ihr gelassen, dass ich nichts Persönliches gegen ihn hätte und dass ich seine Standfestigkeit sogar bewunderte, denn um die Wahrheit zu sagen, es war beinahe beängstigend, mit anzusehen, welche Härte es in ihm gibt, letztendlich ist er nur ein fünfeinhalbjähriger Knirps

Und du bist dreiunddreißig, sagte ich, ohne große Hoffnung. Und ich begann schon zu fühlen, dass, parallel mit seinem Krieg gegen den Jungen, er auch gegen mich focht, und je mehr ich um den Jungen bettelte – desto mehr würde ich ihm im Grunde schaden und Ja'ir mehr und mehr auf ihn hetzen

Aber da sah ich ihn zufällig an, und der Appetit verging mir, ich warf das Brot in den Mülleimer und schrie ihn in meinem Innern an, dass er verdammt noch mal aufgeben solle, er solle nichts weiter als drei Schritte machen, gegen die verflixte Tür klopfen, was duellierte er sich mit mir

Ich hatte den Eindruck, von weitem einen Donner grollen zu hören, es wurde immer kälter, und mich fröstelte, und wie in einem Schwur murmelte ich ihm zu: »Aber du liebst doch deinen Sohn, du liebst ihn«

In diesem Augenblick fiel er zum ersten Mal. Ein Bein knickte ihm einfach weg, doch er richtete sich auf der Stelle auf und schleppte sich zu einem kleinen Korbstuhl, einem Schaukelstuhl, der im Garten steht

Mein Gott, dachte ich, lieber Gott, bevor du dich um irgendetwas anderes kümmerst, mach, dass es dort, bei den beiden, gut ausgeht

Und er legte sich quer über den Stuhl, der Kopf sank auf der einen, die Beine hingen auf der anderen Seite herunter, seine Augen waren geöffnet, und er starrte auf eine kleine verschrumpelte Zitrone, die vom Sommer zurückgeblieben war

Vielleicht weil ich einen Moment lang schwieg, brach er erneut die Verbindung ab. Ohne ein Wort zu sagen, wie nebenbei, als ob er vergessen hätte, dass es mich gab, und ich ließ mich wieder in den Sessel fallen, und noch einmal zählte ich mit den Fingern die Tage ab und dachte, ich muss die Dinge ordnen, und wenn ich einen ruhigen Moment hätte, aber Ruhe gab es nicht

In meinem Kopf spulte mir jemand in einer privaten exklusiven Vorstellung das ganze Bild ab, Ido vor der Tür, ich ihn beobachtend, wie alles sich ohne Hoffnung wiederholt, ein kahl werdender Mann duckt sich hinter dem Rollladen, um die eigene Pornographie zu sehen

Unverzüglich rief ich wieder an, bevor ich überhaupt zögern konnte. Es ist ziemlich verrückt, dachte ich, dass ich acht Monate lang nicht wagte, ihn anzurufen, und jetzt, heute Morgen, schon zum dritten Mal

Die Haut meiner Hände begann sich blau zu färben, ich wusste, dass ich mich jetzt beeilen musste, es blieb mir nicht viel Zeit, ich kenne die Symptome, okay, ich ging und öffnete alle Fenster, und ein kalter, schneidender Wind wehte ins Haus, und ich stand da und ließ mich zerschneiden, und später lief ich zum Fenster und sah, dass er aufstand und ein paar Schritte machte, zurückkehrte, verwirrt innehielt

Und trotz der ganzen Last der Lage, trotz des inneren absurden Wirrwarrs, empfand ich eine kleine erlesene Freude, als ob Ja'ir und ich schon Routine in Morgengesprächen hätten

Er griff nach seiner Erdnuss und quetschte sie und sah nach allen Seiten in einer Verzweiflung, die mich zerriss

Plötzlich war es, als ob die Luft sich straffte, klar und gespannt wurde und der Wind sich mit einem Schlag legte und kein Blatt sich rührte, und ich dachte, jetzt kommt es

Jetzt wird er aufgeben, weil er Pipi muss, er wird keine Wahl haben, aber wenigstens wird die Sache damit ein Ende finden. Und tatsächlich begann er, mit geschlossenen Beinen zur Tür zu hüpfen, stand davor, ohne zu klopfen, und ich zählte in meinem Innern bis fünfzig, schlug die Augen auf, und er stand noch immer mit gesenktem Kopf vor der Tür und klopfte nicht und klopfte nicht

Der Regen, der erste

Und was fiel mir ein, dass Maya mich vor Jahren einmal bat, ihr beizubringen, wie man bei einem Jungen das Spätzchen in der Windel richtig legte, nach oben oder nach unten, entschuldige dich, schrie ich und biss mit aller Kraft in meine Faust

Erste, zögernde Tropfen auf die Zitronenblätter. Jetzt auf das Geißblatt. Auf den Jasmin. Hier wird die Bougainvillea nass. Der Staub wird Blatt für Blatt abgewaschen. Schwere Tropfen an der Fensterscheibe

Sie schockierten mich ein wenig, diese Zahnabdrücke in der Faust, und das Blut, das zu tropfen begann

Auf einmal nahm er zu, verdichtete sich, dröhnte, als ob alles, was sich seit Anfang des Herbstes im Himmel angestaut hatte, die ganze große Beherrschung

Ich sah, wie Ido den Kopf hob und sich überrascht umsah und die Hand gen Himmel streckte, und ich verstand seine Gesten nicht, er schien einen Tanz zu vollführen, auf einmal sah er glücklich aus, ich dachte, vielleicht hat er den Verstand verloren

Und ich öffnete das große Fenster, und sämtliche Regengerüche drangen herein: der Geruch der regennassen Erde und des regennassen Rasens und der verregneten Bäume. Die Gerüche dieses Regens und der vergangenen Regen. Der Geruch von Annas Atem im Regen, durch die Wollmützen, als wir Kinder waren

Es regnet, Moment mal, der Regen! Wie kann ich ihn im Regen draußen lassen

Und gute Gerüche stiegen aus den fernen Hühnerställen und aus dem Pferdestall der Nachbarn. Alles roch plötzlich nach frischen Würfen. Auch der Jerusalemwald, vom milchigen Nebel gewaschen, ergrünte langsam unter meinem Blick

Er steht einfach da in dem triefenden Wasser und unternimmt keinen Versuch, sich unterzustellen, womöglich genießt er es auch noch, vermutlich ist ihm klar, dass ich jetzt das Handtuch werfen muss

Das ist der Moment, den ich monatelang gefürchtet habe, hier ist die Üppigkeit, die er bekämpfte

Und erst da begriff ich, dass es nicht einfach nur ein Regenschauer war, sondern dass es jener Regen war, wer hätte je gedacht, dass der erste Regen so käme, schließlich hatte ich geplant, unter ihm hindurchzulaufen, mich zu waschen, ihren Namen zu schreien und von ihr auf diese Weise, unter dem Regen und den Tränen, für immer Abschied zu nehmen, und stattdessen ging ich hinter einem Rollladen vor meinem Kind in Deckung

Das Haus zitterte von dem starken Regenfall, es war ein ungewöhnlich heftiger erster Regen, mit Donnern und Blitzen und plötzlicher Dunkelheit, die über das Tal hereinbrach, und zwei, drei grellen Lichtstrahlen, die es wie gespreizte Finger durchstießen, und ich dachte, es wird alles gut. Der Regen ist da

Seine Hose war völlig durchnässt vom Regen, vielleicht auch vom Urin, und er hörte nicht auf zu tanzen und zu springen und die Hände in den Himmel zu strecken, als ob er nicht bemerkte, wie kalt ihm war, wie nass er war, und wie schrecklich es war, jetzt draußen zu sein, und sein Haar war voller Wasser und klebte ihm im Gesicht, und er tanzte

Ich fühlte mich erleichtert, ohne vernünftigen Grund. Mein kindischer Glaube an den Regen. Vielleicht wird es am Ende einen Regenbogen geben, ein besonderes Geschenk für mich. Was wird mit mir sein am Ende dieses Winters

Und wie verrückt rannte ich im Haus umher, schlug mehrmals mit aller Kraft mit dem Kopf gegen die Wand, und das Telefon läutete, und ich wusste, dass sie es ist, und hob nicht ab, was hatte ich ihr schon zu sagen

Wieder überflutete mich das erstaunliche Wissen, mein ganzer Körper war schon davon durchnässt, die Schwere und die Gnade, und wie zuvor konnte ich es noch nicht aushalten, nicht zusammen mit dem, was Ja'ir und dem Kind geschah

Und ich zog auch die Hose aus, damit ich wirklich nicht den geringsten Vorteil ihm gegenüber hatte, und nur mit der Unterhose bekleidet, lief ich vor dem geöffneten Fenster hin und her und dachte, dass ich überschnappen würde

Vielleicht fünf Minuten lang ließ ich das Telefon läuten, und er hob nicht ab. Vielleicht hatte er den Jungen schon geholt und in den Kindergarten gebracht, aber ich wusste, dass es nicht so war. Ich fühlte ihn in Form von Stichen, wie er weiter nach mir rief, die Tiefe seines Wahns stach mich über die gesamte Distanz hinweg

Er hat mich besiegt, der kleine Hurensohn. Ich habe mich verloren, als ob alle Vatermechanismen in mir auseinandergefallen wären, die einzige Sache, von der ich dachte, dass ich sie gut beherrsche

Der Regen wurde immer stärker, die wenigen Lichtfinger bündelten und ballten sich hinter den Wolken, in der Mitte des Tages sank nächtliche Dunkelheit herab, und auf einmal wusste ich vor lauter Angst nicht mehr ein noch aus. Ich sah das Kind vor der Tür, verstoßen, erfroren, nackt. Ich rief die Taxizentrale in Giv'at Sha'ul an, und sie sagten, dass es wegen des Regens eine Stunde dauern könne

Und wie unter Drogen ging ich in sein Zimmer, legte mich in sein Bett und verschaffte mir Platz zwischen den Bären, den Affen und den Löwen

Denke nicht, sagte ich mir, handle instinktiv. Ich zog mich an und ging hinaus in den Regen. Augenblicklich war ich durchnässt. Ich hatte mir nicht einmal die Zeit genommen, mir etwas Hübsches anzuziehen. Ich hatte mein Haar nicht gekämmt, kein Lippenstift, nichts. Er sollte nicht denken, dass ich – er sollte nicht denken

Ich zog mir seine Decke über den Kopf und schrie mit aller Kraft, dass er sich nur zu entschuldigen brauche und ins Haus kommen solle, das Blut aus meiner Hand befleckte das Laken, und ich biss erneut

Der alte Mini stand unter der Überdachung, und ich zögerte für einen Moment und dachte, besser nicht. Ich war zu viele Jahre nicht gefahren, und dies war nicht der Augenblick, um wieder damit anzufangen, und im Grunde hatte ich gar keinen Führerschein, ich hatte ihn dieses Jahr nicht mal verlängern lassen

Plötzlich bildete ich mir ein, dass er dort draußen sprach, und ich erschrak, dass der perverse Alte vielleicht zurückgekommen war, vielleicht hatte er die Bullen geholt

Und ich stand verwirrt zwischen all meinen Wünschen, und wieder, inmitten des Durcheinanders und der Sorgen, blitzten meine neuen Worte in mir auf, ich bin schwanger, und eine riesige Weite an Leben breitete sich in mir aus, als ob ich meinem Körper immer wieder eine Frage stellte und mein Körper sie mir mit Ja beantwortete … mein Körper sie mir mit Ja beantwortete

Er unterhielt sich nur mit der verschrumpelten Zitrone und erzählte ihr, dass wir behaupten, er tue alles »extra langsam«, und dann antwortete er sich selbst in der Rolle der Zitrone, er hatte noch die Energie zum Rollenspiel, und ich dachte, wenn nur Mirjam anrufen würde, und das Telefon läutete, und ich hob nervös ab und hatte die Absicht, alles über sie zu gießen, was sich schon lange in meinem Bauch angesammelt hatte, über sie und über diesen Softy Amos, die beiden würden nie in solch eine Situation mit einem Kind geraten, sie würden sich zusammensetzen und ruhig und vernünftig miteinander diskutieren und gemeinsam irgendeine faire Kompromissformel austüfteln

Nichts verstehst du

Aber es war Maya, die in Safed angekommen war und mich bei der Arbeit nicht erreicht hatte und erstaunt war, weil sie nie darauf gekommen wäre, dass er noch immer da draußen war

Nein, das ist wirklich nicht der Moment, um wieder Fahren zu üben, nicht in einer solchen Sintflut, nicht, wo ich so aufgelöst bin, sieben Jahre bin ich nicht gefahren (plötzlich schien es mir abwegig, für einen Moment vergaß ich nahezu, warum es so kam, aus Angst, jemanden zu verletzen, jemanden zu versehren, aus Angst, dass mein Leben kein Leben mehr sein würde und die ganze Last auf Amos überginge), und gerade in meiner Situation anzufangen, in meinen Umständen, auf einmal war ich in »Umständen« …

Da goss ich alles, was sich in mir angestaut hatte, über sie, schließlich hatte auch sie ein wenig Anteil an dem, was hier passierte, schließlich hatten wir heute morgen den Entschluss gemeinsam gefasst, nur bin ich zuletzt immer derjenige, der ihn dann strafen muss, und sie ist fein raus, schließlich wird er mir so etwas nie vergessen, und schon in diesem Moment stehe ich in seiner kleinen Geschichte vor Gericht, und welchen Hass wird er für diesen Morgen gegen mich hegen

In strömendem Regen eilte ich in Richtung Moschawausgang, ich durfte jetzt nicht rennen, und ich schwor mir, von dem Moment an, in dem die Sache zwischen Ja'ir und Ido bereinigt wäre, auf mich aufzupassen, wo war Anna, die mir auf Polnisch sagte, ich müsse jetzt für zwei aufpassen, wieso habe ich Amos noch nicht angerufen, aber kein Fahrzeug passierte das Tor, und keine Menschenseele war zu sehen

Und sie lag mir aus Safed auch noch in den Ohren und begann die Rede Mirjams wiederzukäuen, dass man ihn nicht brechen müsse, dass er nur ein Kind sei, dass ich mich selbst wie ein Kind benähme

Ich stand dort im Regen, und trotz des ganzen Kummers lachte ich auch über mich selbst, dass so etwas nur mir passiert, dass ich mich dermaßen auf eine Sache versteife, dass ich mich so sehr bei einem anderen Menschen einbringe, dass ich mir nicht die Zeit nahm, zu verstehen, was mein Körper mir mit so eindeutigen Signalen zu verstehen gab

Ich dachte, ich platze, weil beide mich wie abgesprochen aus der Höhe ihres richterlichen Stuhls runterputzten

Ich war vollgesogen wie ein Lappen und muss wohl auch so ausgesehen haben, und ich hoffte, dass mir diese ganze Aufregung nicht schaden würde, und die ganze Zeit versuchte ich, mit dem Gedanken an den Jungen da draußen, zu mir zu kommen, und ich schob Gedanken beiseite über meine vollkommene Blindheit und diese Schwangerschaft, die sich so in mich hineingeschlichen hatte, als ich gar nicht daran dachte

Alles schön und gut, schnitt ich Maya das Wort ab, aber Ido ist zufällig ein Mann und versteht durchaus die Gesetze dieses kleinen Kampfes, vielleicht besser, als du überhaupt in der Lage dazu wärst, schließlich kam sie aus einem Elternhaus, das nur Honig und Watte war, nicht einmal eine gesunde Ohrfeige hatte sie dort eingesteckt, aber ich erwarte auch nicht von dir, dass du es verstehst, ohnehin versteht von euch keiner was

Und als ich sah, dass sich niemand freiwillig anbot, mir aus Beit Zayit herauszuhelfen, kehrte ich zurück nach Hause, stellte mich unter die Überdachung, ich muss es tun

Und während des Gesprächs mit ihr rannte ich zum Fenster und sah, dass er wieder quer über dem Stuhl lag, zusammengekauert und etwas murmelnd, und er spielte seltsam still mit einem langen Zweig im Wasser, das in Bächen unter dem Stuhl floss, und ich dachte, dass er vielleicht unter Kälteschock stand oder so ähnlich

Der alte Mini sprang sofort an. Auch ein halbvoller Benzintank war vorhanden. Amos, Amos, du bist der Größte. Was für ein Glück ich habe, was für ein glücklicher Pechvogel ich bin

Ich knallte das Schnurlose hin und rannte raus, unterwegs schnappte ich mir eine Decke, die auf der Waschmaschine lag, und breitete sie über ihn, er würdigte mich keines Blickes, und ich rief seinen Namen, und er antwortete mir nicht, dann setzte ich mich zu Füßen des Stuhls in die Pfütze, sah ihn an und sagte stumm, entschuldige dich

Und mich durchfuhr ein seltsamer Gedanke, dass ich nun beide brauchen würde, Amos und Ja'ir. Und dass Ja'ir bei mir bleiben müsse, dass er es nicht mehr leugnen könne

Denn ich will jetzt auch meine Dummheit in dich gießen – und den Überschwang und die Feigheit und die Verlogenheit, den Gefühlsgeiz, aber auch zwei, drei positive Dinge, die es möglicherweise in mir gibt, damit sich alles mit all deinen Attributen vermischt, damit meine und deine Ängste sich paaren, die selbst verschuldeten Niederlagen, immer wieder, korrigiere mich, wenn ich mich irre, korrigiere mich

Sei bei mir, Ja'ir, erwecke mich zum Leben. Sag mir: werde Licht

Aber was habe ich dir schon gegeben, nichts als Worte, und was vermögen schon Worte

Anscheinend vermögen sie mitunter etwas. Und vielleicht gibt es Momente der Gnade, den Himmel auf Erden

Ganz langsam schob ich seinen Stuhl unter den Dachvorsprung, damit er nicht noch nasser wurde. Starker Regen fiel auf mich nieder, und in Sekundenschnelle begann ich zu frieren, und Ido sah mich unter der Decke an, und für einen Moment hatte ich Angst, seine Pupillen könnten trüb sein

Ich fuhr langsam in den inneren Ring und betete, dass mir keiner entgegenkam. Ich beschloss, nicht nachzudenken über das, was man tun muss. Nur den Instinkt mich führen lassen, denn auf einmal verließ ich mich auf ihn, auf den Instinkt

Ich weiß nicht, ob er mich wegen seiner Vernebelung nicht erkannte oder wegen meines Aussehens, dass ich nicht mehr wiederzuerkennen war, und ich merkte, wie sich sein Körper mit einem Mal vor mir versteifte

Und was für ein Glück, dass ich vor zwei Wochen einmal dort gewesen bin, um zu sehen, wo er wohnt, die Straße und das Haus und die ganze Strecke von mir zu ihm

Als ob er sich für einen Hieb von mir rüstete, obgleich ich niemals die Hand gegen ihn erhob, trotz allem bin ich nicht mein Vater

Ich fuhr durch Kaskaden. Ich dachte, wie Ja'ir mir manchmal vorkam, wie ein Löffel, der, durch ein Teeglas betrachtet, in zwei Teile zerbricht

Und ich hoffte, dass er nicht sah, wie mir die Gesichtsmuskeln zu beben begannen, wie immer, wenn ich der Kälte ausgesetzt bin, ich durfte mich nicht in der Kälte aufhalten

Strömender Regen schlug gegen die Windschutzscheibe, ich hatte Jerusalem noch nie so gesehen, so diagonal im Regen

Er richtete sich auf dem Stuhl etwas auf und sah, dass ich nur eine Unterhose trug, und er fragte, und ich traute meinen Ohren nicht, ob er das auch dürfe, ob er sich auch ausziehen dürfe

Und im Herzen sprach ich mit dem Jungen, mit Ido, ich komme, sagte ich ihm, halte durch

Ich holte tief Luft, und mit dem Rest an Verstand sagte ich leise, dass er mich vielleicht bis jetzt nicht richtig verstanden habe, vielleicht sei er zu blöd, um die einfachsten Worte zu verstehen, aber wenn er jetzt aufstünde, ich würde ihm sogar dabei helfen, würden wir zusammen losgehen, und zusammen würden wir an die Tür klopfen und sogar zusammen um Verzeihung bitten

Und die ganze Zeit wusste ich, mit schrecklicher Klarheit wusste ich es, wenn dies nicht der »letzte Tag« wäre, wäre all das nicht geschehen

Ich hatte keine Wahl mehr, denn welche Wahl hatte ich überhaupt gehabt, denn schließlich war er nicht einmal bereit, etwas von Entschuldigung zu hören, und ich durfte nicht eine Minute länger bei ihm bleiben, denn ich wusste nicht, was ich ihm antun würde, und ich stand auf und ging zurück zum Haus, lehnte mich gegen die Tür und sah, wie sich um meine Beine eine kleine Pfütze sammelte

Aber wann begann das bei mir, wann konnte es passiert sein, vielleicht als er in Tel Aviv mein Tagebuch schrieb

Und so, von der Tür aus, von weitem, erklärte ich ihm, dass er schieflag, wenn er dachte, Mama komme, um ihm zu helfen, denn Mama ist in Safed und kehrt erst heute Nacht zurück, und jetzt seien nur er und ich hier, mutterlos

Oder an dem Tag, an dem er mir seinen Namen gab? Und wie hielt »es« durch und überlebte seine ganze stumme Periode?

Aber er gab keine Antwort, vielleicht fühlte er, dass er mich damit noch mehr zerbrach, und ich fragte ihn, ob er überhaupt verstanden hatte, was ich sagte, und ob er überhaupt die Kraft hatte, von dem Stuhl zur Tür zu gehen, um anzuklopfen, denn auf einmal schien mir die Distanz enorm

Vielleicht erst nachdem ich begann, seine Briefe zu kopieren, und sich uns die Worte vermischten? Oder als ich begann, mein eigenes Tagebuch zu schreiben?

Und langsam, langsam glitt ich an der Tür hinab und ließ mich auf der Erde nieder und erklärte ihm ruhig und gelassen, dass wir jetzt einander helfen mussten, denn hier sei etwas passiert, eine Komplikation, später werde ich dir erklären, wie es dazu kam, einmal werde ich es dir erklären, einmal wirst du es verstehen, du wirst mir sogar dankbar sein, dass ich nicht nachgegeben habe

Für einen Moment sah ich mich im Innenspiegel, zerrupft und nass und die Nase ganz rot, wie immer, wenn es kalt ist. Ich dachte, was er wohl von mir hält, und dass er noch so jung sei

Er stieg vom Stuhl und legte sich vor mir auf die Erde, in die Pfütze, absichtlich wandte er mir den Rücken zu, und wieder kauerte er sich zusammen und rührte sich nicht, und es war mir schon nicht mehr kalt, ich dachte, es ist komisch, nichts zu fühlen, wenn er mir nur nicht hier unter den Augen starb

Und der Junge tat mir leid, der, wie für Kinder üblich, Rechnungen beglich, von denen er nicht einmal wusste.
Und sosehr ich es auch versuchte, ich verstand nicht, wie sich in unserer Familie solch ein Horror ereignen konnte, und wieso sah und hörte niemand, was hier vorging, wo waren die Nachbarn, die Menschen

## Ich rannte die Treppe runter

Es war seltsam, wie die Tropfen auf meinen Körper fielen und ich sie nicht fühlte, und der Regen strömte und floss ins Haus, und es gab schon kein Draußen und Drinnen mehr, und als ich einsah, dass ich nichts verstand, schloss ich die Augen und hörte auf

Schon von der Treppe, mit einem Blick, sah ich sie, Ja'ir und den Jungen. Es trennten sie vielleicht drei Schritte. In dem kleinen Garten lagen sie da im Wasser, in einem furchtbaren Winkel voneinander abgewandt. Wie zwei gebrochene Nägel. Ja'ir war nackt und blau vor Kälte. Seine Rippen stachen vor und bewegten sich kaum, und seine Augen waren mühsam geschlossen. Ido lag unter einer Decke neben einem Korbstuhl, und ich weiß noch, wie es mich wunderte, zu sehen, dass er zugedeckt und geschützt war. Regen schlug gegen die Hauswand und sprühte auf Ja'ir und mich. Ich dachte: Am Ende wie zu Beginn begegnen wir uns im Wasser, in einer Geschichte, die er für uns schrieb.

Und dann, für einen Moment, schlug er die Augen auf, sah mich an und schloss sie erneut qualvoll. Seine Wimpern zitterten, und er brach in ein Schluchzen aus, wie ich es nie von einem Erwachsenen gehört hatte, er nannte meinen Namen, wieder und wieder. Und ich erinnere mich noch, dass mein Blick, bevor ich zu dem Jungen eilte und bevor ich Ja'ir berührte, für eine Sekunde von ihren Händen angezogen wurde, den Händen von Ja'ir und Ido. Sie waren bläulich und durchscheinend vor Kälte, und sie ähnelten einander verblüffend. Lange, schöne Finger hatten beide, lang, dünn und zerbrechlich.

Februar 1998

# Inhalt